誓不低头

悟空新传

古月我心 著

上海文艺出版社

目录

第一章　天命主宰　　　　　1
第二章　邪灵复燃　　　　　23
第三章　角逐拜师　　　　　46
第四章　龙城求雨　　　　　74
第五章　战魂觉醒　　　　　100
第六章　桃源理想　　　　　122
第七章　神都九天　　　　　145
第八章　未来之星　　　　　167
第九章　三道天雷　　　　　187
第十章　问武天考　　　　　198
第十一章　封正灵榜　　　　221
第十二章　八强争霸　　　　242
第十三章　决斗风云　　　　258
第十四章　家国恩怨　　　　271
第十五章　魔谋变天　　　　294
第十六章　金棒重生　　　　313

第一章
天命主宰

天地六万零一百九十九年，天庭阴霾笼罩，孙悟空身披黄金战甲，拔起金箍棒，骑上独角白龙马，奔赴他要拯救生命的地方。

他一路怒吼厮杀，奋战到九天之上的太微玉清皇宫凌霄大殿前，鲜血肆意滴流，身体已到了极限，可他依是铁骨铮铮，燃烧不死的战魂！

天地诸神、诸魔、诸佛、诸鬼、诸仙、诸妖都在关注孙悟空这场反抗天庭的战斗，他们不禁问道："他在为何而战？支撑他战下去的是什么呢？难道这三界真有不怕死的精神？！"

天帝上穹双眼电射帝临三界，威慑众生，冷问道："战神，你难道要放弃天堂了吗？"

孙悟空心中苦涩、深沉，这里空有天堂之景，无天堂之实，若是个没有爱的地方，放弃也没什么可惜的。

他触动心灵，高声说道："凡人都以为天堂好，天堂是乐土，可不知天庭不是天堂。天堂不是冷冷冰冰，不是高高在上，天堂是心灵的归属，是幸福的感觉，是自由的呼吸！"

说到此，孙悟空神情凝重，望向凌霄大殿前广场一角诛灵台。

诛灵台，诛七情六欲，爱离空余恨，自此余生再无你，步步相思步步痛！

诛灵台，诛三魂七魄，死别独残生，从此青灯伴古佛，寒风孤影无人问！

此时的诛灵台上，捆灵链索绑着一位女子，一身淡粉色衣衫罗裙，一笑倾城再笑倾国的相貌，眉心烙印一朵火焰，鲜艳火红，栩栩如生，似是熊熊烈火，燃烧激情的生命。

她叫独领婉霞，是魔国公主，此时她身陷死亡境地，但她依然是优雅和高贵的神情。

说她是魔，可她偏偏有一种仙女绝尘冷傲之美，一双如溪水般清澈的眼睛。

说她不是魔，可她又偏偏体内流淌魔国皇家血统，身上烙印凶残恶暴魔性。

孙悟空在心里轻轻地说道："婉霞，我一定会把你从这里带走。"

天帝上穹龙目生威，呵责道："孙悟空，你为这个女魔屡次违反天条，已是重罪，现在众神面前散播邪论，更是罪上加罪，但我念你昔日为神国建功立业，只要你能低头认错，我既往不咎，你还是做你的战神！"

孙悟空一副英雄气概，目光坚定，反问道："我何罪之有呢？独领婉霞对我至真至情，恩义重如山，而她虽是魔国公主，可她并没有继承魔的杀戮本性，反而为神魔和平奔波努力，宣言神魔走向宽怀、走向理解、走向共同发展的主张。"

他慷慨激昂又说道："这样的主张才是神魔和平共处的基础，才是三界想要看到的景象，这样的人，这样的事，若我孙悟空不为她战斗，那我有何脸面立于这天地浩然正气之间呢？有何道德存于这众生灼灼目光之中呢？"

天帝上穹眼中厉芒爆闪，说道："魔可是凶恶之族，他们目的一直就只有一个，就是妄想统治三界，这种统治并不是目前大家所认识的统治，而是屠杀肉体，毁灭灵魂，建立一个魔的三界，他们称之为魔业，这个三界只有主人和奴隶，所以若让魔得势，灭亡不仅仅是神，而是对现有三界的清洗，所以凡遇魔，我们必伏诛。"

孙悟空说道："魔危害和平，颠倒是非，大义面前，我孙悟空必是站起来与之奋战，但独领婉霞虽生在魔国，却行正义，她为和平而来，不该成为人质，不该成为两国战争的牺牲品，我要阻止这种对她极为不公与残忍的做法！"

天帝上穹说道："魔生性狡猾奸诈，诡计多端，很难让人相信，所以你必须遵守天条，必须维护稳定，神的利益可以高于一切！"

孙悟空悲愤地质问："神的利益可以高于一切，难道就可以高于正义，高于仁爱？难道就宁可杀错一千，也不可放过一个吗？"

天帝上穹目光冷酷，直视孙悟空，说道："神的利益就是苍生的利益，苍生希望维持如今秩序，各守其业，百花齐放，不想有动乱。"

孙悟空浑厚有力说道："我和独领婉霞没想要破坏如今秩序，我们只想遵心而行，梦想不改，按自己的方式，选择自己想要的人生。"

天帝上穹责问道："孙悟空，你的人生，天已注定！你难道忘了吗？当初你在天考会上一战封神，天意命盘上写你的真言是保护苍生为己任！"

孙悟空忧伤瞥向诛灵台，说道："若我连我想要保护的人都保护不了，还谈什么保护苍生呢？"

天帝上穹冷冷再说道："保护苍生为己任，这是真言的上一句，下一句是抗恶卫道天注定，这就是你的天命！"

孙悟空质疑道："天命？！"

如果生来死去，命运已被天注定，那奋斗的意义何在呢？

难道只能向命运低头，奴隶般的服从，然后一步步滑向死亡的深渊吗？

孙悟空悲愤地说道："不，我只想做我自己！若天命要我今天不战，那我不服！是天，我逆天！是命，我改命！"

他坚定自己的选择并奋力前进，绝不听凭天命任意主宰，就算是粉身碎骨！

天帝上穹厉声呵责："孙悟空，你为什么偏偏非要纠结于她呢？"

孙悟空心情沉重，这数百年来，与独领婉霞千回百转，但情义始终铭刻在心灵深处。

他直视天帝上穹说道："天帝，我有权选择自己的人生，情义绝不能卑微！你高高在上，把权力看成你全部，你又怎知情义为何物呢？"

"我不知情义为何物？"天帝上穹有意识地望向独领婉霞，想起她的母亲凤凰女神凤诗诗，光彩眼眸流转温柔，当年他还是神国储君时，是差一点要和凤诗诗结成龙凤吉祥，可是独领唯一的出现，改变了他的人生既定轨迹，摧残情义，背负上憎恨。

独领唯一当时是魔国王子，现今是魔皇，他和凤诗诗生下独领婉霞，这独领婉霞有她母亲神般美貌，却也有她父亲魔般狡黠神态。

天帝上穹心狠狠地抽了一下，当年英俊不复存在，现在只剩下权力以及维护神统治三界的目的。

天帝上穹思量自己一直对战神极为看重，战神是天庭的骁勇大将，外可开疆拓土，内可守卫家园，是神国武力象征之一。

况且神魔早已撕掉当初停战协议，在人间打代理内战已有三百年，现对峙严峻，事态完全失控，随时发生全面战争，所以现在是神国用人之际，内部必须团结一心，做好备战才行，全面战争那必定会升级成你死我活的激烈状况。

情义不过是两个人之间的抱暖，只要被更好的暖处诱惑便会分开，情义是经不起利益离间。

想到这，天帝上穹朗声说道："战神，只要你和这女魔绝交，我便封你为'齐天大圣'称号，位列八部三百六十五位正神之首，以及把月神公主许嫁给你！"

此话一出，诸神哗然，齐天大圣与天同齐，位列八部三百六十五位正神之首，那官位就是一帝之下，万神之上。

那月神嫦妍是神国公主，更是天帝上穹独生女，是天地人三界最美的女子。天堂美，月神比天堂更美，举手投足只轻轻一瞬间，便万般风情，震撼众生，她美到极致，美到一面之见就令人从此一生难以遗忘，愁肠终身。

更重要的是，天帝上穹目前只有月神嫦妍一个子嗣，谁能娶到月神嫦妍，等万年上穹元神归极乐世界后，谁就有可能是神国帝位的继承者。

对天帝上穹这样恩许，诸神底下交头接耳说长道短，或羡慕，或忌妒，或愤恨，或震惊，或不服，众神复杂的心理变化一一表现在各自的面目表情上。

特别是刑神武孤高与天河神朱天蓬，他们心里极反对天帝上穹这个决定，均心中怀怒，目光怨视孙悟空。

刑神武孤高原本忠于自己职责，守护天条权威，维护天庭秩序，但后来他掌管天审司，便渐渐权欲熏天，迷失本心。

天审司是神国军政搜集情报机构，只对天帝负责，是由于天地五万八千九百一十一年，三界发生了"邪灵恐怖复燃事件"而新设的机构。

原本天审司是要打击邪教与防止恐怖主义，但天帝上穹看到天审司能起到加强帝权独裁统治作用，便不断地加强与扩大它的范围，并开始不受天条与灵界共同宪章的约束，直接逮捕和拷问三界任何威胁帝权和神统治的人。

所以天审司拥有极大权力，诸神及其他灵者皆会忌惮刑神武孤高这个权臣。

刑神武孤高牙齿咬得咯咯响，他仇恨孙悟空，把曾经丧子之仇记在孙悟空身上，且他心怀不轨，觊觎帝位，一直把孙悟空看成是他权力前进中的绊脚石。

朱天蓬本出身在神国天河世家，但自家道中落，就被高门子弟一直看不起，可他却是天地灵界公认的美男子，试问三界有几个女子能拒绝朱天蓬那迷人的帅气，那醉人的坏笑呢？

朱天蓬集万千女子宠爱于一身，可他偏偏只爱月神嫦妍，不过他能弱水三万三千，却仿佛取不了月神嫦妍这一瓢，有种爱情很痛苦：你爱的人，却爱别人。

深爱一个人时，心态也会变得狭隘与自私，为爱为月神嫦妍，朱天蓬可以做一切事，即使不择手段。

就算孙悟空是他极其要好的朋友，不是兄弟，胜似兄弟，他也绝不允许孙悟空和月神嫦妍扯上半点关系。

这时，站在天帝一旁的月神公主嫦妍却沉默不语，一脸平静，她凝目望向孙悟空，俊美突出的五官，乌黑深邃的眼眸，一张英气脸洋溢自强不息的神情，那留着一头的长发与战袍披风都在空中在风中飘逸，显着潇洒、帅气，又一丝不羁。

月神嫦妍冷傲，天地百媚千红，也难使她微微一笑，可她看孙悟空的眼神明显与别人不同。

月神嫦妍心里忽然生出惆怅，她凝眸孙悟空，而孙悟空却望向诛灵台，世界因她而美，她却进不了孙悟空的世界。

天帝给了一个任何人都很难拒绝，或者说是拒绝不了的条件，诸神、诸魔、诸佛、诸鬼、诸仙、诸妖、诸真人等他们都在猜想孙悟空会如何抉择，更叩问自己遇到这样的事会如何选择？不同的答案验证着人心的复杂。

一时大家或多或少陷入思想碰撞的意境当中，思往昔，可岁月无情；思梦想，可现实残酷……

神魔恩怨应从太古时期算起。太古时期，盘古开天辟地，把混沌宇宙按不同时空划开为天、地、人三界。

在接下上百万年历史长河中，这三界孕育众生众族众国，这当中出现两个最强大的部落，分别是神和魔，他们同在天上。

后来神魔两个部落以银河为界分别建国，女娲建立神国，蚩尤建立魔国，划天庭南北分治，各管一半。

这一年三界以神魔建国为纪元，称天地元年。

天地四万九千四百五十七年，佛祖涅槃升天，在天界西方建立一个神魔之外的佛国，佛信徒称佛国是净土世界。

天界二十八星宿，处处繁华处处锦簇，阳光与财富象征，又称之为"天堂"。

人界广大辽阔，地大物博，分布众多国家、城邦，但主要是三个大国，分别是九州、仙国和妖国。

九州在人界陆地的中央，是个大一统王朝，不仅是三界领土最大的国家，又是三界人口最多的国家，人类居住的主体地，灵界一般称这里为"人间"。

九州在三界里战略地位非常重要，神魔视这里为思想管控重心，而其他三教九流也争的在这里开坛讲道，吸引教众，形成多方势力竞争与矛盾，所以这里天下大势，分久必合，合久必分。

九州东边是浩瀚海洋，星罗棋布各个海岛，一些海岛上有奇幻仙地，色彩斑斓，半空中悬浮奇山怪石、亭台楼阁，统称仙国，实行联邦制，由仙会管理。

九州西面是妖国，气候多变，地形怪异，潜伏妖兽，为历代妖王统治，妖国有干涸沙漠也有美丽绿洲，有恐怖死亡地也有神奇精灵镇。

地界不见阳光，永远处在幽暗当中，大部分面积渺渺茫茫，混沌未开，地下西边是鬼国，接收亡灵的国家，是个让人绝望却又是生命轮回重启开始的世界。

神魔两族在元古时期本是同血一脉，各传各的道，相对共容数万年，但自划宗分派，又隔银河分治建国后，这两个族在教义、制度、信念、价值观等渐渐都出现严重分歧，观念分歧便产生利益纠纷，利益纠纷便引起局部冲突。

当意识不断激化矛盾，矛盾不断促生纷争，纷争不断累积仇恨，终于在天地五万七千年，神魔为争夺三界霸权而爆发一场全面战争。

战争过程中，三界众生、众族、众国都被卷进去，大家按自己意愿或目的分别选派，形成两个不同阵营。

这两大阵营，一个是以神为主导的神道同盟，核心力量是神与仙；另一个是以魔为领导的魔业帝国，核心力量是魔与妖；两大阵营战争持续千年之久，极其惨烈，极其残酷。

这两大阵营之外有两个国保持中立，一是佛国，思想是四大皆空，清净心地不为假相烦扰；二是鬼国，宗旨是生死轮回，阴间世界不参与阳间纷争。

天地五万八千年，神魔千年大战最后以神道同盟打败魔业帝国，魔国递上投降书为终结，地域版图势力变迁为以下格局：

神独统天庭南北，管制三界，各国各族臣服于神，香火供奉诸神，并每年朝贡神国。

而魔被赶下天庭，流放到地界，在幽暗疆土重建新魔国。

神魔本签停战协议，但天帝上穹憎恨独领魔皇，又不放心魔力，便派天兵神将在魔国外围建一堵城墙，镇守此处，目的是圈禁与监督魔国，魔心里极排斥，却又力不足，无可奈何地接受这现实。

这堵城墙，神称它是惩罪之墙，魔称它是耻辱之墙。

人界众国罢黜魔业，独尊神道，而人间王朝每任皇帝都顺理成章成为天子，信仰天上诸神，权力出于神授，秉承天意治理国家。

而妖国原本是魔业帝国阵营，战争末期妖王见魔国已呈败势，便见风使舵、趋炎附势，率军倒向神国，所以在战后清算中，妖国不但没被惩罚，反而以"阵前倒戈，迅速瓦解魔业帝国"之功扩大势力范围，成为战争受益国之一。

神魔千年大战结束后再过二百年，在东海仙国方丈岛上，一座宏伟的学院在飘浮方丈岛半空的仙山上拔地而起。这学院，亭台楼阁，斗拱交错，前殿铁门上方悬挂巨大匾额，镌刻"修真学院"四字。

大铁门左右挂着木刻对联，上写："修真炼仙，开悟境界光明；荡邪平恶，维护世间安定"，字体苍劲有力。

这修真学院乃是仙尊菩提在天地四万九千四百年所建，仙尊菩提，仙中道尊，宗师风范，深受三界众生爱戴。

这日方丈岛上霞光万缕，学院门口仙鹤高鸣，佛国观世音菩萨来访。

仙尊菩提出院迎接，看到观世音菩萨女真人打扮，身穿锦袍，头戴珠冠，右手托个杨柳净瓶，左手提一个竹篮，竹篮上面用布盖住。

仙尊菩提和观世音菩萨相互施礼后，仙尊菩提说道："不曾想菩萨突来此，没能做好迎接款待，还请菩萨见谅。"

观世音菩萨微微一笑，说道："仙尊客气了。"

仙尊菩提问道："菩萨，今日来访，所为何事呢？"

观世音菩萨并没有马上回答，只是轻轻地掀起竹篮上面的布，一个正酣然入睡的婴儿赫然映现在仙尊菩提眼球里。

仙尊菩提不明，问道："这孩子是谁家的？"

观世音菩萨说道："神国公主嫣然冰神的儿子，天帝的外甥。"

仙尊菩提震惊，说道："我看到天帝昭告三界，说嫣然冰神触犯天条，革去公主称号，责罚削去神籍，贬黜下凡，归入生老病死之苦，此事到此为止，不许再论，违者重罚啊！"

他顿了顿，接着说道："不知这嫣然公主犯了何事？这孩子又是怎么回事呢？"

观世音菩萨把她所知道的情况一一告诉仙尊菩提。

仙尊菩提叹道："兄妹各有坚持，爱恨交织，帝王家事本是外人无法干涉和理清的，希望有一天他们都能放下心中执念，冰释前嫌，那是苍天之福。"

观世音菩萨念道："仙尊慈悲，善哉！善哉！"

仙尊菩提问道："今日菩萨送子，是要我修真学院抚养这个孩子吗？"

观世音菩萨点了点头，说道："天帝本想要杀了这个孩子，幸好在最后一刻他改变主意，让这孩子寄养在佛门，意要不让这孩子被牵进到他父一辈恩怨情仇当中，也意要这孩子在佛门清修空无，安静地过一生。"

观世音菩萨目光和蔼地注视竹篮里的婴儿，说道："只是我佛门子弟，一心潜修，本不善抚养婴孩，更于心不忍让这孩子小小年龄就开始承受佛门清苦，所以我思来思去，想到仙尊在神魔千年大战期间及战后，都大仁大爱地收养几批战争孤儿在这学院，有些如今都已成年，学业有成，分配到神道同盟各个岗位，发挥正道力量，所以，我便把这孩子送来，请仙尊对这孩子垂怜。"

仙尊菩提抱出竹篮里的婴儿，轻轻地用手托住支撑婴儿身体，说道："菩萨客气了，我菩提定不负菩萨所托。"

观世音菩萨说道："为了三界和平，避免生出事端，就让他做个普通人吧，学到基本灵力，自保即可，不让他知道伤痛与仇恨，过个普通人应有的快乐与自由日子，这样安排也是让天帝不去猜疑。"

仙尊菩提点头说道："那是。"

他问道："这孩子取名了吗？"

观世音菩萨微微一笑，说道："还没啊，请仙尊赐名。"

仙尊菩提沉吟片刻，说道："不应残忍斩断他的人伦之亲，这孩子就随他父姓，姓'孙'吧，出家在我修真学院修炼有十二字，分别是广、大、智、慧、真、如、性、海、颖、悟、圆、觉，这样算过去，排到他时，正当'悟'字，与他起个法名叫做'悟空'，希望他能悟出人生真谛，得失是空，唯有开心地活着。"

观世音菩萨轻轻念道："孙悟空，孙悟空……"

她欣慰，喜道："甚好，甚好啊！"

天地人三界中，神、魔、佛、仙、妖、鬼、真人及其他拥有灵力的生灵，他们居住的空间称为灵界，灵界之外就是凡间。

灵界里的"人"统称叫"灵者"，灵者就算是神魔，一般寿命也就一万年到一万二千年间，相当少的灵者会达到一万二千年以上。

灵者灵逝后，大部分灵魂要飘到地界鬼国，喝忘情水，忘掉前尘往事，然后生命轮回，六道重启，遵循天地生命法则，三界自然规律。

身为灵者，勤修苦练是紧关事情，他们修炼有三个目的，一是强身，不断得到更强大的力量，来支配和拥有更多的资源；二是长寿，要活到万年以上，这要迎接鬼国统治者冥帝——死神许多不确定因素的挑战，修炼是化解死神挑战的最好方法；三是万年灵逝后，灵魂变元神，进入极乐世界，那是一个超升三界之外的、彻底精神自由的乐土，可灵魂不灭，神识依在，成为真正的不死之身。

极乐世界在天庭祈天坛正顶对星海高空里的深处，那里居住着一些曾经权力至高或道行绝顶的强者，因为他们都已灵逝，肉体不再，以元神形式存在，他们代天行道，称为"苍天"。

苍天主宰三界众生众物的命运，它把天道意志投射在天意命盘上，是为"天命"。

要想进入极乐世界，是需要三个必要条件，一是寿命达到万年以上，寿终正寝，或者灵逝符合伦理，精神可嘉；二是灵者拥有超能力，但天地生命能量守恒，对应就要历劫，或多或少都不一定，但都要求挺过去、渡过去；三是拥有正灵位，正灵位就是灵界的勋章，彰显灵者荣誉、功勋与地位，是灵者与苍天缔结的一种灵契。

虽然进入极乐世界是灵者生命的巅峰，但却一路荆棘丛生，历尽艰辛，只有真正强者才能到达。

所以有理想、有抱负、有决心的灵者一生都在追求成为强者，百折不挠，始终奋斗；临危不惧，勇往直前。

而成为强者，最起码是要拥有正灵位，那是目前极乐世界选择的必要条件之一。

在还没有天地考前，只有处在一定地位与荣誉的灵者才拥有正灵位，像伏羲、女娲、黄帝、炎帝、蚩尤、祝融等，这些著名的神魔仙妖，万年后都已上升到极乐世界，成不灭魂体，受永世香火恭拜。

灵者要得到正灵位有几种途径，如功劳显赫、权力高峰、灵力绝顶、大忠大义、大仁大爱或者为三界作出重要贡献等等。

天地四万九千四百年，灵界建立的天地考机制，成为大家最认可的正道途径，所以灵界各国重视学院教育，各灵者重视灵力修炼。

从那时开始，灵界成立五个学院，用于传授灵力知识与修炼技能，它们分别是神国的女娲学院、魔国的蚩尤学院、仙国的修真学院、妖国的妖精学院、人间的轩辕学院。

适龄灵力少儿要在灵力学院全日制学习九百年，这是灵界实施的一定年限强制性教育制度。

在灵力学院学习的学子统称为"灵生"，灵生读完九百年要参加一次毕业考试，就是天庭组织的统一学院考试，称为"地考"。

地考选取总成绩排在五个学院前一百名的毕业灵生，这晋级的百名毕业灵生就是应届的天骄子，地考总分第一名灵生称为"地魁"。

天骄子便有资格带着荣耀到天庭女娲城第七天战神殿堂，参加天考会。

天考会每四百年开考一次，凡是还没拥有正灵位的天骄子，无论是应届还是往届都可以参加，所以每届天考会都有上千名以上的天骄子应考，竞争非常激烈，要经过严格的五轮晋级赛，称为"过五关斩六将"。

最终晋级的八强，进入当年正灵榜，在天考会册封仪式上授予正灵位勋章。

八强再进行决斗，三轮淘汰赛后得出的天考会冠军，便是"天魁"，灵界奖励是可帮助他实现其一个愿望。

简单来说，这地考天考对灵者一生极为重要，二者的不同是，地考是分水岭，天考是决定高度。

为了应对这天地考，灵生除了在学院上课外，还要勤奋地自发学习，寻找加强灵力提升的办法。

天地考在神魔千年大战期间被停止，直到大战结束后才恢复。

不过神一统天庭后，天帝上穹以三界统治者姿态下令天考不选取蚩尤学院灵生，从此把魔直接排除在正灵榜外，几乎断绝了魔进入极乐世界的机会。

观世音菩萨送子后，接着又过去六百年，那个被仙尊菩提取名为孙悟空的婴儿到了七百岁，正是学龄时间，要开始接受正规的灵力教育。

凡间百年时光也只是相当于灵界过去一个秋，按照身心年龄等同换算，孙悟空在修真学院度过六百年光阴，在年龄上相似人间的一个七岁孩子，但在阅历上却已有数百年的知识收获与智慧沉淀。

孙悟空一出生便经历过与父母生死离别的劫数，自他懂事开始，他就感受到一种孤单。

他知道自己是个孤儿，从小生养在修真学院，其他孩子有父母的关心，有兄弟姐妹的嬉闹，有家人围在一起的温暖，可他只能孤零零一人，有心事无处可放，只能沉郁在自己心里。

这天小孙悟空又被人嘲笑是个"没娘的孩子"，他伤心跑到学院一处角落哭泣。

突然一只幼兽从院墙上跳下，围着小孙悟空打转，小孙悟空见它脸中央长着一只长尖角，有五条尾巴，全身赤红，身形似豹。

虽然这只幼兽长着有些凶恶，可是眼睛水汪汪，样子萌态可掬，小孙悟空破涕为笑，弯腰抚摸幼狰头，逗着它玩。

但这幼兽似乎有事，朝小孙悟空低嚎几声，锵锵嚎叫如击石般声响，幼兽用头部上的独兽角不停顶孙悟空的腿，似要让小孙悟空朝院外方向迈步。

小孙悟空问道："你是想要让我去院外吗？"

看幼兽这般动作，是十不离九要自己跟它出去。

小孙悟空思忖片刻，蹲下来，正面平视幼兽，为难说道："可是学院规定没经仙师同意，不可擅自离开学院啊。"

那幼狰冲小孙悟空嚎叫，露出一排洁白而又锋利的牙齿，咬扯小孙悟空衣裳，往院外拉。

小孙悟空说道："你是遇到急事了吧？可我听不懂你说的话，不知道怎样跟仙师请个事由出去。"

忽然，有个雄厚又平和的声音在孙悟空背后响起，这声音轻轻说道："你知道它是什么异兽吗？"

小孙悟空转过头，看到一位白衣老者，虽须发皆白，但红光满面，精神饱满，迸发出比青壮年更昂扬的灵力，此时，他面带微笑，目光慈爱有加。

小孙悟空对白衣老者依稀有些眼熟，可一时不知他是谁又何时来到这，但修为散发出的气质能光彩四射，应是这学院里很有资深的仙师。

小孙悟空正色答道："它是狰兽，《灵界通史》里的'异兽珍禽'篇章有记载，有兽焉，其状如赤豹，五尾一角，其音如击石，其名为'狰'。"

白衣老者眼神闪过一丝惊讶之色，没想到这小孙悟空年纪小小，居然能滚瓜烂熟道出书上记载的内容。

这孩子果然如仙师们口中称赞一样，天资超凡，他继续问道："狰可是凶兽，你既然知道它是狰兽，你不怕吗？"

小孙悟空小嘴一撇，说道："它长得是有点凶样，可比前面学堂一些衣冠楚楚的灵生要好得多。"

白衣老者好奇地问道："前面学堂的一些灵生什么了？"

小孙悟空说道："他们骂我是个没娘的孩子，是块院长捡来的石头。"

他的大眼睛顿时又溢出晶莹的泪珠，嘟哝一句："没娘的孩子就可以欺负吗？就算我是一块石头，石头也有石头的尊严。"

白衣老者一怔，他似乎切身感受到了孙悟空的委屈，知道他蒙受孤儿之苦。

这白衣老者正是仙尊菩提，当初为了不让大家知道孙悟空身世，避免引起三界风波，特别是规避天帝耳目，他从孙悟空来院的第一天便假说孙悟空是仙石孕育而生，这块仙石是女娲天帝当年补天剩下的，遗留在无极山峰上，自己练功时看到仙石中的孙悟空，便把孙悟空带到学院。

仙尊菩提在思索，而旁边幼狰还在不停拉扯小孙悟空去院外，小孙悟空一副为难的样子。

仙尊菩提说道："你可以有方法知道这幼狰想叫去你干吗。"

小孙悟空凝眸注视眼前这位白衣老者，忙躬身揖礼，诚恳说道："请老仙师赐教！"

仙尊菩提会心一笑，有些喜欢上孙悟空，想这孩子有悟性，若收他为徒，开发他的潜质也是平生一件乐事。

突然往事闪现，这孙悟空的身世被天帝诅咒，且自己当年又受观世音菩萨嘱托，答应要让孙悟空成为普通人，仙尊菩提微微皱眉，心中惋惜孙悟空的才智要被命运埋没。

仙尊菩提说道："你身上是不是戴着一块玉坠？"

小孙悟空诧异，问道："老仙师，你怎么知道我身上有块玉坠呢？你之前就认识我吗？"

仙尊菩提微笑说道："我当然知道你，你的名字还是我取的，悟空，悟出人生真谛，得失是空，唯有开心地活着。"

小孙悟空吃惊，随即眼睛亮晶晶起，赶紧行叩首礼，说道："仙尊院长，学生孙悟空敬颂教安。"

仙尊菩提眉舒目展，说道："好孩子，快起来。"

小孙悟空起身，取下玉坠恭敬递到仙尊菩提跟前，仙尊菩提心中思量："这孩子聪慧过人，我若跟他明说这玉坠是神界珍品'吉龙'，以他性子必会去追根查源，循迹到神国皇家去，若穷其精力刨根究底，说不一定会知道自己真正身世，但知道真相不是他的福气，反而是劫难，会受到生命威胁，为了这孩子长远安全考虑，只能继续编造故事，圆谎下去。"

仙尊菩提仰望上天一眼，心中叹道："唉，想我一生光明磊落，现在去跟一个小孩说谎，实在惭愧啊！"

仙尊菩提迟疑片刻，终还是轻轻地说道："这块玉坠是孕育你仙石上的一部分，仙石在无极峰上吸收天地万物灵气，使这块玉坠跟着拥有沟通万物的功能。"

他说道："孙悟空，你把玉坠放在掌心，与这幼狰爪底相碰，玉坠会无形架起你们交流的桥梁。"

小孙悟空喜上眉梢，忙按仙尊菩提指导做，玉坠放在掌心，然后摸了下幼狰头，说道："阿狰，乖，把你的脚抬起来，放在我手上来。"

小孙悟空连动手指引导幼狰，这幼狰也聪明，伸出前趾踏上去，与小孙悟空手心相碰。

这时玉坠玲珑透出一缕彩光，环绕手与爪间，架起心灵感应交流桥梁，幼狰向小孙悟空传递要他离院的缘由信息。

一会儿后，小孙悟空缩回手，向仙尊菩提禀告说："原来这阿狰和它妈妈在无极群山里遇到鸣蛇攻击，阿狰妈妈受伤，带着小狰逃跑到这学院附近，那鸣蛇见到了学院仙地，便不敢再追就自行离开，这阿狰要我去救它妈妈。"

鸣蛇巨蟒状，有四翼，发出磬磬之音，常以伏击方式捕杀兽类。

仙尊菩提问道："你要去救吗？"

小孙悟空不假思索，说道："既然有生命受伤，当然得去救。"

仙尊菩提提出一个深刻问题来考验小孙悟空，他沉声说道："狰是凶兽，你救了阿狰妈妈，阿狰妈妈康复后会去捕食其他弱小的动物，你现在救了凶兽一命，以后却变相害了许多弱小动物的生命，你觉得自己现在这样做对不对呢？"

小孙悟空顿时有些措手不及，陷入犹豫当中，眉宇间渐渐集结愁云。

这原本不是小孙悟空现在这般年龄该想的问题，这延伸到"正邪对错"真理标准的探讨，就算是成人也未必能想清这问题。

但仙尊菩提还是想看看孙悟空会如何作答，成人世界之所以烦恼，是因为人性变得复杂，若返归童心，不受世风影响，以率真视角，是否能拨开迷雾，看到事情的本质呢？

一旁的幼狰用角顶着小孙悟空，催促他快走，目光哀求，嚎叫声凄凉。

小孙悟空望着焦虑的幼狰，浩然之气涌上他心头，他果决拿定主意，向仙尊菩提说道："我还是要去救，不管以后是对是错，我选择眼前的善良。"

仙尊菩提震惊，随即开怀大笑，说道："你真是好孩子，对啊，选择眼前的善良，何必要想那么多呢？三界自有生生不息规律，自有进化发展规律，事情遵从自然，顺其缘分吧。"

仙尊菩提拿出一个小瓶，从中倒出一颗白色药丸，说道："我准你出院，这是修真学院的无极仙莲丹，你让母狰吞下，它的伤会很快治愈。"

小孙悟空高兴，忙接过药丸，无极仙峰上至天，下至地，仙莲生长在终年积雪不化的悬崖陡壁之上，冰渍岩缝之中，这无极仙莲丹不仅是疗伤圣药，还是提升灵力的神丹，在仙界属于难得宝贵东西，要治母狰的伤，当然是绰绰有余。

仙尊菩提又说道："狰是凶兽，但也是种义兽，你去救母狰，母狰断不会伤你，但你救好它后，即刻回院，不可停留太久。"

小孙悟空再次行叩首礼，说道："谨遵仙尊院长之命，学生替阿狰母子谢仙尊院长救命之恩。"

那头幼狰也极其聪明，蹲伏下来，跟在小孙悟空后边一起向仙尊菩提叩头谢恩。

仙尊菩提见这小孙悟空与幼狰真挚，他心中一阵欣慰，叫小孙悟空及幼狰起来，并再叮嘱小孙悟空一句道："那块玉坠你要好好戴着，不能丢失，还要不轻易或尽量不要在外人面前显露，以免不善之人起歹徒之心。"

仙尊菩提施仙法，小孙悟空与幼狰直接穿墙出院，小孙悟空在幼狰带路下找到躺在地上奄奄一息的母狰，把无极仙莲丹给母狰服下。

无极仙莲丹效果神奇，快速愈合母狰的伤口，母狰一声兽吼，抖擞精神爬起，高大、凶悍、威猛样子跃然在孙悟空面前。

那母狰又展出另一副母爱般样子，摇动五尾，向小孙悟空表示感谢，幼狰欢欣雀跃在小孙悟空身边跳来跳去。

小孙悟空也替它们开心，与幼狰玩耍一会儿后说道："这是学院附近，若被仙师或灵生们看到你们，可不好，你们快离开吧。"

那母狰通些人语，向幼狰低嚎几声，幼狰却围绕小孙悟空跑，不愿离开。

小孙悟空抚下幼狰的头，说道："阿狰，乖，快回去吧，等我大了，我就到山里找你们玩。"

母狰用独兽角顶了几下幼狰，幼狰这才亲热贴身在母狰旁边，摇尾缓缓离开。小孙悟空目睹它们母子之情，想到自己的身世，眼眶里蓄着的两汪清澄泪水，终于噗簌簌往下掉不停。

那天，小孙悟空愣愣地站在原地许久，一个落寞的背影，上下散发出无法释怀的感伤，时光荏苒数百年却始终消不掉那淡淡却又深长的落寞惆怅。

又一百年过去，今年是天地五万八千九百一十一年。一天在二百年级课堂上，姑射女仙师讲道："上古很久以前，天和地没有分开，宇宙混沌一片，创世神盘古大帝开天辟地才形成今天天、地、人三界；三界孕育众生，众生居成众族，众族建成众国，众国分成灵界与凡间；灵界主要是神国、佛国、魔国、鬼国、仙国、妖国，凡间主要是九州及其他国家、城邦大小上百个。那么将三界又划分成灵界与凡间两个世界的原因是什么呢？"

姑射女仙师陆续点名几个灵生回答，几个灵生都答不上来，她有些生气道："昨日放学我已经吩咐你们要好好预习这节课内容，你们究竟有没有听进我的话啊？"

姑射女仙师喊道："焦糊仙，你是这里面的大龄灵生，又是灵力最高的，你来回答！"

焦糊仙坐在后排，比其他灵生都健壮，他迟缓站起来，边想边吞吞吐吐地说道："原因是……是灵界会用……有力量……会用？"他绞尽脑汁也答不上来。

姑射女仙师气恼这些漫不经心的灵生，刚想要训斥全班时，眼睛瞥到角落一排的小孙悟空，她眼睛一亮，语气温和说道："悟空，你来回答这个问题。"

小孙悟空挺直身站起来，不假思索地流畅答道："三界孕育众生，众生生而有灵气，灵气多少对应生命力强弱，凝聚灵气形成力量，这股力量称为灵力。灵力用一句概括其本质就是'宇宙生命能量'。元古时期，先知们觉悟，发现并学会掌握这能量，拥有强大力量，成了这天地支配与主宰者。在接下来的历史长河岁月里，先知们与他们的子孙根据共同遗传特征，分成神、魔、仙、妖、佛与鬼族，其后又建国，形成灵界，就是掌握与运用这宇宙生命能量的世界，这世界之外就是凡间，凡间简单意思就是一个平凡庸俗的世界，这世界的人身上虽也有灵气，但没有觉悟形成不了灵力。"

他继续说道："灵界一年相当于凡间百年，所以灵界文明程度远比凡间要高级得多。"

小孙悟空停顿一下，眼睛炯炯有神，鲜明地说道："两个世界虽有划分，但不以血统固定界限及继承，凡间的凡人可通过勤奋修炼进身到灵界，灵界的灵者要是懒惰，怠慢修炼，其自身会退化成而到凡间去！"

姑射女仙师十分惊喜，孙悟空不仅清晰概括灵力课本上内容，还加入了他自己的认识，她表扬道："悟空说得很好很正确，大家要好好向他学习。"

姑射女仙师瞪向焦糊仙他们，责备道："你们要是再散懒学业，总有一天会被退化到凡间去，修真学院可丢不起这张脸，我罚你们每人抄这课内容一百遍，明天交上，示为警训。"

课后焦糊仙带着几个跟班欺负一个瘦弱灵生，要这个灵生代抄他们的作业。这灵生哭道："这一起是要抄几百遍啊，明天要交上，我实在抄不完。"

焦糊仙呵斥道："你晚上不要睡觉，就可以抄完，你不要再废话了，不然有你好看。"

那灵生继续哀求，焦糊仙无视，反而狠拉他的耳朵，随意谩骂。

其他灵生沉默躲开，不敢站出来制止，焦糊仙是班霸，动不动要同级灵生给他东西或替做作业，有一点儿没顺他意的，他便骄纵打人骂人，他家是仙官世家，他的几个哥哥也在这学院读高年级段。

焦糊仙有这样的背景后台，灵生们只好忍气吞声，就算告诉父母，父母也只能说躲着他，别惹他。

这时，小孙悟空走出来，大声说道："你们放开他，仙师罚的是你们！"

焦糊仙瞪视着小孙悟空，说道："这不是全院仙师们眼中的神童，孙悟空嘛！"

他笑眯眯接着说道："孙悟空，只要你跟着我，以后我们就是兄弟，你说放开，我就放开，有我罩着你，保管你吃香喝辣。"

小孙悟空一口回绝道："我才不会跟倚强凌弱的灵生走在一起。"

焦糊仙恼羞成怒，骂道："你以为你是谁啊，不过是一块学院捡到的臭石头！"

他发火，叫一群跟班围起小孙悟空，边推搡他，边乱骂道："害我们被罚抄，你就是一块自以为是的臭石头！""大家都不跟你这臭石头玩！让人讨厌！""你除了读书，其他什么都不是！""没有灵力的家伙，不配在这修真，赶快离开学院！"

新生入学有个体能测试，过程是灵生伸出手掌与灵器人手掌紧合在一起，灵器人通过传感分析其体质状况。

百年前这届学生开学日的那天，灵器人报出数据显示小孙悟空没有灵力，整个学院倒数第一，就是凡人一个。

焦糊仙讥笑，挖苦道："他离开学院就没地方去了，他是个没父没母的野孩子！"其他灵生跟着一阵鄙贱嫌弃嬉笑。

有些灵生也过来随声附和道："两个世界没有界限，他想干吗？我们灵界高贵血统，纯正思想怎可被凡间玷污呢？""灵力不以血统继承，他说得对！他是石头生的，没有血亲，没有父母，没人传承，怪不得没有灵力啊，哈哈！""对的，他就是凡人，不应该待在灵界！快滚回凡间！""他就是癞蛤蟆，白日做梦想吃天鹅肉啊！"……

小孙悟空天资聪颖，从小就展现出过人的才能，但这反而成了一些心怀嫉妒的灵生们眼中的异类，他们认为自己等级优越，世袭高贵血统，居然在学习与才智上面样样都败给一个没有灵力又是非正当出身的石头，这简直是耻辱与笑话。

神魔纷争数万年，造成灵界保守与狭隘，血统论、种族主义与意识斗争盛行，非我族类，其心必异，所以他们歧视、欺负与打压小孙悟空。

小孙悟空心里一阵悲泪，一阵怒火，全身颤抖又极力抑住，不让眼泪滚出，他喊道："我要告诉仙师！"

焦糊仙怒容，气哼哼道："你除了找仙师，还能找谁啊？！你不是仙，早应该离开学院，离开仙国！"

小孙悟空心里悲愤，双手紧紧的握成拳头。

焦糊仙见小孙悟空捏紧拳头，便冷笑嘲讽道："什么？你想动手啊？！来啊，别怂啊，动手啊！"

他嘴里不停嚷叫，同时出手一直推孙悟空肩膀，咄咄逼人样。

小孙悟空自律，知道学院禁止打架，他选择后退让开。

可焦糊仙仍不肯罢休，猛然展出灵力击推小孙悟空，小孙悟空跌了跟头却迅速站起。

焦糊仙恼火道："你快给我跪下认错！"

小孙悟空喊道："你有什么权力要我下跪？！我又有什么错？！"

焦糊仙大声道："我的权力就是这拳头！你的错就是冒犯我！"他说完，迅猛打出一拳，击在小孙悟空腹部上。

小孙悟空没有灵力护体，经不起这等具有灵力爆发的猛劲，挨上一拳后，腹部损伤疼痛,但他紧紧地咬着牙齿,不让痛声喊出,挺起身站直。

焦糊仙怒目,喊道:"你还不给我跪下!你就是块石头,是个贱种!"

小孙悟空挺胸说道:"你欺负弱小,恶徒之行径,应受师生们严厉批评!"

焦糊仙恼羞成怒,打出更猛烈的几拳,连喊几声:"给我跪下!你这贱种!"

小孙悟空死死地撑住,忍住伤,依然顽强地站起,鄙视说道:"你这恶霸,只配我唾沫!"

焦糊仙气炸,气呼呼地拉着同伴一起对小孙悟空拳打脚踢,边打边骂:"石头!""贱种!""野孩子!"

痛感窜上小孙悟空全身,可最痛的是心底深处,没有父母疼爱,自己成了弱势群体,遭受不公对待。

倏地,小孙悟空心胸要爆裂,无比剧痛,自小他就患着一个怪病,每隔十年便会发作,陡生剧痛,这症象始终没治愈好,医术仙师曾多次诊断孙悟空,也想不出个所以然来,觉得他没病没缺陷,如常人一般。

小孙悟空咬紧牙齿,静静地强忍,他绝不低头,悲愤控诉道:"我是孤儿,难道生命就可以被藐视了吗?我不能选择自己的出生,难道命运就失去平等了吗?"

他大喊一声:"我要决定自己的人生方式!"

两股正邪不同的巨大力量突然从小孙悟空体内的太极封印中强闯出,迅速融合在一起,散发出沸腾气焰,气焰上升处紫红混合,好似惊涛骇浪。

这力量随小孙悟空愤恨加深而充斥成邪恶,自身爆炸开,气道凌厉击中小孙悟空周边打他的灵生们,这些灵生倒地不停翻滚呻吟。

而灵力较高的焦糊仙忙启动奇门遁甲防御,但又哪里能挡得住这么强大的力量呢?嘣的一响,奇门遁甲爆碎,这股力量直冲袭他胸口,焦糊仙痛叫,鲜血大口喷出。

小孙悟空挥出拳击打在焦糊仙左右,每一击都拳力呼啸,威力巨大。

焦糊仙看小孙悟空像一头疯狂的狮子,灵力突然膨胀,他由惊诧到恐惧,边踉跄后退,边哀叫求饶。

小孙悟空喊道:"我要让你知道什么叫尊重!"

此时的小孙悟空已被怒火吞噬失去理智,迸发出最强一拳,如狂风骤雨直向焦糊仙。

眼看焦糊仙就要毙命,此刻一仙师星驰电掣而出,齐出双掌,掌出木盾抵住。

"铛!"一声激响,两股力量犹如重器相撞,产生冲击波急速而猛烈扫荡周边,幸好又有赶来的数位仙师结成奇门遁甲阵顶住,护住其他灵生,但也唬得他们喊道:"侠仙,引导他到外面去,不然这学堂就要塌了!"

那掌出木盾者正是修真学院副院长木广礼,他一生追随仙尊菩提,行侠仗义,性格刚烈豪爽,经常路见不平,拔刀相助,世人敬称他为"侠仙"。

侠仙木广礼心中一凛,看小孙悟空灵力狂暴紊乱,双瞳竟布满血丝,似是走火入魔。

木广礼倏地跃上凌厉攻击,这石破天惊的威力让小孙悟空两眼喷火,他狂喝一声迎上去,拳风怒吼,气势不输木广礼。

两人对攻数回,木广礼边打边借力往外飘身,引导小孙悟空跟着他来到修真广场。

修真广场上,木广礼奔雷掣电连环疾攻,他想要速战速决,尽快控制住小孙悟空。

小孙悟空虽不懂招式,可自身处在暴走状态,迸出的灵力凶悍、强烈,不能平静,不可遏制,未见败退,反越战越猛。

来广场观战的师生越来越多,大家被这激烈的战斗场面震撼到,这比课本上的东西来得更扣人心弦,更真实残酷。

同时他们更不能置信一个没有灵力的凡人会变得如此厉害,拥有丝毫不逊侠仙木广礼的战斗力,那侠仙可是修真学院"广"字辈,是开院首届弟子,武功早已登峰造极。

大家又充满好奇,数千年来灵器人百无一失,所以报出来的数据是不会有错的。

可小孙悟空灵力暴增又源自哪来呢?大家相互探询可都是一脸茫然的样子。

小孙悟空与木广礼来回对攻数百回,惊心动魄,也不见胜负,分不出高低。

木广礼为防止伤及小孙悟空性命,故招式处处留心,可这样相持下去也不是个办法,会破坏越来越大,更何况对手只是一个才上第二个百年学的小孩,他有些挂不上脸。

猛地,木广礼长啸一声,双手臂长出生机勃勃树干,枝繁叶茂,两根粗壮树干演变成两条活生生的木龙,体态雄健,龙爪强劲有力。

这是侠仙木广礼绝招"木龙困兽",一气呵成,气势磅礴,看得众师生如痴如醉,轰然喝彩。

木广礼挥动手臂,疾速向前攻,两条木龙奔腾翻卷,雷霆万钧,攻势一浪高出一浪,爪影全方位覆罩小孙悟空。

第一章　天命主宰

小孙悟空不敌，遍体鳞伤，鲜血淋漓，踉跄几步后仰倒在地，那虬枝龙爪抓紧他。

眼看战斗结束，骤然，小孙悟空瞪大眼睛，厉芒爆射，灵力如潮，他推开龙爪，猛然站起。

小孙悟空是越挫越强，越强越暴虐，整个身体已完全被灵力覆盖，倏变成牛高马大的，火焰是红紫暗色的气流喷涌体，只露出一双灯笼大的眼睛，闪闪发光，样子恐怖吓人，一股凛冬将至的杀气顿时弥漫全场，威迫全院。

大家生出惶恐不安之感，灵生们恐慌，仙师们凝重，瞠目结舌地注视着场上的变化。

危急当头，一段清澈明净琴声悠然响彻广场，接着一个浑厚且饱满有力的声音出现，伴随琴曲诵念仙家的《清心诀》：

"清心如水，清水即心；微风无起，波澜不惊。

幽篁独坐，长啸鸣琴；禅寂入定，毒龙遁形。

我心无窍，天道酬勤；我义凛然，鬼魅皆惊。

我情豪溢，天地归心；我志扬迈，水起风生。

天高地阔，流水行云；清新治本，直道谋身。

心神合一，气宜相随；至性至善，大道天成！"

师生一怔。这诵念声来自院长仙尊菩提口中，如清风徐来，大家心旷神怡，消除浮躁，安然若素。

那暴戾的灵力难以抗拒这琴声和诵念，一时平静许多，小孙悟空体内太极封印亮光再现，将红紫灵力吸回体内，重新闭合，小孙悟空恢复成原面貌。

木广礼借此促动两条木龙，屈曲盘绕牢牢地架住他。

一会儿小孙悟空双眸血丝消没，神智逐渐清醒。木广礼见小孙悟空眼睛呈现清晰明亮，便收手缩回两条木龙，手臂恢复如常。

木广礼喊道："纪律部仙管，你来明纪律、行规章！"

纪律部仙管走到广场中间，不去查明事情经过，反先塑造威信，直接喝道："孙悟空你打架斗殴，致他人重伤，已严重触犯仙规，鉴于你年龄尚小，给予记大过处分，并上交检讨书，孙悟空，你可认罚？！"

小孙悟空勾起心酸往事，抑制不住内心的悲愤，喊道："我有错，我认罚，但有过的不是我！"

纪律部仙管一怔，觉得颜面扫地，顿时目光锋利，盯住小孙悟空，呵责道："你看看周围，受伤的灵生，破坏的教室，不是你的过，那是谁的过呢？"

小孙悟空怅然说道："我从没有惹是生非的念头，今日却有了扰乱学院事实，我曾以为学院是一个让我们成为更好自己的地方，它平等、友善、阳光，可当我真的来读书时，却看到学院讲究家境与出身，那些世家子弟更受仙师的瞩目，更容易获得优质教育资源；看到弱势群体被有色目光对待，饱受歧视与嘲笑，所受的伤害成了一道阴影缠绕心底；看到高年级欺负低年级的，灵力强殴打灵力弱的，出身权贵侮辱出身贫贱的，暴力问题频频出现……"

小孙悟空眼中泪光闪烁，他恳挚地问道："我想确认地问一下，他打我，我要不要回打过去呢？我看到的学院是不是真实的学院？我有没有看错？我曾以为的平等、友善、阳光是不是我的想象而已？都说学院是灵界缩影，那灵界就是人情冷暖，弱肉强食吗？"

最后，小孙悟空悲愤高声喊道："没有谁比谁优越，我渴望平等与尊重！"

侠仙木广礼、纪律部仙管和站在广场的众多师生都一时愣住，神色严肃，默默地低头沉思。

这时，仙尊菩提从天飘下，他忧国忧民，博爱三界，历经大喜大悲后，心境清澈如水，道法自然。

仙尊菩提目光如炬，环视广场，沉重说道："孙悟空之问，让仙师们都汗颜，难以回答，仙师们已太久没正视教育的本质是什么了。学院应记全体仙师们大过一次，要检讨反省，不忘初心，勇于革新。"

侠仙木广礼和各在场仙师们低头作揖，郑重说道："我等知错，深刻反思！"

仙尊菩提语气凌厉再说道："各灵生，你们拥有灵力，就意味你们拥有不凡的能力，凌驾在苍生之上，这就是权力，要是你们尽道义，这权力便是造福众生，但要是这权力反使你们滋生欲望，那罪恶将沾满你们手上！"

众灵生躬身行礼，恭敬说道："学生谨遵仙尊院长教诲，终生不敢忘记。"

仙尊菩提朝焦糊仙斥责道："焦糊仙等滋事生非，以强凌弱，随意辱骂与殴打同级灵生，情节恶劣，给予留院察看处分，若再犯，便直接开除院籍。"

焦糊仙等看仙尊菩提声色俱厉，吓得他们心惊肉跳，哆哆嗦嗦地赶紧叩头认罚。

仙尊菩提又凝视孙悟空，和蔼说道："孙悟空，今日打架你虽事出有因，可你不慎被外在邪物入侵控制，走火入魔，造成大破坏，这也是事实，纪律部仙管作出的判罚，我觉得是合理的，你认为呢？"

小孙悟空心情疏解不少，忙说道："我愿领罚。"

仙尊菩提含笑点头，随后神情凝重，继续说道："九千五百年前，我建立修真学院，其中一个初衷就是要推行'三界大同，众生一家'的思想，期待这个理想可以实现，可三界分裂根深蒂固，伤痕难愈，我明白这是一条艰辛且漫长的路，但我不想放弃信念，希望砥砺前行，薪尽火传，坚信三界未来会出现这个理想社会。"

他停顿一下，说道："可自从神魔战争发生到结束，再到如今，这快三千年了，我要么处理仙会事务，要么下山云游三界，对学院与师生们怠慢不少，今天之事，其实最大过错之人是我！我向孙悟空、向所有灵生、向所有仙师们道歉，同时学院记我最大过一次！"

仙尊菩提说完，弯腰深深向全场礼揖。

木广礼及师生们惊慌，都齐刷刷地礼跪，喊道："是我们之过，让仙尊院长操心了！"

仙尊菩提礼揖完，用慈祥的目光打量着小孙悟空，心中思忖："这个孩子卓尔不群，心地善良又有独立人格，我着实喜欢他，很想收他为徒，可他偏偏与天帝有着牵扯不清的恩怨，且当年我答应观世音菩萨要给这孩子一个做普通人的约定。"

他想着："我若收他为徒，我就违背约定；若不收他为徒，我又心有不甘！一百年前我已放弃收他为徒的念头，可这样一个可造之才，不应该被埋没，被雪藏，这对孙悟空是不公平，且残忍的。"

仙尊菩提心中不停徘徊与纠结："这样吧，我交给天意决定！我收徒有三看，看品行、看悟性、看缘分，前面两样孙悟空已具备，这最后就看天意，若应天意，就此结上师徒情缘；若违天意，从此断了收徒念头。"

他想到这，顿时释然，然后说道："大家请起吧，我有两事宣布！"

师生们站起，仙尊菩提说道："第一个事，修真学院从今开始，要加强纪律与道德教育，尽学院应有的责任，明晰灵魂与信仰是什么，而仙师们除教书外，更应重视灵生的成长和引导，做到真正为人师表，希望修真学院出来的师生们，不会有一天让这权力泛滥成灾。"

他接着朗声说道："不管你们是雄心壮志，施展抱负，还是遇到挫折，面临选择时请都要保持心中的善念，不然就会被外在邪物入侵控制，走火入恶，成了一个连自己都不认识的人了。"

仙尊菩提讲话铿锵有力，振奋人心，大家均被震撼到，齐声说道："谨遵仙尊院长教诲！"

经仙尊菩提点明，大家顿时清晰小孙悟空变样是被外在邪物入侵，不是他本意初心，也就对这事不放在心上，不去刨根问底，因为这在身边是常见的情况，灵力高深奥秘，大家在修炼提升的万年路上，都会不时受到思想碰撞的考验，遇到信念混乱的抉择，到时守正不邪，便成神；舍正从邪，便坠魔。

可仙国监察部门监灵台有人存心想知道是什么外在邪物这么厉害，使一个二百年级灵生变得这么强大，但暗中跟踪小孙悟空几个月后便放弃了，不再上心窥察。

这小孙悟空就是一名普通孩子，上学放学，日常作息规律，没课时做的最多的事是去学院藏书阁看书，是个读书勤奋的好学子，虽然这改变不了他灵力薄弱的命运。

他们在调查文书上定案词写道："后天努力，但先天缺陷，注定不堪造就，平庸一生。"

后来天庭在灵界开展肃邪扩大化行动，天审司也曾派神秘卫调查孙悟空是否粘连上邪教，最终调查案卷跟监灵台同出一辙，且看孙悟空未满一千六百岁，灵力薄弱，他们也就不放在眼里，淡然处之。

情境回到广场上，仙尊菩提洪亮声音接着说道："近这三千年来，我没再直接收受弟子，在教书育人方面上，已有些跟不上时代步伐，这第二个事，我想收一名关门弟子，重启传道授业，以便提升自己认识，这关门弟子就在本院七百年级下的灵生中选一个，凡是这段的灵生们均可报名。"

仙尊菩提说完，要转身离开时，特意迅速暗中结个手印给小孙悟空看。

小孙悟空眼睛发亮，一道曙光触碰到他的心弦，他抑住内心的激动，仙尊菩提要求他报名参加这次竞徒活动。

第二章
邪灵复燃

修真学院仙尊院长要招收一名关门弟子,全院师生立即嚷声四起,这是个重大消息,也引起仙国及三界轰动。

仙尊菩提不仅是修真学院院长,又是仙会三长老之一,他教出来的徒弟其品德其武功都是名扬灵界的,侠仙木广礼是他弟子,现今神国女娲学院院长剑神风广仁、九州轩辕学院院长学圣孔广信,也是他的弟子。

成为仙尊菩提的弟子,不仅意味着能学到高深的灵力知识,容易成功跻身到高手行列,更意味着拥有更多机会成就自己梦想,拥有正灵位。

灵界那些有背景有实力的世家,纷纷托关系找后门,想推荐自己子女成为这个关门弟子,但都被仙尊菩提一概闭门不见,只一纸布告:"月圆之日,比试招生,首登无极,即为我徒。"

这月初,神都女娲城召开神道同盟百年一次的首脑会议,仙会三老方丈岛仙尊菩提、蓬莱岛南极仙翁、瀛洲岛云中上仙均来天庭参加。

大家一看到仙尊菩提,均当面请问招徒事宜,仙尊菩提只微笑答道:"顺其自然,一切随缘。"

天庭是三界的中心,神国是天庭的中心,女娲城是神国的中心,故神都女娲城是三界文明程度和先进程度最高的城市。

神都女娲城共九天,九天层层递升,经纬有度,气势雄伟。

二天之上是羡天,羡天的麒麟大道两旁,各类商铺门店鳞次栉比,各样灵物灵器琳琅满目,各种灵者摩肩接踵,熙熙攘攘一条大街绘声绘色把神都繁华景象展现在大家眼前,似乎说明现在是三界一个盛世太平的年代。

今日与往常一样热闹的羡天集市,突然"轰"的一声如雷响,整个羡天随即震晃起来，街道上一座最高最大的楼阁轰然倒塌，一股炽热的波浪冲出，跟着火光冲天，碎片横飞，楼阁内外一些神仙猝不及防，被伤得血肉模糊。

更可悲的是一些学龄前儿童，他们还没来得及学习灵力操控，却蓦然生命消逝。

大家一时不知道发生什么事了，急忙逃出废墟，四处都是倏地而响的凄厉尖叫声。

可恐怖袭击还在继续，半空中刹那出现十几名黑袍灵者，他们的脸藏在袍帽里，暗黑处一双恐怖的眼睛闪烁红光。

黑袍灵者们残忍地扔出数十个炸雷，抛向混乱与失措的神仙群中，猛烈的爆炸声不绝于耳，殷红的鲜血无情地四处喷溅，悲哭声与哀号声响彻羹天。

待神仙们倒抽一口冷气，清醒过来，忙使出灵力。一些神仙启动奇门遁甲，竖立防线，保护老弱妇孺，另外一些神仙亮出兵器，腾空飞升，由四面八方向黑袍灵者们攻去。

黑袍灵者们施出灵语，打开各自灵介空间，让一大群恶狼从里面冲出。这些恶狼高大凶猛，浑身通黑，露出异样的红眼睛，杀气腾腾地纵身扑来，到处狂撕乱咬。

但神仙们此时已镇定下来，纵横灵力迎战还击，排山倒海般将一只只恶狼掀翻在地。

可这些恶狼仿佛中了诅咒一样，只要还没死，能翻过身的，不管皮开肉绽，还是踉踉跄跄，都要站起来再疯狂攻击，密密匝匝地撕咬。

而那些黑袍灵者们狰狞面目，舞刀迅猛冲进战场，厮杀声更是激烈，刀光剑影，血雨腥风。

这时赫然耸现一个神，他身材挺拔魁梧，相貌威严，两眼炯炯有神，额头上烙印一个红色刑字。

他手中腾地掌出一条火鞭，爆发出强大气势，雷厉风行，一卷一抖把十几个黑袍灵者鞭打得厉害，每个黑袍灵者身上均有几道深深的卷翻血肉的鞭痕。

神仙群欢呼喝彩起来："刑神好样的！火刑烈鞭真厉害！不愧是大神！"

原来这神就是刑神武孤高，"火刑烈鞭"是他的独门绝招。

在刑神的引领下，神仙们收紧对恶狼群与黑袍灵者们的包围圈，恶狼与黑袍灵者再狰狞反抗，也是穷途末路。

突然黑袍灵者们甩掉手中的刀，张开手掌，手掌上沾满鞭痕伤口流出的鲜血，黑袍灵者伸出舌头，舔干手掌上的血，样子十分恐怖。

他们双手又撕开衣裳和袍帽，露出黝黑的脸、红色的瞳孔和凶悍的肌肉，

第二章　邪灵复燃

然后抬头号叫怒吼，跟着身体肌肉突然扩张，变得更加强壮，衣服被胀得破碎，身形暴涨两倍多，全身生出黑灰相间的毛来。

他们的头层层皮裂开，渐渐裂成巨脸的狼头，双手的指甲也变得尖长，闪着寒光，锐利无比。

神仙们惊问："变成狼身？！他们是？"

奇门遁甲防线后面一个资历深的老神仙说道："这是狼人啊！但他们销声匿迹快要万年了吧？今日怎么突然出现在这女娲城？！"

又有一些神仙们惊呼道："你们看！他们在胸口处文有同样的文身，看起来是来自某个组织！"

大家凝望过去，狼人胸口处都烙印一个红瞳白骷髅头的文图，红白文身在全身黑灰毛处显得格外耀眼。

老神仙脸上露出惊恐神色，惊叫道："这是邪教的标志，他们是邪灵！大家千万要小心啊！"

神仙们惊骇地又看到狼人的伤口在慢慢愈合，一股恐怖的气氛顿时弥漫羡天。

狼人与恶狼猛地齐声号叫，凄厉犹如鬼叫，令人毛骨悚然。

刹那间，他们再次闪电般地冲入刑神与神仙们面前开始大肆厮杀，他们张着血盆大口不断狂咬，舞着爪尖不停撕抓。

刑神武孤高挥舞火鞭，鞭风萧萧当中，在狼人身上已连打几鞭，但狼人的伤口能快速愈合，跟没伤着似的。

刑神武孤高瞪大眼睛，内心震撼不已，拥有自愈力将处于不败之地，这是每个灵者梦寐以求的东西，为何这些狼人会有这神奇的能力呢？

那些狼人愈加狂暴，横冲直撞，神仙们奋力拼杀，但场面上快有些支撑不住。

大家面面相觑。老神仙悲观说道："邪灵修炼邪恶灵咒，一般刀剑是伤不了他们的。"

大家急问："难道就没办法杀死他们吗？"

老神仙不停地摇头，怅然道："我不知道啊，末日噩梦战争已快万年的事了，我那时还小，只略知一二，如今能记的也只这么一点。"

正当情况危急时，"铛！"一声激响，一把飞剑破天而出，一道耀眼的剑光如闪电，照亮羡天。

那把飞剑掀起浪潮般的汹涌剑气，向那些狼人凌厉狂猛挥劈数十下，把狼人个个挑倒在地，而神仙们趁机把恶狼一一击毙。

大家凝眸端详，看到这把飞剑剑身铸刻"当仁"两字，顿时激动喊道："是当仁剑！"

天庭神仙们皆知当仁剑是剑神的剑，当仁剑寓意当仁不让，遇到该做的事就主动去做，勇于作为，敢于担责。

那些被当仁剑劈到的狼人，纷纷呻吟般哀号。神仙们惊喜地发现，狼人伤口喷溅出血，不能再自动愈合了。

大家如释重负，神色略微安然，眼瞳里出现剑神风广仁的身影，他身量高颀，英姿卓然独立，一头飘逸长发更显得他洒脱不羁。

风广仁说道："用至真至善灵者的血祭炉，以之筑成的兵器，会拥有真善灵性，只有这种兵器，方可伤到邪灵。"

狼人忍痛爬起来，目光恢复凶恶，对着剑神风广仁吼叫。

倏地他们再次起身，从屋檐上、从地面上，形成合围之势向剑神狂野冲来。

剑神风广仁立即反转跃起，挥起一团飞剑，在剑风呼啸中，狼人再次纷纷溅血倒下。

但这些狼人如之前恶狼一样，仿佛受了魔障，不管伤口有多重，都想要再次爬起来，可灵力已是衰竭，双手垂落，不断喘气，一副筋疲力尽的样子。

突然，他们眼睛迸发出穷凶极恶的杀机，猛声喊道："没有神魔，我就是天地！"个个全身青筋暴突，血丝遍布，恐怖至极。

风广仁目光惊愕，突然灵光一闪，大声喊道："大家快散开！"

神仙们瞪大眼睛，正不知所措，听剑神这一喊，赶快后撤倒退一大步，但为时已有些晚，狼人猛着跳起，扑到神仙群中。

眨眼间猛听"轰！轰！轰！"连番爆炸声，狼人肉身爆炸开，血肉横飞，产生的冲击力扫荡周边。

顿时，鲜血染红羡天，惨状触目惊心。大家都被震愣住了，彻底感受到邪教的恐怖。恐怖造成的苦难，摧毁了宝贵的生命、珍贵的感情、幸福的家庭、自由的灵魂、安逸的生活等等所有美好的东西。

这次狼人恐怖袭击事件的消息传遍整个神国及灵界，诸神与各国群情鼎沸，纷纷斥责邪教的行径，表示要团结一致，捍卫一切美好与正义的事物。

剑神风广仁与刑神武孤高妥善处置好此次事件后，两神并驾齐驱，赶往九天之上，向天帝禀明情况。

路上，武孤高好奇问道："剑神兄，刚才狼人他们喊'没有神魔，我就是天地'是什么意思呢？"

风广仁神色凝重地说道："刑神，这是当年邪教创立者邪主创设的一个教义中心思想，鼓吹解放个性、放飞自我，实际是在宣扬及时纵欲、完全任性，以此来蛊惑人心、释放欲望、拉拢罪恶，所以邪灵一般都是一些不法与恶行的灵者。"

武孤高再问道："众生皆知生命宝贵，可这些狼人竟然用自身肉体做炸弹，自杀式袭击，不可思议啊！这邪教是用什么方法竟能令这些信徒如此甘心赴死？"

风广仁肃然说道："邪教极力鼓吹献身观念，蛊惑信徒认为，'生，可等待邪主建立极乐世界；死，可直接进入星海极乐世界，只要对邪主忠诚，生死一样，都可极乐，若为邪教死，则更上一个层次，肉体圆满，灵魂永存。'"

风广仁顿了顿，愤然说道："邪教用'肉体圆满、灵魂永存'等歪理邪说来忽悠信徒，蒙骗他们视死亡为升华，消除他们对死亡的恐惧，最终控制他们的精神，被派来制造恐怖袭击，造成无数且无辜生灵的灾难，实在是可气、可恨！但我们不惧怕邪恶，正义永远战胜邪恶。"

武孤高却有些气馁，又有些向往，心情复杂地说道："听说万年前末日噩梦战争，邪主杀得神魔毫无还手之力，神魔差点灭族，而刚才剑神你还没赶到前，狼人是杀不死的邪灵，单单十几个邪灵就已让我们吃尽苦头。为何他们会这么强大？！到底他们修炼了什么？！"

风广仁眼里露出讶然之色，纠正说道："刑神，他们不叫强大，他们杀戮无辜，是卑微可耻，被所有的道义指责，被所有的信仰不容，他们能猖獗一时，但审判他们的正义时刻最终会到来。万年之前，邪主灰飞烟灭，邪灵销声匿迹，邪教土崩瓦解；万年之后，邪灵突然出现，旨在引起灵界恐慌，但跟过去一样，修炼邪恶灵咒，永远敌不过有真善灵性的兵器，而邪教鼓吹的所有东西都是与神道相悖，与伦理违背，与苍天作对，与极乐世界不符，这些狼人不是殉教者，他们只是暴力的恶徒！"

武孤高突饶有兴致问道："剑神兄对邪教所识甚多，是从哪里了解到呢？"

风广仁如实说道："我师父仙尊当年经历过末日噩梦战争，一直以此事教导我们要持正辟邪，平常我也跟史神谈古论今，曾深入探讨过当年灵界为什么会出现邪教这样的话题。"

武孤高眼睛发亮，突然向风广仁重重揖礼，说道："仙尊菩提德高望重，深受天帝敬重，听说他要招收一名关门弟子，我家犬子武居伟今年一千岁，在女娲学院读四百年级，还请剑神兄说个情，引荐犬子入到仙尊门下，我定当不胜感激！"

风广仁面有难色，说道："刑神，实在抱歉，师尊有令在先，此次他收关门弟子，仅在修真学院内部挑选，不让任何神仙与弟子说情，还请武大神见谅，不过令郎既然在女娲学院读书，我定当吩咐神师们悉心教导。"

武孤高心中隐隐有些不快，但表面上还是客套说道："剑神兄其修养已贵为女娲学院院长，其武功已然是天帝之下第一神，犬子能有剑神关注，我深表谢意。"

风广仁心胸坦荡，也没多想，施礼说道："刑神，不用客气。"

武孤高沉声说道："后面我要向史神司马阳多讨教，掌握邪教古往今来的历史，下次若再碰到邪灵，就可避免像今天这般有些束手无策。"

风广仁说道："刑神不必过谦，神仙们皆知你的火刑烈鞭独步灵界，那邪灵万年沉寂，突然来犯，大家都对他们了解甚少，难免打的费劲，当年我炼制当仁剑，若没有师尊指导，用我的血祭炉凝聚灵性，我今天也会无策。"

他顿了顿，脸容肃穆再说道："不过今天看邪灵这架势，是妄图要让邪教苟延残喘，我们是要多掌握一些情况，杜绝邪教死灰复燃。"

风广仁用话宽慰武孤高，但武孤高此时心里却在贪图邪灵的自愈能力以及邪教控制思想的方法，妄想拥有令大家心驰神往的不死之身与不败之地。

两神来到玉清皇宫第一殿凌霄大殿前，凌霄大殿巍然屹立在彩云紫雾间，气势磅礴，金碧辉煌。

玉清皇宫由四位镇殿将军王魔、杨森、高友乾与李兴霸守护，今日值班的是杨森将军，他往殿内通传，过了一会儿，出来便请两神进宫。

凌霄殿内灯火辉煌，奇香弥漫，神道同盟首脑今日集合在这里议事。

天帝上穹坐在台阶高台中间帝椅上，座旁一只玉麒麟，火目圆睁，巡视殿内四周，玉麒麟是天帝上穹的守卫神兽。

台阶高台下左右各两张侧椅，分别就座的是仙尊菩提、妖王九灵元圣、南极仙翁、云中上仙。

台阶高台再往下两旁站的是除神国、仙国与妖国之外的其他各路神道盟友，包括轩辕学院院长学圣孔广信在内。

天帝上穹慢慢说道："武卿，你身为刑神，司刑法，掌律令，现由你向各位神道盟友通报下此次邪教恐怖袭击事件的伤亡情况。"

武孤高向天帝行礼，朗声说道："臣遵旨！回禀天帝，据臣查证所知，今日邪灵在三界多处地方实施恐怖袭击，伤亡情况主要有神国羡天狼人袭击共造成二十四位神丧生，一百八十三位神受伤；仙国蓬莱岛夜叉鬼袭击共造成三十一位仙丧生，一百五十六位仙受伤；妖国精灵镇半兽人袭击共造成四十五位妖丧生，二百位妖受伤，其他神道同盟地方也都有一定的死伤，其中最严重的是人

第二章 邪灵复燃

间，邪教放出各种邪恶异兽咬人，数千人遇难。"

两旁站着的神道盟友们一片哗然，议论纷起，玉麒麟咆哮一声，大家顿时安静，目光齐刷刷地望向天帝，等待天帝决断。

天帝上穹冷峻地扫视大殿一圈，把目光停留在剑神上，问道："剑神院长，卿有什么可补充没有？"

风广仁施礼后说道："臣回禀天帝，此次邪灵都是选择市集人多的地方，进行极端恐怖袭击，造成当地伤亡惨重的灾难。当地灵者及时围歼这些恶徒，但这些恶徒负隅顽抗，待到强弩之末时，他们便全体自杀引爆赴死，我们没能有机会留下活口问到线索。臣猜想邪灵此次有计划的恐怖袭击，其背后目的一是旨在引起灵界恐慌与关注，宣告邪教回来，恐吓正义与善良的灵者，吸引不法与恶行的灵者；二是根据《灵界通史》上的记载，历史上的今日正是邪主战败之日，而这几天也正好神道同盟首脑会议举行，邪灵选择这一时间作乱，是强硬向各国示威宣战，发出恐怖袭击的威胁。"

南极仙翁也说道："九千五百多年前邪主差点把三界变成一个死亡世界，其可怕程度，我每当回忆那场战争，都是心有余悸，极不愿在有生之年再经历一次，今日邪灵重现，我们不可小觑啊！"

南极仙翁是目前灵界年龄最老的长者，他额前凸出，鹤发童颜，原本面带笑容，目光慈祥，此时神色也变得十分郑重。

云中上仙两眼深邃，他捋下长髯，也跟着说道："数千年时间销声匿迹的邪灵，今日突然连番出现作恶，看来是早有阴谋，擦掌摩拳，我们要预防邪灵下一波的恐怖袭击！"

大家群情激昂，纷纷跟着表态说道："邪教伤天害理，罪大恶极，各灵者得而诛之！""我们要保卫三界现在与未来，抵抗邪教与恐怖活动！""我们要行动起来，消灭邪恶，给我们子孙一个平安的生活环境与未来！"……

天帝上穹眼里划过精芒，突然问道："魔国有没有受到邪灵袭击？"

这数千年间会有一些邪教余孽及狂热分子膜拜邪主，在三界各处活动，但仅仅是一群乌合之众，躲在底层暗处小打小闹，形不成气候。

可今天邪灵却一反常态，一石激起千层浪，爆发出超常的恐怖威力，让天帝上穹不得不深入怀疑这邪灵背后有没有政权在支持，提供钱财与武力。

大家纷纷一愣，自从魔八百年前战败，被赶下天庭，流放到地界幽暗疆土，重建新魔国，就一直一蹶不振，几百年了都没听到他们声音，没看到他们身影，大家已渐渐忽视他们的存在，如今被天帝突然这么一提，大家这才猛然意识到当年的魔可是与神同样强大的民族，当年的魔国可是在天界与神国分庭抗礼，隔银河南北分治的。

天帝眼神盯住武孤高。武孤高干咳一声，忙躬身启禀道："天帝，据驻扎惩罪之墙的边军回报，有一伙邪灵计划要到魔国集市放炸弹，可那里是个天寒地冻、寸草不生的地方，连只苍蝇都不去，十几个外地灵者突然到访，明显与当地格格不入，刚入边关就被魔国保安团盯住，邪灵看计划无法实施，就暂停行动往回撤，在逃跑当中闯入病坊，那里面是一些软弱无力、等着救治的病魔，邪灵挟持病魔为人质，要求保安团放他们走，可是……"

武孤高停顿一下，继续说道："可是魔皇下令不跟邪灵谈判，要求保安团强攻，一场激烈的拼杀后，邪灵狗急跳墙，爆开全部炸弹，自己全体丧生火海的同时，也造成一千多名魔死亡，大部分是病坊里的老弱病残。"

大家震惊，一边愤怒邪灵毫无人性，丧心病狂到极点，一边对魔国的遭遇也动了恻隐之心。虽然魔族好战，本性冷酷，发动神魔千年大战，但战后魔也受到严厉的惩罚，从繁华似锦的天庭，迁徙到饥寒交迫的幽暗疆土，居住环境与生活条件完全是天壤之别，魔族不得不经历最深重的苦难。

天帝上穹一声冷哼："不谈判？！这倒是独领唯一的性格，自负、冷酷，没有仁义道德可讲！"

他目光如炬，接着冷狠说道："若发现邪灵背后有魔的影子，立即将魔从这个世上抹掉。"

落花流水春去也，此恨绵绵无绝期。大家看天帝对当年之事还在耿耿于怀，难以排解，便只好缄口不言，等待天帝圣裁。

妖王九灵元圣却按捺不住，开口说道："魔国被规定不能拥有军队，只留一些士兵组建保安团，仅够维护治安秩序用，巨额的战争赔款要他们加倍劳动按时交付，这几百年来，魔国全民食不果腹、度日如年，这种情况下哪有什么力量、财富与心思去支持邪教呢？且魔业信念最憎恨邪教，魔可是一直打击邪教的。"

妖王九灵元圣，狮头兽身，身披黑金铠甲，霸气威武，炯炯有神的眼睛闪射着众妖万兽朝拜时的王者光芒，据传他有九条命。

妖王九灵元圣倒不是好心为魔国辩解，主要是天帝的话让他心生芥蒂。妖还没归顺神道同盟前，自上古时期以来，就一直唯魔马首是瞻。"妖魔"一词最能体现他们唇齿相依的关系。邪教恐怖行为，是令大家不齿与不容，说魔与邪教同流合污，按物以类聚逻辑，无形中也嘲讽了妖也是一路货色。

妖国数万年来一直是魔国的铁杆盟友，妖王九灵元圣当年是魔皇独领唯一的结拜兄弟，但在神魔千年战争后面，临阵倒戈，妖王背信弃义，虽然可美言

第二章 邪灵复燃

其行为是弃暗投明，但总归是形象受损，遭人诟病，所以但凡外人谈到魔国，妖王都是表现得要对新魔国通情达理，提倡怀柔政策，想重新博些好的名声。

妖王心里其实还有一个企图心，妄想吞并新魔国，扩张领土，壮大势力，他不希望新魔国破烂不堪或荡然无存。

天帝上穹瞥一眼妖王九灵元圣，不紧不慢说道："希望独领唯一能安安静静地在幽暗疆土度过他的余生。"

妖王九灵元圣故作忧虑，试探道："魔国已是噤若寒蝉，起不了什么风波。但看邪教这势头似乎又要起来了，我担心他们会冲着万恶之源来，不知神国对这万恶之源封藏地有没有做到密不透风啊？可不能有什么懈怠。"

大家乍然听到妖王提到万恶之源封藏地这个敏感词，脸色顿变，整个大殿悄然无声，而刑神武孤高竖起耳朵，要仔细听天帝如何作答。

据《灵界通史》记载写道："天地四万九千三百九十七年，战神独求我感悟出武功真谛，与邪主展开激烈对战，最后视死如归，用死封住邪主的灵魂力量——万恶之源，挽救了神魔与三界。"

但《灵界通史》没有说明战神独求我将万恶之源封住在哪里，这快万年来，神国皇家对万恶之源封藏地一直是讳莫如深，把它视为神国最高机密，只有历代天帝才能知道。

因为万恶之源是邪主的力量源泉，谁得到万恶之源，谁就能直接拥有邪主那毁灭三界、神魔不当的巨大力量。

虽然当年战神独求我打败了邪主，但独求我是万年不遇的奇神，要修炼成战神那般高度，劳苦毕生也难以企及。可想拥有邪主那般力量却简单与直接得多，只要得到万恶之源就可以。

所以这九千五百多年来，好多有野心的灵者会试图去打听或寻找万恶之源封藏地，但除了天帝，无人能知晓或探得消息。

天帝上穹眼睛射出凌厉眼神，直视妖王，沉声说道："妖王放心，万恶之源万年安然在封藏地，谁胆敢有觊觎之心，我必定让他死无葬身之地！"

妖王九灵元圣神情自若，说道："万恶之源万无一失，是三界幸事，天帝为三界和平与繁荣，殚精竭虑，我等敬佩。"

天帝上穹不再理会妖王，把目光转向仙尊菩提，说道："仙尊，朕听听您老的建议。"

仙尊菩提意切说道："请天帝带领我们一道为这次邪教恐怖袭击事件中的遇难者祈祷，愿他们安息；为受伤者及遇难者的家属祈祷，愿他们坚强。"

天帝上穹颔首，说道："仙尊所言甚是，散朝后朕带各位卿家一起登上祈天坛，上香祈求苍天安抚这些苦难者。"

仙尊菩提站起，与殿内其他灵者齐向天帝行礼，异口同声说道："天帝仁慈，我等遵旨！"

仙尊菩提浑厚声音，抑扬顿挫接着说道："邪教死灰复燃，它那些歪理邪说，容易吸引堕落者、拉拢恶行者，我不得不担心它后面的发展速度，所以我吁请神道同盟务必要先把一些分歧放一边，大家同心协力建立反恐反邪教阵线，消除邪教这个对三界和平与安全最严重的威胁！"

凌霄大殿众灵者均凝神细听，不住地点头，赞同仙尊菩提的倡议。

天帝上穹说道："仙尊说的好，朕会带领神道同盟紧急采取行动，商定好反恐反邪教阵线的策略与措施，同时一方面朕已下令诸神全力搜索邪教，找出幕后主使，将这个元凶绳之以法；另一方面，为了防止邪灵再次恐怖袭击，全面清除邪教影响力，朕决定开设一个军政搜集情报机构，名'为天审司'，天审司指挥使由刑神武大神担任。"

殿内诸神、仙、妖与真人均惊诧，仙尊菩提问道："不知天帝准备给予天审司哪些职权？"

天帝上穹双目闪过厉芒，说道："在打击邪教活动，清除邪教思想以及找出邪教背后包庇者、支持者与阴谋者这一块上，天审司可集中三法司权责，全面巡查，统一缉捕，直接审判！"

这权力巨大，呼风唤雨，甚至可以滔天，刑神武孤高眼神闪烁不定，忽惊又喜，忽喜又怕，脸上却扬扬泛起一丝神气。

而殿内除了天帝与刑神外，大家皆忧形于色，生出一种抑制不住又消除不了的疑虑与不安。

仙尊菩提忧心忡忡地说道："请天帝三思，当今各国奉神为尊，服从神管制三界，遵循天条与共同宪章，天庭设三法司维护法之权威，同时三法司分开行政且独立执法，调查取证、审讯监察、复核驳正各司其职，联合办公却又相互节制，重大案件还必须三司会审，这些都是为了规避滥用职权，减少错案冤狱发生，彰显法之公正，若天审司集三法司权力于一身，虽然刑神公正无私，受大家认可，但我担心天审司下面官员难免会凌驾于法之上，胡作非为，压迫众灵。"

天帝上穹说道："朕非常明白仙尊的担心，所以天审司受朕直接管辖，所有裁决权归于朕，天审司目的是反恐反邪教，第一铁律为天理审正，为公道祛邪，若刑神或其手下执法有违第一铁律，查证属实者褫衣廷杖，再贬下凡间，受十世苦难。如此严厉，谅他们不敢胡来！"

第二章 邪灵复燃

天审司只遵帝命，只听帝断，这背后明显是天帝上穹在借机加强帝权，想要圣裁独断，驾驭苍生。

帝心执意如此，谁敢拂逆意旨呢？大家只好沉默，但仙尊菩提碧血丹心，为苍生仍正言直谏道："我们始终明确强烈谴责与打击一切形式的恐怖主义，无论其为何人所为，在何处发生，为何目的而为，但同样我们也要明确在反恐反邪教斗争当中，特别是在定性灵者或灵国为邪教思想者、包庇者、支持者与阴谋者等事情上，必须要依法审讯、众证定罪，以天条与共同宪章作为斗争的根基。"

他停顿些许，向天帝揖礼一下后再说道："法正则民悫，罪当则民从，法治三界，带来民安，天地间自然少些怨气，多些纯正，那邪教便没有传播空间，滋生不了罪恶，所以请天帝再三斟酌，慎刑平政才是上策。"

天帝上穹心里有些恼火，但仙尊深受三界众生敬重，又是铁杆盟国仙国的仙会三长老之一，仙尊的意见在三界具有很强的引导力与影响力，开设天审司可不需仙尊同意，但也不能让仙尊公开强烈反对，引发舆情压力，这必然造成对天审司后面办事受阻。所以至少要让仙尊在天审司这事上沉默。

上穹贵为天帝，此时也只好耐着性子说道："天审司会强有力消除邪教活动及思想的蔓延，全面巡查，统一缉捕，直接审判，在这种高压打击态势下，邪灵没有地方躲藏，天审司阻止了恐怖威胁；邪教没有空间传播，天审司净化了三界思想。"

仙尊菩提轻轻摇头说道："三界和平是天帝的天命，众生在天恩呵护下安居乐业，我们相信帝权是弘扬正义神道，秉承好生天德，但在帝权之下，若出现一个生杀予夺的特权官署，时间一久我担心其会势倾三界，压倒众生。"

他接着谆谆说道："我们要促进三界不同文明、文化、信仰、价值观念之间的对话、包容和理解，相互尊重，防止诽谤、压迫与消灭行为，只有这样才是从根本上让恐怖与邪教没有生存空间。"

天帝与仙尊各持己见，争论渐渐激烈，殿内气氛一时有些僵硬，其他诸灵屏声敛息，不敢作声。

这时杨森将军突然进来，急切说道："紧急军情来报，邪灵在仙妖两国中间地带宣布建国，国号'邪'！"

这军报如同晴天霹雳，震动灵霄大殿，史神司马阳撰续《灵界通史》，更新记录历史时，把那天所有有关邪灵发生的事情，统称叫"邪灵恐怖复燃事件"。

天帝双目厉芒剧盛，高声说道："邪教如此猖狂，朕为众生福祉着想，非常时期必须杀伐果断，现宣布开设天审司，尽快反击邪教的进攻和野心，绝不能让今日恐怖袭击事件重演，绝不能让末日噩梦战争重临，朕过去带领神道同盟打赢神魔千年大战，今天同样朕带领神道同盟也会击败邪教及所有的敌人，捍卫三界一切美好与正义事物！"

邪教既已踩到天帝、天庭与整个灵界的底线，引起群情激愤。在众灵狭隘的复仇情绪面前，仙尊菩提已不好再说什么。他目光忧虑，长叹一声，无可奈何看着天审司成了一个善邪灵者都闻风丧胆的部门。

自天审司成立日起，刑神与神秘卫办事高效，在灵界范围内，掀起了一场大规模的肃邪行动，行动目标是消灭邪灵，清除邪教思想。

起初天审司确能起到有效打击邪教，消除邪灵恐怖威胁的作用。但权力这种东西，不管对方是神灵还是凡人，都容易使其上瘾及腐败，特别是一旦拥有极大权力，又不受监管，更会为所欲为，一手遮天。

天审司渐渐把肃邪行动扩大化，不管是不是真的邪灵，也不管有没有加入邪教，只要有一点嫌疑的，或能沾上边的，或找出一些牵连的，就一并缉捕，大肆拷掠刑讯，不公开、不透露的案件，三法司均无权过问。

天审司在打击邪教的同时其实也在打击异己，那些议论、批评、进言、指责天审司的灵者，被刑神武孤高知道后，他便记恨在心，睚眦必报，会找各种办法、机会罗织罪名，制造冤案，如栽赃陷害、捏造诬陷，使对方再无生路可言。

在肃邪行动这段时期，刑神武孤高成了一帝之下的权臣，权倾朝野。

肃邪行动已实施了两百多年。一天深夜，一阵突来的寒风肃杀史神府，史神司马阳从睡梦中惊醒，他睁开双眼，赫然看到窗外有不停晃动的人影。

司马阳惊慌地喊道："谁在外面？！"

骤然，一群戴面罩的侍卫破窗而入，众人持刀围在司马阳周边，一副严阵以待的样子。

司马阳见这群侍卫身穿锦衣，锦衣绣上獬豸神兽像，马上问道："你们是天审司的神秘卫？！未见宣诏，却半夜私闯正神府，你们胡作非为，该当何罪？！"

神秘卫是天审司行动侍卫，他们不理会司马阳的呵责，待听到门外一声令下，速度劈刀，刀气波涛汹涌，铺天盖地向司马阳攻去。

司马阳急忙亮出神笔，抢上两步，狂舞急挥，以书法为武招，横、竖、撇、捺、点、提，时而纵横开阖，灵力流转；时而庄严肃穆，气象万千。

笔刀铮铮交击声中，房间里东西被砸烂一大片，但史神寝室被天审司布下结界，外面听不到里面的打斗声与破碎声。

第二章　邪灵复燃

司马阳武招跟着书法龙飞凤舞,迸出灵力也犹如龙凤神威,浩浩荡荡把周边神秘卫放倒。

突然从门外飞身进来一个神,手掌一条火鞭,卷滚灵力,迅捷凶狠地击打出来。

司马阳惊呼:"火刑烈鞭!"

他急忙向后退开,挥洒神笔,劲贯中锋取劲,挡住袭来的杀意,然后一声冷哼:"你刑神倒是亲自上阵,带头不法啊!"

武孤高沉默不语,眼神犀利,火鞭越使越快,宛若蛟龙奔腾叫嚣,凌厉杀气弥漫开来,满屋鞭影罩住司马阳。

司马阳遭遇强敌,神情越来越严肃,笔法铺开也越来越沉重,招式无法使全,他气血翻涌,全力下暂勉强打成一个平手。

斗上数十回合后,武孤高突然跃出一旁,神秘卫撒出一张飞网,飞网金光闪动扑向司马阳。

司马阳左晃右避,但这飞网是灵器,专用来缉捕,如影随形,牢牢纠缠,直至兜住。

神秘卫分别站在四方,同时拉拢网绳,飞网收紧,司马阳连斗两场,此时已筋疲力尽,眼睁睁地看着飞网网住自己。

神秘卫捆缚司马阳,用布堵住他的嘴,然后架起抬走,迅速飞离,史神府又回归到深夜里死一般的沉寂。

天审司拥有自己的监狱,称天审狱。

天审狱环境恶劣,刑具多样,刑法残酷,有命进去,没命出来,想要出来必须得散尽家财贿赂天审司上下,要么是应承刑神想要的事物,如奇珍异宝、修炼秘籍、归顺当爪牙等。

神秘卫把史神司马阳押到天审狱刑讯室,先一番严刑毒打,来个下马威。

司马阳怒吼道:"刑神,我是天庭命官,掌管天书阁,你和天审司没权力拘禁我。"

天书阁负责修书撰史、起诏制诰、收管档案等,地位特殊、清贵。

武孤高冷冷回一句:"若你有罪呢?"

司马阳目光明亮,说道:"我光明磊落,何罪之有?!若有什么要查证,也是需天帝诏令,三司会审才行!"

武孤高嘴角挂着一抹冷笑,说道:"在我眼里,三法司就是摆设,而天帝恩准我天审司遇到突发重大事件,可先处理后禀报,紧急的还可先斩后奏!"

司马阳叹道:"权臣当道,势必会权大于法,一手遮天;臣在法上,党同伐异！历史教训，历历在目啊！"

武孤高说道："史神，你别废话了，还是招认吧，免得再受皮肉之苦。"

司马阳望自己身上看一眼，多处地方皮开肉绽，伤口流出的鲜血还在淋漓地滴落，但他平静地说道："刑神，不知你要逼我招什么？认什么？"

武孤高双目射出两道寒芒，说道："史神，你身陷囹圄，还有心耍奸？不是我逼你什么，是你要对暗中支持邪教的犯罪事实供认不讳！"

司马阳说道："刑神你要诬陷我，可不可换其他的事捏造呢？天庭都知我司马阳对邪教疾恶如仇，征讨邪灵、邪国的檄文就是我亲笔写的，你用这罪名诬告我，天帝可信？！诸神可信？！"

武孤高狞笑说道："我就是要你坐实这罪名，让你遗臭万年！"

司马阳心里咯噔一下，说道："史神位列天庭八部三百六十五位正神里，按天条规定，正神有罪，必须昭告三界，天条是女娲大帝建国时所立，天条威严，不容亵渎！"

他瞪视武孤高，继续说道："你天审司再放肆，可苍天在看，你也得照天条规矩，到时天帝、诸神岂可让你信口雌黄，胡乱将我定罪？！"

武孤高眼睛冷冷闪着寒光，阴沉说道："我天审司已查明你罪证有三，定然会公布三界！"

司马阳不由得惊问："你说什么！"

武孤高说道："你罪证其一，当年你修订《灵界通史》，在《末日噩梦战争》这章里，你论述万年前正灵位晋升问题导致灵界社会出现严重矛盾，引起分层、冲突与动荡，邪主与邪教就是这矛盾社会造就的产物，你这是在标榜邪主出身，帮邪教犯罪找开脱啊！"

司马阳不由得一阵寒战，说道："刑神，你断章取义，穿凿附会！《末日噩梦战争》篇章里，我明确论述邪主、邪灵与邪教的罪恶，谴责他们极端偏激，悖逆天道伦理，凡对无辜生灵发动恐怖袭击，恶就是恶，没有任何借口可说辞，而史书的作用是要以史为鉴，继往开来，万年前神、魔、仙、妖、真人都有一部分灵者堕落成邪灵，所以我论述'矛盾社会造就的产物'这个观点，是希望灵界要包容，不要狭隘；要仁爱，不要仇恨，只有这样，众生和平共存，才不会让邪教有立足之地！"

武孤高说道："你表面上道貌岸然，实则暗藏邪心，所以我天审司洞察秋毫，查到你暗中支持邪教，你用'矛盾社会造就的产物'这个观点，暗中指引邪教要任意妄为，蓄意破坏，反正这个社会是矛盾的，没什么东西可守护。"

司马阳用力喊道："刑神，你血口喷人，满嘴胡说八道，但天帝心如明镜，诸神洞若观火，绝不会让你糊弄过去！"

武孤高冷冷一笑，问道："史神，你眼里、心里还有天帝吗？"

司马阳一下愣住，不知这刑神又是从哪里捕风捉影。

武孤高不等司马阳开口，闪出一叠手稿砸到他身上，"史神，你近期在撰续《灵界通史》，有神揭发你恶意抹黑天帝，这是天审司搜到你的《神魔千年大战》手稿，证明那神揭发的情况属实！"

手稿纷纷洒落在地上，司马阳低头一看，确实是他编写历史的原稿，但他不明问道："我忠君爱国，恪尽做臣子的职守，何神诬告我？有何指证？这手稿又有什么问题？"

武孤高回道："你在手稿写的神魔千年大战前夕，二千年前第十九届天考会上，当年还是神国储君的天帝败给了贼子独领唯一，失去凤诗诗，致神魔永久和平协议谈崩，酿成后面神魔千年大战发生。"

他顿了顿，厉声说道："史神，你罪证其二，按你这样描述，会让世人与其子孙后代都要误解当年神魔战争的导火索，是天帝想对魔皇旧恨新仇一起算，这战争是天帝主动点燃的！司马阳，你这是准备把发动战争的罪责归在天帝身上，抹黑他心胸狭窄，不惜腥风血雨、生灵涂炭也要公报私仇，你肆意破坏天帝形象，其最终目的就是通过此消彼长，来支持邪教长期负隅顽抗！"

司马阳开始心惊肉跳。作为史官，对历史负责，如实载言记事，申以劝诫，树之风声，这是史官的责任，可司马阳从来没有多想会有这么多弯弯绕的东西。

自古以来，天地气节是不允许史官趋炎附势，扭曲历史；更不允许谋算人心，颠倒黑白。

司马阳挺起精神脊梁，铿锵有力地说道："自天地元年以来，苍天赋予史神'秉笔直书，众灵不得干预'的权力与使命，不掩恶，不虚美，书之有益于褒贬，不书无损于劝诫，这准则已执行五万九千年了。今天，刑神你是要混淆是非，逆天干扰史记，那苍天自然会惩罚你，我无需多说！"

武孤高不以为然，"第十九届天考会可是天帝永远的耻辱与心痛，而天帝秉承天意，天帝即为苍天，你对天帝不尊，就是对苍天不敬！"

他语气一转，声色俱厉，"史神，你不仅记录天帝过去一段被羞辱的历史，还非议天帝肃清邪教，你大逆不道，其罪当诛！"

司马阳冷笑地说道："欲加之罪，又何患无辞啊！但我好奇我又如何非议了？"

武孤高说道："你罪证其三，你多次在正神们面前，毁谤天审司徇私枉法，煽动大家联名上书关闭天审司，你明知天审司乃天帝敕命所设，代表帝权，威慑邪教之用，却如此非议！你对天审司不满，就是对帝权不满；你挑唆关闭天审司，就是纵容邪教发展！"

司马阳反问一句："刑神，你扪心自问，难道我说错了吗？"

他大义凛然地再说道："你和天审司以打击邪教之名，滥用职权，在这里泄私愤，逞淫威，打击异己，祸害无穷，你天审司之弊给天庭带来乱政！"

武孤高怒道："司马阳，你已是砧板上的肉，任我宰割，还敢张狂？"

司马阳目光如剑，大声说道："你可杀我身，但杀不了我秉笔直书之灵魂！"

武孤高气道："神秘卫，给他上最酷的刑法，看他能坚持到何时！"

神秘卫在司马阳皮开肉绽的伤口处上又一刀一刀划、一块一块割起来，殷红的鲜血喷涌而出，模糊了司马阳的身体。

可这个手脚被铐、遍体鳞伤的正神却始终咬着牙，不吭一声。

司马阳的精神与气节震撼了在场神秘卫，一些神秘卫在钦佩的同时，心里也泛起了疑问、摇摆。

武孤高看司马阳居然如此顽强，又瞧到神秘卫行刑的手开始有些颤抖，顿时恼火，掌出火鞭，狠狠一鞭抽在司马阳身上。

"啪"的一响，司马阳跟着一声惨叫，那撕心裂肺的疼痛让他一下子昏倒过去。

武孤高无情地命令道："把他泼醒！"

神秘卫犹豫一下，但惧怕武孤高射来的凶狠目光，端起一盆冷水泼了过去。

"哗"的泼水声，就像催命的钟响，冰凉刺痛了司马阳的神经。他缓缓醒来，脸色苍白，身体极是虚弱。

武孤高瞅着他，冷冷说道："司马阳，不管你招不招，你暗中支持邪教的罪名已坐实，我劝你还是签字画押，这酷刑的噩梦可以早点儿结束。"

司马阳用微弱的声音说道："以言定罪，搞文字狱，天庭与神国自古没有，你今首开，消刚正之气，长柔媚之风，神之宗旨大倒退，可悲可恨啊！"

武孤高说道："你记录天帝，不树碑立传，不颂扬他丰功伟绩，反而秽迹彰于一朝，恶名披于千载，你犯下大逆不道之罪，还敢厚颜无耻在这儿装忠臣。"

司马阳知道刑神要党同伐异，他多说已无益，就清者自清吧。

他环视周边的神秘卫，静静说道："天帝赐天审司将士獬豸服，可知天帝用意？獬豸神兽能辨是非曲直，能识善恶忠奸，是执法公正的化身，神秘卫从龙甲军中挑选，不应该忘了龙甲军铁骨铮铮的军魂，而陷入到这黑暗的权欲沼泽里，最终受到历史的唾骂！"

第二章 邪灵复燃

司马阳的话如晴天霹雳震击众神秘卫，张张面罩后面双眉颦蹙，神情中夹杂困惑、羞愧与不知所措。

当初他们从龙甲军调到天审司，本冲着保家护国的使命，奔赴反恐反邪教前线奋勇杀敌，彰显男儿英雄气概，但后来天审司为所欲为，他们切身感受到权力带来的利益与好处非常明显，思想渐渐被权欲侵蚀与蒙蔽，正直是非已降为次要，慢慢沦为刑神清除异己的工具。

但如今眼前这场景大大冲击了众神秘卫灵魂。一些神秘卫开始叩问自己内心："我还是当初那个飒爽英姿、热血沸腾的军人吗？"

武孤高觉察到神秘卫气势消沉下来，他双眼闪起厉芒，冷峻扫视在场神秘卫，呵斥道："天审司与邪教你死我活，要是你们被邪灵抓到，会被摧残得生不如死，所以为了灵界安定，神国福泽，必须对敌人狠些，成大事者不拘小节，别被这个大逆不道者的一些谎话给骗了，听明白了吗？！"

众神秘卫慑于武孤高的手段，只好唯唯诺诺地应声"诺"，但情绪明显有些颓丧。

武孤高令众神秘卫退下，他审视司马阳，蓦然语气变得婉转，说道："史神，生命与荣誉都很宝贵，你若戴罪死去，元神不仅没资格去极乐世界，到鬼国法庭，还会被判到下等去处。"

司马阳说道："天理昭彰，自有公断，杀身成仁，我心甘愿！"

武孤高说道："你这又何必呢？我这边可保全你生命与荣誉，只要你告诉我一个地方。"

司马阳诧异，不由问道："什么地方？！"

武孤高一字一顿说道："万——恶——之——源——封——藏——地！"

司马阳惊骇地瞪大眼睛，呆愣半晌，突然开口不断骂道："你这个乱臣贼子，祸国殃民！"

武孤高眼中目光杀意尽显，猛地击出一掌，灵力贯穿司马阳身体，司马阳立马吐血身亡。

刑讯室沉静了片刻，一个清瘦修长的神缓缓走进，他朝司马阳满身溅血的躯体瞥了一眼，说道："恭喜刑神除掉一个眼中钉，天庭少了一个攻讦你的正神，你权柄牢固，霸业可图！"

武孤高说道："有你司马无间的举报与谋划，虽除去司马阳，但也没问到更多的东西，这万恶之源封藏地还是一个谜。"

这司马无间不仅与司马阳同族，又是司马阳的副手，任天书阁学士，一直想要替代司马阳，副职转正。

他看到天审司权势日益高涨，便趋炎附势，暗中投靠刑神，策划了这场诬告案。

司马无间说道："我看司马阳未必知道谜底，他固执顽抗，留他性命，只会乱咬他人，节外生枝。不过……这司马阳毕竟是正神，未经天帝裁决，我们就这样杀了他，恐引起天帝不快。"

武孤高说道："天帝对司马阳直书他当年与凤诗诗的事情，早已恶之，而只要司马阳签字画押，那诸神他们也没话可说。"

说完，他挥动灵力操纵司马阳手臂，在一张供认状上写下"司马阳"三个血字，并按下血红手印。

司马无间脸上露出笑容，说道："妙啊，把司马阳的罪状呈报给天帝，再禀告司马阳已畏罪自杀，这铁案就办成了。"

武孤高眼里闪着贪婪的光芒，懒懒地说道："这邪教操控死人剩余的一些魂魄，让其做事的方法，确实好用。万年前他们有超神魔的实力，当之无愧，可恨我找不到万恶之源封藏地，万恶之源才是真正的无敌力量。"

司马无间说道："我查遍天书阁所有资料，虽没找到封藏地的位置，但发现了一条线索。"

武孤高眼睛亮了，忙问道："什么线索？"

司马无间徐徐说道："开国初期，灵宝天尊擒住四凶，用灵宝伏凶阵将它们关押在沈天，快万年前末日噩梦战争结束，当时天帝太一在四凶关押地上面建女娲学院，我琢磨太一天帝要封藏万恶之源，神国最安全的地方是女娲城，女娲城最严紧的地方有三处，太微玉清皇宫、龙甲军驻扎地与女娲学院。"

他顿了顿，接着说道："会不会太一天帝借建女娲学院的幌子，把万恶之源封藏在灵宝伏凶阵里。一则灵宝伏凶阵强大，灵界没有几个会破阵；二则女娲学院里的众神师们都是一等一高手，由他们守护，外人很难闯到院里。"

武孤高听着认真，点了点头说道："你分析的有道理，完全有可能把万恶之源封藏在灵宝伏凶阵里，灵宝天尊可是三清之一，他的法阵自然难破；女娲学院每任院长也都由天帝直接委派，选的都是武功数一数二且对皇家忠心耿耿的大神。"

司马无间说道："但这只是我的猜测，要去证实才行。"

武孤高问道："有什么办法没有？"

司马无间思忖后说道："古书记载灵宝伏凶阵用四色幡布阵开阵，灵宝天尊去极乐世界前，把四色幡与守阵任务交给四位弟子，四位弟子灵逝前又安排给下一代守阵弟子，数万年传承，如今是到了四大天师手上。"

第二章 邪灵复燃

在灵力学院教学的老师统称为"灵师"，五个学院对灵师又有不同别称，女娲学院称神师，蚩尤学院称魔师，修真学院称仙师，妖精学院称妖师，轩辕学院称道师。

在所有灵师中有四位是灵师中的大师，他们是张道陵、葛玄、许逊、邱弘济，这四位学术造诣极深，学识渊博宽广，三界尊称他们为四大天师。

武孤高微微皱下眉头，说道："四大天师死心塌地跟着剑神，又受五个学院数万灵生尊崇，想要动他们可有些难。"

司马无间说道："我们只需打开灵宝伏凶阵一角，验证里面有没有万恶之源就行，万恶之源势焰熏天，若它在那里，打开的一角自然会霸气侧漏，强于四凶百倍、千倍，甚至有可能是万倍，那时天地惊骇，神魔惧怕，众灵俯首称臣。"

武孤高双目中精光闪亮，贪图这种境界，他侧身盯住司马无间，问道："看来先生是有了对策吧？"

司马无间淡淡的眼神，让人捉摸不透。他见武孤高问起，便不急不慢地说道："拨浪神鼓当年也是灵宝天尊的宝物，与四色幡同在灵宝炉同一批制成，属性有相似的地方。"

武孤高嘀咕着说道："拨浪神鼓？就是天河元帅府朱家的传家之宝？"

司马无间说道："但朱帅这神刚正不阿、秉公任直，不大可能会助大神你打开灵宝伏凶阵。"

武孤高冷冷说道："不愿依附，便灭了他，夺走拨浪神鼓。"

司马无间躬身说道："武大神神武盖世，我司马无间深深折服，愿效犬马之劳。"

武孤高说道："史神这官职你先当当，后面我保你飞黄腾达。"

司马无间作揖说道："能当上史神，我已心满意足，不敢再奢望其他。"

武孤高回道："司马阳不识时务，不懂帝王心，致今日杀身之祸，你这个新史神，可要借鉴啊。"

司马无间说道："史神为天庭命官，自当要为君歌功颂德、树碑立传，天帝上穹驱魔下界，一统天庭；统治众生，神道独尊，其伟绩旷古绝伦，无帝超越，可称为千古一帝啊！"

武孤高上扬嘴角，一阵奸笑，"司马无间，你果然见识卓越，洞察超凡，有你为我谋划，我刑神何愁大业不成！"

司马无间再表忠心，"我司马无间定当誓死效忠刑神，赴汤蹈火，在所不辞。"

第二天凌霄大殿朝会上，刑神武孤高进表启奏天帝，述道史神司马阳对暗中支持邪教的犯罪事实供认不讳，在签字画押时，有感愧对圣恩，无脸面对诸神，挥掌自尽，以谢天地。

刑神的奏章犹如一颗重磅炸弹，在文武两班大神中引起猛烈轰动。大家或是瞪眼惊愕，满腹疑惑，或是皱眉沉思，费解挠头，神态各异，突然又是一片哗然，有质疑刑神擅自刑讯的，有指责史神欺世乱道的，也有沉默寡言置身事外的，大家反应又是各异。

班中先闪出剑神风广仁，他高声呵斥武孤高，"刑神，史神可是位列在天庭八部三百六十五位的正神，你事前不向三法司告知，不向天帝请玉旨，就擅自缉拿史神刑讯，你眼里还有天条律法吗？"

武孤高狡辩道："我眼里只有天帝，反恐反邪教是天帝制定的国策，我天审司办案快马加鞭，呕心沥血，只为了分君之忧，早日清除邪教，让神国与灵界恢复安定。"

风广仁冷眼问道："你天审司打着反恐反邪教旗号，便可以独断专行，视天条律法于无物吗？"

武孤高突然俯伏奏道："剑神此话，微臣惶恐，天审司是天帝直辖机构，是帝权象征，天帝对臣信任与垂爱，将天审司交予臣管理，臣九死也难报帝恩，故臣尽忠勤勉、肝脑涂地，不敢妄为。天帝当初恩准天审司遇到紧急事件，可酌情先处理，再来禀告。臣恪守天条，认为法自帝出，帝权至高无上，既有这恩准，便是天条！"

剑神与大殿内诸神均瞪目结舌，诧异刑神满舌生花。这话既向天帝表了忠心，又拿天帝来当挡箭牌；处处推崇与维护帝权，又变相"合理"解释自己的行为。

武孤高再说道："启禀天帝，臣昨日突然得到重大情报，说史神司马阳暗中支持邪教，史神可是正神，在天庭有一定关系网，臣担心走漏风声，让他跑掉，故臣采取秘密行动，先请司马阳进天审司核实情报真假，然后再写份调查案卷呈上，等天帝定夺，但没想到司马阳畏罪自杀，我救之不及，还请天帝降罪于臣！"

武孤高这几句话说的滴水不漏。昨晚司马无间定要跟他排演对答，这司马无间多谋善断，已预料到今日朝会上刑神会遭到剑神抨击，而将危机变转机最好的办法是将天审司与帝权捆绑在一起。

风广仁却见招拆招说道："按刑神这样，以个人好恶与主观判断，便可擅自缉拿神灵，刑讯问罪，甚至屈打成招或伪造证据，那我们这些神还有安全感可

第二章　邪灵复燃

言？到时权臣一手遮天，僭越乃至凌驾在帝权之上，则皇家危矣！神国危矣！"

武孤高大惊失色，惊出一身冷汗，他知道权臣深受帝权忌惮，权臣基本都没好下场，除非有势力变天自己称帝，不然在强悍帝权面前，天帝一翻脸，想让你倒你就马上倒。

他赶紧跪拜，奏道："君要臣死，臣不得不死。臣这条命本就是天帝的，任由驱使，效犬马之劳，而天审司本就是以天帝意志行使权力，彰显帝权独尊，是天帝打击邪教、维护三界安定的工具，邪灵一桩桩恐怖袭击惨绝人寰，邪教在三界范围内迅速蔓延的势头不可小觑，所以天审司有时办案火急火燎，是出于公心，想把邪灵恐怖危险扼杀在摇篮里，臣对天帝可是一片赤胆忠心，请天帝明鉴！"

风广仁一针见血说道："你在肃清邪教，也在排除异己，天条律法是为了保障神灵权益、意志与自由，若司在法上，神在司上，则法将不法，国将不国！"

武孤高想要再狡辩，但天帝终于开口了。天帝眼神冷峻犀利，沉声一句："好了，两位大神，朕已听明白了。"

大殿诸神立时寂静无声，仿佛空气突然凝结，大家心绪紧绷起来，近百年来，天帝上穹喜怒无常，天威难测，性格变得越来越独断、冷酷与多疑。

天帝说道："司马阳既已自裁谢罪，此事就到此为止，各位臣工不必再争论了。念司马阳良心未泯，曾有苦劳，特降恩罪不及孥，宅府如常。"

诸神躬身拜礼，赞道："我帝大仁大慈，臣等景仰！"

天帝目光如电闪雷劈，却又问道："风院长、武刑神，现天书阁空出史神神位，两位大神可有举荐神选？"

武孤高先启奏道："臣保举现天书阁学士司马无间，他一直是司马阳副手，兢兢业业两千年，今正职缺位，按往常都是由学士继任。"

风广仁憨直，说道："但司马无间文风媚俗，不符合史官直书其事的刚正，恳请天帝三思。天书阁地位特殊，臣提议史神可由正神们票选产出。"

天帝两眼寒光一闪，帝权岂可让群臣分享？他说道："不必轩然大波，朕圣断司马无间为新史神，即日担任。"

风广仁心中一凛，想要再直言进谏，可刚要开口启奏就被天帝上穹打断。

天帝突然高声问道："武刑神，仙妖两界的前线战事如何了？"

武孤高心里暗暗自喜，天帝转移话题，不让大家再奏，就意味着新旧史神事已尘埃落定。

他双目闪亮地说道："神仙妖联军在天帝统领下，所向披靡，战无不胜，即将消灭邪国，现剩一些残余邪灵正狼狈四处逃命，联军必将其一网打尽！"

说完，武孤高倏地跪拜，大声谄媚喊道："天帝雄才伟略，臣顶礼膜拜！"

殿内诸神怔愣片刻，只好躬身行礼，跟着一起歌颂天帝丰功伟绩。

天帝嘴角逸出一丝笑意，说道："此次征战，能大获全胜，这其中一有同盟齐心协力，二有诸神尽心辅佐，三有天审司肃邪行动高效。"

他接着敕令道："灭邪战争接近尾声，肃邪行动前面激烈斗争阶段可就此结束，但后期天审司要保持常态化震慑态势，任何情况下都不能忽视邪灵与邪教的威胁。"

天帝举手投足间自然流露出帝王霸气，他再说道："还有一事，天官府首领紫微大神年事已高，请求辞官，他要专心迎接极乐世界考验，朕已允诺，这留出的空位……"

诸神屏气凝神，仔细听天帝要说的内容。天官府可是掌管诸灵政务上任免、考课、升降、勋封、调动等事务的职门，还包括天地考，这多多少少都会关系到每个灵者的切身权益。

天官府的首领与掌管军事的战神，向来并列站在朝会前面，分别领衔文武两班。

而天帝此时故意停顿，眼眸深邃地环顾了一下四周，突然下诏道："正神风广仁既是女娲学院院长，又封为剑神，文武双全，德勇兼备，其胸怀三界，心系苍生，朕甚感欣慰，特委任兼管天官府。"

听到天帝谕旨，殿内诸神中有欣然同意的。也有忧虑不堪的，天庭隐然已形成几个派系，但大家都骤然领悟到帝王权术的深奥与可怕。

这圣断像一把尖刀插在武孤高心上，他浑身不舒服，内心怨恨、憎恶、愤怒，他明白天帝动机，这是对他的一次警告，天帝要告诉他，帝既可成就臣，也可毁掉臣。

武孤高暗下决心，一定要找到万恶之源封藏地，成为三界最强的王者，黑暗的野心让他坠入无底的邪恶深渊。

新旧史神事件使天庭从此走向分裂，好几种势力都开始活跃起来，其中最明显的两个派系一个是剑神及背后的女娲学院，另一个是刑神及背后的天审司。

这两个派系针锋相对，矛盾已是公开化。但天帝上穹深谙帝王制衡权术，重用武家，同时又扶植剑神，有意让二神相争相斗，而他张弛操纵，威柄不移。

司马无间当上史神后，作为天书阁的首领，开始对书籍进行清查，任何可疑是邪教思想传播、有损天帝形象的书籍全被列为禁书，查禁焚毁的书籍短短时间内就超过数百万册。

司马无间极力迎合天帝，掩恶扬善，歌功颂德，把天帝与凤诗诗相关的一段史事，包括第十九届天考会记录，不仅在史书与档案上都剔除干净，还加紧对灵界书刊的审查，若有编写、刊印、收藏相关内容者，则以"大逆"之罪缉拿判刑，使知情者变得讳莫如深，三缄其口。

天审司串通天书阁禁书的同时，又在灵界撒下一张监控大网，暗下组织成倍增加，神秘卫队伍不断扩大，搞得众灵人心惶惶。许多灵者不再关心朝局，宁愿当闲云野鹤，做快乐神仙。

天帝上穹宠信武孤高与司马无间，使帝王独尊专制、个神崇拜得到了空前加强，奢靡之风与媚俗之气在天庭也逐步兴起。六百年后，在天地五万九千八百年时达到了顶点，不良风气充斥着整个女娲城。

第三章
角逐拜师

话说仙尊菩提参加完那次在天庭的神道同盟首脑会议之后,当天便与南极仙翁、云中上仙一起返回仙国,召开紧急仙会,商讨着手布置反恐反邪教的方案。

面对"邪灵恐怖复燃事件"引起的紧张局势,仙尊菩提并没有取消灵生竞徒比试,反而把它当成一次锻炼灵生成长的机会,希望为正义力量发现可造之才。

月圆之日那天,一大早,仙人们都急忙赶到修真学院后面的无极山,在群山脚下入山门口处前等待入山。

无极仙峰是仙国最高峰,在这群山的最深处,本来僻静无声、渺无人影,这天却是人潮涌动,热闹非凡。监灵台不得不对四周实施了严格的安保措施,实时监控场面。

仙尊菩提在无极山脉内布下结界,侠仙木广礼站在结界门前,高声说道:"这次竞徒比试,不设考题,也不设擂台,是一场冒险之旅,考验灵生的野外生存能力。师尊有令,只有七百年级以下的灵生才能进入这无极山脉内,哪一个灵生先登上无极仙峰山巅,便是他的关门弟子,师尊已在无极仙峰山巅静等胜者。"

一些仙人听后开始质问:"这不是让这些孩子置身在险境里吗?现大家都知道,邪教死灰复燃,灵界遭受恐怖主义的威胁与挑战,万一山脉里出现邪灵,怎么办?"

"就算没有邪灵,但那山峰悬崖峭壁,山路崎岖险要,山里还有奇花怪草、灵禽异兽,就算是我们这些仙人进山也是困难重重,何亏这些孩子?"

"仙尊老人家只收一名弟子,其他小灵生都是陪考,为了这么小的成功率,孩子要经历那么大的凶险，万一有什么三长两短的，这不是不值得啊！是要后悔一辈子啊！"

这些仙人们说的有些道理，这也正是其他仙人们的顾虑。仙人们开始议论纷纷，纠结要不要让自己的孩子以身犯险，博取这仅有的一个名额。

木广礼眉头紧锁，发功狮子吼说道："这次师尊招徒，本着自愿、公平、进取的原则面向全体七百年级以下的灵生们，灵生进入群山，自己要面对所有不确定因素的考验，至于安全方面，大家放心，无极山脉有师尊结界保护，在结界前，监灵台也已清查过，不会有邪灵出现，且进山的灵生暗地里都有专门的仙师在保护，绝不会有生命危险，可是……既然是冒险之旅，保不准会擦伤摔伤，头破血流的，所以要不要进山，值不值的问题，请仙人们自己决定清楚。"

他凛然地又说道："但想成为仙尊菩提的弟子，起码要有一颗坚毅之心和一份果敢的精神，若没有，就不要进去了。"

仙人们闭口下来。山脚下一时安静了许多，但大家也在踌躇观望。

这时一个二百年级的灵生，背着背包迈步走到结界门前。木广礼看到这个弱小的身材眼睛顿时亮了起来，忍不住脱口一说道："是你？！"

那孩子平静回道："是我。"

仙人们纷纷询问这孩子是谁。学院的灵生们都认得这位二百年级的灵生，便七嘴八舌地说道："他叫孙悟空，是个孤儿。""他没有灵力，就是凡人一个。""不，他是仙尊院长捡来的一块石头。""他是石头生的，没有父母。"……

仙人们看到这个"出头鸟"出现还挺紧张，怕他抢先一步占了名额，但听孩子们这么一说，随即把心放下，跟着孩子也八卦起来说："这么小又没灵力，根本就过不了无极山脉，他居然也想来应试，这不是鸡蛋碰石头——自不量力吗？"

"他怎么就不怕危险呢？是个调皮的孩子吧？没父母的孩子一般都很任性。"

"这么小的灵生，过去肯定受了不少伤，可怜的娃，要是有父母在，父母绝不肯让他去。"

"他这是在找事，还要劳费仙师去保护他，也会连累此行的灵生，不能让他去。"

……

灵生与仙人们的闲话显然多于同情。木广礼看着小孙悟空，说道："不去理这些仙人，做自己就行。"

小孙悟空苦笑着，回道："我哪有空去理别人呢？"

造物弄人。他成了别人眼里的一块石头，在阶级分层与种族主义尤为突出的灵界里，搏击长空是雄鹰的事，绝不是石头该有的梦想，石头应安静地做自己，发展或垫脚石才是石头应走的道路。

他想要改变这种际遇，但现实总折磨着他。

他已体会到软弱的妥协只会让现实变本加厉，他明白低头的乞讨只会让别人更看不起自己，他懂得只有坚强的抗争才会赢得世间的尊重。

小孙悟空目光坚定，向木广礼揖礼，清脆说道："请木院告知进山的条款要求！"

木广礼眼睛闪过赞赏的神色，迅速结出手印，霹雳喊道："开！"

结界门生出许多门，并排而立，各门上都浮现出不同的奇门遁甲封印，这些封印在很短的时间后就会被另一组封印替换掉。

木广礼解释道："进山条款有三条。第一，应试的灵生须在封印变换前，一次性解开封印才能穿过结界进山，凡解错、时间过、借助他人作弊的即刻出局；第二，能解对进山的灵生，必须一路徒步，在到达无极仙峰前，仙器只能护身或开路，不可利用仙器飞行或遁行，不然这也是作弊出局，但可以利用山脉内的灵物异兽，并且不限制使用范围；第三，进山的灵生不得故意阻碍或暗中破坏其他灵生前进，或者致其他灵生受伤，凡是没恪守品质，没遵行学院宗旨的灵生，就算第一个登上无极仙峰山巅也是出局。"

他再说道："一条安全提示，进山要是遇到解决不了的麻烦，感觉有受伤的风险，可以喊出'救命'，仙师会立地出现保护，但一喊救命便是出局，就算不喊，只要仙师评估灵生自身解决不了麻烦，也会现身解困，同样意味出局。"

仙人们眼快，马上喊道："这封印可是灵生要读到七百年级以上才掌握的知识，这些七百年级下的灵生们那能解开呢？这不是为难他们吗？"

木广礼有些不耐烦，吼道："能成为师尊的关门弟子是何等荣耀与福气，这名弟子肯定是要百里挑一，人才出众才行。没人破解、没人登上仙峰山巅或比试过了今天之日，宁可不招也不滥竽充数！你们要是觉得自家孩子不行，赶快离开，别在这喧嚷。"

不等木广礼吼完，全场倏地自行变得安静。此时的大家瞪大眼睛，正全都凝望一处，神情诧异。

木广礼好奇，顺着大家目光，看到原来是小孙悟空正在解封印。他边看边惊异，这小孙悟空竟然已能懂得破解奇门遁甲之术，但随后他又觉得不奇怪了，在小孙悟空身上他似乎看到一种无限可能。

小孙悟空心神专注，手指点在封印上，按思路和规律划出破印阵图，以十干的乙、丙、丁为三奇，以戊、己、庚、辛、壬、癸为六仪，三奇六仪，分置九宫，而以甲统之，视其加临吉凶，以为趋避，而九宫对应八门，分别是开门、休门、生门、伤门、杜门、景门、死门、惊门……

结界门吱地一声打开，等孙悟空进去后又合上，门上重新浮现出一个新的不同封印。

仙人们吃惊不小，赶紧催促自家孩子上前一试，但现实不尽如人意，结界门挡住了绝大部分应试灵生，只有二十几位天资聪颖的灵生能破解穿界进山。

无极山脉里，山岭突兀险要，一座座山岭如把把怒刀砍向云霄，雾气缭绕，山脉里充满着神秘和恐惧。

还好满山种着奇花五彩蒲公英，和风吹起，五彩蒲公英在空中翩翩起舞，散发出五彩各异的亮光，犹如水母在海中漂游，很是美丽。

小孙悟空虽然第一个进山，但自上次暴走之后，灵力昙花一现，身体又成凡体，行走速度远不及其他灵生仙体来得快，很快就成了最后面一个奔跑者。

没过多久，前方深林处突然有人喊出"救命"声，紧接着亮光闪烁，浑厚护体灵诀声响起，明亮的上空有人御剑飞过，是仙师携带那名救出的灵生离开群山，回到山脚下。

小孙悟空知道越往深山里，便越有危险。猝然，眼前出现一片被火烧过的痕迹，他神色凝重，四处观察一番后，便埋头在草丛中寻找东西。

一股清新淡雅有别于寻常草味的香气拂面而来，小孙悟空发现是一簇嫩绿的异草在散发香水般的气味，这气味让人第一次闻上就喜欢，叶片上一颗颗晶莹水珠好似幻化的生命在不停跳动。

这簇异草唤作水灵草。小孙悟空向这水灵草作揖后，双手轻轻握住草叶，轻轻地压出些许液汁，抹在双臂上，又轻折一片草叶系在手腕上，然后才往前面一片火烧地走去。

火烧地前头是一株株几尺高，遍身火红色的奇花，挡着了去无极峰的必经之路。

这奇花在这阴冷山林里热情如火的存在，妖艳撩动人心。小孙悟空均匀呼吸，小心翼翼地擦身穿过，但脚下还是咔嚓一声，踩到了奇花底下的根枝。

小孙悟空身边几株奇花枝头上的花苞昂首探出，齐朝小孙悟空展开花瓣，萼里一团一团燃烧的火焰喷向小孙悟空。

这奇花叫火焰花，凡谁惊动它，它便向谁喷火。

小孙悟空急忙拍打手臂，又举起手腕，散出水灵草香味，那些花苞闻到这气味，马上闭合花瓣，侧过身掉头转向。小孙悟空趁着这空隙，快速奔跑穿过这片火烧地。

这水灵草与火焰花相生相克，涂上水灵草液汁，便可抑制火焰花对准自己。

蓦然，前面山崖深处又发出几个人的"救命"喊声，这声音充满惶恐与颤抖，接着就是亮光不时闪现，仙师御剑飞行将他们带出群山。

此时群山内已弥漫着恐怖气氛，灵生们虽知有仙师们在暗地里保护，可还是阵阵心惊肉跳，有些灵生直接选择放弃，不再前进。

小孙悟空目光远望，给自己打气道：既然已踏出这一步，定要勇敢面对，一往直前。

他向火焰花深深一作揖，然后从背包里拿出一把小刀，用小刀轻轻割下一枝火焰花，带在身边一起出发。被切去花苞的那株枝头上，很快又长出新的花芽。

小孙悟空继续往深山丛里前进，走不久，忽听到前面有打斗声。他循声奔过去，看到五名灵生围着一棵苍劲古树搏斗，而一朵彩云来回穿梭干扰灵生。

孙悟空辨识这古树是食灵树，彩云是一朵极有灵性仙物，叫筋斗云，坐在这云上面能腾云驾雾。

这五名灵生都是六百年级甲子班的，是七百年级以下的灵生中灵力最强的五个小仙，这次他们是抱团参加比试，计划等到了无极峰再一决高低。

他们路上遇到筋斗云，本想要捕获它，坐上它直接飞到无极仙峰，却被食灵树挡道，拖延了进度。

五名灵生各自手持仙器，上下跳跃围攻食灵树，但食灵树枝繁叶茂，枝干又大又粗壮，犹如百只苍劲有力的手同时狂扫，树干又能像蛇的身躯一样，自由延伸盘绕弯曲，上拍下又拧，左拉右又捏，前打后又抱，如此全方位攻势，再加上筋斗云助阵，片刻间食灵树的虬枝龙爪就把这五名灵生束缚住。

这时食灵树从树皮里渗出黏液，五名灵生顿时尖叫挣扎，越挣扎全身越被粘住得不能动弹，树叶开始翻卷，把他们一层层包裹起。

小孙悟空明白食灵树的厉害，它会把靠近它的生命体拖进枝叶深处封闭起来，然后贪婪地吮吸生命体精气，精气被吸完后，生命体就只剩下肉身，最后"枯萎"而死。

小孙悟空疾速跑上去，拿出火焰花拍打，火焰花喷出烈火，食灵树猝然惊慌，吓得它赶紧丢下五名灵生，枝叶全都蜷缩起来，整棵树甚至哆嗦颤动。原来这食灵树极其怕火，筋斗云也跟着躲在食灵树的高处。

获救的五名灵生中，其中一名最大龄的灵生叫方处，他恼怒道："这等邪树早应该灭掉！"

他向小孙悟空喊道："喂，把这树烧了！"

小孙悟空拒绝地回道:"仙尊院长曾说过,要这无极山脉道法自然,无为而治……"

方处阴沉脸,打断道:"现在天庭开展肃邪行动,这邪树伤人,就是行恶之辈,岂能容之!"

小孙悟空答道:"食灵树不是邪灵,我们不靠近它,它也不会伤人,自然界相生相克,生态平衡,食灵树平常捕食昆虫禽兽获取养分,没养分它就得死,而它生长又会把养分输送给这大地。"

方处很不耐烦,嘀咕骂一句:"废话那么多!"

他跨步近身,猛然抢走小孙悟空手上的火焰花,然后随手一扔,把火焰花抛在食灵树枝叶上。

这食灵树易燃,火焰花喷出的火苗一触即发,迅速燃烧起熊熊大火。

食灵树恐慌万状,树枝四处乱窜,但根深蒂固在土里,想要逃却逃不动,痛苦地被大火侵袭全身,伴着"呲呲"的烧声,成了灰烬。

筋斗云想要去扑火,却反被火焰烧伤,忍着痛赶快飞着逃离。

火焰花喷出烈火狂烧食灵树后,也把自己一起给吞噬掉。

小孙悟空脸色苍白,大声向方处喊道:"合于自然法为善法,不合于自然法为恶法,恶法非法,你违背仙尊院长意思!"

方处冷漠地笑了笑,嗤之以鼻地说道:"食灵树邪恶,荡邪平恶才是我们修真炼仙的本质。可惜让筋斗云给跑了。"

另外四名灵生视若无睹,催促道:"方处,我们赶快走吧,没捕到筋斗云,反在这里浪费很多时间。"

方处点头,喊声:"走!"

他正要率领四名灵生继续往无极山奔跑时,一个长得清秀的灵生指向小孙悟空,质疑道:"我们不带他一起走吗?"

方处眉头紧锁,斥责道:"带他干吗啊?他才上二百年级,又没灵力,只会拖累我们。"

这长得清秀的灵生叫马通,他说道:"可他毕竟救过我们,这不带他,我们是不是有些忘恩负义呢?"

经马通这么一说,其他三名灵生也感觉似有不妥,齐望向方处。

方处本懒得理,但斜眼向无极仙峰一瞥,思忖这前方丛林深处凶险无处不在,正需要这些同伴作自己的挡箭牌。

方处一本正经说道:"我们这是在参加比赛,最终只有一位获胜,既然是比赛,就得要有比赛竞技精神,扯不上道德问题。"

他又说道:"这孙悟空这么小又没灵力,根本就不可能爬到无极山巅,他就不应该进山,没事找事,他能平安走到这里,已很不错了,再走下去反而会受伤,我们这是为他好,且周边还有仙师在暗中保护,我们瞎担心什么呢?"

有三名灵生额首认同方处的话,只有马通心中还有些不忍,说道:"可是……可是……"但又不知如何组词来表达恻隐之心。

方处见自己已有多数灵生支持,便马上叱责道:"马通,我们五人当时结成同伴,是为了集结力量,共同对付阻碍我们前进的事物,你若非要这么磨叽,那你就留下来和孙悟空一组,我和大家还要急着赶路啊!"

他向另外三名灵生说道:"我们走!"四小仙腾空跳跃,往无极仙峰奔去。

马通想要抱团取暖,他叹了一口气,收起纠结的心,也拔起腿朝方处奔走的方向跑去。

小孙悟空没心思去计较他们。他注目眼前被火烧过留下的灰烬,仔细搜索,看有没有存活的树枝。

突然,小孙悟空眼睛一亮,翻到一根断枝,好像还残留些气息,他解下手腕上的水灵草,用水灵草包扎这断枝尾部被火烧伤的地方。

水灵草滋润这根断枝,慢慢使它获得一点生机,但必须马上要找到新的种植地养活它,食灵树不能离开土壤太久,不然就会枯死。

而这里已成废墟,再恢复养分还需几百年,这断枝等不了那么长时间。

小孙悟空想到水灵草地,那里土壤与生态系统适合食灵树,但就得走回头路,这样一来,自己在比赛中就会更加落后。

小孙悟空拍一下自己脑袋,自责地说道:"我在忧虑什么啊?要行善事,就莫问前程,这食灵树也是我间接害的,我更应承担责任。"

他把食灵树断枝放在背包里,然后原路返回,经过火烧地时,他奋勇穿过,一路跑下来,遍体鳞伤才到了水灵草地。

小孙悟空小心翼翼地拿出断枝,把它种在这里,因为水灵草的缘故,这里凝聚众多清新的灵气,食灵树断枝到了这,便如鱼得水,大口地吮吸灵气,很快就长出绿芽来。

小孙悟空脸上浮出少有的笑容。忽然,从空中飘下一片彩云,快如流星,这彩云呼啸而至,原来是筋斗云。

筋斗云轻拍小孙悟空,然后翘起云的尾部,翻滚一圈。

小孙悟空看到筋斗云尾部附近被烧得像黑炭,他忙压住水灵草叶子,挤出些液汁,抹在筋斗云烧伤的地方。

片刻筋斗云就精神抖擞,焕发出七彩,流动闪烁,转眼间又飞上天空尽情飞翔，不一会儿便没了身影。

小孙悟空见事情已解决，转念想道："虽然我已无望这入门弟子，但还是要走下去啊！体验这种挑战。"

他利用周围的石头与植物，制成一个简易的武器，然后整装重新出发，以一种别人不明白与不理解的斗志继续前进。

时辰渐渐到了酉时，夜幕垂下，圆月悬挂，万籁俱寂，但有时猛然响起树动、兽吼、打斗、奔跑、救命声，这些声响烘托出群山笼罩中异常又神秘的夜色气氛。

小孙悟空到了无极仙峰谷口，看到一群猛兽正合围方处他们五个小仙，而谷口进去便是到了无极仙峰脚下。

此时的他也发现到这竞试了，现最后只剩下利益捆绑的五小仙组，以及一个慢吞吞游走的自己。

小孙悟空感到一些意外，跑在前面的，反为自己开了路，这算不算另辟蹊径呢？他驻足凝望眼前的局势变化。

这群猛兽是狰兽，它们通常都是聚集在一起实施捕食行动，由狰王统一指挥，先是狡猾的暗中默默盯住猎物，等猎物到了攻击区，狰王便嚎令声下，狰群立即群出，出其不意地发起攻击，届时呼啸奔腾，张扬桀暴力量，迅猛地将猎物撕裂。

狰群来回穿梭，将方处他们一一弄开，然后红着眼张牙舞爪，前扑后冲，疯狂地撕咬。

这是分割围歼战术！小孙悟空震惊。

倏地，一头狰兽凶悍地将一名灵生扑倒在地，狰兽狞露出獠牙巨齿，一头低下便要残忍撕咬这名灵生。

千钧一发间，亮光一闪，一名仙师出现，使出护体灵诀闪电般从狰兽口中救出这名灵生，又拎起这灵生身体架在飞剑上，御剑快速飞离这地方。

有两名灵生承受不了这恐惧压迫感，狰兽贪婪及嗜血残暴的眼神早已吓得他们心惊肉跳、浑身战栗，双腿有些瘫软，颤声喊出救命，仙师也顿时现身，将二人一并带出。

这五小仙组里方处灵力最厉害，马通轻功最擅长，两小仙心虽生有寒意，但见五人中只剩下他们两个，便想奋力与狰群恶斗，争取坚持到最后，反正有仙师在暗中保护，无生命之忧。

两小仙计划用曲线的方式跑到无极仙峰那，先回头然后再折返，只要到了无极仙峰便可攀爬上去，甩了这些狰兽。

他们开始回头跑，却看到前方的小孙悟空，都瞪大眼睛，满脸惊讶，不可能出现的人居然出现在了眼前。

小孙悟空已猜到方处与马通的意图，看见狰兽被引过来，且它们奔跑如飞，转瞬就要冲到他跟前，小孙悟空只好跟着方处与马通一起跑。

但狰群已以疾风速度掠到他们前面，阻挡住他们，小孙悟空大声喊道："快启动奇门遁甲啊！"

方处与马通顿悟，三人背靠背紧挨一起，组成奇门遁甲三角阵型防御，终于将狰群暂时抵挡住。

此刻狰王嚎令声起，狰群停下攻击，形成合围攻势，剑拔弩张摆出随时一口吞掉的架势。

数十头狰兽眼里冒出绿光，这夜里腥风横行肆虐，说不出的惊悚恐怖。

马通身心俱碎，喊道："我们不能再这样耗下去，过了今夜登不上无极山巅，我们今天所做的努力皆白费，所以我们一起突围出去，往无极峰下跑。"

方处突发冷笑，说道："我们三个灵生里，你轻功最好，最有机会跑到无极峰下，你这是变相让我和孙悟空替你卖命，利用我们去当挡箭牌！"

马通被一语点破心思，立刻涨红着脸辩解道："这是唯一的办法，不用这个办法，方处，那你说该什么办呢？你不是领头的吗？拿出领头该有的主意来！"

方处语塞，马通说的有些道理，冲出去是目前看起来唯一可取的办法，他拿不出比这个更好的主意来。

但方处不想让马通捞到便宜，更不想自己脸面扫地，他眼里迸出凌厉的目光盯住小孙悟空，眼神催小孙悟空表态，看小孙悟空有没有不一样的见解。

小孙悟空观察周围情况，反复思索后说道："现在这情景，我们只能选择冲出去，但要冲到哪里呢？跑到无极峰下是最好的，不过你们注意到没？这条路我们容易被套住，没到峰下就先被撕烂掉。"

小孙悟空借着夜光，解释这话的意思，方处和马通是六百年级灵生，又是在同年纪中最厉害的甲子班里，对术数、阵型、兵法等这些奇门遁甲基本知识都是熟悉的，经小孙悟空点破，他们看出狰群的阵型演变，顿时惊出一身冷汗，愕然这狰王竟然懂排兵布阵，设了一个圈套在等他们。

固守则等死，突围则掉陷阱，左右都不是。马通恳切问道："孙悟空，你应该有办法吧？"

方处的眼神此时也变得有些善意，开始正眼看小孙悟空，等待他的答案。

小孙悟空将目光望向不远处山坡上的狰王，静静地说道："就是那。"

他目光炯炯地说道："擒贼先擒王，狰王是这狰群的中枢，只有制伏住狰王,便可压制狰群,我们才能走出困境。"

方处和马通眼睛再度明亮起,这主意虽然大胆,但出其不意,目前评估下来最可行的,两小仙赞同这个主意。

三个灵生增强勇气,猛地一溜烟向狰王那处奔去,但依然保持三角阵型。

狰群见孙悟空他们不固守反选择冒险突围,知道分化他们的机会来了,众狰兽目光闪烁着兴奋与贪婪,忍不住嘶叫。

狰兽疯狂攻击,不断蹿上,企图把三人切开,但小孙悟空他们知道狰群战术意图,压得再透不过气,拼得再精疲力竭,也得坚持下去,三灵生心胆皆俱寒,但只能苦战。

暗中护卫的仙师们没想到这场比试会有这般跌宕起伏的精彩,他们在暗中也聚精会神地观战。

狰王站在山坡高处,居高临下,一副沉着冷静的兽王气质。它再次嚎令声下,狰群攻势瞬时起了变化,左右两侧及前方只各留几头狰,而多数的狰都蜂拥到后面去,攻小孙悟空这点。

这是集中力量攻其弱点的战术!小孙悟空再次被震惊,还没来得及细想,狰兽已轮番猛烈冲击过来,奇门遁甲已是噼啪作响,而方处与马通也不敢赶来支持,不然三角阵型就会被狰兽打乱。

随着轰然一声碎响,奇门遁甲崩溃,防线终于还是被狰兽攻破。

三灵生只能各奔东西四处逃跑,三灵生退无可退,已完全置身在狰兽口下。

观战的仙师门不禁感叹,这场比试招生即将结束,结果颇为遗憾。这坚持到最后的三名学生,他们有潜质成为仙尊菩提的关门弟子,但规则就是规则,规则是要今日第一个登上无极山巅才能行啊。

但又令大家匪夷所思的事情发生了,狰王突然嚎声令再起,而且嚎声异常急促,狰兽一时愣住,虽然眼看猎物馋涎欲滴,心不甘情不愿地放弃快到口的猎物,但还是无奈,停止攻击,整肃待命。

狰王这时跳下山坡,一步一步走到小孙悟空面前。

小孙悟空顾不上伤痛与血流,他极力让自己镇定,全神贯注打量着狰王。狰王明显比普通的狰兽要高大威猛,四肢强壮,爪牙更长更尖更锐利,眼睛有绿钻石般光芒,而胡须、毛发和额头上的独角处处体现出王者的凛凛威风。

这狰王突然俯下头,把鼻子凑到小孙悟空前,用力嗅了嗅,一副发愣神态后,眯起眼睛,摇起五条尾巴,热烈地围绕小孙悟空转了一圈,然后轻轻地低嚎,做出一连串示好动作。

小孙悟空也已明白过来,边伸手抚摸狰王,边激动地说道:"原来你是阿狰啊，你真是阿狰啊，你都这么大了，比我高了好多啊！"

原来当年狰母吃完无极仙莲丹后，不仅伤体康复，还增加了数倍力量与灵识，阿狰在狰母的悉心培育下，也获得了强大力量与灵识。

长大后的阿狰，其健壮、凶猛与狡黠程度都比其他狰兽要高出很多，通过挑战与征服，它成了狰群的狰王。

方处、马通和仙师们这才豁然明白原来这狰王与孙悟空是旧相识，他们登时松了口气，感觉事情有了转机。

方处向马通努嘴，马通虽还在恼他，但思量一下后，还是朝小孙悟空喊道："孙悟空，时间不早了，你让狰王放开道，我们还急着爬无极仙峰呢。"

月光夜色，深山幽谷扑朔迷离，时辰已到戌时。

小孙悟空"嗯"了一声回应，对着狰王说道："阿狰，我和同伴是在参加仙尊院长关门弟子的竞争比试，你们是吃不到我们的，我们背后都有仙师在保护，就如刚才那几名灵生被救走一样。"

狰王重新审视四周，隐隐中确有仙师们的气息在，它撤退嚎令声起，可狰兽疑惑，心有不甘，喧嚣纷乱迟迟未动。

狰王猛然怒吼一声，真如晴天霹雳一般，狰兽寒战，知兽王已发怒，莫敢违逆，顿时肃服，有条不紊齐整奔走，受伤的狰兽虽一瘸一拐，但也是有板有眼地离开。

小孙悟空他们以及暗中的仙师们见此都佩服起敬。这些狰兽进则同进，退则同退，攻击时层次分明，撤退时也井然有序，犹如一支组织性和纪律性都很强的军队。

小孙悟空双目满载温情地凝视狰王，说道："阿狰，这事完后，我去找你，我们好好玩一下。"

狰王领首应许，摇起五尾跟小孙悟空示意再见，小孙悟空抚摸它，目睹它转身迅奔离开，转瞬消踪匿迹。

小孙悟空、方处和马通来到无极仙峰下，这是比试的最后一站了。

马通心有余悸，鸡皮疙瘩还在，说道："真是险象环生啊，这有点像做个噩梦。"

方处自视他是三灵生中最强的，意气风发地说道："只有经得起这般千锤百炼，才有资格站在这里，赢得最后的胜利。"

马通觉得他的轻功可有一拼，眼睛立时放亮，跟着说道："那我们就各显其能，看谁第一个登上仙峰山顶了。"

两小仙都向小孙悟空望去，心中均在想："没想到两次凶险，都是靠这个小孙悟空解围，真想跟他成为朋友，他是好人，跟好人在一起，是件不吃亏还能得利的事情。可惜他成了灵生们的眼中钉，我若和他成为朋友，容易遭其他灵生的攻击，算了，还是跟他保持距离。"

方处与马通相互对视一下，眼里已没有刚才一起战斗的情谊，只剩下争强好胜的火药味。

两小仙冷哼一声，转回头各自亮出仙器，仙器噌的助他们已爬出一大截。

小孙悟空仰望无极仙峰，双眉紧蹙，这无极仙峰是突兀拔地而起，如同铁枪直刺入云霄，自己没有灵力，更谈不上御剑飞行，只能脚踏实地一步一步爬上去。只要一个不慎，必是粉身碎骨。

他愣了一会儿神，想到既然事已至此，只能奋勇向上。

小孙悟空打开背包，取出一套爬山装备，这是他查阅书籍后自己设计的。灵界冶炼术超绝一流，孙悟空自小寄养在学院，性格朴实又温文尔雅，学院仙工们很愿意帮助他，助他打造出这具装备。

正当方处与马通要顺势蹬腿攀爬时，乍然一个身躯魁伟的黑影如鬼魅一般窜出，挡在他们前面，掌风突击，两小仙被逼跳下山来，那个黑影也跟着落在他们眼前。

方处和马通瞪大眼睛，骇然地望着这个黑影。那是一个长着六只手臂的异怪，这异怪甲胄一身，样貌凶煞，一看就知不是个善类。

小孙悟空这时刚戴上铁爪，穿上钉鞋，正要爬山，眼前的异怪也大大吓了他一跳。仙国怎么会有异怪出现呢？如今邪灵在仙妖两界间建立邪国，也不知这妖怪来自妖国，还是邪国？但不管来自哪一国，仙国都不会允许对方灵者踏入仙地。

这异怪能躲过监灵台监控，破入仙尊院长的结界，其武功必然深不可测。

小孙悟空正思忖间，异怪朝他们三个人吼道："你们老院长在哪？"

方处和马通一时慌乱，没了主意。小孙悟空肃然，高声反问道："修真学院与章鱼妖族并无往来，将军找我们仙尊院长究竟为何事？"

异怪盯住小孙悟空，目光灼灼，问道："你怎么知道我是章鱼妖族一员？"

小孙悟空神情凝重地说道："你右臂上文的刺青不正是章鱼妖族图腾吗？据记载章鱼妖族在万年前分成妖邪两派，不知将军你是来自妖国，还是邪国？"

他是妖？且还有可能是邪灵！方处和马通听孙悟空这一说，脸色煞白。要知道仙的宗旨就是荡邪平恶，那是跟邪灵势不两立的。就算他不是邪灵，来自妖国也是件麻烦的事。仙妖如神魔一样，数万年来争执不断，成为世敌，就算现在三界和平，两国同属神道同盟，但互相瞧不上对方，严禁对方人员踏入自己国地。

异怪目光直逼小孙悟空，问道："你年龄这么小，居然见识广。那你猜，我是妖邪哪一派？"

小孙悟空郑重说道："不管将军是哪一派，来自哪一国，既然有要事，可登门到修真学院求拜！"

异怪冷喝道："你这个滑头！我实话告诉你们，我找你们老院长是来算账的！"

他瞅着这三个灵生，吼道："快告诉我，你们老院长在哪，不然有你们苦头吃！"

小孙悟空表情严肃，大声喊道："我们不知道！"

异怪怒道："你嘴硬，我就先拿你开刀！"

异怪后背一条手臂伸长一丈远，环绕小孙悟空周身要缚住他手脚。

小孙悟空鼓起勇气迎上这异怪的目光，喊道："来啊！我不怕你！"

异怪两眼死死地盯住小孙悟空，有些被小孙悟空的精神给震住。

半空中亮光猛闪几下，闪出六把飞剑，飒然刺向异怪，同时六名保护灵生的仙师同时现身，趁机抢上一步把三个灵生拉在背后保护起来。

异怪正色，六只手臂迅速亮出兵器，纵横灵力分别挡掉这六把飞剑，相击声铛铛作响，劲厉刺耳。

六把飞剑各自飞回到仙师手上，他们围起异怪，其中最年长的一名仙师呵责道："何方妖邪，竟敢来修真学院撒野！"

异怪此时六只手臂各拿六种不同兵器，剑、刀、斧、铜、钩、锤，巍然如同佛国护法金刚力士。

异怪并不答话，直接挥动六臂，每一动就是六招同时出去，声势惊涛骇浪，令六名仙师气息不顺，每招兵器相交，震荡下双臂酸麻，可见这异怪力大无比。

那最年长仙师看这样攻下去不对，喊道："摆阵，南斗六星阵！"

六位仙师各占方位，首尾互为犄角，长剑一晃，剑气自是雷霆万钧之势。

南斗六星阵属于修真学院二十八宿剑阵里的一局，二十八宿剑阵是奇门遁甲学，博大精深，奥妙无穷，涵盖一千零八十局。它可依据人数来结阵，总阵需一千零八十仙，若布成可相当于十万精兵的威力，但可惜未能用在战场，因为能学会并记住这些复杂排列变化的仙凤毛麟角，就算能集这样水平的仙一千零八十个，也无法做到时刻思想同步，做到变化、配合、运阵完成同调。

在六位仙师南斗六星阵的凌厉围攻下，这异怪举重若轻，游刃有余，似乎清晰知道这阵法的变化。

异怪手臂与腿脚都可自由伸长，忽高忽低，忽远忽近，忽左忽右，兵器在他手上如影随形，行云流水。

此妖武功之高，令三个观战的灵生及参战的六名仙师不禁咋舌。若不是有南斗六星阵辅助，这六名仙师早被打倒。

那异怪突然大喊一声，灵力悍勇暴增，攻击变得异常迅猛。六名仙师身上已多处溅血。

那最年长的仙师侧过脸，喊道："你们三个还不快跑！"

异怪疾风骤雨般狂打，同时速念灵语打开主仆契印，闪出一条金索，那金索展将开来，霎时上下翻飞，仙师们忙着迎战，措手不及地被这金索捆住。

而那异怪跳到孙悟空他们前面，冷冷地哼出一句："你们能逃得掉吗？"

马通害怕问道："你想干吗？"

异怪目光灼人，说道："很简单，只要你们告诉我老院长在哪里，我就放了你们。"

那最年长的仙师疾呼："绝不能告诉他！"

异怪那只拿剑的手臂蓦地伸长，在那最年长的仙师大腿上狠狠地刺了一剑，那仙师惨叫一声，鲜血喷出。

其他仙师浩然正气起，喊道："我们宁死，也绝不能做出背叛仙尊院长的事情来！"

异怪横扫一剑，剑势霸道，狠狠地在其他仙师的大腿上都切开一大口子，伤口登时血如泉涌，看着吓人。

六名仙师视死如归，声音虽略带痛楚，但都坦然面对眼前的结果，平和诵念仙家的《清心诀》："清心如水，清水即心；微风无起，波澜不惊。幽篁独坐，长啸鸣琴；禅寂入定，毒龙遁形。我心无窍，天道酬勤；我义凛然，鬼魅皆惊……"

小孙悟空跟着一起凛然正气，跟着念道："我情豪溢，天地归心；我志扬迈，水起风生。天高地阔，流水行云；清新治本，直道谋身。心神合一，气宜相随；至性至善，大道天成！"

方处和马通原先怀疑这是学院的设局考验，所以一直徘徊不定，但看这情形，真刀真剑，真血真拼，完全不像演戏。

两小仙惊恐不安，明白这与刚才遇到狰兽时不一样，刚才有仙师在托底保护，自己尚可全力以赴，但现在少了依托，是生命真正受到威胁。

异怪后背手臂抡起锤子打在山壁上，啪的一声大响，碎石横飞，山谷里充斥着恐吓威势。

他眼中射出森寒光芒，盯着三灵生说道："我们来玩个谁说出谁活，谁不说谁死的游戏。"

说话间，异怪后背另三条手臂伸弯到前面来，手上各拿着刀、斧、钩，分别对准小孙悟空、方处和马通，刃口寒光闪动，冷气森森。

小孙悟空他们年纪小小，之前哪里会遇到死亡的威胁？此时已完全被吓得心胆俱裂。

异怪阴森说道："我喊一、二、三，你们再不说就去见死神吧。"

"一……二……"那异怪缓缓低沉喊数，如同死神一步一步逼近，三位灵生心弦骤然拉紧。

当异怪喊到"三"时，刀、斧、钩迅速挥向三个灵生喉边。

方处和马通见斧钩刃尖快至，忙开口说道："院长在山巅上……在这无极仙峰上……"

而小孙悟空却紧闭眼睛和嘴巴，那一刻时间仿佛停滞，也仿佛要结束，直到他被人摇晃睁开眼睛。

周边一片寂静。异怪两眼目光如炬，凝视着小孙悟空问道："你不怕死？"

小孙悟空恍惚，发现自己还活着，也不知这妖邪接下来想要怎么折磨他。他咬着牙，一副倔强的表情喊道，"没为什么，我就是不知道仙尊院长在哪里！"

在小孙悟空心里，仙尊菩提抱养他，修真学院抚养他，他心存厚重感恩之情，守护恩情胜于珍惜自己生命。

异怪怔怔地瞧着小孙悟空，忽然开怀大笑，笑声似有故事说。

这时，一仙闪现，是木广礼，他站在异怪对面，神情凝重地注视异怪，一言不发。

在场的灵生与仙师们见侠仙前来救援，大家都松了一口气，看到一丝生机。

其实外围还有其他仙师察觉到这里的异常，但不知为何都被木广礼以院长之令禁止大家进山救援。

木广礼瞥一眼受伤的仙师们，对着异怪有些埋怨道："你这也够狠的。"

异怪一笑而过，喊道："捆灵索可以回去了。"

那金索松开绳结，快速遁入主人身边的灵介空间，消失在大家视线里。

异怪亮出腰牌，朝六位仙师行拱手礼，说道："对不住大家了，我来自妖国，刚才为考验这三位灵生品行，演了这场戏。大家在不知情下都入了戏，受了伤，我在这向大家赔不是，同时也对大家的英雄气概由衷敬佩。"

三个学生与六名仙师这一下子都傻了眼，这生死一线的危机竟然真是一场故意设的局。

方处恼羞成怒，大声说道："我父亲是监灵台督统，我要让他查办你们私下勾结妖怪，里通妖国！"

异怪哑然失笑，说道："你好大的官威，你经不起逼问，便供出仙尊院长所在，做出这等丑事，你还敢张牙舞爪，要把事情扩大，不怕众仙都知道后，耻笑令尊与你家族吗？"

方处辩解道："这是圈套，不正当行为，不能算数。"

木广礼怒火燃烧，斥责道："方处，你不要丢人现眼了，这位是妖王座下第一大将军夏容念智，这次出使仙国，是来跟仙会商量联合出兵邪国的事宜。"

"他就是夏容念智啊！"六名仙师震惊不已，认真看那腰牌，腰牌玉銙睚眦龙纹，是妖王精锐部队睚眦军标识。

六名仙师在底下议论着，夏容念智在妖国可是被妖民当作英雄崇拜，称他为"义妖"，为民为国，忠肝义胆。

木广礼继续生气道："方处，马通，念在这次是比试测验，做了错事，当是一次教训与再教育，学院也不作处罚、不记案卷、不去宣扬，你们好自为之！但若下次，你们要是有半点欺师灭祖行为出现，我不管你们有什么背景，我都会亲手毙了你们！"

"侠仙"可不是浪得虚名，他一言九鼎，说到做到，方处和马通在修真学院就读，自是了解，他们不敢再顶嘴狡辩，连声诺诺表示自己一定改正。

木广礼让六名仙师带方处和马通出山，这无极仙峰下参加比试的就只剩下小孙悟空一个人选。

夏容念智说道："孙悟空，时间已不多了，你快爬山吧，不过靠你的那些东西是不行的。"

他闪出一件灵器，递到孙悟空跟前，说道："这是飞索，你拿去，它可助你。"

小孙悟空揖礼，说道："谢夏容将军关心，但我不用，仙妖有别，更重要的是我想靠我自己的力量爬上去。"

小孙悟空相信，不管多么险峻的高山，总会为不畏艰难的人留下一条可以攀登的路。

夏容念智说道："你清醒一点，现在你的力量还不能让你爬到山顶，你不用这飞索，那你今天所有的努力皆白费了。"

小孙悟空苦涩地说道："每个人都说我不行，认为我这块石头只能当垫脚石，可我再卑微，也有自己的梦想，我想把这无极仙峰看成是我的命运，我不想畏惧它，不想屈服它，不想成为它的奴隶，我想要攀登它，用我自己的力量，向它证明我的这颗心还跳着，我这个人还活着！"

木广礼和夏容念智都被小孙悟空的话震撼住了，在小孙悟空身上看到了一种不屈不挠的可贵精神。

夏容念智欣然说道："好孩子，希望你在困难面前，永远保持善良与信念，时光终将给予你胜利的回馈。"

小孙悟空向木广礼和夏容念智拜别，重新系好铁爪与钉鞋，开始攀爬无极仙峰。

一孔孔凿，一手手抓，一步步踩，虽比想象中难度要大很多，但小孙悟空还是缓缓上去。当他感到手足劳累时，便紧贴在壁面上调匀呼吸，他虽没灵力，但熟悉修真炼仙的心法，小歇一会儿，便可续上力气，然后继续使劲上攀。

无极仙峰下，木广礼目光如剑，问道："你怎么会来参与这事呢？"

夏容念智微微笑道："正好出使仙国，听闻修真学院这边有比试招生，就怀有兴趣来看看。"

木广礼说道："但这毕竟是仙国内部的事，仙妖素来井水不犯河水，你一个外族插手此事，总归是落人口实，授人以柄，给两国关系增添阴影。"

夏容念智锋利的目光盯住木广礼，一字一字地说道："数千年过去了，难道连你都把我当成外人？木师兄！"

木广礼说道："我这是在以事论事，你不要想到其他地方去。仙妖两国一直是宿敌，这几天两国为了一起遏制兴起的邪教，关系才缓和一些，但也才这么几天。"

夏容念智说道："我是师尊开门第一代徒弟，如今他想招一名关门弟子，你这侠仙性格刚烈，识人是你弱项，我很是担心，所以特此来这无极仙峰一趟，我有义务有职责为师尊他老人家把把关，且还是师尊打开结界，允许我进来。"

他带着满不在乎的神情，继续说道："至于会不会牵扯两国政事去，别人会不会言论攻击找事，我都无所谓，反正师尊向来看淡种族之分，他只求三界大同。"

木广礼说道："既然你不怕多事，我就不多说什么。"

夏容念智说道："师尊会感谢我，我为他筛选出一个品行良好的弟子。"

木广礼问道："我看你是存心帮孙悟空，你喜欢这孩子？"

夏容念智轻轻感慨道："他让我想起数千年前我们在这学院的样子，那时我们……"

他思绪回到数千年前，眼睛里波光潋滟，缓缓述道："那时我们五个人都是孤儿，师尊特意分别在神魔仙妖人五国选择我们，作为他的开门弟子，他对我们寄托了未来的期望,期望从我们这一代开始,相互了解、消除隔阂、建立友情,以此引领出一个和平、团结和友好的三界。"

夏容念智说道:"师尊以开院'广'字辈给我们命名,风广仁、西台广义、木广礼、夏容广智、孔广信,'仁义礼智信'这是师尊要求我们做人做事最基本的准则。那时我们经常为学习见解、国家荣誉、民族立场等不断争执,但也在师尊谆谆教导下,我们五个人建立起理解与友谊的渠道,在后面修真中增进彼此感情,我们相互把对方视为自己兄弟,在学院一千多年,是我至今为止最快乐的时光,好怀念以前,可惜……"

夏容念智停顿,有些惆怅,没有再说下去。他对这里的地形熟悉得很,所以能躲过监灵台与仙师们的耳目。

木广礼接过话,说道:"可惜我们人到成年,学业完成,各自听从祖国的召唤,回国报效。但这一别却是各奔东西,数千年来数次在战场兵戎相见,为了自己国家利益,不得不拼个你死我活,同窗千年情谊,竟然沦为敌人。这样的结果,伤了我们,更伤了师尊的心,他每次想到这,都是嗟叹不已!"

夏容念智抬头上望无极仙峰,怀有深情说道:"师尊之恩重于山,我铭记于心,却无以为报,实在惭愧,当年神仙与妖魔两个阵营分歧与对立愈演愈烈,两方都在大搞清洗运动,西台师兄和我不想让师尊因为我们的身份问题被人诬陷,不得不改案卷、改名字,广义改为感义,广智改为念智,两个中间字合起来就是'感念',寓意东西虽改,但永远感念不忘师尊的恩情。"

夏容念智继续说道:"当年我们五个人分开,也有一个共同的目标,就是想把师尊三界大同的理念带到各自祖国弘扬起来。但后来却是阻力重重,没有实现师尊对我们的期望,我们辜负了师尊的栽培。"

木广礼说道:"夏容师弟也不用自责,一直耿耿于怀,师尊深知种族主义、各国政见、意识形态等都根深蒂固。三界要融合在一起,实现大同,不是一朝一夕就能办到的。"

夏容念智哀怨道:"三界这种分裂与斗争,带来的痛苦和影响是深刻的,直至今天这种局面依然存在,它像是一道伤口,永远看不到愈合的希望。我好讨厌这种分裂,很厌倦这种斗争。"

木广礼眼神坚定地说道:"这数千年来,师尊跟我说的最多的一句话就是'坚定信念,砥砺前行'。我明白也坚信,每天一点一滴的努力,终有一天会积水成河,汇流成海。"

夏容念智的内心重燃热血,说道:"传承信念火种,坚守初心使命。"

木广礼望着正在爬山的孙悟空说:"他能不能成为师尊的关门弟子,看他自己造化了，这里有仙师们在照看他，走，夏容师弟，我们去蓬莱岛酒仙那儿喝酒！"

夏容念智听着高兴，哈哈大笑起，说道："好主意！仙国最负盛名的，一是师尊，二就是这酒仙。世间何以解忧？唯有这酒仙酒！"

木广礼和夏容念智都喜欢喝酒，又是喝酒高手，一见便是酒逢对手千杯少，两妖仙打开空间传送门往蓬莱岛飞去。

小孙悟空艰辛爬攀良久，爬到无极仙峰大半处，遇到一个大大难题，峭壁光滑如同冰面，铁爪与钉鞋已被磨地锋败刃折，此时的他无法上下，处在一个十分尴尬的绝境中。

小孙悟空高念《清心诀》，不让心过于浮躁。他观察周围，看到左侧数丈远处有点点块块稍有凸出的岩石蜿蜒而上，现在只能徒手去尝试抓住这些支点，要像猿猴一样，不断跳跃爬山了。

小孙悟空扔掉铁爪，脚一蹬，纵身飞跳，手臂抓住一块岩石凸处，随后又趁势跃起，抠住另一块岩石棱角接着顺势爬上。

高空中连蹦带跳，把生命系于一线，小孙悟空已无法顾上什么叫安全，没有退路，只能奋力前行。

这时，他勾住的一块岩石砰然破碎，小孙悟空始料未及，手一滑，整个人猛速掉落，他忙展开双臂射出一顶救生伞，可这救生伞毕竟只是初步模样，还没实验过，凸出的如刀削壁割破多处伞面，绳索更是经不起这下坠的重袭力道，立马被扯断。

小孙悟空像一道瀑布飞流直下。抓不到承载支点，血肉四溅惨死的画面瞬间闪过他脑海。他内心闪过黯然又有些不甘，自己的人生匆忙而来，竟又突然而去，来不及有什么打算。

仙师们清楚这一次再无奇迹可言，叹息比试招生全军覆没，正准备闪身救下小孙悟空。

突然天空传来呼啸声，是那筋斗云出现。筋斗云陡然间接住坠落的小孙悟空，然后驮着他，像一匹脱缰的烈马，在天空中翻滚、跳跃。

仙师们愕然这瞬息变化，纷纷忙着要驾取飞剑去追。突然无极仙峰山顶上传下一个声音阻止了他们。

这声音来自仙尊菩提，他浑厚说道："不用追了，孙悟空他没事，由我照看，你们都回去吧，告诉大家，本次招生，无人通过考试，自此我取消再招收弟子的念头。"

仙师们扼腕长叹，向无极仙峰山顶揖礼后，便御剑飞回修真学院。

第三章　角逐拜师

另一边，天空远处，小孙悟空坐在筋斗云上，长风扑面，劲吹而过，但他无惧高空，反而放飞心情，皓月当空，明净柔美，辽阔天地任我翱翔。

他跟着云奔驰，跟着风自由，他吼叫，抛弃所有，不再受思想负担。

筋斗云有灵性，知孙悟空所想，由开始的风起云涌，转而成现在的风轻云淡，任由小孙悟空尽情地驰骋。

最后筋斗云飞回，落在无极仙峰巅顶上。小孙悟空走下来，此次他死里逃生，百感交集，又难得一阵心旷神怡，脸上焕发神采。

小孙悟空看到仙尊菩提盘坐在一块大石头上闭目禅静，他不敢惊动，轻轻走过去，双膝点地，静默跪等在石头前。

筋斗云这时选择不离开，飘在小孙悟空左右。

登临绝顶，置身云雾缭绕中，头顶上的星空就在眼前。小孙悟空开拓视界，看到一个不一样的世界，他见群星璀璨，像明珠镶嵌在夜幕，宁静且奇幻，闪耀且深邃，美丽且神秘。

他突然心悸，感觉自己与星空里的世界有某种牵连，吸引他伸出手指想要去触碰，想要去融入，却又不可及，让人遐思无限。

一炷香时间过去，仙尊菩提慢慢睁开眼睛，发现孙悟空正专注凝望星空，从他眼中看到神往这片星空的光芒。

仙尊菩提诧异，静静地问道："你看到什么了？"

小孙悟空身体一震，忙向仙尊菩提叩头礼拜，问道："仙尊院长，学生是否打扰到你静修了？"

仙尊菩提露出慈祥的微笑，亲切地说道："没有。孙悟空你不用拘束，站起来说话。"

小孙悟空再次行礼后站起来。仙尊菩提含笑目视他，问道："你刚才看星空，是看到什么了吗？"

小孙悟空诚然地回答道："仿佛这星空里的世界是我的故乡，它在召唤我回家。"

他尴尬地又补充一句："仙尊院长，学生让你见笑了。"觉得自己异想天开。

仙尊菩提心中很是震惊，暗自思忖，孙悟空是神国公主的孩子，身上有一半流淌的是天庭神国皇家正统血液，这种亲情羁绊是很难被隔开、被抹掉的。我设计的这个招徒竞赛，以孙悟空这种几乎凡人的身躯，是很难闯过这险恶的群山山脉的，但这孩子以他的天赋、他的勇敢、他的善良，以及这么多的机缘巧合，最终只有他一人来到这无极仙峰山巅。既然天意已做出安排，让他成为我关门弟子，我便要好好栽培他。且如今邪教死灰复燃，力量不可小觑，若修真学院能引导孙悟空往正确之路发展，他会成为正义力量中重要的其中一员，至于当初观世音菩萨的嘱托，就顺其自然吧。

仙尊菩提问道："孙悟空，你想成为怎样的人？"

小孙悟空心潮澎湃，这问题触及他心底深处，他真挚地答道："成为一个能让老师和同学都认可的人。"

他努力读书，重要的动力之一是为了在学院师生眼中，自己能有存在感。

仙尊菩提明白，孙悟空因为自己当年的善意谎言而吃尽孤儿苦头。

他爱怜说道："要被别人认可，就得需要去做让别人认可的事来。英雄从不问出身，不管现实怎样，无论境况如何，生命是自己的，都要好好去呵护，去发挥正能量，现在被看不起，你没有错，是别人素质出了问题；可以后若也被看不起，就是你的错了，是你放弃了自己。"

小孙悟空正色说道："仙尊院长警示，学生谨记于心，不敢忘记。"

仙尊菩提接着说道："我想收你为关门弟子，亲自教你，你可愿意？"

小孙悟空顿时眼里射出热烈与兴奋的光芒，赶紧下跪三拜，挚诚地说道："师尊！"

仙尊菩提扶起小孙悟空，突然语气改变，郑重说道："但为师要你答应我一件事。"

小孙悟空一愣，但马上说道："请师尊吩咐，弟子定当一诺无辞。"

仙尊菩提说道："为师要你对此事保密，有外人时，你不可称我是你的师尊。"

仙尊菩提这样要求，是为了保护孙悟空，若公开孙悟空是他的关门弟子，孙悟空很容易引起仙国，甚至是三界的关注，并被追根究底，有可能会揭开孙悟空的身世真相。

仙尊菩提担心真有这一天时，孙悟空恐遭杀身之祸，一切还是小心为上。这样安排也可规避观世音菩萨会因此事遇到纷扰。

小孙悟空有些失落，喃喃自语道："师尊，我是不是有什么问题呢？"

仙尊菩提知道这要求触碰到了孙悟空心里深处的苦处，忙宽慰道："悟空，你我有缘，我喜悦收你为徒，为师知道你因为孤儿的身份，受到很多委屈，但为师实在有难言之隐，其中缘由不便与你说，请你能理解与支持为师。"

小孙悟空听到此，忙再下跪拜道："师尊，是悟空不对，请求你原谅。师尊能收我为徒，弟子已是喜出望外，感恩图报，弟子没有其他想法，定当一生谨遵师命，倾心听从！"

仙尊菩提微笑地将其扶起，连声说道："好孩子，你真是好孩子，以后每月十五夜你来到这里，为师教你修真悟道。"

小孙悟空甚是欣喜，连忙又再谢恩，他仿佛感觉自己终于有了一个亲人。

仙尊菩提问道："悟空，你还记得半个月前你暴走的情景吗？"

小孙悟空答道："记得。"

仙尊菩提说道："你那日暴走时，有没有意识到自己在做什么呢？"

小孙悟空正色答道："我隐约知道，但又不是很清晰，感觉有另外一个人附在我身上，他肆意攻击学院，我控制不了。"

仙尊菩提目光凝重，说道："那个人是你。"

"是我？师尊你不是在广场上说我是被外在邪物入侵吗？"小孙悟空愕然，瞪大眼睛。

仙尊菩提说道："那样说是要保护你，避免大家对你有隔膜，同时也是为了修真学院，避免生出一些不必要的是非争端。"

小孙悟空顿悟，感恩叩头后，急切问道："师尊，那我该什么办呢？"

仙尊菩提微微一笑，说道："不用刻意担心，只要你坚持心中善念，就不会让自己坠入罪恶深渊。"

小孙悟空铭记这句话，再问道："为什么我会变成这样呢？"

仙尊菩提没马上释疑，而是追问道："现在身体感觉有什么异样没有？"

小孙悟空说道："师尊，我生来就有一个怪病，心胸每隔十年会猛烈痛一次，似有东西在搅刺。那日暴走前刚巧那病也发作了，以前痛完后身体又恢复如常，但这次那东西在体内不停翻涌，这半个月没有歇息之意，我念《清心诀》尽量缓解心痛和烦躁。"

仙尊菩提伸出手指，边给小孙悟空把脉，边回想起七百年前孙悟空还是褴褓中婴儿的事情。那时的凶险记忆犹新。

那年小孙悟空刚来学院没几天，突然一晚啼哭不止，满脸通红发烫，神情痛苦不安，手脚乱踢乱蹬摇篮。

医术仙师赶来，正要过去诊断，突然摇篮内迸发出两道强大灵力猛然击撞，击撞产生的冲击波瞬间把医术仙师推开数丈远。

这两道灵力外焰上升处分别呈紫色与红色，相互掺杂在一起，彼此激烈搏杀，虽是搏杀，却又好似相互助推，如火遇到风，纵风止燎，反而助长其声势。

而小孙悟空哭声撕裂，承受不了这两股力量的搏杀，心和身体好似瞬息间就要被撕裂成两半。

情势迫在眉睫，一个身影如电如光，骤然而至，是仙尊菩提。

他神色严肃，凝思道："这两道灵力，紫气的是神灵，红气的是魔灵，神灵源自孙悟空体内自身流淌神国皇家血液，而魔灵明显是外来之物，要强行侵吞这婴儿五脏六腑。"

想到此处仙尊菩提不由得身体一震。这魔灵应是魔皇独领唯一的独门绝招"病魔缠身"。

这"病魔缠身"会像病毒一样，依附在被击者体内生存，进行破坏和自我繁殖，生命力霸道且极其顽强。这"病魔缠身"的最大特点是"遇强则强"，凡被它伤到，就算神仙也劫数难逃。小孙悟空所中的魔灵的威力，很有可能是独领魔皇集体内所有灵力攻出的全力一击。

仙尊菩提疑惑不解，这孙悟空是什么时候被独领魔皇打伤呢？而独领魔皇为什么想要全力击毙这个刚出生的婴儿呢？

但更让仙尊菩提惊讶的是这孙悟空能自己生出强大力量保护自己，这力量磅礴气势，能阻止"病魔缠身"蔓延与搅碎。

可孙悟空毕竟还是婴儿身，无法承载这两道灵力，所以他痛楚彻骨，号啕大哭。

仙尊菩提当时立即双掌凝运灵力，气势波澜壮阔，开启出强大的太极符印，然后瞬间将太极符印推入小孙悟空体内，将两道灵力分别吸纳在阴阳区域并封住。

痛感消失，小孙悟空康复如常，徐徐绽出笑容，胖嘟嘟的小脸蛋，呵呵地笑着。

仙尊菩提慈祥的目光久久注视小孙悟空。这婴儿的微笑一直萦绕在脑海中难以忘记。

仙尊菩提思绪回到现在，他把完脉后心中长叹一句："这孩子的命运为何如此坎坷呢？"

小孙悟空见仙尊菩提一脸凝重，说道："师尊，弟子恳请您实情相告。"

仙尊菩提沉声说道："你半月前的暴走，使你病情加重，本每十年一次发作次数，现会增速到第五年就会有一次。"

小孙悟空面露忧色。这七百年彻骨奇痛的煎熬已实在难以忍耐，但他是自尊心很强的人，自己是个孤儿，如果不坚强，懦弱又给谁看呢？

可命运如此残忍，现在这痛不可忍的病痛又要翻倍折磨自己，他心中悲愤，问道："师尊，我怎么会有这种病呢？"

仙尊菩提沉吟片刻后说道："你不是没有灵力，倒是体内有两道强大的灵力，可这两道灵力性质是相反的，如那一神一魔，我们便暂称它们是神灵与魔灵，神魔两灵相排斥，相冲撞，相对抗，厮杀一片，要把你这身体撕裂。你病痛的根源就是这。"

小孙悟空惊诧，追问道："我身体为什么会产生两道相反的灵力呢？"

仙尊菩提只好继续圆谎下去，说道："当年女娲补天，多出一块仙石，把它遗留在这无极仙峰上，这仙石受天真地秀，日精月华，感之既久，遂有灵通之意，渐成内育仙胞，后为师经过，便守护于此，等到这仙石迸裂，把你从石头缝里抱出来抚养。"

小孙悟空熟读《灵界通史》，"女娲补天"篇章概述道：元古时，神魔本是同血同脉，后来神魔先知们对灵力知识有不同见解，遂分支出两个部落，这两个部落的灵者就是神魔两族的祖先。

数万年过去，有一天这两个部落发生争执，彼此之间都称自己的信仰教义为正派，指责对方信仰的教义是邪门歪道，争执演变成一场部落战斗，各自要给自己信仰教义正名，要分出正邪两派。

在这场战斗中，两个部落首领女娲与蚩尤把支撑天地的擎天柱不周山给崩裂，天霎时塌成一个大窟窿，致天地相通，天河之水引流到人间，造成洪水泛滥，人间陷入大灾难。

女娲不忍苍生深受苦难，提出停战补天，蚩尤同意，两个部落以银河为界分别建国，女娲建立神国，蚩尤建立魔国。

这是天地元年，三界开始纪年。后来，女娲用凤凰火炼出仙石补天，让天地重新正常秩序。

关于自己的出身，这数百年小孙悟空已听了不止千遍，以为自己已能平静接受，可这一次听仙尊菩提道起，他仍怅然若失。他明明知道是这样的答案，可仍希望仙尊菩提能说出不一样的故事来。

仙尊菩提顿了顿，接着说道："你灵气来自天地，日阳月阴都吸收，所以形成你体内这两道神魔相反灵力。在你婴儿时，我便用太极符印封藏住，所以灵器人才测不出你灵力数据。可封藏，也只是起暂缓两道灵力间厮杀的作用，治标不治本，你身体还是每十年要去承受一次这两道灵力。灵力厮杀漫滋出剧痛，漫滋越多，伤痛就越大，反噬也会越快，你离死亡的日子越近。这一次变五年一次，下次可能就是每年一次，后面就是每季一次，每月一次，接着每旬一次，每日一次，最后每时每刻一次，直至将你身体四分五裂。"

小孙悟空一时毛骨悚然，全身冰凉。那种痛苦他想都不想想。

但他突然想到一点，原先他不敢奢望自己能像其他灵生一样拥有灵力，现在才知道自己不但也有灵力，而且还有两道灵力。这只是被封印住了。

小孙悟空问道："师尊，有没有办法治愈我这怪病呢？"

仙尊菩提目光明亮，说道："办法是有的，就是将这两道神魔灵力融会贯通。"

仙尊菩提举起右手指在空中划出一个圈，半空浮现出黑白太极图，太极图亮光闪烁。

他问道："你可知太极图的含义？"

小孙悟空答道："白为阳，黑为阴，白中有黑点，是阳中有阴，黑中有白点，是阴中有阳，外周之圆是无极，中间阴阳交合之线是生命线，阴极生阳，阳极生阴，太极图的哲理是表达阴阳对立却本是统一，阴阳分明却本互化。"

仙尊菩提眼中闪动神采，满意说道："你小小年龄能知晓这一层已是相当不错，但灵力世界数十万年，能做到真正融会贯通这一层含义的却只有战神独求我一人了。"

他想再考考孙悟空的读书情况，便问道："悟空，你可知战神独求我？"

小孙悟空思忖后答道："我看过《灵界通史》中的记载，天地四万九千年，天庭突然遭到激进恐怖分子邪灵及他们主子邪主，还有邪主打造的不死军团攻击，神魔节节败退，战争打了快四百年，最后天庭只剩女娲城可守，眼看神魔要有灭族之灾时，绝境下，战神独求我感悟出武功真谛，与邪主展开激烈对战，最后视死如归，用死封住邪主的灵魂力量——万恶之源，挽救神魔与三界，这战争通史称这场战争为末日噩梦战争，以示警醒。"

仙尊菩提缓缓点头，以敬仰的神色说道："在黑暗中，有人能挺身而出，以坚毅力量，挽三界于灭亡之灾，救万灵于水火之中，这种人我们称之为救世英雄，是英雄中的大英雄，受三界万灵众生崇拜与尊敬，这是天地战者的奋斗目标。正因如此，天地四万九千四百年灵界第一次地考，选取前百名培育，四百年后在战神殿堂举行第一届天考会，后来天庭每四百年就开考一届天考会，一是纪念战神独求我，传扬这救世精神；二是建立正灵位晋升平台，促进灵界的发展；三是培养和选拔人才，寻找与发现新的战神。"

小孙悟空目光流露出对这位救世英雄的仰望，想象当年独求我与邪主之间的战斗肯定天昏地暗，日月无光。

仙尊菩提正色道："我有战神的武学宝典'战魂九式'。战魂九式将神魔两道融会贯通，如阴阳不相离，互抱回环相容，交感浑然一体，使之流动鲜活，生动蓬勃。战魂九式虽只有九式却能达到生命生生不息，力量源源不断。"

他凝视小孙悟空，目光含有期待，说道："悟空，我可将这战魂九式教给你。"

小孙悟空激动不已，脸上焕发出喜悦光彩，忙叩拜道："谢谢师尊垂青弟子。"

仙尊菩提说道："但可要修成它，却甚为不易，它不靠苦练，也不凭聪颖，是要悟道启发。"

小孙悟空喃喃自语道："悟道启发？"

仙尊菩提朗声说道："宇宙万象，众生万物，其呈现，又其隐没；其和洽，又其纷争；其固守，又其改变；其兴起，又其灭亡，这些都有着一定的道。道是根本又是总和，道是阴阳，道是太极，道是规律，道是法则，你能懂道，将事半功倍；你能掌道，将行云流水；你能创道，便超凡脱俗，成为传奇，千载扬名。"

仙尊菩提接着沉声说道："你想明白道是什么，须得悟道，可道又是什么呢？而战魂想要阐明的又是什么道呢？就算你懂了战魂的道，又如何落实成力量，将它发挥出来呢？所以悟道千难万难，有时穷其一生，尽其一世也难能开悟，更与成事无缘。"

他长叹一下，说道："我从广字辈教到如今你这悟字辈，他们各字辈又传他们各自徒子徒孙，这上百人数千年过去，竟没有一个能达成所愿，贯通九式。我当年也只能练到第六式，因感觉无法再增进，只好另起炉灶，修真炼仙。而我后面各字辈里虽有几人开悟，可最高也才练到第四式便停滞不前了，其他大多连门都没踏进。"

小孙悟空纳闷，如此难，又该如何修炼，一时有些气馁。

仙尊菩提凝视小孙悟空，说道："这战魂修炼很难，你可以不学，为师可教你其他，三百六十门，门门皆有正果。"

小孙悟空问道："这些门可治愈我的怪病吗？"

仙尊菩提轻轻摇了摇头，说道："延年益寿，趋吉避凶可以，但治不了怪病，怪病治不了，灵力就永远空虚。"

小孙悟空突然接过仙尊的话，喃喃一句："灵力空虚，人生就只剩下等死！"

仙尊菩提一愣，又随即双目闪亮，他欣赏眼前这个颖悟过人的弟子。

小孙悟空叩打自己心扉，"我要去努力，我决不想让自己的人生在慢慢等死中度过，我还要赢得大家的认可与尊重。"

小孙悟空坚决地说道："请师尊赐教，我愿努力！"

仙尊菩提热血沸腾，高声说道："战魂九式，第一式热血、第二式荣耀、第三式功勋、第四式王者、第五式帝命、第六式逆天、第七式绝世、第八式传奇、第九式史诗！"

他的佩剑"太极"腾空而出，在悬在半空的黑白太极图上，一笔一画写起字来，行云流水，字体如璀璨晶亮的星斗，闪闪发光。

片刻，"热血""荣耀""功勋""王者""帝命""逆天""绝世""传奇""史诗"九个词分别写在太极图的九宫格里。

仙尊菩提接着说道："觉悟这九式，其实是对一生九问求答！第一问，生命意义！第二问，情感归属！第三问，正义存在！第四问，信仰本质！第五问，人性跨越！第六问，命运抉择！第七问，生死渗透！第八问，爱的真谛！"

"太极"剑在太极图外圈闪亮写出"生命意义""情感归属""正义存在""信仰本质""人性跨越""命运抉择""生死渗透""爱的真谛"这三十二个字，排成八卦，围绕太极。

九个词语与三十二个字苍劲有力，交相辉映，整个图气势磅礴。

小孙悟空一对清澈的眼睛，此时凝神盯视这个图不放，心里涌起信心与斗气。他追问道："师尊，为什么第九问没有显现出来呢？"

仙尊菩提说道："战神独求我在女娲城与邪主拼搏，是他的最后一战，他濒临存亡绝境边缘，突然领悟出第九问，开启了史诗力量，逆转战局，但同时他也牺牲自己，没有留下解答第九问的道意。这战魂九式本身就很难练，又是不完整的武学，现已成为冷门，无人探究。"

仙尊菩提目光锐利，郑重问道："孙悟空，贯通战魂九式可能你终其万年也难以企及，所得的结果很有可能是和大多前行者们一样，劳苦毕生精力，却徒劳一生。如此渺茫的前景，你确认要走下去吗？"

他再说道："为师允你现在再重新选择一下。若选定战魂，到时心法与功法映入脑海，修真成形，想要再变就很难了！"

小孙悟空铿锵有力说道："这条路上，无论举步维艰，还是千里迢迢，我前行的方向都始终如一！"

仙尊菩提面带微笑，目光鼓励地说道："好孩子，一切都有可能性，只要你迈出第一步，就是成功的一半。"

他又用赞许的目光凝视一旁的筋斗云，说道："这筋斗云有情有义，原先的主人是修真学院的一名仙师，在千年前的神魔战争中牺牲了。这筋斗云因为惦念，便留在这无极山脉内，平常以那棵食灵古树为栖息之所，这次它选择留下来，就是想让你当它的新主人。"

小孙悟空眼睛顿时睁大，惊喜万分，忙侧身轻轻地抚摸筋斗云，说道："是这样吗？筋斗云，那我今天多了你和阿狰这两个朋友，我好开心啊！"

仙尊菩提说道："灵者想要一直拥有灵物，如灵器、灵兽等，就必须要和灵物缔结主仆契约，灵者向灵物起誓，得到灵物认可同意，建立主仆关系，灵物就会永伴在灵者身边的灵介空间里，随时等候灵者的召唤。"

每个灵力修炼者都可建立自己的灵介空间，这是基础灵力，灵介空间是灵者与灵物之间联系的地方，在那个地方灵者储存灵器、饲养灵兽等。

仙尊菩提接着说道："悟空，我现打开你太极符印，释放出你的一些灵力，你可建立自己的灵介空间，行主仆契约仪式。"

小孙悟空眼睛闪烁喜悦光芒，连忙跪谢仙尊菩提。

仙尊菩提双掌挥动灵力，把孙悟空体内的太极符印缓缓打开一些，骤然间小孙悟空感觉到灵力涌出，游走于他全身，有种热血沸腾、跃跃欲试的感觉。

小孙悟空用灵力建立起自己的灵介空间，然后又懂得了缔结主仆契约采用的是"心有灵犀"方式。

他正容着伸出左手，轻轻抚按在筋斗云上，然后缓缓举起右手，右手三指并拢指向天，庄严说道："天地人众灵，我，孙悟空，真诚期望与筋斗云缔结灵契，我以我生命起誓，恪守和捍卫主仆契约精神，在广阔天地，与筋斗云一起自由飞翔，一起勇敢搏击，一起相识守护，誓言终其一生，直到我生命结束！"

孙悟空与筋斗云发出的两缕灯光般的灵气，在黑夜中闪闪发亮，交织在一起，最终环绕在孙悟空右手起誓的三指上，结成一个契印光圈套在这三指上，随后契印又隐没在孙悟空体内血液当中。孙悟空与筋斗云缔结主仆关系算是正式完成。

第四章
龙城求雨

　　光阴荏苒，岁月如梭。又过去七百多年，小孙悟空蒙以养正，已从稚嫩垂髫儿童，成长为一个英俊挺拔的少年，他已是九百年级灵生。

　　这一年正好是天地五万九千七百年，灵界第九十五次地考，地考由天官府组织，对学院应届的灵生进行统一考试，总共考四科，分别是理论剖析、奇门遁甲、体能程度、擂台竞技。

　　地考在各自学院进行，每个学院都有天官府派下来的神官监考，并配两只神禽蝶鸟协助。

　　魔国蚩尤学院的灵生虽可以参加地考，但不被选定为天骄子身份。虽然他们没有天考机会，但他们依然选择认真考试，表面是为了验证自己灵力水平，其实是要抒发心中的怒火。

　　孙悟空迎接他人生中第一次分水岭考验。第一天考理论剖析，他步入笔试考场。

　　笔试考场在外面看起来是一间普通大小的教室，走进去却豁然到了一个很宽敞明亮的大礼堂，里面足够容纳数千名灵生在这里考试。

　　理论剖析共一百题，卷面上每次只出现一题，灵生必须在限定时间内答对题，答完上一题卷面才会出现新一题。

　　答错或超过时间没完成答题，考试就结束。成绩就定格在前面所有答对题的分数总和。所以越晚离开考场，成绩越高，反之则成绩越差。

　　修真学院监考神官是文曲星君，他在考场来回走动，在他上空有两只神禽蝶鸟盘旋。

　　这神禽蝶鸟艳丽无比，全身色彩丰富，两双翅膀下还有四只眼睛。两只神禽蝶鸟共有十二只眼睛俯察学子，以防考试作弊。

考场里飘荡着清新墨香味。灵生时而穷思竭想，时而奋笔疾书，时而一副迫切，时而面带微笑。

随着时间流逝，好多灵生答不出越到后面越难的题，无奈止步结束答题，纷纷交卷离开考场。

空阔的大礼堂里只剩下一个孙悟空还在孜孜不倦解题。他思路清晰敏捷，一路畅通解题，毛笔跟着孙悟空意念，自动蘸墨洋洋洒洒写下心中答案。

文曲星君对此震惊万分，瞪大眼睛不敢相信，竟然会有答到最后一题的灵生。这万年间绝无仅有。

文曲星君两眼炯炯有神，留心观察着孙悟空，他认为这名灵生往后一定可以进入正灵榜。

第二天考奇门遁甲。奇门遁甲创始人是上古将神九天玄女，奇门遁甲后经几辈灵者上万年的参悟、优化、整合与完善，形成了一门系统灵术，总共四千三百二十局。

奇门遁甲涵盖各个领域，在现实中运用十分广泛，所以它是门独立科目，是灵者的必修学。

考试的内容是设十层结界门，每层门都是关着，门面有一个奇门遁甲阵局，灵生只要在限定时间内破局，这层门才会打开，然后进门迎接下一层门的阵局。

越往里，门面阵局越高级、越复杂、越难破，但门面分数也越高，在最里面第十层结界门上，写着'满分'两个字。

破不了局，或超过时间没完成破局，便宣告这个学子奇门遁甲考试结束，成绩就定格在上一层门面上的分数。

孙悟空再次让文曲星君及学院全部师生震惊，他居然把十层结界门全破了！

可到了第三天与第四天，文曲星君又大跌眼镜。前两天出类拔萃的孙悟空竟然灵力薄弱，在第三天体能程度考试中，孙悟空灵力只比凡人高出一点点。

第四天擂台竞技考试中，孙悟空虽实战运用奇门遁甲，且熟练高超，但终因灵力薄弱，第一轮不到千回就被对手打下擂台。

文曲星君非常惊讶孙悟空这种反差，觉得不可思议，心中难掩失望之情。

一个月后，天官府公布本次地考成绩，孙悟空的理论剖析与奇门遁甲成绩都是地考万年史上最高分：满分！但体能程度与擂台竞技成绩却也是地考万年史上最低分：差点零分！

如此偏激，是地考史上万年不遇的怪事。这让孙悟空突然一下子在学院、在灵界出了名,成为各国、各院、各派讨论的热点话题。

天地考,万年来一直是灵界的舆论中心,而地考又是灵者第一次决定命运的分水岭,也是成为天骄子、晋级天考的唯一途径,非常重要。

自万年前末日噩梦战争后,各国统治阶层都非常重视学院教育,启其智,强其身,报效国家,更深层的目的是把数万灵生培养成军队新生军,随时可调遣投身到战斗去。

五个学院之比相当于五个国家之比,天考看的是灵者本人的高度,而地考却看的是学院整体水平,也是国家后备军队水平。

这孙悟空,"文"虽万年第一,可"武"却也是万年倒数第一,综合起来,总分是排不上前百名的。可不给他天骄子的身份,这万年绝无仅有的天赋就得不到发展,实在太可惜了。

但给他天骄子身份,就会违反万年规则,挤掉别人是不公,可多一个名额又恐带坏了头。

孙悟空是一块石头,在众灵者眼里出身卑微,可他居然能天资聪颖,在灵力见解方面竟有着超群的才能,这对一向自视高贵血统的世家门阀是一次打脸,但对想要改变命运的寒门子弟却是一次震撼。

灵界虽和平快两千年,可神魔数万年纷争以及末日噩梦战争造成的狭隘思想,依然没有一点改变。

血统分层、民族主义与意识斗争在目前还是占据着话语主导权,对孙悟空地考成绩这事必然充斥着各种嘲笑与讽刺:"没有血统沉淀,就算一时有某些才能,体内流的还是粗浅血液,注定灵力薄弱,成不了大事。"

"一块石头扔进大海,虽然有一些水花,但起不了浪涛,大海总归是安静,如同石头就没出现过。"

"灵界尚武,重军功,重英雄,这些靠的是强大灵力,没有灵力就是凡人一个,他不应该待在灵界。"

"凡夫俗子就是凡夫俗子,想要改命换运简直是痴心妄想!"

要不要给孙悟空天骄子身份?剑神与天官府决定不了,只能上报给天帝上穹定夺。最后天帝上穹昭告三界说道:"天庭爱惜人才,第九十五次地考破例给孙悟空一个天骄子候补名额,但为了维护天地考公平公正秩序,彰显《灵界共同宪章》的权威,孙悟空必须要在新届天考会的开考年上,通过三道天雷考验,要不要接受考验,由孙悟空决定;能不能通过考验,看苍天意思。"

在还没设立天地考前,正灵位几乎被世家门阀垄断,极乐世界对正灵位名额是有一定限制的,其限制方式就是要通过天劫,寓意浴火重生,破茧成蝶。

第四章 龙城求雨

所以一些寒门子弟想要上位，就得接受天劫考验，可接受天劫考验是件很危险的事，若通不过，轻则灵力全无，重则命葬于此，能通过天劫只是区区之数。

这正灵位晋升问题导致了当年灵界社会矛盾重重，神、魔、仙、妖、真人各国都出现分层、冲突与动荡。

邪主、邪灵与不死军团就是这矛盾社会造就的产物，这产物反过来杀戮这矛盾社会。

末日噩梦战争结束时，原有的正灵位者几乎全部被邪主赶尽杀绝，所以当年灵界各国对战争进行反思后，签订共同宪章，决议建立天地考选拔正灵位制度。

天地考开辟了一条不论出身，能相对公平的晋升路径，这一路径促进了灵界这万年间的进步与繁荣。

天帝上穹提到的三道天雷，就是天劫，每道天雷都似雷霆万钧鞭打在身上，扛不住的就直接灰飞烟灭。自元古下来，数十万年间能最终承受住这种方式的，就只有前战神独求我一位。

这天帝上穹要用三道天雷考验孙悟空，明显是不给孙悟空天骄子身份。因为他一切决策的根本出发点就是要维持三界秩序与对其的统治，不想有任何反抗思想的苗头出现。

各国、各院、各派都不得不佩服天帝上穹的精明老练，这个定调虽意图明显，却找不到任何可置疑的地方。

于是，热点话题又延伸出另一个热点问题：新届天考会正好是一百年后，天地五万九千八百年第二十四届天考会，也正好是天考会一万周年，这孙悟空会不会冒死接受三道天雷考验？

可大家心里都清楚，接不接收结果都一样，都注定孙悟空得不到天骄子身份，接收，必死；不接受，机会终止。

是否接受，连孙悟空自己都迷茫，他没想到自己会因为这次地考成为灵界舆论的焦点。他想不去理睬这些言论，但双眼抹过一丝怅然，有种无可奈何。

这月月圆之日，在无极仙峰山巅上，孙悟空挥拳练习仙尊菩提指导的战魂招式，拳风啸声中，他腾空而起，这股力量眼看要跟着冲天，却突然一下子奔散。

孙悟空落在地上，眉头一皱，一片茫然。他还是没能悟出战魂第一式"生命意义"的"道"。体内两道神魔灵力始终强烈对立，能统一转化成自己独立灵力的，始终只有那么一点点儿。

仙尊菩提心中惜叹，开口问道："在为三道天雷的事烦恼吗？"

孙悟空作揖道："师尊，我没事，我知道以我的灵力连第一道天雷都扛不过，这是天庭给的一个台阶，要我识趣自己走下来，只是我辜负了你栽培，没能成为天骄子，心有所惭愧。"

仙尊菩提说道："你心有惭愧，也有不甘吧？"

孙悟空茫然问道："对命运，我力不从心，可难道就只能顺其自然吗？"

仙尊菩提怜惜地看着孙悟空，这孩子命运多舛，可他从不畏坎坷，一直与命运顽强抗争，可总是时运不济，身处逆境啊。

突然仙尊菩提心里惊异，原本希望孙悟空过个普通人的生活，自己也刻意隐藏与他的师生关系，却没想过孙悟空现成了三界热点话题人物，这难道是昭昭天命，冥冥之中似乎有种力量在推进事情向前？

但不管什么样，还是不要让孙悟空去挑战三道天雷，跟天庭，跟天帝还是少些牵连为好。

想到这，仙尊菩提劝慰道："悟空，就让事情过去吧，你在理论领悟与奇门遁甲上一直是领先者，人生或许就是这样吧，有得有失，没有大海壮阔，可以有小溪优雅。"

孙悟空说道："我想把自己变的更好些，我想开启战魂！"

他心中郁闷，他本认为"生命意义"就是被人认可，但并没有开悟战魂，无法融会贯通体内这两道神魔灵力，这八百年的努力就无济于事。

不过自从他开始学习战魂九式，体内的怪病看似渐渐好转，起初说是每五年一次，后面反倒是十年一次，渐渐地五十年一次，如今是百年才复发一次，两道灵力各自安静了好多。

仙尊菩提安慰道："不急，不急，这八百年来，你融合体内两道灵力，变成自己独立的灵力，从无到有，从一点凝灵根基，到现能基础入门实战，已是进步不少了，现回去休息吧，明天再练。"

"可？"孙悟空思考"生命意义"，便想到自己身世，他无法敞开心怀，一时语塞。

他缓缓地抬头望向天空刚升起的明月，月光朦胧，他的眼睛和心仿佛也跟着蒙了一层迷雾。

仙尊菩提轻轻叹道："悟空，你虽活了一千五百年，可你真正年龄才处于少年，少年应该快乐，不知愁滋味，为何你连大笑的时候，眼底都是伤心呢？"

孙悟空说道："师尊，众生轮回，生生不息，大家都有父母，可为何我偏是孤儿呢？"

第四章 龙城求雨

仙尊菩提沉默片刻后说道:"悟空,不要滞留在这个问题里面,走出来。"

孙悟空一脸迷茫的样子,说:"众生万物都是生命孕育,我经常思考这个问题,只是因为我不能认同我竟是从石头里出来的,若那样的话,我的心应该如石头一般硬,可为何我的心会觉得茫然呢?觉得痛苦呢?"

无论逢年还是过节,开学还是毕业,孙悟空每次目睹学院学兄学弟们与家人相聚相伴,他的心总是空荡荡的。

如此对照,情何以堪?自此,孙悟空总是不停地问一个问题:我是谁?我从何而来?又将向何去?

仙尊菩提说道:"孩子,我知道你心里苦,可你还有很长的人生。"

孙悟空说道:"师尊,我本不应该迷茫,本不应该孤独,这一千五百年来您养我,育我,护我,让我过着一种衣食无忧的日子,有美好的童年,我应要好好报答你,应要好好孝敬你……"他目光尽是感激之情。

仙尊菩提听了孙悟空一席话,满意点了点头,说道:"悟空,你自小就跟在我身边学习,但我事务繁忙,也没细心教导你,可你是一个善良和懂事的孩子,自立自强,从没让我操心,我很欣慰自己当年遇到你。"

孙悟空礼拜道:"谢谢师尊!"一对明亮眸子里蕴含对仙尊菩提的敬重。

可他又感伤地说道:"随着自己长大,我思考的东西越来越多。我?生命?人生?千年的哀伤,可不知眼前路所向何处?千年的孤寂,可不知如此活着所为何意?"

仙尊菩提抚慰道:"孩子,人生就是在越没人爱时,就越要爱自己!越在最艰难时,就越要坚强起来!"

孙悟空叹道:"我除了坚强就没有其他了。"

仙尊菩提表情凝重,说道:"你还有好多事要做啊,你的灵力不能一直薄弱,务必要找到你的生命意义,悟道出战魂开门第一式,这也是彻底治好你病根,关系到寿命的攸关问题。"

孙悟空不禁问道:"我的生命意义?究竟是什么呢?"

仙尊菩提柔声地说:"那只能是你自己去找,去发现,去开悟。"

孙悟空喃喃自问道:"我要怎么找呢?我要怎么发现呢?我要怎么去开悟呢?"

仙尊菩提,突然意识到该让这孩子下山去磨炼一段时间了。

他坚定地说道:"孩子,我给你百年时间,你到外面世界去寻找答案。"

孙悟空惊讶地问道:"师尊,你要我下山?"

仙尊菩提点头说道:"悟空,该是你下山锻炼的时候了,一个不懂生命意义的人，就算再辛苦修仙练道，也只是增强力量而已，却做不到精神上升华！既然你在这里找不到，就到外面去试试吧。百年后不管你找没找到，都要再回到修真学院。"

孙悟空思考良久，最终叩首，满眼堕泪道："谢谢师尊一直对徒儿的呵护。"

仙尊菩提呵护地摸下孙悟空的头，说道："我想要你去人间，那里地广人多，鱼龙混杂，神态各异，问题层出不穷，是个容易让人感受到人情世故与民间疾苦的地方，那个地方会让你有所遇见，有所思考，有所明白！"

孙悟空再次礼拜说道："谢师尊指明方向。"

仙尊菩提朗声说道："这次下山，我要你践行修真学院宗旨，一是济世救民，百年做足百件正义事；二是荡邪平恶，凡遇到邪灵与邪教，我们要抵抗任何形式的恐怖和非法暴力，持正辟邪，必要时刻也得舍生取义。"

孙悟空正色说道："弟子谨遵师命！"

仙尊菩提缓缓说道："孙悟空，路漫漫其修远兮，吾将上下而求索！"

孙悟空一知半解，茫然又憧憬。他叩拜仙尊菩提，坐上筋斗云先到无极山脉找狰王告别。

狰王幼年时经过狰母培育，接受过无极仙莲丹药效，又生活在仙地，仙果灵草等它都有机缘吃到，所以它比其他狰兽要强大与长寿很多。

这数百年孙悟空常到无极山脉修心炼身，狰王常会作伴在孙悟空旁边，耳濡目染之下渐渐竟也融会贯通一些灵力知识，力量与灵识更是获得数倍增长。现在的狰王已能直立行走，且会说人语，俨然是个半兽人。

狰王从一支狰群的首领，发展成为仙国整个山脉所有狰兽之王，并且扩展势头正劲，向妖国和人间各山脉不断扩大势力范围。

穿一身兽衣的狰王，直立起来有一丈多，魁梧强壮，兽中霸王威势让见者心中都不免胆战。

狰王此时目光如炬，凝望孙悟空说道："让这三道天雷滚蛋去，我们不去争什么天骄子，我们就做个快乐山中仙人，无忧无虑多好啊！"

孙悟空说道："我不是因为这个下山的，我有自识之明，让天考与三道天雷从我身边过去吧。"

狰王问道："那你下山干吗去？"

孙悟空说道："我想知道我的生命意义在哪里？"

狰王说道："人生一世，想尽一切办法让自己过的舒坦，这就是生命意义，你何必非要为难自己，何必非要去理会什么是道呢？"

孙悟空一脸正色说道："有些东西必须得想明白，这样才能获得真正快乐。"

第四章　龙城求雨

狰王说道："自四百年前灭邪战争结束，邪教余孽离开灵界，逃窜到人间，现人间到处闹邪教，民风早已恶化，人心早已坠落，那是一个江湖险恶、尔虞我诈、残酷无情的现实世界。那里会让你伤透心。我还是坚决劝你不要去趟这番浑水，自找烦恼。"

孙悟空叹道："其实我已经很烦恼，就不怕再烦恼了。狰王，我必须要找到自己生存的意义，我不想自己浑浑噩噩过一生。"

狰王只好默认，送孙悟空下山，孙悟空坐上筋斗云，到人间开始他寻找生命意义的流浪生活。

百年后人间大禹城里，一个求雨的女巫师披散着头发，在海神龙王神庙祭台上念道："敬请上天引导我们吧！请可怜我们吧，珍爱我们吧，请降恩施惠于你的臣民吧！请听听我们哀求的声音吧！"

烈日炎炎，太阳悬在当空，像个火球，毒辣地炙烤着人间大地。大地龟裂、干涸，庄稼早就枯萎，颗粒无收，恍若末世已近。

女巫师口含清水，喷洒大地，左手朝祭坛快速划过，拈起符纸，拿着符纸高举在空中，右手不断地比划手印，然后口中念祈雨祷告，左手晃动几圈，符纸倏然烧燃。

她用燃烧的符纸点起三炷香，上香三叩拜，分别拜天、地、海。

接着，鞭炮声响，几名男子杀牲，上祭礼，相应地鼓声、锣声与喇叭声阵阵响起。

台下信众百姓纷纷拈香跪拜在龙王神像前，诚心祷告，恳求老天与龙王快点下场甘雨。

东海龙宫主殿大堂中，龙王敖广从龙珠里看到人间百姓正遭受旱灾苦难的景象，心被刺痛，神情凝重地说："国师，这人间已干旱九年多了，现民不聊生，已如同地狱般的惨境，我该尽快上奏天帝，恩准我施雨济民，以解燃眉之急。"

龙王敖广旁边站着一位散发的人，这人戴黑白相半的面具，虽看不到面具背后脸的样子，但身上自发一股威严可畏的气场，眼睛深邃，睥睨众生。

这人说道："天帝要警惩人间九州这才禁雨，我们要先看看人间民众教化如何，才酌情考虑向上奏报施雨。"

龙王敖广说道："掌管兴云降雨，负责人间风调雨顺本是我海神职责！我不能再让九州国的民众生活在水火之中。"

这人微惊，斜目观察龙王敖广脸色，看到龙王敖广脸色苍白，目光忧虑。

这人暗暗传音："九尾狐，何在？"

话音刚落,一阵动听悦耳手铃声划响而来,龙王敖广目光渐渐转成淫荡痴呆,一女子倏忽飘至龙王敖广跟前。

这女子洁白的肌肤,极美的脸形,明眸顾盼生妍,楚楚动人,举手投足间散发着一种诱人的妩媚,让人欲罢不能。这女子之美是那种一顾倾人城,再顾倾人国的红颜乱世之美。

她娇滴滴地说:"龙王,原来你跑到这里来啊,让妃身找你好苦啊。"

龙王敖广一扫刚才的沉重,脸色微起燥红,用手抚摸那女子艳丽的脸蛋,说:"爱妃,寡王正跟国师说要上奏天帝给人间下雨事,等会儿肯定好好陪你。"

这女子轻摇手链紫金铃,发出的幻音诱住龙王敖广的灵魂,笑容满面地说:"龙王,这人间要不要下雨,自有国师帮你考察,何必烦劳你操心呢?这四海皆是你的,趁着春秋正盛,应该安享富贵,受用自己的一切才是啊。"

龙王敖广立即像换了一个人似的,笑眯眯地说道:"是啊,爱妃说的极是,我们这就到偏殿宴席饮酒作乐,看升平歌舞。"

龙王敖广揽腰搂住这女子,女子顺势依偎在龙王敖广怀里,两人嬉笑缓步走向偏殿。

那戴面具散发之人留在主殿大堂,继续观察龙珠里的景象,沉入凝思。

大禹城龙王神庙里,一个少年这时穿过人群,他气宇轩昂,心情却是一种失落与惆怅,热闹的求雨仪式也掩饰不住他孤独的背影。

他走到角落,静静地看着这一切。

这个少年正是孙悟空,他看百姓衣衫破烂不堪,穷困潦倒,不免感叹道:"老百姓纯朴、善良,可往往受苦受伤害的又全是他们。"

孙悟空奉师命下山悟道,在人间流浪已百年。

这百年,他看到人间越来越腐朽,世道越来越冷漠……

在龙王神庙角落边,孙悟空回想起在人间的种种经历:

有一天九州王朝人皇竟诏令邪教为国教,朝廷颁布旨意:普天同庆,大赦天下。

九州王朝都城整夜花天酒地,充斥堕落的味道,而在深巷处有个女子发出凄凉的救命喊声,却无人注意。

几个粗壮的男子,举止猥琐,围观调戏一名弱女子,有个带头的已忍不住,扯破那弱女子的衣服,欲上前欺负,突然被一个天降飞脚踢到,重重地摔在地上。

一个少年跃下,脸带恼怒表情,守护在弱女子前边,此少年正是孙悟空。

另外几个男子一时惊慌,忙抽出刀,颤声问道:"你是谁?"

第四章 龙城求雨

孙悟空冷冷地说道:"一群垃圾,不配问我名字。"

他们见孙悟空不过独身一人,心略微镇定唬道:"我们可是衙门公差,你这是要……"

孙悟空拳头握得咯吱吱地响,打断道:"你们的职责是保护百姓,而你们居然还做出这样的禽兽事来,你们比那些强盗更可恨!"

那几个男子冷笑几声,面露杀气,提刀合围冲向孙悟空。

孙悟空疾速飞拳一击,便把这些男子打倒在地,他虽然灵力薄弱,在灵界不及灵者,但到凡间,对付凡人却是绰绰有余。

这些男子随后又爬起,猛声喊道:"没有神魔,我就是天地!"

他们突然全身青筋暴突,力量猛然增大,想要再次冲击孙悟空时,身体却经不起力量的无限膨胀,倏地爆炸开,顿时血肉横飞。

孙悟空及时用奇门遁甲挡住,困惑地想着:"这邪教究竟对他们做了什么?"

他脱下自己的外套,盖在那女子身上,说道:"你快走吧,以后黑夜出行要小心点。"

那女子泪光盈盈,道声谢意后,忙匆匆跑离。

又一天,大旱已成灾,灾区里遍布饥饿,数个贪官却在灯火下围桌数钱,私分赈灾银子。

孙悟空破门而入,恨道:"这些钱可是用来救百姓的,你们白天口口声声说自己是父母官,爱民如子,到了夜里却是一群比狼还要贪婪的禽兽!"

那些官员看到孙悟空满腔怒火,更惊惧孙悟空强壮的身体,吓得他们连忙喊侍卫前来。

不一会儿,从院外涌来的众多侍卫把孙悟空团团围住。

那些官员看侍卫人多势众,而孙悟空只是孤身一人,刚才还处在惊恐的他们马上变了另一副嘴脸,气焰嚣张地骂道:"哪里来的野人?侍卫!快把他杀了,扔去喂狗。"

侍卫立即拿着手中的刀,狠狠地向孙悟空砍来,孙悟空避都不避,反而迎上前,握住拳头连击在侍卫的钢刀上,钢刀瞬间被击碎。

那些官员和侍卫惊骇地瞪大眼睛,张大嘴说不出话来,觉得眼前的事发生得实在不可思议。

孙悟空横冲直撞,片刻这些侍卫就溃不成军。

官员们一见,脸色又已煞白,要想求饶时,其中一个官员喊道:"怕什么!没有神魔,我就是天地!"

其他官员一起跟着喊，一改瑟缩样，神情变得穷凶极恶，体内蛮力开始无限膨胀。

孙悟空忙阻止他们，喊道："你们不要再使力，身体会……"他话还没说完，这些官员身体已爆炸。

孙悟空叹了口气，无奈离开。这邪教不仅蛊惑人的灵魂，而且还残害人的生命，可人就是不能自省。

再一天，孙悟空看到一群恶霸占着大道，正抢劫一名公子及他的家眷。

孙悟空发怒问道："光天化日下，你们竟敢拦路抢劫？"

那群恶霸狞笑，恶霸头出声骂道："我们就是要在白天抢，这才算英雄，你可知道我们是什么人吗？也敢来这里撒野。"

孙悟空说道："这世道变坏，就是因为有你们这种人在。跟你们这些人说也累，我管你们是什么帮派，有多少人都一起叫上吧。"

说完，他直接冲过去，那群恶霸便横七竖八地全躺在地上，疼痛呻吟。

那公子从头到尾看完全过程，站在一边狂喜说道："英雄，你可是为这里乡里乡亲，除去多年来的祸害啊！"

公子硬拉着孙悟空，说是要感恩，好好招待孙悟空一番。

孙悟空本想婉拒，但看书生盛情相邀，而自己也挨饿好多天，便跟着公子家去。

在公子家，孙悟空被好酒好菜招待，那公子不停地劝酒，孙悟空一时年少贪杯，居然喝得酩酊大醉。

等孙悟空醒来，却发现自己身上被一条粗大的铁链一圈圈地捆住，周围密密麻麻地站满了持刀的官兵。

孙悟空顿时明白，悲愤问道："我可是你的救命恩人啊！"

那公子嘲讽道："我承认你对我有救命之恩，但我看到官文，你和上月官员爆炸案有关，你是通缉犯，这恩情再大也不如我报官拿赏金有用啊。钱才是最好、最现实的东西，人不为己天诛地灭啊！"

顷刻间，孙悟空感到愤怒、失望、痛苦……多种情绪复杂地交织在一起，尔虞我诈的人心就是这般黑暗！

他咬牙切齿道："你以为这条铁链就能锁住我吗？你以为这些官兵就能制服我吗？"

孙悟空暴喝一声，铁链一下震碎，官兵见状，赶紧举刀蜂拥而上。

孙悟空挥出右拳砸撞在地上，"砰"地一个大响，地板裂开，反弹飞出的碎石碎片直接击中周围官兵。

只一击，官兵轰然如山倒，虽没有致命，但这些官兵却一时不能爬起来。

孙悟空望向那公子，那公子惊慌，急喊道："你不要过来，我……"

他目光蓦然改变，喊道："没有神魔，我就是……"

孙悟空大声喝止道："不用喊了，我走！"

人间已经没有什么信仰可言了吗？孙悟空思绪回到现在，想这人间，也想到自己。

百年前他离开修真学院，下山寻找自己的生命意义，眼看百年期快到，可如今？想要寻找的东西还是没能找到，一无所成，实在是愧对师尊菩提，无脸回去。

他在人间看到太多的消极，听到太多的悲愤，经历太多的绝望，这些体验如今反而让他产生更多的迷茫和困惑。

孙悟空感觉整个心渐渐地被烦躁、空虚与彷徨所吞噬，没有精神的向导，没有存在的价值，没有……仿佛活着仅仅是为了活着，直到死的那一刻。

女巫师一边口中念念有词，一边赤脚翩翩，突然她停止舞蹈，瞪大眼睛，大声说道："这次王朝大旱，是上天要惩罚尔等罪恶！"

台下带领信众百姓的一个老者闻言骇然，忙问道："不知我等做错了什么，竟惹上天生气，还请巫婆示下！"

女巫师严肃说道："你们信奉神道已然错误，应改信邪教！"

那老者惊诧说道："这大地从先民开始到我们现在，已信奉神道数千年，怎可突然说我们信错了呢？"

女巫师说道："神道无能，把这大地弄出一个道德败坏、怨声载道、饥寒交迫的九州王朝来！这王朝早应该下台了，所以我们不需要统治，不需要权威，不需要神道，我们要我们自己做主，没有神魔，我就是天地，只有自己才能救自己，自己才会带来甘雨，带来粮食！"

那老者生气说道："当年我率全族全乡移山开路，辛苦凿石头与挖泥土，是天帝仁慈，可怜我这老头，命令金刚力士背走两座大山，神道这数千年来匡扶正义，普度众生，维护三界和平！而我们都知道邪教只会蛊惑人心，兴风作浪，给世间动乱与暴力，最终被邪主利用，当年差点三界末日，众生行尸走肉！"

女巫师说道："那是神道控制舆论，恶意诋毁邪教，邪教是要大家释放真正的自己，我们不受神魔拘束，不受世俗约束，不受王朝管束，只要推翻这些，我们就是天地，以后下雨，我们说什么时下，就什么时下！"

老者说道："举头三尺有神明，人要有敬畏之心，人若没有敬畏之心，便会变得肆意妄为，我们绝不听、绝不信你这些邪门歪道！"

她反问道:"如果你们没错,那上天怎会愤怒,以大旱惩罚呢?"

老者辩解道:"神即是天,天既是神,神是这天地的主宰者,如果上天要愤怒,那应该是神在愤怒!神在愤怒我们信民不够虔诚,自甘堕落!"

女巫师说道:"现在民不聊生,既然神道不怜苍生,那只有尊崇国师,信奉邪教,才能改变境况,尔等难道还要执迷不悟,要令全城都饿死吗?"

那老者正要反驳,突然,一阵急促的马蹄声传来。尘土弥漫,大家望眼看去,是一队官差赶来,个个凶神恶煞。

带头的一名官吏高声喊道:"愚公,你反倒跑到府城来了,你那乡村现要马上交齐兵饷税!"

那老者便是愚公,一里之长,此时他已恭恭敬敬地走到这名官吏的马下,他纳闷地问道:"智爷,这每季的田税丁税我们都交了,这乡村里的青壮人也都去服劳役兵役了,上个月你说盐税、过路税等,我们也省吃节用地凑齐给交上了,这次怎么又新出一个兵饷税呢?"

那姓智的官吏怒斥道:"现暴民到处造反,朝廷要征讨,你们还不交点兵饷税支持朝廷。这交税纳粮本来就天经地义的,你啰唆什么?叫你交,你就交,不必废话!"

愚公忧愁地说:"智爷,这连年干旱,田地都干裂了,早就颗粒无收了,前两年我们吃的都是之前大家辛苦积存下来的,而且绝大部分都当作各种税交给你们了,不够的,也把能值钱的东西都上交了。现如今,我们开始扒树皮,挖菜根吃了,也还是一日一餐都不能保证啊,真的都没有存粮了,也没有值钱的东西可以代替了,这兵饷税,我们真的交不上啊!"

智官吏喊道:"这我不管,我可是奉着太守的命令。愚公,你身为一里之长,要是今天你不把兵饷税给我收齐,我便押你到官府去挨板子!"

愚公哭道:"我们真的没有东西可交了啊,你就算让我去死,我也收不上啊!"

智官吏漠然,又骂道:"别死啊,别跟我谈死啊,我管你是死是活啊!就算要死,也必须在死前把税交齐!没钱!去找钱啊,今天你让他们去卖儿卖女,也得给我交上!延误交税是要送到官府法办的!你想跟官府作对吗?"

愚公哀求地说:"不敢啊,智爷,求你发发慈悲,宽限一下,等下雨,田地有收成了,我们加倍交上。"

智官吏不理,责骂道:"还等下雨,这猴年马月的事,想骗我啊!我看你是不想活了!"

他挥起马鞭就要打下去。突然眼睛瞅到摆满案台上的供品,便策马来到案台前，恼怒道："还敢说你们没有钱，这台桌上明明摆着这么多的东西？想欺瞒官府，罪加一等，你们这些目无朝廷的凶民，都抓起来严惩！"

愚公摇晃着身体，急匆匆地跑过来，悲哀地说："那可是我们不吃不喝，最后才积出这点东西，是用来拜祭上天的供品啊。"

智官吏不理睬，说道："拿这些东西先充一点兵饷税。"

他指挥官差开始抢搬。

愚公焦灼地说道："智爷，这真的不能动啊，这可是请求上天下雨的供品啊！我们在这设坛祭天，求海神龙王降雨。"

他又神情凝重地说："智爷，这烈日当空已九年多，却无半点下雨征兆，是否九州王朝有些地方做的不对，故上天降灾以示警惩呢？"

智官吏骂道："你在胡扯什么？你说出这样不忠和大逆不道的话，兵饷税加两倍，下个月交足，不然我就抓你和乡民全去杀头！"

愚公呆呆愣住，不知如何是好。

智官吏训道："九州王朝脚踏在这人间大地上，九州人皇是天子，是上天的儿子，当爸都是疼爱儿子的，怎会惩罚儿子呢？干旱每百年都会出一两回，正常现象，过后自然就会有雨，不足挂虑。"

他挥着鞭子，向着跟随来的官差叫喊："来，拿袋子把这些东西全装走。"

愚公见状，把身体扑在案台桌前，挡住官差抢夺，他哭喊："不能动啊，这不能动啊，这是我们全村最后的希望啊，你们不能对神明不敬啊，神明会惩罚的！"

智官吏冷对道："在这里，我就是神，神就是我！"

台下信众扑通一声全都跪下，哭喊与哀求着。

智官吏怒骂："你们这些刁民，敬酒不吃，吃罚酒！"

他挥起鞭子，边喊"找死！"边要朝愚公身上狠狠地抽打下去。

这些做官的，奴役自己治下民众，已逼得民不聊生，如今百姓大灾大难，处在水深火热之中，还得寸进尺地压迫，这天下难道真就没有一块讲公道的地方吗？

若说民暴，民比这些官吏暴吗？

若说民无耻，民比这些官吏无耻吗？

孙悟空看到这些官吏横征暴敛，本已怒火攻心，听到智官吏这样逼人太甚的话，见他又要抽打老者，再也控制不住自己的情绪了，挺身而出。

倏忽间，一名身穿淡粉色衣衫罗裙的少女也从另一边同时飞身奔来。

两个人擦身而过，孙悟空拉住鞭子，鞭子在半空中停止，而那少女瞬间把愚公扶走到一边。

孙悟空与那少女不约而同地相互凝视一眼，对方身上都有仙气道骨，同样都是灵者。

两人忍不住细细地端详对方，彼此的心情如同这城边的东海浪水开始翻腾，不能平静。

这个少女，她，倾城容貌，倩影有一种让人念念不忘的美，她那双晶莹的眼睛，纯净得像幽山的清泉，恬静得像深夜的星星。

这个少男，他，英俊挺拔，精神有一股说不出来的傲气，俊秀的脸上却掩藏一种茫然，明锐的眼神更是透露一种忧郁，让人忍不住想呵护。

智官吏被这忽然出现的少男少女给吓一颤，他恼羞成怒地骂道："又来两个找死的！"

他想扯回鞭子，但鞭子纹丝不动，智官吏用惊慌的眼神打量孙悟空。

孙悟空表情淡然，握住鞭子不放。

智官吏急喊那些官差："你们还不快点给我上！砍死他！"

这些官差拎起钢刀，朝孙悟空围杀过去。

孙悟空瞬间放开鞭子，智官吏被弹力顺势扯下马，重重地落在地上，他身体多处摔伤，痛着喊叫。

孙悟空旋转腿一圈，便把这些围上来的官差踢倒在地。

智官吏惶恐地看着官差翻滚，呻吟喊痛，忙颤声地朝孙悟空问道："你是谁？"

忽然他又瞪大眼睛，威胁道："我可是官府中的人，我上面可有朝廷啊！你这是要作乱吗？要造反啊？你想被通缉吗？你想死吗？你想被诛灭九族吗？你想……"

孙悟空憎恨。作乱？造反？诛灭九族？这是一些贪官恶官鱼肉百姓，惯用与共用的伎俩。

智官史恐吓不成，见孙悟空神色依旧是淡然如水，忙又哭声哀求道："这位英雄，饶命啊！是小人有眼不识泰山，是小人罪过！"

孙悟空憎恨这种人，不去理睬。但衣衫罗裙的少女先开口了，她静静问道："取之于民，本应用之于民，可你们为什么不回报，反而对这些老百姓施加暴政呢？他们难道不是人吗？你们忍心吗？"

智官吏面对少女，慌乱地说道："我们错了，女英雄，我们不该这样对待他们，我们以后肯定会像对待亲人一样对待他们。我们……我们也是奉了上头的命令来征税啊，我们也是无奈啊，我们也好几天没吃饭了。"

第四章　龙城求雨

孙悟空心中悲愤，看这些官差个个肥头大耳，连骑的马都匹匹膘肥体壮，而再看看这些求雨百姓，面黄肌瘦，身形如柴，一副弱不禁风的样子。

同一个地方出现不同情景，恍如天堂与地狱同时呈现，强烈的反差对比。

为何这些人觉得百姓可欺可骗可压迫呢？他们凭什么，就可以这样残酷的奴役百姓呢？就因为手上的权力吗？

孙悟空难以抑制哀恸、失望与愤怒，很想握起拳头好好教训这些可憎的人。

但百年的流浪，他已明白人间是个残酷的世界，就算一时出头，帮这些老百姓出了气，可以后呢？这些官差被教训后，肯定会记仇，说不定会回到官府诬告这些百姓暴乱，到时官府还会派官兵来征讨。

自己出于正义站出来，但又不能常在这边，不能时刻保护他们，结果会使这些淳朴的百姓被牵连进去，更有颠沛流离的危险存在，孙悟空决定先看看这个少女是怎样处理。

那少女突然对智官吏恳切说道："请你放过这些老百姓吧，可以吗？他们已经很苦了，请不要再逼他们了，好吗？"

这少女语气如此谦和，智官吏吃了一惊，感到意外。

为了活命，他忙说道："女英雄，我一定改正，这……这村的杂税……我不收了……免除，我保证免除。"

愚公说道："智爷，谢谢你宽宏大量，我们也不让你为难，这杂税，我们肯定想办法交，请宽放我们一些时间来凑齐。"

这些百姓希望安定地过日子，为了安定的过日子，他们会忍气吞声，耐苦耐劳。

智官吏胆怯地看了那少女和孙悟空一眼，忙说道："愚公，刚才是我不对，我太粗鲁了，我保证以后不会了，你们乡肯定免除，我不为难，我保证给你们做到免除，我……我发誓！"

少女盯住他，又问道："你都敢亵渎神灵，你说的话，能让我们信吗？起的誓能算数吗？"

智官吏一时结巴："我……我……"

他猛然叩头，不顾一切下起重誓："苍天在上，要是我说话不算数，或是再做些欺凌百姓的事，我就……必死于非命，我……我全家不得安宁。"

少女问道："你看庙旁那块大滚石有多重？"

智官吏望眼瞧过去，那块大滚石是一块巨石，高于一丈，要四五个成人手臂环连才能抱得住，但他不明白这少女说这句话的意思，困惑地看着她。

少女轻轻击出一掌，掌力飞出去，巨石瞬间粉碎，碎石飞溅四处。

智官吏及那些官差，还有在场的百姓都惊讶地目瞪口呆。

少女向智官吏说道："请记住你今日的誓言，若你口是心非，你的命运会跟这石头一样。"

智官吏惊惶地说："我……我定不会违背，两位英雄，请你们一定相信我。"

少女看了孙悟空一眼，然后说道："好的，你们走吧。"

智官吏一听这话，连声道谢，立即喊上其他官差，仓皇地骑马快速奔走。

愚公恳切说道："两位英雄，你们救了我们全乡人啊，这样的大恩大德，我们乡民不知要该怎么报答才是呢！"

少女微微一笑，轻轻说道："愚公，不必客气啊，这是我俩应该的，也是我俩能做的事。"

愚公还要说感谢话时，有人跑来喊道："听说各地义商捐资的赈灾粮到了，大家快到衙门去领啊！"

广场上顿时像煮开了锅一样，吵吵嚷嚷，摩肩接踵走掉一大半，剩下的都是愚公所在乡的村民，大家等着愚公发号施令。

少女说道："愚公，你带领大家也过去吧。"

愚公执意要报答，说道："我要请你们两位到我乡里去！"

少女微笑地说道："谢了，愚公，这事不急，我们和你一起去衙门，目前最要紧的，是解决大家饥荒问题。"

祭台上女巫师已不见了，愚公叹道："请巫师来向神明祈雨，没想到变成了传播邪教，唉，世道变了，人心浮躁，怪不得老天要降罪。"

愚公留几人看着供品，领着乡民走向衙门，孙悟空和少女也跟着过去。

路上，那少女问孙悟空："你来自灵界，是吧？"

孙悟空作揖后说道："我是仙国方丈岛修真学院灵生，我叫孙悟空。"

少女眼睛突然睁大，闪着亮光，惊喜地打量孙悟空，抑制不住内心的激动，连番问道："你就是孙悟空啊？就是这百年大家纷纷讨论的那个石头？"

"啊！我不对啊，对不起，我一时口误，你是奇才。"

"你空前绝后考出两个满分，读书这么厉害，能否教一下心得给我呢？"

"还有，一个很重要的问题，你会不会接受三道天雷呢？"

少女盈盈一笑，道："我是不是问太多了？因为没想到灵界热烈谈论的大人物，竟然现在就在我眼前，我有些激动。"

孙悟空也没想到百年后自己仍是灵界关注的热点人物，他顿顿语气，回道："没关系的，我本来就是石头生的，我平静接受这身世，感谢天地给我生命。"

他面部略显苦涩，又说道，"我没什么读书心得，这一千几百年来，我都没做什么事，只不断地在看书、读书。"

"至于三道天雷？"他接着说道："我灵力薄弱，要不要接受本就不是我有能力去考虑的，力不能及这是事实，我会顺着天庭的意思下台阶。"

少女盯住孙悟空，惊奇他的坦诚与理性，忙安慰道："灵力主要是通过后天努力修炼提高的，你还年轻，有的是机会，你在理论剖析与奇门遁甲首屈一指，你会有一番成就的。"

孙悟空吃惊地望着这个少女，内心受到强烈冲击，这是他第一次真正感受到除仙尊院长与学院仙师以外的善意。

孙悟空点头，说道："谢谢姑娘关心，我会努力的。"

少女不禁莞尔，又说道："悟空？悟出是非得失都是空，唯有拥有爱与自由的日子才是最好的一生吧。"

孙悟空不知该如何回复，这少女随口一说便与师尊当年取这名字的寓意异曲同工，再看她笑靥如花，容色极美，就是一个下凡的仙女。

少女浅浅一笑，接着自我介绍起："我叫凤婉霞，婉丽的婉，彩霞的霞，我母亲说我是她的小太阳，依偎在母亲大地怀里，映红半边天。"

孙悟空听她这样介绍，一边联想到晚霞余晖的景色，一边感叹有妈的孩子幸福。不过这凤婉霞的名字，他好像在哪里看到过，头脑隐隐有印象，可又一时想不出。

孙悟空正要问凤婉霞为什么来大禹城时，突然一阵喧嚣声传来。他和凤婉霞起身一跃，落在屋顶上，看到眼下人头攒动，大批饥民围着官衙，衙门却紧闭不开。

那个求雨巫师居然也在这里，她不断地对饥民喊道："我们交粮纳税，但官府给我们的却是压迫、暴政还有饥饿！我们不要饥饿！"

饥民相应高喊："我们不要饥饿！打开门，我们要粮食！"

喊声越来越高，民情越来激愤。

屋顶瓦砖上，孙悟空说道："各地义商捐资的赈灾粮不可能这么快就发完了，估计又是层层私扣截留，到了这边官府再贪污，剩下的根本不足以救济这众多灾民。"

凤婉霞说道："剥削总是先从百姓开始！"

孙悟空叹道："民以食为天，若没有粮食，天下何安啊！？"

突然，一队几千人的官兵涌出来，迅速把饥民围住，他们一边凶恶地喊叫，一边用枪赶着饥民离开。饥民手中拿着各式各样的东西，纷纷抵抗。

双方僵持就这样，暴乱与镇压随时都会一触即发，大家都透不过气来。

领军头目喊道:"九州王朝颁布法令,凡是示威游行、围堵官府、制造骚乱等,都视同藐视国法,以叛国罪论处。"

他最后通牒道:"你们再不离开的话,我们就要镇压了!"

凤婉霞说道:"民之饿,本是官之过,官不思过,反而暴征相逼,民才不得不反,官不思痛,却还要野蛮镇压!"

这时,有一个小伙子从官府里面爬墙出来,人靠在墙顶上,急促地高喊:"粮食!有粮食!这里有仓库,放着好多粮!好多粮!大家冲进来拿啊!"

这小伙子一喊,饥民纷纷敲打官门,有甚者更是拿起木头撞起门来。

领军头目看到这情景,怒喊道:"你们再不离开,我们要格杀勿论!"

但他的喊声,被饥民求生的欲望及喧扰声所淹没。

领军头目狠狠地朝官兵抛出一句话:"给我杀!尽管杀!"

有士兵茫然问道:"将军,这里面有老有少,有妇有残,我们都要杀吗?"

领军头目骂道:"你不杀他们,我就杀你!违令者立斩!"

官兵们听到命令,纷纷拿枪刺向饥民。外围的饥民悲鸣地倒下,里面的饥民恐慌不已,四处逃散。

这些老百姓抢天呼地,如同末日来临,每个人都是等死的心境!

这些人悲呼:"天地啊,神魔啊!请救救我们吧!"

孙悟空和凤婉霞见官兵如此残忍,忙跳下去救人。

官兵见到突然有人从天而降,瞬间就把几个官兵撂倒,心生寒意,挑着枪呆立一边,不敢上前。

领军头目喝令道:"我们这么多人,还怕他们两个!给我杀,不上前者死!"

官兵无奈,只好硬着头皮上。但孙悟空与凤婉霞箭步冲到官兵中,一声大喝,横扫周围官兵。

官兵见这两人威猛,纷纷退后,就算领军头目再严令,大家也置之不理,畏缩不前。

领军头目命令道:"给我用箭,乱箭射死他们!"

一声令下,一阵如急雨般的飞箭疯狂射来,孙悟空与凤婉霞挥出掌风挡掉,但掌风以外的无辜饥民已乱成一片,被劲箭射中,纷纷倒下,哀声凄惨。

陡然,那女巫师见机高喊:"现在,饿是死,活也被官兵逼死,横竖都是死,大家干脆杀官抢粮,求生路!我们有邪教国师派来的两位英雄帮助,我们不怕官兵,杀官抢粮,求生路!"

孙悟空耳听自己被诳言成邪教国师派来的英雄,他顾不上去纠正,眼前最重要的是阻止官兵滥杀无辜，师尊菩提与修真学院光明洞彻，自是不信江湖这些诓言诈语。

饥民纷纷应声，群情激愤，齐声高喊："杀官抢粮，求生路！""杀官抢粮，求生路！""杀官抢粮，求生路！"

随着喊声一波接着一波，这些百姓已不是饥民，变成了饥饿的野兽，眼睛暴涨出仇恨、贪婪及愤怒的光芒，狰狞地吼叫，不管手上拿的是要饭棒、扁担，还是菜刀、锄头，凡能拿的都拿起来，像疯子一样冲向官兵，乱打乱砸，甚至有人用牙咬官兵。

那领军头目和官兵们被眼前的局势所震惊，仓皇迎战。

是朝廷腐败无能，横征暴敛，使得百姓无以为生，官逼民反呢？还是百姓挣扎在饥饿与死亡边线上，大家愤起求生路呢？

孙悟空已然不知，他只知自己已控制不住眼前的混乱与杀戮。

突然凤婉霞喊道："孩子！孙悟空，救孩子！"

孙悟空忙往凤婉霞指的方向望去，他前方有一母亲卧倒在地上，母亲紧紧地保护抱在怀里的孩子，用自己的身体承受因场面混乱带来的任意踩踏。

孙悟空疾步过去，摆退周围人群，扶起这位母亲和她的孩子，然后抓住她们的后衣背，腾空飞跃上屋顶，把她们放在屋顶。

孙悟空又飞下，与凤婉霞一起四处救助无人顾及的孩子，把这些孩子一个一个都拎到屋顶上。

不久，官兵只剩下领军头目，其他官兵尽数已被饥民乱拳乱棍打死。领军头目突然喊道："没有神魔，我就是天地！"

他体内力量顿时暴增，左右拳头挥出，被打到的百姓瞬间飞出，倒在地上痛苦呻吟。

那领军头目神情变得恐怖，力量还在无节制增长，他由狂笑又变到痛嚎。

孙悟空皱眉，赶紧跳下，与此同时"嘣"的一声，那领军头目身体爆炸，血肉飞溅，还好孙悟空及时启动奇门遁甲，没有波及周边百姓。

饥民们激愤难平，接着又去攻打衙门，围墙一下就被推倒，饥民蜂拥而入。

官府内的衙差官员抱头鼠窜，仓皇地逃跑，饥民们在刚才那个小伙子的带领下直奔官仓。

大小官仓里堆满粮食，旁边的库房里金银财帛也是堆积如山，饥民疯狂争抢粮食与金银财帛，场面越来越混乱。

喧嚣声急促响起，人群里开始发生内斗群殴，看情景估计是因为相互争抢引起的，官仓里已逐渐血流成河。

屋顶上，孙悟空摇头叹息。这就是他百年里一直见到的。人因为没有信念，在利益面前，人会变得不堪一击。

他对凤婉霞说道："凤姑娘，这样的场面发展下去可不行！"

凤婉霞问道："你有什么办法没有？"

孙悟空说道："《灵界共同宪章》规定灵者不可随意在凡间显露灵力，更严禁诉诸灵力草菅人命，除非救世济民或形势所逼，现在正是我们要用灵力镇住他们，避免事故扩大化的时候！"

凤婉霞佩服孙悟空的临机应变，说道："好的，孙悟空。"

孙悟空首先奔向各处群殴处，凝聚体内所有灵力，启动奇门遁甲，地面浮起由光亮符印组成的法阵，法阵由里向外迅速扩伸，一圈圈围住和隔开群殴人群，限制他们的活动。

凤婉霞腾空而起，右手三指并拢向天，用灵语召唤出自己的护卫神兽，一只火焰燃烧的大鸟倏现，大鸟身披绚丽的火红色金羽毛，振翅悬停在半空之中，竟然是只火凤凰！

凤婉霞站在火凤凰背上，俯视众生，宛如女神，她启用灵语，振聋发聩地说道："大家住手！"

火凤凰跟着凤鸣，鸣声响彻云霄，环身爆发熊熊火焰，气势雷霆万钧，不可抗拒，神情彰显百鸟之王的威仪。

饥民早已被震撼住，软筋酥骨，停下手中的争抢，纷纷敬畏地睁大眼睛，仰望天空。

愚公激动地高喊道："这是上天派来帮我们的神灵啊，是我们的救命恩人啊，大伙都跪下谢拜啊！"

愚公这一喊，大家才反应过来，齐唰唰地跪下，高呼："神啊！"

孙悟空凝目沉思，他没想到凤婉霞能召唤出神兽，而且这神兽竟然是火凤凰。

他博览群书，知道灵界里凤凰一族十分尊贵，数万年来天界神国天后多均出自这一族，可不知为何，这朝的神国天后竟不是凤凰一族，这其中缘故，神国皇室讳莫如深。

看到下方跪满了百姓，凤婉霞诚恳地朗声道："请乡亲们都快快起来吧，我有话要说。"

百姓纷纷站起，翘首恭听。

凤婉霞说道："各位乡亲，我知道你们苦，你们苦生活的艰辛，可你们用自己的双手辛勤劳动，凭着良心与纯朴过生活；我知道你们悲，你们悲命运的不

第四章　龙城求雨

公,可你们不埋怨,不牢骚,踏实做人,相信生活会一天比一天好;我知道你怒,你们怒这些做官的无耻,官本是为民办事,但他们横征暴敛,贪赃枉法,难道他们就不知道得民心者才得天下吗?"

饥民高呼:"神啊!"

凤婉霞接着高声说道:"但不管是苦,是悲,是怒,我们都要相信天理昭昭,相信好人有好报,恶人有恶报,我们相信腐败的旧王朝会倒下,为民做主的新王朝会建立,这是历史前进的必然规律,不可阻挡!"

愚公说道:"恳请两位神灵可怜我们,做我们的主人,引领我们走出这饥寒交迫的苦日子!"

饥民跟着高呼请求。但凤婉霞说道:"谢谢大家对我俩的信任,可我俩来自不同世界,天地有道,乾坤有序,我俩不可违道乱序。我相信人间会出现一个雄才大略、有德有能的新皇担此重任,引领大家走出这苦日子!开创太平盛世!国泰民安!"

饥民渴盼地喊道:"太平盛世!""国泰民安!"

凤婉霞接着说道:"龙宫就在这大禹城旁的东海里,我俩这次来,就是要登门恳请龙王施雨济民……"

大家瞪大眼睛,没等凤婉霞说完就再次跪拜,大呼道:"神啊!""谢谢神拯救人间!"

凤婉霞喊道:"在这,我俩也有一事请求,希望大家能遵从!"

饥民响应道:"请神吩咐,大家必定服从照办。"

凤婉霞说道:"恳请大家把刚才抢的粮食与金银财帛都捐交出来,由愚公组织,我们把这里建成赈灾救济点,救济所有来这儿的灾民们,直到上天降雨,旱灾解除。"

愚公欣然领命,先让自己乡民把抢来粮食与金银财帛掏出来捐交,其他饥民迟疑片刻,却也都纷纷效仿,跟着上交。

孙悟空和凤婉霞欣慰百姓的纯朴,人心深处的善良有时只是被一时薄纱盖住,只要能勇敢掀起,人性的光辉自会照亮自身和周围的人。

愚公安排人搭铁锅煮粥,排队分粥,设老弱病残照顾点等。到了晚上,他又请来寺庙和尚做了场祈福消灾的法事,念经超度所有亡魂,不管他们是百姓,还是官兵。

世事无常,生命悲苦,梵音袅袅,希望生者坚强,逝者安息。

孙悟空和凤婉霞看着他们的身影,心中都生起一丝悲凉。

孙悟空流浪百年,一路看到很多乞讨的孩子、贫穷的父母、睡在路边的老人、自食其力的残疾人。

这悲苦的人间，彷徨的三界，深深地触动他的心灵。孙悟空悲悯道："百姓所梦的太平盛世，不知什么时候才能。"

凤婉霞说道："会实现的。这个梦让大家憧憬、期盼，就算遇到苦日子，大家也会坚强地过下去，朝着这个梦的方向前进。"

她凝视一眼孙悟空，婉转问道："孙悟空，你希望三界是一个什么样的社会呢？"

孙悟空一时语塞。虽然他明白师尊菩提提倡"三界大同，众生一家"的思想，可现在他连自己的人生意义都没领悟到，还谈什么三界的问题。

凤婉霞自己却沉浸在往事回忆中。她轻轻说道："我母亲想过，她希望三界为公，民为主人，老有所终，壮有所用，幼有所长，三界诸位皆有所养！男有分，女有归，分工协作，各司其职，共同为三界竭尽全力！没有贫富差距，没有弱肉强食，大家讲信修睦，幸福安康！这样的社会，是她的追求，她的信仰，现在也是我的追求，我的信仰！"

孙悟空眼睛明亮，却又变得黯然些，想到这百年他看到与体会到的，说道："这社会非常美好，可现实世界里，权力、金钱、欲望可以轻易诱惑人的心，可以轻易打垮人的品质，可以轻易丑恶人的灵魂，所以要纯净人的心性、品质与灵魂，坚定大家的信仰，实现这样的世界会很难，很难的。"

凤婉霞说道："我以前也困惑。但我母亲在仙国、妖国、九州与东海交界处，一个叫花果岛的岛屿上建立了这样的社会。我们唤它桃源理想，母亲教我不要觉得不可能就不去做。我们要做的就是尽自己努力，做好自己那一份责任，相信有一天，金石可镂。"

孙悟空敬佩道："你母亲是个伟大的女人。"

凤婉霞静静说道："天下的母亲都是伟大的。像今天那位母亲用自己身体紧紧地保护怀里的孩子，她爱儿女胜过爱自己的生命。"

孙悟空联想到自己身世，虽然他已学会在外人面前保持平静，但不知为何，觉得跟凤婉霞很亲近，那份心里苦涩竟自然地表露出来。

凤婉霞察觉到孙悟空神情的变化，连忙问道："你还好？"

孙悟空苦苦一笑，坦然说道："我是仙石孕育而生，自小生活在修真学院，体会不到有家、有双亲的味道。"

凤婉霞深深凝视孙悟空，觉得他从小无父无母，孤独落寞，甚是可怜。

孙悟空侧过头正要再自嘲几句，碰上凤婉霞怜意的目光，两人情不自禁彼此又细看对方一番，等回过神来，各自难为情的微微地垂下头。

第四章　龙城求雨

凤婉霞尴尬地咳嗽一下，明亮的眸子闪烁光芒，直爽说道："孙悟空，以后我叫你悟空哥，你喊我婉霞吧。"

一股暖流在孙悟空心中流淌，他明白凤婉霞心地善良，他也从容说道："好的，婉霞。"

孙悟空再问道："婉霞，你应该还是个灵生吧？是哪个学院的呢？"

凤婉霞微笑道："我是轩辕学院孔学圣弟子，你们修真学院的仙尊院长还是我的师公啊。"

孙悟空思路顿然清晰起来，怪不得之前对凤婉霞这个名字有些印象，说道："我记起来了，我在百年前那届天骄子榜上看到过你的名字，原来你跟我同届。你取得了天骄子身份，而我却是修真学院不成器的学生。"

凤婉霞见状，忙说道："我那是侥幸取得。"

她换个话题，又说道："这些淳朴的百姓，面对饥饿和干旱的折磨，目前唯一的祈求就是老天能下雨，有雨才有粮，有粮才能活命，他们最大的愿望就是能活着。"

孙悟空问道："婉霞，你要到龙宫求雨？"

凤婉霞点点头道："这次上天禁雨也波及到花果岛，岛民选举我作为他们的凤君，所以我必须去求雨，这是我的责任！"

责任？她一个少女，年纪轻轻竟有如此担当，不知她所理解的生命意义是什么呢？

孙悟空柔和地问道："这任龙王是敖广，龙王是四海之神，是海洋的主人，威力无边。你冒这么大的风险，不怕有生命危险吗？你认为这值得吗？"

凤婉霞说道："已有岛民为这场干旱失去生命了。作为凤君，我必须站出来，这是我的职责。值不值，危不危险，已不是我现在最主要考虑的事了。"

凤婉霞悲伤地忆起那天岛上发生的事。岛民大陈为了找新的水源，不惜爬上崖壁，想要开凿山泉，结果却不小心失足掉下山崖。

凤婉霞说道："我热爱花果岛，热爱桃源理想，为了那片土地，我时刻准备奉献出自己的一切！无论自己身在何处，这是我母亲传给我的责任，是花果岛一代又一代不断延续下去的精神！"

孙悟空心中震撼。如今迷茫的三界已很难有这种精神，但凤婉霞却还再为这种精神努力拼搏，甚至都不在乎自己的生命。孙悟空心中对凤婉霞充满了敬意。

突然两人上空响起"精卫""精卫"的悲鸣声。一只大鸟展翅边鸣叫边从东海往西山飞去。大鸟样貌似乌鸦，但体型要比乌鸦大的多，白嘴壳，红爪子，头部上透亮发光的花纹如一朵鲜艳的花,远远看去这只飞翔的大鸟就好像飘浮在夜空中一朵五彩斑斓的大花,夺目极了。

凤婉霞说道:"是精卫。"

孙悟空从《灵界通史》书上曾看到"精卫填海"的篇章。精卫是炎帝最小女儿,到东海游玩时溺亡于水中,灵魂化作鸟,衔西山的树枝与石块投入东海,每日如此,从未停歇,立誓填平东海。

凤婉霞说道:"在困难与逆境面前,有些人选择屈服,任由命运摆布,心境停留在怨天尤人上;有些人却努力与命运抗争,生命时刻保持昂扬向上。"

她娓娓说道:"这座城是为纪念大禹而命名的,大禹治水、愚公移山、精卫填海,他们都是不屈不挠地为自己信念奋力拼搏,是我们永远学习的榜样。现在我活着,活着就是希望!若活着不去努力的话,我的心总不能平静。"

孙悟空被这种精神一下感染,产生力量说道:"我跟你一起到龙宫求雨!"

凤婉霞迟缓地说:"可你目前灵……"

她担心不已,话在嘴里又不知该怎么说,她怕像刚才天骄子话题一样打击到孙悟空。

孙悟空明白凤婉霞的顾虑,但他眼神坚定,坚持说道:"姑娘此行为民出头,舍生取义,我又何惧生死呢?修真学院一直谆谆教导我,让我这次下山百年,要践行济世救民宗旨,做足百件正义事,到现在还差一件,所以我跟你一起去龙宫,这是我现在最要做的事,我义无反顾!"

孙悟空接着说道:"虽然我灵力薄弱,帮你有限,但我们一起想办法闯进龙宫,我会照顾自己,不给你造成麻烦。"

凤婉霞对着孙悟空灿烂一笑,说:"好的,那我们不逃避,也不害怕,勇敢迎接人生的挑战。下一站,向龙宫进发!"

这时的孙悟空脸上浮出少见的笑容。

凤婉霞歌声飘起:"去者日以疏,生者日已亲。出郭门直视,但见丘与坟。古墓犁为田,松柏摧为薪。白杨多悲风,萧萧愁杀人。思还故里闾,欲归道无因……"

歌曲唱出这些老百姓心声,他们有眼泪、有迷茫、有思念、有期待、有憧憬,渐渐困乏入睡。

第二天,愚公与全城老少一起为孙悟空和凤婉霞送行。在海边,凤婉霞从口中吐出一颗亮珠,这珠子晶莹瑰丽,发出火一般霞光,令在场的人眼花缭乱。

凤婉霞提起珠子,高喊道:"火凰珠,发出你的威力吧!"

顿时汹涌的波涛排开两边,形成两道万丈高的水墙,水墙中间便是一条通往海底的陆路。

孙悟空和凤婉霞脸上平静，迈开步子，泰然自若地踏上这条海底陆路，向东海龙宫进发。

愚公与全城百姓他们万分，愣过神后，纷纷拈香跪拜，高呼："谢谢上天显灵，派神下凡拯救人间。"

在孙悟空和凤婉霞走过后，分开的海水很快合成一处，在外人看来海平面已恢复平静。

第五章
战魂觉醒

东海龙城建在宽敞的海底平地上，一个巨大的、无形的透明半球罩将龙城与海水隔开。

孙悟空和凤婉霞穿过半球罩，一座宏大城市在他们眼前豁然呈现。清澈的海水在球罩上空静静流淌，各类千奇百怪的鱼悠闲地游来游去。

整个龙城在海光的照耀下，明亮和斑斓之极，宛如一座美丽的不夜城！

龙城中间街道极其开阔，直向龙宫。龙宫格外辉煌，用水晶石建成，晶莹剔透，如同一颗巨大的夜明珠，闪耀着光芒。

街道上熙熙攘攘，两旁店肆林立，街上龙族及水族人形模样的子民来来往往，看到孙悟空与凤婉霞这两个外人，并没觉得奇怪，因为这里是五湖四海的中心城，他们对外来灵者到这里贸易、经商、旅游等早已司空见惯。

龙城与旁边大禹城完全是相反的世界，大禹城破落颓丧，龙城繁华安乐。

孙悟空和凤婉霞两人没有闲逛的心情，直奔龙宫宫门。孙悟空说道："龙宫是等级森严的地方，不会让我们进去的，我们要先商量好对策。"

凤婉霞双眼闪亮，缓缓地点了点头。

商量过后，两人来到宫门求见龙王，卫士呵斥他们快速离开，骂道："哪里来的野孩子，异想天开，龙王是你们能随便见！"

孙悟空和凤婉霞相视一眼，转身虽做出要离开的样子，却忽回头腾空而起，右手三指并拢向天打开主仆契印，分别喊出："筋斗云！""火凤凰！"

筋斗云与火凤凰从灵介空间中闪出，孙悟空驾筋斗云，凤婉霞骑火凤凰，飞到宫门卫城，冲向龙宫水晶主殿堂。这是两人定好的"先礼后兵"战术。

宫门卫士傻眼，回过神后急忙敲响警钟，龙宫上空四面八方猛然间涌出数百位海龙骑兵,一齐追赶孙悟空和凤婉霞。

筋斗云像一阵风,火凤凰如一道影,一前一后逆风回旋,上下掠过海龙骑兵,强劲的游荡在空中。

龙兵驾驭的海龙不甘示弱,在后面紧跟尾随。海龙滑翔速度很快,体形狭长而侧扁,龙头卷尾,两侧突起两对长鳍犹如鸟翼,全身鳞片发出蓝色荧光。

两方呼啸奔腾,奋力飞扬,速度与力量角逐竟然交织成一起壮观场面,龙城里的子民忙驻足仰头观看,龙王敖广、那个戴黑白相半面具的国师,以及称为九尾狐的妃子也被吸引住在龙珠前观战。

那妃子定眼一瞧,顿时震惊,轻轻地向国师问道:"魔法师,这火凤凰神兽一直是魔后坐骑,那现在座上的少女难道是……"

原来这国师是魔国魔法师长恨,魔法师在魔国位高权重。

三界各国自有一套相对完整的行政管理体系。在魔国,魔皇之下是东西南北中五战魔,中间护法魔是魔皇之下最高行政官,又称"魔法师",魔国皇室上下以师礼尊重,辅佐魔皇总理百政,相当于人间九州王朝的丞相之职。

这妃子是五战魔里的梦魔南宫千倩,她妩媚万千,再心如坚石的男人也抵挡不住她的美色诱惑。

魔法师长恨缓缓点头,沉声说道:"是公主独领婉霞!"

南宫千倩惊喜说道:"六百年前魔后带公主出走,从此杳无音信,魔皇多次派魔到三界四处寻找,但每次都无果,没想到公主会在这里出现,她已从小女孩变成妙龄少女了。"

魔法师长恨没有接话,而是全神贯注盯着龙珠里的追逐场面,心中暗暗称奇。

南宫千倩跟着凝神注目,好奇地问道:"公主和她旁边那个少年干嘛这样来回闯进闯出呢?"

魔法师长恨自此时的目光炯炯有神,说:"是公主配合那少年在布奇门遁甲!"

南宫千倩顺着长恨的提示细心观察,果然发现孙悟空左突右冲,上蹿下跳是在各处隐藏布阵点。她吃惊地说:"虎遁七十二局!"

南宫千倩着实吃惊不小,她又说道:"虎遁七十二局是高级灵力知识,这远超出他现在这般年龄所能承载东西。"

魔法师长恨说道:"若他名字叫孙悟空呢?"

南宫千倩又惊又喜,说道:"孙悟空!他就是那个石头啊?这百年大家讨论宁有种乎的石头啊!当年他才七百岁就冲着修真学院所有师生喊出'没有谁比谁优越，我渴望平等与尊重'，这句话现在已成为今反抗不公的标语了。"

南宫千倩又挂着笑容说道："独领公主怎么跟他在一起呢？不过这孙悟空长得帅气，两个人正好郎才女貌。"

魔法师长恨没去理会南宫千倩的话，而是叹道："这孙悟空确实是才华横溢，可惜他灵力薄弱，导致虎遁威力不强，不过这也能阻挡海龙骑兵一阵了！"

两人交谈间，孙悟空驾着筋斗云冲到主殿堂大门前，他又跳下筋斗云，在地上结出奇门遁甲咒印，大喊道："虎遁起！"

那奇门遁甲咒印上射出数十条闪亮金光线，金光线延伸连接起各个阵点后又回到咒印。

龙城及龙宫众人刹那间被震撼到。这数十条金光线连成七十二只虎形的光兽，每只虎形光兽长着一双大光眼，额头上的王者斑纹闪亮，光兽们威风凛凛地抖了抖身体，守在大门前，顶住海龙骑兵的猛攻。

趁着龙争虎斗，孙悟空和凤婉霞抽身跨入主殿堂，殿里早已站满几排虎背熊腰的龙王护卫，护卫们横眉怒目，阻挡他们来到王座前。

魔法师长恨使了个眼色给南宫千倩，两人瞬间闪避到幕后。

凤婉霞高声诚恳地说："灵生孙悟空和凤婉霞求拜龙王！恳请龙王为人间降一场甘雨！"

此时海龙骑兵已消灭掉七十二只虎形光兽，冲到大殿与龙王护卫形成合围，将孙悟空和凤婉霞困在大殿内。

魔法师长恨暗暗传音，让龙王敖广下令道："各将士让开，让他们上来！"

龙城将士让出一条道，孙悟空和凤婉霞走到王座前。龙王敖广一身帝服，头上两侧龙角轩昂威武，他虽有王者气概，可脸色苍白，眼眶凹陷，空洞无神，仿佛掉进深渊一片迷茫。

两人心中纳闷："这就是四海之神吗？怎么看起来有些萎靡不振呢？"

凤婉霞再请求道："人间干旱九年多，现饥民遍布，请龙王施雨济民，救众生于水火之中！"

龙王敖广面庞黯淡无光，说道："人间九州王朝上下，贪婪奸诈，不礼天敬地，还冒犯天帝，故天帝降旨，不施雨给人间，以示惩戒。"

凤婉霞说道："我不知道九州王朝究竟如何不礼天敬地，如何冒犯天帝，可我知道要是再不下雨给人间，人间将到处都是饿死悲哭的惨境，到处都是呻吟呼叫的凄声，仁慈的神难道愿意看到这些发生吗？"

龙王敖广眼神闪过忧伤，但口气依然强硬："降雨必须要有天帝御旨才行，什么时候天帝下旨，这要看九州王朝上下什么时候深刻反思重回正道。可如今

第五章　战魂觉醒

这人间，道德已败坏，信仰已丢失，这雨还得继续禁下去。"

孙悟空质疑道："天帝作出不施雨给人间的决定，已使人间饥饿与混乱，这违背上天好生之德的宗旨。"

他又大声问道："站在道德制高点，用反道德方式惩罚不道德的人，这行为符合道德吗？若不符合，就没资格做出道德审判，若用权力强加于人，不仅缺失道德可依，其本身就是不道德。"

魔法师长恨、凤婉霞、龙王敖广、南宫千倩，以及殿内众龙族将士均被孙悟空的话给震惊，愣怔地看着孙悟空，大家觉得这孙悟空能成为如今三界争议的人物，确实见识非凡。

三界神权专制，众生俯首听命，这已是亘古不变的法则。如今突然有个人跳出来质疑，从另一个角度陈述不一样的东西，其言论不可不谓"绝古今，惊天地"。

大家一时沉默不语……

龙王敖广突然嘲笑声起，笑声透着一股悲凉。他说道："天真！可笑！这好比羊在饿虎面前要求道德，能改变羊被吃的结果吗？不能！不吃羊虎就得饿死！而羊的死能改变整个森林的弱肉强食法则吗？不能！不去竞争，众兽就得被大自然淘汰！"

龙王敖广接着说道："我念你们年少不懂事，就网开一面，饶恕你们擅闯冒犯之罪！你们速速离开！"

凤婉霞凝重沉思，目光坚定，这次来闯龙宫的职责与使命绝不能就这样半途而废，不成功，便成仁！

她仰首铿锵有力地说道："不！求不到雨，我决不会离开的！"

龙王敖广厉声说道："这是一个用实力说话的三界，等你们足够强大，再来求雨，不然就是人微言轻，自取其辱！"

凤婉霞回道："弱者难道就没有话语权吗？就算卑贱如蝼蚁，尚有千里之堤溃于蚁穴之壮举！"

孙悟空振奋地凝视凤婉霞，决意与她共同进退，他相信每个人都不平凡，平凡只因为你选择了随波逐流，任凭命运摆布。

龙王敖广鄙视道："蝼蚁就应有蝼蚁的样子，它撼不了树，撑不起野心，被人任意践踏，踩死在脚下，也是无足轻重，化成尘埃落土。"

凤婉霞奋起喊道："龙王，要是我们打败你，你是不是就可以降雨？"

既然是弱肉强食的时代，那再多道理再多请求也是无人会听，不如奋力一搏，还可能有胜利的曙光。

龙王敖广怒道:"想要打败我?不自量力的家伙!你们还不快点感恩,速速离去!"

凤婉霞迅速打开主仆契印,亮出自己武器,右手前臂上瞬间多出一把火焰燃烧的弩。

魔法师长恨与南宫千倩在幕后瞟到,内心一震:"凤凰弩!"

凤凰弩是上古十大神魔器之一,只有凤凰血脉者才能用,它不需张弦装箭,体内灵力化成箭气,由凤凰弩激射出去,可连续弩射,远攻近战都是超强卓著,历来是凤凰女神武器。

两人用灵力意念传音密聊。南宫千倩痛心问道:"这凤凰弩是魔后贴身武器,听说这种武器不以主仆契约获得,而是家族象征之物,以血供养,死约烙印,永久拥有,只能在上任死时才能传承下一任,难道魔后不在人世了?"

魔法师长恨一阵淡淡忧伤,说道:"神魔千年大战前,魔后受伤,不小心流产,那可是她第一个孩子且还是男胎,魔后痛心欲绝,虽然后来魔后身体康复,再后来生了独领公主,但自那次流产落下病根,又郁郁寡欢,她一直沉浸在悲伤当中,这种心境容易产生心病,看火凤凰、凤凰弩现都在独领公主身边,魔后有可能是已香消玉殒。"

南宫千倩眼里含满泪水,说道:"在魔国,大家和魔民最爱戴的魔就是魔后了,我们要保护好独领公主,阻止她跟龙王一战,不让她有丝毫受伤。"

魔法师长恨沉吟片刻,说道:"就算我们此时现身阻止也没用,魔皇强硬,魔后刚烈,那他们的孩子会是怎样一个性格呢?独领公主不去拼一下,她是绝不会离开的。"

南宫千倩轻声嘀咕一句:"一家倔强。"

她忙问道:"那有没有什么办法呢?"

魔法师长恨肃然道:"除非我们要龙王现在降雨,但那会破坏魔国大计。我们本来是要借此干旱,全力蛊惑百姓信奉邪教,摧毁人间对神的信仰与支持,所谓失民心者失天下,正是如此,这是其一;其二,是要把这施雨当成收买人心的工具,要控制龙王,凡尊崇魔业的国家,就给下雨恩泽,凡还是坚持信奉神道,执迷不悟的就禁雨警告,提高我们魔业威望;而目前最重要的是这其三……"

他重重语气,却突然停顿,并没有再说下去。这禁雨人间背后隐藏着魔皇与魔法师不少的阴谋。

南宫千倩叹道:"我们这样做会不会对人间百姓太残忍了?"

魔法师长恨冷言反问一句:"有比我们魔生活在幽暗疆土,快两千年了还不

第五章　战魂觉醒

见天日残忍吗？"

南宫千倩无奈。这就是神魔战争，众生众国都可以牺牲，但她又追问一句："可我们也不能不保护独领公主啊？"

魔法师长恨说道："你放心，龙王在我们操纵中，我会实时关注场上情况及变化方向，绝不让龙王伤到独领公主。现在要让独领公主平安离开，唯一的办法就是让她知难而退。"

南宫千倩想了想，只能缓缓地点了点头。

大殿里龙王敖广盯住凤凰弩似有所思，他说道："你竟然拥有上古十大神魔器里的凤凰弩，有点意思！"

凤婉霞朗声说道："龙王，我向你挑战，若我侥幸胜了，请你施恩降雨，若我努力了却败了，就不再提求雨，任由你处置！"

龙王敖广侧脸打量孙悟空，说道："好！我接受你的挑战，但我要你们一起上来，一起死心，免得啰唆！"

凤婉霞向孙悟空望去，孙悟空用眼神传递出愿意与她携手作战的意念。

凤婉霞心领神会。她朝龙王敖广喊道："我们要开始攻了！"

龙王敖广冷哼一声，不屑一顾，仍高高坐在王椅上。

凤婉霞抬起凤凰弩，向龙王敖广射去，一道耀眼惊人的闪光激发出去，殿内众人都能强烈感受到这凤凰弩的强大威力。可龙王敖广却只侧过脸就轻轻避过。

凤婉霞惊诧，这四海之神的实力确实强大。她凝聚凤凰力再次弩射，箭气疾如闪电，威力可撕碎所有阻挡它前进的东西。但龙王敖广迅捷侧身，又躲过这一箭。

凤婉霞奋力连弩三箭，凤凰力电掣风驰，咆哮着向龙王敖广射去，龙王敖广张开双手，迸发出龙力气盾挡掉两箭，另一箭则擦身而过。

龙王敖广依然安坐在王椅上，但心里感叹凤凰弩确是绝妙超强的武器，还好这武器厉害的程度跟用者凤凰力的强弱息息相关。凤婉霞年纪小，其灵力尚在成长当中，若换成凤凰族里随便一个资深战士来攻，他绝不敢如此轻敌。

凤婉霞一筹莫展，是龙王太强，还是自己太弱？凤凰弩以力化箭，操纵自如，迅猛绝伦，享誉兵器世界，可如此厉害的武器被自己用着像个废铁似的，她有些沮丧。

这时，孙悟空突地腾空跃起，游走在龙王敖广四边，挥拳开始凌厉直攻。

龙王敖广瞪起大眼，再如雷般地怒吼一声，向孙悟空击出一掌，掌力气势汹汹，将孙悟空击退出数丈远。

孙悟空一个踉跄，哇的一声，猛地喷出一口鲜血，他强撑着让自己站立不倒，但四肢受龙王敖广掌力震慑已动不了。

凤婉霞关切喊道："悟空哥，你还好吧？"

孙悟空摇头说道："我没事，婉霞，你再攻下！"

凤婉霞应声，凤凰弩疾速射出凤凰力，龙王敖广侧身避过，但这次凤凰力出奇地自己掉头再攻回来，龙王敖广不得不腾空再躲过，这凤凰力仿佛突然长了眼，又转头对准他直击过来

龙王敖广这才明白孙悟空刚才是佯攻，实则是在自己身边布下奇门遁甲阵，使自己成了阵中攻击点。

魔法师长恨在幕后再次啧啧称奇，这少年为了在龙王身上布下奇门遁甲点，他选择以自己受伤方式靠近龙王，在龙王出掌的瞬间把奇门遁甲点布好。

凤婉霞连弩几箭。奇门遁甲阵里，凤凰力连绵不绝，电光闪闪。霎时间，龙王敖广全身罩在电网中，逼得他纵高伏低，左闪右避，王椅早就被射裂得支离破碎。

龙王敖广见这气势有夏雷骤雨之猛，不可小觑。他张舞双掌，咆哮着腾身跃起，正色高喊道："飞龙在天！"

身影与闪来水流陡然凝合成一条张开血盆大口的凶龙，挥舞着利爪，狂怒着把奇门遁甲阵撕破，把凤凰力吞噬！

一瞬间，龙宫恢复到以往的肃静！

凤婉霞耗损体内灵力许多，已伤到本身，嘴角流出血。她轻轻擦去，凤凰弩指向龙王敖广，语气坚定地说："再战！"

龙王敖广说道："我再说一次，你们不是我的对手，再战也是徒劳无益，反而会害了你的性命，你应该知道这凤凰弩是极耗精血的，不能连续作战！"

孙悟空愕然地望向凤婉霞，心中甚是牵挂。而幕后南宫千倩也用询问的目光看着魔法师长恨，魔法师长恨缓缓点了点头。

使用凤凰弩时间长短要看用者的灵力能支撑多久，否则轻则伤身，重则要命。

凤婉霞神情镇静，说道："若我的死能换来人间一席甘雨，我愿意！"

龙王敖广震惊，这世上难道真有舍生取义的精神？

他不解地问道："你不怕死？"

凤婉霞苦苦一笑，说："我当然知道活着好，也知道死的可怕，可我必须求到雨，我要为我的岛民和人间苦民尽点心、做点事。"

龙王敖广说道："你这精神可嘉，但要正视现实，若妄自尊大，根本就是自

第五章　战魂觉醒

取其辱，被人耻笑！"

凤婉霞昂然说道："正视困难不逃避，勇敢保持前进姿态，这是我的凤凰信念！无论做什么，只要为自己想要做的事而做，那便毫无怨言。"

龙王敖广大笑，心中却悲苦地喊道："真是幼稚，没有实力你们用什么来解决困难？天命不可违，该认命就得认命，我现就让你们彻底认命！"

他加盛龙力，激荡出更狂烈的飞龙在天，迅猛地将凤婉霞震住，使其身体不能动弹。

而此时龙宫的上空却传来"精卫""精卫"的鸟鸣声，精卫鸟又准时来到东海，日复一日地衔石块投入到东海里。

龙王敖广手一挥，殿内龙珠呈现出海上实时情况。精卫鸟投放的石头落向大海，海面只泛起一点涟漪，海面迅速又恢复平静。

龙王敖广目光忧虑地说道："精卫的精神是赢得了世人的尊重，可就算给她数万年的生命，她也填不平这东海啊，既然再努力也改变不了命运，又何必奢望呢？"

龙珠又呈现出海边场景。愚公与大禹城百姓还在驻足在原地，久久地遥望大海，祈祷孙悟空和凤婉霞能平安回来。

龙王敖广又冷笑说道："这些凡民把改变命运寄托在神上，可他们不知，带给他们苦难命运的这场禁雨是神制造的，他们注定被神操控命运，要用跪拜的姿态过一生。"

凤婉霞悲愤填膺，用尽剩下所有的灵力大声说道："即使精卫填不平大海，但大海深处有石头存在，会形成如影随形之力！即使人民改变不了命运，但命运深处有抗争火苗，会形成星火燎原之势！"

凤婉霞的执念、勇气并感动着孙悟空的心，仿佛他内心黑暗迷茫的世界，突然出现一把凤凰火，照亮了周围，并引导孙悟空获得启发，觉悟到生命的意义。

孙悟空发现自己是如此激动，他确信自己找到了自己想要的答案，那就是，成为一个自己想要，也被别人需要的人！

坚定自己的人生之路，大步前进，汲汲而生，积极而活！

同时，那把启悟他的凤凰火，也点燃了他的灵力世界。体内四处的一点点神魔灵力不断融合，恰如汇聚成灿烂光海，光辉万丈。

此时龙王敖广正对凤婉霞说道："不管你再如何抗争，结果都是一样的，即使你有凤凰弩，可灵力世界是仰重强者，鄙视弱者，只有强者说话才有人听。"

他下令道："将这两个灵生赶出龙城，禁止再踏进龙城半步！"

龙城将士听命，走出两队士兵，分别来到孙悟空和凤婉霞两侧，正要动手押送，孙悟空骤涨的灵力瞬间冲破龙王掌力震慑，他猛烈跃起，左右旋转疾腿踢倒两队士兵。

龙王敖广表情闪过一丝惊讶，心中暗奇这孙悟空为何速度变得如此之快。按这百年舆论，孙悟空的体能程度与擂台竞技在所有地考考生中是最差的，难道传闻是假的？

龙王敖广疑问不断，他手一挥，再有两队龙城士兵奔出，向孙悟空冲杀过来。

孙悟空迎上去，拳打脚踢，瞬间把这一队又打趴在地上。

趁着气势，孙悟空双眼放射出光芒，握紧双拳，向龙王敖广喊道："看我拳！"

他朝前冲起一步，迅速跃起，如闪电划破长空，短短时间内，他已从不同方向击出数拳，拳像炸弹似的，有粉身碎骨的杀伤力。

龙王敖广撩起掌，上下左右挡开，他反向跃空，出掌回击孙悟空。

孙悟空周围被无数影掌包围，忙向地轰出一拳，地上王椅碎片弹飞，纷纷疾飞射穿无影掌，逼向龙王敖广。

龙王敖广侧身躲过，仓促地落在地上，向后倒退几步。但孙悟空又奔向龙王敖广，一记重拳已打出。

龙王敖广双掌接住，整个人被拳劲逼得向后推滑，他大喊一声，暴涨出灵力顶住攻势，惊异眼前对手为何突然变得这么厉害。

龙王敖广想要探知孙悟空强弱，斗上几回后，轻视之意消失得一干二净，肃然全心而战。

两人以自己最快的速度，最强的力量，最凌厉的招式，潮水汹涌般地开始对攻。

魔法师长恨、凤婉霞、南宫千倩和殿内龙城将士已顾不上惊讶，也没时间去查问孙悟空体内灵力为何突然暴涨，他们只见到掌影与拳踪无数，看得眼花缭乱，却也不敢喘息片刻，生怕错过这精彩对决的每时每刻。

孙悟空和龙王敖广对攻划过，转身刹那，突然各自露出一个空隙，两人都目光锐利，瞅住对方空隙，趁机快速运力到拳心，重重向对方冲击一拳，轰然一声巨响，拳对拳顶上。

两拳强大的冲击力，对碰爆发张开，迅速把两人反弹开。

风萧萧吹过，龙宫随即重回平静。但空气中充斥着压迫和沉闷，那是暴风雨来临前可怕的沉默！

第五章 战魂觉醒

孙悟空和龙王敖广两人神情严肃，注视着对方一举一动，严阵以待，随时再战！

龙王敖广眼睛闪出犀利目光，盯着孙悟空道："这一次，我会随时亮出兵器，你要注意了。那兵器隐身在我身上，无影无踪，变幻莫测，随时出现杀招，你一不小心，就会被一击丧命！"

孙悟空惊奇，问道："你为什么要提醒我呢？"

龙王敖广很欣赏眼前这个年轻人，说道："自神魔千年大战后，我在这里难得遇上一个强劲对手。所以，今天我想要一场淋漓尽致的对决！"

孙悟空说道："好！我会全力以赴。我也想看看高高在上的大海王者，是否真的不可打败？"

说完，两人同时跃起，狂奔飞驰，腾在空中，拳打脚踢，力量对抗间传出劲声啸啸。

对攻数百回后，龙王敖广迅速跃到半空，海水翻卷在他周围，形似一条气势汹汹"白水龙"。

龙王敖广如雷般怒吼，向孙悟空冲过来。

这"水龙"利爪间挥出一道亮光，孙悟空敏捷避开，但那亮光刚劲猛烈，疾速划过的瞬间，孙悟空的手臂还是裂开一道深痕，喷出血来。

龙王敖广趁孙悟空在分神克制疼痛时，又以雷霆万钧之力劈掌击中孙悟空的胸口。

孙悟空忍耐不住，再次狂吐一口鲜血，刹那间感觉魂飞魄散，身体重重摔在地上。

凤婉霞跪倒在孙悟空身边，用手扶起孙悟空，泪水早已盈眶，急切地说道："对不起，悟空哥，这求雨真的不关你的事，你还是停止战斗吧，我不想你因为我而受到任何伤害。"

孙悟空知道凤婉霞为自己担心，他说道："婉霞，遇你之前，在这茫茫的世界里，我自己居然不知要去哪里？要做什么？想要什么？但现在我有些明白了。若我现在停止战斗，那不就等于低头认输吗？这不是我现在明白的生命意义！请你相信我，我不会有事的，让我为抗争命运、权威等不公而战吧！"

凤婉霞眼睛泪光盈盈，心也跟着刺痛。原来这个少年俊朗脸上的茫然，明锐眼神的忧郁，是因为他迷失了人生的方向。

她不再劝说，柔和地说道："你要小心点。"

孙悟空感激地点了点头。这百年来他隐藏自己来自灵力世界的身份，在人间颠沛流离，除了恩师，哪会再有人关心他呢？

但自从与凤婉霞在一起，多次收到这少女出自内心的关怀。

孙悟空目光炯炯有神，脸上的茫然烟消云散，心中正燃烧起战火。

他发现此时的他比以前任何时候都渴望战斗，都渴望打赢，这难道就是自己找到生命意义的变化吗？

孙悟空望着龙王敖广，问道："那兵器是钢爪吧？"

龙王敖广说道："是的，你还要战吗？"

孙悟空说道："这只是一点小伤而已，无所要紧的，我还没打倒你啊，怎肯不战呢？来！"

一阵冷风直吹过龙王敖广的脸上，孙悟空已逼近龙王眼前，孙悟空挥出去一拳，龙王敖广惊讶，急使出钢爪，想要破解这致命的一拳。

但孙悟空并未就此停下，他不惧钢爪，奔腾在半空中，挥出去的拳瞬间闪出无数拳影，狂风骤雨般向龙王敖广挥出。

龙王敖广急促，虽有钢爪护身，但也只能抵挡，身体完全被动，一个疏忽，胸口已被孙悟空击中几处。

龙王敖广跟跟跄跄间，又被孙悟空一个脚踢，嘴角溅出赤血，终于挨不住，倒在地上。

孙悟空落地，握住拳，冷眼看着龙王敖广。

全场咋舌，没想到孙悟空会把龙王逼到如此地步。大家无法明白孙悟空会有如此的变化。原本只是星星之火的灵力，软弱安静，如今却已成燎原气势，力量张扬。是因为那少女？还是为了人间求雨？

魔法师长恨阴沉脸仔细打量孙悟空，察觉到孙悟空灵力浑厚，绝不在龙王敖广之下，但看似这孙悟空目前还不会融会贯通地运用，所以百年前的地考才会成绩那么差劲。

不过日后他若能刻苦磨砺一番，必成大器，会是三界风云人物。

魔法师长恨两眼闪烁，这孙悟空来自仙国修真学院，日后可能会修成神位正统，与魔国为敌。

可惜了，孙悟空，你站错了边！他决定要为魔国除去孙悟空这个后患。

这时，周围龙城将士持起刀枪，喊杀着向孙悟空冲过来。

孙悟空无惧任何威胁，表情依然冷静。

龙王敖广高声呵斥止住，他忍着痛，艰难地站起，喊道："这是我跟他一对一地决斗，战前战后，不许你们有任何的介入，违者斩首！"

龙城将士纷纷退下，站在一旁，挥动刀剑，高声呐喊助威。

龙王敖广直盯孙悟空，心中感叹，说道："我能被你逼成这样，我不得不

第五章　战魂觉醒

佩服你的志气！但这战最终会是我赢，我将亮出我的绝招，见识霸龙发怒的威力吧！"

龙王敖广狂叫"霸龙发怒"，气流不断涌上，左右手挥出钢爪，闪出的水流被他的劲力推波掀浪，凝成几条狂龙，狂龙在震怒，在挥爪，在冲杀，招招都能致命。

孙悟空既要跟龙王对打，又要与这几条水龙撕缠，霎时间变得只能防御作战，反攻的机会一点都没有。

站在一旁的凤婉霞，心乱如麻，紧张地注视战况。

龙王敖广倏地跃起，舞动钢爪，几条狂龙乱窜，无数的龙爪在孙悟空面前闪烁过，孙悟空纵身躲开。但钢爪挥出的杀气太多，孙悟空最终还是避及不过，身上被狠狠地撕出几道深痕，血不断地流出。孙悟空渐感无力，身体软弱便要倒扑在地上。

魔法师长恨双目射出森冷光芒，快速传音给龙王敖广，喊道："就在这刻，杀了他！"

龙王敖广此时也变得气势汹汹，热血狂躁，招式张牙舞爪。他疾腿冲击过来，跃起亮出钢爪，决定最后要以最猛烈的一招，彻底将孙悟空打败，结束这场战斗！

凤婉霞惊叫一声，想也不想，奋不顾身地扑了上去，她用自己的血肉之躯挡住龙王敖广这置人死地的一招！

魔法师长恨见状，顾虑念头疾速闪现，忙传音喊道："停手！"

龙王敖广踮脚侧翻，缩住钢爪，停止攻击，冷若冰霜地背手站着。

虽然他及时停手，但钢爪顶部的杀气还是擦过凤婉霞的背部，刮出几道深深的伤口，血一下喷溅出来。凤婉霞痛心入骨，悲喊一声。

幕后的南宫千倩已吓得脸色煞白，情绪起伏不定，她狠狠地瞪视着还能凝神静气的魔法师长恨，说道："独领公主刚才可是差点危在旦夕！"

魔法师长恨叹气道："今天对孙悟空手下留情，日后势必给魔国树了一个强敌。"

南宫千倩说道："这孙悟空虽然变得厉害，可实力有限，龙王完全可以应付得来。"

魔法师长恨阴沉着脸，回了一句："你不懂！"

南宫千倩无视，说道："我是不懂，可我明白独领公主要是有什么三长两短，魔皇不会放过你的。"

魔法师长恨沉默，心中茫然自问："魔业与亲情面前，魔皇更看重哪一个？

以他枭雄本色，会牺牲亲情成就魔业；若是要我选择，我宁要亲情，但我的亲情却被天帝摧毁全无，天帝无情，众神无义，我要逆天反神……"

殿内，凤婉霞耐不住疼痛，眼睛掉出一颗晶莹的泪珠，滴在孙悟空的脸上，泪珠滑过脸颊，流到孙悟空口中，便咚了一声，落在他心上。

孙悟空瞬间震撼，三界竟有这样一个女子，跟自己初步相识，便不惜用牺牲生命的方式，来拯救他的命！在这个女子心里，她对自己的好难道比她自己的性命还要重要吗？

此时之后，在孙悟空心中，除了师尊菩提和修真学院外，多了一个他决定要保护的人了。

孙悟空心下难过，急道："婉霞，你怎么样了？"

看她痛苦得连话都说不出，孙悟空忙扶住她，另外一手捂住她的伤口。

堂堂的大丈夫，竟然要靠一个女子来救！

孙悟空看凤婉霞痛苦，急火攻心，怒火沸腾燃烧，内心深幽处魔神两种力量不断乱窜，试图要冲破仙尊菩提的太极封印。

孙悟空眼睛布满红丝，浑身散出杀气！灵力由灿烂光海倏成狂妄火海。

大家都吃惊地看出孙悟空战斗力在急乱暴升。魔法师长恨不禁思忖："这孙悟空怎么会同时拥有魔灵与神灵呢？他究竟是神还是魔？是仙还是妖？是正道还是邪派？"

凤婉霞看孙悟空狂躁无比，害怕他走火入魔，忙颤动着嘴，艰难地说道："我没事，悟空哥，我真的没事……我体内有火凤珠，它有很强的疗伤功能，我休息一下就会复原……我真的要谢谢龙王，要不是他手下留情，我这条命可能已没了……是的，就算是神，高高在上的神，心底上都怀着一颗仁慈的心……"

孙悟空忙说道："你别说话了，好好休息下。"

凤婉霞突然揪住孙悟空的衣领，颤声地说道："悟空哥，我可不可以求你一件事，请你务必答应。"

孙悟空的眼神转为关怀，说道："婉霞，你说，只要是你的事，我肯定要做到，赴汤蹈火，心甘情愿！"

凤婉霞说道："这场战斗只论胜败，无关生死！你答应我，好吗？"

孙悟空盯了龙王敖广一下，转头望着凤婉霞，嘴边勉强地生出一丝微笑，说道："会的，这只是一场对决，结果没有生死，是胜是败也有点无所谓了，我要的是一场精彩的战斗。"

凤婉霞"嗯"了一声，点了点头。

龙王敖广神情诧异，而魔法师长恨和南宫千倩都明白，这独领公主跟她母后一样，心地善良，处处为别人着想。

孙悟空傲然站起，双眼炯炯发光，语气坚定地说："我们接着来吧！这一次，我肯定要打败你！"

孙悟空体内魔灵激出的邪恶力量，被凤婉霞几句轻言细语所压制住，而此时心中熊熊燃烧起的是正义的战火，他渴望用战斗来证明自己！他要以他的心与生命发誓，他要赢得这场战斗！

孙悟空全身凛然起一种犹如万马奔腾的豪气。

在场的所有人惊讶于天地间居然有孙悟空这种人？

龙王敖广也高昂说道："好！我好久没这样痛快地战斗了，来吧！"

山雨欲来风满楼，两人面对面对峙，相互气流霸涨对抗，交织撩起，随时一触即发！

龙王敖广目光灼灼，背后巨大的强流，引起海水奔腾翻卷，他高喊道："我攻了！万龙奔腾！"

龙王敖广腾空而起，双手钢爪激起的力道如同狂风咆哮，龙城将士和凤婉霞试图扬臂挡住这呼啸而来的气流，却挡也挡不住，踉踉跄跄，不断向后滑行。

但孙悟空却傲然屹立，目光坚定有力。

龙王敖广向孙悟空猛然冲来，上空水流凝起无数的狂龙舞爪亮牙，齐向孙悟空咆哮。

"万龙奔腾"招式刚劲猛烈，力量巨大，气流呼啸穿过，便把孙悟空胸口以及全身上下都撕开多个裂痕。

孙悟空却一动不动，他凝神聚集心中的气流，慢慢地还闭上眼。

"万龙奔腾"打在孙悟空身上，如同一刀一刀地割着凤婉霞的心，凤婉霞脸上流满了泪水，轻声悲喊："孙悟空……"

魔法师长恨、南宫千倩、龙王敖广和龙族将士都惊讶孙悟空为什么不还手，明明已在生死的边界上。

孙悟空正悟道战魂第一式，完全沉浸在一种忘我的境界当中："生时，曾经迷茫，如今向死而生，顿悟自己想要的生命姿态，汲汲而生，积极而活！

不需要世界厚待我，我自会奋发坚定向前，用我的努力，强大自己！用我的勇敢，维持正道！用我的韧性，守护善良！

我是孙悟空，不服输，不言弃，做个自己想要也被别人需要的人！"

龙王敖广突然晃过一阵惊慌，感觉被一种非凡的震慑力给震住。他看到孙悟空身上凛然起一股不可被打倒的气势，这种气势，勇者无惧！

同时，孙悟空猛然睁眼，两眼炯炯发光，他一跺脚，龙宫上空的海水便沸腾起来，掀起一层层惊涛骇浪。

孙悟空腾空而起，卷绕起一股冲天而起的气流柱。整个水晶殿堂开始颤抖、摇晃，大殿上水晶瓦砖纷纷掀开，不断被卷进这气流柱中。

孙悟空不断上升，头上海水汹涌澎湃，峰浪猛砸在无形的球罩上。那是海地隔离封界，孙悟空持续发力，"嘣"的一声巨响，球罩封界裂开一条缝隙，海水顿时从高空倾盆流下。

孙悟空喊道："战魂第一式之热血！"双手合握击出一拳。这一拳如同一颗流星陨石，从天而降，喷发出巨大的火光，带着霸道的气流水流，撞击水晶殿堂。

龙王敖广急喊数声："万龙奔腾！""万龙奔腾！"

无数的水龙，引颈昂首，迅猛齐飞，试图挡住这流星般的攻击。

轰然声响，震天撼地，万龙俱灭，流星爆破。水晶殿堂虽没塌倒，但已是断壁残垣，所有众人都在错愕当中。

孙悟空成功悟道，开启了战魂第一式。但这一下子也消耗了他很多体力，他的身体一时还适应不了这突然暴涨的力量。

他大口呼吸，汗水直流，有种筋疲力尽的感觉。

火凤珠效力明显，凤婉霞已能站起来，蹒跚走到孙悟空身旁，关心地问道："悟空哥，你还好吧？"

孙悟空侧脸面向凤婉霞，轻轻说道："我没事，你呢？有没有好一些？"

凤婉霞微微一笑，说："好多了。"

她从口袋拿出一条丝巾来，递给孙悟空，说道："你擦一擦脸上的汗吧。"

孙悟空接过丝巾，淡淡的清香味扑鼻而来。他的脸微微一热，这是他第一次拿一个女孩家的贴身东西。

这丝巾洁白好看，他不好意思弄脏它。

龙王敖广昂然站着，但遍体鳞伤，身上到处都在流血，数番激战后，原本萎靡的精神状态荡然无存，身心焕然一新。

他正视孙悟空，忽坐仰天哈哈大笑，说道："真是英雄出少年，人才辈出，一代胜过一代啊。"

魔法师长恨惊讶一声："龙王醒了！"

他侧脸急向南宫千倩望去，南宫千倩立即飞身闪现在大殿内，摇晃手链紫金铃，发出诱惑灵魂的声音。

龙王敖广两眼一瞪，射出锐利的光芒，呼的一掌推出，掌力排山倒海淹没幻音铃声。

第五章 战魂觉醒

龙王敖广冷喝一声，瞪视南宫千倩。南宫千倩知道已难再用幻音魅惑龙王，但她依是媚笑，瞧到凤婉霞时，眼睛放射出喜悦的光芒。

凤婉霞惊讶地打量南宫千倩，有种似曾相识的感觉，觉得对方相貌像自己小时候认识的南宫姐姐，南宫姐姐手腕也系一串紫金铃，但南宫姐姐清纯甜美，而这女子却风尘气浓重。

魔法师长恨摘下黑白相半的面具，露出一张近乎骷髅的恐怖脸。他眼珠暴突，脸部大面积皮肉腐烂掉没，残存的一小部分皮肉也斑驳陆离，让人一见胆寒发竖。

魔法师长恨伸手在脸前一挥，竟变换出另外一张脸。

然后，他出现在大殿内，仔细端详孙悟空，说道："天与地，风起云涌，时势，造英雄！英雄，亦搅风云。"

孙悟空冷眼旁观，并不理会。

魔法师长恨瞥过凤婉霞，当作不认识。他又与龙王敖广脸脸相对，目光交击。

龙王敖广厉声说道："你就是主事邪教的国师？蛊惑九州王朝人皇灭神，致天帝禁雨，让人间遭受如此深重苦难！"

原来魔皇与魔法师一直在幕后暗中支持、援助与操纵邪灵，其目的之一是要转移天帝处处针对魔皇的心思，把注意力放在反恐反邪教上，这样魔国才有空间、有时间专注壮大魔国的野心。

五百年前那场战争，邪灵溃不成军，被神道同盟联军打击得快要灭亡。魔法师长恨思谋后，改变策略，指引剩下残兵败将的邪灵逃窜到凡间，因为凡间地大人多，鱼龙混杂，有上百多个国家与城邦，最适合躲藏。

且《灵界共同宪章》规定天地有道，乾坤有序，灵界与凡间不可过多交叉掺杂，所以神道同盟不会公然下凡诉诸灵力，追击邪灵。

魔法师长恨要让邪灵在凡间发展，并扶植新的邪恶势力，企图再次让邪教死灰复燃，东山再起。

后来他见魔国政局已稳定向好，便化身为"国师"，亲自管理邪教，先是让邪灵分散到凡间各处，暗中大量招收新教徒；后看时机成熟，便公开设坛传教，让分支成倍增加，壮大气势。

经过魔法师长恨几百年的经营，邪教发展迅猛，势力范围越来越大，影响力遍及凡间各众国，邪灵活动及门徒日益猖獗，蓄势要对灵界发动新的恐怖袭击。

魔法师长恨十几年之前，变脸易容入朝谒见当今九州王朝人皇，以传授长生不死之术蛊惑人皇，使人皇神智昏聩，而他则把持朝政，挟天子以令诸侯，要九州王朝各地以邪教为国教，同时开展'灭神'运动。

一日，天帝上穹巡视三界，看到人间各地毁坏神庙，杀戮神职人员，兴邪教，灭神道。天帝上穹非常震怒，降旨给海神龙王："九州王朝上下贪婪奸诈，不礼天敬地，还获罪于帝前，今令人间无所雨，以示惩戒，待人间反省自己罪责，重回信仰正道时，帝再谕旨施雨。"

龙宫内，此时龙王的描述让孙悟空骇然，他收起丝巾，面色肃然地注视着魔法师长恨，手握双拳，随时迎战。

《灵界通史》里详细记载了邪主与噩梦末日战争给三界带来沉重的劫难，孙悟空百年流浪，亲眼见证了邪教的巨大危害。

他在修真学院学到的教义及行为准则就是抗恶卫道，正心正气，宁死不坠邪恶。

下山之前，菩提师尊教育他持正辟邪，抵抗任何形式的恐怖和非法暴力，必要时刻也得舍生取义。

魔法师长恨高声说道："这天帝上穹独断专行，刻薄寡恩，人间早就对他有异议与怨言了，这'灭神'运动正好对应民众的不满，才一路爆发，没人阻挡。"

龙王敖广怒道："若非你们祸乱世道，人间怎么会出现世风日下，人心不古呢？"

魔法师长恨冷嘲一句："若本质好，又岂会受外界影响呢？"

他语气突然转婉转，接着说道："上穹是一个心胸狭窄、生性多疑的天帝，他禁雨未曾征询你意见，又要求施雨必须有他旨意才行，你可是掌管兴云降雨的神啊！更是这广阔四海之王啊！受苍生敬仰！你又何必跟在上穹这样的天帝后面呢？现今邪教正兴，何不与我一起开创独立神魔之外的帝国，得到真正君王的尊崇。"

龙王敖广傲然说道："我誓死效忠天帝，忠诚就是我的荣耀！"

魔法师长恨骂道："愚忠！冥顽不灵！不过你现在可是一颗非常重要的棋子，我要留你，为我所用！"

龙王敖广郑重说道："这一次我不会让你得逞！"

魔法师长恨冷冷一笑，闪电般移到龙王敖广面前，张手就要扣押龙王。

龙王敖广惊骇，使出"霸龙发怒"，几条水龙涌动暴走，要冲开长恨威势。

魔法师长恨反手闪出一把长剑。长剑迅猛一挥，剑气风声凄厉，势不可当，撕破水龙，水龙霎时化成一摊死水落地。

龙王敖广倒抽一口冷气。他看出这邪教国师武功远在自己之上。

第五章 战魂觉醒

龙王敖广一边凝神屏气迎战，一边搜刮脑海，想要找出应付这被动局面的办法来。

龙城将士围住魔法师长恨和南宫千倩，刀剑乱舞，喊杀声响起。

南宫千倩一跃，摇晃手链紫金铃，游走在龙城将士中间，龙城将士被幻音困惑，停滞不前。

魔法师长恨腾空而上，持那长剑向龙王敖广挥击，那长剑剑身铸刻"逆天"两字，寒光逼人，力道波涛汹涌。

龙王敖广心喊不好，钢爪交叉护在胸前，用上全力才勉强挡住这一剑，但魔法师长恨的逆天剑气实在凌厉猛烈，挡后的余威削掉他钢爪上两只铁牙，同时切中他的胸口。龙王敖广一阵剧痛，鲜血喷溅而出。

孙悟空知道，这邪教国师武功惊世骇俗，超乎他的想象，他虽没见到师尊菩提出招，但这邪教国师的武功要在侠仙木广礼之上。

孙悟空如今已深刻体会到修真学院之外的天地是高手如云，藏龙卧虎，真是山外有山楼外楼。

凤婉霞此时完全怔住。逆天剑是魔国魔法师的随身佩剑，这邪教国师一头散发，在她幼时印象当中，魔国魔法师也一直是披头散发形象，当年在魔宫时，她就听闻魔法师拥有变脸魔法，黑白相半面具下隐藏不同的面容。

凤婉霞脸色阴晴不定，这男女的身形、招式、兵器，越看越像是魔法师长恨与九尾狐南宫千倩。

若真是他们的话，那长恨叔与南宫姐姐为何要假扮邪教身份呢？听龙王这句指责，难道这人间无雨跟他们、跟魔国、跟父皇有着莫大干系吗？

凤婉霞迷惑不解，决定先观察情况再说，若不是为了求雨，其实她心里也极不愿和魔国有任何关联。

魔法师长恨再次扫出夺人心魄一剑，在生死关头之际，龙王敖广祭出最强招式"万龙奔腾"。虽然无数水龙狂舞，但他之前已产生怯意，"万龙奔腾"气势陡地弱了不少，此时完全是守势。

魔法师长恨变幻莫测，逆天剑一转，剑势更盛，重重剑芒爆起，剑芒层层推进，立即迫击龙王而来。

孙悟空支撑起疲惫的身体，拳风怒吼瓦解掉部分剑势，使龙王敖广迅速避过杀招。

魔法师长恨双目掠过寒芒，呵责道："旁人不要多管闲事！"

孙悟空神色凝重，问道："那些邪教门徒为什么一喊'没有神魔，我就是天地'，身体就会爆炸呢？"

魔法师长恨瞥视一眼，说道："他们服用'增灵丹'，只要运气便可瞬间开启灵力，当凡体容下不突发的灵力时，身体便会爆炸，那句口号不过是给他们运气壮胆而已。"

孙悟空沉声说道："你知道他们会爆炸而死，却还要故意给他们服用'增灵丹'？"

魔法师长恨不以为然说道："能力支撑不起欲望，那就认栽，而我邪教需要大量鲜血兴起！"

孙悟空愤怒地说道："你们邪教蛊惑人灵魂，还残害人生命，实在是罪大恶极，我要阻止你们！"

魔法师长恨冷笑一声，说道："你一块石头用什么阻止？！"

孙悟空热血上涌，喊道："死拼！"

他不管身体劳累，运起灵力启动战魂热血模式，涌起磅礴气势，纵身而下，化为迅雷急电，左右双拳疾打过去。

魔法师长恨内心震撼，没想到这少年战到现在，还可以迸发出如此浩荡的灵力。他持剑一挥，就听"锵"的一声，爆起汹涌剑气迎了上去。

魔法师长恨与孙悟空斗在一起，竟似两军对战，犹如狂风骤雨中有千军万马在穿插奔驰。

龙王敖广与南宫千倩觉得周边天地似乎都停下来，目不转睛看着大厅里这两位主角。而凤婉霞同样怦然心跳，心似乎要从胸腔中跳了出来。

两个人光芒闪烁，灵气纵横，滔滔不绝。孙悟空是毫无保留，舍身猛攻，魔法师长恨惊世骇俗，完全是随心所欲，身法魅影鬼踪，剑势如气吞河山，神魔震怒。

孙悟空每招都在劣势下。他猛一咬牙，挤出剩下灵力，双手合击使出最后一拳。拳头燃烧烈火，力量如火燎原，呼啸罩住对方，犹如刚才在龙宫上面那一拳。

魔法师长恨双目厉芒剧盛，逆天剑上剑芒也蓦地大盛，长剑闪电般撒捺连劈两剑，化解孙悟空这一击。

孙悟空脸色大变，被魔法师长恨这如一代宗师般的气象所慑住。

魔法师长恨动了杀心，不再试探孙悟空的潜力。他挥剑向孙悟空劈下，剑气如怒潮拍岸。孙悟空已没力量抗衡，心中涌起要命丧在这儿的感觉。

凤婉霞惊恐，大喊一声："住手！"本是虚弱的身体突然来了力量，飞身跃在孙悟空前面。

南宫千倩眼睛瞪大，心一下子提到嗓子眼上，自己只能眼睁睁地看着独领

第五章　战魂觉醒

公主陷入险境。

可魔法师长恨武功实在到了出神入化的境界，他飞快翻转长剑，将剑势敛住。

凤婉霞回过神，心急速跳动，再次又从死神边上走过。她这时极想表明公主自己身份，以便阻止这场战斗，刚要喊"长恨叔"时，却被魔法师长恨飞快点住穴位。

魔法师长恨掌出气罩扣住凤婉霞，不让她行动。凤婉霞茫然地望着魔法师长恨，但魔法师长恨却忽视不理。

一旁，孙悟空大脑一片空白，但内心复杂且快速变化，惶恐不安间又一下子狂躁不止，体内瞬间迸发出无比强大的灵力气流，汹涌地旋梯上升，气流在体内不断咆哮，更多的是魔灵在怒号。

孙悟空像一头猛兽凶悍地开始攻击魔法师长恨，一阵急雨般闪出无数拳影，拳劲从刚猛变成狠辣，杀意在沸腾燃烧。

魔法师长恨双眼露出惊讶之色，但他泰然自若，随意劈出几剑便化解了孙悟空的攻势。他看出孙悟空虽然气流汹涌，看似力量暴升，但只不过是一股邪性纵放，谈不上强大。

如此凌厉的攻击，力道却怎么也递不到魔法师长恨身前，战魂招数也没能再领悟开启，孙悟空反被剑芒刺出斑斑血迹，渐渐没有力气再支撑下去。

情势危急间，龙王敖广声如洪钟般向外呼喊道："龙宫有难，龙城子民速来解围！"

雄厚的声音立即传遍整个龙城。从龙门警钟敲响起，龙城子民就已一直关注龙宫的动静变化。听到龙王召唤，全城男女老少立即纷纷拿出武器，火速飞奔，涌入龙宫。

魔法师长恨和南宫千倩神色凝重，知龙族是全民皆兵，见他们涌潮般攻来，魔法师长恨劈出剑浪击倒一片龙城子民，南宫千倩这时也扔出一柄飞刀，飞刀寒光闪闪，快如流星，一排人立即血溅当场。

凛冽杀气虽然弥漫全殿，但龙城子民依然从四面八方涌入水晶大殿，誓死保卫龙王。

魔法师长恨见龙城子民如此奋不顾身，便三指并拢打开主仆契印，召唤出一个盒子，盒子显出数十张纸牌，每张牌面上都画着一个魔将，栩栩如生。

魔法师长恨快速飞出所有魔牌，高喊道："地煞星七十二魔将显身！"

七十二魔将从牌面上一跃而出，变成真人。个个手持兵器，杀气腾腾，虽然不同的面容不同的神态，但都身穿黑金铠甲，身材高大魁壮，能以一敌百。

七十二魔将将出现,更掀起腥风血雨,龙宫水晶殿里血流成河,惨不忍睹。

龙城子民用自己血肉筑成一道护主城墙。眼看这悲壮的场面,龙王敖广泪水纵横,痛苦万分。他知道现在只有自己离开才能止住这场杀戮。他凝聚体内所有的灵力打开空间传送门。

打开空间传送门是属于龙王敖广的独门绝技。空间传送门可以按照打开者的意念将自己或他人送到任何想要去的地方,不过要去的地方必须没有结界防御才能到达。

每个灵者都梦想开创独门绝技,但成就者一般都要勤学苦练、文武兼济,练成者寥寥无几。

魔法师长恨见龙王敖广要逃,他大喝一声,飞出逆天剑。逆天剑无情地屠杀,劈开出一条淋漓的血道,直奔龙王。

龙王敖广避之不及,背上狠狠受到逆天剑刺伤,他口中狂吐着鲜血却死死硬撑,竭尽全力打开气罩,伸出双手拉住孙悟空与凤婉霞的胳膊,迅疾一并进入到空间传送门里,霎时消踪匿迹。

魔法师长恨见龙王敖广已然遁走,战斗便失去意义了。他两眼爆起强芒,怒容杀出一条血路,带着南宫千倩腾空离开龙城,跃到海面上。

魔法师长恨高喊道:"影魔!"

半空中飞下一个着黑色武士服的青年。他身材挺拔,后背长着一对黑羽毛翅膀。但他的面庞却极其丑陋,脸上一块的大大的青靛胎记,让人"过目不忘"。

这青年男子名叫北沙水帘,是魔皇亲卫军的统领,又是魔国五大战魔里的影魔。

亲卫军是一群影子武士,都是父子世袭制,世代保护魔皇与魔宫。

现在的亲卫军是一支新军。之前那支在二千年前的神魔大战,为保护独领魔皇而全军覆没,战到最后一个倒下的就是北沙水帘的父亲,上任亲卫军的统领。

北沙水帘在娘胎里就已没了父亲。此时他目光炯炯,静站在魔法师长恨旁边,等待任务指派。

魔法师长恨念起招魂咒,召唤道:"追魂幽灵速来听命!"

一会儿,一个头披白长巾的幽灵出现在半空中,长巾下一双空洞幽黑的眼睛,令人感到恐怖。

魔法师长恨拿出被逆天剑切掉的龙王钢爪上的铁牙,追魂幽灵俯身向铁牙吹出一口气,铁牙马上浮起一丝龙王的灵气,追魂幽灵迅速将这丝灵气吸入体内。

魔法师长恨令道："影魔,你跟着追魂幽灵寻找龙王,查明魔后、独领公主及孙悟空的过往及现在情况。"

北沙水帘躬身遵命,振翅随着追魂幽灵飘逸的方向飞去。

第六章
桃源理想

空间传送门把孙悟空他们带到东海边一处偏僻角落。龙王敖广两眼无力,因失血过多,倏然昏倒在地。

凤婉霞激出自己体内凤凰力,冲破开被点的穴位,她蹲下呼唤道:"龙王,龙王……"

但龙王失血过多,处在昏迷状态,凤婉霞如何喊他也没用。

孙悟空已有些久病成医,他迅速扶正龙王敖广,运起灵力封住龙王敖广背上的剑伤,号脉后又说道:"他脉象虚弱混乱,恐有生命危险,我现只能封住他的伤口止血,得赶快找大夫诊治。龙王是灵体,只能找医术灵师才行,但我不知这里是哪里?附近有没有灵界之地?若有灵界之地,应该都有医术灵师。"

凤婉霞说道:"这不是难事。"

她打开主仆契印,闪出一个画卷,说道:"这是五行画卷!我通过它知道了龙城位置,也是通过它导航到大禹城的。"

五行画卷是仙物,更属于灵界的奇珍异宝,这数万年能拥有它的都是一些显贵人物,据《灵界通史》里"灵物宝器"篇章记载,五行画卷近几千年来的拥有者是魔皇独领唯一。

凤婉霞是凤凰一族,有历代凤凰女神身上的火凤珠与凤凰弩,现又有魔国皇家的五行画卷,她有着怎样不一般的家世呢?孙悟空眼中闪过一丝诧异,思索着。

突然,他豁然想道:"不管凤婉霞是谁,有什么样的家世,对我来说都是次要的。我认识的是她这个人,这点最重要。"

凤婉霞轻轻地打开画卷,让它飘浮在眼前,对着喊道:"我们现在哪呢?"

第六章　桃源理想

　　五行画卷图开始采集实时数据。片刻后，平坦的画面上腾地亮出光线，沙盘拔地而起，立体浮现出附近周围地形，并显示出地名，中间一处闪闪发光点便是目前孙悟空他们所在位置。

　　孙悟空知道三界万物都由金、木、水、火、土五种基本物质构成，这五行画卷在什么地方打开，就会把那里的五行结构立体呈现出来。孙悟空第一次看到五行画卷的神奇，惊异不已。

　　凤婉霞又向画卷问道："离我们这边最近的灵界之地在哪？"

　　五行画卷快速展开搜索并计算路径，沙盘立即对应变化，以目前所在位置为中心，浮现出周围半径距离短的几个灵界。按照显示的距离来看，花果岛是最佳选择。

　　凤婉霞脸上顿时舒展开一丝笑容，说道："原来这里离我的花果岛不远。悟空哥，我们去那，岛上猿老是猿仙，又是医术仙师。"

　　孙悟空说道："那我们坐筋斗云去。"

　　凤婉霞"嗯"声点头，筋斗云风驰电掣，要比火凤凰快多。

　　经过一番飞翔，凤婉霞带着孙悟空和龙王敖广来到花果岛。一个挺大的海岛，岛上有山有林，山深处有处桃花林，枝丫交错，密密层层，连成一大片，看似无穷无尽。

　　虽然人间大旱九年多，也波及花果岛，桃花多有枯萎、凋谢，但还残留在枝上的少数桃花，像是骄傲地述说海岛曾经美丽、娇媚的风景。

　　桃花林下一个露天的敞阔山谷，孙悟空站在筋斗云往下瞭望，山谷中有一处水墨般的乡村田园风景，极具诗情画意。

　　孙悟空大大赞道："好美的地方啊！"

　　凤婉霞微笑，介绍道："这里就是桃源理想，是我母亲与岛民的先辈们奉行平等、公正和自由原则，努力完善制度，健全福利，创造出的一个他们理想的社会。"

　　筋斗云下降到地面，花果岛岛民看到凤婉霞回来，都欣喜地都跑来，恭敬地称呼道："少凤君！"

　　孙悟空惊讶地看到岛上住的有人、仙、妖、精灵、树人和半兽人等，人悠然神态，仙淳朴气质，妖安逸样子，精灵活泼可爱，树人慈眉善目，半兽人敦厚健壮……

　　岛上风土热情奔放，人情乐观开朗，不同族不同血色彼此包容，和平共处，这在其他地方是根本不可能的。

　　孙悟空初步踏进，就体会到这里的住民对理想社会的一种情怀与信仰。

凤婉霞莞尔，一一打招呼，然后问道："猿老在哪呢？我有急事找他。"

一身布衣穿着的老猿猴听之走来，岛民纷纷让道。这猿猴修炼数千年已成仙，入了仙籍，老猿仙泪光闪烁地说道："少凤君，你终于回来了，好，好啊……"

凤婉霞拉住老猿仙的手，说道："猿老，我没事的。现在这边有个伤者请你看看。"

她转身指了指躺在筋斗云的龙王敖广。老猿仙定睛望诊，肃然说道："得马上去药屋诊治。"

孙悟空开口问道："远不远呢？若远，可让筋斗云载你一程。"

老猿仙注目打量孙悟空一番，满意地说道："筋斗云对主人要求是很高的，它既然认定你，说明你身上是有亮点的。"

凤婉霞甜美笑道："猿老，他就是这百年大家讨论的孙悟空，修真学院的弟子。"

孙悟空忙向老猿仙行鞠躬礼，老猿仙眼睛闪烁光芒，再次端详，然后不断点头称好。

老猿仙踏上筋斗云，指引筋斗云去岛后面的药屋。

凤婉霞冲着孙悟空嫣然一笑，说道："猿老那边治疗需要一段时间。现在我带你逛逛这桃源理想吧，悟空哥。"

孙悟空有些恋上她的微笑，轻轻地回道："好的，谢谢。"

突然他想到一事，谨小慎微地拿出丝巾还给凤婉霞。

凤婉霞看丝巾洁净依旧，好奇地问道："你没用吗？"

孙悟空有点木讷地说道："很好的丝巾，我怕弄脏它。"

他提起手袖擦掉脸上的汗水，不自然地再补充解释道："我一个男的，这样简单些。"

凤婉霞心一动，感觉心被触碰了一下，想说"脏了可以再洗啊"，可话在嘴边又打住了，回味孙悟空的纯真，她改口说道："好的，谢谢。"

凤婉霞带孙悟空游览花果岛，岛民看到凤婉霞都很恭敬称呼她"少凤君"，然后大家便开始嘘寒问暖，不停地关心问候。

凤婉霞脸泛着灿烂的笑容，耐着性子都一一地回答岛民问题。

接着，凤婉霞把孙悟空带到了岛中心。一棵巨大的古树生长在这，苍劲挺拔。

凤婉霞说道："这棵树叫'生命树'，有数万年时间了。岛民的先辈们说这树'上遮天蔽日，下孕育整岛'。当初就是围着它建立这个桃源理想社会。"

第六章　桃源理想

她看着这生命树，边回忆边接着说道："这生命树很特别，不管是白天还是黑夜，只要给它一次浇水，它就会开出一种发光的花，花亮丽多彩，很好看，很迷人。或许生命树在告诉我们，你用心付出，人生就会给你爱的回报吧。"

凤婉霞又悲叹一声，说道："但一年前，生命树不再开花了，它正在枯萎，干旱正在毁灭这片美好的土地。"

孙悟空安慰道："会好起来的，生活总会向前发展的。"

这时，跑来了一群孩子，他们围绕着生命树，追逐蝴蝶，玩耍游戏，无忧无虑，每个孩子都绽开灿烂的笑容。

一个女孩跑到孙悟空跟前，天真地问道："这个大哥哥，请问你叫什么名字呢？"

问过之后，她突然又摇了摇头，嘴里自言自语说道："你好像不是这个岛的人。"

孙悟空正要回答，一个男孩已冲过来，抢着回答："大哥哥以前不是这个岛的人，但现在是了，他跟我们是一家人，都是花果岛上的人。"

孙悟空心中大受感动。他从小就想拥有一个家庭，今天在岛上得到正是家人们的认可。

他向这对孩子微笑地说道："谢谢你们，我叫孙悟空。"

两个时辰过去，孙悟空和凤婉霞来到药屋，听老猿仙讲解龙王伤情。

老猿仙说道："龙王伤势很重，好不容易从死亡边缘活了下来。虽然现在脱离生命危险，但需要很长时间养伤。"

孙悟空和凤婉霞神情黯伤。老猿仙宽慰道："活着才是最重要，其他都顺其自然随遇而安吧。"

凤婉霞问道："龙王此时醒着吗？"

老猿仙说道："没，就让他好好睡一觉吧。"

接下的一段日子，孙悟空就住在这个桃源理想社会。他越来越喜欢这里，这里不像俗世，是一个全新的世外世界，大家各尽所能，按需分配，享受阳光、自由和静谧的日子。

男人种田，女人织布；精灵采果子，树人盖房子；仙教孩子读书，妖教孩子武功；半兽人一部分上山打猎，一部分下海捕鱼……大家丰衣足食，祥和安康，相敬友爱，其乐融融。

孙悟空在岛上欣喜地享受着家的氛围——淡淡的温馨，浓浓的情意，一种被人关爱的幸福感。

一日，老猿仙向孙悟空问道："仙尊可好？"

孙悟空先行礼，再回答道："百年前我下山离开修真学院，中间有书信向仙尊院长问安，他答一切都好。"

孙悟空隐藏他与仙尊菩提的师生关系，婉转地回答老猿仙。

老猿仙缓缓点头，感激的目光说道："我当年是只猿猴，经仙尊提点，修炼成仙，我感恩仙尊，铭记于心，希望有一天也能有机会回报于他。"

凤婉霞笑道："猿老，仙尊可是三界大人物，不需要你做什么，你真想回报，对他的学院弟子孙悟空好就行了。"

老猿仙盯住凤婉霞，反打趣说道："少凤君，你这么快就为孙悟空着想了？"

凤婉霞一怔，脸立即涨红发烫，赶紧找个理由转身告别。

孙悟空见凤婉霞一脸娇羞，感觉她竟是难以形容得美，霎时被迷住。后来见凤婉霞腼腆地走开了，孙悟空立马转移话题，向老猿仙问道："猿老，如今大旱，生活已是艰难，可为何我看到岛上每个人都还能保持开朗的心态呢？"

老猿仙娓娓述道："婉霞的母亲，就是前凤君刚来这个岛时，她的梦想和决心是要在这个岛建立一个理想社会，不仅仅是要避开战争的烦扰，也不仅仅只为了丰衣足食，更重要目的是自由、安详和快乐。"

孙悟空挂念一个事，既然老猿仙正好提到，他就婉转问道："猿老，我在花果岛没见到婉霞的父母，他们是……"

老猿仙目光闪过悲伤，说道："前凤君在一百年前仙逝了。她是个多思寡欢，心结难解之人，偏偏凤凰弩是耗费精血的武器，更要求调养生息，她又不注重自己，导致各种虚症。这是心病，灵药无用啊。至于婉霞的父亲是谁，我们没有见过，也不知道，少凤君和前凤君都从不提起，我们也就不敢冒昧多言多问了。"

孙悟空怜爱心生起，感同身受，更坚定守护凤婉霞一生的决心。

老猿仙蕴涵感情，接着说道："前凤君本是凤凰女神，完全可以在天庭享受逍遥自在、锦衣玉食的日子，可她不忘初心，下凡来到这里。她的理想社会信仰，我们一代又一代坚定信奉与贡献，会不断地延续下去！所以这个岛的人们已明白，大家拥有再多也难逃死的那一天，何必计较太多，在意太多，贪欲太多呢？人生不需要太多的东西，只要健康的活着，真诚的爱着，就是一种富有，一种幸福。"

听后孙悟空点头赞同。他不禁感慨，每个人都在渴望、向往和追求幸福生活，可怎么样的生活才算幸福呢？这幸福的真谛，花果岛的岛民们看来已找到了。

第六章　桃源理想

一个月后，龙王敖广终于已能下床。这天他独自信步踱到生命树下，看到生命树正被干旱伤害渐渐枯萎，又久久地凝望眼前这片土地，想到这片土地对岛民来说并不只是一个生活场所，而是一种信念。

同时，他又悲戚地想到目前龙宫水晶殿血流成河的惨境。他心中陷入一片迷茫。

孙悟空和凤婉霞来到树下寻他。

龙王敖广看到凤婉霞走近，先问道："你母亲是凤凰女神凤诗诗？"

凤婉霞颔首，说道："是的，龙王你认识我母亲吗？"

龙王敖广微微地笑道："神魔两国又有谁不认识凤凰女神凤诗诗呢？她才情与样貌在当年灵界都是公认第一，引无数王孙豪杰竞折腰，但后来她却选择……"

龙王敖广戛然而止，不说下去。孙悟空能感受到龙王敖广的情绪波动，他隐隐约约感觉这话题是忌讳，大家都不愿说起。

凤婉霞淡然说道："谢谢龙王对我母亲的褒赞，我母亲虽然付出很多，但她经常跟我说，她不后悔当初的选择，这是她的信仰！"

龙王敖广震惊"不后悔当初的选择，这是她的信仰"这句话，他说道："凤凰女神曾有恩于我，你们又救我一命，你们有什么想要的，我能办到的，定然会去做到。"

孙悟空和凤婉霞对视一眼，两人心心相印，凤婉霞转向龙王敖广，眼神渴求地说："我们就只有一事，恳求龙王为人间降一场甘雨，好吗？"

龙王敖广说道："两位为苍生求雨，如此持之以恒，舍生取义，实在令我钦佩又汗颜啊！"

灵界的神、魔、仙、妖、佛、鬼、真人等都有行走在这人间大地上的，但肯站出来请雨拯救人间的，居然是这对年轻人。可为什么只有这对年轻人挺身而出呢？

龙王敖广长叹道："这降雨必须要有天帝御旨，并不是我推诿，实则是我的龙兽白龙被天帝要走，锁在他的灵介空间里，每任龙王都只能有一头契约龙兽，这头龙兽须上天册封，才获得施雨能力。所以想要人间降下雨，只能天帝同意放出白龙才行啊。"

凤婉霞愁眉微蹙，低声自语一句："这该怎么办？"

孙悟空明白这场求雨更已是难上加难。天帝贵为三界至尊，得到他的召见就已然很难，更何况还要让他改变自己的御旨更是不可能的事。

龙王敖广说道："我听猿老说凤姑娘是天骄子，而孙悟空目前是有名的候补天骄子,你们两人都有机会参加半个月后在天庭举行的新一届天考会。一万年前设天地考,当初为了激发灵者修炼精神,唤醒英雄血性,设立了'三凡'激励,凡天骄子,就能获得天考参会资格;凡天考八强,授予正灵位勋章;凡天考魁首,可实现一个愿望。这'三凡'是写进共同宪章的,要求灵界各国及各帝王都必须遵守。"

但龙王敖广双目流露担虑神色,接着说道:"夺魁者向天帝提出降雨,这虽然是可以一试的办法,但难度太高,几乎是不可能的任务。一是每届天考会都是高手如云,想要夺魁谈何容易;二是你们自身都存在问题,若去参加天考会,都有可能让生命遭到危险,我不好评论,你们要慎重而思,小心而行啊!"

孙悟空知道自己若要参加天考,就必须挑战三道天雷。这数十万年里,最终能扛过活下来的,只有救世英雄独求我这个大神了,像他这等小人物,且灵力一直薄弱的,那是必死的结果。

凤婉霞存在什么问题,为什么会有生命危险呢?孙悟空微微侧身,向凤婉霞投去关心的眼神。

凤婉霞明白龙王说的话。她的身世实际上不适合参加天考,她是魔,天帝禁止魔参加天考;她又是魔皇的女儿,天帝对魔皇恨之入骨,极想亲手杀了魔皇,她若用凤凰弩,大家自然会联想到凤凰女神,到时追查下来,让天帝知道真相,必会找她麻烦。

百年前孔学圣规划她先得到天骄子身份,然后等神魔关系趋暖,或新的天帝登基,再去参加天考会。

凤婉霞浅浅一笑,开朗说道:"谢谢龙王关心,我相信多半的神如你一样,宽容、仁慈。"

龙王敖广叹道:"你母亲是个好人,你和孙悟空也是好人,但在如今三界,好人不一定能有好报。"

他纵览四周,盛赞桃源理想社会的美好,感慨一句:"虽不可为,没好报,但历史上总有像你母亲那样的人挺身而出,怀揣信仰,舍生取义,这样的人轰轰烈烈,可敬可佩啊!"

龙王敖广心中在良知与服从之间徘徊,想道:"我呢?我曾经也有为民谋福祉的追求,可岁月的沉淀与消磨,渐渐没有了激情,没有了理想。自己什么时候开始变了呢?开始图享安乐,开始不作为呢?明明自己心里也清楚这禁雨会给人间造成灾难,可就是不敢冒着失去一切的危险去质疑!自己坐在那位置,在为了什么而努力呢?"

龙王敖广猛烈叩问自己:"不行啊,禁雨已造成黎民苍生严重苦难,我不

第六章 桃源理想

能视而不见啊！这有违神道宗旨，有违正道本质！我懦懦无为，不如这对年轻人啊！"

他思忖后下定决心要为这人间苍生做点事，便说道："我现在可用我一点力量先布云，一是遮挡烈日，缓解下干旱；二是只要天帝一放出白龙，白龙是我灵兽，可知我意，会马上施雨，不耽误时间。"

凤婉霞顾虑道："龙王，我们等你完全康复后，再请你布云，现不急这一时半会儿。"

龙王敖广微笑道："谢谢凤姑娘关心，但没事的，我这伤不影响布云，而布云也不影响我养伤。"

孙悟空和凤婉霞心存疑虑，但又无法判断。

龙王敖广见两人凝神沉思，高声说道："你们不必为我担心，如今人间百姓危难当口，刻不容缓，我必须尽快布云，不能再负我职责。"

说完，他腾空飞起，挥洒灵力，不久乌云翻滚，如千军万马从四面八方涌到人间与花果岛上空，天空顿时阴沉。

岛民看到毒日被遮，酷热的天气有所舒缓，大家都欣喜的集会在生命树下。

一个时辰后，龙王敖广驾云下来。凤婉霞等正要朝他道谢时，龙王突然猛烈干咳，接着吐出一大口鲜血，奄奄一息倒靠在树边。

凤婉霞急切地叫喊道："猿老！"

老猿仙匆忙过来，一脸凝重地说道："我已跟他说了在他养伤期间，不可妄动灵力，否则会……可他偏……他的生命已走到尽头了。"

凤婉霞鼻子一酸，眼泪流下，她喃喃问道："龙王，你这是为什么呢？"

龙王敖广语重心长说道："是你和孙悟空惊醒我，让我明白人间风调雨顺才是我这个龙王真正职责。"

凤婉霞说道："可你身上有伤，等你伤好后，再……"

龙王敖广轻轻摇了摇头，说道："时间来不及了，我这布云只能坚持一个月，一个月后天帝还不降旨下雨，这人间便到了十年大旱，到时恐怕会出现大规模的人吃人现象，等再任命新龙王，册封新龙兽时，九州王朝上下可能道德已全部沦丧，人性全无，那时人间真正成了地狱。"

孙悟空、凤婉霞、老猿仙与鸟民们惊惧良久，没想到现在形势如此紧迫。

龙王敖广继续说道："凤姑娘不用难过，这是我的选择。我已抱着要死的心，我就算伤养好，也无能为力保护我的子民了，这在我眼里，等同是废人，是比死还要难受；我本想到天庭奏请天帝，请求降雨，但想想天威难测，帝命不可违，且我也怕中间有邪教作怪。这人间已悲声载道，我不能再拖延，曾经

129

我犯的错，就让我承担责任吧。"

凤婉霞、孙悟空、老猿仙与鸟民们泪水禁不住地往下流。龙王敖广勉强挤出一点笑容，说道："我能在这么多人的泪水中死去，说明自己做对了，这是死得其所，大家不要伤心。"

凤婉霞领着所有岛民，向龙王敖广再次致敬谢恩。她轻声问道："龙王，你有什么嘱托呢？我们定当去办。"

龙王敖广两眼发光，轻轻述道："东海龙城及下一任龙王自有天庭做主安排，我不去担心，让我牵挂的是一个深藏数千年的心事。数千年前我还是个少年时，喜欢上炎帝最小的女儿精卫。有一天她又来海边玩耍，我想创造机会留住她，向她表白，可没想到我用力过猛害了她性命，后来炎帝要我偿命，是凤凰女神为我求情……"

龙王敖广缓缓下呼吸，接着说道："虽然后来炎帝饶我不死，但天地法庭判我流放从军，戴罪立功。后来发生神魔千年大战，我骁勇善战，奋不顾身，军功颇多，在我父王万年离去时，天帝酌情，免除我当年罪过，恩准我回来继承王位……"

他目光黯淡，继续说道："但其实自精卫离世，我一直活在愧疚与自责当中，有了心魔这次才被邪女迷惑住。今我向苍天祈祷，让我死后变成一只海鸟，向精卫说声对不起，然后用一辈子守卫在她旁边，山盟海誓，永不分开，这是我唯一的遗愿。"

龙王敖广手里闪出一个他准备很久的许愿飞瓶，飞瓶里装着他已立好的遗嘱灵语。

他放开手，许愿飞瓶瓶底喷出烈焰，极速腾空直上，飞到九天之上的祈天坛，瓶盖自动打开，遗嘱灵语飘进极乐世界那深而幽静的星海当中。

龙王敖广向上天悲喊一声："我的死希望能把众神目光引来，关注人间这场苦难，正视一下神原来的初心、光辉与伟大是什么！"

喊完，他闭上眼睛，带着复杂的心情灵逝。几滴龙泪顺着他的脸颊流下，落到了生命树树根上。

大家看龙王敖广撒手而去，也都纷纷悲伤流泪，泪水浸润了生命树树根。

这时，生命树突然"活"了过来，盛开出朵朵斑斓的花朵，忽而又纷纷飘落，落英都洒在龙王敖广身上，形成花冢。

片刻，花冢中猛然冲出一只振翅的海鸟，长着与精卫鸟一样。它飞向天空，纵情喊叫"精卫"。

远处天边闪烁一个光点，朝这里飞来，原来竟是精卫鸟。新生的海鸟欢快地冲上去，盘旋在精卫鸟左右。

两只海鸟在空中不断相互鸣叫，一会儿后便结伴在一起，飞往东海。花冢花瓣也纷纷飞扬，跟在这对精卫鸟后面。

凤婉霞、孙悟空与岛民诧异这生死轮回的变化，等愣过神后，大家又是一阵欣慰。龙王得偿所愿，苍天给了龙王敖广转世后想要的一生。

这苍天是天道意志所在，主宰三界众生命运。

两只精卫鸟飞走后，生命树重新枯萎，仿佛又"死"去。大家见状，心情又变得沉重、郁闷。

过了一会儿，天空中飞来一只大仙鹤。仙鹤头顶呈朱红色，雪白羽翼，鹤喙衔一封书信。

仙鹤把信投到孙悟空身上，长啸一声又亮翅飞走了。

孙悟空向凤婉霞说道："这是修真学院灵兽仙道鹤。"

凤婉霞说道："你快打开书信看看，是不是你们学院有事找你。"

灵界书信来往，分影信与秘信。影信以影音视频方式展现；秘信以文字浮现方式展现。

秘信的目的是保护隐私，一般会采取两步安全措施，第一步用独门设置的符文封住，只有熟识或事先透露符文才能解封，若强行拆开，书信会马上焚烧；第二步是取信后，若不是真正收信人，这信就是一张空白纸，只有真正收信人，两眼对准信纸，信纸才会浮现出文字。

孙悟空看到浮在信纸上的文字后，心情顿时纠结起来。

凤婉霞关切问道："信上说什么了？"

这信是仙尊菩提写给孙悟空的。孙悟空眼里闪出几丝忧思，迟迟答道："修真学院说天象突然异常，现邪灵猖狂，恐有大事发生，且测到就在我行踪附近，让我速回禀明一路所见所闻。"

孙悟空语气透出不舍与留恋。

凤婉霞瞬间也泛起淡淡忧伤，猝不及防的离开如同之前突如其来的相遇，都是匆匆的样子。

她轻轻地说道："现已到了夜晚，还是明早再回去吧。"

孙悟空缓缓地点了点头，两人交过眼神，各自似有话都想跟对方说，又彼此腼腆，默默地望向远方。

夜晚，生命树下，举行一次全岛民晚宴。

老猿仙举杯说道："大家举起酒杯，第一杯敬龙王。今天，这名英雄在我们这里逝去了，他为缓解人间百姓和我们花果岛的灾难，付出了宝贵的生命，我们敬佩他，感激他！但今天不是我们悲伤的时候，因为龙王获得了他想要的新生，我们祝福他，替他高兴！"

岛民纷纷站起，朝东海方向挚诚地洒一杯酒，感谢龙王。

老猿仙接着说道："这第二杯酒我们敬前凤君，我们怀念她，感激她，是她为我们建立了这个美好的理想社会，并为这个理想社会呕心沥血。同样的，她总是告诉我们，不忘伤痛的同时还要告别伤痛，因为生活要继续，相爱的家人还在，美好的生活还要奋斗。"

岛民深刻缅怀这位凤凰女神，凤婉霞眼里闪着泪光，孙悟空默默地陪在她身边。

老猿仙再说道："这第三杯酒，我们敬孙悟空。龙宫一战，他挺身而出求雨，无畏邪恶，敢于舍生取义，并保护了少凤君。英雄不是位高权重，不是万人无敌，凡有颗侠义之心的，凡为民做好事的，都是英雄。孙悟空是少年英雄！"

岛民纷纷向孙悟空敬酒，孙悟空朗声道："谢谢大家这些日子对我的照顾，我的心因为这里体会到温暖与情义；我的灵魂因为这里感受到快乐与幸福。我热爱这片土地，感恩花果岛所有人。希望有一天我能为桃源理想社会，贡献自己的力量！"

说完，他痛快地喝完手中整碗酒。老猿仙欣然地说道："今晚大家开怀畅饮。"

宴会热闹。孙悟空看到老的和年轻的一对对恋人纷纷牵着手站起来，围在篝火旁，手连手地轻歌曼舞，尽情地表达自己的喜欢。

凤婉霞这时也离席，神采飞扬地加入他们当中，边舞边唱道：

"梦一般的地方，歌在唱；风一般的自由，舞在跳；诗一般的岁月，你就在我身边！

"啊，温暖的阳光，心晴朗，带着灿烂的微笑，奔跑在金灿灿油菜花田间，一起梦想，一起青春，一起轻狂，看蝴蝶飞舞，看落花缤纷！

"不问恩怨是非，不记爱恨情仇，我只求，你能像现在这样，一直在我身边，开心快乐到老！"

舞，曼妙；歌，动听；人，与花媲美，这些组成一幅绚烂的画卷。

孙悟空柔情地看着凤婉霞，突然觉得使花果岛晚上灿烂的不是这个宴会，而是凤婉霞的微笑。

经过龙宫那场生死之战后，他领悟到自己的生命意义，更懂得生命的脆弱和可贵。

第六章 桃源理想

老猿仙对孙悟空,说道:"少凤君有颗仁慈施爱的心,每个人跟她接触后,都会感受到温暖。"

他又意味深长地说道:"活着,就是幸福,能和亲人多一天在一起,就是福气,其他追求都是次要的。不管怎么样,今天想做的,就不要留给明天了,今天能爱的,就不要等到明天了。"

孙悟空听懂老猿仙的话语。他鼓起勇气,朝回到席位的凤婉霞说道:"婉霞,我……我有话想跟你说……"

凤婉霞秀眸间尽是温柔,凝住孙悟空的脸,等待他把话说出。可孙悟空却突然停顿,踌躇了半天。

凤婉霞轻轻地问道:"悟空哥,你想说什么?你有话尽管说,婉霞会做到的。"

孙悟空心中一叹,说道:"明天告别时,我跟你说吧。"

凤婉霞心头生出一丝失落,但嘴角还是绽出一缕笑意,说道:"好,悟空哥,我明天也有话想跟你说。"

两人各自把喜欢藏在心田,情越深,越难表白,也越对明天充满期待。

此时大禹城的百姓看到乌云密布,兴奋得不得了,纷纷拿出锅碗瓢盆,迎接近十年来的第一场雨。

可左等右等,天空半滴雨都没下,原本隐忍多年的百姓情绪在那一刻竟一下子爆发出来。

城内开始爆发大规模骚乱,暴力、纵火、打砸、斗殴,流血与伤亡四处可见。

曾经九州王朝的和平和繁荣正被自身的欲望、欺骗、愤怒所败坏。

愚公根本阻止不了,他向天长叹一声:"人心与王朝已无可救药,苍天啊!这是为何啊?"

魔法师长恨站在高山处,俯瞰大禹城四分五裂,嘴边闪过一丝冷笑。

他又抬头望天,难言的痛苦啃噬他的心。魔法师长恨狠狠地说道:"上穹,我誓要让你从天位跌落到地狱,国破家亡,失去一切!"

南宫千倩走上前来,她笑道:"魔法师,你总是一脸严肃样啊,难道就没有开心事吗?"

魔法师长恨一言不发,冷眼看着南宫千倩。

魔法师长恨戴着面具,别人虽看不清他脸上表情,但却能感受到他此时的阴沉。南宫千倩不理,反而戏耍道:"魔法师,别用这种杀人目光看人家啊,人家还是弱女子啊,你也不懂怜香惜玉,总板着脸,别人会以为全三界人都欠你的。"

魔法师长恨说道:"龙王逃脱,又不经天帝发旨突然布云,最近竟然连番出现计划之外的变化,我们不得不小心,现在时刻都要保持冷静,这事关系我们魔族翻身做主的命运,走错一步便要功亏一篑。"

南宫千倩还是一脸笑容,说:"你不用这么紧张。现人心丧乱,天下骚乱,我们目标已基本达到,这些出现的变化,你都有预备方案,整个局势都在你的谋划与掌控之中,你还怕什么呢?"

魔法师长恨正色说道:"战局瞬息万变,要做到稳操胜券,谈何容易啊。况且神强大数十万年,根基牢靠,我们想推翻它的统治地位,必须经过艰苦卓绝的斗争。"

南宫千倩突然认真问道:"魔法师,我、还有跟在你后面的魔,大部分都没经历过曾经的神魔大战,那时我们要么小,要么还没出生,都不清楚我们魔国当初战败的原因。你能说说吗?"

魔法师长恨沉吟片刻,娓娓说道:"战争初期,我们魔国战斗力强悍,一路高歌猛进,几乎要征服整个天庭。但到了中期,神国拉来仙国、九州等成立神道同盟,与老魔主所领导的魔业帝国难分胜败,战争呈现胶着状态。后面魔国几个决策失误,导致局势发生逆转,加上妖国背信弃义,见风转舵,我们魔国战士再殊死搏斗,也是大势已去,只好递上降书保留住种族血脉。"

南宫千倩说道:"那我们这一次有没有机会获得胜利,重回天庭呢?这幽暗疆土实在是环境恶劣,根本就不能生活。而我们魔居然还要在这种情况下挖矿劳作,支付战争赔款,整整已熬过一千八百年,不知什么时候能熬到头呢?"

魔法师长恨凝望远方天空,眼睛闪出冷光,沉声说道:"我们现在制定的战略就是要瓦解神道同盟,让他们分崩离析。三界目前正在顺着我们的计划发展,胜利的天平已偏向我们魔国一方。九州王朝已被我们控制,与神国闹翻,人间滋生邪恶,不断地蔓延,可被我们魔国所用。"

他少许停顿,继续说道:"这一次我们魔国必然会复仇胜利,必然会挣脱被流放被折磨的厄运,必然会夺回曾经的一切,包括至高无上的地位和在天庭的美好家园。未来将由我们魔掌管三界,统治万物众生。"

南宫千倩憧憬道:"要是这一天能早来,该有多好啊。"

魔法师长恨说道:"这一天,很快就会来到的,我们魔业帝国将蒸蒸日上。"

南宫千倩突然若有所思,问道:"魔法师,那你自己觉得神信仰的神道和我们魔信仰的魔业,哪一个好,哪一个坏呢?"

魔法师长恨声色俱厉,怒斥道:"九尾狐,你想死吗?这话你也敢问,当然是我们魔业好了！"

南宫千倩没想到魔法师的语气如此严厉，她有些惊慌失措，忙低声哀求道："魔法师，你别发怒，我只不过不懂事，就随口问下，请你宽恕。"

魔法师长恨紧张地审视四周，片刻后，他的神情恢复平静，低声说道："不是我吓唬你，这话要是被魔皇听到，不管你是谁，都必死无疑，而且死得很惨，像这种怀疑我们信仰和教义的话，以后都不能再说了，就算半点，或者是无心的，都不可以，你明白了吗？"

南宫千倩惊骇地说道："打死我我也不说这种话了。"

魔法师长恨轻轻一叹，说道："一场由意识冲突蔓延成的两国战争，争的根本就不是谁好谁坏、谁正谁邪的问题，争的是三界的统治权。到最后谁好谁坏，谁正谁邪，都不过是成王败寇的游戏，历史都是由胜利者来写的，是非的标准也是由胜利者来制定。"

突然，一个身影如魅影般猛地出现在魔法师长恨他们面前。

南宫千倩刚才被魔法师吓到，这时又倏地被北沙水帝吓了一跳，她娇骂道："北沙水帝，你总是这样去无踪，来无影吗？麻烦你下次在我面前出现时，提前打个招呼！"

他莫名被南宫千倩这一通嗔怪，脸上有些不自然。

魔法师长恨问道："查到什么了？"

北沙水帝忙向长恨躬身问候，然后回答道："龙王与独领公主离开龙城后，到了仙国、妖国、东海与九州交界处的一个岛上，该岛名唤'花果岛'，是魔后在那地方建立了一个桃源理想社会。龙王耗尽身上所有灵力布下乌云后便灵逝了。而魔后如魔法师你预知那样，在……"

北沙水帝伤感，接着说道："在一百年前就已魔逝。"

南宫千倩眼泪溢出，虽然事先已料知会是这种情况，但亲耳听到影魔核实魔后离世的消息后，心仍是被刺痛。

魔法师长恨沉默片刻，然后再问道："独领公主和孙悟空是怎么回事？为什么两个人会在一起？"

北沙水帝整肃心情，正色说道："两个人之前不认识，是独领公主来东海求雨，两人在大禹城才初次相遇。"

南宫千倩兴致勃勃地问道："他们感情好吗？"

北沙水帝被南宫千倩这一正眼瞅视，心中突然乱乱的。

南宫千倩看北沙水帝发愣不语，好奇问道："北沙水帝，你怎么了？"

北沙水帝脸上火辣，忙说道："孙悟空和独领公主在花果岛相处已有一段时间，他们的感情好不好，我……"

北沙水帘咽住话，不知道该怎么判断这感情好不好。

南宫千倩追问："你怎么又不接着说呢？他们感情究竟好不好啊？"

魔法师长恨接过话茬，说道："独领公主先是挡龙王钢爪，后又挡我一剑，她为孙悟空如此不惜自己生命两次，这般付出，明显是少女情窦初开。"

南宫千倩微微一笑，说道："我们的小公主恋爱了。"

魔法师长恨有所感触，语气藏着伤痛，说道："仙魔不可相恋，不然会受命运诅咒，我们要及时阻止这段孽缘才是。"

南宫千倩不悦，说道："魔后的善良跨越了种族界限，她爱魔国也爱三界，她关心魔民也关心众生，她有颗我们魔国最仁慈的心，而独领公主从小得到魔皇宠爱，身份高贵可她却没有高高在上，没有任性妄为，没有冰冷无情，而是继承魔后的品质，爱护和体恤魔民，记得当年要是谁有犯错，被魔皇惩罚，只要去求独领公主，独领公主都会全力找魔皇求情，而魔皇最后都绕不开她的死缠。所以我们都喜欢她，都真心地希望她此生幸福和快乐。"

说到这，南宫千倩目光直视魔法师长恨，反问一句："魔法师，难道你不感恩魔后，不喜欢独领公主吗？"

魔法师长恨震撼魔国新一代年轻魔，如九尾狐南宫千倩，有着自己的想法，他们勇于质疑，勇于坚持自我，勇于探索新的事物，与前面几代魔都不一样。

魔法师长恨说道："我是看着独领公主长大的，我呵护和关爱她，魔后也对我有恩，我也很感激她。"

他蓦地叹了口气，目光幽深，往事浮现，慢慢说道："魔后其实她是神，她前身一直生活在神国。"

南宫千倩和北沙水帘俱感震惊，愕然望向魔法师长恨。

南宫千倩诧异说道："我们魔中怎么会有神呢？神为什么会加入魔呢？魔和神不是世代仇敌，不共戴天吗？"

魔法师长恨说道："魔和神在元古时期是同一血脉，就算分支后也同在天庭居住数十万年，两族渊源本身就错综复杂。魔后她是理想主义者，希望魔神两族能和平共处，希望拥有一个让众生安居乐业的三界，她有这理想，并用实际行动去消融魔神两族世代仇恨。当年魔皇还是王子时，在天考会上公开向她求婚，她不顾天帝反对，不顾全族反对，不顾所有认识她的神仙们反对，为了理想，坚定嫁给了魔皇，她关心魔国每个魔，用慈爱温暖每个魔。"

南宫千倩说道："我那时还小，不明白上次神魔大战。但战争我在凡间看得太多了，战争会家破人亡，会心灵折磨，要是那时魔后的理想能实现该多好啊，我们魔现在就不用住在幽暗疆土……"

她还没说完，魔法师长恨已冷眼扫过，南宫千倩立即咽下话语。

魔法师长恨说道："那时魔后怀孕了，魔国全民都在准备庆祝这个喜讯，但……"

魔法师长恨眼神闪过一丝寒光，接着说道："但理想毕竟是理想，在现实面前，有时会被击得粉碎。神魔一次偶然的争吵导致魔后意外受伤流产，最终还是发生了神魔千年大战……后面的事情你们都知道了。"

南宫千倩和北沙水帘心情沉痛。南宫千倩热泪盈眶，说道："魔后这么伟大的女人，苍天却给她这么凄悲的命运，真是不公平！"

魔法师长恨说道："所以我反对独领公主和孙悟空在一起，跨族相爱不被伦理接受，不被世道祝福，何况仙是神的最铁杆、最核心的盟友，神魔两家又是世代为仇，这般阻碍重重的恋爱注定结果会是悲剧，那么为何要让它开始呢？"

南宫千倩回忆起自己的一段往事，忧愁说道："人生最苦的事就是明明知道随时会失去，但还是会情不自禁地相爱。"

魔法师长恨说道："这事就由魔皇亲自处理吧。"

他喊道："影魔！"

北沙水帘肃然应道："在！"

魔法师长恨令道："快速把这些情况及独领公主的事情汇报给魔皇！"

北沙水帘"诺"声遵命，眼神柔情地扫过南宫千倩后，展开双翼，转瞬间就消失了。

南宫千倩看着北沙水帘的背影，心想："大家都说北沙水帘喜欢我，该不会是真的？"

她想到以前初次见到北沙水帘时，觉得北沙水帘面目可憎，可接触久了，反而感到跟北沙水帘在一起，能难得轻松与随意。

魔法师长恨此时也心事重重，高喊道："九尾狐！"

南宫千倩正容道："在！"

魔法师长恨说道："你随我到天庭，魔国开始实施变天计划。"

南宫千倩精神为之一振，脆亮说道："遵令！"

花果岛上，孙悟空和凤婉霞参加完篝火夜宴，各自回房休息，但两人却都辗转反侧，难以入眠。

"不管怎么样，今天想做的，就不要留给明天了，今天能爱的，就不要等到明天了。"老猿仙这句话犹在孙悟空耳边不断回响。

而同时的凤婉霞和孙悟空一样都从床上爬起，靠在窗栏上，抬头望月，喃喃自语："明天我要不要向她（他）说说我的心里话呢？"

他们轻轻地念出对方的名字，语气如这月光般柔和平静。

正当两人相思时，倏地都有意外情况猛然出现。

孙悟空这边，体内深处魔灵倏忽涌出，汹涌澎湃，想要吞噬与击杀那刚刚开悟战魂的新生灵力，体内深处的另一道强大灵力——神灵也开始对应翻卷而来。两道相反的灵力前呼后拥掀起层层涛浪，如两军交战冲杀，要拼出个你死我活，新生灵力夹在中间不断被乱军践踏，支离破碎。骤然之间，孙悟空感到身体似乎要被撕裂开来，三股不同的灵力力量排山倒海般碰撞与对抗。

这怪病两百年已没出现，孙悟空以为可以像正常人一样生活，却没想到在自己成功开悟战魂之后，却反而复发。

命运为何要对自己如此残酷！孙悟空再度茫然。他忍受不住这般剧痛折磨，痛苦低吟，但更苦的是心酸，自己这样的病体，又有什么能力践行守护凤婉霞一生的诺言呢？只会牵累她。

孙悟空念起《清心诀》，想努力平息因体内灵力无序引起的狂躁情绪……

凤婉霞正依窗望月思念，突然天空翻滚出一团乌云，乌云吞没月亮，肃杀夜空，一种极度压抑的黑暗像铁笼般将整个花果岛困住。

凤婉霞美丽的脸庞顿时紧绷，神情变得凝重，一个身影从她眼前闪过，落到生命树的地方。

她眉头一皱。这身影拥有强大的气场，由内而外给人一种极恐惧的霸道，却又是她曾经熟悉的气息。

凤婉霞系上披风，迅速跃出，也来到生命树下。一个中年男子身材伟岸，正背手傲立而站。

凤婉霞克制内心情绪的波动，凝眸深视这个人。她水灵灵的眼睛此时如同有两泓清泉在里面荡漾。

这个人虽才中年，但脸色苍白，两鬓白发如霜，看起来十分憔悴显老。不过他五官轮廓分明，棱角有着雕刻般精致，看得出这人在年轻时，定是俊美绝伦，光彩照人，有十足的男人魄力。

两人久久地对视，互相端详，终于那男子轻轻唤出一声："霞儿……"

强烈的情感拥抱着凤婉霞，当年母亲与父亲信念不合，她随母亲离家出走，但毕竟血浓于水，割不断亲情牵绊，更何况她心里深爱着自己的父亲。

凤婉霞再也抑制不住，热泪夺眶而出，激动地说道："父皇。"

两人均是百感交集，感慨万千。这个男子正是魔皇独领唯一，他听影魔北沙水帘汇报后，便立即飞行来到花果岛。

第六章 桃源理想

独领魔皇有些责备道:"这岛上竟然没有你母后的灵冢,也没有瞻仰她、纪念她的墓碑啊?"

凤婉霞悲伤地说道:"母后留下遗命,要求将她的遗体火化,骨灰撒埋这生命树下,化作春泥成为这大地的一部分。她深爱这里,并一手创建这桃源理想社会。她说理想国度应该是交由人民自己选择决定,领导者的政绩交给人民自主判断评价,凡是个人崇拜、造神运动、歌功颂德都不是这社会之福,容易导致独裁体制,被人利用。"

独领魔皇扫一眼生命树,语气有些不认可这种观点,说道:"你母后是理想主义者,对人性没有深刻认识,人性深处都是考虑自己利益,人民三教九流,各门各派,一旦成为统治阶层,便会撕掉伪装,对不属于自己阶层的人就要进行打压,最终形成诸侯势力割据,国家四分五裂的局面。只有君主能超然于阶级与党派斗争之上,促进国泰民安,天下太平。"

凤婉霞朗声反驳道:"君明,国兴;君暴,民亡。国家与人民的命运若只系在一人身上,就如同赌博。拿人间来说,如今九州王朝人皇骄奢淫逸,横征暴敛,百姓生活于水深火热之中,若遇到这样的君主,国家与人民的前景在哪里呢?"

她掷地有声再继续说道:"母后就是要打破帝制思想的桎梏,她深知无限的权威,容易恣意妄为,出现僵化与腐败的独裁政权,害国害民。母后就是要开创民主选举制度,选公认的上台,做不好的可随时下台。权威受人民监督,避免被滥用。"

独领魔皇漠视,说道:"三界上下,皆是帝制。你母后就是异想天开,她建立这桃源理想社会,只能存在世外,而不被现实接受。这是强权社会,若有国视你们为异类,要霸占这片乐土,攻击花果岛,你们如何捍卫这脆弱的理想呢?"

凤婉霞目光长远,说道:"帝制存在数万年,三界要想改变并接受新的制度,的确不容易。但如母后坚信的,历史车轮滚滚向前,时代潮流浩浩荡荡,有一天民智总会醒悟。那时到处都是生机勃勃、充满活力的民为主国家,最终三界实现母后桃源理想社会。"

独领魔皇有些恼火,说道:"幼稚,没有魔业的实现,三界哪来的理想社会呢?"

凤婉霞痛心,说道:"自记事以来,我经常看到母后为你,为你们争吵的事流泪。现在我长大了,有自己的思考,有自己的判断,知道哪些是合理,哪些是不合情,魔族为什么会被其他族排斥与指责,就是因为魔族执意实现魔业。

魔业说要纯净三界，但纯净就要净化，净化就必须清洗，说是清洗其实就是血洗。所以大家才会骂魔是凶恶残暴之族。"

独领魔皇心火上升，怒气道："大胆，你敢质疑本族崇高事业，我可以生你，也可以赐你死！"

凤婉霞并没有惧色，反而昂首挺胸，迎上独领魔皇斥责的目光，说道："你既然想要我死，当初就不要让我来到这世上，让我活的这般伤心，看父母争吵，看父亲焦虑，看母亲流泪。"

独领魔皇愣住，一幕幕一家三口在一起的熟悉场景此时浮现在脑海，他怅然若失，继而语气恢复平静地说道："我不屑旁人与外族说三道四，但我在意你与你母后的看法。魔业好比刮骨疗伤，三界现在是病态的三界，虚弱、恶浊、萎靡不振，只有把三界腐肉与毒液用刀刮除干净，三界才能健康发展，欣欣向荣，不然就是在等死。"

凤婉霞大声连问："那谁是腐肉与毒液呢？谁愿被当作腐肉与毒液呢？判断的标准是什么呢？这标准正确与公平吗？最重要的是，谁来当这生死的主宰者？是神？还是魔？要是神，我想天帝会说魔是三界腐肉与毒液。"

独领魔皇瞪眼注视着凤婉霞，说道："你这脾气与思想完全继承你母后，我就不懂你与你母后对别人总是随和，可为什么偏偏对我很任性呢？"

凤婉霞诚恳说道："父皇，你不去斗了，好吗？我陪你好好过日子。"

独领魔皇目光变得柔和，说道："霞儿，你要明白，我不仅仅是你父亲，更是这魔族、魔国与魔民的主人，我要为魔族实现教义，要为魔国报仇雪恨，要为魔民重回天庭。所以我必须奋斗，你要明白，要理解为父的苦心。"

凤婉霞倔强喊道："我不明白！我要的是父亲，不是什么主人！你快回魔国，当你的魔主去！"

两人一时无言以对，片刻之后独领魔皇轻轻说道："霞儿，你的名字是我与你母后一起取的，寓意你是我们的小太阳，依偎在父母怀里。这六百年我是无时无刻不在想你们啊，多次派魔四处寻找你们，没想到你们待在这啊，听说你在轩辕学院学习，还拿到了天骄子身份，为父替你感到高兴与骄傲啊！"

他语气突然变得复杂，说道："你的院籍档案全是学圣孔广信一手编造，瞒过天审司与天官府，他对你母后真是痴情啊，一生未婚，一门心思想讨好你母后，但不自量力，我的女人他也敢有非分之想！"

凤婉霞不舒服，喊道："孔叔叔对母后是真正好，他尊重母后，视母后为知己朋友，对母后的事，他不避汤火，尽心尽力做好，而不像你，经常让母后伤心流泪。"

第六章 桃源理想

独领魔皇冷笑一下，说道："现在又有一个痴心妄想的人。我是绝不允许那个孙悟空跟你有半点牵连。"

凤婉霞猛烈问道："为什么啊？若他是仙，仙魔不可相恋，可母后原本是神，她都跨越神魔两族的隔阂嫁给你！"

独领魔皇两眼射出森寒的冷芒，沉声道："你怎可拿你父皇跟那小子相提并论呢？我当年可是高贵的魔国皇家王子，还是第十九届天考会的天魁，这孙悟空呢？先不说他是仙，与魔不共戴天，就说他的水平，参加跟你同一次的地考却落选天骄子，后面虽然天庭怜惜他给个候补名额，可天帝上穿虚伪，要求他接受三道天雷才转正，但天雷是什么？光一道就足够要了修炼数千年灵者的命，何况是三道！"

他顿了顿，接着又严厉说道："这明显是绝了孙悟空晋升的路。他又是一块石头，出身如此下等，如此普通，如此贫贱，如何配得上你啊？你可是高贵美丽的魔国公主，我们魔可是在众生中与神并肩的超级种族。"

凤婉霞喊道："配不配我自己心里清楚，我也不在意那些表面的东西，更厌恶虚伪，我看重的是心与品质。"

独领魔皇质问："你们才认识多久？你对他了解多少？心与品质是人性中最能隐藏与伪装的，你涉世未深，作为你父皇，你现在唯一的亲人，我要保护你，你应该好好听从我的话。"

凤婉霞坚定说道："我可能单纯，但我会用心去感受哪些是真哪些是假。父皇，虽然我是你女儿，但我也有自己追求幸福的权利。"

独领魔皇有些埋怨，说道："都是你母后教坏你，全是一些追求个性解放的坏主张。霞儿，你不要忘了，你是魔国公主，不能任意随性，你是要代表魔国形象，要考虑魔国利益。"

凤婉霞铿锵有力说道："是魔国的利益？还是你的利益呢？你不能与魔国等同起来，魔国是全魔民的，且我现姓凤，不姓独领！"

独领魔皇听罢，顿时气得火冒三丈，咬牙说道："你！你这个不肖子孙，你比你母后还要伶牙俐齿，一脑子异类思想。"

独领魔皇伸起右手想要扇下去，却于心不忍，爱怜顿生，又看凤婉霞不怕，反而是对他一脸不屑的神情，明白这女儿比她母亲还要倔强。

他内心感叹一下，右手缓缓收回，说道："你要姓独领还是姓凤，我且不跟你计较，不管你姓什么，你身上流淌着可是魔族独领皇家的高贵血液，这是你改变不了的事实。"

独领魔皇停顿一下，目光闪过深沉的杀机，冷冷说道："但若你还是恣意与孙悟空交往，我便杀了他！"

凤婉霞错愕，浑身热血沸腾，想要怒喊却只能断续地说道："你……你……"她知道她父亲是个心狠手辣之人，说到做到。

独领魔皇冷哼一声，说道："比起孔广信、孙悟空，我更憎恶天帝上穹，他是个实足小人，竟然卑鄙用强权禁止蚩尤学院学子晋级天骄子，我已耻辱一千八百年年，我会很快加倍讨回来。"

很快？凤婉霞吃惊，凝望独领魔皇，好奇问道："长恨叔与南宫姐假装成邪教主事出现在龙宫，是你指示吗？这邪教祸乱人间，致人间发生禁雨灾难，是你策划的吗？你最终要干什么？是要再次发动战争吗？战争可是会带来无数人家破人亡，无数生命血流成河……"

独领魔皇恼怒呵责道："够了，你父皇身上肩负的可是一片天，这国家大事，你还小就不要瞎关心；这禁雨事关世界格局变化，你还弱也不要瞎掺和，且你目前只是普通天骄子，这些事你不配参与，更无法担起……"

凤婉霞突然身体一震，说道："我记起来了，六百年前母后带我走的那个晚上，那个晚上你和母后大吵，你也呵责母后不要瞎掺和国家大事，你说你自己肩负的可是一片天……我多次问母后那个晚上你们吵什么，可母后一直不肯实说，我今天才明白你们那时吵的是邪教的事！"

凤婉霞眼里两泓清泉般的泪水不停涌漾流出。她伤心道："母后一定是发现你竟然冒三界之大不韪，暗中扶植邪灵。邪灵可是一群暴徒、恐怖分子、不法恶灵者！母后对你失望透顶，万念俱灰，才离宫出走，可她又不想让女儿心里的父亲是个凶狠的形象，所以一直就不肯告诉我实情。"

独领魔皇沉默良久，长叹一声，说道："成大事者不拘小节，一定的牺牲是必需的，这三界是个很现实的世界，成王败寇，不该妇人之仁……"

凤婉霞冷冷一句："够了，我不听，我不干涉你的事，请你也不要干涉我的事！"

她带着忧愁低下头，沉默冷对。母亲以离开与灵逝的代价都没能引起父皇一点点反思，两人再如何争论也是根本无用。

独领魔皇柔声说道："霞儿，不管你想怎样，我始终是你的父亲，你也永远是我的女儿，这份亲情血浓于水，牵绊一生。你先在这岛上接着住，等时机成熟，我定会隆重接你回魔国，向三界宣告你是魔国公主，魔国唯一的皇位继承人！"

说完，独领魔皇凌空飞行，离开了花果岛。

第二天清晨，凤婉霞来到生命树前送孙悟空，老猿仙和全岛岛民有意都不

第六章 桃源理想

出来，给这对少男少女创造两人相处的世界。

孙悟空和凤婉霞此时各怀心事，相对无言。原本暗生的青涩情愫，现在连正常交流都没法敞开心扉倾诉，心都被现实枷锁住了。

良久，孙悟空先开口说道："我要回修真学院了，以后我想……"突然胸口欲裂，昨夜他一晚默念《清心诀》，渐渐地体内灵力世界恢复平静，不再翻滚折腾，但余痛时时会来袭扰，心中更悲凉的是在龙城启顿战魂所新生的灵力，被这病魔都给扼杀掉了，现在体内自己灵力又回到原先贫弱的状态。

孙悟空努力克制疼痛，不让凤婉霞察觉到异样，但闪过的一丝苦楚还是被凤婉霞敏锐地看到。她关切地问道："怎么了？悟空哥。"

孙悟空微微一笑，样子轻松，很淡然地说道："没事的。在东海时，突然启悟出剧烈的灵力，身体一时还没适应，不过这也正常，等过了一段时间会好的。"

凤婉霞心放宽一些，说道："这几天持续多做一些灵力基础训练，有个缓冲，身体能更快地接受。"

在灵力修炼过程中，这确实也是常见事。启悟越强的灵力，挥发越大的能量，身体就要承载越大的压力，若身体一时承载不住，身体会感受很多疼痛，所以平时应多锻炼，让身体随时能接受任何挑战。

孙悟空"嗯"了声，又说了句"谢谢"后一时不知再说什么。他明白命运在悄然阻止他告白，从出生受病魔缠身至今，他被命运折磨得逆来顺受，对命运已没有哀叹与抱怨。他只能学会自强自立，默默中努力地一点点解决自己与身边的困境。

凤婉霞有所期待，问道："悟空哥，你刚才想说什么？"

孙悟空望着凤婉霞，他是想说"以后我想在这里，在有你的地方"，但现在？命运提醒他自己是个病人，自理都存在问题，不仅呵护不了别人，反而会拖累别人。

他的眼睛黑白分明，纯净清澈，却写满忧伤。他只能改口说道："以后我想会长久待在学院吧。"

凤婉霞一听茫然呆住，心失望又苦涩，难道这就是命运给我的答案吗？我不甘！

凤婉霞不想这样难受地掩藏自己内心真实的想法，她要说出，她凝视孙悟空，支支吾吾说道："悟空哥，我……我？"

"我便杀了他！"独领魔主威胁的话猛然出现，狠狠敲打凤婉霞的心。

孙悟空见状，急切地问道："婉霞，你想说什么？"

143

凤婉霞低下头，心中在伤感"若注定不行，就不要开始"，她慢慢地回道："我祝你一路平安……"

同样有所期待的孙悟空听罢，也心若怅然。

此时，两人背后的生命树上奇迹般再次开出一些光亮鲜花，鲜花快速盛开却又一下子哗啦啦地倾落下来。生命树心疼这对少男少女，短短相识一个月多，却从此虐心牵绊一生一世。

孙悟空问道："龙王说你参加天考会，会有危险，为什么呢？"

凤婉霞不想让孙悟空知道她的身世。魔与神仙世代仇敌，她又是魔国公主，怕更引起孙悟空的负担。她也不想让孙悟空知道自己决定参加这次天考会，不然会担心自己安危。她善意谎言道："没什么，我不会去参加天考会的。"

继而，她又问道："你会去接受三道天雷吗？"

孙悟空也不想让凤婉霞知道他现在的身体状况，不然会担心自己安危，他也善意谎言道："先再修炼吧，我不会去接受三道天雷的。"

当两人各自轻轻道一声"珍重"，彼此的心都在狠狠地痛，分别时辛酸相望，想要道出苦衷，却无法说服自己，开口道出实情。

虽然说不出口，但我的心在你那边，你可否感觉到？两人在心中向彼此喊道："孙悟空（凤婉霞），我喜欢你！你要知道啊！有一天，我足够强大，就来见你（有一天，我不受绑架，就来找你）！"

但会有这一天吗？两人想到这一层，不由得都一阵小惆怅。

第七章
神都九天

大禹城的暴乱很快蔓延到整个九州，原本大一统的王朝变得四分五裂，干旱的无情再加上战争的残酷，使这块大地更加民不聊生、生灵涂炭。而龙城之变以及龙王临死布云造成天象诡异，天帝上穹惊闻之后，马上派出刑神武孤高下界调查。

几日后，刑神武孤高回天庭启奏："九州王朝礼崩乐坏，无视上天警示，依然背弃神道，盲从邪教，道德沦丧，罪恶遍地，使邪灵壮大猖狂、气焰熏天。邪灵狼子野心，竟背后操控龙王，致龙城生变。"

天帝上穹视而不见人间百姓苦难，却对九州王朝叛逆耿耿于怀，说道："九州王朝如此胡作妄为，堕落放肆，不可饶恕，令其继续无雨，以示上天严正，神道权威！"同时，天帝上穹调令杨戬率梅山六兄弟，在人间上空设关卡，防止邪灵窜到天庭及灵界闹事。

孙悟空告别花果岛，重回修真学院，向师尊菩提叩拜。仙尊菩提说道："近期突然龙城生变，九州变天，我启用聚灵盘卜上一卦，卦辞上竟然隐晦提到你，且你百年下山期已到，所以为师召你回来，问问这中间发生了什么？"

聚灵盘乃是修真学院镇院之仙宝，能借用五湖四海、三界九州万事万物的灵气，收集信息凝聚在盘上，通过这些信息知过去，预未来。

孙悟空禀明百年际遇，着重讲述了在东海龙城及花果岛所遇所见所发之事。

仙尊菩提十分惊喜，先问道："你寻到自己的生命意义了吗？"

孙悟空点了点头，说道："在龙城突然悟道，但是这种新生的力量只能在当时瞬间爆发，时间一过灵力还是会回到原先贫弱状态，而且现在怪病又复发了。"

仙尊菩提微笑道："战魂觉醒，千年的修炼终迎来希望曙光。"

他又谆谆说道："生命活动规律如此。新生事物的出现往往会受到旧有势力与既得利益者的排斥、打压与消灭。只有艰苦奋斗，顽强到它们再也吞噬不下，才能生根发芽，欣欣向荣，成为主导力量。所以往后，你还需通过实实在在的努力开启更高的境界，取得最终的胜利。"

孙悟空顿时开朗起来，说道："谢谢师尊指导。"

他问道："师尊，天帝禁雨人间，我们仙国如何看待这事呢？"

仙尊菩提沉吟："事情的起因是邪灵蛊惑九州王朝人皇开展灭神运动，天帝震怒下令禁雨以示天之惩罚，目的是要让人间反省罪责，重回信仰正道。仙会起初支持禁雨，目的是要遏制住邪教的发展与壮大，但……"

他长叹一声，又说道："但时间一久，看到禁雨祸及广大无辜百姓，造成严重的人间灾难，仙会已向天庭发出意见书，希望天帝能收回禁令，降甘雨拯救人间苍生。但天帝不回复也不降雨，冷处理这件事，仙会也是无可奈何。"

仙尊菩提轻而又说道："你、龙王以及那位凤姑娘都做的非常好，心念苍生，知行合一，匡扶正义，不怕牺牲。你们这种行为让众生从内心深处发出敬佩，是真正的英雄。"

孙悟空忙说道："弟子不敢当，这都是平常师尊的教导。"

他轻声再问道："师尊，凤婉霞是凤凰女神凤诗诗的女儿，您知道凤凰女的神事吗？凤凰一族自上古以来就是灵界的权贵门阀，可凤凰女神为何会在花果岛安家呢？数万年来神国天后均出自这一族，但这朝天后却不是凤凰一族，我查询史书与一些相关记事文档，均查不到相关原因，似乎讳莫如深。"

仙尊菩提说道："查不到是因为这会牵出一段恩怨纠葛的往事，这往事间接成为当年神魔千年战争的导火索。这事说来话长，日后再说吧，等你练到战魂第二式境界，我会悉数告知你。"

孙悟空见师尊菩提言有隐晦，他也不好接着多问。

孙悟空迟疑片刻，终于下定决心说道："师尊，徒儿想去参加天考！"

仙尊菩提心中感叹，自己一直想阻止孙悟空跟天帝发生任何交集，但……这难道是孙悟空命里定数？可是祸？是福呢？祸兮福所倚，福兮祸所伏。我仙尊不信命，可也随命；但不由命，先尽人事吧。

仙尊菩提思虑良晌，正色问道："你可知接受三道天雷的凶险？"

孙悟空说道："弟子知道。这数十万年来，主动挑战天雷，或被天雷考验者有数十个灵者，结果仅有战神独求我一神通过，其他灵者都灰飞烟灭。"

仙尊菩提沉声说道："那你还要去？"

孙悟空答道："弟子悟道自己的生命意义，是坚定向前的路，汲汲而生，积极而活！弟子想要大步前进！"

仙尊菩提肃然道："生命意义是叫你活着，而不是送死！"

孙悟空眼含忧伤，说道："弟子想成为一个自己被别人需要的人！"

仙尊菩提心下怜惜，说道："你也想帮那凤姑娘实现求雨的愿望吧？"

孙悟空说道："弟子下山寻道，流浪百年，看到不管是灵界，还是人间，多是人情冷暖，世态炎凉，百年所见到的所听到的大多是自私自利、尔虞我诈之徒，很难有人会有奉献行为，更谈不上牺牲生命。"

他又朗声说道："但在凤婉霞身上，在那片桃源理想大地，弟子看到了一种可歌可泣的信念，他们知道生命短暂，选择热爱生活，在生活遇到困难时，他们能为了自己的信念，为了岛民的幸福，勇往直前，无所畏惧。"

仙尊菩提目光忧虑，说道："这求雨，连为师与仙会都无可奈何，你们现在这种执着行为，跟自杀没什么不一样的，这又何苦呢？"

孙悟空想自己既然找到生命的意义，便要勇敢践行，不然会渐渐迷离，再次迷茫。

他叩拜说道："希望渺茫，但弟子坚定此心！"

仙尊菩提严厉说道："以你现在的灵力连个普通的灵生都打不过，何况要去抵抗比天神都还要厉害的三道天雷呢？"

孙悟空说道："是磨难，但也是明志；是劫数，但也是重生！"

仙尊菩提无奈说道："不要心存侥幸，一切但凭实力。要通过三道天雷，你起码要领悟出第二式战魂力量才有一线希望。你若真觉得自己能人定胜天，为师就跟你定个十天之约。"

孙悟空不禁问道："怎样一个十天之约？"

仙尊菩提说道："十天后，你若悟出战魂第二式境界，为师便答应你跟着木院去天庭神都；若悟不出，你要答应为师，从此你一生静心在仙国，当一名修真学院的仙师，过自己安好的生活。"

孙悟空喃喃自语道："战魂第二式境界？是要觉悟情感归属，那我的情感归属在哪里？"

接下来的十天，孙悟空反复思考自己的情感归属，可依然是不清不楚。

他幼时在等级森严的灵界里孤独的一人生活，少年正当时却又流浪凡间，看尽人情冷暖，如今就算站在最炽烈的阳光下，他的心都带着凉意。

但庆幸的是，他遇到几个真心呵护他的人：仙尊、狰王、凤婉霞。

那他最终的情感归属是哪里呢？修真学院？花果岛？还是另有一个天地？

到了晚上观月听风，孙悟空心里牵挂与脑里浮现的都是凤婉霞，就算怪病复发，剧痛折磨也阻止不了他的入骨相思。

风清月明，落叶聚还散，寒鸦栖复惊。相思相见知何日？此时此夜难为情！入我相思门，知我相思苦，长相思兮长相忆，短相思兮无穷极，早知如此绊人心，何如当初莫相识。

孙悟空不再纠结寻找战魂第二式的道意，反而整日整夜在修真学院藏书阁里，沉心查询炼气书及医学典籍。他要解决凤凰弩耗血费力的问题。

十日期限已过。孙悟空眼望旭日从东方仙峰冉冉升起，他整个人却没有一丝朝日般的气息。

悟道失败，没有开启战魂第二式境界，连原先第一式战魂力量也召之不来。

孙悟空心平气和地接受，若自己悟性只能如此，就不再折腾，不再固执，善待眼前的生活吧，做一名学院里的仙师，好好侍奉师尊，报答师尊这一千几百年来对自己的养育之恩。

一种量力而行的生活，或许才是自己最好的生活方式。

孙悟空望着桌上那本自己整理出的补血增气笔记，心中却又泛出一阵深刻的伤痛。他要挥手告别这段情感。

他召唤出筋斗云，把笔记放在筋斗云上，然后说道："筋斗云，你帮我去一次花果岛，把这本笔记送给婉霞。"

筋斗云是极有灵性的仙物，它见主人想念凤婉霞，却又不去见她，便伸出一只"云手"拉着孙悟空，要他一起去花果岛。

孙悟空掰开"云手"，苦涩说道："凤婉霞是天骄子，又是凤凰女神的女儿，风华绝代，我配不上她。"

筋斗云翻滚，从后面推着孙悟空，要他跟自己一起走。

孙悟空纹丝不动，说道："如果自己没有力量给她幸福，就不要开始，别让诺言成为空谈，让憧憬成为幻想，筋斗云，你要明白我！"

筋斗云飘来飘去，它也在徘徊。

孙悟空轻轻地说道："筋斗云，请你帮我这一回吧，相见不如不见，以后她前程似锦，我站在远处，看她微笑安好，我已心满意足了。"

筋斗云"淡淡忧愁"，缓缓爬升，终于扬起云"尾巴"，俯首猛冲，消失在天边。

孙悟空目光寂寞，仿佛此时此刻，自己失去了整个世界，情不知所起，一往而深；情不知所终，一往而殆。

半天过去，孙悟空仍一个人惆怅地站在原地。突然筋斗云载着老猿仙映入

第七章 神都九天

他的眼帘。

孙悟空好奇，问道："猿老，你怎么来修真学院了？"

老猿仙说道："你送给少凤君的笔记，我已派人往天庭送了。"

孙悟空惊愕，急问道："婉霞去了天庭？"

老猿仙说道："你离开花果岛的当天，少凤君就去了轩辕学院，恳求她师父孔学圣，带她去天庭参加这一届的天考会。"

孙悟空着急说道："龙王说她参加天考，会有危险，你们怎可让她去呢？"

老猿仙面带愁容地说道："这少凤君的性子随她母亲凤凰女神，只要认定一个事便会决心做到底，我们劝也劝不住，连她的师父孔学圣都劝不了。最后要求她不使用凤凰弩，不显露她的身份，才同意她去。"

孙悟空牵挂道："要说她这是勇气，还是倔强呢？"

老猿仙说道："是她的信念给了她勇气。她总是说不去努力，又怎知不可能呢？她深爱桃源理想社会，深爱花果岛那片大地，有很强的职责与奉献感。她认为为岛民求雨是她应该去做的事。"

老猿仙拿出五行画卷递给孙悟空，说道："这是少凤君那日去轩辕学院前交代我的事，要我等一个月天考会结束后，再到修真学院把这五行画卷送给你。"

那日距今天已过十天，四天后第二十四届天考会正式开考，天考会共有十六天，这样算正好是一个月后。

老猿仙接着说道："少凤君希望你用着它，驾着筋斗云去遨游天地。"

孙悟空眼里泪光闪烁，说道："她一定知道自己此去生死未卜，吉凶难定。"

老猿仙神情沉重，说道："我也知道这意味什么，但少凤君态度坚决。她以她母亲为榜样，要用行动诠释她母亲在这个岛建立起来的精神与信仰。"

孙悟空想到在自己当初觉得生命虚空，不知方向在哪，思想掉入深渊，无法自拔时，是凤婉霞的出现，像一道光芒，照亮他的生命，让他找到意义！

他非常喜欢凤婉霞，又万分感激凤婉霞，现在他绝不忍心让凤婉霞一个人到天庭涉险！

老猿仙说道："今天看到你托筋斗云来花果岛送笔记，我就想着宁可违背少凤君意愿，提前来修真学院，把五行画卷送给你。你和少凤君要好，看有没有办法阻止她参加本届天考会。"

孙悟空说道："猿老，你宽心些。我会去天庭，跟婉霞共进退。"

他送走老猿仙，径直来到仙尊菩提屋前求见。但仙尊菩提闭门不见，孙悟空长跪在门前。

一个时辰过去，侠仙木广礼来到孙悟空面前说道："孙悟空，仙尊院长问你，你可悟出战魂第二式力量？"

孙悟空施礼答道："学生愚钝，没能悟出。"

木广礼说道："那你回去，仙尊院长令道，等你悟出第二式再来拜见。"

孙悟空高声说道："学生坚持恳求仙尊院长准我去天庭！"

木广礼说道："仙尊院长不想你去送死，你难道还不明白他老人家的苦心吗？"

孙悟空说道："学生明白，但学生实在有比自己生命更重要的事情要去做。"

木广礼虽神色动容，但仍说道："仙尊院长说，若你再执意去天庭，修真学院便与你断绝关系。"

孙悟空惊讶地瞪大眼睛，胸口郁闷，然而他再奋力诉说："凤婉霞她一个少女，为了给人间众生挣一丝甘雨，还能不惜生命，甘愿犯险。此地此境，此人此事，若我孙悟空不去天庭，反是漠视她危险，漠视她牺牲，那我以后还有什么脸面面对仙尊院长，面对修真学院，面对人心道义呢？"

木广礼眼中闪出惊喜光芒，说道："孙悟空，你真不愧是我修真学院出来的弟子，你要保持这种血性与正义感！你准备一下，等会儿随我去天庭神都。"

孙悟空一愣，问道："仙尊院长同意了？"

木广礼说道："学院上万名灵生，可仙尊院长独对你看重，我虽不知道这其中缘由，但我看你长大，知你侠骨丹心，是个好男儿。"

孙悟空感激说道："谢谢木院认可！"

木广礼接着说道："仙尊院长同意你去感受一下天考会，但要你先不急着去接受三道天雷，他老人家希望你明德厚学，沉毅笃行！"

孙悟空跪拜道："谢谢仙尊院长一直以来的谆谆教诲。"

木广礼再说道："同时仙尊院长要你和凤婉霞不必过虑求雨事，他老人家及仙会，还有修真学院出来的师兄师弟们，正在筹划联名上书求雨。"

孙悟空顿时明白，在求雨事上，原来师尊一直都有行动。他正色点头，继续细听。

木广礼语气突变得凝重，说道："仙尊院长最后要求你，'当初从天地来，自此回天地去'，参加完天考会，以后不用再回修真学院了！"

孙悟空慌乱，颤声问道："这是为何啊？"

木广礼拿出一封书信，说道："这是仙尊院长交给你的影信，你可以现在安心打开，我会帮你布下结界，隔离周边杂音。"

孙悟空再次向木广礼施礼谢道："谢谢木院长！"

木广礼腾空在房子四周布下结界，然后离开。

第七章 神都九天

孙悟空打开影信，纸上展现出仙尊菩提的音容笑貌，他说道："悟空，你已长大，有自己独立之人格、自由之精神，为师该是让你真正走出修真学院，到广阔天地翱翔。若强留你在这里，虽为了你能安好，但为师终于明白了，那反而让你迷茫与不开心，我不希望看到你的眼神，一天一天渐渐失去神采，那种呆滞目光，像是没有生命。"

仙尊菩提在影信里激励说道："不管是过去，还是将来，为师都欣慰能有你这个徒儿，为师再次要求你，选好自己的人生，便不要有怀疑，遵从内心，勇往直前，记住成功的真正秘诀是：你自己是否有颗永不言弃的英雄心。"

此时，眼泪一粒一粒地从孙悟空眼眶里不停地掉落下来，他重重磕拜，真挚说道："谢谢师尊，上千年恩情，徒儿至死难忘！"

孙悟空拜别后，跟着侠仙率领的修真学院使团，坐仙船飞去天庭神都女娲城。

仙船来到南天门，因邪灵在人间祸乱，这里比平常盘查得更严格。天兵天将认真核对进入者的身份与信息无误后才给予通行。

通过南天门后，大家一来到麒麟大道，视野顿然开阔明亮。麒麟大道上熙来攘往，车水马龙，一派欣欣向荣景象。而今年又正好是天考会开考年，女娲城比以往更是繁忙。

女娲城共九天，一天之上为中天，中天东、西、南、北四面分别建立宏伟外城，外城围起拱卫神都，每面外城正中各开一个天门，四个天门分别由四大护法金刚镇守。

以南天门为始点，纵贯九天的麒麟大道则是女娲城的主干道，所以大家来神都一般要从南天门进去。

中天主要承载神都与神国、神国与三界的轨道交通作业功能。中天附近巍然矗立着车站与码头。拂晓一到，这里就沸腾起来，车马喧阗，川流不息。

车站与码头周边错落有致地建了若干个民宅区，住的是在京穷神、散仙、游妖、真人及下层灵者，鱼龙混杂。

二天之上为羡天，羡天主要是商业街区，各种门店、商铺和手工坊林立，灵物灵器琳琅满目，应有尽有。吸各路灵者兴致勃勃地挑选，再加上此起彼伏的吆喝声，十分热闹。

三天之上为从天，从天千灯照碧云，姹紫嫣红，有茶坊酒肆，有舞榭歌台，有文轩诗会，有赌场球馆……这里琴棋书画诗酒花，或逍遥自在无羁系，或指点江山意飞扬，或怀才不遇杯中愁，或今日有酒今日醉。

四天之上为更天，更天大道两边屋宇星罗棋布，鳞次栉比，有小桥流水人家，也有闹庭深院人家，居住的都是能神异仙、士族阶层。

五天之上为睟天，睟天的建筑物比更天更高级，一座座丹柱碧瓦、画栋飞檐的高墙大院跃入眼帘，亭台楼阁云雾缭绕，池馆水榭绿树映衬。睟天是属于王公贵族、世家门阀的府邸地。

六天之上为廓天，廓天是神国行政机关与各国使馆的所在地，殿宇宏伟，坐落有序，随处可见办公人员忙碌的身影。

七天之上为减天，减天是神国的军机重地，气魄非凡，一边是天帝直属近卫军——龙甲军驻扎地，另一边是战神殿堂——天之骄子天考地。

八天之上为沈天，沈天主要是宗教与学院之用，有庄严肃穆的皇家宗庙、古朴典雅的三清道观、蔚为壮观的女娲学院、如诗如画的瑶池宫苑等。

九天之上为成天，成天只坐落一座宏伟壮观的宫城，是天帝议政与居住的太微玉清皇宫，宫城前的广场有一条圣道直通祈天坛，祈天坛是灵界圣地，是祭祀苍天、祈祷福运、参悟天道、承接天意、占卜天命的地方。

侠仙木广礼到廓天的天官府登记报到，待安排妥当后，他带随团的孙悟空与学院应届新天骄子去参观战神殿堂。

一路上神都流光溢彩，若不是侠仙不断催促，这些初到天庭的仙人怕是要流连忘返。

可孙悟空想到的却是人间正遭受旱灾饥荒，饿殍遍野。天庭神仙们却过着纸醉金迷的生活，甚至龙王的呐喊与牺牲，也未引起他们的注意与正视。

孙悟空心里恨恨说道："应该让这些神仙下凡去，待在那恶毒太阳底下晒晒，让他们感受到百姓的苦，或许他们才能将心比心，怜悯百姓，降下雨来！"

战神殿堂是一座很大的四方城，宏伟壮阔。与城门正对的是殿堂正殿，正殿右侧屹立着宏大石碑，左边矗立着巍然塔楼，中间则是空旷的校场。殿堂四周城墙环绕，城墙内还有石头堆砌起来的一层层阶梯式观武台，可容纳数万名观众。

天考会期间，战神殿堂是开放的，允许各院灵生、各路灵者与各国天骄子参观游览，所以这里集聚了不少人。

木广礼带修真学院弟子先到离他们最近的石碑去，那石碑的碑头刻着三个大字"天魁碑"，碑上跟着刻二十二个天魁的名字。

奇怪的是，第十八个姓名与第十九个姓名前后都空了一栏，空出的地方依稀还有打磨的痕迹，似乎岁月无法将它清洗掉。

不明者一般都会当场询问这被磨去的名字是谁。知情者对此往往都是避而不答，对不明者的追问，他们要么连忙走开，要么眼神闪避支支吾吾，一副别没事找事的神情。

此时，也有修真学院新天骄子向侠仙请教这个姓名，侠仙木广礼瞻仰半晌，突然正色说了一句："天考会自古赞道，问武正灵位，寻悟万年道。"

大家知道侠仙是在转移话题，但都被这句话的深义给吸引，静静思考与咀嚼这这句话的含义。

木广礼豪情道："天地四万九千八百年，天庭开考第一届天考会，到今年正好是一万周年，中间因发生神魔千年战争而停考千年。每届拔得天考会头魁者可题名在这天魁碑上，赢得三界景仰，流芳万世，所以战神殿堂对天骄子来说，是个挑战与证明自己的地方，也是荣辱并存，考验胆量的地方。要来参会，先问问自己，有没有信心、勇气和实力打败对手，晋升正灵位，故'问武'缘于此。"

碑上最新的名字刻着"杨戬"两字，是上届天考会的天魁，如今是神国的将神，本来守卫神国北方边陲，现调到九州上空防止邪灵乱窜。

木广礼再说道："大家可想象那夺冠者，在题名天魁碑一刻，武器在手，傲视众雄，问天下谁是英雄，风采绝代，任意张扬，让世人无限仰慕，而且获得一次实现梦想的机会。"

被木广礼这一引导，在场天骄子无不热血沸腾，跃跃欲试，脑海都在想象自己经过精彩激烈对决后，或为胜利者接受三界的敬仰的情形。

木广礼抑扬顿挫地再说道："天考会不仅仅是论英雄的地方。不管是来参会的天骄子，还是来观战的灵者，大家都可以钻研招式，吸取精华，升华境界，所以又叫'寻道'。"

大家边走边说，来到中间正殿。这殿堂气魄雄伟，正殿上方匾额里题写着"点将台"三个庄严大字。这是神国点将发令的地方。

匾额两侧挂着一副对联，写着"傲视三界，谁与争锋；纵横天地，第一战神。"

此语霸气十足，却又让人荡气回肠。孙悟空心中叹服。

点将台前数丈远处突兀地竖插着一根铁棒，铁棒粗糙，没有光泽，披着层层锈迹。

修真学院弟子聚集目光，好奇地望向木广礼，等待他解答。

木广礼注视这根铁棒，眼睛流露出一种敬仰之情，他说道："那是战神的兵器——金箍棒！"

修真学院弟子齐声讶问："战神的兵器怎么会是它？"

木广礼激昂有力说道："金箍棒是战神的象征，是一任传一任的兵器，上古十大神魔器之一，是天地人三界至情至性之物，战斗威力极大。只有霸临三界、傲上众生者，才能驾驭得了！"

木广礼的讲解也吸引了其他参观者。大家凝神静听，心中都是惊讶不已。这上古十大神魔器之一，竟然是眼前这根生锈的铁棒！

木广礼流露出敬仰的目光，说道："末日噩梦战争使整个三界濒临绝望与崩溃，是战神独求我挺身而出，以一神之力，挽救众生，换得三界如今的蓬勃发展。在战神独求我弥留之际，他把金箍棒插在这点兵校场上，留下话，'谁能拔得起金箍棒，便是新一任战神'。这万年间好多灵者都想尝试拔起，可万年过去，这金箍棒依然插在这校场上。"

有天骄子问道："木侠仙，你也不行吗？"

木广礼坦然说道："以前我试过，但学艺不精，拔不动。可我相信英雄辈出，终有人能拔得起。等会儿你们也一试，这是来战神殿堂的看点之一。"

他回忆起曾经那些年的热血青春，不禁喊道："谁拔得起金箍棒，谁便是这天地的新战神！"

大家都热情澎湃，跟着高呼："谁拔得起金箍棒，谁便是这天地的新战神！""谁拔得起金箍棒，谁便是这天地的新战神！""谁拔得起金箍棒，谁便是这天地的新战神！"

现场掀起呼声浪潮，仿佛在强力呼唤新的英雄诞生。灵界崇尚英雄、敬仰英雄、赞颂英雄，天地英雄气，千秋尚凛然！

木广礼在呼声中悄然离开战神殿堂，让修真学院的弟子们自行活动。

众人饶有兴趣地围着铁棒，尝试去拔这铁棒。但不管他们用什么方式，包括一起上阵，那铁棒始终纹丝不动，肖然样子令人恭敬。

孙悟空来到校场左侧塔楼前，塔楼朝南的正面悬挂一块匾额，上写"祥和塔"。

他看这祥和塔共九层，拔地插天，巍然轩昂，层层八角飞檐，翘角凌空，每个檐角下都挂着铜铃。

孙悟空又发现这塔楼没有门窗，九层石砖砌垒七十二面墙壁，墙壁上每块石砖外面都用黄金凝铸一个名字，这些名字是末日噩梦战争中的英烈神灵，有上万多个，这其中也包括战神独求我。

孙悟空正瞻仰祥和塔时，忽然一阵喧哗声传来，他侧脸看去，看到一名锦衣华冠的青年男子在几个神仙同伴的簇拥下，趾高气扬地朝金箍棒走去。

走在他们前面是个显眼的小巨人，他边蛮横开路，边不屑地吼道："你们这些二等灵者，还不滚到一边去，凭你们也想拔出金箍棒？也不看看自己有几斤几两！"

来战神殿堂的天骄子与其他参观者虽然心中有气，但看这阵势，也只好让路。有些神仙不仅礼让还示好，可以看出这个青年男子不一般，有着尊贵身份。

孙悟空听到旁边几名灵者在嘀咕："这青年叫武居伟，他父亲是刑神武孤高。这武孤高不仅是天帝眼前的第一权臣，又是当今天后的亲哥，掌管的天审司可以任意拷问和调查威胁帝权或涉嫌邪教的灵者，如此人物，让人望而生畏啊。"

"这武居伟本身灵力也高强，三百年前灵界九十三次地考，他是地魁，如今是本届天考会的夺冠最热门的人物。"

"武孤高极其疼爱这个儿子，把他当成掌上明珠，视为刑神神位的接班人。听闻这武居伟已被内定为本届天考会的天魁，若是那样的话，他会成为天地考史上难有的双魁者。"

"刑神武孤高一手遮天，我们还是小心一点为妙。不能得罪这武居伟，得罪他就是得罪刑神。到时刑神随便给你安个罪名，让你进天审狱就是一个死。"

"就算你光明正大，可他要找你麻烦，天审司的方式多的很。听说这九百年肃邪行动缉拿了数万名灵者，大部分后来都音讯全无。"

这几名灵者说到这儿，不由得都心惊肉跳。有人又问道："那这小巨人又是谁呢？"

有个灵者低声不屑说道："叫巨力，是巨灵族的后起之秀，也是本届天考会的实力考生，现今巨灵族依附在刑神下，当起爪牙来，嚣张跋扈，狐假虎威。"

孙悟空自小就在仙尊菩提旁边受教，仙尊菩提处理仙会政务时，他有时也会旁听，对三界权力的架构也有一个大致的了解。

天审司是遭灵者包括神仙们不断指责的机构，偏也是灵者心存畏惧的机构，而天帝对武家恩宠到极致，故灵界虽对武家厌恶，可又只能迎合巴结。

这帮人飞扬跋扈地来到金箍棒旁，武居伟先是想单手去拔金箍棒，发现根本动不了这铁棒，便双手握住铁棒使上吃奶劲儿，可这金箍棒依然是岿然不动。

在来战神殿之前武居伟原是和这些神仙在从天饮酒取乐。酒席上大家聊到战神独求我的英雄事迹，以及战神兵器金箍棒万年未有人能拔起。酒意涌上，几句话语触动武居伟那颗想要当万世英雄的野心，他豪情壮志，当即带着这帮人来到神殿。

可众目睽睽之下，却当场出丑。武居伟脸面挂不住，顿时酒醒了一大半儿。他开启灵力，再次双手紧握金箍棒，使劲往上拔，可这金箍棒傲然屹立。

旁人越发惊奇与致敬这战神兵器。

但大家也不会小觑武居伟。一是这上万年有数不清的灵者来战神殿堂尝试，拔不起金箍棒在灵界已是件非常正常的事；二是刚才武居伟显露的灵力惊涛骇浪，众灵者感叹这武居伟年纪轻轻武功却已跻身顶级高手行列。

但武居伟却不这样认为，他含着金汤匙出生，从小就娇生惯养，目中无人，怎会忍受这大庭广众之下的失败呢？

他恼羞成怒，祭起掌力，如怒潮狂涌势不可当，全力打在金箍棒上。

他竟然想要毁掉这兵器？在场其他灵者均大吃一惊。

只听轰隆一声爆响，激起一圈又一圈向外的冲击波，逼得周边灵者或后退或急忙开启奇门遁甲防护。待尘埃落定，大家看到金箍棒依然是傲然屹立，铁骨铮铮，而武居伟反被冲击波的力量弹倒在地。

武居伟身后跟着一名精灵家奴，这精灵尖耳赤脚，身材小巧玲珑，背后一对透明翅膀。精灵见武居伟摔倒在地，脸上立刻露出惊恐神色，慌张过去想要扶起武居伟。

武居伟接连受挫，一肚子怒火，见精灵走上前来，挥手就扇了这精灵一记耳光，口中骂道："无用的奴才！"

精灵吓得连忙下跪，颤身说道："少主人恕罪！"

武居伟要在众人面前挽回一点尊严，说道："我武家门规森严，哪容得你笨手笨脚，轻慢主人！"

他高举手想要再给这精灵一巴掌。

在场灵者见武居伟自己拔不动金箍棒，却反而怪罪家奴，顿时心中又多了一场蔑意。但大家又不好开口或出手劝阻，这灵界文明程度虽比凡间要高级的多，但还是保留着等级森严的社会制度，这里面就有奴仆产物。

这精灵家奴属于主人家私有财产，武居伟要责罚，就算是故意的，旁人也干涉不了，况且这还是一手遮天的武家。

孙悟空义愤填膺，正要挺身出来阻止，忽然一个熟悉的声音在他耳边响起，这声音顿时让他百感交集。

这声音的主人就是凤婉霞。她朝武居伟铿锵有力喊道："住手！"

凤婉霞的出现立刻引起在场男灵者们的骚动。

凤婉霞虽素净打扮，可淡雅掩饰不了她的倾城美颜。她生在魔国，女魔本来就长得妖艳，偏她又自小养在桃源理想这个世外，读在轩辕学院，学习正统神仙之道，因此凤婉霞又有着一种天然的清新脱俗气质。这种若妖若仙、既魔也神的独特异艳美，与天庭女子的雍容华贵完全截然不同。凤婉霞的出现让那些养尊处优、又对神女已审美疲劳的神仙男子们眼光放亮，心有所动。

第七章 神都九天

武居伟虎视凤婉霞，说道："这精灵伺候怠慢，责罚是应该的，不过是个奴才，仙女无需劳心。"

凤婉霞愤然说道："这精灵虽是家奴，你觉得她身份卑微弱小，对此不屑一顾，但她的灵魂是有尊严的终会有一天，这些弱势群体会告诉你，众生皆平等！"

大家初听凤婉霞这番言论，纷纷私下交流，打听这女子出自哪国哪学院。

武居伟却不屑，鹰隼般的目光依然傲慢自负。他喊道："天官府考课司的神仙在吗？快告诉我这仙女是谁？"

考课司负责天地考事务。有个主事官员跑来，恭敬说道："向武少问安，这仙女叫凤婉霞，是轩辕学院孔学圣的徒弟，她是灵界九十五次地考新晋级的天骄子，来参加本届天考会。"

武居伟轻佻说道："原来是孔学圣弟子，既然有凤仙女求情，我便饶了这个家奴！"

他又死盯着凤婉霞不放，含笑问道："凤仙女是初来神都吧？"

凤婉霞"嗯"一声只微微点头，没有其他言语。

武居伟继续搭讪道："凤仙女在天庭有什么需求，尽管跟本少说，本少一定满足你。"

凤婉霞讨厌武居伟轻慢的眼神，淡淡地回应一句："谢谢你原谅这个精灵。"说完，便转身准备离开。

武居伟不死心，喊道："且慢！"

他闪出一颗巨大宝石，闪耀出万丈光彩。

旁观的几名华服神仙女子放声尖叫："传说之星！"

点兵校场一阵骚动。这"传说之星"是稀世珍品，三界最珍贵宝石之一，能盖过数十颗夜明珠的光芒。

武居伟洋洋得意，说道："凤仙女，这传说之星是我的见面礼，送给你，还有我会助你晋升八强，你跟着我来天庭，我保你富贵荣华享不尽。"

在场女子羡慕得眼珠都快要掉出来，可凤婉霞一副淡然的样子说道："谢谢，不用。"说完，她迈步便要走开。

武居伟顿时惊呆。他自小活在权贵光环下，是天庭神国青年一辈最耀眼的明星，受万人追捧，更受神女们爱慕，只要他轻轻一招手，这天庭就会有众多妙龄女子踊跃扑过来。

没想到今天在大庭广众之下，先拔金箍棒不成，又被一个来自下界的少女轻视冷落。

武居伟自降生以来，今天是第一次被这样彻底的打击。他脸色立即冷若冰霜，目光迸发出怒意，周围气氛也变得异常压抑。

小巨人巨力向凤婉霞喝道："下界来的平民，叫你一声仙女，你就不知天高地厚了。这位可是武少，天审司指挥使刑神爱子，姑母是天后，姑父是天帝，你还不快点道歉，然后好好服侍我家武少。"

凤婉霞依旧冰冷冷地说道："我知道了，但这跟我没关系。"说完，转头就走。

武居伟蛮横，换个称谓说道："凤姑娘今天要是不收这礼物，我就杖罚这家奴！"

杖罚轻则一顿皮肉之苦，重则就有性命之忧。

凤婉霞身体一震，回头错愕地说道："你……你这也太无理了吧？！"

精灵早被吓得脸色煞白，手脚冰冷，愣过神后忙扑到凤婉霞脚下，哭泣恳求："求仙女收下礼物，救救我！"

凤婉霞一时不知该什么办，踌躇不定。

旁边灵者怀怒却不敢言。这九百年天审司残酷打击异己，高压把持朝政，谁都不愿为一个精灵家奴和一个平凡真人而得罪天审司。

突然，有个笑声肆意而起。孙悟空走了出来，眼睛直视武居伟，说道："你不过是靠父亲与天审司权势，才能在这里横行霸道！"

此话一出，在场灵者全都色变，立刻噤若寒蝉，气氛更加肃然迫人。

而凤婉霞俏脸不禁惊喜，眼睛注视着孙悟空，不由得柔声说道："悟空哥，你怎么也来神都了？"

孙悟空呵护的眼神望着她，两人目光交接在一起，相识相知，心领神会，尽在不言中。

武居伟见有人敢嘲笑他，又见凤婉霞对这人如此亲近，他眼睛越加迸射出愤怒的火花，沉声说道："哪里来的野种，敢在这里撒野，我三招之内便可把你打得头破血流，让你见识什么叫实力！"

孙悟空静静说道："是吗？我倒想见识一下。"

武居伟两眼瞪视孙悟空，闪出杀机，喝道："你要找死，我现在就可成全你！"

巨力等那些跟从也同时向孙悟空怒目而视。可孙悟空毫不畏惧，从容说道："我，奉陪到底！"

一时校场上空充满了火药味。但天地考有一条严规，明令考试期间禁止应试者私斗，违者不仅取消天骄子资格，永不录用，还要判刑入狱。

第七章　神都九天

武居伟心中琢磨，明令严规对他本来没有约束力，可要当众违反，父亲政敌会抓住把柄，攻讦武家，虽起不了大风波，但自己会惹一身臊。可若不给对方教训，自己白白受气，这结果自己也不想要。

孙悟空是故意激怒武居伟的。他想先让武居伟冲着他来，然后找个稳妥的方法，既能帮凤婉霞解围，又让这个精灵脱离苦难。

正当双方骑虎难下之际，一个爽朗声音突起："两位想要见真章，我朱天蓬倒有一个办法，可规避天地考明令，又能让你们光明正大一决高下！"

"朱天蓬！"在场灵者一时起了喧哗，齐唰唰向声音发出地望去。

只见一个气宇轩昂的少年男子，俊美异常，他的脸庞如同被雕刻似的，棱角分明，尤其是那一双总是含笑的眼睛，有着所向披靡的魅力。

他一现身就掳获了在场大多女子的芳心，引得她们不住地暗送秋波。而这男子对在场女子抛来的媚眼，竟都一一接受，眼睛忽闪忽闪的，让在场女子欲罢不能。

近千年来神国青年才俊辈出，更是长江后浪推前浪，三个代表人物杨戬、武居伟、朱天蓬尤为突出。

杨戬是上届天考会的天魁，风华正茂，一举获得正灵位，后来又奉命治水，擒龙斩蛟，平定水患，立得大功，被天帝封为"将神"。

武居伟是三百年前应届地考地魁，又是权臣武孤高之子。如日中天是迟早的事。

朱天蓬出身在天河世家。虽然天河世家五百年前突然衰败，沦落为末流家族，但他天资非凡，头角峥嵘，是女娲学院万年来成绩最好的学子。而且，他与孙悟空同届，是一百年前灵界第九十五次地考的地魁。那年地考要是没有孙悟空，朱天蓬四科都可以是五个学院第一名。

朱天蓬不仅才华卓尔不群，长相也鹤立鸡群，是灵界闻名的美男子。对此武居伟十分妒忌。

武居伟心胸狭隘，经常有事没事就用权势打压朱天蓬。但朱天蓬都能一一化解。这主要是因为一是他为人处世聪明；二是他有个要好的师妹在帮他。他这师妹就是天帝上穹的独生女，神国公主嫦妍，封号为"月神"。

武居伟一脸鄙视，说道："你这个穷神，能有什么办法？！"

朱天蓬淡然一笑，笑意依是甜美，正声说道："天地考明令禁止私斗，但灵界尚武，《共同宪章》规定可为名誉公开决斗，一是众人见证，二是点到为止。"

他环视一圈，接着说道："要是武少想比斗，我等都愿意做公证，大伙说是不是？"

看热闹不嫌事大，在场一些粗犷的灵者已起哄叫嚷。

武居伟嘲笑道："我求之不得，就不知对方有没有头破血流的勇气。"

孙悟空神情泰然自若，说道："决斗捍卫尊严，要是我获胜，赎回这精灵身契，给她自由；要是我输了，任意由武少处置，我绝无二话，不知对方敢接受这个条件吗？"

全场震惊地望向孙悟空，重新认真上下打量一番。见这青少年英俊刚毅，浩然正气，大家内心不由得生出一番欣赏与佩服。

朱天蓬也露出诧异神色，凝眸注视孙悟空，内心一阵思考。他站出来没想为谁站台，而是存心想设计要武居伟与孙悟空斗个你死我活，两败俱伤。但朱天蓬没想到孙悟空考虑的，竟然是一个跟自己毫无关系的精灵奴仆。

朱天蓬由此及彼，联想到他自家门衰败以来，不断受到别人的冷嘲热讽，特别大家看到武居伟处处针对他后，为了避嫌与摆明立场，一些神仙更加恶意排挤与奚落他，现在他身边朋友就只剩月神公主嫦妍。

曾多次被武居伟欺侮的自己，跟这精灵奴仆又有什么区别呢？那时他多希望能有个像孙悟空这样的朋友挺身而出，助他一起作战啊，而不是像现在处处示弱，只能靠月神公主出面帮忙。

这边武居伟嚣张地说道："你都自己送上门来了，让我好好揍你，我能不同意吗？"

朱天蓬笑道："武少，你这一次可不能小看人啊。站在你对面的这位，来自仙国修真学院，姓孙，名悟空，孙悟空！"

朱天蓬此话一出，大家顿时炸开了锅，"他就是孙悟空啊！地考万年史上，文正数第一、武倒数第一的奇才！"

"他就是喊出'没有谁比谁优越，我渴望平等与尊重'的人啊，反抗不公，点燃宁有种乎的希望！"

"他这次来天庭，是要接受三道天雷吗？那不是找死吗？"

……

孙悟空完全没有意料到自己会这么有名。他只想做好自己，呵护身边人。此时此刻他正沉声静气思考等会儿如何在对决中获胜。原在龙宫一战中，领悟出的战魂第一式"生命意义"之道，自那之后这新生灵力就如昙花一现，再也没有爆发过。但不管有多少灵力，为了正义，自己又何曾怯战，何曾畏战？

武居伟抬起肩膀，眼里闪过一丝惊讶，难得摆正些态度，仔细端详孙悟空，眼光已没有之前的轻视，而是凝神思索着："仙尊倚老卖老，竟然公开批评天审司，说它权力越发泛滥，对神的名誉与宗旨、对三界的安定与发展都是负面影

第七章 神都九天

响，建议天帝裁撤天审司。这摆明公然与我武家为敌，这笔仇恨我今天正好可以狠狠地算在他学院的弟子身上。"

武居伟眼里散发着野兽准备猎杀猎物般的兴奋光芒，说道："原来你就是那块没爹没娘的石头啊。今天能打败仙尊学院出来的弟子也算是我的荣耀，看看仙尊他老人家是不是真的老了。"

在场灵者都知道孙悟空灵力薄弱，武居伟打败他是显而易见的事，但仙尊菩提誉满三界，家喻户晓，受众生爱戴，大家见武居伟如此傲慢自大，均感到愤愤不平。

凤婉霞一双清澄明亮的眼睛自孙悟空出现，就始终停留在孙悟空身上。眼神中饱含思念，又充满担心。她静静站在孙悟空身边，因为她明白孙悟空坚持正义，无惧权威。

同时，凤婉霞也做好了思想准备，心里暗暗说道："悟空哥，你放心去战斗，若你输了，无论什么后果，我们一起承担，不求同富贵，但与你共患难，只要你安好，我便是无恙。"

这边，朱天蓬温文尔雅地又说道："武少父亲贵为刑神，又是天审司指挥使，权高位重，自然德望也是高山仰止，而武少生在这千乘之家，耳濡目染下必也会高风亮节，对自己说的话是言而有信。"

武居伟不耐烦，打断说道："要打就快打，你这穷神鼓捣什么？"

朱天蓬故意神色诧异下，一板正经说道："武少，决斗是要先讲好规则，不然就成了私斗，受天条管束，你当然不会有事情，但我们这些见证人是要连带受刑的。"

武居伟今天接连受挫，现急需通过这场决斗捞回面子，只好咬牙切齿听朱天蓬把话说完。

朱天蓬微笑道："武少刚才说三招之内便可把孙悟空打得头破血流，那这场决斗就以这为规则，如何？"

朱天蓬决心帮助孙悟空。他内心想象的三界是大家都应坚定守护真实的善念与正义感，而不是空洞的道德与夸夸其谈的理想，那些是用来愚昧苍生的。

在场的灵者听了朱天蓬的规则哑然失笑，大家明白刚才朱天蓬抬高武家品德，实要设个圈套牢住武居伟。

武居伟怒叱道："朱天蓬，你敢算计我？！"

朱天蓬一脸无辜样，继续糊弄道："武少，你这可是冤枉我，我这完全替你考虑，世人都知道孙悟空灵力薄弱，你要是三招之外赢了他，只怕世人不服，反而还说三道四；你若三招之内解决他，必定声威大震，让人心服口服。"

武居伟冷笑一声，说道："三招内，他若光躲闪，四处游动，那还决斗什么？"

孙悟空沉着说道："在这校场画个圈，我们在圈内对决，三招之内我若在圈外，或有半点出血，便算我输，三招之后我仍在圈内，且没受伤就是我赢。"

朱天蓬等灵者目光明亮，温和地注视孙悟空，心中纷纷思忖，不愧是仙尊学院出来的弟子，从容不迫，张弛有度。

武居伟阴鸷的眼神扫视周围，心中说道："你们这些二等灵者，等会儿就让你们看看我恐怖的力量，我要你们从此活在对我的畏惧当中。"

校场上划出一个圆圈，孙悟空和武居伟站在圈内，摆开对决阵势。圈外议论的声音一时停止。

武居伟眼露凶芒，倏地涌出灵力，他想打个孙悟空措手不及。他上前一跨步，整个人迅速飞奔起，挽起石破天惊的攻势，狠狠朝孙悟空击去。

千钧一发下，孙悟空迅速结印打开奇门遁甲，金光线连成七十二只虎形光兽护在前面。

但武居伟攻势之猛实在令人胆寒，奇门遁甲瞬间被崩溃，孙悟空恰恰依靠这崩溃瞬间，侧身闪退。但毕竟仓促防御，踉踉跄跄差点出圈。

观战的众灵者目瞪口呆。这两人一攻一守，所表现出来的技能，远超出大家熟知的青年灵者应掌握的程度。

矛盾之争，谁会赢得最后的胜利呢？大家看孙悟空胸口急剧起伏，脸上汗水不断地冒出，似在说明刚才的惊艳表现已是他的极限了。

大家再瞧武居伟，丝毫看不出他有什么力量耗损，他眼中的厉芒依然闪闪。

正当大家还在猜度时，武居伟已亮出最强招式。他刚才看一招不成，生怕面子再损。为了威慑全场，他大吼一声，爆发出强大气势，手中腾地掌出一条火鞭。

"火刑烈鞭！"大伙霎时骇然。一方面"火刑烈鞭"厉害无比，是刑神武孤高的独门绝招；另一方面它是严刑峻法的象征。刑神武孤高主管律法堂，又掌管天审司，这两处都是让人有进无出、毛骨悚然的地方，谁都不想挨边。

朱天蓬此时脸上也露出惊诧的神色。他计算双方的实力，判断孙悟空可以支撑到三招之外，在刚才的实战当中，孙悟空是没让他失望，但武居伟却超乎他想象。

武居伟现的灵力为什么会比半年前暴增很多呢？朱天蓬多情的眼睛，带着淡淡的忧愁。

这次天考会，朱天蓬志在夺魁。他要撑起家门，同时也想撑起对月神公主

第七章 神都九天

的爱,所以他这数百年如一日的勤练灵力,忍受别人所不能忍的痛,吃别人所不能吃的苦,就是为了等待这次天考会,他要改变命运。

但现在看来,夺魁的路不平坦,武居伟成了他最强最麻烦的对手。

场上,武居伟正享受大家对他的畏惧。他得意地朝孙悟空大声喝道:"孙悟空,你只需开口认输,我便放你走,你也不用头破血流,输个脸面尽失。"

孙悟空神色自若,坚定说道:"若武少心怀仁爱,能放这个精灵一条生路,我可以头破血流!"

武居伟发狠说道:"你已是我刀板上的鱼肉,竟还敢惦记我的东西,不知死活的家伙。我先把你打的头破血流,赢得对决,然后再光明正大羞辱你,让你永远抬不起头来!"

孙悟空背脊挺直,一身刚毅之气,不再理会武居伟。战魂第一式力量完全被体内魔灵压制,释放不出,得要寻找其他突破。孙悟空凝聚心神,屏息静气,整合自己所学所见所领悟的知识,缓缓闭上眼睛,脑海浮现出浩瀚星空,奇门遁甲对应满天星斗,探索奇门遁甲奥秘,如身在神秘宇宙幽境当中。

武居伟见孙悟空居然闭目养神,无视他的存在,气得他怒容满面,捏紧火鞭,喊道:"你找死!"

武居伟灵气逼人,掌起火鞭,急如闪电,势若雷霆,疾风骤雨般攻了过去。

大家都心中感叹孙悟空败局已定,不禁怜惜他,但刹那后又都惊呆,不能置信眼前发生的一幕。

原来孙悟空刚才在开启奇门遁甲千钧一发之际,脑海中突然一颗流星划过,流星带着惊艳与美丽的光芒,璀璨星空,孙悟空下意识地在阵地上腾出一只又一只龙形光兽,护在他前面,抵挡住武居伟"火刑烈鞭"的攻势。

武居伟也被孙悟空的反应震惊到。他一向自负嚣张,但此时只剩一招,这场对决牵连到他的胜败荣辱,他不敢再像刚才那样给孙悟空喘息的机会了。

他双目厉芒再盛,忽地爆出震撼全场的一声吼叫,趁势闪电地接连使出第三招。这招极为毒辣狠恶,连旁观者都生出凶险无比的可怕感觉。

孙悟空眼睛炯炯有神,大喊一声:"龙遁起!"

只见百只龙形光兽矫健雄劲地奔腾在孙悟空左右,气势磅礴、浩浩荡荡地冲向"火刑烈鞭"。光兽们显出一种大义凛然的龙魂精神,前仆后继地"献身"保卫孙悟空,直至最后完全消除"火刑烈掌"的凶险。

这是龙遁一百零八局!龙遁一百零八局奥妙无穷,变化莫测,就算修炼千年的天骄子,也难掌握它的精髓。

悟慧灵光乍现。孙悟空握住一把打开奇门遁甲的钥匙,一局局布开,龙遁一百零八局精妙凸现。

这场决斗拉紧了在场各人的心弦。大家如痴如醉，待听到朱天蓬高声喊道"三招已到"时才幡然清醒。一时间，校场上掌声雷动，喊声不断，大家纷纷为孙悟空叫好。

武居伟呆若木鸡，这怎么可能呢？本以为胜券在握，结果反受奇耻大辱。更让他受不了的是，大家似乎在用讥诮的眼神忽视他，又纷纷转头去吹捧孙悟空。

武居伟心里燃烧一股不可遏制的怒火。一阵阴风吹起，一股凛冽的杀气立时气漫全场，他狂怒道："孙悟空，给你一个死的教训！"

大家齐向武居伟望去，见他眼珠血红，充满杀气，"火刑烈鞭"再次被挥起，带着肃杀所有的恐怖之力，排山倒海地要将孙悟空从这个世界上抹杀掉。

孙悟空刚才启动龙遁，已是筋疲力尽，见这铺天盖地而来的火鞭没有招架之力。

凤婉霞脸色吓得煞白，仓促间身体本能地向前一跃，扑在孙悟空前面，张开双臂，要不惜生命替孙悟空挡住这置人死命的一击。

孙悟空猛地一惊，胸口气血汹涌，脚一跺，凌空转身，又跳到凤婉霞身前，面对凤婉霞使出剩下所有的力量启开奇门遁甲。

奇门遁甲崛地而起，一层又一层的光亮盾墙围住凤婉霞。孙悟空站在盾墙外面，张开双手，再拼上一道自己的肉身，全力保护住凤婉霞。

孙悟空眼神柔情似水，心里静静地说道："再见了，凤婉霞，谢谢遇到你。"

在花季遇到花一般的你，总是觉得你好看，我忍不住多看，除了欣赏已然爱上。

可还没向你许下三生三世，却要匆匆离开，恍然一梦，等再回首时，好似又错过很多。

此时，泪水也早已润湿凤婉霞的双眼，她颤声喊着孙悟空的姓名，心似被刀子戳的痛苦，她不能接受孙悟空就要从自己眼前离去的事实。

朱天蓬与其他灵者又惊又怒又叹。惊，场上瞬息间，一时间发生这么多变化；怒，武居伟暴戾成性，要置人死地而后快；叹，世间竟有这么一对为爱牺牲自己的情侣，可惜要命葬于此。

危在旦夕间，赫然一把长剑从半空中穿梭而出，气贯长虹化去"火刑烈鞭"的狠毒与凶险，救下孙悟空和凤婉霞。

这时有四人飘然而至，那把长剑闪电一晃，回到剑神风广仁手上。原来这把长剑是当仁剑。

第七章　神都九天

校场上立即喧嚷起来，有人喊道："是剑神风广仁、侠仙木广礼、义妖夏容念智、学圣孔广信！"

这四人在三界赫赫有名，今能齐聚一起是难得一见的情景，大家有幸目睹到这些大人物的风采，倍感激动。

风广仁瞥视一眼武居伟，说道："女娲学院是五院之首，为万千灵生所景仰。神国天庭是三界中心，为三界众生所向往。你既从女娲学院出来，又是神国青年的代表，理应有担当、有品格，怎可在众人面前，不仅没了风范，还失了道义。"

风广仁虽只淡淡一说，武居伟却感觉到一种透不过气的重重压力。在这天庭，他只害怕两神，一个是天帝上穹，三界至尊，天威难测；另一个就是剑神风广仁，女娲学院院长，又主管天官府。

武居伟假装服软道："学生明白了。"

风广仁说道："你既已明白了，就该遵守决斗规则，愿赌服输，拿出这精灵的身契。"

武居伟碍于眼前形势，又面对剑神这逼人的强大气场，只好乖乖地从灵介空间找出这精灵身契递到剑神面前。

风广仁说道："孙悟空，这是你的胜利，你自主处理。"

孙悟空行礼，恭敬说道："谢谢剑神院长。"

他从武居伟手上扯走精灵身契，转交给凤婉霞。

凤婉霞欣喜，将这身契扯的粉碎，轻轻对那精灵说道："你自由了。"

那精灵眼睛里涌出压抑许久的泪水，忙朝孙悟空和凤婉霞跪下磕头，不住地感激谢恩。

孙悟空和凤婉霞忙扶起她。那精灵畏惧武居伟的横眉竖眼，再次致谢后，忙扇起一对透明翅膀飞离这地方。

武居伟冷笑几声，目光极其冷漠，不屑说道："孙悟空，你以为你胜了吗？你虽胜了这一时，但你能赢这一生吗？你唆使这个精灵离开武家，但她能有本事靠自己在这世上活下来吗？她的结果会是饥寒交迫、穷困潦倒而死；你以为你能配得上这凤姑娘吗？你不过是块石头，一无所有，没有力量支撑住这份美艳。你以为你能改变自己的这命运吗？你都跨不过三道天雷这一关！注定你的一生只能像只蝼蚁，苟且偷生，远远看着我的背影在不断地高大。"

武居伟的话虽是对着孙悟空说，但却像寒风刺骨，刺痛在场大部分灵者的心。

孙悟空内心悲愤，从凡间到灵界他所见到的都是一些恃强凌弱、仗势欺人的事。这三界需要改变，众生需要平等。

孙悟空剑眉星目，高声说道："依赖乞讨与奴役换来的活命，只会进一步被你们压榨与漠视，这种不自由，毋宁死！但我们绝不轻言生死，我们的高贵如同你们的高贵一样，都是命。你们的高贵可以由父辈授受传下，而我们的高贵可以从自身奋斗中获得，或许这条道路会很艰辛，但生命不息，奋斗不止！"

孙悟空铿锵有力的驳斥，让大家热血沸腾，渴望天考会马上开考，彼此展现激流勇进的精神。

孙悟空走到点将台门旁的战鼓架台前，拿起双槌棒，激昂说道："懒惰与胆怯改变不了命运，只有依靠坚定的信念与勇气，我是孙悟空，向天帝提出诉求，我要接受三道天雷挑战！"

他抖擞精神，奋力击鼓。这战鼓是灵物，鼓声壮阔，响彻九天，直冲灵霄大殿，惊动了天帝上穹。

天帝上穹打开天眼镜，查看战神殿堂发生的事。天眼镜回放孙悟空与武居伟对决以及孙悟空擂鼓的场景。

天帝上穹的眉宇微微锁紧，心中念道："这孙悟空的样貌神态竟然有点像当年年少的嫣然冰神！"

他随后又思忖道："这孙悟空是仙石孕育而生，这仙石吸取日月精华，孕育出的孩子有着嫣然冰神般的灵秀，也是正常不过。那个半人半神的孽种曾听观世音说过，当年寄养在人间一处寺庙。转眼千年云烟飘过，那处寺庙已成废墟，这孽种不知辗转到人间千万寺庙中的哪一家了。"

天帝上穹不再多想。半晌后，他命千里眼、顺风耳到战神殿堂宣旨。

两帝使宣旨道："天授神权，秉承天意，上天之帝诏曰，灵界第九十五次地考，天庭曾对孙悟空奇才一事有过一次三界昭告，今特恩准孙悟空擂鼓诉求，定于明日日出前七刻，孙悟空在祈天坛上接受三道天雷考验，敕令司命院即刻着手准备。钦此！"

第八章
未来之星

朱天蓬看到武居伟在众神面前连番颜面扫地，他不时心花怒放。这三百年来受武居伟欺压的闷气终于得以发泄。

朱天蓬一路偷笑回到中天朱家住宅，可刚刚踏进门槛，便看到朱母坐在正厅扶手椅上，一脸严肃，但眼里蕴含忧伤。

原本欢喜的朱天蓬顿时心沉了下来，静静地走到朱母面前，轻声问道："母亲，你还好吧？"

朱母瞥视一眼，应声说道："你心里还有我这个母亲？还有这个朱家吗？"

朱天蓬叹了口气，跪下说道："我朱天蓬肩负重振天河世家的责任，在使命还没完成前，我必须勤学苦练，谨言慎行。"

朱母呵斥道："那你今日为何还掺和到战神殿堂的是非中去？那可是武居伟！一直叫你要避开武家的人！"

朱天蓬说道："武居伟气焰嚣张，我要避开他，他却不时找上我来。"

朱母大声说道："可你不应该主动去惹他！现在天考会在即，你要专心迎考，不要没事找事，让自己陷入麻烦。"

朱天蓬沉默一阵，突然眼中射出痛苦的悲怨之情。他奋力说道："母亲大人，这三百年来我每一次的退让，都得到武居伟下一次更加严厉的欺压。我们这样一味躲避，对吗？这根本就换不来别人的尊重与感激！"

他目光变得明亮，接着说道："我好羡慕那个来自仙国的孙悟空，他见义勇为，敢于与不公、权威和恶势力作斗争！活得真真实实，光明磊落。母亲大人，我一直想要成为的人，是像孙悟空这样的啊！"

朱母心如刀绞，黯然掉下眼泪。她又何曾想要这样忍辱负重地生活呢？但每当回想起五百年前那场家门巨变,她心有余悸,惊魂未定。

朱母语气变得柔和些,说道:"蓬儿,你和孙悟空不同啊,孙悟空能活得潇洒、无所畏惧,是因为他孑然一身,是仙石孕育而成,无父无母,无牵无挂!"

朱天蓬轻轻摇了摇头,说道:"不,他有羁绊之人,他为那女孩敢爱敢恨,韶华不负,勇敢接受三道天雷考验。这样的神仙,我朱天蓬敬佩、向往与希望结成知己。"

朱母忧虑地望着朱天蓬,明白他心中的渴望,说道:"孙悟空接受三道天雷就是去死,人死后,一切就烟消云散。"

朱天蓬激昂说道:"依赖乞讨与奴役换来的活命,只会进一步被压榨与漠视,这种不自由,毋宁死!这是孙悟空在战神殿堂的呐喊。他告诉众神,他成,便逆天改命;不成,也尽了一世的情,无怨无悔!我……"

"够了!"朱母猛地打断朱天蓬的话,"蓬儿,你身负使命,要保持头脑清醒,你本次天考会是要夺得天魁,求天帝降恩,特赦你父亲回天庭!"

朱天蓬心情复杂地说道:"是他害朱家没了世袭官职,是他害了我们尝尽生活的苦难,现在却反而要我去救他!"

朱母说道:"我相信你父亲当年是被冤枉的。你父亲为人刚正不阿,做事脚踏实地,绝不会渎职的。"

朱天蓬有些怨恨地说道:"可他承认了他的渎职,他对天河奔泻、苍生遭殃一事供认不讳。"

自朱天蓬父亲朱帅成了罪神,朱家就受到九天诸神的唾弃。大家认定是朱家渎职,才致下界灾难发生。这违背了神明庇佑苍生的宗旨,罪有应得。

朱天蓬自年少起就承受别人的冷眼、谩骂与排挤,他默默地在暗里咬牙坚强,可心里却压抑着太多委屈。

朱母轻声说道:"可不管怎样,他都是你的父亲。作为父亲,他细心呵护你成长,对你疼爱有加。"

朱天蓬倔强问道:"难道我就不能为我自己而活吗?追求自己想要的东西?"

朱母目光慈爱,幽幽叹了一口气,又说道:"蓬儿,你天资聪颖,你应该明白,你的能力能改变家境,却远远还没达到可以做自己命运的主人!"

朱天蓬心底一阵痛苦。他喜欢月神公主嫦妍,但他也明白这份喜欢自己没有资格说出。

就算他在本次天考会上夺得天魁,就算他弃父亲而不救,向天帝提出娶月神公主,朱天蓬心里也明白,天帝也会用帝权压迫自己改变诉求。因为光是罪

第八章　未来之星

臣之子这条，就足以拒他于千里之外。

有时候他想原谅父亲，可他就是不能真正说服自己。他无法忘怀自己这么多年所受到的委屈。

朱母见朱天蓬默默不语，便再劝道："你既然全明白，又何必自寻烦恼呢？你就在这里面壁思过半日吧。"

朱天蓬跪在厅堂里，思考自己未来的人生方向。他想到今天在战神殿堂的孙悟空，虽然灵力薄弱，却从不向命运低头。

他的精神再次受到鼓舞，他不愿再迁就现实委屈自己，他立誓要成为自己命运的主人，爱自己所爱，行自己所行。

朱天蓬的思绪渐渐回到了过去。他出生在官宦世家，家门世袭天河元帅官职，所以他自小就养尊处优，但这一切在他读女娲学院五百年级时，一夜之间发生巨大变化……

那一天，一群神秘卫突然来到天河元帅府，气势汹汹地包围府邸，把守住各个出入口，呵斥元帅府内上下人等到庭院集合。

朱天蓬跟在朱母身后，看到一个额头烙印红色刑字的凶神，板着脸径直走到正厅大门，转过身俯视台阶下的天河元帅一干人等。

这凶神就是刑神武孤高，那天的记忆，朱天蓬铭心镂骨永记不忘。

朱天蓬的父亲朱帅看到刑神登门，知无好事，隐约也猜到一些，心中悲叹，满眼忧虑望着自己妻儿。

武孤高双目寒芒一闪，说道："天帝旨意，朱帅未能恪尽本分，治军不善，导致天河裂开口子，河水奔泻到下界，凡间洪水泛滥，苍生遭殃受难，酿成大祸，如此玩忽职守，不忠不仁，实为辜负帝恩，有忝祖德，着革去世职，子孙不再承袭。钦此！"

朱帅悲愤说道："刑神，我不愿依附你，你便设计陷害我，天日昭昭，却奸臣当道；天条严正，却小神弄权！可悲可恨！"

武孤高厉声说道："朱帅，你诽谤天审司，罪加一等！天河泻落下界是实，苍生受苦受难是真，铁证如山，不容抵赖！"

朱帅反驳说道："刑神，要不是你暗中收买我下属军官，故意破坏河堤，下界哪来这等灾难？"

武孤高缓缓走到朱帅近旁，把脸凑到朱帅耳边，低沉说道："朱帅，不得不说我真的很赏识你，你聪慧能干，一眼就能看出事情端倪，你这样的神，为何当初就不能识趣一些，顺从我网罗人才的心意呢？"

朱帅肃然说道："你权欲熏心，罔顾生命，不走正道，终将惨败。"

169

武孤高嘴角露出一丝冷笑，说道："你高尚，可如今这等情势，已宣告你的人生注定惨淡，而且还要累及到妻儿老少。你还是省些口水，到我天审司去申辩把。"

武孤高声色俱厉说道："神秘卫拿下朱帅，押到天审司审问，其余皆好好看守，等候新旨意。"

七天过后，太微玉清皇宫派出一名神使到天河元帅府宣旨，朱母面色如土，忙拉着朱天蓬跪接。

神使宣读帝旨，内容概要大致是：朱帅所犯之罪，查证属实，自己也供认不讳。天庭发配到地界惩罪之墙，军前效力赎罪。同时天恩浩荡，念及朱帅属功臣后裔，特垂慈其妻儿不受牵连，但家产及宅第皆充公。

神秘卫听完旨意，便如强盗般动手翻腾查抄，把天河世家妻儿老少赶出元帅府。

天河世家一下子如大厦般呼啦啦瞬间倾倒，一干人等挤到女娲城中天郊外住下。

朱天逢成了落魄公子，所受待遇判若云泥。年少的他开始充分体会世态炎凉的滋味，好在他聪颖绝伦、成绩斐然，受到剑神院长及四大天师的青睐与照顾，在女娲学院的学习和生活倒也平稳。

朱天蓬读到七百年级时，更是风采照人。各科成绩都是女娲学院同级第一，水平已相当或超过应届毕业的灵生，是女娲学院公开评定的神国未来之星。

朱天蓬头角峥嵘，遭到应届毕业灵生武居伟的忌恨。武居伟比朱天蓬大二百年级，他眼珠子滴溜溜地转动几圈，坏心思就从肚子里冒了出来。

一天学院放学，朱天蓬准备回家，小巨人巨力却拉住他，朱天蓬自家门衰败后，身边的朋友很少，这巨力是他从小一起长大的玩伴，又是同学，所以巨力在朱天蓬眼里，是一份难得的友情。

小巨人巨力说："天蓬，邱天师叫你去一趟他的天师殿堂。"

四大天师会轮流到五个学院讲学与授课，但一般都住在女娲学院，在学院四个角分别拥有属于自己的天师殿堂。

朱天蓬随口一问："不是放学了吗？还去那干吗？"

巨力说道："邱天师要到轩辕学院讲经，说是临走之前想把上节课的一些知识点给你提升下。"

朱天蓬一愣，问道："他不是说今天上午下界吗？还没走吗？"

巨力眼中闪过一丝慌张，遮遮掩掩说道："他是天师，我哪敢多问啊！你到底要不要去啊？"

第八章　未来之星

朱天蓬微微一笑，说道："我当然去啊，你紧张干吗？想必邱天师要指导我后再走，他管我功课最认真。"

在去天师殿堂的路上，巨力拿出一个木方块盒子递给朱天蓬，说道："等会儿你有空帮我解开这个机关锁。"

朱天蓬接过来一看，木方块盒子共六面，每面九格，格子可以旋转，每格上刻印一只神兽局部图案。每面都是打乱与错排的格子，凑不成一张完整的神兽图。

朱天蓬拿在手里环视一圈，看出整个方块是有六张神兽图。他又动手摆动一下，笑道："明白了，每个面只要拼成各自完整的神兽图，就可以打开这个机关锁了。"

巨力说道："这是我父亲大人给我的，要我解开，说里面藏了一个宝物送给我，可我弄刀弄枪还行，干这费脑的事，我做不了。"

朱天蓬会心一笑，说道："等下我有空，帮你解开。"

巨力这时卖力讨好朱天蓬，哄得朱天蓬很开心。朱天蓬信任这友情，在冰冷与寂寞世界中也依赖这友情。

两人嬉笑玩乐，不知不觉已来到天师殿堂，却见前厅的讲学堂内空无一人，巨力拉着朱天蓬的手，要往殿堂里面走。

朱天蓬迟疑一下，说道："邱天师以前从不让我们进到里面去，我们这样做不好吧？"

巨力鼓劲说道："有什么不好呢？是邱天师要我带你到里面去见他，好像是说后院放着一件灵器要送给你。"

朱天蓬看讲桌上反放着一本打开的书，似乎是主人想接着看；旁边一杯热茶，杯口热气升腾；桌角一侧熏香炉里炭火正红，香风袅袅，低回悠长。讲桌四周弥漫一种静心安神的清香。

后院前的三重门以前都是紧闭，神链锁着严实，如今神链不在，大门敞开。

所有的这些细节似乎都在说明邱天师在等他，邱天师平常确实会送他一些小灵器，用于灵力助长。朱天蓬"嗯"地一声，也不再多问，跟在巨力后面往里走。

到了后院，朱天蓬与巨力诧异看到这里竟然不像寻常庭院那般，院内平坦宽阔，地面铺满石板，中间有一口竖井。

朱天蓬与巨力来到井口边，看到井口外围石面上凿刻了"伏凶井"三个象形字。两人又探头向井中望下去，井里光线极其昏暗，黑乎乎一片，似乎这井深不见底。

突然从井里深处吹来一阵怪风，冷飕飕的，似乎要吸尽观井人的魂魄。

两人不禁打了个寒战，忙离开竖井。巨力自言自语说道："这邱天师是不是老糊涂了，说好在这里见面，自己却不知去哪了。"

朱天蓬说道："那我们到讲学堂等吧，感觉这后院有些奇怪。"

巨力说道："除了一口破井，空荡荡的地方，有什么奇怪！你这神国未来之星，胆子居然这么小啊？这还是大白天啊！"

朱天蓬说道："邱天师不在这，我们也不能空等啊。"

巨力说道："你在这里帮我解开机关锁，我到四周去找邱天师来。他肯定在这附近，你别跑开，不然他回来看不到你，我又得去找你。"

提到机关锁，朱天蓬跃跃欲试。聪明的人遇到这种益智游戏，内心难免争强好胜。

朱天蓬说道："好吧，那你去找，我在这里等，我们约定一盏茶的时间。"

巨力应承，迈步急匆匆地走开，而朱天蓬则掏出木方块盒子，旋转几圈后，情不自禁地将注意力全部集中在解谜当中。

时间仿佛慢了下来，一点一点地滴漏，朱天蓬的手速却是越来越快，木方块盒子上下左右翻飞，机关锁里藏的秘密正一步一步被揭开。

"咔嚓"，盒子里的锁芯被打开了。朱天蓬高兴地跳了起来，大声喊道："巨力，我解开了！"

但周围一片寂静，只有他兴奋的声音在空旷的庭院里回响。朱天蓬抬头扫视，发现巨力还没回来。

他满脸堆笑，自得其乐地说道："我这么厉害，还没用到一盏茶的时间啊。"

朱天蓬好奇地盯着木方块盒子不放，忍不住想道："究竟这里面藏了什么宝物？"

聪明的人都有追根究底的毛病。他决定打开盒子，替巨力先瞧瞧是什么宝物。

朱天蓬缓缓掀开盒子，目光猛地凝固，先是惊讶，后是迷惑，这宝物为何如此似曾相识呢？

盒子里放着一个精致的拨浪鼓。朱天蓬伸手拿出拨浪鼓，端详一番，轻轻晃动鼓柄，两枚弹丸击鼓发出的声音清脆悦耳。这富有节奏感的声音，竟勾起他对一些往事的回忆。

这鼓声在他小时候被噩梦惊醒时听过，像一首安眠曲，让他安然入睡；在玩耍时也听到过，像一首欢快的歌，伴随他过完无忧无虑的童年。

朱天蓬记得那时是父亲大人常在他旁边摇动拨浪鼓，并教他几种摇法。此

第八章 未来之星

时鼓声萦绕在耳畔，可父亲大人身影却在二百年前瞬间消失。

朱天蓬眼神里透着一丝忧愁。虽然数百年过去了，但是他聪慧绝伦，仍记住父亲大人当年教的鼓声旋律。他依照旋律再晃动拨浪鼓，突然弹丸击出很不一样的鼓声来，变得急促、喧闹，竟然迸散出汹涌澎湃的法力。

朱天蓬正错愕间，脚下石板骤然晃动，眼前竖井跟着爆开。惊天动地，震撼了整个学院。

这时，从井里跳上来一只猛兽。它虎头虎身，浑身却是刺猬毛发，前额两侧各长了一只牛角，背身有一对黑色羽翼。

朱天蓬吃惊，这猛兽的样貌明显是《灵界通史》"异兽珍禽"篇章记载的，开国初四凶之一——穷奇！

穷奇怎么会在这里？伏凶井？这井难道是降伏凶兽的牢笼？可穷奇又是怎样从这牢笼逃出来的呢？

朱天蓬思路跳跃，催生出一连串疑问。此时穷奇抬头朝上嗅嗅九天气息，然后扇动双翅，窜到天师殿堂上空，往人多的地方飞去。

朱天蓬一看大事不好，顾不上再琢磨这些问题，忙亮出长剑，御剑追上去。《灵界通史》记载穷奇生性凶恶，嗜杀贪食。现在必须阻止它跑到外面，自己应尽力拖延时间等神师前来，不能让灾祸发生。

他呼啸着打出几个拳头击在穷奇身后。穷奇被激怒，回头朝朱天蓬狂吼一声。穷奇不愧是开国四凶之一，声势之猛，震撼学院，令人胆寒。

朱天蓬不由得发颤，他努力克制住自己紧张的情绪，大声喊道："穷奇，你想吃人，有本事先从我这里过去！"

穷奇的资历比许多神兽都要老，且灵性十足。它目光凶狠，张开大口，露出两排獠牙剑齿，威吓朱天蓬。

朱天蓬右手立剑，剑气冲天而起，左手使出奇门遁甲，奇门遁甲强劲闪亮。他高声叫战，同时冷眼注视穷奇的一举一动。

穷奇狰狞咆哮，张开四脚向朱天蓬身上猛扑过来。

朱天蓬推上奇门遁甲顶住，但穷奇具有强大灵力，它前爪一拍，激得风声虎虎，迸出汹涌澎湃的破坏力，把奇门遁甲骤然震碎。

朱天蓬愕然，这穷奇比史上记载的更加凶猛。他震惊之余，他巧捷万端，顺势翻跳到穷奇背上，提着长剑狠狠地往穷奇背上一戳。但"咣"地一声响，长剑剑刃只能割到穷奇皮外，却插不进肉身。

朱天蓬眼睛充满惧色，还没愣过神，就被穷奇摇晃抛开，跌落下去。

穷奇尾巴迅速扫过，朱天蓬的身体像被铁棍棒打，一下子又被甩开好几丈远。他疼痛难忍，吐出一口血。

穷奇再次腾空跃起，猛扇翅膀。狂风扫处房屋都被这股怪力推倒，残垣断壁的废墟中五个幼小的灵生全身蜷缩成一团，瑟瑟发抖。

这五个才上一百年级的灵生，放学时本想多留一会儿在学院玩耍，听到凶兽狂吼声，惊愕地躲进屋里藏起来。

穷奇落地，眼里闪烁兴奋的光芒，嘴角流着涎水，贪婪地一步一步逼过去。这一刻五个灵生早已吓得魂飞魄散，本能地抱在一起哭泣。

朱天蓬艰难爬起，忙凝聚全部灵力施在剑端。长剑剑芒暴涨，他挥出长剑，破天般飞向穷奇。

穷奇想要侧身避开长剑，但这是朱天蓬凝聚全力使出最强的一式。

"铛"地一声清响，跟着又是"砰"的一声。长剑刺中穷奇，穷奇的血从伤口处如涌泉喷溅而出，但长剑也被穷奇的冲撞震碎。

穷奇先哀号，后暴吼，它兽性大发，双眼变得血红，张牙舞爪，骤狂地攻击朱天蓬。

朱天蓬正面迎击，空手与穷奇勇敢撕斗。穷奇凶悍异常，朱天蓬全身不断地出现伤口，上下流血不止。最后，他在半空中被穷奇兽掌拍到，身体重重地摔倒在地上。

穷奇发出绝对性压倒的兽王咆哮。朱天蓬知道自己死期将至，但他忍住剧痛，踉跚地站起来，朝穷奇悲凉吼道："来吧，凶兽！我不怕你，今天我牺牲，也为我家人赢得被九天接受的机会！"

这二百年来，他一路如履薄冰，遭受挫折与不公，让他有时坚持不下去。

此时的朱天蓬挥掌疾速向穷奇冲去。他要在死前彻底爆发生命力，杀身成仁，乞求能让家门获得一点荣誉，给家人争取一点生存空间。

穷奇张开锐利的剑齿，也急速向朱天蓬奔去。它准备一举将朱天蓬撕裂，猛吃一餐。

当仁剑此时出现在半空中，迸发着万丈气势，直劈下来，强行将朱天蓬与穷奇隔开。

接着，多个飞行御空的神师。先后出现他们紧握兵器，摆出攻守势，将穷奇密密包围。

剑神风广仁闪现在朱天蓬前面，投以嘉赏的目光，说道："天蓬，你做的很好，现在你到一旁安心休息，凶兽交由神师们来对付。"

朱天蓬心里感到一阵温暖，忙揖礼道："是！弟子谨遵院长令！"

穷奇怒目圆睁，凌空飞起，前面爪牙袭扰，后方摆尾横扫，神师们强力与其搏斗。可神师虽多,也难以将穷奇制伏。双方处在胶着状态。

穷奇昂着头,激起惊涛骇浪的灵力,搏斗间见包围圈出现豁口疾速冲去。

穷奇已厌烦被缠在这里良久。这次它被鼓声晃醒,意外地能破关闯出伏凶井,现在它需要跑到下界,解解数万年的嘴馋。

当仁剑长啸,剑气万道,形成气墙挡住穷奇去路。

穷奇瞪眼怒吼,兽血翻腾,迸出威力怒砸眼前的气墙,扇动双翼奋力一扑,两只前爪要去抓住当仁剑。

当仁剑敏捷闪避,长鸣一声,剑势再次展开,闪现无数剑影。

穷奇毕竟是开国时期就已存在的异兽,拥有三界震惧的凶道。它飞身纵起,猛爪乱舞,利牙狂咬,爆出排山倒海的气势,不输给当仁剑。

神师们心中都明白,现在不快刀斩乱麻,穷奇随时都有可能找到机会逃窜,到时隐藏在下界,更是石沉大海很难抓到。

张道陵、葛玄、许逊三位天师及时飞到现场。他们向剑神风广仁禀告:"穷奇是开国初四凶之一,通真达灵,生命力顽强无比,要想制伏它,需按当年古法,展开灵宝伏凶阵。"

风广仁点了点头,说道:"当年四凶为祸苍生,猖獗一时,灵宝天尊发力擒住它们,在此布下灵宝伏凶阵,将它们关在这里。灵宝天尊在去极乐世界前,把法器与守阵职责交给四个弟子,想到弟子虽力所不及他,但四个弟子可以利用法器合力发动法阵镇住四凶。"

风广仁再说道:"万年前当时天帝太一选址在这里建女娲学院,其中用意,一是歌颂灵宝天尊的师德,当年灵宝天尊遇到有缘好学之人,请问疑难,都不吝指教,天帝太一希望女娲学院能秉承这种师德;二是依照阵式盖建,灵宝伏凶阵是以天为法,以地为阵,伏凶避邪,安身立命,天帝太一希望女娲学院在灵宝伏凶阵护佑下,辅育英才。故学院四角起立四座天师府,是关兽起阵的关键。"

三位天师应和说道:"剑神院长见识渊博,我等佩服。"

风广仁环视说道:"启动灵宝伏凶阵需四大天师同时在场才行,现邱天师不在,威力能否制住穷奇?"

张天师沉声说道:"火候会差些,只有四师同在,阵法方能整齐合一,犄角成势。穷奇越狱,邱天师虽在下界轩辕学院,但也必会感应到。我等三位先布阵困住穷奇,只要邱天师一赶到,便可立即将穷奇制伏。"

风广仁行礼说道:"那劳烦三位天师施阵。"

三位天师忙说道:"是我等守阵不力,致穷奇跑出,待穷奇落网后,再来请罪。"

风广仁安抚说道:"不急,一切等查明起因,再行定夺。"

三位天师致谢后,分开跃到各自天师府上空,迅速结出手印,闪出法器四色幡,以自身灵力做引子,再加上四色幡法力催发,灵宝伏凶阵顿时出现。

三座天师座分别绽放出紫、黄、青不同颜色光束,女娲学院大地涌起天地灵气流动。

光束耀眼壮大,渐变成光柱。相邻光柱间的光线辐射又连接在一起,一面万丈光墙气势恢宏万千。

穷奇看到这一幕既熟悉又可怕的场景,惊骇地低沉吼叫,想要速速逃离。但升腾的光墙围住了它,阵中涌动灵气的开始不断缠绕它。

穷奇仰起头,向天如雷咆哮,全身骤然散发出暴戾的黑色气流。这黑色气流炽热上升,气漫全场。在场神师们感觉到一种朝不保夕的危险。

剑神风广仁与三位天师明白,这穷奇想置之死地而后生,要蜕化变成一只恶灵兽。危机迫在眉睫,再不制伏穷奇,等它蜕变完成,即使最终将它再次收笼,那付出的代价也是无法估量的。

幸好邱天师及时赶到。他在自己天师府上空腾空而站,迅速召出四色幡,很快一根银色光柱破空而起,与相邻两根一道形成两面光墙,组合成完整的灵宝伏凶阵。

四面光墙之内齐齐对射出百道光线,光线纵横交错汇成一张张光网。每张光网在灵力的作用下,一张张向穷奇扑袭而下。

穷奇被这阵势完全震慑住,黑色气流顿时消散。它迈不开四爪逃跑,反是趴下颤抖的身体以示求饶。

四位天师将四色幡一晃,阵中流动的灵气将穷奇拖进邱天师府伏凶井井底深处的洞狱,让它重新沉睡。

学院重归平静,但残垣断壁,断柱破瓦,都在说明这里曾发生一场恶战。

朱天蓬如释重负。他松了口气,这才看到学院外很多神仙在围观,也看到众多神秘卫在维持秩序,那个让他时常做噩梦的红色烙印字——刑,此时也赫然在列。

朱天蓬刚刚松下的心,在见到刑神武孤高后,又被提到嗓子眼处。

武孤高其实第一时间就到达现场。他目光冷漠,朝风广仁说道:"天审司前来调查这次事故,请剑神院长配合。"

风广仁淡然说道:"没有灵生与神师受伤,不过是一只异兽意外跑出,不算什么事故,还请刑神回去吧,女娲学院一切安然无事。"

第八章　未来之星

武孤高双目寒芒一闪，说道："剑神院长，你想掩盖事实，意欲何为？"

风广仁平静问道："刑神，你说这话又当何意啊？"

武孤高冷冷说道："这跑出来的异兽可是穷奇，开国四凶之一，自当年灵宝伏凶阵镇压四凶，数万年都未曾有事，可偏偏今天突然出现凶兽逃窜之事，这其中背后是否有邪灵的阴谋，该要好好调查清楚！剑神如何说一切安然无事呢？难道是要欲盖弥彰？"

风广仁泰然处之地说道："刑神，请不要动不动就阴谋论，或说与邪教有粘连。现神国太平，灵界安定，哪来那么多阴谋？自灭邪战争结束以来，邪灵在灵界几乎销声匿迹，哪来的动不动就邪灵作乱呢？"

他目光直逼刑神，再说道："我怕的是有些神滥用公权，借机打击异己。这女娲学院乃是天帝直属机构，天帝又委派我来管，既然学院出了一点小状况，我自当会查明一切，上表禀告天帝，不用劳烦天审司操心。"

武孤高加重语气说道："穷奇扰乱九天，危害诸神，这已触及到我天审司管辖范围。穷奇这案件，我天审司一定要审！"

他也不再跟剑神协商，而是直接霸道地命令神秘卫："把相关师生请到天审司详细查问！"

风广仁正色，也跟着令道："四大天师，继续施展灵宝伏凶阵，护佑我学院每个师生，决不能让任何司任何神带走！"

两神冷眼相向，目光对峙，背后升腾的灵气炽热对抗，唬得四位天师与众多神秘卫不敢妄动。

剑神与刑神于公是政见分歧，于私是性格不合，针锋相对已是公开化，两股势力在神国天庭较劲已有多年。

天帝上穹却乐见这两神水火不容，相互制约。这是帝王制衡之术，从而达到他操纵权力、独揽全局的目的。

女娲学院是神国人才的摇篮，拥有至关重要的地位。所以刑神一直想插手学院，但剑神强烈反对，寸步不让。

突然，半空响起豪壮的龙吟声，龙吟声威震四方。大家抬头，千里眼与顺风耳正乘两驾飞龙车舆前来。

原来，两帝使是来宣读天帝旨意的，两帝便说道："传天帝敕谕，穷奇出逃一事由刑神与剑神两位大神共同究办，责令当场当日查明，事情源由，须据实上奏，不得隐瞒。钦此！"

两神躬身唱诺遵旨。刑神、剑神、学院四大天师、天审司四位副使都来到邱天师府讲学堂，把这里当成临时审理庭。

武孤高问下面的一名副使："查到何种程度了？"

这名副使答道："学院灵生朱天蓬是事发现场第一目击者，卑职正想请示指挥使大神，是否唤来朱天蓬查问。"

武孤高余光扫了一眼剑神，说道："传朱天蓬来此答问。"

风广仁坐在刑神旁边不动声色，静观其变。

不一会儿，朱天蓬被神秘卫带到讲学堂，他把事情经过娓娓道来，不蔓不枝，陈述得条理清晰，大家一听了然，心中不禁认同朱天蓬确实聪颖超众。

邱天师皱起了眉头，说道："天蓬，我一早下界去轩辕学院，并没有碰到巨力，更没有吩咐他让你来天师府。"

朱天蓬不由得后背脊梁骨发冷。他已察觉讲学堂的摆设与之前大不一样。原来放在讲桌上的书不见了，茶具叠放整齐，熏香炉里一片死灰没有热气。

他已明白这是有人设计好的圈套，可他不敢相信巨力会加害他。这到底是怎么一回事？

风广仁注意到朱天蓬表情的变化，他知道事情已不对劲。此时，武孤高已传来巨力上庭，武孤高问道："巨力，朱天蓬刚才说，是你有邱天师的嘱托，让他来天师府后院，是吗？"

巨力瞪大眼睛，故作惊讶，连忙否认说道："没有，根本没有这回事，邱天师没有嘱托我，我也没有带朱天蓬来这里，我今天都没和他在一起过！"

怕什么还是来什么，朱天蓬的心仿佛要被裂开，难受得厉害。

武孤高伸手一按讲桌，手心挤出的灵气如凛冽的北风，扫过全场，朱天蓬与巨力心里一阵发怵。

武孤高大声斥道："朱天蓬，巨力，你们说辞明显自相矛盾，各执一词，事情真相到底怎样的，你们还不给我快快从实招来，不然都要拷掠刑讯！"

巨力吓得面如土色，忙说道："我有证神，证明我当时不在事发现场！"

武孤高问道："何神？"

巨力一字一顿说道："武少，武——居——伟！"

这个姓名犹如一颗炸弹，引爆全场，大家的目光纷纷往武孤高脸上窥探，寻思这背后的逻辑与意图。

武孤高脸色依是冷酷，淡淡说道："传唤武居伟上庭。"

武居伟悠然到场。当武孤高问询时，他自得答道："是的，还有另外四个灵生也可以证明，我们六个当时在一起。"

武孤高又叫来那四个灵生，与武居伟一样，他们证实巨力所言不虚。

武孤高厉声斥道："朱天蓬，你编造谎言，是要掩盖你放出凶兽的事实吗？"

第八章 未来之星

还不给我坦白，不然大刑伺候！"

风广仁知道这事情背后肯定另有隐情，但他找不到突破口去深入了解。他插话道："两位灵生谁在说谎，是不是说谎，其实都不重要，不用揪着不放。因为这穷奇可是被灵宝伏凶阵镇压，又沉睡了数万年，除了拥有四色幡的四大天师外，连我都不能打开法阵，更何况这两个灵生？"

风广仁停顿一下，继续说道："四大天师受天帝与三界敬重，忠诚守阵，数千年如一日，绝不可能失职。所以，唯一能解释这事的就是有外人潜入作案。"

武孤高冷笑起来，说道："剑神院长果然是护院心切，关爱师生，想把这事办成无头案，最后大事化小，小事化了，可这女娲学院是何等地方？结界遍布，外人哪能容易潜入？剑神想要把这事与学院师生撇清，在这众目睽睽之下，怕是很难啊！"

风广仁冷眼一瞥，说道："以刑神目前这架势，是要说朱天蓬有能力打开法阵？"

武孤高双目精芒掠过，高声一句："当然是他！"

堂内四大天师与四位副使均感诧异，但知道刑神身为权臣，不会当众空口无凭去构陷一个还未成年的灵生。

武孤高一边目光紧盯朱天蓬，一边凌厉问道："拨浪神鼓，现在何处？"

"拨浪神鼓？"朱天蓬喃喃自语，他回想当时情形，忙打开自己灵介空间，拿出那个拨浪鼓，说道："巨力……说……"

他一时停顿，眼里闪着泪花，不由困惑地望向巨力。

巨力忐忑，立即侧身，躲避朱天蓬的眼神，一副拘谨不自然的样子。

旁人看到这情景，心中自然产生疑问，纷纷觉察出这事绝不像表面看上去那么简单。

武孤高猛然呵道："说什么？！"

朱天蓬心中长叹一声，转头迎着刑神凶狠目光回道："说是宝物，又是别人的东西。所以战穷奇前，我把它收好，等着还给人家。"

武孤高说道："这当然是宝物，但不是别人的东西，而是你们朱家代代继承的传家之宝——拨浪神鼓。朱天蓬，你还敢诳骗到我们何时，还不快快认罪伏法！"

众神震惊。拨浪神鼓在《灵界通史》里的"灵物宝器"篇章中有记载，原是灵宝天尊之物，后来送给一位朱姓弟子，这朱姓弟子就是朱家的祖先。

朱天蓬顿时明白，怪不得这拨浪鼓似曾相识，击出的鼓声能勾起自己幼时的回忆，原来它真是那件陪伴自己幼时成长的小鼓，可在二百年前，父亲获罪，元帅府被抄家后，它就再也没出现过了。

武孤高瞧下张道陵，说道："张天师是四大天师之首，请张天师给大家讲解下拨浪神鼓的功能。"

张天师微微一怔，没想到刑神会问到他，虽说是不同阵营，但答疑解惑是师道的根本，他也就落落大方说道："灵宝天尊以天为灵，以地为宝，炼制出几件灵物宝器。拨浪神鼓与四色幡因是在灵宝炉里被同一批制出，属性有些相似，具有布阵关阵、启灵停灵、困物放物、催眠提神等正反都齐的功能，操作步骤不同，对应的技能也就不同。"

张天师又说道："当年灵宝天尊将拨浪神鼓送给朱家先人，后来朱家先人与拨浪神鼓签定死约烙印，以血供养，这拨浪神鼓便成了朱家的传家之宝，只有朱家嫡系血脉才能打开拨浪神鼓的法力，但这事鲜为人知。而拨浪神鼓自从二百年前朱帅去地界幽暗疆土军前效力之后，此宝物便销声匿迹。"

风广仁这时插话说道："当年天河元帅府遭天审司抄家，拨浪神鼓就跟着不见，据传是被神秘卫拿走，拨浪神鼓这二百年的去向得问问刑神啊。"

朱天蓬灵光一闪，隐约明白到这事情的背后是武孤高与武居伟这对父子在设局。但设局的目的又是什么？他只是一名灵生，又是罪神之子，平常谨慎小心，言行上并没有得罪武居伟他们，更没有什么利益纠纷与冲突，武居伟为何要这样对待自己呢？

朱天蓬虽然聪慧，但涉世未深，一时没能明白这里面的弯弯绕绕。

前些天武居伟特意向武孤高谈及朱天蓬，杜撰朱天蓬在学院恃才傲物，飞扬跋扈，他请求父亲给他一些神秘卫，为了"正义"，教训一下朱天蓬。这武居伟心胸狭窄，看到朱天蓬才华横溢，就想借着父亲与天审司的权势，打压一下朱天蓬的风头。

但武孤高听完却犹如芒刺在背、鱼鲠在喉。

他老谋深算，有近忧也有远虑。近忧的就是二百年前他陷害朱帅致其获罪被发配边疆一事，所以他决不能让朱家有机会重振门楣，伺机复仇；远虑的是朱天蓬竟然出类拔萃，不出意外的话，三百年后会跟武居伟参加同一届天考会，到时势必会成为武居伟的对手。

二百年前为了验证万恶之源到底有没有被封藏在灵宝伏凶阵里，他曾多次试图招朱帅到自己麾下。但朱帅态度坚决，死活不肯投效他。所以他便设计使天河破堤，嫁祸给朱帅，通过抄家得到了拨浪神鼓。

但这两百年来，武孤高与司马无间数次找机会来到女娲学院，暗中摇动拨浪神鼓，却没见任何法力出来。

第八章 未来之星

他们猜测是自己不会用拨浪神鼓，本想到地界惩罪之墙威胁朱帅说出操作之法，但后来思量朱帅是个愚忠的神，把国事看成比家事还重要，到时不仅得不到想要的，反而会有打草惊蛇的危险，就只好另想办法。

巧的是就在前几天司马无间无意在古书中读到，只有朱家嫡系血脉才能打开拨浪神鼓的法力。

武孤高又请来司马无间谋划了这一局，为的是一箭双雕。一是斩草除根，除掉武居伟的对手；二是验证灵宝伏凶阵的虚实，看看里面是否有万恶之源。

武孤高此时双目闪过冷狠的神色，说道："剑神，据传毕竟是传闻，把道听途说的话拿到这审理庭上说，可是会构成诬陷罪的。当年天审司奉天帝之命，籍没天河元帅府家产充公，太微玉清皇宫的神使在现场监督，一应物件均悉数登记在册，没有遗漏。剑神，你是怀疑我？还是怀疑神使？"

风广仁神态自若，淡然说道："空穴是否来风，天知地知。我没怀疑谁，只是如实转达九天里大家的一种看法。"

武孤高冷哼一声，说道："剑神，我现在没空向天帝参你一本，但朱天蓬包藏祸心，偷放凶兽，欲要破坏三界，如同邪灵。如今证据确凿，情真罪当，先开除院籍，其涉嫌触犯天条的罪责，移交天审司处理！"

众神心悸。这是要将朱天蓬往死里整，不给他生路，开除院籍就是剥夺他天地考的权力，直接阻断他晋升之路。而到了天审司更是悲惨。那里面拷掠刑讯极其残酷，不管有罪没罪，一进去半条命就没有了。

风广仁正要开口反对，朱天蓬已奋力喊道："我不服！我在学院专心读书，哪有什么对天庭不满？有什么迹象说明这点？对凶兽出逃一事，我根本就不知道这里关着穷奇。拨浪神鼓我也是数百年后的今天才第一次看到，这案件有栽赃嫁祸。"

武孤高严厉说道："朱天蓬，你说的这些都是你的一面之词，你想抵赖也没用，如今人证物证俱在，证据确凿，事实清楚，我天审司可直接定罪量刑！"

朱天蓬说道："若是我放的凶兽，我又何必拼上性命去阻止它呢？刑神强按给我的罪名，严重与事实不符！"

武孤高说道："那是你聪明狡猾，演了一场苦肉计，这样既排除嫌疑，又掩盖祸心，还能当上一回英雄，何乐不为呢？"

朱天蓬在工于心计的刑神武孤高面前，有些百口莫辩。

风广仁驳斥说道："朱天蓬冒死从凶兽口中救出五个幼少灵生，他与穷奇大战，伤痕累累，在长剑被撞碎的情况下仍死战到底杀身成仁，这些大家都看在眼里，情真意切，不可能有假。"

武孤高冷冷问道:"朱天蓬犯罪事实清楚,剑神院长还要袒护吗?"

风广仁淡淡回道:"此案疑点重重,绝不可草率结案,还需要好好调查才行。"

武孤高气恼说道:"剑神!证据如此确凿,你却说疑点重重?天帝已有谕旨,责令当场当日查明,你却处处唱反调,执意阻扰结案,我定向天帝告你包庇罪!"

风广仁当仁不让,说道:"刑神!你要告我,完全自便。但女娲学院是神国人才摇篮,国之重器;各灵生都是天帝门生,均受天帝爱护;这朱天蓬是学院公认的翘楚,神国未来之星,如此种种要紧,岂可草率了事?我会向天帝上书,恳请宽限几日,今日大家就到此为止吧。"

武孤高眼睛射出凌厉神色,凶狠说道:"今日我天审司定要带走朱天蓬!"

风广仁双目厉芒反击,坚决道:"今日我女娲学院绝不让你天审司带走朱天蓬!"

两神又开始对峙,势不并存,四大天师与四位副使也分别站在各自阵营中助威,局面剑拔弩张。

忽然,一名神秘卫脸色紧张地跑进来,弯下身禀告道:"月神公主驾到!"

大家一时惊诧。这月神嫦妍平常冷冷冰冰,不喜与人打交道,今日突然来访,实属意外的很。

但月神嫦妍是皇家长公主,又是天帝目前唯一子嗣,气场自然强大。众神忙揖礼恭迎月神公主。

当大家看到月神公主走近时,惊讶地发现公主身边没有护卫随行,她一个人盈盈而来,姿态优雅。

不过月神公主眉宇间依是清冷高傲,大家不敢怠慢。

等月神嫦妍开口说话时,大家第三次感到惊诧。这公主一改往日的冷若冰霜,神色难得流露出温情的一面。她动容地说道:"剑神院长、刑神舅舅,嫦妍这次是以学院灵生的身份,提供一条与穷奇案有关的信息。"

两神纳闷,齐声道:"请公主殿下点明。"

月神嫦妍徐徐说道:"今天上午,我路过邱老天师府,看到巨力,还有这四位灵生聚集在那里……"

说到这里,她冷冷地盯了巨力他们一眼。这天帝之女的威仪凛然有势,吓得巨力他们神经一下子紧绷,身体仿如被月神公主冰冷的眼神给冻住。

月神嫦妍接着说道:"听到他们说要跟朱天蓬玩个游戏,言语当中提到了穷奇、伏凶井、拨浪神鼓之类的话。"

第八章 未来之星

她莞尔一笑,说道:"剑神院长、刑神舅舅,信息我提供完了,希望这条信息对破解穷奇案有帮助。"

月神嫦妍这短短的几句话让全场人浮想联翩。她一说完,目光又倏地变得寒意逼人,不用众神恭送,自个儿转身离开。冰冷的绝世美貌下,体内竟然流淌着伸张正义的热血,拥有一颗七窍玲珑之心。

她说自己是以灵生的身份到来,与皇家无关,可却不断地流露出公主的威严与高贵气息,分明提醒众神不可对她的意见视若无睹、听而不闻。

她只说巨力他们在玩游戏,却偏偏提及一些关键词,变相地告诉众神在事发前,巨力他们已知道穷奇会出逃,暗示众神这是一个局。

她始终都没提到武居伟这个名字,因为提与不提,意思都已表达清楚,给刑神留足了面子,让他好去收场。

她看事通透,却故意把事说的婉转,甚至模糊,目的是不让任何一边得理不饶人,希望双方放下争执,各退一步折衷调和。

没有再和大家交流,就是告诉大家真相就是这样。

讲学堂内,众神脸上的表情却已各异。

朱天蓬振奋不已,心如潮涌,身体有些发抖。

武居伟两眼喷火,咬牙切齿,怒形于色,把嫉恨之心全写在脸上。

巨力与四个灵生又是惧怕、又是恐慌,脸色苍白,心急如油煎。

四大天师既惊讶又高兴,陡然来了精神,很想拍手称快。

四位副使不敢妄动,心里五味杂陈,更多的是气馁。

风广仁神色自若,但眼里放射出欣喜的光芒,炯炯有神。

武孤高满脸阴沉,内心惊疑,琢磨月神公主突然出场背后是否有天帝的授意。

最终天审司与女娲学院调查穷奇出逃一事,不了了之,没有神得到处罚,也没有神再去打听这事的结果。

武孤高怕设下的局再被说破,况且也无法将朱天蓬置于死地,尽早结束这事是最好的退路。

另一方面他与司马无间已确认女娲学院并非是万恶之源封藏地。两神千方百计想要找到万恶之源,可还是一无所获,不免心情沮丧,消停一阵。

剑神风广仁见这事毕竟牵涉到学院,穷奇出逃就是事实,虽说有人背后捣鬼,但和学院守阵不力有关,所以他也不约而同地默不作声。

但大家均惊骇地感到身后冷飕飕的。这事除了千里眼与顺风耳来传过一次谕令,天帝上穹从头到尾就没再追问一句。帝王之心,深不可测,让诸神敬畏。

183

事后一天学院放学,朱天蓬堵住巨力回家的路,猛然问道:"你为何要害我?"

巨力面红耳赤,知道于情于理自己都说不过去,他于是大声喊道:"因为你是朱天蓬,他是武居伟!"

朱天蓬明白巨力言下之意。武居伟是权臣之子,呼风唤雨,盛气凌人,人生已是一条被铺好的强者显耀之路。而他自己是罪臣之子,不仅寒门无势,还不时受到别人的冷眼冷语,可能一辈子都要受人歧视。

他与武居伟相比如云泥之别。换成是谁,到了必须选边站的时候,也会跟巨力一样。

朱天蓬心酸道:"可我们是一起玩到大的伙伴啊!我待你如亲兄弟一般。"

巨力说道:"但这些在现实世界又有什么用呢?大家都要活下来,要活得好,我不听武居伟,就会被他整死啊!"

这两百年来,朱天蓬早就深刻体会到世态炎凉。他悲愤巨力朝他背后插刀一般的加害,可却又能无奈地理解巨力的所作所为。

朱天蓬背后炽热的灵气渐渐变弱,他静静说道:"你走吧。"

巨力看了一眼朱天蓬,说道:"朋友一场,我劝你以后还是识相一些。"说完,他快速离开。

在女娲学院,灵生们都明白一条不成文的生存法则:远离那些被武居伟讨厌的灵生与神师,不然殃及自身。

在神眼里,人如蝼蚁;在神的世界,其实也是弱肉强食。

朱天蓬迷茫地站在原地,孤零零地惆怅。这人生的波折,看似没有一点要结束的意思。

蓦然一个沁人心扉的声音在他耳边响起。这美妙的声音说道:"在这个势利的世界,强者与弱者都是不容易的。"

朱天蓬侧身看到一位气质高华的绝世少女正看着自己。他身体一震,忙正容躬身施礼道:"不知月神公主驾到,灵生朱天蓬有失礼仪,还望恕罪。"

月神嫦妍静静说道:"朱师哥,不用拘泥。不在皇家场所或天庭正式活动上,我只是一名女娲学院灵生,我们可师兄妹相称。"

朱天蓬自识地位悬殊,说道:"朱天蓬不敢。"

月神嫦妍轻叹一声,说道:"你没朋友,我也没朋友,可你成绩斐然,神国未来之星,而我对学业心不在焉,经常被我帝父批评,我称你为我师哥,我正好可以请教功课上的问题。"

听月神嫦妍的倾诉,朱天蓬心情舒缓了好多。不管月神嫦妍是真要请教功

第八章 未来之星

课,还是出于同情自己,以这样的方式帮助自己,这都是一份宝贵的雪中送炭。

朱天蓬诚恳说道:"谢谢月神公主上次帮我洗脱冤屈。"

月神嫦妍说道:"你是大家公认的神国未来之星,若皇家再不出面,那大家心里会对皇家泛起一波失望的涟漪。这涟漪一不小心也会掀起汹涌波涛。"

朱天蓬不由问道:"你那天是真的路过邱老天师府,看到巨力他们吗?"

月神嫦妍美目流盼,微微一笑,反问道:"那你是不是真被他们冤屈?"

朱天蓬明白,这些其实都不重要。重要的是还自己的清白,以及要让大家看到皇家保护子民的信念。

他揖礼说道:"感恩之情,无以言表,唯有铭记在心。"

朱天蓬拿出拨浪神鼓,双手递上,又说道:"这拨浪神鼓当初旨意是籍没充公,前阵子突然又跑到我手上。今呈上,请月神公主帮忙转交入库。"

月神嫦妍接过拨浪神鼓,说道:"拨浪神鼓能开启灵宝伏凶阵,放在皇家保管,也可少些是非。"

她眼睛一亮,又说道:"朱师哥,是弱者使自己成为弱者,是英雄让自己成为英雄!"

月神嫦妍的出现,点燃了朱天蓬要抗争自己命运的斗志。希望,是美好的事物,能激活人生。

朱天蓬铿锵有力地说道:"谢谢月神公主的鼓励与支持,我会不断超越自我,成为真正英雄。"

月神嫦妍目光如月光般柔和,欣然说道:"朱师哥,我正等你奋发图强的这句话,这也是我前来找你的原因。"

她从灵介空间闪出一把长剑,递给朱天蓬说道:"皇家赞赏你敢与凶兽搏斗,奋不顾身救出五名幼少灵生,特将天河世家祖传的天河剑赐还于你!天帝言道,如此舍生取义,不愧是我神国未来之星!"

朱天蓬的眼睛神采飞扬,躬身谢恩说道:"灵生朱天蓬定当不辜负帝恩,卫护皇家,为国尽忠!"

他接过月神公主手中的长剑,情不自禁地腾空舞剑一番,剑气划过锦簇天花,掀起落英缤纷,如梦似幻。

一无所知的人,就一事不做;一事不做的人,就一事不懂;一事不懂的人,就一无所值;一无所值的人,就一无所爱;我要努力,从有所知有所做开始,奋发向前,直到有资格爱她为止。

这一刻,翩翩少年对纷飞花瓣下的月神公主,暗生情愫,誓言变强,立不朽之名,建不世之功,支撑起这份目前似在空中楼阁的爱。

185

武居伟见穷奇事件没有整死朱天蓬，便索性撕破脸皮，公开打压朱天蓬。

但朱天蓬自上次事件后，学会了察言观色，为人谨慎，做事圆滑，躲过好多是非。且他背后还有一个，时常找他请教功课的月神公主。

皇家态度鲜明，武居伟也不敢过于放肆。所以这三百年来，朱天逢有惊倒也无险，有苦倒也度过。他专注修炼，蓄势待发，力争要成为地魁天魁的双有者。

第九章
三道天雷

剑神府内，孙悟空恭敬地向四个广字辈的师长恭敬揖礼。但他严格遵守当年与师尊菩提的约定，所以剑神他们并不知道孙悟空是师尊菩提的关门弟子。

剑神、义妖与学圣都收到了师尊菩提的书信，要求他们和侠仙一起照顾好来天庭的孙悟空。

义妖在九百年前仙尊招徒竞赛上就认识了孙悟空，一直喜欢他，知道孙悟空正义、善良、勇敢。

剑神风广仁与学圣孔广信是第一次见到孙悟空，本来很好奇为什么孙悟空内力不济，却深受师尊菩提的青睐，现在他们也终于明白，是孙悟空身上无惧权威，维护正义与善良，保持独立思想，不随波逐流的精神打动了仙尊菩提。

接受三道天雷是一场生死攸关的挑战。大家神情严肃，谁都不愿孙悟空就此结束生命，可事情势在必行，眼前最重要的是想方法如何面对解决，让孙悟空度过此天劫。剑神风广仁他们苦心积虑，绞尽脑汁，也难有一个周全之策。这万年来能承受住三道天雷的就只有前战神独求我一位。

孙悟空修炼的正是战神独求我的武学宝典"战魂"，这是冥冥之中，天意的安排吗？可大家不敢以此来聊以慰藉。

风广仁说道："学圣师弟，你满腹经纶，说下与三道天雷相关的事情，启示一下孙悟空。"

孔学圣眼里闪动着智者的光芒，说道："灵者虽拥有超人法力，但生死仍受困在三界五行、六道轮回之中，所以灵者修炼最终的目的是晋升正灵，飞到极乐世界，灵魂不灭、神识依在。但这飞升的要求极其苛刻，成功者寥寥可数。原因是苍天限制，进入极乐世界的名额，设计了一个优胜劣汰的制约。这种制约以前是天劫，现在是天考，也可理解是苍天制约强横生命，维持自然平衡。"

他停顿片刻，接着说道："天雷，是苍天为打击逆天举动或天下不平之事，展示出的具有毁天灭地般的威力。但同时雷声又被誉为希望的象征，一声春雷震醒大地，万物复苏，焕发生机，生命得以延续与发展，这就是自然景象。所以天雷是死亡的劫难，但也是重生的希望。能渡过，便是经历洗礼蜕变，终可炼就神体超然物外；渡不过，则身体与灵魂全为灰烬，生命就此结束，连到鬼国投胎转世的机会都没有，一切重归天地混沌本源。"

孔学圣再说道："万年前，还不是战神的独求我，为了维护自身荣誉而选择挑战三道天雷，从中顿悟出战魂道意，开启强大的力量，通过了苍天考验，后来成为万世景仰的救世英雄。可在当初，所有人都看低他，都认为他这是以卵击石。不友好的人嘲笑他，心善的人劝他看开点，不要因自尊心受伤一点而不惜生命。但血性的独求我说了一句话，'必须拼，因为尊严必须在！'"

他双目炯炯有神，突然注视着孙悟空和凤婉霞，嘴上却轻轻地说道："问世间以生死相拼，又岂会只有尊严呢？"

孙悟空和凤婉霞同时想到刚才在战神殿堂校场上惊魂一幕，彼此又都情不自禁地朝对方望去，目光触到，都从对方的眼里看到柔情两字。

两人顿时明白，有些事、有些人，值得自己去拼杀，虽然相识不长，但仿如这一时已是一生一世。

孔学圣见两人已是深情，似要生死相许，可他们一个是仙，一个是魔，仙魔殊途，注定天地不容，必出劫难，没有好结果。

孔学圣不禁想到自己，在心里茫然自语一句："问世间情为何物？哪怕明知飞蛾扑火，却也要一往直前。"

他沉声说道："孙悟空，你现修炼的武学正是战魂，你在龙宫一战中曾苏醒战魂，开启过第一式力量。但从师尊菩提的来信中，我们得知你从小就得了一种怪病，这怪病顽固地遏制住你新生的力量，使你灵力恢复贫弱。如今你唯有再次悟道，提升战魂境界，才有希望通过苍天考验。"

孙悟空注意到此时的凤婉霞眼里充满了关爱，原来她已从孔学圣处知道了他得怪病这事。

仙尊菩提知道孙悟空的性情，预感到他会去挑战三道天雷，所以便把孙悟空在龙宫的一战，以及他对凤婉霞的感情悉数告诉了剑神他们，要求他们力保孙悟空和凤婉霞平安。

如今天帝玉旨已下，孙悟空生命变得岌岌可危，剑神他们四人在会前商量过，要让孙悟空平安，现在只能让孙悟空真正强大起来！

第九章 三道天雷

他们内心有一种期待，期待孙悟空能像战神独求我一样，靠自己悟道开启战魂力量，从此逆天崛起。

义妖夏容念智说道："孙悟空，不必恐惧三道天雷，恐惧只会让你沦为命运的囚犯，只有希望会让你重获自由。"

侠仙木广礼也开口道："孙悟空，你大胆去挑战，仙尊院长、我们及修真学院上下都全力支持你！"

剑神风广仁说道："祈天坛是天道意识所在，天行健，君子以自强不息；地势坤，君子以厚德载物，你当以君子之风范前往。"

一股股暖流流淌在孙悟空内心深处，而泪水早已模糊了他的眼睛。

孔学圣微笑道；"剑神师兄，我们还是离开一会吧。"

剑神他们会意，留孙悟空与凤婉霞在这单独交流。而两人却默默地对视，谁都没有开口。

孙悟空想着他即将接受三道天雷，生命堪忧，若没有将来，现在就不要开始。

凤婉霞想着她父皇的威胁。她父皇可是说一不二，若明知要失去，就不能连累对方。

你是一轮明月，我只能抬头仰望、倾慕，不敢有半点奢望靠近，虽然心里苦，可能这样看着你，觉得时光静好……

一百个人的爱情，有一百种的爱情定义，每人体会其中的苦涩，其中的快乐。

凤婉霞闪出那本孙悟空整理的补血增气笔记，问道："这本笔记你花了好多精力吧，谢谢你，我会好好珍视。"

孙悟空笑笑说道："凤凰弩极其耗费精血，希望这笔记能对你有用。说来，我也谢谢你送我五行画卷，那可是灵界难得的宝物。"

凤婉霞心中嘀咕一句："这身外之物，又怎能比得上你用心之作呢？"

想到此，她眼里闪烁着泪光说道："悟空哥，你接受这三道天雷挑战，你这又何苦呢？"

孙悟空眼眸射出柔和的神色，心里轻轻地说道："凤婉霞，你知道吗，我来这里只有一个理由，就是来爱你那武居伟说的对，我若一文不值便会一无所爱，所以我要努力，必须再次觉醒战魂，直到有一天有资格爱你。"

但他隐藏了内心真实想法，只淡淡说道："龙王说你参加天考，会有生命危险。但你也还是来参加了啊。"

两人相视一眼，懂得彼此都是因为信念，有希望哪怕只有一线，不去尝试而选择放弃的话，心会一生都不能平静。

凤婉霞了解孙悟空的个性。她不再劝了，温柔而坚定语气说道："我们一起努力。"

两人就这样面对，浅笑自信，坦然光明，如最美人间四月天，是爱，是暖，是希望。

第二天凌晨破晓前，悬空的天灯已在祈天坛四周照耀，香气缭绕。

孙悟空英雄般的宣言与挑战，振奋了那些想要改变命运的寒门子弟，也震惊了那些站在统治阶层的世家门阀。大家纷纷来到九天之上的祈天坛，这场面要比百年一次天帝祭天还要热闹。

这时，号角声起，全场肃静。祈天坛是灵界圣地，神圣庄严，不可喧哗。

孙悟空一身白衣，潇洒之姿。凤婉霞与剑神他们守候在其身边，给他支持与鼓励。

天钟鸣响，时辰日出前七刻到，钟声恢弘、悠扬，孙悟空凝视一眼凤婉霞后，从容赤脚从中间圣道步行到祈天坛。

出发之前，只是空谈；上路了，才是挑战。

祈天坛在四方之地中央，是个分三层递升的圆坛，象征"天圆地方"，是天地中心所在。

祈天坛天玉砌成，每层四面各有台阶九级，最上一层名为"天意命盘"，玉面上浮有光亮命盘图，图上有太极、两仪、四象、五行、八卦、十二星座、天干地支等符号闪亮发光。

天意命盘的上方是一片幽静的星海高空，星海当中深处就是极乐世界。

极乐世界住的是上辈强者的元神，他们代天行道，是为"苍天"，苍天垂象，圣人择之。

孙悟空站在天意命盘中心，一双眼睛深邃，如秋水似明星，他静心思考启悟，努力想让自己在这次挑战中活下来。之前难得找到的生命意义，自己还没行动与实现，所以绝不能就这样结束。

但除了仙尊、凤婉霞与剑神等几位外，几乎所有的灵者都认为孙悟空只是祭祀苍天的祭物，必死无疑。

钟声止，鼓乐声起，开始迎接苍天的三道天雷有依仗唱道："于昔洪荒之初兮，混蒙，五行未运兮，两曜未明，其中挺立兮，有无容声，神皇出御兮，始判浊清，立天立地人兮，群物生生。"

天意命盘符号转动变化，星海高空上涌出乌云，乌云翻滚密布，越来越低沉。

第九章　三道天雷

一道惊人的闪电撕裂开一层乌云，闪出的电光把天空都照着通亮，其气势足可让在场的神仙灵者们不由得一阵寒战。

突然，一个电球伴着四射电光，流星般地从高速坠落，在孙悟空身上炸开。轰隆霹雳声，整个九天都在颤抖。

孙悟空感到身体遍处都是切骨的剧痛。他彻底明白大家为何会对天劫栗栗危惧。这天雷如同千刃一刃一刃折磨，最终是受尽了苦楚才会死去。

孙悟空窒息难受，快要挺不住时，突然凤婉霞从灵者们当中凌空而起，风驰电掣地冲进雷电网，对准孙悟空的嘴唇张口吻合住，向他体内吹进自己的灵气。

两人奋不顾身的相爱，根本不计什么后果。他是她前世欠下的情债，今生该还的缘分；她是让他朝思暮想、辗转反侧的原因，他是她的神，而她又是他的魔！

不一会儿，孙悟空渐渐能自主呼吸，他意识有些清醒，但还没反应过来是怎么一回事时，喉咙咕咚一声，似乎有颗珠子进入到自己肚子里。体内迅速冲出一股烈焰力量，身后腾起一对火焰翅膀，帮他支撑住第一道雷电的持续打击。

在场的一些观者吃惊地喊道："这是凤凰之力啊，那女是凤凰女啊！"

"她不是来自下界的轩辕学院吗？凤凰族是灵界王族世家，身份尊贵，但近几千年来人丁越发稀少，又怎会把子女放在下界呢？"

"当年凤凰女神凤诗诗可是才貌双绝，这女子倒有些像她。"

……

孙悟空顿时明白，被自己吞进肚子里的原来是火凰珠。火凰珠具有催生凤凰之力的作用。

正当灵者们在言三语四时，失去火凰珠的凤婉霞刹那间灵力严重衰退，身体便如凡人般软弱，在雷电狂暴袭击下遍体鳞伤，鲜血染红了衣裳，巨大的疼痛使她无法忍住，痛哭着倒在地上。

孙悟空见状，撕心裂肺地大喊凤婉霞名字。体内爆发出的灵力与火焰乱窜、样子快要走火入魔，令天地变色。

这时一个人影跃进雷电网，右手挥出一掌，气势如虹，隔开一些袭击凤婉霞的雷电，左手一伸扶住凤婉霞后背，输入灵力给她，帮她镇住伤痛。

原来是学圣孔广信。他朝孙悟空喊道："孙悟空，你好好接受三道天雷挑战，凤婉霞没事，有我和剑神他们在啊！"

说完，孔学圣挽起凤婉霞，迅速飞离祈天坛，回到灵者们当中。剑神风广仁立即拿出丹药给凤婉霞服下，凤婉霞脸色变好一点。

孙悟空陷入自责当中：我堂堂七尺男儿，本应屹立于天地之间，却经常靠一个女子才能存活于世，我可知耻？知悲？知恨吗？

孙悟空悲愤填膺，抖起胸脯大吼一声，吼声震惊祈天坛周围，也震醒了自己体内的战魂。

"汲汲而生，积极而活，不需要世界可怜我，我自会奋发坚定向前，用我的努力，强大自己！用我的勇敢，维持正道！用我的韧性，守护善良！"

"我是孙悟空，我不服输，不言弃，做个自己想要也被别人需要的人！这是我的道，我的青春，我的生命意义！"

此时，第二道天雷也随即而来。电球再次穿破云层，轰击孙悟空顷刻间雷霆万钧，不断地发出山崩地裂轰鸣声。

孙悟空重开战魂第一式力量——热血，现在又有凤凰之力如虎添翼，竟然承受住了这第二道天雷的疯狂攻击。

当雷鸣停止，大家凝眸再看祈天坛时，均诧异眼前的一幕：这孙悟空非但活着通过第二道天雷，身上还奔腾出强大的灵力。

大家还在百思不解时，第三道天雷已在天空上咆哮。这三道天雷，一道比一道恐怖。

第三道天雷翻卷着乌云，似乎要将天拉塌。雷电交加，雷鸣轰隆，如千军万马冲锋驰骋。这气势摧枯拉朽、排山倒海。

大家不再为刚才的事迷惑，因为在这力量面前，没有奇迹可言，没有侥幸可说，只有束手就擒等待死亡的降临。

孙悟空硬着头皮全力抵御，但这样似乎更招来苍天的愤怒。天雷霸劲如惊涛骇浪，爆炸开的雷电网把孙悟空笼罩在网里，汹涌澎湃的雷电不断鞭打折磨他。

孙悟空体内气血呼要狂喷而出，他感觉这次是真的走到极限，挺不过去了。他勉强俯视，想从神仙们当中找到凤婉霞，想最后看她一眼。

这是一场生命即将结束的悲歌，意味着过去、现在和未来一起结束，从此，没有梦醒的早晨，而是永久的沉睡。

孔学圣用强大的灵力意念传音到祈天坛，雄健有力的声音在孙悟空耳边喊道："孙悟空，你一定要活下来，不然现在就是两命离逝。凤婉霞把火凤珠给你，但那也是她的内丹，与她的精气神连在一起，没有了火凤珠，也没了精气神，很快就会虚弱而死。"

孙悟空身体剧震，目光登时有了生机。他舌头紧咬，拳头紧攥，要自己硬撑住，嘴角与掌心已然溢出鲜血。

孔学圣接着指导孙悟空启悟："如今你必须开启战魂第二式的力量，只有这

第九章 三道天雷

样才能救你与凤婉霞。战魂第二式是要觉悟情感归属，战魂的奥妙虽然是要悟自己的道，但我个人认为，万情不离其宗，情感归属的目的是守护，守与护！"

"守护！守与护……"孔学圣的声音在孙悟空心里不停回荡。

孙悟空凝聚心神镇静，极力让自己无视天雷劈打。他慢慢地闭上眼睛，完全沉浸在一种忘我的悟道境界当中：在这冷若冰霜的世界里，却总有人有情有义地活着，师尊、凤婉霞、剑神他们……他们给我美好与温暖的情义，慰我千年感伤，驱我千年孤苦，引导与教化我前进。对我来说，他们比我的生命更重要。我以前的思考方向错了。我以为情感的归属是指某个人、某个地方或某个特定感情。但我与师尊的师生情、我与凤婉霞相知情、我与剑神他们的师兄弟情，都是我不放弃、不抛弃的东西。今天我明白了，我的情感归属不是我要寻找的地方或依靠什么，而应该是我对情感的态度与价值观。我要拥有一颗守护之心！我誓言守护他们，誓言守护情义，我准备好视死如归的勇气，我要激励自己，提升力量，要有能力、有实力去守护！如今凤婉霞为了我，不惜命悬一线。战魂啊！请你醒来，给我力量，我要燃烧自己生命！

孙悟空身上暴涨出强大的灵力，当他想要保护比自己的生命更重要的人、守住最珍贵的情感时，战魂第二式的力量被真正发现出来。

孙悟空凝聚力量，眼睛猛然睁开，大喊一声："战魂第二式之荣耀！"他向上提起双手，手心冲出强大的力量撑起天雷，似要与它分庭抗礼。

全场灵者此时都瞪大了眼睛，万分惊讶。这怎么可能？大家无法相信自战神独求我已灵逝万年多后，如今有人能在三道天雷的攻击下不但没死，还涅槃重生，逆转命运，撑起一片天！

这天雷仿佛是遇强更强，遇刚更刚。雷霆万钧，势要天崩地裂。顷刻间，雷电密布狂轰滥炸，这等可怕景象让在场观者噤若寒蝉，心弦拧紧，大气不敢喘一口。震天骇地的雷电笼罩着整个祈天坛，孙悟空被天雷劈得遍体鳞伤，他痛苦地大声喊叫。

眼看孙悟空渐渐要跪地倒下，神仙们的心里突然觉得五味杂陈，莫名生出一种悲凉惆怅。他们本是三界强者，众生支配者，却头一次如此深刻地发现，在苍天面前只能俯首称臣，否则下场就是如眼前一样，痛不欲生。

这时大家心头怦然一震，认真端视过去，看到孙悟空此时仍在咬紧牙关，凛然刚强之气。力挺腰杆，他还在奋力挣扎。

孙悟空心中独白："我要死在这里了吗？难道我的一生就是这样吗？可我想要的生命意义，想要的情感守护，都还没开始啊！生命真地就只能顺其自然，听天由命吗？我不信！

"我不怕死，我可以死，但现在凤婉霞的命与我的命联在一起，我死，她也跟着死。如此沉痛的代价，我付不起，更承担不了！"

"凤婉霞是我拼了命都要守护的人，她必须活下来！我不能死！"

孙悟空的意念随之进入到他的心扉里，他自己自动地在解开仙尊菩提的太极封印。他的意识召唤道："神灵、魔灵啊，我快要灰飞烟灭了，你们也会跟着一起灭亡，你们甘心吗？生命刚刚来到最美好的时代，却要戛然而止，我不甘心啊！你们在我体内已争斗、厮杀千年，我一出生就备受折磨，煎熬到今天。如今我命在旦夕，我要你们停止搏杀，注入到这新生力量中去，全力助我度过天劫，我这不只是请求，而是发出为了生存我们共同作战的宣言！"

祈天坛东南角时间塔上的计时器，正嘀嗒有节奏地转动。时间默默流逝，但全场似乎所有一切都已静止。

祈天坛上悄然出现两道很强大的灵力，一道霸道，一道浑厚，这两道灵力聚集在孙悟空的战魂力量上合并在一起。

孙悟空惊喜地感觉到自己体内的变化。体内灵力波澜壮阔，且浩浩荡荡、源源不断，仿佛他是神，神是他，他能掌握自己的命运。

人生，无论如何，绝不放弃希望，绝不抛弃身边的人。就让这守护的力量来得更猛烈些吧！

一阵狂风怒喊咆哮，孙悟空排山倒海地将这力量向上推出，只听"嘭"的一声巨响，这力量犹如直冲九天的翔龙，抓住雷电的箭光，把它们击个粉碎。被击碎的雷电像点燃起的烟花，天空中刹那间落下金光熠熠的"电雨"。

"电雨"也落在天意命盘上，整个命盘开始转动，太极、两仪、四象、五行、八卦、十二星座、天干地支符号开始不停地重新排列与变化，不一会儿，天意命盘上浮出两行闪闪发光的字："保护苍生为己任，抗恶卫道天注定。"这两行字很快又消失。

全场灵者们早已被眼前的景象惊呆。惊的不只是天雷的厉害，也不只是凤婉霞的舍己助人，更不只是孙悟空挺过了三道天雷，他们惊的是这孙悟空到底是谁？孙悟空是神，还是魔？似乎都是，又都不是？

当孙悟空拖着伤痕累累的身体，蹒跚地走下祈天坛进入大家的视线时，大家的眼睛仍是迷离。大家不相信这逆天改命会成为事实，可奇迹就在眼前出现。

天帝上穹在灵霄大殿从天眼镜里观看了整个经过。他疑忌孙悟空深处那股令他震撼与不安的力量，只是在最后看到苍天诠释孙悟空的命运时，他才稍稍放宽了心。

天帝上穹传下旨意，承认孙悟空通过三道天雷考验，允许他成为正式的天轿子，参加本届天考会。同时，天帝上穹密令千里眼与顺风耳，暗查凤婉霞的身份与背景。他已隐约猜到凤婉霞是凤诗诗的女儿，那长相、那眼神、那气质，仿佛和当年的凤诗诗如出一辙。

凤凰一族自上古以来就是一个王族世家，在灵界里地位显赫，神国皇族为了拉拢凤凰王族，采取姻亲方式加强实力，帝后均出自这一族，但到了他上穹登基，却……

天帝上穹心中有种说不出的酸涩味，与凤凰女神凤诗诗的往事虽令他不堪回首，却又经常情不自禁地思忆……

孙悟空从祈天坛下来，心焦地来到剑神府探望凤婉霞。

凤婉霞因火凰珠离开她身体，精气神亏损严重，又被雷电袭伤，被剑神带到自己府里疗伤。看伤势她已不能参加本届天考会了。

孙悟空吐出火凰珠，难为情地将珠子递给凤婉霞面前，嘱咐她快快服下。

凤婉霞娇羞地接过火凰珠，遮嘴吞进火凰珠，神采很快焕然一新。

孙悟空与凤婉霞一想到刚才祈天坛那一吻，便脸红心跳，一缕暧昧又纯真的情愫在两人之间萦绕。

孙悟空轻轻地干咳一声，说道："对不起，婉霞，你又因为我再一次受伤。"

凤婉霞安慰道："我没事的，这剑神府神丹仙药多，火凰珠又具有很强疗伤，我休息两天就会康复如初。到时我会跟着学圣师父他们去观看天考，悟空哥，我先预祝你晋级八强，进入正灵榜！"

孙悟空有力回复道："谢谢！"

在他心里，他已给自己定下目标："我一定要勇敢地不断变强，守护凤婉霞的一生一世，陪她看夜与星空，聆听雨与心情！"

孙悟空对来天庭后几天的所见所闻，不由叹道："被百姓香火供奉的神灵，大多对人间疾苦麻木不仁，要是百姓知道他们跪拜信奉的神灵竟是这样，不知会做何感想。"

凤婉霞轻声说："愤怒也好，无奈也罢，都注定这已是一场悲剧。让他们去拜、去求吧，至少他们得到一种希望，一种盼头！有希望总比消极得好，有盼头总比等死得好。"

孙悟空说道："可这是百姓的无知呢？还是神灵的可耻呢？"

凤婉霞说："百姓们忍气吞声、吃苦耐劳、求神拜佛，这一切只为有个安定的日子。"

孙悟空点了点头，看着凤婉霞问道："婉霞，你为什么会懂得这么多呢？"

凤婉霞被孙悟空火辣辣的眼睛盯住，脸颊绯红，低眉垂眼说道："是母亲的教导让我能理解当初建立理想社会的初衷,想要天下百姓不再苦,所以能体会到百姓的心情吧。"

孙悟空心中有感:"不,是你善良、温柔,处处为别人着想,才会懂得事理善解人意。你是好人,希望好人有好报,我……"

凤婉霞面似桃花含露,一种难以形容的美,孙悟空在惊艳的同时也意识到自己一直在盯着凤婉霞看。

他忙移开目光,又尴尬地干咳一声,然后说道:"婉霞,请你相信我,我会承担起求雨的责任。"

凤婉霞没有接话,沉默片刻后却说道:"悟空哥,求雨的事我们先暂停,你专心天考。"

孙悟空困惑问道:"为什么?难道我们要看人间百姓一直苦下去吗?这不像你的作为啊,你以前这么辛苦求雨,为何如今要放弃呢?"

凤婉霞惆怅道:"来天庭后,我才明白我以前的想法过于天真了。这神界门阀高深莫测,天帝天威难料,根本就不是我这种层级、这种力量能面对、能解决的,我不能再这样一意孤行下去了。"

孙悟空摇了摇头,说道:"我不信,这不是你真实的理由。当初你在龙宫为了能求到雨,连死都不怕,现如今怎会惧怕这些东西呢?"

凤婉霞眼望一眼孙悟空,忧心说道:"那原本是我个人的事,可如今却把你拉进来涉险,若因为我的任性,害你有三长两短,那将是我一生最无法面对的事。"

孙悟空明白,原来凤婉霞是在担心他。可他又何尝不是呢?

孙悟空问道:"那花果岛岛民怎么办?桃源理想怎么办?"

凤婉霞想要抑制住内心的痛苦,却抑制不了,眼里蕴含的泪水悲伤地流出。

孙悟空深知凤婉霞执着求雨,是她的善心、信念赋予她的使命,若没有尽心去努力的话,她活在一种自责和不安当中。所以,孙悟空铁了心要努力实现凤婉霞求雨的愿望。

孙悟空正容道:"如果人生最大的苦难是死亡,那还有什么可害怕的呢?你我连死都无畏,人生中就没有解决不了的事,也没有无法面对的事。"

凤婉霞忧思说道:"话虽这么说,可遇到后,心态却是不一样的。我被天雷无情的袭击,一想到那经历,我的心现在都禁不住地颤抖与恐惧。我切身明白了,天威不可触怒啊。虽然你接受三道天雷的挑战,奇迹般地活了下来,但这种事情绝不能再有了,也绝对不会再有奇迹了。"

孙悟空语风沉重,静静说道:"以前我活着,却不知为了什么而活着,不知自己生命的真正意义在哪里。那种虚空，让我整天受思想的煎熬。婉霞，是你在龙宫里唤醒了我，让我找到了自己生命的方向。"

他凝视凤婉霞，一字一句地说道："正视困难不逃避，勇敢保持前进姿态，这是我的凤凰信念！无论做什么，为自己想要做的事而做，那便毫无怨言。"

"在困难与逆境面前，有些人屈服，任由命运摆布，有些人却不屈，努力抗争命运，时刻保持昂扬向上的精神。"

"即使精卫填不平大海，但大海深处有石头存在，会形成如影随形之力！即使人民改变不了命运，但命运深处有抗争火苗，会形成星火燎原之势！"

凤婉霞眼里的热泪夺眶而出，她最后说道："悟空哥，人生有太多的事情由不得自己。这是我们最后一次努力吧。只求付出后的坦然。若现实不能改变，我们就不再刻意执着一件自己不能改变的事情了。"

孙悟空侠骨藏着柔情，他缓缓地点了点头，心中却道："婉霞，我愿牺牲自己，将这一切独自扛起，报答你对我的恩情。"

第十章
问武天考

两天后，神都女娲城战神殿堂，第二十四届天考会正式开考。

每届天考会会分成上下两部分。上部分是封灵考，经过五轮淘汰晋级赛，在上千名参考的天骄子中天产生八强，登入正灵榜，授予正灵位勋章。下部分是问鼎考，经过三轮对决晋升，从新获正灵位的八强中产生冠军，题名天魁碑，可实现一个愿望。

上部分封灵考，八强以外的天骄子如果还想获得正灵位，要么等四百年后再考；要么通过其他渠道获得正灵位。

灵界地考至今已考九十六次，成为天骄子者已有九千六百名，但通过天考进入正灵榜的只录取一百八十四名。相比而言，落榜是大概率事件。

虽然这落榜的天骄子有不少走上其他道路，也有不少在千年神魔大战中死去，或重伤失去灵力，但剩下的天骄子都会想要再炼再考。

本届天考会的天骄子报考者达到三千多名，竞争前所未有的激烈，每一轮都需要全力拼搏，这决定了自己的命运走向。

谁会是本届天考会的天魁呢？来自灵界各处的灵者早已吵得沸沸扬扬，而赌神开出的夺魁赔率名单里，居首的是武居伟，接着是朱天蓬。

至于孙悟空，虽也是神都家喻户晓的人物，并且还通过了三道天雷考验，可他根本都不在夺魁名单里。因为大家看他自祈天坛下来虚弱无力，一眼辨得他灵力薄弱。原来传闻孙悟空自小就得怪病是真的。

天考会第一日，封灵考第一轮考，题名为"闯关"，要求天骄子必须在一个时辰内闯出迷宫，胜者进入第二轮。

迷宫是一座能自由变化的宫城，宫城里都是巨大石墙环绕的岔道，岔道四

第十章 问武天考

边又都是弯弯曲曲的狭窄路，每条路又分出若干支岔路，纵横交错，复杂难辨。无论是岔道、狭窄路、支岔路绝大部分都是走不通的死胡同。

侠仙木广礼站在迷宫城门不远处，对着孙悟空和其他参考的修真学院应届天骄子朗声说道："一般天骄子要参加好几届天考会，才得以成功晋级正灵位，所以你们此时要保持'寻道'心态，排名不看重，重要的是能学到东西。仙尊院长一直告诫我们修真学院的弟子寻道是觉悟，明心见性，自然豁地开悟，悟明真理。"

孙悟空和学院应届天骄子躬身作揖，诚然应诺。

钟鼎声响起，提醒考生入场。天兵天将威严地站在迷宫城门两排，数千名天骄子在万神的瞩目下鱼贯而进，期待"千年衣破帝城尘，一日天池水脱鳞"。

迷宫里，天骄子开始用各自的方法闯关。有些天骄子沿着一面墙壁走，死胡同与岔路口都做独门记号，走不通就原路返回再往新路径探索。但这迷宫隔一段时间就又重新变化，所以这些记号很快就没了作用。

孙悟空启开奇门遁甲手印，左突右冲疾跑，在多处岔口地方也留下记号，然后停下喊道："连线起！"由他手印射出一条闪亮金光线，金光线连接起各个记号后又回到手印，形成闭合回路光圈，手掌心浮现出这片区域的投影地图。孙悟空观察这投影地图，排掉大半死路区域后，奔向可开拓区域，向外延伸，不断扩展新地图出来。孙悟空依循这方式，不管迷宫什么变化，他都由局部推进到整体，不断取得突破。

突然，他耳边响起连续的"砰！""砰！"爆炸声。原来这迷宫布设众多炸雷，虽然这些炸雷是空包弹，没有实际的杀伤力，但炸雷内装有发光颜料，只要被染上就说明"受伤"。"受伤"的天骄子会被主持第一轮考试的神官贪狼星君立即宣布淘汰出局。

孙悟空重新思考走出迷宫的方式。要行进，得先扫雷才可，而要扫雷，必须要搜索出炸雷的位置。

孙悟空思考用五行结合奇门遁甲来暴露炸雷。他启念口诀道："水为经，木为纬，土为面，金为线，火为点，循环五行规律，统筹奇门遁甲，起浮！"

顿时区域投影地图光亮闪浮在掌心。其中光线就是石墙，光点就是炸雷，孙悟空依据地图导向推进，同时又避免踩雷。

个别天骄子率先找到出口道路，一时欣喜若狂，正要呼啸向出口跑去，忽然石墙碾压式移动，同时炮火连天，一片铺天盖地的发光颜料把这些灵者染得"五颜六色"。

孙悟空已然清楚越靠近出口就越危险，迷宫会无端变化阻止大家出去，而且石墙移动速度在不断加快，显然逃离的难度也在加大。

孙悟空静下心，两眼炯炯有神地观察石墙变化规律，发现这迷宫是按遁八阵图反复变化的，开门、休门、生门、伤门、杜门、景门、死门、惊门，不管如何变化，生门生生不息，往生门方向走应是唯一活路。但这八阵图变化无穷，杀气腾腾，可比十万精兵。如何在一个受四面攻击的危境里，跟随位置不停在转移的生门走呢？

定位导航！孙悟空嘴角泛起一丝笑意，只要定位住生门，沿着生门轨迹行走就可以走出迷宫。手上没有指南针，迷宫上空雾气朦胧也难利用星象，但孙悟空对奇门遁甲的运用已驾轻就熟。八阵图本就属于奇门遁甲体系，奇门遁甲符印构成的地图正好和这迷宫的八阵图相互映照。

孙悟空目光如剑，发力使掌心上的投影地图射出一条金光线，线的另一端钉在生门石墙上，然后避开地上炸雷，沿着这生门轨迹快速前进。

越靠近出口炸雷越多。孙悟空在炮火连天里一次次躲避危境，终于成功冲出迷宫。

他成功进入天考会第二轮，一千多名天骄子在首轮被淘汰出局。

天考会第三日，封灵考第二轮，考题名为"对阵"，比的是一种灵球赛。

灵界尚武，重军功，重英雄，学子以奔赴战场、杀敌报国为荣，在和平年代，灵球赛便成了一项影响最大的模仿军事运动的体育赛事。

灵球赛规则是天骄子先自行组队，最多十人，也可以是自由身，待大家都组好队确定队伍数量后，考课司负责随机排列对阵组。

每组两个队对阵交锋，每个队员戴上头盔，一身护甲，手持一根军棍，限用其他灵器，这军棍可打球，也可用于进攻与防守；同时每个队员都设置"生命值"，满额为十分，若身体被击中累计扣完十分，这名队员就得退出"战场"。生命值是一根悬浮在队员头上的血量条，血量条的长短对应代表生命值的大小。

交锋中，先把灵球踢入到对方球门的一方获胜，不管队中个人"生命值"多少，都可跟着全队一起全进入第三轮考试；而败阵的一方，不管个人有多优秀有多棒，都要跟着全队一起被淘汰出局。除了把灵球踢入到对方球门外，还有一种胜出方式，那就是"全歼"，即把对方全部队员的"生命值"打没。

武居伟利用自己的强势与权势，挑选出最强一队，队中全是神籍的天骄子，共十个神，里面包括巨力。

朱天蓬找上孙悟空，主动说道："不会有人跟你组队的，你得罪过武居伟，他们不仅不跟你同队，还会躲着你。"

孙悟空环视四周，看到众天骄子闪避的目光与避嫌的态度，他心中一叹：

第十章 问武天考

"凡间都希望快乐如神仙，逍遥似神仙，却没想到真实的神仙跟凡人一样，有着太多的束缚与压力。"

小巨人巨力特意跑到孙悟空与朱天蓬面前去寒碜："你们两个穷鬼，没有神仙跟你们是朋友，你们就等着出局吧。"

说完，小巨人又跑回到武居伟面前阿谀奉承，溜须拍马。

孙悟空和朱天蓬漠视小巨人的厥词，更看不惯他这种趋炎附势的品行，也懒得去在意其他天骄子对他们的躲避。

朱天蓬笑道："孙悟空，我们联手，组成一队。"

孙悟空吃惊地望着他，问道："你不怕得罪武居伟？"

朱天蓬说道："你也看到这情景了，我只能跟你联手，而且我们这队恐怕也只有我们俩了。"

他眯着眼睛，又说道："不过，我保证我们能胜出。不要问我为什么，天机不可泄露。"

考课司公布对阵名单，孙悟空与朱天蓬两人队居然被排到与武居伟十神队对阵。原来这是武居伟背地里利用天审司的霸权，指示考课司主事官员刻意这样安排。他要雪耻几天前在战神殿堂留下的仇恨，更要一举将这两个眼中钉、肉中刺彻底拔掉。

朱天蓬依然把阳光般的微笑挂在嘴角，似乎他对这样的对阵早有预料。

凤婉霞担心孙悟空，孙悟空反而安慰她道："天考会本是场苦战。要成为强者，势必要面对这些困难与挑战。"

剑神风广仁知道对阵分布后，恼恨天审司插手天官府事务。但对阵名单已公布，是既定事实，就要面对现实。他下令考课司把这组对阵的"战场背景"选为山林战——雷雨深夜的山林。因为武居伟他们出生在天界神国，山林是他们最不擅长的地域。

武居伟一副满不在乎的样子。他认为朱天蓬虽然是神国一颗冉冉升起的明星，就算实力强悍，但孙悟空灵力薄弱，会拖累朱天蓬，所以十神队完全是吊打孙悟空与朱天蓬。

武居伟一方十神，分成前锋、中军、后卫、左翼和右翼，在人数与实力上，看起来确实碾压对面孤零零站着的孙悟空与朱天蓬。

正当大家感慨时，钟鼎声响起。灵球馆中间战场上蓦地魔法般立体展现出设置好的情景：两队置身在森林密集的山岭上，天空雷鸣电闪，暴雨倾盆。

一道耀眼的闪电撕裂开夜幕，紧接着一颗灵球从高空掉下，朱天蓬飞身跃起，巨力等九神迅速包围朱天蓬，将他困住。同时，武居伟直接提起军棍猛

201

然向孙悟空打来。原来他们的目标不是先控球，而是抓住了孙悟空灵力不济的弱点，快速耗完孙悟空场上的"生命值"，将孙悟空踢出局，然后全力对付朱天蓬。

武居伟这猝然出招，令观战席上凤婉霞与剑神他们替孙悟空担忧。

这一袭，武居伟本以为胜券在握，却突然"铛"了一声响，孙悟空身前浮现出一面奇门遁甲的守护符印，将武居伟的攻击生生挡住。

武居伟与观众都一时惊讶，没想到孙悟空早布下防守。

孙悟空趁机先触到球，棍子一挥打，灵球朝武居伟他们后半场飞去，孙悟空跟着快速隐没在山林当中。

武居伟落地赶紧追赶。突然脚下沙石流动，身体始料不及向后仰跌，整个人转瞬间坠落到一个深坑里。

观战席上大家更加震惊。这孙悟空又是什么时候设下了陷阱呢？

武居伟愕然间忙用军棍支架，阻止下掉的趋势。一个燕子翻身轻盈掠出陷坑。但护甲还是被坑壁尖石划到，场上生命值一下耗掉两分。

武居伟想起自己之前因大意失了赌约，他脸色变得严肃，朝前方大声道："是你激我的！"

他飞般地追赶孙悟空。

孙悟空知道武居伟一开始会大意轻敌，同时也猜到他掉进陷阱后必然要猛烈反攻，所以他抓紧利用山林幽深的特点赶到前面布下多道防线。

蓦然，武居伟双手持棒飞身跃下，直接一记战斧式砍向孙悟空。

孙悟空惊叹武居伟能这么快突破防线，忙横棍接上武居伟这一击。只这一瞬之间，孙悟空便向后跌退十几步，呼吸一时困难，灵力不济的弱点暴露无遗。

武居伟趁势向前推击，连棍数出，势不可当。孙悟空一下陷入绝境，场上生命值数次掉耗，十分值只剩五分。

"咔嚓"一响，孙悟空手上的棍棒被打折了一大半段。在场灵者普遍认为孙悟空很快就会被终结出局。

可战局变化瞬息万变。孙悟空在连退之际竟然又诡异地连起防线。

武居伟疾飞冲击，但孙悟空已利用山林地势结成若干结界，闪避游斗防御。武居伟每一棍都是凌厉狠辣，却始终打不到孙悟空周边一丈以内。

武居伟猛攻，孙悟空巧守，两人相持不下。另一边朱天蓬以一敌九，惊涛骇浪间却不落下风。两条战线都如此激烈，引起全场灵者热烈鼓掌。

灵球还在孙悟空的控制中，虽然结合奇门遁甲符印左闪右避，但武居伟贴身紧逼，他也无法将球推进到禁区以内。

第十章 问武天考

　　武居伟对这僵持局面无所适从，他恼怒地挥棒猛地向孙悟空头部袭去。这是恶意犯规动作。
　　孙悟空仓促间只好将奇门遁甲符印全顶上去抵挡，武居伟声东击西，晃身抢过灵球，然后快速反向转身，将灵球攻入到孙悟空后半场去。
　　孙悟空回追，几次设阵阻截，但也都被武居伟强有力地推开突破。
　　两人高超的灵球技术，以及随机应变的灵物展现让观众的心魂始终沉浸与陶醉在比赛气氛中。
　　武居伟纵身奔腾向前，越过种种障碍，闯到孙悟空球门禁区，他迅猛一记凌空抽打，灵球急速向孙悟空一方球门飞去。
　　这是惊天一击。观战席上大家都认为孙悟空鞭长莫及，败局已定。突见孙悟空以迅雷不及掩耳之势飞身扑了上去，用身体居然成功地挡住了这一球。
　　可虽化险为夷，但他场上的生命值又被耗掉三分，只剩下两分。
　　孙悟空站在球门前目光炯炯。他看起来处变不惊，默默观察武居伟的动静变化，但心里其实一直在不断祈求："给我一点时间，给我一点时间！"
　　朱天蓬想要赶来救援，却被九神缠着不放。
　　武居伟双目盯住孙悟空，心里在盘算该如何完成这最后一球。他可以将球打入到孙悟空防守缺口，这是最稳妥的胜利。可武居伟觉得这样的胜利不够狠，不够彻底，不够痛快，他要一球直接杀耗完孙悟空场上的生命值，然后球势不可挡的砸进到对方球门，这样才能挽回前几天失去的面子。
　　想好计策，武居伟涌出腾腾杀气，凝聚全部力量于双手，一招惊涛拍岸棒击，那灵球上下夹带着杀气，疾劈向孙悟空。
　　全场都在等待孙悟空的"最后死去"，等待孙悟空的"最后惨败"。
　　孙悟空大开大阖地展开奇门遁甲符印，想要全力抵挡这灵球的攻势，但武居伟这球的速度奇快、力量奇大，随着灵球的逼近，孙悟空场上的血量条开始下降，发出警报声。
　　就在孙悟空全力抵挡的同时，他口中也在念道："五、四、三、二、一……"此时，他的场上生命值只剩半分不到。
　　当数到"一"时，他双目闪亮，蓦地大喊一声："起！"
　　形势骤变。武居伟站的地方忽然开裂，沙石泥土倾泻而下。
　　武居伟急于想腾空越出塌坑，但一道愤怒闪电从上劈下，霹雳击倒一棵大树，树恰巧向武居伟倒去，他猝不及防，身体躲避不过，又陷在塌坑中，大树死死地将武居伟压住。
　　观众瞠目结舌，孙悟空竟在绝境下，还能给予对方一个雷霆万钧的反击。

不过大家还是认定孙悟空无法挽救败局，因为他场上的生命值只有苟延一息。武居伟只要从泥潭脱身，便可立即轻易打败他；就算孙悟空现在把灵球踢到武居伟后场，这穷山恶水到处是危险，这苟延一息的生命值显然都过不了自己的半场。而九神死死缠住朱天蓬，显然朱天蓬也无计可施。

不过这时观众又惊异地看到孙悟空嘴角露出一丝诡异的微笑，这是一种笑傲一切的自信，一种战胜所有的勇气！

孙悟空走到灵球跟前，轻轻地抡出一脚，球滚进不远处的河溪，球顺溪水往武居伟后场方向漂流，球碰到溪边一块大石头后自然地弹跳起，又落到繁茂树叶上，球随风在茂密的大叶间滚动，最后颤悠悠地掉落在一处孙悟空之前设好的奇门遁甲区域——几棵树制成的简易抛石机。灵球的重力正好可触动起抛石机机关，球被抛石机大力抛射出，如炮弹一般呼啸划出美妙弧线，神奇地攻入武居伟一队的门网。

全场一下子安静，大家擦亮眼睛，不敢相信这神奇的一球。孙悟空居然能绝境逢生，最后胜利了。

没有奇迹，没想等奇迹，但奇迹却出现了。这神来之笔令人匪夷所思，只能说孙悟空是个天才，这以弱胜强的一战必会成为传说。

灵球馆布下的场景魔法般地消失，场内只留下眼睛明亮的孙悟空，一脸恼火的武居伟，目光狡黠的朱天蓬，以及茫然呆住的巨力等九神。

观众拍出热烈的掌声为孙悟空和朱天蓬的胜利叫好，主持第二轮考试的神官破军星君当场宣布孙悟空和朱天蓬进入第三轮考试；武居伟全队十神止步第二轮，结束本届天考会征程。

所有对阵组比赛当天全部比完，第二轮淘汰掉一半参赛的天骄子。

女娲城神仙及其他灵者们都热议孙悟空与朱天蓬的表现，称赞孙悟空那粒魔幻进球绝对是史诗级的。

当晚，朱天蓬与孙悟空相约来到银河旁一处灯塔塔顶上。两人躺在塔顶上，欣赏银河。

朱天蓬眉开眼笑说道："今天是我这数百年来最开心的一天。我们打败了武居伟这个王八蛋！"

孙悟空问道："天蓬兄，你怎么知道武居伟会找我们对阵，而且还准确预知他们每一步的行动呢？"

朱天蓬津津有味说道："有五点！第一点我们两个都是武居伟恨得牙根直发痒的人。他解决完你后，便会立即想法子对付我。与其这样还不如我们主动联合在一起，反抗他！"

第十章　问武天考

朱天蓬接着说道："第二点，武居伟肯定高兴看到我们组成一队。因为这正是他一举打败我们俩的机会。他也一定会利用天审司的权势逼考课司主事官员，安排和我们对阵。而剑神院长知道后肯定会不开心，同样指示主事官员把战场背景选为对武居伟十神不利的战区。所以我才叫你全心练习山林战，并提前制定好我们的攻略。"

朱天蓬滔滔不绝地继续说道："第三点，灵力薄弱是你致命的弱点，偏偏大家又都知道。武居伟势必会抓住这一点，重点打击你。我更清楚武居伟的为人，他自大蛮横又睚眦必报，肯定要打完你场上生命值，他才会作罢，这就给了我们时间。"

"第四点，大家只注意到你的弱势，却忘了你有个很强的优势，你超凡的地方就是你对奇门遁甲的认识，以及你身上不放弃不抛弃的精神。你在百年前地考取得万年史上文科第一，你在战神殿堂能赢得与武居伟的对决，你在祈天坛能通过三道天雷的考验，你在迷宫考试中能顺利走出进入第二轮，这些绝不是靠运气或奇迹完成的。你严重被轻视，但我绝对看好你！"

朱天蓬目光炯炯，最后说道："第五点就是我了！"

他伸出左手，撑开掌，缓缓地顺时旋转九十度，又快速握拳，语气冷静又坚定地说："灵球赛的攻略源自战争，又完善在运动。它的宗旨是不管做什么，想要取胜，靠的不是蛮力，也不是个人主义，而是谋略，不谋万世者，不足谋一时；不谋全局者，不足谋一域！我就是那个为做大事而生的神！"

孙悟空望着朱天蓬，心中谢谢他对自己的信任与肯定，又佩服他的聪明才智，思量不久的将来，自己或许可以看到一个新的人物登上神国的权力舞台。但孙悟空又隐隐约约感到一些厌恶，他讨厌钩心斗角与步步心机，不喜欢人与人背后是利益交换与算计。因此，在听完朱天蓬的说明之后，他选择了沉默，不知说什么是好。

朱天蓬热情地揽住孙悟空的肩膀，向往将来地说道："孙悟空，不管是人，还是神，这一生只一世，生当作人杰，死亦为鬼雄，我们一起为我们的未来奋斗吧。"

孙悟空说道："我这次来参加天考会，主要是为人间求雨，将来的事我没想那么远。"

朱天蓬吃惊问道："禁雨人间是天帝玉旨，你怎么会牵涉进来？"

孙悟空把在大禹城与东海龙宫的经历简明扼要地说了下。朱天蓬听完，摇了摇头说道："你灵力薄弱，却想要夺取本届天考会天魁，我不客气地说，你完全是在痴人说梦，你把其他高手视而不见也就罢了，可你眼前还有个我，我的名字是要题名在天魁碑上的，我是势在必得！"

孙悟空坦然说道："我知道会很难，但我会拼尽全力。"

朱天蓬很欣赏孙悟空的勇气与坦荡，他冷峻地向周围扫视一圈，然后低声说道："就算你夺魁，有机会面见天帝提出一个愿望，但人间禁雨可是天帝亲自下的令，且是严令。天帝是绝不允许任何有质疑他决定的言行出现，哪怕是再婉转再隐含。对你这样让帝权受到侵犯的请求，只会惹怒天威。你不仅在做无用功，后果不堪设想，可能会丢了性命。"

他凝视孙悟空，接着说道："你这次帮助了我，一起把我人生最大对手——武居伟踢出局，我感念情义，不想你去送死。我希望你取消求雨念头，不要做危险的事。"

就算过程艰难险阻，就算结果劳而无功，孙悟空心中在想都要遵守自己帮助求雨的承诺，都要报答凤婉霞以及花果岛对他的恩义。这是他做人的基本原则，更是他的一种信念。

孙悟空毅然决然地说道："无论遇到什么，我求雨的心不变，誓言为之奋斗，直至成功。"

朱天蓬听后，无奈地说道："好吧，我不再劝你了。对敌人，我不客气；但对朋友，我敬重。孙悟空，你是我一生的朋友。"

孙悟空诚挚说道："谢谢你，天蓬兄！"

灵界自古至今都崇尚强者，鄙视弱者。他因怪病缠身，灵力薄弱，自小就被人嘲笑与欺负，真心对他的人不多，所以他珍惜每一份情义。

银河里飘浮着无数颗星星，有些星星一会儿晶莹，一会儿黯淡，一会儿半明半昧的，像是飞往极乐世界，既是梦幻，又神秘，吸引着众生去窥看。

朱天蓬仰望极乐世界，突然喊道："苍天，何谓英雄？三界谁能称为英雄？"

他满怀豪情，喊完第一句又继续喊道："我朱天蓬立志要建立不世之功，要让本届天考会成为我朱家崛起的起点！"

孙悟空说道："天蓬兄一身英雄气概，此生必不负心中所志。"

朱天蓬笑道："酒呢？没酒怎么论英雄呢？"

朱天蓬的笑隐含了自信与狡猾，他的眼睛让人觉得有些深不可测。

他打开自己灵介空间，取出两个酒坛，说道："这是我珍藏的两坛仙酒，是我百年前因取得地魁成绩，天庭的奖赏。"

朱天蓬递给孙悟空一坛，孙悟空也不拘泥，洒脱地接过。

朱天蓬笑问道："孙悟空，你酒量如何？"

第十章 问武天考

孙悟空答道："我极少喝酒,酒量也一般,但今晚我舍命陪君子!"

朱天蓬赞道："好,爽快之人,我们喝个尽兴。"

两人拿起酒坛,仰头畅快地喝起,渐渐有些醉意。

两人醉眼凝望着银河,享受着柔美的星光,迷恋它的美丽、它的闪耀、它的皎洁。

两人渐渐感觉人生已再无难事,要为所有美好的事情全力拼搏,就豪情继续狂饮,引吭高歌。

天考会进入第五日,剩下一千名天骄子参加封灵考的第三轮考试——赛飞。

赛飞是以第一天南天门为起点,九天之上的太微玉清皇宫宫前的钟鼓楼为终点,比试飞行速度与本领。先飞行到终点的前百名天骄子有资格进入第四轮,百名外的考生全部出局。这比前面两轮考试更为激烈。飞行器自行准备,不限种类,可灵物、异兽、法宝等,限止使用遁术行进。当然也可以不借助飞行器,自己空身飞步或腾空跳跃,但这样既慢且耗精力。万年天考会,很少有天骄子用这种方式。赛飞中允许使相互攻击,可扫清障碍、踢出对手、争先夺前等,但严禁使用重招与狠招。若违规,造成重伤或死亡的,将遭终身禁考。场上有日游神与夜游神实时监控。

南天门前云集参与第三轮的天骄子们。他们驾驶自己的飞行器跃跃欲试,个个想在第三轮天考中奋勇争先。

飞行器各式各样,有火轮、仙车、纸鸢等灵物,有狮鹰、金雕、三足鸟等异兽,还有天梭、斗篷、宝莲等法宝,五颜六色,各显风采。每个飞行器都蓄势待发。

赛飞是天考会万年来固定的考题,从第一天到第九天赛道两旁站满了观众,凤婉霞跟在侠仙、义妖和学圣后面等,在第九天皇宫城楼上,这是专给各国使团和贵宾观战的地方。

孙悟空驾着筋斗云,朱天蓬御天河剑上天,两人正闲聊。突然场面纷乱。大家将目光纷纷投向一位赫然出现的神,竟然是武居伟。他驾着一头飞虎猛兽横冲直撞,一路冲来。

场内场外的灵者们都不禁交头接耳,彼此问道："这武居伟不是在第二轮输掉对阵考,被淘汰出局了吗?怎么会出现在第三轮考场里啊?"

大家除一副诧异的表情外,谁也不知道他为什么会出现,包括主持第三轮的神官巨门星君。

在场所有灵生正在纳闷之时,千里眼与顺风耳乘坐两驾飞龙车舆来到南天门。两位帝使站在车舆上高声宣旨道："天授神权,秉承天意,上天之帝诏曰,刑神武孤高老牛舐犊，苦跪御前，乞求本届天考会再给武居伟一次机会，天帝念及刑神武孤高忠心耿耿，呕心沥血守护天条与共同宪章，又在肃邪行动与灭邪国战争中立下汗马功劳，特恩准刑神所请，以彰显上天仁慈之心。钦此！"

千里眼与顺风耳刚宣读完，立即引起喧哗，"天地考一直秉承公平、公正原则，如此做法，明显是破坏原则，于法不公、于情不平、于理不正！"

"难道众神中就只有刑神才忠心耿耿，立下汗马功劳吗？按这样说法，大家都去到御前求机会！以后天地考不用考了，就拼家底！"

因为天地考是通往极乐世界的阶梯，牵涉到每个灵者的核心利益，大家都觉得天帝这样做非常不公，继续带着怒意大声评论道："百年前灵界九十五次地考，孙悟空文的成绩那可是地考万年史第一啊，但也要通过三道天雷考验才能获得参加天考的机会。这武居伟不过靠父荫而已，就可以轻易获得再考机会，不行！这实在不公平！"

"对的，武居伟想要得到机会，必须跟孙悟空一样，先通过三道天雷考验！"

说到孙悟空，大家马上想到孙悟空在战神殿堂擂鼓与在祈天坛抗击天雷的壮举，群情更加鼎沸，喊出当年孙悟空口号："没有谁比谁优越，我们渴望平等与尊重！"

灵界现实，朱天蓬早就感受到了。他跟孙悟空说道："这世界的本质就是弱肉强食，所以就不要指望这世界了，还得靠自己努力才行。"

孙悟空正要向朱天蓬说说自己的看法时，突然考场内一个来自轩辕学院的天骄子振臂一呼："武居伟退出考场！"

这名天骄子名叫崔鑫，他来到天庭以后，看到大多数神灵快乐逍遥，根本无视自己国家九州正遭受禁雨苦难，心中本已有一股怨气，再看到天帝的不公与权神的骄横，更加出离愤怒，这一嗓子是不由自主喊出来的。

大家震惊，纷纷望去，这崔鑫身材魁梧，腰板笔直，紫铜的脸膛棱角分明，目光炯炯，神情肃然，一看就给人留下"刚正不阿"的印象。

而武居伟早已气得头顶冒烟，骂道："低等灵者，敢在天庭撒野，你也不照照镜子看看自己！"

他手中掌出"火刑烈鞭"，要狠狠劈向崔鑫，孙悟空倏地忽闪在崔鑫前面。

孙悟空昂然挺立，目光坚定。他厌恶武居伟仗势欺人，若天地没有公道，但人心要有公道。

武居伟停住火鞭，怒视道："孙悟空，又是你！你想找死，我就成全你！"

他挥鞭直下，但砰的一声响，孙悟空前面站出好几个天骄子，各自出招阻拦"火刑烈鞭"，火鞭破碎灭火。

武居伟吃惊，急道："你们几个，敢冒犯我？不知道天审司的厉害吗？"话依是蛮横，但气势明显少了一些刚才的傲慢。

此时，孙悟空前面与背后陆续又站出来一些天骄子，一股浩然正气正慢慢地凝聚在孙悟空周围。

这些天骄子齐声喊道："武居伟退出考场！"

考场内其他一些天骄子被他们勇气感染，跟着一起呐喊。

考场外的灵者们为了维护自身的权利与天地考公正，也齐声喊道："武居伟退出考场！"

抗议声一浪高过一浪，没有停息之意。

武居伟完全傻住了。他自小养尊处优，见到三界在他父亲与天审司的强权下，没人敢不从，没人敢不敬，这使他骨子里充满专横与跋扈，他鄙视所有地位卑微的生灵。

但今天他看到一种不屈不挠的精神与力量，这精神与力量使他胆怯，使他惊愕，仿佛要变天。

千里眼与顺风耳对面前突发的景象完全没有准备，原本的天帝权威不容挑战，这突如其来的改变……

两帝使不约而同地望向孙悟空，渐渐心情也发生了变化。这孙悟空虽然灵力薄弱，却勇于反抗不公。这种斗志与精神，似乎正悄然地影响三界。

一只猛兽"嗷"地一声跳到南天门，咆哮全场。正在激愤的灵者们顿时安静下来。这猛兽形似虎，但比虎更高猛雄健，它乃是刑神武孤高的护卫灵兽狴犴。

狴犴旁边站着刑神武孤高，额头上烙印的红色"刑"字，让人一见便永远印象深刻。两排神秘卫紧随在刑神其后。

刑神武孤高巡视四周，眼里放出不可一世的凶光，冷冷地说道："帝命威严，尔等难道要抗命不遵吗？"

灵者们面色陡然如土。刑神这阵势使大家不敢吱声，畏缩在一旁。

孙悟空并不被刑神武孤高气势所惧，朗声说道："我等不是抗命，而是请命！"

武孤高额头上的红色刑字格外瘆人。他双目一闪，沉声说道："狡辩！你们引起南天门骚动，破坏天考秩序，已是犯法。更严重的是，你们竟然敢违抗帝命，悖逆天意！尔等还不快快认罪服法，企求从宽处理！"

刑神短短几句话就把这事定性为犯罪，手段毒辣，如同一把利刀狠狠地砍向刚才呐喊的天骄子与灵者们。大家感到一种恐怖的黑暗笼罩全身，这天审司可是一个掌握生死大权的衙门。

　　孙悟空泰然自若地说道:"刑神,我等请命是为了维护天地考公正,出以公心,何罪之有呢?敢问刑神,天条目的是什么?共同宪章宗旨是什么?"

　　武孤高怒道:"我乃掌管律法大神,你小子提出这么荒谬的问题,亵渎法威,狂妄自大,罪加一等!"

　　孙悟空平视权威,眼神淡定说道:"天条目的是规范众生,共同宪章宗旨是维护三界秩序,其根本都是要法治。法治是灵界比凡间更高文明的重要标志,而天地考是灵界法治的体现之一,其晋级与淘汰机制万年来一直受天条与共同宪章保护保障。刑神你是掌管律法神,应该知道执法公正,而法令者示人以信,若成而数变,则人之心不安,但你执法却谋私,给天地考开了一个失信不正的坏头,所以我等这才请命!"

　　在场的灵者们都被孙悟空不惧权威、敢于质疑的精神给深深地感动。武孤高却被气得白脸变红,怒从心起,从来没有灵者,甚至是正神敢这样当众质问他。

　　他一双喷火的眼睛狠狠瞪着孙悟空,自己是法之权威,怎可被一个乳臭未干的小伙子这样挑战!?

　　可武孤高却反驳不了孙悟空的话,他只好喝道:"天帝统辖三界,法自帝出,帝权至高无上,天帝既已下旨,便是天条,众生皆从!"

　　孙悟空铿锵有力说道:"天条维护帝权,又制约帝权。天条第一条明确规定,'权出于法,力以德行,天条面前,众神平等'。"

　　武孤高说道:"天恩浩荡,润泽众生,此乃天帝彰显上天仁慈之心!"

　　孙悟空目光坚毅,高呼说道:"徇私偏向不是仁慈之心,只有上天尊法,神仙与妖魔,富贵与贫穷,强大与弱小都是一条法律,方才护佑众生!"

　　法律不能使人人平等,但是在法律面前人人是平等的。

　　大家听到刑神与孙悟空的一问一答,内心却是激动不已,天地间居然有这样的灵者铮铮铁骨,敢跟刑神论法,又把刑神驳得哑口无言。

　　武孤高恼羞成怒,喊道:"孙悟空,你先是抗旨不遵,接着又宣扬邪说,其罪当诛!神秘卫,把孙悟空押到天审司拷问!"

　　孙悟空激昂一声:"天骄子受法保护,允许评论时局,你刑神不是法,不是天条!不是共同宪章!"

　　这话惊醒了场内场外所有的灵者们。大家想起这九百年肃邪行动,自己一些亲戚、朋友与同僚莫名地被神秘卫带走,要么从此渺无音讯,要么最后以勾结或粘连邪教罪名被判刑。

第十章 问武天考

但灵者们私下都坚信他们没罪，是天审司制造冤假错案、打压异己。

今天孙悟空挺直脊梁，抗议不公，这种世间已少见的血性男儿不应该再被天审司迫害，不然灵界就真的会失去未来。一些有正义感的天骄子们纷纷勇敢地走到孙悟空前后左右，形成人肉围墙，保护孙悟空，阻止神秘卫抓人。

武孤高见这些天骄子正气凛然，又愤然作色。神秘卫不好当场强硬施暴，不然会引起不小的抗争，激起灵界舆情爆发。武孤高只好审时度势，暂且放过孙悟空。他向巨门星君责令道："还不开始吗？"

巨门星君心中厌恶刑神霸道，但如今重要的是要疏解天骄子怨气，维护天考会大局。他委曲求全，高声喊道："参加第三轮天考的天骄子们，请各就各位，预备！"

天骄子们看天审司权势熏天，开考在即只好默认武居伟特权。

巨门星君向上射出一支响雷箭，随着"轰隆"发令声一响，参考的天骄子们蜂拥而出，一个个纵情飞翔，风驰电掣在白云之上、九天之间。

孙悟空乘着筋斗云直冲云霄，一掠而过。筋斗云是天地间第一飞行仙物，在赛飞考场如鱼得水。

猝然，孙悟空觉察到一阵凌厉鞭风呼啸而来，他急转头回看，武居伟正直抽"火刑烈鞭"挥向自己，忙展开奇门遁甲挡住。

武居伟目光凶狠，竟使出天考禁止的重招，将"火刑烈鞭"绝招使出，凛冽的杀气罩在孙悟空周围，鞭影满天，鞭劲抽到的建筑物均开裂。

孙悟空启动龙遁抵挡，但武居伟的重招带出的灵力腥风血雨，孙悟空的四肢多处被灵力划开，血从伤口处喷溅而出。

赛道两旁观众皆感愕然，忙望向场上的日游神和夜游神。日游神和夜游神畏惧刑神与天审司的权势，他们睁一只眼、闭一只眼，任由武居伟专横。

孙悟空运用奇门遁甲已是驾轻就熟，虽受了点皮外伤，一时还能与武居伟相持不下。大多数现场灵者早已看不惯武居伟的嚣张，一齐呐喊为孙悟空鼓舞加油。

武居伟的坐骑飞虎张开大口，露出獠牙利齿，两只前爪一扑一按，想要拽住筋斗云将其撕烂。

筋斗云猛然倾斜闪避。呼呼风声中，孙悟空一个没站稳从筋斗云上跌下，整个人猛速坠落。

观众的心都被牵绷得紧紧的，瞪着眼睛说不出话来。

筋斗云就像离弦的箭，飞奔俯冲，翻身接住孙悟空，掠过地面，又迅速冲向高天。

骤然，掌声像山洪暴发般响起。

但这更惹怒了武居伟，他挥火鞭再次袭来，出手更快更狠，飞虎发出低沉而凶狠的吼声，从空中再次蹿出，想要一口吞下筋斗云。

孙悟空采用迂回战术，驾起筋斗云一会儿向下飘，一会儿向上跃，一会儿向左闪，一会儿向右避，时而迅速疾飞，时而停下盘旋，让武居伟驾着飞虎晕头转向。

武居伟被气得发疯，开始乱攻乱袭，赛道上一片混战，人仰马翻。

不一会儿，第九天之上的太微玉清皇宫就已在天骄子们眼前。大家气势如虹，尽情舒展身姿，互相追逐，不甘落后。

令人激动的终点冲刺陆续上演，天骄子们驾驶自己的飞行物如流星般，在观众面前一一飞驰而过。

神、仙、妖、真人等为这些天骄子振臂高呼，皇宫前广场此时成了三界最热血沸腾的地方。

刑神武孤高用意念向武居伟传音道："伟儿，不要再纠着孙悟空不放，先进入前百名为重！"

武居伟恼恨地低哼一声，驾着飞虎纵身而上，往钟鼓楼终点疾冲。

孙悟空见武居伟放弃自己，忙赶紧乘着筋斗云，呼啸地朝终点飞奔。就在临冲刺时，迎面突然袭来一阵掌风，掌风中隐藏着森寒的灵力，如鬼似魅，凌厉无比，普通灵者受此一招就可送命。

面对这诡异的偷袭，说不尽的凶险，孙悟空毫无准备，只能等着受死。

千钧一发之际，剑声破空长啸，当仁剑及时出现，幻出大片剑影，直向神秘的掌风冲去。两股强大力量撞击在一起，巨大的爆炸声让观众们感到惊悚。

趁两股力量冲撞产生的缝隙，孙悟空驾起筋斗云敏捷穿梭，在死亡边缘闯了回来。但他和筋斗云也收到爆炸力的冲击，多处受伤。

刑神武孤高踏云在半空中，反手想要再暗下杀招，但他剑神风广仁，已出现在他面前，当仁剑飞在剑神身后，随时破天而出。

两正神针尖对麦芒，气势上毫不退让。这时剑神背后又相继闪出侠仙、义妖与学圣。

刑神武孤高瞥视一眼，不说一句转身飞走。

义妖夏容念智气道："这刑神越来越专横猖狂，实在可恶！"

侠仙木广礼疑惑问道："刑神权欲熏天，任性妄为，天帝不可能不知道，可为何却一再宠信？难道天帝老了？"

学圣孔广信微微一笑，看透地说道："不是天帝老了，而是他深谙帝王之术。只要刑神不结党连群，不图谋不轨，天帝都会对刑神恩宠有加，他需要刑神做个忠心恶狗来敲打众神、审查众灵，以此巩固帝权。"

侠仙木广礼说道："可天帝宠信奸佞，毕竟是对神道同盟不利啊！"

学圣孔广信说道："在天帝眼里，现在哪有什么神道同盟啊，只有君臣之分。"

义妖夏容念智好奇问道："大师哥，你怎么能沉默呢？我们就任由刑神与天审司胡来吗？"

剑神风广仁沉吟道："志士仁人，无求生以害仁，有杀身以成仁！"

另一边，筋斗云扬起云头，翘起云尾，不停扇动云翅。它宛如暴风雨中的海燕奋勇而飞，呐喊愤怒的力量，飞翔热情的火焰，践行胜利的信心，以惊人的闪电速度，瞬间冲过钟鼓楼终点，挤进前百名。

观众重新沸腾起来。大家对孙悟空的喜欢程度，渐渐盖过此轮考试的第一名朱天蓬。

凤婉霞激动地跑下城楼，冲到孙悟空面前，急切问道："孙悟空，你的伤？"

孙悟空淡然一句："没事的，是皮外伤，不影响的。"

凤婉霞"嗯"一声，想着修真学院仙药颇多，自己可以不用过多担心。

她转身轻轻抚摸筋斗云的云头，兴奋说道："筋斗云，这次悟空哥能进入天考下一轮，全靠你啊！你放心，我等会儿去求剑神一瓶神水，你的伤会马上好起来。"

筋斗云听了，活灵活现，像只可爱的小狗，撅着不停摇摆的云尾巴，在凤婉霞身边游来游去。

凤婉霞眯起双眼，伸出双手跟着筋斗云玩耍，笑容间洋溢着少女的青春气息、美丽、灿烂与纯真。

她的清脆笑声吸引了一些神仙们的注意。一些老一辈的神仙不禁低声交谈："这姑娘是学圣弟子，听说是凤凰女。"

"这凤凰女虽来自下界，可气质高雅，样貌出众，并不输给如今三界第一美女月神啊！"

"我看要论古往今来第一美女，当属凤凰女神凤诗诗！"

"嘘……小声点啊，你不怕死啊？这凤凰女神的名号能在天庭随便提吗？"

"唉……也是。不过这都已过去三千年了，但天之恨还是咬牙切齿啊。"

"你怎么还在说这个事情啊！……不过，你们没觉得这女子很像凤凰女神吗？"

"难道她是凤凰女神的女儿？"

武居伟也在看凤婉霞。他馋涎欲滴，嘟哝说道："凤婉霞，你给我等着，我一定会把你拿下！"

说完，恼恨地驾起霸王虎打道回府。

天考会第七日，赛飞前百名的天骄子进入封灵考第四轮，此轮考题名为"任务"。

司命院内，主持第四轮考试的神官司命星君，对着这百名天骄子正容说道："神掌管三界。三界各处关乎天道与天灾的事项，以及信众向上天祷告的诉求，我们司命院都会派神去处理。此次第四轮天考，是给你们一天的时间，完成交给你们的任务。"

"各位天骄子所领的任务各自要严格保密，不可透露或相互打听。违者立即出局，并禁考三届。大家可听明白了？"

百名天骄子施礼、连声应诺，然后开始抽签领取任务。每个任务都会安排一位神吏负责评判任务完成情况。

孙悟空抽到一个难度系数最高的任务。这是刑神强权压迫司命星君故意操控的结果。

负责这项任务的评判神吏在旁进一步解说道："在人界有个矮人城邦，有一万人左右。他们靠挖城里的一座金矿山生活，家家数辈富裕，人人一生安逸。可也因此，本是勤恳朴实的矮人，数代以后变得骄奢淫逸、挥金如土。如今金矿山已尽枯竭，底部出现了岩浆。可他们却不思停止，反而愈加贪婪想要挖空金矿，却不知这会导致金矿山急速崩溃，岩浆喷涌，最终摧毁城邦。"

这名神吏顿了顿，接着说："上天已赋予这城邦几代矮人的财富生活，但他们却渐渐不思进取，坐吃山空，还蔑视天道，遭到末日实为他们咎由自取。但神有好生之德，不愿看到矮人城邦亡邦灭种，故你此时的任务是下界到这城邦，挑选一百个矮人，帮助他们躲过末日灾难！"

孙悟空极大震惊，这要如何挑选呢？这是一座一万人口的城邦，却只有一百人能存活，其他九千多人就得遭受末日灾难，走向死亡。

孙悟空茫然问道："为什么不救全城人呢？"

评判神吏说道："天道自有法则，凡事皆有因果，这不是你我能左右的！"

孙悟空痛苦问道："那可不可以提前告示他们，让他们赶快离开城邦呢？"

评判神吏大声斥责道："孙悟空，天机不可泄露，不然必遭天谴，劝你不可妄为！"

孙悟空悲愤说道："我不是神，我选不了！"

第十章 问武天考

评判神吏冷淡地说道:"你必须选。这不仅决定你能否完成任务,进入下一轮天考,还肩负着为这座城市延续生命的使命!"

他眼睛直盯孙悟空,再说道:"选与不选,末日灾难都将很快降临到这矮人城,你是要这一万矮人死?还是一百个矮人生呢?你自己思考!"

评判神吏再次提醒道:"现在时间就是生命,你越在犹豫,就越在扼杀生命。"

孙悟空从悲伤中惊醒,极力抑制颤抖的手,决定要去执行任务。他喊出筋斗云,先飞回仙国修真学院,找仙工部借出仙船。

他开着这艘仙船来到矮人城,帮助矮人逃生。

面对这个繁荣却又即将毁灭的城邦,他惴惴不安。

挑选,是生的希望,却也是死的宣判。

可谁生谁死,生死标准又是什么呢?

若以善恶决定生死,那又怎么区分善的大小?善能被量化吗?又怎么保持公平地评判呢?可公平又怎么说它是公平的呢?

各种杂音与乱绪快要撕裂孙悟空的头脑,使他陷入很深的迷茫与犹豫当中,心里更有一种难以表达的苦涩。

孙悟空决定不管天考,也不怕天谴,他要把末日灾难的消息告诉城邦所有矮人。矮人有权知道真相,面对生死,让他们自己决定生死。

决定做出,孙悟空便现身在矮人城街道上,大声疾呼末日灾难即将来临的消息。可矮人无动于衷,都把孙悟空看成是一个疯子在疯言疯语。

孙悟空没办法,只好使出灵力,腾云驾雾,把自己扮成金刚力士,怒目圆睁,朝下雷鸣般吼道:"尔等还不快快逃生!"

矮人见神明显灵,这下才知道灾难真的将临,一下子惊慌失措。随后城邦秩序开始崩溃,四处出现打砸烧抢,整个城邦陷入极度混乱当中,完全脱离了孙悟空引导的方向。

骤然,那座金矿山浓烟滚滚,喷出炽热的岩浆,城邦顷刻间遍地惨境,末日灾难提前降临!

面对天灾,众生如此不堪一击。

孙悟空惊骇天道的强势,知道是自己泄露天机引起矮人城末日提前到来。他心里自责不已,赶快降下仙船。

矮人看见有一艘能飞的船,争先恐后要爬上仙船,但仙船空间有限。

于是船上船下从挤压到踩踏,再到斗殴厮杀,船边死伤无数,血流成河。

活着才最重要。此时的矮人,已没了人性,顷刻间仅能逃生的飞船也在混乱中被毁坏。

孙悟空被眼前的场面所骇然，人祸竟比天灾更可怕、更无情、更残酷。

评判神吏出现在孙悟空身边，说道："孙悟空，只要你点头归顺邪教，我可助你让仙船重飞，你还能带一百位矮人逃生。"

孙悟空吃惊地说道："你不是神吗？"

评判神吏甩了一下袖子，眨眼间原本白净的面容变成凶狠的相貌，他说道："我是邪灵，负责在神国招募志同道合者！"

孙悟空一脸正气，大声说道："我千年修道，仙师们谆谆教导学子要抗邪卫道，我绝不玷污学院信仰！"

那邪灵冷冷问道："你难道要看这全城矮人受死吗？这是学院教你的信仰吗？"

孙悟空迟疑说道："人自古谁无死，应曲直分明，应是非鲜明，应……"他无法再说下去。

生命宝贵，救死扶伤，这是学院信仰所在。

若不救眼前这些人，我这是背叛学院信仰，跟恶邪又有什么区别？

可我想救眼前这些人，就必须成为恶邪，背叛学院信仰，这又是什么逻辑？

孙悟空内心矛盾重重，陷入痛苦的选择。他颤声说道："我不能欺师灭道，卖掉自己的灵魂……"

矿山底部不断抖动，全城到处岩浆喷涌，这炽热的浆水如同数百条火龙从火浪中穿出，张牙舞爪地扑食矮人城，迅速留下千万条火红抓痕。

那邪灵已倏忽不见。孙悟空责怪自己优柔寡断，痛恨自己力不胜任，害了矮人城与矮人们。他站在筋斗云上，呆滞地望着云下已不复存在的矮人城。

他感觉自己做了一场永远醒不了的噩梦。这梦是如此深刻，如此痛心，如此耿耿于怀。

到了第三天，半空中突然有人念道："我佛慈悲，愿逝者安息，生者坚强！"

孙悟空惊讶地抬起头，看到半空中一头踏云神兽驮着一位眼神慈爱的女菩萨向他走来。

孙悟空博学多闻，又在人间游历百年，知道驶来的这位是佛国的大慈大悲观世音菩萨。

他赶紧理一下衣裳，驾云迎上向观世音菩萨鞠躬致敬礼，说道："仙国修真学院弟子孙悟空，叩拜观世音菩萨。"

观世音菩萨细细打量孙悟空，柔声说道："孙悟空，你我早有缘分，之前就

第十章　问武天考

已相识，你不用客气。"

孙悟空暗自思忖，不明白观世音菩萨是什么时候认识他的，但观世音菩萨与师尊菩提一样深受三界众生爱戴，他不便随意开口寻问。

孙悟空万万不会想到，眼前这位菩萨说的"认识"，其实是从他襁褓时就结下的缘分，观世音菩提甚至还是他的救命恩人。

观世音菩萨心中甚是欣慰。这孙悟空眸若清泉，英气率真，而仙尊菩提用"仙石孕育的孩子"来隐藏孙悟空身世，她自然知道其中的含意。

观世音菩萨轻轻问道："孙悟空，你在为矮人城的末日灾难难受？"

孙悟空惭愧说道："是弟子无能，连一个矮人都救不上。"

观世音菩萨叹道："就算是大神，也不是事事顺心，能无所不能，能力挽狂澜。"

孙悟空仍难以排解这愁闷，忙说道："我亲眼见到这城邦的毁灭、一万生命的死亡，这心实在痛苦难受的很。"

观世音菩萨眼里流露出悲天悯人的神情，叹了一口气，说道："大家又何尝不是呢？这众生万物要是跟宏大苍天相比起来，是何等的渺小、何等的无力啊。苍天俯瞰众生，主宰生命，她认为矮人城已成邪恶之地，所以要降下末日灾难，焚烧罪恶。矮人命数已定，自难逃躲。没神、没魔、没仙、没妖、没佛、没鬼、没真人能拯救得了他们。你接的这个任务，其实是个死任务，是刑神想出的法子，要你出局。"

孙悟空迷茫问道："若天已注定，那我们还要做什么呢？听天由命吧。"

观世音菩萨则有力说道："不是这样的，矮人当初若能悬崖勒马，就不会掉入死亡深渊！命运有定数，但命运也存在变数！"

她轻轻说道："有因才有果。这人先天好，本应有个好成果，可后天不修善道，心生恶念，便招来负能量，好的成果最终被消磨掉。那人先天一般，本成果也一般，可后天勤奋努力，心有阳光，最终将一般的成果提升到出色。'命自我立，福自己求'、'放下屠刀，立地成佛'都是在阐述这种变数。"

孙悟空说道："我连一个矮人都救不了，我不知我以后还能做什么？"

他的心和眼睛，仿佛被月光蒙了一层迷雾。

观世音菩萨怜爱地说道："孙悟空，人生不如意者十有八九。生、老、病、死、爱别离、怨长久、求不得、放不下都是苦。苦短人生，应当知行合一，可不能因为一次失败，而忘了自己使命；不能因为一次摔倒，就选择躺在地上；不能因为一次磨难，就放弃理想。你明白吗？"

观世音菩萨的训导震撼了孙悟空心灵。是啊！自己还有求雨的使命！还有守护情感的理想！还有践行生命意义的初心！不能因为一次打击而从此颓废下去，师尊曾说过，成功真正的秘诀在于自己是否有颗永不言弃的英雄心！

孙悟空眼里重闪光芒。他向观世音菩萨再次礼拜，然后说道："谢菩萨点醒弟子！弟子会重燃勇气，救赎这一次失职！"

观世音菩萨鼓舞说道："聪慧又责任心强的好孩子，孙悟空，人间遭受旱灾苦难已濒临绝境，我佛因四大皆空而不能过多干涉三界政务，但慈悲之心甚重，你这次在天庭不畏强权，通过三道天雷考验，或许你会在本届天考会走的很远，甚至有可能拔得头魁，若结果真是那样的话，请你到时求愿，能为人间千千万万百姓发声。"

孙悟空的表情带着深深的歉疚说道："为人间求雨，本是我这次参加天考会的原因，但弟子惭愧，没完成这次任务，止步封灵考第四轮，不能再前进了。"

观世音菩萨眉目舒展，然后说道："神执行天道的任务是司命院严格保密的事项，你不回天庭，别人也找不到你，所以你不知道最近的情况。而我两天前注意到矮人城将有末日灾难，便有心托梦给所有矮人，警告他们快点离城逃命，可他们贪图富贵，不愿离开坐享其成的金矿，不把梦里我的话当回事。我正要再想办法时，你就出现了。"

她停顿一下，接着说道："后来我为矮人城受灾的事到过司命院问询，得知你已晋级封灵考第五轮，却发觉你还在人界，我便特意走这一趟，跟你见面。"

孙悟空惊讶原来这中间竟有这么多事发生。他不明问道："我不是没完成任务吗？为何会晋级呢？"

观世音菩萨回道："司命星君告诉我，这封灵考第四轮是考中考，真正的考题是考天骄子对天帝、对神国、对神道的忠诚度。在欲望与利益面前，就算是神仙，有时也会误入歧途，何况这次司命院是针对每位天骄子的特征及弱点对应设局。"

她柔和的目光停留在孙悟空的脸上，欣慰地说道："你有渴望，但刚正不阿，没有迷失本心，所以你和其他三十一位通过考验的天骄子一起进入下一轮。"

孙悟空恍然大悟，当初司命星君只着重强调下凡执行任务，却故意不提晋级的规则，误导参考的天骄子。

他内心一时激动，心想只要自己还能继续参考，便有机会向天帝求雨，便可实现凤婉霞的愿望，还可以自我救赎这一次在矮人城的挫折。

孙悟空向观世音菩萨答谢，而观世音菩萨轻轻问道："战魂第三问正义存在，你可领悟到？"

第十章 问武天考

孙悟空一怔，诚恳回道："弟子愚钝，还没领悟到其中要义，请菩萨赐教！"

观世音菩萨说道："战神独求我的战魂九式，不同修炼者会有不同的悟道，不同的悟道会产生不同的力量。孙悟空，正义是否存在，要从你自己心中寻找答案！"

片刻，她又追问道："孙悟空，你心中相信这世界存在正义吗？"

孙悟空斩钉截铁答道："存在！我相信！"

虽然这世界尔虞我诈、强肉弱食，冷漠得让人绝望，残酷得让人悲痛，但自他一路成长以来，师尊、凤凰女神、龙王、剑神、侠仙、义妖、学圣、凤婉霞等等都在坚持自己的信念，以苍生为己任，侠肝义胆，积极作为。

观世音菩萨满意地点了点头，说道："不管众生信与不信，做与不做，正义永远存在天道、地理与人心之中！正义不被道德强加绑架，不被利益冠冕堂皇，不被权力哄骗利用，它不分阴阳、不问是非、不定对错，它只是告诉善恶！"

她寓意深远的再向孙悟空说道："孙悟空，仰望星空，俯瞰内心，大家都在希望能拥有一个真善美的世界。这就是正义存在的意义！"

孙悟空明澈的眼睛此时炯炯有神，揖礼说道："谢谢菩萨度我！"

佛度有缘人。观世音菩萨说道："我和仙尊院长认识时间甚是久远，十天之前我们在弘法会上相遇，便提起你，我才得知你体内有两道强大却相反的灵力撕裂着你，使你从小受怪病折磨。这一千六百多年来真是苦了你啊！"

孙悟空恍然明白为何菩萨对自己了解这么多。他真挚说道："谢谢菩萨关心，我这怪病已好多年没发作了。"

观世音菩萨说道："但毕竟还没完全康复。孙悟空你要勤学苦练战魂九式，早日把善恶两道灵力融会贯通，治愈这怪病，不再受病痛折磨。"

孙悟空连声应诺，一股温情在他全身流淌。观世音菩萨如同师尊般和蔼可亲，他感受到自己一生其实并不孤独，总会遇到良师益友。

观世音菩萨谆谆再说道："你体内有太极符印保护，抵御住恶灵，可太极符印却像一座围城，同时也包住了善灵。你悟出战魂前两式的新生力量，因为得不到善灵的强大支撑，很容易被恶灵扼杀在摇篮中。这造成了你今日灵力仍然薄弱。"

她取出一颗闪着银色光芒的佩珠，说道："这是如来佛珠，我赠送与你，你好好戴在手腕上，它与太极符印一起形成双重守护，过滤恶灵，释放善灵，战魂前两式的新生力量便能获得生命。"

孙悟空见这佩珠晶莹璀璨，十分珍贵。据《灵界通史》里的"灵物宝器"篇章写道，持如来佛珠，乘如实道，来成正觉。

孙悟空说道："这是佛国之宝，弟子断断不敢收这么贵重的礼物。"

观世音菩萨说道："在我佛门眼里，没有贵贱之分。这如来佛珠给别人，不过是净心除烦，给你则发挥它的最大作用，真正功德无量。后面天考，你必须拥有强大灵力才能前进。孙悟空，你不必推辞，要记住你还有使命在。"

孙悟空听从观世音菩萨安排，忙恭敬地接过如来佛珠戴在自己手腕上，然后再向观世音菩萨行三叩首之礼。

观世音菩萨看这孙悟空已从当年竹篮里的婴儿，变成眼前英俊挺拔的青少年，她百感交集，心中替嫣然公主高兴，忙将孙悟空扶起，说道："仙尊和我都一致认同，既然风平浪静不是你想要的方式，那就鼓励你，让你勇敢地乘风破浪，活出自己想要的人生！"

孙悟空眼里禁不住地泪光闪烁，再次拜礼谢恩。

观世音菩萨轻轻嘱咐道："孙悟空，封灵考第五轮就要开始了，你快回天庭，这边我会做场水陆法会，超度这些悲凉的灵魂。"

孙悟空应诺，驾筋斗云赶回天庭。观世音菩萨望着孙悟空离去的背影，再望向云下已不在的矮人城，她静静合掌，慈悲念道："生亦何欢，死亦何苦；怜我世人，忧患实多！"

第十一章
封正灵榜

天考会第九日，封灵考第五轮开始，将从晋级的三十二位天骄子之中产生八强，授予正灵位勋章。这是参考天骄子一路奋斗的目标，也是五个学院数万名灵生勤学上进的目标。

此轮考题名为"混战"，规则是三十二位天骄子随机平均分成八组，每组四个天骄子同时登上擂台比武，打到只剩一位在擂台时方可结束，剩下的这一位便是本届天考会晋升正灵榜的八强之一，所以第五轮成绩是天考会上部分封灵考的竞争结果。

战神殿堂校场四周的观武台上坐满了各路灵者，凤婉霞坐在各国使团席中，而侠仙、义妖、学圣作为使臣，与剑神一起在点将台主席位就座。

凤婉霞四处张望，寻找孙悟空的身影。可自孙悟空参加完第四轮后，就一直不见他的身影，凤婉霞心里满满都是对他的牵挂。

昨天天官府发榜晋级第五轮的名单中，孙悟空的名字赫然在列。这令所有人都惊讶异常，一个灵力薄弱的人竟然可以一路晋级，闯到第五轮！

这又成了大家探讨的热点话题。大家虽然肯定孙悟空的聪明才智与敢作敢当，但又基本一致地认为，孙悟空不会晋级八强，因为此轮考试是搏击类，且还是多人混战，没有强大的灵力是不可能战到最后的。

观武台上掌声响起，灵者们热情欢迎进场的三十几位天骄子，大家一时还没察觉到进场的天骄子们没有孙悟空。

这些天骄子受现场气氛感染，虽然明白此轮竞争激烈，但还是斗志昂扬，期待青云直上。

第五轮由武曲星君主持，他在点将台上高声说道："请苍穹珠秉承苍天之意，为封灵考第五轮排出比武场次和对抗名单！"

武曲星君的话音刚落，八名魁梧的大力士抬着一颗大明珠踏进战神殿校场，将大明珠摆放在点将台前。

武曲星君神色庄重，仰头朝极乐世界的星空方向祈祷，祷告后苍穹珠光芒闪烁，参加第五轮的三十二位天骄子姓名浮现在珠体里。这三十二位天骄子被排成八组，八组以八卦符号命名——乾、震、坎、艮、坤、巽、离、兑。每组按八卦顺序依次到擂台比武，朱天蓬、武居伟和孙悟空被分在巽、离、兑不同组中。

苍穹珠安排完毕，武曲星君又高声说道："现在我宣布，争夺八强的封灵考开始！"

校场气氛顿时沸腾，观武台观众神情激动。

八强战第一场乾组，轩辕学院的崔鑫先是和修真学院的水仙合作，披荆斩棘把两位妖精学院的天骄子打下擂台，接着是这两位为争夺这组的出线权，大战数百回合，却难分胜负。

水仙喊道："惊涛掌！"平地猛然间升起一道水柱，水柱半空中打转折下，夹着霸道气势，凶悍迅捷地向崔鑫攻来。

崔鑫身影急退，腾空躲过。但水柱受水仙驱掌，矫若游龙，一击不成掉头再击。

崔鑫忙紧握双拳出招回挡，气流在他拳头左右旋转强硬抗住水柱的冲击。

崔鑫洪亮说道："注意了！水仙，我马上要反击！"说完，他击出双拳，两团气流交叉前行，如同两条飞龙向水柱咆哮攻来。在雷鸣般的爆破声中，两团气流穿过水柱，乘风破浪般把水仙推下擂台。

崔鑫收住双拳，向水仙抱拳客气说道："承让了！"

水仙叹了口气，说道："是我技不如人，甘拜下风。"

武曲星神宣判崔鑫为乾组头名，他成了这届天考会第一个登上正灵榜的天骄子。全场观众给予热烈鼓掌，以示庆祝。

第二场震组开始，后面接连是坎组、艮组、坤组，登台的天骄子都是采用先二人结伴击败对方，然后再一较高下争夺头名的方式完成比赛，从震组到坤组胜出的，分别是女娲学院的风力士、修真学院的百花仙子，妖精学院的雾妖与山妖。

风力士不仅烈风掌凄厉，还能将风当成十八般兵器适用，根据对战情势，驭风为兵器，并变化多端，忽成刀砍、忽为剑劈、忽是枪刺、忽作箭射，对方往往无法应变，难以招架。

第十一章 封正灵榜

百花仙子一招"雨花缤纷"让人"如痴如醉"。招数使出便生出千片花瓣随风起舞，风一转千片花瓣又如密密麻麻飞刀射向对方，对手往往闪躲不急。

雾妖一身轻功，身如幻影，闪来闪去间犹如一缕烟雾缭绕擂台，在浓雾迷漫当中给对方猝不及防一击。

山妖体型庞大，如同一座宫殿，身躯由数十块大石头组垒而成，可抵挡住大多数对手任何凌厉攻击。

第六场巽组，朱天蓬登台亮相。他气宇轩昂，剑眉下那对多情的桃花眼神采奕奕，在场观战的一些女灵者的心不经意间就被他掳走。

朱天蓬微微地荡漾笑容，他先用口才说动其他人跟从，先三打一，后二打一，最后一对一。

一把祖传的天河剑掀起层层气流。朱天蓬一连挥出七剑如大海浪潮，浩浩荡荡向对手奔腾而来。但对手也非等闲之辈，舞刀奋力防御，攻与守一时不相上下。朱天蓬呼喝一声，纵身上前疾劈一剑，凶悍地逼得对手踉踉跄跄不断后退，连个喘息机会丝毫都没有，便跌落到台下。

竟然只用八剑，看起来还游刃有余，还没有爆发最强实力，观众连声称好。这朱天蓬是女娲学院评定的神国未来之星，果然出类拔萃。

那些青睐朱天蓬英姿的女灵者们早就身不由己地站起来欢呼庆祝。

武居伟妒火中烧，恼恨地嘟哝骂道："就爱出风头，总有一天我会让你颜面扫地，受大家嫌弃！"

接下是第七场离组。有天骄子要找武居伟结伴，武居伟一脸不屑地喊道："你们不用磨叽了，一块上来，看我如何把你们打趴下！"

他想用"一战三"盖过朱天蓬的风头。

三位天骄子闻之色变，皱起眉头暗骂这武居伟目中无人，但慑于天审司权势，他们表面上还是抱拳客套地说道："既然武少勇猛，那我们三位就当仁不让了！"

武居伟不耐烦地说道："废话少说，我们快点结束。"

三位天骄子心中有气，二话不说亮出兵器站成三角形将武居伟围在里面，然后腾空使出招式向武居伟一齐攻去。风声呼啸，灵力滚腾，声势强盛。

武居伟冷笑一声，掌起"火刑烈鞭"急升而上。他将火鞭抖了一抖，登时迸发出远比三位天骄子更强的灵力出来。

接着"火刑烈鞭"如鬼似魅疾刺四处，三位天骄子顿时感受到胸口不停地受到强大灵力撞击。

这三位心里都明白此时定要同仇敌忾，相得益彰才行。他们调整方式，先合力把各自灵力统筹在一起，然后有攻有守，相互倚仗，威力马上提升到更高等级。

武居伟看酣战数十回合仍不能拿下，戾气大作，火鞭空中绕过一圈将三位天骄子团团围住，天骄子四周火风呼呼作响，火风隐含的灵力似乎就要暴虐。

观武台上一些神仙骇然地瞪大眼睛，惊呼道："这是刑神的绝招'天火牢'啊！""没想到这武少年纪轻轻，就已掌握这门深奥的武学""后生可畏啊！虎父无犬子！"

三位天骄子挣扎跃出火圈，但四处都有"火龙"把守，火龙持续吐出的火焰不断将他们压扑下去。这火圈形成一座火海监狱将他们死死困住。

火圈越来越小，三位天骄子被压迫得多处受伤已无法抵抗，只好束手服输。

但武居伟却不肯罢休，一声叱喝，掌起火鞭朝三位已服输的天骄子狠狠抽打过去。

天地考规则里明确规定：若致考生重伤或死亡的，将取消成绩，终身禁考。

武居伟游走在规则边界，虽然没踩到红线，但他的行为立即遭到所有在场观众的唾弃。

就算武居伟在天考会代表着神国的荣耀，可此时连东道主神国的各位观众都感到心寒。诸神心中叹息，神一直以仁德施恩为宗旨，这武居伟如此狠毒，比刑神更甚，实在损伤神国的形象与未来。

武居伟环视四周，耍狠喊道："纵观本届，我才是赢者！"

天骄子恼恨武居伟太嚣张，却又不得不承认他刚才以一敌三的勇猛。

朱天蓬表情凝固，心往下沉，他知道有武居伟在的一天，他就永无出头之日！心中暗自决定，自己不管使用什么方式一定要赢到最后。

武曲星君宣布武居伟晋升正灵榜，接着叫人为另外三位天骄子疗伤，最后又说道："封灵考最后一场，请兑组的四位天骄子上台！"

武曲星君刚说完，嗖嗖几声，三个人影腾地而起，疾速落在擂台上。

观众定眼一看，心生诧异，怎么只有三位？还有一位呢？

当大家发现是孙悟空没在场时，不禁又议论起："这孙悟空跑哪去了呢？好像今日封灵考一开始就没见到他！是不是有什么事给耽搁了？"

"我想他是故意不来吧。第五场是格斗，以他脆弱的灵力，只能是挨打的份。"

"对的。这第五轮是靠实力见真章，可不像前几轮那样，能凭技巧与运气混过关的。他怕丢脸，所以不敢来！"

"终归证明他不过是石头生的，没有纯正血统，上升毕竟是有限的。"

第十一章 封正灵榜

"龙生龙，凤生凤，老鼠的孩子会打洞啊！他做块上马石还可以，想要变成老鹰翱翔天空简直是痴心妄想！"

观武台上一些灵者对孙悟空的冷嘲热讽，引起另一些正直灵者的谴责与驳斥。他们纷纷说道："孙悟空连三道天雷都不怕，还怕这个？"

"大家听说了吧？孙悟空在南天门敢质问刑神，把刑神驳得哑口无言，当场失威！"

"那天我在场，看得我激动万分，孙悟空铁骨铮铮。"

这孙悟空自百年前的地考到如今的天考，一直是三界的热门话题人物。大家各有各心，心各有见，有喜欢与支持他的，有嘲笑与讨厌他的，也有妒忌与害怕他的。

正当大家众说纷纭，各抒己见时，远处上空突然出现一道亮光，亮光由远及近朝战神殿堂快速移动。大家定睛一看，原来亮光正是筋斗云。

孙悟空从筋斗云上跳下，凤婉霞情不自禁地鼓起掌来。片刻后，观武台爆发出热烈的掌声。

凤婉霞听到掌声，眼角又情不自禁闪出泪光。公道自在人心啊！

孙悟空有些纳闷，但他无暇顾及，快速向点将台主席位揖礼说道："修真学院弟子孙悟空有事耽误了，不知我现在还能不能参加天考呢？"

武曲星君早得到观世音菩萨说情，他笑了笑说道："孙悟空，你来的刚刚好。第五轮考题名为'混战'，每组四位天骄子同时上擂台搏斗，留在擂台上的最后一位天骄子就是胜者，可晋升到八强之列，现在只剩你这组最后一场。"

孙悟空揖礼称谢。他跳上擂台时，观众再次给予热烈的掌声。

擂台上兑组的三位天骄子都知孙悟空虽灵力脆弱却受大家喜爱，他们明白要分寸得当才行。况且认定这孙悟空灵力脆弱，这一轮完全是来陪打的。因此这三位天骄子商定后，朝孙悟空说道："孙悟空，你且在旁边观看，等我们三个比完，谁胜出谁跟你最后比试。"

孙悟空明白他们的意思，本想说不用这么让着他，但三位却视而不见，话音未落已拳来脚往，缠斗在一起。

孙悟空心中苦笑一下，想想也罢，便走到擂台边凝目观战。

三位天骄子各自不结盟，随性乱打，但这反而打得天翻地覆，精彩跌宕，观赏性更强了。

孙悟空见三位斗得极是紧凑，一时半刻分不出高低，便利用这机会悟道，启发出战魂力量。孙悟空运气导力，在心中轻轻呼唤："战魂，请给我力量吧！"

意识最深处的那股新生能量听到孙悟空的叫唤，如同嫩芽破土，慢慢苏醒，舒展身姿。但体内强大的魔灵也跟着涌出，杀气腾腾想要拍打这新生能量。如来佛珠这时熠熠生辉，佛的禅意与梵音传入孙悟空体内，面对这凶神恶煞的魔灵，缓缓抚平它的怨恨。

何怨？何恨？执着怨恨，时刻烦恼，就算有所得，也只能是一时快意，却失去与错过很多人生真正有意义的东西！

何怨？何恨？心生恶念，造成恶业，把自己永远陷入一个坐卧不宁、心神不安的世界，不如苦海无边，回头是岸！

何怨？何恨？你怨人，别人不怨你吗？你恨人，别人不恨你吗？冤冤相报又何时了呢？去求得一份真心付出后的坦然，一种经历过生活后的豁达吧！

何怨？何恨？其实只是因为你很在意你的得失与荣辱，可人生哪能那么多如意呢？不以物喜，不以己悲，万事只求半称心。

所以，从怨恨的情绪中解脱出来吧，让心境回归自在、宁静与纯朴，海纳百川，有容乃大；壁立千仞，无欲则刚。

孙悟空惊喜地发现魔灵汹涌的气焰渐渐减弱，丹田中原本闭塞的地方开出一个口子，新生能量丝丝流出，渐渐在体内流转，慢慢畅通无阻，强大的战魂力量悄然云起水涌。

这时三位天骄子已决出胜者，胜者是来自妖精学院的兽妖半人马。半人马上半身是强壮的人躯干，下半身是威武雄壮的马身。

半人马提一把长枪，向孙悟空抱拳说道："请！"

孙悟空也向半人马致礼说道："请！"

半人马暗想，不能伤到孙悟空，但可以逼他掉下擂台。这是最恰当的方式。于是，半人马把握力度，马蹄向前跨动几步，长枪跟着抖动，一挑一扬抖起枪花向孙悟空攻去。

孙悟空开启奇门遁甲防御，长枪与遁甲交击刹那，轰隆一声，如平地惊雷。半人马受到冲击波压迫，踉跄后退数步。而孙悟空却稳健站在原处。

半人马惊讶地发现对手有强大的灵力，没迫使孙悟空掉下擂台，自己反而差点跌落。

与此同时，孙悟空也惊讶万分。自他使用奇门遁甲以来，自己从来没有见过如此强烈的反震之力。转念之间，他豁然明白是因为自身的灵力变强让奇门遁甲有了更大的威力。

其时，观众席上的所有观众也都心生讶异。原来灵力薄弱，摊上一击便喘息急促的孙悟空，此时却双眼精光有神，步伐稳健，看似灵力十分强大。

孙悟空向半人马行抱拳礼，真挚地说道："将军，我灵力已恢复，请不用怜惜我。这一战我会拼尽全力抢进八强,请将军也要不遗余力,为登上正灵榜拼搏!"

半人马释然说道:"孙悟空你铁骨铮铮,那句'没有谁比谁优越,我渴望平等与尊重'的话,直入大家那颗渴望改变命运的心。我会拼尽全力应战,配得上你这句话。"

两位天骄子惺惺相惜。半人马扬起长枪,长江大河般攻过去。但孙悟空应用奇门遁甲之术已达到炉火纯青地步,再加上新生力量辅以补助,更是铜壁铁墙。半人马长枪始终攻不进孙悟空身旁周遭一圈。

孙悟空心神为之振奋。这在以前全身从未有过这等灵力贯通,现在灵力可凭心之所至,任意使然。

半人马倒也不急躁,一副平和的神情枪舞银花,行云流水地拦、拿、扎、刺、搭、缠、圈、扑、点、拨、挞、抨、缠、圈,出招时疾如风,势如破竹;回撤时稳如山,从容大气。

矛盾之争已战二百多回合,却难见分晓。观众惊叹半人马的枪法惊心动魄,更欣赏孙悟空在运用奇门遁甲这方面上有着超群的才华。

这一攻一守之间半人马忽然跳出战圈,枪收背后,凝眸注视孙悟空半晌后,长叹一声说道:"再打下去,已没意义,是我输了!"

观武台上一片哗然。但武学高手却一点不感到意外,因为他们已看出擂台上两位天骄子的优劣,半人马虽然进攻声势猛烈,可孙悟空的防守游刃有余,始终保持技高一筹。

半人马接着说道:"我的枪法在前两百回合已使尽,再攻也是重复前两百回合招式。我本就攻不下你,从第二百一十回合后,我明白你已猜出我的路数,并已有针对性地开始布局反攻,你打败我只是时间问题。可我妖族性情直爽,不愿苟且,既然技不如你,那就服输。"

孙悟空见半人马如此直白,与义妖一样是非分明,心中不禁敬佩,谦虚说道:"是我侥幸而已。长枪属于长距离攻击武器,这里的擂台限止了它的发挥,若是在战场上比拼,特别是马上作战,我怎能坚持到百招之上呢?"

半人马豪迈大笑起来,连忙说道:"这次我是输得心服口服输了!"

说完,半人马自行跳下擂台,而观武台无数的目光一齐望着孙悟空,一个来自下界石头生的,又怪病缠身的普通灵生,竟然一路逆袭,从挑战三道天雷到质问刑神何为法,再到过五关登上正灵榜,除了他确实优秀,还能有什么可解释的呢?大家望着他,评定他,感慨他,更多的是祝福他。响起阵阵喝彩声。

天地五万九千八百年,第二十四届天考会上部分封灵考经过九天五轮的较量，终于产生八强。武曲星君向剑神风广仁揖礼，请这位主管天官府的神灵主持册封正灵榜仪式。

风广仁向天揖礼后说道："恭迎月神公主，以神国皇家之名，为八强颁授正灵位勋章！"

这时，校场上空片片粉红花瓣飘落，清新香气四溢，不远处又悠悠传来典雅庄重乐曲声，随后空中出现皇家护卫仪仗。

仪仗前列有十六位飞天仙女，四位提香炉，四位提花篮，另外八位各持不同乐器。

仪仗中间是六匹天马同拉一座皇辇，皇辇前后有四位黄巾力士护驾，左右有四位女神官随从。一只青鸾神兽盘旋在皇辇上空，这青鸾是月神公主的护卫神兽。

仪仗后面由一队龙甲军的天兵天将压后，旌旗招展，将兵们雄姿英发。

全场灵者们肃然站立，恭敬地迎接月神公主驾到。天帝上穹目前就只有月神公主这么一个子嗣，可能天帝觉得自己春秋正盛，不急于绵延子嗣，也不想过早考虑帝位继承问题，但在坊间的茶余饭后，很多神都会闲谈到神国是否再会出现一位像女娲一样的女天帝。

两名女神官轻轻地掀起车帘，一个绝世美女在皇辇上盈盈走下，她双手虔诚捧着一部卷轴。

全场所有观众都在注视这位神国公主。公主手上捧的卷轴正是正灵榜天书。正灵榜天书是记载灵界自元古以来，所有拥有正灵位的灵者名单。正灵榜一直存放在祈天坛，受苍天垂青，受大地敬仰，受众生礼拜。

剑神与百官躬身揖礼。公主月神嫦妍娓娓说道："剑神院长，皇家从祈天坛取来正灵榜天书，请你宣读本届天考会新晋正灵位的名单。"

风广仁毕恭毕敬接过正灵榜天书，先向极乐世界星空祈福，接着缓缓打开天书，拉到最新一页，然后高声宣读新晋上正灵榜的八位灵者姓名。八位灵者分别是神国的朱天蓬、武居伟、风力士，仙国的孙悟空与百花仙子，妖国的山妖与雾妖，人间灵界的崔鑫。

读罢，风广仁邀请新晋正灵位的八位登上擂台，接受正灵位勋章。

三神、二仙、二妖、一真人英姿飒爽登上擂台站成一排，接受三界的祝贺。

月神嫦妍端庄优雅地登上擂台，两名女官手举托盘紧随其后，托盘上摆放着八枚正灵位勋章。

正灵位勋章是荣誉、功勋与地位的象征，也是灵者与苍天缔结的灵契，由天地灵气、日月精华制成。

第十一章 封正灵榜

月神嫦妍向八强一一颁授正灵位勋章。每一位灵者在接受正灵位勋章后，正灵位勋章会自然融没于其灵者体内的血液中，灵者头背后的上方会出现一圈光环，光环可随拥有者的意识浮现或隐藏。

月神嫦妍走到朱天蓬面前为其授勋，她嘴角扬起甜美的笑意，开心地说道："朱师哥，你要再接再厉，我看好你。"

朱天蓬温文尔雅地回答道："谢谢月神公主的鼓励，我会加倍努力。"

他对嫦妍公主既有爱慕之情，又有感恩之心。他曾偷偷跑到祈天坛，站在天意命盘上向极乐世界星空暗暗立下誓言："我朱天蓬愿倾尽所有，一生守护月神公主。"

月神嫦妍娉婷袅娜移步到下一位面前，下一位是武居伟。武居伟见月神嫦妍肌若凝脂，容光明艳，忍不住心中一荡，便忘了仪礼。他开口低声道："月神表妹，你表哥厉害吧？我会夺得天魁给你看看！"

朱天蓬站在旁边听到武居伟说出这种没有礼数的话，不禁咬牙切齿，怒火在心中与眼里猛烈燃烧。但他自穷奇一事后，早已养成遇事冷静的习惯，瞬间理智，就占了上风。

月神嫦妍见武居伟胆敢放肆，冷冷说道："武居伟，你僭越了，我可是天帝之女，神国堂堂正正的公主，对我无礼，便是冒犯我皇家威严，要受天条惩处，就算你是刑神的爱子，到时也无济于事！"

武居伟一时惊醒，同时看到剑神与百官正眼神犀利地盯视自己，知道自己刚才轻浮失态，忙低头不语，心里却悒恨地嘀咕："你们等着，总有一天我会给你们点颜色瞧瞧。"

月神嫦妍鄙夷地走过武居伟，来到最后一位授勋者孙悟空面前。

她双眸柔和地打量孙悟空，突然轻轻感叹一句："孙悟空，我的生命和你的生命一样，都是想要勇敢地做自己！"

孙悟空一怔，困惑地望着月神嫦妍。他不懂该如何接这句话，只好施礼感谢神国公主为自己授勋。

颁授正灵位勋章完毕，风广仁向擂台环视一番说道："你们是本届天考会的八强，恭喜荣登正灵榜，三天后，在战神殿堂开始问鼎考。请苍穹珠秉承苍天之意，为八强排出分组名单！"

苍穹珠再次闪烁光芒，珠体内浮现出八强对阵图。第一场青龙组，山妖对百花仙子；第二场白虎组，雾妖对朱天蓬；第三场朱雀组，崔鑫对武居伟；第四场玄武组，孙悟空对风力士。

正灵榜册封仪式结束，大家行礼恭送月神公主离开。散场后，凤婉霞特意在战神殿堂外等孙悟空询问他为何前两天失踪。

孙悟空正要解释，朱天蓬却找上门来，连问道："你怎么突然变得这么强啊？之前你是在假装，为了麻痹大家吗？"

孙悟空释疑说道："我从小就有一种怪病，限住了灵力。今天是如来佛珠帮我催发出新生力量。"他捋起衣袖，手腕上露出一颗佩珠，佩珠温润透着银光，无声无形中静人之心、安人之身，使人温柔待岁月。

朱天蓬感受到这佩珠带来的佛的禅意与梵音，似在开悟他："仇恨如座围城，困住肉体，那是不能自由的难受；情执如片深渊，折磨精神，那是不能自拔的痛苦。放下仇恨与情执吧，人生还有快乐、自由和坦荡。色即是空，空即是色，苦海无边，回头是岸。你什么时候放下，什么时候便海阔天空、安然自在……"

朱天蓬猛地用力大喊一声："不！""我不能放下，家族沦落的耻辱，落花流水的不甘，怎能便宜敌人呢？怎能失去爱人呢？若如此软弱，那便枉活一世！"

朱天蓬关闭心扉，拒绝与佛珠沟通，愣过神后，仿如做过一梦。他目光避开佩珠，向孙悟空问道："这如来佛珠乃是佛国之宝，怎么会在你这边呢？"

孙悟空把接受天考会第四轮的任务、矮人城末日灾难、观世音菩萨点化与赠珠之事一五一十地告诉了朱天蓬和凤婉霞。

两人这才明白，并为孙悟空能发挥灵力感到高兴。孙悟空自己也感觉到自己有了一种脱胎换骨的变化。

正如昨日种种，譬如昨日死；今日种种，譬如今日生！

朱天蓬说道："孙悟空，你不断给我惊讶啊。我很好奇，在接下来的问鼎考，若我们相遇，谁胜，谁败呢？"

孙悟空一时无言，有些不知所措。

朱天蓬把问题抛给凤婉霞，微笑问道："凤姑娘，你认为呢？"

凤婉霞略微思忖后说道："依我所见，这一战必然精彩绝伦。你们定不负平生所学，所以也无憾胜败结果。"

朱天蓬温雅一笑，赞道："男的一身骨气，女的一貌倾城，你们两位倒真是天造地设的一对。"

凤婉霞的脸上顿时涨起一层羞涩红晕。孙悟空在旁忙解围道："天蓬兄，你误会了，我和婉霞姑娘才认识几个月，我们只是……只是……"

孙悟空说不下去了，此时他内心理不清这段关系到底是情还是义。

凤婉霞的脸上却沐浴着霞光。她明白自己对孙悟空的真实感觉，却又怕仙

第十一章　封正灵榜

魔不可恋，若逆天而爱，不仅父皇阻止，两国全民也会声讨。

朱天蓬却突然意味深长地接着说道："喜欢跟认识的时间长短没有一点儿关系。两人在冥冥天意之中，在茫茫三界当中相遇，缘分既深，两情既悦，又何必纠结其他呢？"

孙悟空和凤婉霞怔住，不约而同默然思考这句话。

朱天蓬抬头往九天之上的太微玉清皇宫望去，他思念月神嫦妍，心中却是一片苦涩。

天考会休考两天，来神都的各院灵生、各国天骄子、各使团成员都趁机游逛九天，兴致勃勃地挑选灵物灵器，津津有味地欣赏风土人情。

特别是羡天与从天，人流如潮，熙熙攘攘，满眼尽是繁华盛世景象。

这日，朱天蓬约孙悟空去从天看棋神摆的比棋擂台，孙悟空叫上凤婉霞一起去凑热闹。

从天的棋道场里设了一个擂台，擂台上立着一块大棋盘。擂台四周已是如同市集拥挤不堪，大家正聚精会神观看台上的激斗。

挑战者指挥红方棋军先走，棋神指挥黑方棋军。红黑双方棋军的将、士、象、车、炮、马、兵模型在盘面上直立行走，炮火连天，短兵相接，车马冲锋陷阵，象士守城保将。

随着棋神一句："马四进三，将军！"黑方棋军中"黑马"撒开四蹄，飞奔一跃，形成"马后炮"攻势。红方棋军中的"将"暴露在黑方炮火的攻击范围，进退躲避都会受到木马踩踏。红方棋军败局已定，第九个挑战者是投子认输。

观棋者有大声喝彩的，也有沉思不语，还有指手画脚着急叫骂的，大家众说纷纭彼此切磋棋理棋艺。

这时，大棋盘换上新的红黑方棋军。棋军各棋是木制的，听从下棋者的语音指令，自动进退平行，若被对方棋种吃掉，就会爆成碎木以示已"战死"。

棋神向台下观棋者拱手礼道："天考会风云际遇，龙虎争雄，我棋神在这设比棋擂台两天，一是为天考会助兴，增添斗趣；二是切磋棋艺，以棋会友；三是我弈棋已有三千年，如今陷入瓶颈停滞不前。我深知自己不过是精通棋艺，却不了悟棋道，所以寻找高手，但求一败，让我有所思、有所悟，突破瓶颈，登上真正棋道高峰。"

他再高声说道："敬请高手上台挑战，胜我者，便可赢得这瓶隐形水。"

这隐形水据《灵界通史》里的"灵物宝器"篇章记载，由元始天尊炼制而成，喷洒在人或物上，可隐没其形体。元始天尊把隐形水分成十二份，装成小瓶，分别送给他的十二位金仙徒弟。每个小瓶只能提供四人次的用量，隐形效果可维持一个时辰。后来元始天尊与十二位金仙元神都去了极乐世界，这十二瓶隐形水便留在灵界，历经数万年的继承、流转、使用、抢夺，如今存世的只有三瓶。"

听棋神讲完，观棋者议论声不断。这棋神胜不骄，态度谦和，言辞诚恳，主动表明是自己遇到瓶颈寻求帮忙。这隐形水属于灵界的顶级宝物，如此稀世宝贵的东西，棋神竟然肯舍得拿出当礼品，可见他嗜棋如命。

观棋者翘首企足想要得到隐形水，却又有自知之明赢不了棋神。这棋神自出道以来，三千年弈棋，战无不胜，棋艺早就登峰造极。如今这是独在峰顶的寂寞，欲求真正对手。来场酣畅淋漓的一战。

朱天蓬、孙悟空与凤婉霞也在观棋者当中，此时忽有一个甜美的声音在朱天蓬耳边响起："朱师哥，你们也在这儿啊！"

朱天蓬的心怦然跳动。这声音一直让他朝思暮想。他忙侧过身寻找声音的主人，神情却不由得愣了一下，是位少年郎！

孙悟空与凤婉霞也一同瞅来，看到朱天蓬旁边的这一位少年郎，似曾相识，却又不认识。

朱天蓬双眉一皱，叫上少年郎、孙悟空与凤婉霞来到棋道场一处偏僻的角落，然后向少年郎施礼说道："月神公主，你怎可独自一人出宫呢？"

孙悟空与凤婉霞这才认出眼前的少年郎竟是两天前刚刚见过的月神公主。

两人忙向月神嫦妍揖礼。月神嫦妍莞尔一笑，说道："我偷跑出皇宫的。"

三人茫然，朱天蓬更是急道："你尊贵之躯，万一有什么闪失，如何是好啊？"

月神嫦妍笑着回道："现在有两个新晋正灵位的强者，还有拥有凤凰之力的天骄子在旁边，我能有什么不测呢？"

朱天蓬与孙悟空对望一眼，两人面对这突如其来的公主一时没了章法。朱天蓬更是心情复杂，朝思暮想的心上人突然出现让他心头一热，可他之前从来没有想象过能在这大庭广众之下与心上人私下游玩独处。

月神嫦妍看出朱天蓬和孙悟空有些不知所措，忙解释道："朱师哥，孙学长，请不要拘束。我只想当你们的师妹，更想跟你们做朋友。"

凤婉霞是女子，又是魔国公主，曾有过同样的寂寥深宫的生活，自然能明白月神嫦妍的想法。她插说道："自由的天空才是青鸾想要的世界。"

月神嫦妍一听，脸上绽开了难有舒心的笑容。她拉上凤婉霞的手，亲切地说道："还是婉霞姐懂我。"

两个公主一见如故，相谈甚欢，俨然一对姐妹花。

此时，棋道场又一阵喧嚷，第十个棋手挑战棋神失败，月神嫦妍双眼明亮，说道："我们四个可以一起上台挑战棋神。"

月神公主发话，朱天蓬跟着鼓劲说道："集合我们四个人的智慧，群策群力，说不定可以赢得棋神。"

孙悟空、凤婉霞颔首赞许。

四人相视，会心一笑，凌空跃到擂台上，齐向棋神揖礼。

朱天蓬说道："棋神大师，我们四个想一起向你挑战，可以吗？"

棋神目光如炬打量四人后，温和说道："可以的，棋规上并没有限定下棋人数。你们四位都是灵界的佼佼者，才貌双全，能同时与你们四位对弈，实乃微神我平生之荣幸啊！"

围棋者看到朱天蓬、孙悟空等四人跳上擂台，大家也眼前一亮。

朱天蓬越长越俊美了，不仅是神都公认的美男子，又是女娲学院评定的神国未来之星，封灵考上的天河八剑，每剑都浩浩荡荡，已然具备一流高手的水准。

孙悟空由内而外散发着阳刚之气，朴实无华，大家先是被他改变命运、挑战三道天雷的斗志所感染；后来又被他反抗不公、不畏刑神权势的精神所折服。

凤婉霞仪容清雅如兰，双目清澈如潭，举止间自然流露出一种高贵气质，坊间传闻她是凤凰女神的女儿，无论哪一样都让她受到极大关注。

最令在场观者泛起惊异的是那少年郎，不管是相貌，还是气质，这少年郎都是超世绝伦，他比朱天蓬俊美，也比凤婉霞倩丽，虽然大家有点儿分不清道不明这少年郎到底是俊还是俏，反正长得就是出挑无双。

等观棋者听到朱天蓬要以四对一时，大家又把心事拉回到这棋局上。

一方说："四人合作，能做到眼观六路、耳听八方，集思广益，所以红方棋军占优。"

另一方则说道："棋局瞬息万变，每人思路又不一样，多人合作杂音纷扰，不仅抢先不了入局，还缺乏随机应变，结果可想而知，所以黑方棋军占优。"

棋神这时用灵力"传音入密"，向月神嫦妍轻轻说道："公主殿下万福！"

月神嫦妍抿嘴一笑，也用灵力传音回道："我乔装打扮，终究还是被大师认出，打扰大师了。请大师等会儿不要相让。"

棋神庄重说道："棋手当有棋品，微神认真对待每一场对弈，这是尊重对方，也尊重自己，更尊重棋道。"

月神嫦妍惭愧说道："是嫦妍不懂事，多想了，还请大师见谅。"

棋神安详说道："现三界人情世故如此，公主殿下有所担心与忧虑，微神清楚。公主殿下率直坦荡，让微神敬佩！"

红黑双方分别站在硕大棋盘左右两侧。

朱天蓬双指并拢向上空弹出一道隔音结界，化成无形伞状，罩住四人，隔离出内外两个世界，里面世界可听到外面声音，但外面世界听不到里面声音。

朱天蓬对孙悟空等四人说道："入棋局就如同到了战场，我们先制定个行动纲领。"

孙悟空说道："朱兄，你来指挥。"

朱天蓬环视一下，就当仁不让地说道："好的。月神公主负责左路，凤姑娘负责右路，孙悟空负责前方，我坐镇中军帐。我们齐心协力，直至胜利！"

四人侧身围成一圈，各伸出一只手上下相叠，高呼道："齐心协力，直至胜利！"然后相互击掌鼓劲。

台下观棋者不知道四人在说什么，但看到他们四人的动作，也可猜到四人斗志昂扬，在彼此加油鼓励。

战云密布，红方棋军先出炮。"红炮"车轮滚动行走，从线路二平移到线路五，然后抬升炮管，炮口对准"黑兵"。

黑方棋军线路八上的"黑马"昂起马头，前腿蹬地向上跳到线路七。

"红马"扬蹄，"嗒嗒"声奔到线路三，线路二的"黑马"对应跃到线路三，黑方棋军双马立足防守，展开反击。

接着"红车"驱动四轮，呼啸猛冲；"黑兵"握持长枪，过河挺进；"红象"迈动四条大腿，堵住敌军；"黑士"双手挥剑，在九宫城内身轻如燕，贴身保护主将。

双方车冲炮攻，马踏兵进，象防士护，彼此你来我往，难解难分，棋局进入鏖战阶段。

这盘棋出乎意料的惊心动魄，杀得比那刚下完的九局都要精彩。观棋者屏息凝神，抑制不住内心的激动，浑身紧绷，仿佛是自己在那棋盘上冲杀。

两军对垒近一个时辰，双方兵力都有一定的消耗，渐渐形成决战形势。

棋神心思缜密，一以贯之推动自己的战略，同时也在不断地布局设套，诱骗红方棋军，希望进而围歼。

红方棋军一会儿向左路冲击，一会儿又向右路突围，虽努力奋战，却处处被黑方棋军掣肘。

朱天蓬眉头紧蹙，沉吟苦思，他明白再不打破困境，红方棋军便要全军覆没，他想赢得挑战，亲手将战利品隐形水送给月神公主，还有他更不想输，特别是在月神公主面前输掉任何东西。

第十一章 封正灵榜

但棋神棋高一着，红方棋军苦苦挣扎，朱天蓬眼睁睁地看着红方棋一个接着一个被黑方棋军吃掉，却无能为力。

朱天蓬太想赢，也太怕输，心里越来越急躁。他又联想到自己身上复兴家门的重担，想爱不能爱的苦涩，他急火攻心，胸口气血骤然翻涌，眼前发黑，身体摇晃不支。

这盘棋风谲云诡，竟然引动在场所有人的心魂。

孙悟空想到自己从石头里蹦出来，没有父母疼爱，自小受人歧视，孤零零一个，幸得遇到凤婉霞，启悟生命意义，可病魔仍缠身到今，既然前途未卜，又何必山盟海誓呢？

凤婉霞想到自己自小活在父母争吵的阴影中，等长大了，母后却忧郁而终，离她而去，而父皇沉迷于权力斗争，没空理她、关心她。现在她心里装着孙悟空，可仙魔相恋是孽缘，交往下去得不到天地护佑，这究竟该何去何从呢？

月神嫦妍想到自己站在九天之上，看到神仙们追逐名利、安逸享乐，甚至虚情假意、趋炎附势。这些都使她失望之极，所以，她的目光孤傲不近人情。但她看到了孙悟空，看到了一个不一样的男人，可她也察觉到孙悟空眼里只有凤婉霞。

棋神在想自己穷其一生浸淫在棋局上，痴爱成狂。虽百战百胜，可心却越发在乎输赢，时常焦虑不安，渐渐寝不安席，食不甘味。他因棋封神，却担心因棋一败涂地，更怕因棋走火入魔，所以设下擂台，想要了悟棋道，破解心魔，可万一败了，他就真的就能接受吗？

人生百味，观棋者也各有体会。大多灵者想到的恨事是只能仰望别人的风采，而自己却懦懦无为，受命运左右，要么浑浑噩噩，要么孤苦失败。万年以后，别人元神去极乐世界得以永生，自己灵魂到鬼国轮回转世。想到这层，大多灵者难以自控的悲伤与哀叹。

这时，如来佛珠察觉到孙悟空迷失了心智，立即散发出佛光，照亮孙悟空幻境，佛的禅意开悟道："顺其自然，一切随缘，宠辱不惊，看庭前花开花落；去留无意，望天上云卷云舒。"

禅意开导，梵音静心，佛光指引。孙悟空走出幻境，见朱天蓬、凤婉霞与月神嫦妍目光呆板地紧盯棋局，忙诵念仙家的《清心诀》，消除浮躁，安然若素，不以物喜，不以己悲。

他轻轻唤道："朱兄、婉霞、月神公主，棋是木头块，输了我们再重摆。"

朱天蓬、凤婉霞与月神嫦妍定了定神，如梦初醒，明白自己刚才是迷失了心智，魂魄受困，还好孙悟空及时点破。

朱天蓬还是有些头胀胸闷，他见孙悟空目光淡定、神情坦然，手腕上如来佛珠熠熠生辉，他有所明白，索性说道："孙悟空，这盘棋接下你来指挥，你有如来佛珠护心，可避免受到魔障。"

孙悟空点头称是。他调整思路，把生命意义的悟道融入进去，汲汲而生，积极而活，不在乎输赢，回归到下棋的初衷：益智、怡情。

孙悟空带领大家，重新进入棋局，面对进退两难的局势，他不畏首畏尾，反是置之死地而后生，把车、炮、马、兵棋种全部过河，集中力量和火力，直攻黑方棋军九宫城，暂时不管后方安危。

如此战法，红方棋军得以解脱，反而开启新的局面。

棋神惊讶对方连接下出几个妙手，他的眼里也流露出兴奋的光芒。这是棋逢对手，要决一胜负的激动。

棋神棋艺炉火纯青，几个来回后，红方棋军又受到沉重的打击，红方棋军连续损失兵力。但如来佛珠加持，稳固孙悟空正念，禅意指引道："命由己造，相由心生，世间万物皆是化相，心不动，万物皆不动，心不变，万物皆不变。"

孙悟空坚定自己下棋目的，不在于胜败，而在于下棋中的乐趣。他不受后方阵地快要沦陷的打扰，聚神专攻黑方的九宫城。

棋道场弥漫决一死战的气氛。

孙悟空以九死一生的勇气，绝地反击，下出连环三妙手，车马夹攻，攻克黑方九宫城，离自己"红将"被灭只差一着棋，他用时间换空间，最终赢下了这一局。

台上台下的人均不敢相信这一结局，等愣过神后，个个热血澎湃。

观棋者在百感交集中得到一种人生感悟：人生如棋，落子无悔，尽人事，知天命，努力付出后，结果坦然随缘。

棋神大汗淋漓，惊叹道："如此向死而生的棋法，千古未有啊！"

他突然顿悟棋道，人法地，地法天，天法道，道法自然，心中因无输赢，弈棋自可收放自如，便会妙招纷呈，结果自然稳操胜算。

棋神走出郁郁寡欢的心境，精神焕发，比对弈前更有风采。他拿出隐形水递给孙悟空，欣喜说道："这场对弈，我败得心服口服，所获得的真知比这宝物贵重得多。"

孙悟空接过隐形水，双手向棋神揖礼道："谢大师惠赠。"

四人离开棋道场，孙悟空说道："这隐形水大家看怎么办？"

凤婉霞慧心如兰，微笑道："就给嫦妍学妹吧，是嫦妍学妹提议我们这个挑战的，况且我们这些当师哥与学姐的，也要送一份见面礼给嫦妍学妹的。"

第十一章 封正灵榜

朱天蓬和孙悟空都是赞同，月神嫦妍也就大方地收下了隐形水。

四人接下来又兴趣盎然地一起逛九天。四人相识不长，但贵在相知；相知渐多，又贵在知心，认同彼此。

朱天蓬口齿伶俐，说起九天一些趣事，吸引孙悟空、凤婉霞、月神嫦妍倾听，惹得他们不时发出笑声。

朱天蓬突然说道："天考会期间，女娲城有两个重大的皇家宴会，一个是天考会结束后的天帝群星宴，宴请的是各方政要、三百六十五位正神、本届天考会八强，孙悟空，到时我们会收到一张皇家请柬去参加群星宴。群星宴庄重，礼仪严格，宴会上一般是君臣有关时局与政事的问对。

"另一个就是今晚的天后蟠桃会。蟠桃会原为西王母举行的盛会，后来西王母在万年之后元神去了极乐世界，神国皇家就保留了这传统节日宴会，由天后主持，一是纪念西王母娘娘诞辰，二是施仁布恩，宴请在神都道高德重的神仙佛妖等，包括各国与学院来的使团贵宾。"

朱天蓬停顿一下，眼神柔和地凝视月神嫦妍说道："按道理，你是神国皇室成员，今晚要参加蟠桃会的。"

月神嫦妍哭笑回道："我不想勉强自己去做自己不擅长的事。"

大家理解地点了头。像这种正式场合，她是天帝子嗣，又是皇家长公主，不管心中爱恶，都得保持举止得体，不但能接受繁文缛节的仪程，还得应付人情世故，像月神这样性格单纯且清高的神女，确实很难适应。

月神嫦妍眼睛一眨，神秘地说道："今年蟠桃会有盛大的烟花表演，我们去看吧。"

朱天蓬说道："蟠桃会在瑶池宫苑举行，由龙甲军把守，就算有你带领，可我们三个没有请柬，皇家规矩严格，龙甲军绝不会让我们三个进的。"

月神嫦妍亮出隐形水，小声说道："我们有这个！"

朱天蓬连忙摇头说道："这隐形水极其宝贵，以备不时之需，怎么可以为了看烟花而用呢？"

孙悟空和凤婉霞也都表示反对。

但月神嫦妍却坚持说道："在我遇到你们之前，繁华深处都是孤独，想找个谈心的人都没有。但今天是我最开心的一天了，我想让这天圆满。"

朱天蓬、孙悟空和凤婉霞内心震动很大，他们都曾深刻地体会到那种植入骨髓的孤独感，所以此时很明白月神嫦妍的心思。

大家思忖后，朱天蓬说道："行，那我们走吧。管它算不算偷闯宫苑，会不会是大不敬，我们只要生命绚丽一回！"

孙悟空也说道:"好!为生命的意义一往直前,就让今天圆满吧。"

凤婉霞拉起月神嫦妍的手说:"嫦妍学妹,当下不负,我们一起去观烟花!"

月神嫦妍激动喊道:"出发!谢谢你们,我们一起去看一场属于我们的烟花!"

不久,瑶池宫苑映入四人眼帘。宫苑大门前已是宾客接踵,龙甲军的神兵天将正一一查验参会者的请柬与腰牌。

龙甲军旁边有一头膘肥体壮神兽,神兽虎身九头,九头都是人脸,每头表情严肃地审视每位参会者。这神兽名唤开明兽,它拥有洞察万物的能力,懂人语,说人话,被天帝封为"神兽将军"。

月神嫦妍说道:"宫墙以里与宫墙上空都设了结界,且现在各路神仙出出进进,说不准哪位大神能识破我们。我们等天黑再来。"

说完她带孙悟空、朱天蓬与凤婉霞来到瑶池宫苑附近的一座山峰,从那里可以看到瑶池宫苑容貌。

山峰视野开阔,从山峰上下望迎面是一潭群峰环抱的湖水,仙雾在群峰间缭绕、流动,而这湖就如同孤悬在天际中。

这湖就是瑶池,瑶池上空有一座天桥横跨两侧,天桥连接宫苑正门与瑶池对岸的宫殿。鸾凤展起彩羽盘旋在天桥上,天桥下仙鹤悠然飞行,数只天鹅、数对鸳鸯浮在瑶池嬉耍戏水。

宫殿里的亭台楼阁置立在万朵霞云里,奇花异草点缀其中,这景色浑然一体,构成一幅美妙的画卷,让大家情不自禁地赞道这里是天堂。

红烧云笼罩天边,晚霞美的醉人。夜色降临,月神嫦妍拿出隐形水,先把隐形水喷到在自己左胳膊上,神奇的场面出现,左胳膊从眼前隐没,左手掌还在半空中浮现。月神嫦妍挥挥左手,左手明显感到胳膊还在。

月神嫦妍眉开眼笑,顺次地把隐形水喷洒到凤婉霞、朱天蓬、孙悟空与自己周身,四人身体立即隐没,但四人相互之间还能看到彼此。

四人再次来到宫苑大门,大大方方从龙甲军神兵天将眼皮下走过。突然开明兽猛跳到大门口,狂吼一声。

神兵天将吃惊,忙巡查四周,可四周并无人影,好奇问道:"神兽将军,有什么异常吗?"

开明兽并未回答,而是继续守在大门处,鼻子灵敏地朝外嗅闻,十八只眼睛闪射犀利的光芒。

孙悟空他们明白到隐形水虽能隐没形状,可掩藏不了气味。

朱天蓬朝孙悟空比划手势,意思他用声东击西的方式引开开明兽,让孙悟

第十一章　封正灵榜

空带月神嫦妍、凤婉霞先进去。

孙悟空点头回应，两人开始分头行动。朱天蓬使出灵力，随手扬起地上一块石头向开明兽掷去。

开明兽咆哮，下意识地纵身向朱天蓬方向猛扑而去，朱天蓬侧身躲过。

此时大门大开，孙悟空趁机拉着月神嫦妍、凤婉霞往里冲。但万万没想到开明兽早已预料到，刚才它只是将计就计佯攻。它乍然急速转身，蹬地飞起，在空中张开利爪，想要顺势撕开擅闯者的身体。

大家惊愕之间，正要犹豫是否施展奇门遁甲挡住这一击，可这样四人也暴露无遗。

开明兽敏锐闻到一种熟悉的香味，它神情一怔，及时收缩利爪落地。朱天蓬等四人趁开明兽突然停顿，迅速跃入门内。

大门上的夜空又恢复静谧。神兵天将见开明兽仿佛在跟空气搏斗，再次急问道："神兽将军，是有事情发生吗？"

开明兽想了一下，说道："你们加强巡查，有什么动静及时汇报。"

神兵天将得令遵命。开明兽用鼻子再向四周嗅嗅，心中想道："有四人偷闯宫苑，其中一人应是月神公主，另外三人灵气敦厚纯正，看来是来自正宗神道学院。月神公主为什么要这样做呢？"

忽然一个念头闪过，开明兽了然说道："年少轻狂。"

四人终于进入瑶池宫苑，脸上洋溢着胜利般的喜悦。宫苑里每隔几步就有颗夜明珠照耀，璀璨炫目跟繁星一起点缀夜空。瑶池宫苑"嘭""嘭"作响，烟花姹紫嫣红、千姿百态，九天绚烂。

此时，不只是蟠桃会，女娲城内到处也是张灯结彩、觥筹交错，想必大家都认为神国将会一如既往强盛下去。

孙悟空和凤婉霞目光对视，静静地站在彼此身边，一起仰望天空，欣赏烟花。

眼前，如诗如梦，你我，蓦然相遇；突如其来的浪漫，微妙不能自拔，仿若前尘约定，今生如期而至；心中唯有期待，烟花一直灿烂，让梦幻的今夜永恒，让孤独的灵魂不再漂泊。

而朱天蓬站在月神嫦妍旁边，他感受到和月神嫦妍总是咫尺天涯，若即若离。

世界上最遥远的距离，不是生与死，而是他站在她眼前，却不在她心里。

蟠桃会随烟花表演结束而结束。天空结界撤去，众神仙佛妖等纷纷御物或踏云飞走。

四人也正想离开，一声兽吼声响彻在耳边，半空中异香缥缈、祥云奔涌，云上当中一位女神头戴帝后珠冠，身穿帝后锦服，徐徐走来。

开明兽与女神官随在帝后左右，只听帝后悠扬说道："妍儿，你等还不现身吗？"

孙悟空、朱天蓬与凤婉霞见帝后亲临，自己万万不可失礼。月神嫦妍想着隐形水的效果快要过去，再隐藏也不是办法。四人显露身形，齐向帝后恭敬行礼，说道："恭祝天后万福无极！"

武天后看到在月神嫦妍旁边是凤婉霞、孙悟空与朱天蓬时，她眼神闪过一丝惊异，仔细端详了他们三个。

月神嫦妍说道："母后，是孩儿硬拉他们过来，请你不要怪罪他们。"

武天后轻声训道："妍儿，你明知瑶池宫苑是皇家重地，无宣不得进内，却还这样不知轻重，万一有什么意外发生，你帝父极是尊礼重道、严律峻法，到时你可是在毁了他们三个人的前程。"

孙悟空、朱天蓬与凤婉霞虽知帝后所言不虚，但他们不后悔这样做，异口同声说道："我等请罪领罚，此事与月神公主无关。"

武天后眼里流露出欣赏之色，月神嫦妍笑容浅浅赶紧哄笑道："晚上是天后蟠桃会，有母后庇佑，瑶池宫苑自会百事吉祥。"

武天后心中想道："女儿一向自负孤傲，今晚却难得开心。看来她找到了朋友。这三人德才兼备，倒也不错。"

武天后说道："这事就到此为止，下回你们四位可不能如此鲁莽。"

孙悟空、朱天蓬与凤婉霞听帝后并没有责罚更加高兴，心中都在暗想，武天后虽和武孤高是兄妹，但却完全不同。

武天后接着说道："朱天蓬、孙悟空，你们两位是新晋正灵位灵者，正灵位灵者不仅是实力与荣誉的彰显，是进入极乐世界的条件之一，更是守护苍生、保卫和平的中坚力量，后天问鼎考就要开始了，希望你们把时间用在进取上，更好地展现自己。"

朱天蓬与孙悟空忙揖礼说道："谨遵天后旨意，不负天后教诲。"

武天后转脸看向凤婉霞，温和说道："凤姑娘，你长得很像我曾经的一位好姐妹，当年她风华绝代，教我与帮我很多，可惜……"她轻叹一声后又说道："我们这代人都见证了战争的可怕与苦难，那是一种生命的毁灭和精神的折磨。我们深知和平来之不易，希望我们这代的是非恩怨都随风而去，你们一代要携手开创一个三界繁荣、众生幸福的新时代。"

凤婉霞从武天后的言语中看到了母亲的影子，她心里有点感动，向帝后说道："我母亲曾说过，'建立交往桥梁，跨过仇恨的深渊，让信任在彼此心中生根、发芽、开花，结出友谊的果实。'"

武天后流露出缅怀伤感的神色，又对凤婉霞说道："我们这一代人做不到的事，你们这一代我相信可以做到。凤姑娘，请你以后有空多和妍儿聊聊，替我教她一些道理。"

凤婉霞忙回道："月神公主善良、聪慧、率真，重情义，我内心很喜爱她。"

月神嫦妍慧心灵性，也说道："母后，我和婉霞姐一见如故，已是好姐妹。我们会延续你和你那个好姐妹的情义，实现你们当年追求的理想。"

武天后缓缓点头说道："甚好！"

孙悟空和朱天蓬都隐约感到凤婉霞身份特殊，与武天后的关系似乎不一般，但武天后、凤婉霞与月神嫦妍不明说，他们也不急于现在去问。

武天后看看天色说道："时间不早了，妍儿，你随我回宫，你帝父因你缺席蟠桃会正生气呢，你赶紧去请安认错。"

月神嫦妍神情淡然，好像已习以为常了，转身向凤婉霞三人说道："婉霞姐、孙学长、朱师哥，我们等天考会结束再聚。"

孙悟空、朱天蓬与凤婉霞应诺，躬身施礼恭送天后与公主回太微玉清皇宫。

第十二章
八强争霸

天考会期间,整个灵界都在关注这每四百年一次的开考。从封灵考第一轮闯关开始,大家就已意识到本届天考会的水平超过了以往。每天天书阁都在不断更新报道天考会最新新闻,考场内外的任何动态都成了灵者们谈资的话题。封灵考结束,晋级问鼎考八强的每个名字更是大家沸沸扬扬讨论的对象。

天考会第十二日,问鼎考开战。问鼎考是一对一擂台较量,被打下擂台的为败者,胜者晋级下一轮。问鼎考共有三轮,八强考、半决考、夺冠考。擂台上除限止暗器与法器的使用,尺度上却放宽了,相互之间自由搏击,可放出妙招绝技。问鼎考要比封灵考更刺激、更有观赏性。考试期间为防止出现伤亡情况,每一场都有不同的一流高手充当裁判,一是裁定结果,二是管控局面,三是保护八强考生。

战神殿堂热闹非凡。神国崇尚华靡,观众席上的神仙们大多华冠丽服,女眷们更是光彩照人,好像她们不是来观战而是来互相攀比的。

赌神见剑神、侠仙、义妖与学圣聚在一起,特意朝他们走过去,兴致盎然地说道:"小神幸运,能一下子目睹四位大人物的风采,倍感激动啊!"

风广仁四人拱手回敬,齐声说道:"赌神不必客气。"

赌神笑呵呵地说道:"四位武功与见识都是灵界顶尖的,大家觉得本届八强之中,最终谁会夺魁呢?"

这八强各个出类拔萃,若眼下以大众的评论来看天魁多半会在朱天蓬与武居伟之间产生。

孔广信微笑地反问道:"赌神庄最新开出的夺魁赔率是怎么样呢?"

赌神饶有兴致说道:"夺魁前景最被看好的有前三,第一武居伟,第二朱天蓬，第三风力士。"

孔广信问道："武居伟比朱天蓬强？朱天蓬深不可测，不愧是神国未来之星，武功要比武居伟高出一筹！"

赌神笑眯眯地又说道："武居伟有个好父亲！"

赌神这句话是在提醒四位"南天门赛飞事件"，武居伟本应该止步封灵考第二轮，但却获得了天帝格外开恩复出第三轮，最后晋升为八强。

风广仁直言道："天帝给天地考开了这么一个不好的先例，以后不正之风定然滋生啊！这不是神国之福、灵界之福啊！"

木广礼说道："天地考本有严格考核的规则。这武孤高公开以权谋私，乱纪妄为，灵界对他怨气已很大了！"

赌神圆滑世故，笑脸迎道："国家大事就由你们这几位大人物操心，我这小神还是以赌怡情，博彩为乐。"

夏容念智关切问道："风力士夺魁呼声第三？这么说，大家认为孙悟空在问鼎考会止步第一轮吗？"

赌神赞赏说道："本届天考会最大的黑马就是孙悟空。越来越多的神仙都喜欢上他了。前天他和棋神对弈，我和史神也在场观看，看得我们惊心动魄，不由得感慨人生如棋，世事无常时，神志竟然遭受魔障。幸好孙悟空向死而生的棋法，不仅迫使弈无不胜的棋神有了败绩，还震醒我们的心魂。我们从幻境围城走出来。那局真是妙啊，旷古绝伦！"

他语气一变，又感叹说道："但问鼎考完全是格斗对决。可惜孙悟空第一轮遇上了风力士。风力士目前是神军的一员骁将，上届天考会封灵考第五轮混战，他跟杨戬同一组，虽然被淘汰出局，但他跟杨戬对战了数百回合，虽败犹荣。这四百年他身经百战，武功更加精湛，所以对比起来，孙悟空实力输给风力士不少，应该没了奇迹可言。"

剑神四人承认赌神分析得客观在理，但四人心里还是保持对孙悟空的期待。他们看到孙悟空闯进八强，并不是像外人用"运气"或"奇迹"就能简单判定的，而是孙悟空身上拥有的一种战斗精神，是誓不低头！

问鼎考第一轮八强考由龙甲军主持，龙甲军是天帝直属的精锐之师，共有五营军，托塔李天王为主帅，中坛元帅李哪吒为先锋官。

托塔李天王声音洪亮地说道："问鼎考正式开始。通过三轮比拼，八强中的一位将问鼎天考会，题名天魁碑，实现自己一个愿望！"

托塔李天王说完，全场立刻给擂台上的八强报以热烈掌声。

孙悟空、朱天蓬等八位新晋正灵位的强者，此时面迎全场掌声与目光，浑身热血沸腾。千年修炼磨一剑,只待今朝问鼎时!

八强考第一场青龙组,东营神将张基清充当这组裁判。

山妖与百花仙子对峙。一个凶猛强悍,石头组垒的身躯十分魁伟;一个温雅纤秀,花繁叶茂的树身绰约多姿。两个灵者身形、相貌、气质、风格等都截然不同,形成鲜明对比。仙妖本世代宿敌,数万年历史恩怨。两千年前神魔战争,妖王倒戈,归顺神道同盟,后来两国组成联军共同参加了由神指挥的灭邪战争,关系才缓和一些。

但最近两国因为领土纠纷问题,由国到民的关系都又变得僵硬。山妖嘲笑道:"你赶紧自己走下擂台,别等会儿我辣手摧花,观武台上那些神仙们要怪我不懂怜香惜玉。"

百花仙子不屑说道:"你们妖就喜欢蛮横无理,就像霸占我仙国落日岛一样。"

山妖怒目圆睁,大声说道:"落日岛为我妖国领土,不存在什么主权问题,没有争论,更谈不上需要解决。"

百花仙子声音本是婉转甜美,但说到仙国利益,竟铿锵有力说道:"落日岛自古以来就是我仙国固有领土,仙国拥有充分的历史和《共同宪章》依据。"

山妖冷笑说道:"要说历史,落日岛是数万年前因后羿射日,太阳落下的一块零碎地,那时还没有仙国呢!要说《共同宪章》,按'先占'原则,我妖国登上落日岛对其管理已有二千多年,早就取得该岛所有权。"

百花仙子朗声道:"强词夺理!按你这逻辑,后羿射日时也没妖国,那现在西域陆地是不是不属于妖国吗?'先占'原则的前提条件之一,先占的客体必须是无主地,落日岛能叫无主地吗?在你们妖国登岛之前,仙国早就对落日岛实施了长达数万年的管辖,若不是因为发生神魔千年大战,众仙忙于前线战争,又岂可让你们妖国乘虚而入呢?"

山妖瞪着一双看似冒火的眼睛,说道:"废话少说,我们在这擂台上见厉害!"

他大喝一声,挥出长石臂,猛力袭来一重拳。百花仙子轻柔身体,敏捷后仰弯腰避过石拳。

山妖左掌跟着拍打过来,劲风作响,掌影已将百花仙子全身裹住,但百花仙子凭空一跃而起,从上方逃过。

山妖纵身跟着跳起,一鼓作气,砰砰接连数拳,拳力排山倒海般直击百花仙子。百花仙子以迅捷的身法灵动闪躲,山妖拳力虽凶猛无比,却尽皆落空。

百花仙子见山妖耀武扬威,她俏脸变得冷若冰雪,大喊一声"雨花缤纷",

第十二章　八强争霸

身上百花分出众多花瓣，花瓣激扬，如飞箭、如飞刀，密密麻麻向山妖射出。

观众惊呼，世间竟有这般既美又狠的招式。落花原本五彩缤纷，却画风突变，变成刀风箭雨，攻势凌厉无比。

山妖忙使开疆掌拔起一道道石墙防守，直听噼啪急响，落花到处石墙断裂。

百花仙子推出更多花瓣，同时腾空旋转气流，花瓣在空中将山妖包围，然后她猛喊一声："暴花雨！"

一瞬间，花瓣铺天盖地从四周倾射而下，要以摧枯拉朽之势击溃敌人。

山妖见情势紧迫，身体转动一圈，劈出石头围墙，重重叠叠把自己隐在里面。

观众瞠目结舌，没想到原来强悍无比的山妖，反而被百花仙子打得压在下风，无法翻身。

一番激烈攻防后，围墙几成断壁残垣，山妖石头身躯上已有多处伤痕。他暴吼一声，为自己轻敌而恼恨。他滚动身躯，石头散开后又重新拼成十几个石头兵。石头兵分攻两侧。百花仙子飘忽不定，周旋在这些石头兵间。

两人攻守来回，缠斗数百招，实力高低渐渐分晓。山妖气势凶猛，孔武有力，而百花仙子身上能用的花瓣已不多，攻击力度也越来越弱。

百花仙子静下心，准备毕其功于一役。她聚神凝合剩下所有灵力，把灵力灌输到花瓣中，然后全力甩出所有花瓣，疾呼地全朝山妖射去。

她喊道："百花怒放！"轰隆声中，所有花瓣剧烈爆炸，冲击波劈波斩浪，击倒前面石头兵，又攻向山妖。

山妖全力防守，匆忙间又拔起石墙挡住攻势，即使这样他还是被逼到擂台边。

百花仙子这一招让观众看得目瞪口呆，可惜她已筋疲力尽，败局已定。

山妖伸出长长石臂，猛力一击，将百花仙子推下擂台。

百花仙子倒在擂台下，面朝天空，眼神依旧流露出不服输的斗志。她耗尽余下力气，大声喊道："落日岛是仙国的！"

百花仙子的喊声震撼了观武台上的仙者。观武台上使团席地一阵喧哗，仙妖两个使团发生激烈争吵，气氛变得剑拔弩张起来。

忽地一个声音从点将台传到使团席地。义妖夏容念智说道："各妖员，这里是神国皇都，不得言行莽撞。仙妖是邻居，我们不能再被仇恨和不信任世代束缚了，仇恨能让妖国强盛吗？不信任能让国民幸福吗？仙妖两国需要共同繁荣，而不是陷入仇恨的深渊。"

侠仙木广礼声音也跟着传来："各仙家，仙妖两国早就渴望仙妖能走向一个永久和平的新时代,从而把一个更美好的未来留给我们的子孙,落日岛会有一个双方都认可的解决方案。"

战神殿堂校场宽阔敞亮,但这两个声音浑厚纯正,观武台上数万名灵者各个都听着清清楚楚。使团席地顿时安静。各妖员与仙家纷纷起身,向点将台主席位作揖,分别说道:"夏容将军,弟子知错了"、"木院长,弟子谨记教诲"。

托塔李天王赞叹道:"义妖与侠仙不仅武功高强,侠义心更是高尚,希望仙妖两国目光长远,世代友好,为灵界和平贡献力量。"

他顿了顿,再说道:"请张将军宣布青龙组对决结果。"

东营神将张基清大声宣布:"青龙组,山妖正灵者获胜,晋级问鼎半决考。"

灵界尚武,一决高下,胜败皆服。观众为之喝彩、鼓掌。

八强考第二场白虎组,西营神将刘武秀担当这组裁判。

雾妖身形瘦长,一张人脸却明显有着黄鼠狼般的一些长相特征,颈长、黑眼圈,耳壳短而宽,嘴两边显眼地长出六根黄棕色胡须。

雾妖一上来就朝对面站着的朱天蓬说道:"听说你是神国未来之星,可罪神之子能有未来吗?"

刘神将微微一蹙,这话恶意十足,充满了火药味道。

朱天蓬泰然自若,他明白对方是在故意激怒自己,想让他浮躁与分心,经受这数百年的磨炼,他早就对这样恶意的话看淡了。

雾妖他继续挑衅说道:"听说你父亲玩忽职守,致下界洪水泛滥,死了很多人,有这样的父亲,你还有脸站在这里吗?"

朱天蓬眼神如一潭深水,平静且深邃。

雾妖又阴声怪气说道:"我打败你,你未来是不是就结束了?你怕不怕呢?"

朱天蓬嘴角泛起一丝冷笑,开口说道:"如果言辞能够给你这样的怯懦者增加勇气,你可以多讲几句,不过对决的结果是一样的。你,根本不是我的对手。"

雾妖见朱天蓬终于回嘴了,他反而有些开心,嘴边闪过一丝诡异的笑意。

他闪出双刀,刀刃如秋霜,冷冷说道:"是吗?那就让我看看你这未来之星是货真价实,还是鱼目混珠!"

雾妖一声狂吼,挥驰双刀向朱天蓬攻来。他想要先发制人,抢得先机。

朱天蓬却并没有移动,而是摆开架势,挥剑紧守门户。

雾妖一口气将刀中八法一一使出,扫、劈、拨、削、掠、奈、斩、突,刀的劲力与杀气如波浪,一浪推着一浪。

但朱天蓬依然站在原地，每剑大开大阖，守得无懈可击。

雾妖大吃一惊，这神国未来之星的实力远远超过自己的想象。

朱天蓬淡然一句："该我攻了。"

他腾空跃前，看似随心而发的几剑，却水到渠成、气势如虹。

朱天蓬本是翩翩少年，舞剑又潇洒优雅，不仅使女神仙们欢心暗许，更惹得女妖们春心荡漾。

雾妖没空恼恨，他见朱天蓬剑刃未到，但剑影却已将他全身罩住。他赶紧比划双刀抵抗，可还是被逼得连连倒退，使出轻功绝技不断闪避。

朱天蓬见每剑都离雾妖尺许，心中暗自惊叹雾妖的绝技轻功。

雾妖闪躲中，不时还放出一缕缕烟雾。这些烟雾变成一团团流动、翻滚的浓雾逐渐迷漫擂台。雾妖在雾中如鱼得水，再结合绝技轻功迅疾，原本的劣势变成了占尽上风。此时的朱天蓬挥剑舞动，虽是没有胜算却也总能在危险迫近之时巧妙化解。

朱天蓬找准时机使出家门绝学"追命神剑"。他凝聚灵力，将灵力灌入天河剑，剑与人在灵魂上立即相通相连。

天河剑嗖的飞出，雾气昭昭中总能找到雾妖。

天河剑如同有了生命，长了眼睛似的，雾妖去哪里，天河剑也跟在哪里。

朱天蓬笑着对雾妖说道："你躲不开的，这天河剑乃是我天河世家祖传的神剑，它能逮住你的热量，只要你活着，它就会一直追，直到把你击倒。"

雾妖见闪避不是办法，便散开迷雾，提刀强硬地格开天河剑。朱天蓬，手握天河剑，凝聚灵力于剑尖，势若雷霆向雾妖就是一刺。

剑花点点，剑风霍霍，一剑卷起惊涛骇浪。雾妖见自己被剑气罩住，已避无可避，迫不得已，只好硬着头皮举起双刀抵御这一剑。

刀剑相撞，锵声响彻全场。

雾妖身体登时沉了下去，手臂开裂，全身几处创伤。更让他痛苦的是，双刀被劈出缺口。

没想到这神国未来之星，武功之高，真的是惊世骇俗。观众赞叹，剑神也不时领首称赞。

大家已看清雾妖的实力跟朱天蓬比起来差距明显。但雾妖可没想认输。他突然似鬼似魅，在朱天蓬眼前不停地来回晃动，又骤然停在朱天蓬面前。他目光灼人地盯住朱天蓬，猛地问道："你心里深处是否恐惧、焦虑与不安？你被人称为未来之星，可你却不能确定自己未来的样子！"

朱天蓬听后一愣，眼神若有所思。

他想起前晚在瑶池宫苑那场烟花，烟花多彩却又转瞬即逝。他寻思在自己生命消逝前，应当绚丽一回，把失去的要回，把想得到的要来。可他最想要的东西，真的能在未来得到吗？这一切变得扑朔迷离。

那晚，月神嫦妍悄悄地问他："朱师哥，孙悟空与婉霞姐是在交往吗？"

一句轻轻地询问，却使朱天蓬的心突然被刀戳了似的。

他看到月神公主望着孙悟空的眼神，明显带着异样，充满温柔却又带着羞涩；虽然羞涩，却又总不自觉地追寻对方。

朱天蓬明白那是少女含情脉脉的眼神。他内心苦涩，他要让月神公主死心，故意回答道："他们相互喜欢对方。"

月神嫦妍眼神中透着淡淡的忧伤，说道："孙悟空勇敢地做自己，活得真实，爱他的人，自然会很爱他，被他爱的人，自然会被深爱。"

自那晚后，朱天蓬心里的世界又多了一份迷茫，由爱生忧，由爱生惧。

现在的他如同一个孤独的灵魂，站在远处，看喜欢的人在月下独舞，却不敢靠近。

雾妖诱导说道："恐惧、焦虑与不安，是因为你太想赢得未来，却又太怕输掉未来；这些又在提醒你，你错了，你不该瞻前顾后，进退两难，变得不是自己了。"

朱天蓬喃喃自语道："我明明知道我的心，可我为什么不能做我自己呢？"

雾妖继续用话诱导，说道："人这一生，差不多满足自己就行，又何必追求尽善尽美，让自己承受无比的压力呢？从擂台上跳下，就此释放自己，随心随性而活，真正做自己。"

朱天蓬眼神迷离，动作呆滞，竟直往擂台边缓缓走去。

擂台下，大家非常诧异。原来精彩的对决马上要分出胜负，却只见雾妖在台上叨叨咕咕不知道说了什么，朱天蓬就放弃了进攻。

孙悟空、凤婉霞忧心忡忡，对台上的一幕也是不解。

观武台上一位资深的灵师说道："朱天蓬恐怕是被雾妖催眠了。"

旁边的观众这才恍然大悟。可有人好奇问道："朱天蓬现在这样，雾妖为什么不趁机将朱天蓬打下擂台，却要这样磨磨蹭蹭的？"

这名灵师说道："是因为不能。你看天河剑一直悬在朱天蓬旁边，天河剑是属于有灵性的兵器，它在保护朱天蓬，若雾妖贸然行动，必须会惊醒朱天蓬，所以雾妖要让朱天蓬，自己跳下擂台。"

有个女妖焦急问道："那有什么办法让朱天蓬醒来呢？这么帅的男人可不能输，我不想看到他伤心。"

第十二章　八强争霸

那灵师心中诧异："雾妖跟她同是妖族，这女妖怎么偏心朱天蓬？看来美色无国界，不受种族主义与意识形态影响。"

那灵师又继续说道："要破解催眠，只要干扰或破坏施术者的心理暗示就行，方式有很多。像现在这种情况，若在平时，用灵力朝他大喊一声，震醒他即可。可现在是在天考，单挑对决，你若帮他清醒，就是考场作弊，直接让朱天蓬出局，这反而是害了他。"

女妖嗔怪道："难道真的就只能认栽了吗？"

灵师说道："朱天蓬在对决当中能被对手施了催眠术，可见他有心病，心病还须心药医，要靠他自己醒悟了。"

朱天蓬意识迷离，但心与灵魂在挣扎。

雾妖抓紧暗示道："真是让人悲伤啊！为了未来而努力，可未来终归是一死，不用那么辛苦，活在当下更好，抛弃被未来奴役的枷锁，让灵魂恢复自由。"

朱天蓬继续慢慢地向擂台边走去。

雾妖心中窃喜，又着急说道："你看，跳下擂台后，及时行乐多好啊，今朝有酒今朝醉！"

他在朱天蓬的意识中为其设下梦幻场景，歌莺舞燕、红袖添香，众多美女相伴左右，一派风流潇洒的景象。

但雾妖万万没想到，这幻境反而刺激到朱天蓬的潜意识。幻境中朱天蓬自我诧异："怎么她不在呢？秀色千姿百媚，唯独她是我情之所钟。没有她，这风流背后，尽是空虚；这潇洒背后，尽是孤独；这及时行乐背后，尽是浪费生命！"

朱天蓬的意识开始动摇。电光石火间，他察觉到众美女嘴角的笑意，似曾在哪里看见过，是在？是在？是在？是在刚才战神殿堂校场擂台上见过！是雾妖在对战前，嘴边闪过的那丝诡异的笑意！

朱天蓬猛然惊醒，瞪大眼睛发现自己就要掉下擂台，忙腾空向后空翻，重新回到擂台中央。

雾妖不禁一声长叹。眼看就要成功了，却瞬间功亏一篑。他不知道哪里出现了差错。

观众为朱天蓬自我醒悟、破解催眠报以热烈的掌声。

朱天蓬看看雾妖及周围观众的神情，再回忆刚才的情景，他天资聪颖，明白自己刚才是中了催眠术。

他气愤说道："雾妖，你先用言语激我，要我分心，你在寻找我的心结；然

249

后你又放出迷雾，恐怕这迷雾也是某种药物，用来麻醉我；接着你用眼睛的幻力，把我意识恍惚，最后用语言给我心理暗示，听从你的指令。你这催眠术，从一开始就布下了局，一环接着一环。"

雾妖承认："不错！你猜对了。可我这样做，不好吗？你对未来有担心，我帮你指明了方向。"

朱天蓬说道："沉湎于虚幻的梦境，而忘记现实的生活，这是毫无益处的。"

他在心里又暗暗说道："你给我设的幻境，根本就不是我心里深处想要的，你只知我对未来有迷茫，却不知什么让我对未来有迷茫，所以你才会失败。"

雾妖目光犀利，想要试图再对朱天蓬催眠，便说道："你为何要如此执意呢？这样的你会承受压力带来的更大痛苦！"

朱天蓬禁不住雾妖火辣辣的目光。他索性闭上眼睛，抑扬顿挫地说道："不能听命于自己者，就要受制于他人。错的不是命运，而是我们自己，因为我们不愿为未来的自己而奋斗。"

他握住天河剑，剑招源源而出，挥洒种种奥妙之处。一剑气贯长虹，二剑风云变色，三剑惊涛骇浪，四剑电霹雷击，五剑万马奔腾，六剑天翻地覆，七剑……

朱天蓬的剑法舞得观众如痴如醉，剑神亦为之动容拍掌叫好。

痛快淋漓的剑法逼得雾妖不住倒退。他心生恐惧，在朱天蓬第十二剑之时，双刀被震飞，他一下手足无措，跌下擂台。

擂台上，朱天蓬目如朗星，风姿绰约；擂台下，雾妖灵气紊乱，弯腰喘息。胜败双方形象，有着鲜明的对比。

雾妖恼恨，朝朱天蓬喊道："人生两大悲剧，一个是万念俱灰，另一个就是踌躇满志。有一天你会发现，你就算再努力，也看不到未来的希望，因为在苍天面前，众灵皆是人，最终认命！"

朱天蓬不答理雾妖，眼里流露出的是对这位自己手下败将的不屑。但这一刻，朱天蓬才意识到这场胜利是有多么惊险，他左手执剑，右手默默握起拳头，暗自发誓一定要创造自己的传奇，并深深镌刻在神国这片天地上，才能对得起自己这一路经受的磨难和付出的努力。

西营神将刘武秀当场高声宣布："白虎组，朱正灵者获胜，晋级问鼎半决考。"

全场鼓掌喝彩，特别是一些女神、女仙、女妖、女真人们掌声更是响亮，不管是秋波盈盈，还是起立欢呼，她们都用各自的方式表达对朱天蓬的爱慕。

八强考第三场朱雀组，南营神将萧其明担当这组裁判。

第十二章　八强争霸

武居伟双目射出两道凶狠的眼光,他记得对面这个家伙就是前几天在南天门喊出要让他退场的紫铜脸大个子。他一声冷哼,说道:"你这低等灵者,竟然也能晋升到八强。"

崔鑫也冷哼一声回道:"我的高贵如同你的高贵一样,都是命。你的高贵可以由父辈授受传下,而我的高贵从自身奋斗中获得。"崔鑫借用孙悟空接受三道天雷时的宣言,来讽刺武居伟是靠刑神的权势才走到今天。而他自己之所以能晋升八强,靠的是真刀真枪一路拼搏取得的。

武居伟继续说道:"我的命可以问鼎,前途不可限量,而八强已是你的顶峰。难不成你狂妄的认为你能胜我?"

武居伟在封灵考第五轮以一敌三,还胜得游刃有余。他的武功大家有目共睹,赌神庄把他排在夺魁赔率第一,也是有根据的。

崔鑫朴实无华,一字一板说道:"我不是来跟你较量的,我站在这擂台上,目的只有一个。"

武居伟狞笑,说道:"上次在南天门,你逃过一劫。这次你是想来求饶吧,你跪下,我可以考虑。"

崔鑫不理武居伟的狂言。他仰起头,朝看台大声喊道:"人间已无雨十年,民不聊生,备尝艰苦,千万百姓请求上天降雨!"

最近大家听闻人间灾难、龙城生变,在私底下都曾偷偷小范围讨论。禁雨是天帝下的御旨,大家不敢公开表达异议,有所顾忌。

崔鑫继续呼喊道:"我绝不敢冒渎神威,但我恳请大家知道,现在人间饱受苦难,请仁慈的神怜悯人间吧,施雨济民,救千万百姓于水火之中,这是功德圆满的大善事!"

武居伟怒道:"妄言惑众,你找死!"

他掌起"火刑烈鞭",使出要取人性命的狠辣力量,狂风恶浪般向崔鑫打去。在场观众心一下子便提到嗓子眼儿,这第一招就使出了狠招。

崔鑫用尽平生所学,急速击出数拳,拳如狂龙出渊携带滚滚气流,气流在半空中与"火刑烈鞭"相撞。轰隆一声,强烈的冲击波瞬间反作用于双方,武居伟手臂一挥把冲击波消平,而崔鑫强力双臂护胸,往后滑动数步才化解掉冲击波。两者实力的差距只凭这一回合便显示出来。

崔鑫在对决前就明知自己技不如人,他也没有晋级的念头,此战的目的就是登上擂台告知三界,人间已饱受禁雨的折磨。他一边凝聚所有灵力掀起层层气流墙,摆出防守阵势;一边继续请愿,激昂地喊道:"神啊!人一直是你们的忠心盟友,如今人族处在绝境当中岌岌可危,伸出你们的援手吧,如同当年人帮助神赢得神魔千年大战一样。"

武居伟根本不给崔鑫任何机会，"火刑烈鞭"鞭鞭狠狠地打在崔鑫面前。声势之凶狠，令场边的观众也感到心悸。

武居伟为何在台上急得狠下杀手？是因为害怕此事在台下产生大的影响力。人间禁雨，是刑神向天帝提的奏议。后来龙王的死虽然震惊天帝，天帝让刑神下界调查，可刑神从人间回来只禀告邪教猖狂，放大九州王朝的罪恶，百姓苦难之事只字未提。结果天帝延续禁雨人间的决定。

天考会现在是三界的舆论焦点。崔鑫在这个时候公然宣扬人间苦难，为的就是想形成一股强大的舆论潮。

"火刑烈鞭"疯狂抽打气流墙。崔鑫把握每一分每一秒，不停高喊道："人间用鲜血与生命向你们求救，但你们听不到真实的声音。今天我来告诉你们，人间的悲惨已如同地狱！长期饥饿之下，有些地方已经开始人吃人！"

观武台上议论声越来越多，越来越大。孙悟空和凤婉霞一脸沉重，想到龙王敖广说的限期，人间的情况恐怕确实已到了崩溃的边缘。

武居伟气恼地反驳道："人就是可憎可恶之族。神给人五谷丰登、六畜兴旺，人却不懂感恩，反而要'灭神'，还在天帝面前杀戮神职人员。人如此恶贯满盈，不严惩你们，何以抚平上天之怒！"

崔鑫说道："当今九州王朝人皇昏聩，受邪教蛊惑。他有罪，上天可直接惩罚他。但禁雨的结果是，人皇继续养尊处优，这干旱也旱不到他头上，却使广大的无辜百姓受苦受难，这不正义！"

武居伟瞪眼道："人能撇清'灭神'这事吗？人是堕落与罪恶的化身，在神面前失信、贪欲与作恶，对神一点敬畏之心都没有，所以天帝才要禁雨人间，惩罚人的恶性！"

崔鑫恳切说道："大多数的人勤劳、朴实、善良。为惩罚少部分的恶人，却连累大部分的好人！"

武居伟狠狠说道："人背离神，灵魂不忠于天帝，就该惩罚。还有你说的苦难，危言耸听，只凭你一人自说自话，未必是真实！"

崔鑫闪出一叠纸，慷慨激昂说道："我把人间地狱的惨境映入在这灵纸上，大家一看便知！"他朝看台撒出这叠灵纸，但"火刑烈鞭"此时也破开气流墙，武居伟大喝一声，祭出"天火牢"。大火破天冒出，迅猛扑向灵纸，焚烧所有灵纸。

崔鑫腾空而起，闪出另一叠灵纸想要撒出。但"火刑烈鞭"卷着恶毒的火舌，再次袭来。崔鑫轰出拳法，一连击破"火刑烈鞭"数回合的杀招。

第十二章　八强争霸

两者一攻一守，激战三十多回合，武居伟已把崔鑫裹在一团鞭影之中。崔鑫避之不及，一不小心手上的灵纸被火鞭卷走。赤红的火焰再次烧着灵纸。

崔鑫豁出去，先是用尽所有灵力轰出他最强的一拳，然后趁着武居伟抵挡之际，迅速转过身，向看台撒出他最后的一叠灵纸。

武居伟勃然大怒，一道犀利如闪电的声音震动全场。大家惊骇地看到崔鑫背身血肉模糊，口中喷出大量鲜血。

崔鑫最后奋力一喊："请降雨给人间吧，神的高尚照耀三界！"说完，就晕厥倒下。

崔鑫的呐喊震撼了看台上的所有灵者，撒出的灵纸在空中纷纷扬扬，一部分落在看台上，一部分落在操场上。

大家拾起灵纸一看，灵纸里描绘了人间悲惨的世界：失去了孩子的父母，流浪与乞讨的孤儿，白发人送黑发人……饿殍遍野，仿若末日来临。画面凄凉悲惨，大家根本无法直视，不禁心中茫然自问："这真的是人间吗？"

孙悟空看着眼前的一幕，更加坚定了求雨解救苍生百姓的决心。

武居伟也看到了灵纸里的场景，却悻悻然挥出一记毒辣火鞭，想要再抽打崔鑫。但被萧其明神将发出的雷霆万钧掌化去。

萧神将冷冷说道："可以了，武居伟，你已胜出，没必要这样，请你尊重自己还是个神的身份。"

武居伟鄙夷地说道："这等低等灵者是骚乱的煽动者，必须要受到严惩！"

萧神将同样鄙夷地说道："他的言论，天帝自会圣裁，龙甲军只听从天帝！"

武居伟冷哼不语，心里却想着："我要超越我父亲，要让众神仙、诸妖魔、这些神将，以及三界所有生灵都要臣服我，天地唯我独尊。"

萧神将高声令道："龙甲天兵何在，快把崔正灵者送到医神院。"

四名金甲一身的士兵闪现在擂台上，抬起崔鑫乘云向医神院飞去。

随后，萧神将不情愿地说道："本组武正灵者获胜，晋级问鼎半决赛。"

看台上没有掌声。观战的灵者们都在窃窃私语讨论人间的苦难、崔鑫舍身请命以及武居伟的戾气。

点将台上的托塔李天王脸容肃穆地环视一圈，向观众说道："人间之事，天帝自有安排。捕风捕影、搬弄是非不仅于事无补，还会阻碍事情的解决。我和龙甲军听命天帝，忠诚天帝，我们神道同盟必须团结一致，维护和平，我们永远记住'和则共赢，斗则俱伤'！"

大家听托塔李天王说得在理，心情平复了一些。

托塔李天王见观众席上议论声少了很多,接着说道:"开始八强考最后一组对决,孙悟空对风力士,北营神将连忠官担当这组裁判!"

擂台上,孙悟空给自己鼓劲道:"只要自己不放弃,就永远都有机会!"

风力士壮硕粗犷,袒露上身,强劲有力的肌肉显示着他桀骜不驯的神情。

他脸上摆出蔑视的神情,朝孙悟空说道:"你这个血统不正的灵者,能混进到八强真是天考会的耻辱。遇到我,你不会再有之前的运气了。"

孙悟空自小就深受血统论的伤害,他对这种言论感到痛心疾首,一直与之顽强抗争,便反问道:"盘古大帝开天辟地,三界初始众灵生同道,哪有血统高低?神在天,魔在地,仙在东,妖在西,谁血统优劣?父种地,母纺织,儿做官,女从夫,谁血统贵贱?"

风力士说道:"伶牙俐齿!一个国家若血统纯正,就会培养出更多精英,国家会强大无比,永远处在不败之地!"

孙悟空肃然说道:"荒谬!你这是在煽动仇恨,引起歧视,鼓吹自己高人一等。众生生而平等。人,生老病死;神,同样也是生老病死,苍天赋予人与神同等的生命、同样的权利。就算最后只有极少数的灵魂能进苍天世界,评定进入的标准也不是先天的血统,而是后天的作为!"

风力士不屑说道:"可笑,没有同等的实力,何来平等的地位?我打你下台,让你这个血统低贱的石头认清事实,永远闭上嘴!"

刹那间,孙悟空便感受到掌风袭面而来。但孙悟空挺身而立,轰出"战魂之热血"的一拳,拳如流星,壮烈破空直击风力士。

风力士倒抽一口冷气,忙使出暴风掌,顶住孙悟空的拳力。"轰隆"一声,两股力量爆破。

风力士心有不甘,一连又刮起十几个烈风掌出去,掌力如滚滚怒潮冲向孙悟空。对漫天压迫而来的掌力,孙悟空竟然选择不闪避,反而踏前一步直面迎上,一种"宁为玉碎,不为瓦全"的大丈夫气概,疾速打出十几拳。

两人连喘息的机会都没有,短短时间已对攻上百次。观众看得热血沸腾。这八强考的最后一组,跟前面三组完全不一样,两者无一招采取守势,是都采取狭路相逢勇者胜般的攻势。

风力士见数十回合下来不分高下,他明白了眼前的对手不容小觑,但心里还是蔑视孙悟空的血统,说道:"你出身贫贱却能有这般水平,也算是难得,但血统不正注定你提升有限。"

孙悟空高声说道:"你的血统论只是在麻痹三界、毒害众生,要贫寒向权贵俯首帖耳。大家都有权力追求自己的梦想与幸福!"

第十二章　八强争霸

风力士哈哈大笑，说道："没想到你这么天真！三界的本质是丛林法则，血统论是国与民的生存之道！"

孙悟空指责道："血统论带来的是思想与行动上的狭隘，这样下去，国不会伟大，民不会进步！最会造成暴政。"

风力士金刚怒目，说道："三寸不烂之舌没用，现实会打得你面目全非！"他旋转出全盛的暴风掌，狂风怒号，扑向孙悟空。孙悟空挥舞拳头，喊道："战魂之荣耀！"喊完，便击出无数拳点，流星雨般冲到暴风掌中去。

两者激烈交战，犹如千军万马在战场上厮杀。

场上气流波涛汹涌，孙悟空与风力士又斗上数十招，还是难分出胜负。

孙悟空知道血统论在灵界根深蒂固，特别是战争年代，更是被当成工具用来煽动阶级仇恨与矛盾。他想控诉血统论的不公与不正，于是趁冲击波将他与风力士震开之际，仰头激昂说道："不是出生在凡间，他就注定是凡人。天骄子中有相当一部分来自凡间，不是血液里流淌先人的光辉，他就能做到比肩齐声；有一部分灵者因为骄奢迷失在魔障里。所以，不是血统的来源，而是自身灵魂的努力成就了伟大！"

包括风力士在内的所有人都出奇地安静下来，边听边联想起孙悟空之前在战神殿堂战鼓前的呐喊、在祈天坛接受三道天雷的壮举、在南天门与刑神的辩法。

孙悟空继续说道："历史上，灵界就曾因血统论四分五裂，发生过可怕的冲突与惨烈的对立，我们不应该忘记这份历史的痛苦。现在，大家应该消除分隔、治愈创伤。不能再以血统，而是应以品行来作为评判灵者优差的标准，这样才能让强者仁心、弱者自强，才能使国与民生生不息、繁荣不止！"

考场里的较量突然在中途停下来，全场观众就这样聆听一名考生的论述，这种场景在万年天考会的历史上也是前所未有。

待孙悟空说完，大家给予他热烈的鼓掌。仿佛顷刻之间，改变之风悄然影响了灵界。

风力士眼神流露出一丝惊讶，但还是不屑地说道："不管你怎么说，在这场对决上就只有一个结果，那就是我打败你，纯正血统打败混杂血统！"

他手上突然多出一把大弓箭，拉弓射箭一气呵成，箭气腾腾，劲厉射向孙悟空。

孙悟空轰出拳风，拳风在半空中炸开风箭，但风力士不给孙悟空停歇机会，手上又多出一把风刀，双手握刀朝孙悟空头顶劈下。

孙悟空击出无数拳点，各个拳点自行汇集到一起，形成一个大的拳雷崩破风刀。

　　风力士驭风飞舞，变出十八般驭风兵器，忽而刀劈，忽而枪扎，忽而剑击，忽而弓射，忽而矛刺，忽而戈拦，忽而铖提，忽而棍打，忽而槊挞，忽……变化多端，威势凶猛。

　　孙悟空保持战魂第二式状态，拳由意生，拳随意动，仅靠双拳就一一化解风力士所有驭风招式。

　　两人酣战数百招相持不下，看得观众连呼精彩。

　　突然风力士在两人激战中，不知怎地纵横使出一条风飞绳，这飞绳在空中舞动，似乎要缠住孙悟空。

　　孙悟空两边作战，一时吃紧，那风飞绳雷厉风行，快捷无比地捆住孙悟空两手臂，使孙悟空无法发拳。

　　观武台上一些观众长长叹息，为孙悟空可惜，这场对决打得十分激烈，可结果却还是跟考前预测一样，风力士胜出。

　　风力士洋洋得意地说道："最终事实证明，血统纯正才是强者。孙悟空，你会永远败在我的脚下。"

　　孙悟空一双眼睛炯炯有神，高声说道："我根本就不会败在你的脚下。我视每个人与生俱来的尊严与自由都是不可践踏的！"他双腿微屈，体内力量澎湃涌出集聚在脚下，一个箭步腾空而起，无影脚快如闪电，腿风激起万千气浪，一下就把猝不及防的风力士踢下擂台。

　　北营神将连忠宫马上走上擂台向全场说道："玄武组，孙正灵者获胜，晋级问鼎半决考。"台下的风力士依旧愣在一边，还没明白刚才到底发生了什么。

　　观众先是惊呆，后回过神来，报以雷鸣般的掌声。台下的风力士依旧愣在一边，还没明白刚才到底发生了什么。

　　孙悟空体内灵力冲出，双手爆开风飞绳，向风力士说道："我反对鄙视贫寒，也反对仇恨富贵，两者我都为之抗争。出身富贵与贫寒不重要，是强者与弱者也不重要，重要的是一生能否按自己想要的方式生活。对三界，重要的是，能否为正义作出贡献！"

　　孙悟空这番慷慨激昂的感言再次引起几乎所有观众的共鸣，热烈的掌声与喝彩声一时间此起彼伏，从孙悟空身上，他们看到了一种信仰，只要不失去信心，不熄灭心中那把奋斗之火，是有可能改变命运的。风力士输在他的骄狂。一个人骄狂的开始，就意味着胜利的终结。

　　点将台上的托塔李天王神情复杂，内心在思忖："这届天考会高手如云，整体水平胜过以往任何一届，三千名天骄子龙争虎斗，如过独木桥般产出这八强。

而这八强彼此的个性、信仰与价值观都大相径庭。距神魔千年大战结束，已有一千八百年，今天这八强考背后的意识之争，难道是在警示我们，看似风平浪静的三界，其实暗流涌动？"

他心中难免一紧，随后马上收回思绪朝极乐世界方向施礼，正容说道："请苍穹珠秉承苍天之意，为后天的问鼎半决考排出对抗分组与名单！"

苍穹珠绽放耀眼的光芒，闪烁一圈后，浮现出半决对阵图。半决考分天地两组，第一场地组，山妖对孙悟空；第二场天组，朱天蓬对武居伟。

随着分组名单的出炉，观众发出一阵惊呼，没想到本届天考会夺魁呼声最高的两位在半决考就会交手。谁胜出，谁就是天魁了吧。不管是山妖，还是孙悟空进入夺冠考，恐怕都无法与他们的其中一位抗衡。

朱天蓬与武居伟均眉头微蹙，不禁朝对方看过去，两者目光相碰，立即针锋相对、水火不容。

第十三章
决斗风云

这届天考会注定不平坦。各方势力在神都角逐，诉求利益的声音充斥九天。

仙妖为领土争端的事、真人为人间求雨的事、神内部为血统论问题的事，在从天的茶坊、酒肆、舞榭、歌台、文轩、诗会等各处场所，都能听到讨论、争吵。龙甲军不得不加强巡检的次数，天审司更是加紧排查，一有发现言语上有指摘天帝、刑神及天审司不是的，立即缉拿审讯。

剑神府议事厅里，风广仁说道："这次仙妖两国使团还好由木师弟、夏容师弟带队，避免了事态扩大。"

夏容念智叹了口气说道："我一直致力于仙妖两国友好，可妖王看我是亲仙派，就把我调出了军队，又派我出使神国，这个官职有名无实。"

他向木广礼问道："木师兄，师尊对落日岛一事怎么看呢？"

木广礼说道："师尊向来看淡种族之分，你知道他的理想是'三界大同，众生一家'。"

门外一个声音传来："仙妖两国关系可能不会朝师尊与你们希望的方向发展，反而会越来越恶化，发生的纠纷将不止落日岛一事。"

话音刚落，学圣从外踏进厅来，眼神带着担忧之色。

三人不知学圣为何如此断言，但他们又知道师兄弟中学圣谋略最高。

孔广信解释道："我刚从赌神庄回来。赌神能稳赢不输，其中一个重要的原因是他消息灵通。今天他告诉我一条消息，说妖王准备出兵驻扎邪地。"

木广礼吃惊说道："邪地本是无名之地，在仙妖两国中间起缓冲作用。九百年前，邪灵在那里建立邪国，向北穷兵极武，蚕食小国，打通多条道路；向南奴役教徒，开挖运河直通南海。邪灵把一处无名之地改造成海陆交通枢纽，并称那儿为'邪地'。至今神道同盟还没查出当年带领邪灵建国的头目是何等人物，有人说他已战死，有人说他遁迹凡间。不管他是谁，都不得不佩服他的战略眼光！"

他停顿一下，接着说道："但五百年前，神仙妖联军剿灭邪国后，邪地归属问题变得敏感起来，主要是历史、民族、宗教等问题盘根错节，又牵涉多方利益，影响到地缘政治重大格局变化。天帝担心会引起神道同盟分裂，就采用'无为而治'的方法搁置争议，让邪地自行发展一段时间再讨论。妖王趁机鼓励妖移民到邪地，这样一来当地情况变得更加复杂。"

风广仁困惑问道："妖王这样做，明显是在破坏仙妖地区的秩序，他就不怕天帝反对、仙国抗议吗？"

夏容念智双眉紧蹙，叹道："妖王若真地出兵邪地，我突然间觉得倒也不是意外了。神魔千年大战后期，他临阵倒戈，弃暗投明，但信义有损，遭人诟病。妖王急需新的功绩来巩固自己的王位权威，战后利益分配时，妖国获利丰厚，势力范围扩大；在接下来的一千年，天帝为了拉拢妖国，对妖王是有求必应；而妖国国民安居乐业，丰衣足食，妖国势力大大增强……所有这些，使妖王的威望达到了前所未有的高度，他雄心勃勃志在成为一方霸主。现在他刚愎自用、独断去行。"

木广礼双目精光一闪，说道："妖王这是在赌，赌天帝不会因为人界一块地让神道同盟分裂。"

孔广信轻轻摇头，无奈说道："就算仙妖开战，妖王九灵元圣也已不怕这几年他不断开疆辟土、招兵买马，我可以说，如今的妖国是灵界第二强国，实力要比仙国强，他又受万民簇拥更加自我膨胀，以他现在傲睨自若的个性，也不怕神国介入，甚至不怕神仙联合，因为他觉得他可以战无不胜、攻无不克，完全有能力对付。"

夏容念智问道："孔师弟，赌神可知妖王何时派兵？"

孔广信说道："消息源并没透露。但我和赌神刚才分析，妖王若真要出兵，应该就是这么两三天，趁灵界目前都关注天考会这个节骨眼上。"

夏容念智立即起身说道："妖王一意孤行，对我这个老臣已很厌烦，但我作为前王托孤大臣之一，一生为王室鞠躬尽瘁，就算犯颜，我也要极力直谏让他改变主意。风师兄、木师兄、孔师弟，我这便立刻动身回妖国。"

木广礼跟着说道："我也回仙国，把这消息告诉师尊，让仙会早做打算。"

孔广信也起身说道："有劳两位师兄。上兵伐谋，若能不战而屈人之兵，善之善者也。"

风广仁正色，说道："这领土争端最容易引起狭隘民族主义的高涨，到时全国上下都被这种情绪绑架不断叫嚣战争，所以我们要坚决阻止战争发生。只有三界和平，师尊的'大同'理想才会实现。"

三位恭敬说道："我等谨记大师兄教诲。"

天考会第十四日，问鼎考第二轮开始，由神国国教府主持，国教府担负宣扬神道思想、信仰与道德的任务。现任国教府的住持是玉宝黄老太君，他委派火德真君与水德真君做半决考的裁判。

半决考第一场地组，山妖对孙悟空。

山妖知道孙悟空来自仙国，所以他一上来就问道："你也是来争论落日岛的归属吗？"

孙悟空平静回道："仙尊院长呕心沥血弘扬'三界大同，众生一家'的思想。这思想是引导三界结束纷争，一同走向未来。我终其一生信奉这个思想。"

山妖说道："仙尊仁爱，我妖国对他也是敬重。但这思想在这信奉丛林法则的三界里是很难实践的理想。"

孙悟空想起凤婉霞曾说过话，说道："我以前对我自己，对这个世界都很迷茫，但我幸运遇到了良师益友。他们都告诉我，不要觉得不可能就不去做，我们要做的就是尽自己努力，做好自己那一份责任。相信有一天，锲而不舍，金石可镂；孜孜不倦，星火燎原！"

山妖说道："孙悟空，我们活在现实的世界当中，现实是残酷的，国家与个人受到的命运挑战是一样的，永远都是成王败寇！失败者，一无所有；胜利者，应有尽有。所以，这个世界不会出现大同，更不会有胜利者把果实分享给失败者。"

孙悟空摇头说道："我在一个叫花果岛的地方，看到了大同理想的实现。不同种族的神仙妖魔人等彼此和平相处、自由安详。"

山妖再无耐心，冲孙悟空喊道："来吧！孙悟空，只要你的拳头能打败我，我就听你所谓的道理，不然就是废话一堆！"

孙悟空叹下一口气。历史与经验都告诉他，实力才是真正的话语权。昨天他和凤婉霞去医神院看望崔鑫，崔鑫还是人事不省。求雨，给人间希望的机会，现在只有自己夺得天魁了。

山妖也明白现在的孙悟空已不是天考会刚开始那个灵力薄弱的青年了。

山妖想赢得先机，第一回合就爆发全力，挥拳向孙悟空猛烈出击。孙悟空不避其锋芒，连续轰出战魂三拳，一拳抵住山妖攻击，第二拳又向前推进化解山妖劲力，接着又踏上一步使出第三拳，开始反击。

第十三章 决斗风云

　　山妖忙劈下开疆掌，拔地而起一道道石墙抗御。孙悟空拳力排山倒海，瞬间就冲破石墙。山妖急促间连忙催力拔起好几道石墙，才把孙悟空的拳力挡住。

　　山妖震惊万分，虽然明知孙悟空的灵力今非昔比，但没想到竟会这么强。

　　山妖提前使出绝招与孙悟空对攻起来，酣战数百回合，虽未分胜负，但看台上的高手们心里已有了答案。战斗展现出的生命力，孙悟空朝气蓬勃，山妖与之对比，就有点日薄西山。

　　山妖大喝一声，身躯化成十几个石头兵把孙兵把孙悟空围住。孙悟空与石头兵近身缠斗，拳石激烈交碰，石头兵虽然人数太多，但每个石头兵根本抵不住孙悟空气吞河山般的拳劲。

　　山妖眼见石头兵一个一个都成碎石，不得已将全部灵力凝聚在一起，猛然朝孙悟空吼出一个气弹。气弹风急天怒、横行霸道。

　　孙悟空不敢大意，喊道："战魂之热血！"轰出的拳推着燃烧的气流，电掣星驰般撞向山妖的气弹。一声惊雷炸响，战神殿堂内嗡嗡回响。山妖在响声中连退数步才勉强撑住，此时呼吸已乱，神态已不知所措。

　　而孙悟空却纹丝未动傲然站立，灵力在他周身旋转，外焰呈现出紫色，并有金黄色光芒点缀其中。

　　灵力以气的形态冲出体外时，就说明修炼者已达到至高的水平。灵气可以是气焰、气流或光束等，而此时的孙悟空不但灵力以气的形态笼罩在周身，不停旋转，而且气带光芒，在场观众都赞叹不已，彻底地认识到孙悟空再也不是那个地考史上武成绩倒数第一的少年灵生。

　　由于灵者修炼的道法不一，灵力外焰呈现出的颜色也会不一。一般情况下修神仙道的为紫气，修妖魔道为红气，修佛道为金黄色，修邪道为黑色。

　　但是也不能以偏概全。神魔源自同血一脉，两者虽对立却不可分割，所以神魔可互化，只在心中一念间。后来仙学神道，妖学魔道，仙妖又各自开宗建国，按所修之道，分别加入神魔不同阵营。万年前又出现佛祖与邪主两个旷古绝伦的人物。佛祖以善为本，聚各宗各派之善道，自成格局；而邪主完全与佛祖相反，他以恶为能，吸各宗各派之恶道，集恶一身，祸国殃民。

　　所以天地本包罗万象，灵力又高深奥秘，思想各式多元，故灵界早就不以灵力外焰的颜色来草率判定正邪。

　　就在在场所有观众的注目中，孙悟空大喊一声："战魂之荣耀！"拳力带着无限锐芒，以雷霆万钧之势向山妖攻去。

　　山妖见孙悟空这招式气势恢宏，压迫的气氛快要令他窒息。他咬紧牙关，挥动全身剩余所有灵力，垒出至今最多、最高、最坚硬的石墙抵挡这石破天惊的一拳。

震耳欲聋的响声再次贯穿所有人的耳脉,山妖双臂护胸,无法抵挡这威猛无比的拳力,直接被拳劲轰到擂台下数丈远处。

山妖情绪低沉,耷拉着脑袋说道:"我本以为这是无懈可击的防守,但还是被你攻破了。"

孙悟空静静说道:"我真心希望仙妖能构建互信,一时不一定能跨越过去,但值得建立桥梁通往未来。而我们的生命,只要肯前进,就会以新的出发姿势得到重生。"

山妖缓缓点头,说道:"孙悟空,我输了,你晋级实至名归。"

火德真君高声宣布:"地组,孙正灵者获胜,晋级问鼎夺冠考。"

观武台与点将台上的各路灵者给孙悟空送上经久不息的掌声。十几天前他还只是一名候补天骄子,灵力薄弱,如今一路逆袭,闯进本届天考会最后的决斗。

半决考第二场天组,朱天蓬对武居伟。

灵界期待的本届天考会巅峰对决提前到来了,随着水德真君一声"开始",观众都全神贯注地盯着擂台,想知道这两位代表神国未来的强者,今天如何分出胜负。

武居伟二话不说,"火刑烈鞭"啪啪作响,迅疾狠辣地向朱天蓬攻去。武居伟接连十几鞭,都被朱天蓬潇洒地一一避过。

武居伟恼恨,祭起"火刑烈鞭"最霸道力量,卷起上百层气流冲向朱天蓬。

朱天蓬眼见这气流过于雄厚,已无法穿梭避过,便喊道:"天河剑!"天河剑应声出鞘,在朱天蓬周围迅速旋转,形成一个圆柱形的防御性剑阵。

"火刑烈鞭"攻到圆柱形剑阵上,剑阵发出铮铮响声,两股不同的气流矛盾相抵,一攻一守煞是好看。武居伟"火刑烈鞭"招招必杀,但朱天蓬"天河剑剑阵"处处防御,将武居伟攻势一一化解。

观众佩服朱天蓬灵力超群,不愧是神国未来之星,可越看越疑疑惑惑他为何守而不攻呢?在武斗中,两强实力旗鼓相当,如果一方只一味防守,久之势必陷入被动,最终败局。

观众开始七嘴八舌地探讨:"朱天蓬为何不进攻?这不是在找输吗?"

"这是他的策略吗?等时机反攻吗?"

"难道传闻本届天考会的天魁内定武居伟,是真的吗?"

今日的朱天蓬没了往昔玉树临风的风度,反而一副心事重重的样子。

其实,大家却不知此时武居伟正在传音给朱天蓬:"你这样做也太假了啊!"

第十三章 决斗风云

朱天蓬悲愤地传音道:"我不是只要输了就行吗!"

武居伟冷冷说道:"你这是故意要让大家质疑我的胜利。你这样做,我父亲可会不满意的。你不要忘了你朱家现在上上下下一家老小的命都系在你手上!"

朱天蓬眉头紧锁,昨晚发生的事历历在目。

昨晚朱天蓬被神秘卫以朱家有犯罪嫌疑的情由,叫到天审司问话,在那里他见到了刑神武孤高。

武孤高一上来就说道:"朱公子一表人才,气宇轩昂,年纪轻轻就已荣登正灵榜,只可惜生错了地方,阻碍了你的前程。"

自穷奇事件后,朱天蓬特别小心谨慎,特别是在和武家打交道时。他从容地答道:"谢谢武大神对在下的称赞,在下不敢当。父母生我养我,恩情已大于天,我一辈子都报答不了,哪里还有什么其他妄想呢?"

武孤高颔首,说道:"朱公子通情达理,比我那虎子要懂事多了。"

朱天蓬继续不卑不亢答道:"武少出类拔萃,一直是青年才俊的领军人物,我等之楷模。"

武孤高轻轻叹道:"苍天不作美啊,他在半决考遇到你,想必是一场硬仗啊。为父的,总是望子成龙,不想孩子有什么意外。"

他突然两眼盯住朱天蓬,问道:"不知朱公子能否理解我的苦衷?"

朱天蓬聪明绝顶,当然知道刑神这话背后的用意,他心思急转,然后说道:"武少武功盖世,我不是他的对手。明天一战,我也只是尽自己的努力不负青春而已。"

武孤高接着说道:"哦?既然这样,不知朱公子能否真正给老夫一个'不是武居伟对手'的承诺?"

朱天蓬心中确认这和他的猜想别无二致,但一生的追求就在眼前,如何能轻易放弃?他定了定神说道:"天考会是封灵问鼎各凭本事,还请武大神理解见谅。"

他绝不甘心止步于半决考,不想让过去与现在的努力付之东流,不想让爱情与梦想的追求不了了之。

武孤高话锋一转,慢慢说道:"朱公子,天审司已查明,你二叔朱位加入了邪教,是邪灵一员。"

朱天蓬顿时大惊失色。自父亲获罪,天河世家失势,家中一干人等都过着寒酸落魄的日子,二叔虽也变得颓废,但在大事上他是不会糊涂的。

朱天蓬辩解说道:"我二叔虽然有时会愤世嫉俗,但他深明大义、赤胆忠心,绝不会背叛神道,这其中是不是有什么误会呢?"

263

武孤高冷笑一声，说道："你二叔对他所犯之事供认不讳，而且他还告发你父亲、你叔辈等人都参与了邪教活动！"

朱天蓬大声质疑道："这不可能！这里面肯定有问题！"

武孤高闪出一张供认状递给朱天蓬，随口说道："你自己看。你二叔已签字画押，你朱家与邪教勾结的罪行，抵赖不了。"

朱天蓬的心跳失去了节奏，他暗自思忖："这情景跟当年自己被冤枉偷放穷奇的事情如此相似。他们想逼我就范，现在肯定是抓了二叔在天审狱施刑拷问，估计二叔受不了酷刑折磨，只好答应做了假口供。我现要怎么办呢？"

"告诉月神公主，请求皇家降旨，彻查此事？可刑神权势滔天，天审司做事狠辣，还没查清此事，我父亲与叔辈们估计就先被他们整死。"

武孤高见朱天蓬摇摆不定，笑眯眯地继续施压说道："在我刑神与天审司面前想卖弄聪明，那是自寻死路！"

朱天蓬轻声抗议道："这不公平，我也有自己的梦想！"

武孤高冷嘲说道："这世界本就是弱肉强食，哪有公平可言？同是造成下界灾难，你父亲朱帅泻河就是罪，违背神的宗旨；天帝禁雨却是正义，树立神的权威！"

朱天蓬吃惊地望着武孤高，刑神竟然当着他的面挖苦天帝？但他转念一想，这是因为在刑神眼里根本就没瞧得起他，对他根本都不需要防备。

撇开私人恩怨不谈，朱天蓬其实很认同刑神的这句话。

武孤高见朱天蓬默认，他再转变语气，晓之以利说道："朱公子，只要你答应我，这张供认状我就会烧掉，你二叔、你父亲、你其他的家人都会安然无恙。将来你若能效忠我，我保你荣华富贵，重振家门。你超群拔萃，我是十分爱惜与赏识。等你有了实力，梦想才叫梦想，不然就是白日做梦！"

他继续引诱道："人之所以痛苦，在于追求了错误的东西，所以还不如服从现实世界。人生短短一万年，最要紧的是满足自己！"

生命的尊严和生存的需求，哪个更重要？朱天蓬此时面对这个问题，难以抉择。

思考良久，朱天蓬最终缓缓点下了头。只有活着，才有实现梦想的机会。

武孤高大喜过望，以为自己又得到了一员大将。他拍拍朱天蓬的肩膀说道："孺子可教也，朱公子日后必定飞黄腾达！"

朱天蓬的思绪回到擂台之上。天审司成立九百年，冤案频起，死亡虽然可怕，但在天审狱受到的暴行和凌辱比死亡更加可怕。为了家人能安然无恙，只能忍耐，只能暂时牺牲自己的前途。想到这，朱天蓬终于让天河剑幻出数道剑影。他把剑法发挥得淋漓尽致，却只融入少些灵力。剑法虽好看，可威力不强，与在八强考中相比判若云泥。

观众中有些灵者目光如炬，早看出端倪，叹息朱天蓬虽然开始进攻了，可攻势华而不实。

武居伟再次传音朱天蓬，嘲笑道："朱天蓬，你是很聪明，我承认我不如你，可如雾妖说的，你不能做自己，因为你不够狠！"

朱天蓬本不想去理睬武居伟的话，但武居伟喋喋不休："老实说，你不如那孙悟空，孙悟空一股傻劲，他有渴望却不是欲望，而你心里想着是欲望。我那月神表妹是何等尊贵、何等美丽，你这个罪神之子，居然癞蛤蟆想吃天鹅肉，简直是痴心妄想，自不量力！"

朱天蓬被击中心事，眼神突然变得剑般锐利。他一向沉稳，但武居伟提到孙悟空与月神嫦妍，正是到他心里最深处的痛点。他动气说道："你认为我现家世落魄，就没资格去追求我的梦想吗？若我有你这般家境，我的成就要比你好很多！好很多！"话音刚落，天河剑剑芒闪光耀眼向武居伟攻去。武居伟猛地一惊，心禁不住地打战，忙使出"天火牢"，一面火墙拔地而起挡住朱天蓬厉若雷霆的一剑。

武居伟急忙传音道："你可不能太认真，万一我输了，你朱家一族人都要去死啊！"

朱天蓬再次被击中痛处，本是大气磅礴的剑气，立马昙花一现。

武居伟转危为安，讥笑道："我们按之前约定，打到三百回合，你就跳下擂台认输。"

朱天蓬眼神悲愤，但遇事要冷静的品性，使他马上努力控制住自己的情绪。被生活束缚，这叫现实，你要生活，就必须面对现实；现实会折磨你，会打击你，会嘲笑你；现实会在等你慌乱，然后一举歼灭你！所以你心中要足够强大，有永不放弃的毅力，也要有洗去浮躁，留下淡然的心境，然后智慧应对。不向现实乞讨，你可以有不完美，可以有失败，但最终要用坚强赢得生活的尊重。

朱天蓬陪着武居伟继续假打，待他数到三百回合时，正要故意不小心跌下擂台认输时，却不料擂台上突然充满阴森杀气。

武居伟趁朱天蓬放下戒备心，侧身要下擂台的一瞬间，他猛然祭出"火刑烈鞭"最强招式，噼啪一声，狠狠击中朱天蓬的右臂膀。他的右臂膀顿时血染衣襟。

突兀袭击，朱天蓬始料不及。他惊骇地瞪大眼睛，他忍着剧痛急喊道："你……你如此这般……"

朱天蓬要指责武居伟背信弃，是个卑鄙小人，但武居伟是绝不会让朱天蓬把这话说出来的。武居伟爆出让全场惊颤的吼声，大声喊道："朱天蓬，你以为我真的胜不了你吗？"人影一闪，"火刑烈鞭"变得更毒燎虐焰，疾击而来。

朱天蓬右臂重伤，运剑虽明显吃力，但开阖吞吐之际，仍能击出万道剑影，剑力充满悲壮与苍凉。

武居伟惊诧朱天蓬如此勇猛，在逆势之下还能使出这般实力。他灵机一动，继续刺激朱天蓬说道："朱天蓬，我告诉你，我夺魁要实现的愿望是向天帝请求将月神表妹赐婚给我！"

朱天蓬听完急火攻心，神志开始恍惚，剑势相应也起伏不定。

武居伟见机灵力齐聚迸出，他面目狰狞，一双眼睛射出杀戮的红光，狂吼道："天焚之炼狱！"刹那间杀气炽盛，天空乌云黑沉沉压下，整个减天充满萧瑟之意。

"天焚"是武居伟隐藏的最高武学，"炼狱"又是"天焚"里最强招式。这一招式使出仿佛炼狱中无数恶鬼在遭受天火的惩罚，恶鬼们嘶吼、哭喊、嚎叫，暴性与戾气尽数显现。

观众均感受到"天焚子炼狱"的恐怖，不禁心胆俱寒。水德真君见"天焚炼狱"力量如此霸道，他大吃一惊，喊道："不好！"忙挥出数道水柱冲过去要阻止，但为时已晚。

巨响厉啸，天河剑因朱天蓬右臂重伤，没能及时被灌入灵力加固，竟被"天焚炼狱"力量震碎。没了天河剑护住的朱天蓬，被"天焚炼狱"恐怖的力量重重打击，鲜血喷洒一地，更要命的是，筋脉也被震断好几条。

武居伟蛮横无比，他用"传音入密"冷冷说道："朱天蓬，你是癞蛤蟆的命，却老做吃天鹅肉的幻想。我现在把你灵力削弱，你就不会胡思乱想了。我劝你好好活着，珍惜余生，看我一步一步登上权力的巅峰！"

朱天蓬眼中充满悔恨，身子摇摇晃晃几下，咚的一声摔倒在擂台下，不省人事。

孙悟空、凤婉霞与月神嫦妍极是担心，想马上冲上去，但天考会严禁外人到擂台及周边。

战神殿堂鸦雀无声，水德真君无奈地望向点将台上的玉宝黄老太君。玉宝黄老太君一脸沉重，思忖片刻后，缓缓颔首。水德真君得到玉宝黄老太君默示，向全场宣布道："天组，武正灵者获胜，晋级问鼎夺冠考。"

重伤朱天蓬本不是刑神的计划，他本意是要招揽朱天蓬，但没想到武居伟对朱天蓬会怨入骨髓。可朱天蓬是神国公认的未来之星，女娲学院万年地考成

第十三章 决斗风云

绩最好的学子，天庭重点培养的对象，武居伟下如此狠手必然会引起天帝的反感、恼怒及追究。

武孤高第一时间命令天审司放了朱位，让朱位带着供认状立即到医神院见朱天蓬，并且要赶在孙悟空他们前面。同时他安排神秘卫乔装打扮，在孙悟空他们一行途中制造麻烦，拖住孙悟空他们。

而武孤高则带着武居伟到太微玉清皇宫，请武天后向天帝上穹说情。

但武天后断然拒绝道："哥哥，你暴力对人，终有一天暴力会反噬你，因果轮回，你好自为之。"说完，竟拂袖离开。

武孤高知道这个妹妹说一不二，看她不帮，只好带武居伟到御前请罪。但天帝不予觐见，派千里眼与顺风耳两位帝使传达他的口谕，要求武孤高与武居伟先在殿外下跪一晚再回去，朱天蓬一事等天考会结束再定夺。

宫殿外，武居伟虽然老老实实跪着，表面一副诚恳认错的样子，但心里却不以为然，吃准天帝最终会看重刑神与天审司是巩固帝权的利器，只会给他一个象征性的惩罚。

医神院里，朱天蓬神情消沉，一种痛叫"黯然销魂"。

月神嫦妍轻声问道："朱师哥，你今日半决考异常得很，是刑神威胁你了吗？你告诉我，我禀报帝父，为你做主！"

朱天蓬深情地望着月神嫦妍，他喜欢她，却悄然生活在暗恋中，在世俗门当户对的世俗观念下，他本想用天魁支撑起这份爱，但如今？

朱天蓬脑海出现两个声音在对话：

"苍天啊！为何你要这样折磨我啊？！"

"情孝不能两全，这是你自己选的路！"

情深是否缘浅？久久的，朱天蓬内心长叹一声，随后平静回答月神嫦妍道："没有，是我技不如人。"

在孙悟空他们来之前，朱位已跟朱天蓬见过面，当着朱天蓬的面，朱位烧掉了供认状，并转达了武孤高的意思：保证给予优厚补偿，还要帮着奏请天帝降恩，特赦朱帅回天庭。

朱天蓬想既然事情已经如此，目前没有能力改变什么，不如长远谋划，君子报仇，十年不晚。

孙悟空、凤婉霞与月神嫦妍听朱天蓬这么淡淡一说，都不禁惊讶，均感觉事情肯定不会像朱天逢说的这么简单。

月神嫦妍再次问道："朱师哥，你是不是有什么难言之隐，有什么话连我们都不能说吗？"

朱天蓬克制内心的激动，假装平稳说道："月神公主，我没事，谢谢你们。"

他转念一想，又沉声道："月神公主，凤姑娘，你们可不可以先回去，我想单独和孙悟空聊一下。"

两女相视一眼，心有灵犀，或许她们不在，两个男的能爽快些谈论。

孙悟空和朱天蓬默然相对，孙悟空从来不勉强别人做不愿的事情，他在等朱天蓬开口。

朱天蓬默不作声好久，突然张口问道："孙悟空，你当初冒死挑战三道天雷，为什么你就算死也要改变自己命运呢？"

孙悟空两眼直视朱天蓬，强有力地道出心声："因为我不想向蔑视我的人低头！"

朱天蓬身体一震，命运取决于态度，现在最重要的是阻止武居伟成为天魁，不能让武居伟想请娶月神嫦妍的野心得逞。

朱天蓬正色问道："孙悟空，若你取得天魁，你会提什么愿望？"

孙悟空不假思索答道："请给人间降雨！"

朱天蓬暗松一口气，却又追问道："若天帝不肯，要求你换个愿望，或者天帝提出一个很诱人的条件，比如……比如……"他想提到月神公主，但心里深处抵触的很。爱情是很自私的东西，不允许任何人碰到。他变得急躁，吞吞吐吐说道："反正是一个……男的都梦寐以求……也可以说是……凡是男的都很难拒绝的条件，那你会怎么办？"

孙悟空坚定说道："求雨，我势在必行！"

朱天蓬直视孙悟空的眼睛，不解问道："孙悟空，你说的是真的吗？就算天帝震怒，你也要求雨吗？"

孙悟空毫不犹豫说道："我宁可用自己的方式把话说出来而站着死，也不以他们的方式昧着良心而苟活。"

人间惨境还在继续上演，崔鑫仍人事不省，孙悟空要为他们讨一个说法，一个道理，一个正义！

朱天蓬目光明亮，急忙喊道："孙悟空，我来帮你夺得天魁！"

接下来，两人聊了好长时间，两人都想为保护各自重要的东西而奋斗。

第二天一名老精灵来仙国使馆找到孙悟空。老精灵绿肤尖耳，有好几千岁，但精神矍铄，看起来短小精干。他向孙悟空说道："孙正灵者，我是刑神府的管家，我家主人盛情相邀，请你来府上一叙。"

孙悟空问道："我与刑神素无来往，突然叫我到府上，不知有什么事呢？"

老精灵赔笑回道："我家主人赏识孙正灵者在南天门的辩法，想与你深入探讨权与法的关系。我主人说了，孙正灵者是个坦荡之人，必定会来。"

朱天蓬昨天警戒的话言犹在耳，但孙悟空还是决定要去见刑神，他淡定说道："请老管家引路。"

老精灵喜道："飞虎车舆已在门口等候，孙正灵者，请！"

一段时间后孙悟空踏入刑神府。厅堂里，武孤高一副皮笑肉不笑的神情，见到孙悟空便说道："孙悟空，你可谓是天考会万年史上的奇迹啊！定会传为佳话。"

孙悟空直抒胸臆道："但历史也会谴责本届天考会，因为它开了一个以权谋私、权高于法的不好先例！"

武孤高听了这句话马上拉下脸色，眼睛射出凌厉之色，瞪向孙悟空。孙悟空毫不惧怕这个权臣，他心中坦荡，气宇轩昂，目光直视武孤高。

武孤高说道："法体现帝王的意识，行施帝王的方针！"

孙悟空说道："非正义的法不是真正的法！"

武孤高不免吃惊地望着孙悟空，难道这个石头生的青少年，心真是石头吗？刚正不阿！

不，只要他有意识，就有欲望，欲望因人而异，但有欲望，就存在交易。

武孤高转变语气说道："这世界是现实残酷的，成王败寇，弱肉强食。老鼠的喊叫，猫儿当它在哭泣；猫儿的攻击，狮子当它在游戏。法在权面前，也只是工具，你又何必天真地谈论理想呢？还不如过个富贵生活来得实在。这点上我完全可以满足到你。"

孙悟空静静说道："若刑神大神能让人间立即得到雨，我退出或败出夺冠考，又有何不可呢？"

武孤高惊讶孙悟空的直截了当。他诓骗道："这好办，等明天夺冠考一完，我立即奏请天帝降恩下雨。"

孙悟空突然问道："你当初也是这样跟朱天蓬承诺的吗？"

武孤高眼中闪过杀意，厉声问道："他跟你说了什么？"

孙悟空却淡淡说道："他只说技不如人。但今天刑神你特意叫我过府来谈条件，我想我或许有些明白了。"他一字一板再说道："夺冠考前，如果天帝有此天旨，我愿意放弃战斗；若没有，我只能为我的信念战斗！"

武孤高的脸色阴沉难看。禁雨是他提的奏议，若去请雨便是承认自己失职，不仅削弱自己的权威，还会送给政敌一个落井下石的机会，更严重的是会肯定惹怒天威，失去天帝的信任。这种自毁权力的事情武孤高绝不会去做。他冷冷说道："人，一个完全背叛天帝的种族，他们没雨是他们咎由自取，理应受罚，

269

没人可以帮到他们！"

　　孙悟空说道："禁雨也是一种暴力，难道只能用暴力迫使人间对神敬畏，而不是用仁慈赢回人间对神的爱戴吗？"

　　武孤高已不耐烦地说道："除了请雨，你提其他条件，我都会满足你。高官厚禄，不在话下！"

　　孙悟空掷地有声："我只要人间下雨。"

　　武孤高狠狠说道："孙悟空，你在武功与灵力方面上比武居伟差很多，你别不知天高地厚！"

　　孙悟空回道："困难是会让我挫折，现实是会让我无能为力，但良知不能被泯灭，我不会屈服困难与现实，我战斗到底！"

　　武孤高杀气腾腾说道："你要跟我作对，你要考虑好你的后果！"

　　面对武孤高的威胁，孙悟空哈哈大笑，豪气说道："我不怕天审狱，你可以将我胡乱或强加定罪，但天地、众生、历史都将宣布我无罪！"

　　武孤高强笑起来，说道："孙悟空，你实在太天真了。我明白告诉你，就算你最终获得天魁，这人间也降不下雨。有个东西叫帝权，只有三界至尊才能拥有，帝权绝对威严，不允许有一丝诋毁或损伤，胆敢有冒犯者，必让冒犯者付出一切代价，包括肉体与灵魂的消灭。"

　　孙悟空剑眉星目，坚定说道："我遵从自己内心，积极而生，磊落而死。"说完，直接告辞离开。

　　武孤高对着孙悟空的背影喊道："别看你现在斗志昂扬、胸怀正义，可神也是人，随时要认命，在强权与诱惑面前，逐渐低头！"

　　孙悟空不作理会，大步走出刑神府。当他在刑神门口处，惊喜看到凤婉霞、月神嫦妍、剑神风广仁、学圣孔广信在刑神府门外伫立等待。

　　这一刻，孙悟空明白了他并不孤单、并不孤立，也并不孤苦，在他身边有一群良师益友一直在默默地支持他、关心他、帮助他。

　　大家见孙悟空出来，忙上前问道："刑神有没有为难你？"

　　眼眸里含着晶莹泪光，说道："没事了，我们回去吧。"

第十四章
家国恩怨

天考会第十六日，也是天考会最后一天。此时三界风谲云诡，变幻莫测。这一天也是龙王敖广布下云层的最后一天，如果这一天再不下雨，人间将万劫不复。

女娲城，来自轩辕学院的天骄子们在九天各处散发请雨传单。天审司神秘卫四处抓捕，但天骄子们受到神仙们的暗中帮助，神秘卫抓不到人。

武孤高找孔广信警告，孔广信漠然置之。

孔广信代表的是神道同盟里真人及轩辕学院的力量，武孤高有些奈何不得，但仍以包庇与纵容学子犯罪向天帝参了学圣一本。

义妖回到妖国，虽然进谏妖王，但妖王一意孤行，仍命令妖军出兵驻扎邪地。

仙会不得已也增加邪地边界驻军兵力。仙妖两军对峙，两国领土争端问题即将演变成一场战争。在女娲城的仙妖之间也频繁发生争执与冲突，给龙甲军治安管理造成压力。

邪灵也是在今天，突然在人间上空以多种方式大规模攻击杨戬部队，甚至不惜用自杀式恐怖袭击。

龙甲军主帅托塔李天王请示完天帝，命中坛元帅李哪吒带三秦军去人间上空支援杨戬。

托塔李天王又调遣张、萧、刘、连神将各率九夷军、八蛮军、六戎军、五狄军，分赴天庭东、南、西、北四角镇守，强化对各国的监视，以此威慑灵界。

神都女娲城的神灵们仍是闲情逸致、寻欢作乐，并没有在意或警觉外面局势的变化。神灵们认为神国现在国力鼎盛，独霸三界，完全可清除任何危险。

战神殿堂内人声鼎沸、万头攒动，观武台上座无虚席，女娲城重要朝臣、大部分正神、在神都的名流巨子、各使团贵宾等等，都前来出席观看这第二十四届天考会最后也是最重要的天考。

就在开考之际，有个罕见使团步入战神殿堂，他们一行五人，均身穿纯白长袍，袍服胸前织绣红火图，仿佛雪白的大地上，有一团大火熊熊燃烧。

"火图袍服？这是魔国的公服啊！""快两千年了，我都没见到过魔了啊！""天庭怎么会有魔出现呢？他们来天庭干吗？"

这使团确实来自魔国。自神魔大战结束，魔被赶下天界，距今已有一千八百年。这一千八百年里，魔国沉寂无声，在大家的认知里，魔日暮途穷，终有一天将湮没在幽暗疆土。

但今天，突然有魔出现在女娲城，并且出现在天帝禁止魔参加的天考会上，观武台与战将台上的各神、各仙、各妖、各真人等面露惊讶，一边端详，一边议论纷纷。

凤婉霞更是屏住呼吸，心怦怦地剧烈跳动。使团带队的是戏魔东野无涯，东野无涯精通各种戏剧，一朝败落空余恨，唱尽离别戏无涯。凤婉霞想起那晚在花果岛与父皇的对话，她比别的神灵更加急切地想知道魔国出使女娲城真正的动机是什么。

孔广信悄悄向赌神打听："魔国此时派东野戏魔来神都所为何事啊？"

赌神欣然说道："是向我们神国俯首称臣，取缔帝号，认天庭为中央朝廷，接受封王。"

凤广仁与孔广信流露出诧异万分的神色，孔广信不解说道："魔皇独领唯一枭雄本色，高傲自负，目空一切，况且他与天帝更是势不两立，怎么会突然低头呢？"

赌神娓娓道来："这是形势所然，更是实力使然。现在神国强大无比，魔国日益衰落。独领魔皇——不，现在应该叫他独领魔王了，已卧病在床六百年。这次东野戏魔来天庭说独领魔王大限将至，要安排后事，为了魔国能继续存活于世，不被某国给吞并，独领魔王不得不向现实低头，自降为王。"

他乐呵呵地补上一句："神魔相争数十万年，如今一个在天上，一个在地下，神的力量完全碾压魔，两国过往一切恩怨可尘埃落定，灵界再无大的纷争。"

孔广信继续不信地问道："独领唯一是真的不行了吗？"

赌神说道："今日东野戏魔进呈表文，确是这样言道。我想想六百年前魔国灾荒，东野戏魔秘密出使神国，请求天帝宽限及减少战争赔款，那时就曾提到

第十四章　家国恩怨

独领魔王因旧时天伤再加上因魔后出走受的心伤，就一病不起，天审司当年也证实了这一情况。如今又熬了这数百年，应该是真的快要薨殁。"

他又看着孔广信，想了想后继续说道："独领魔王这六百年来，一直派魔到四处寻找魔后与公主，估计是想要公主回来继承王位。"

孔广信心里一时纠结，不知如何是好，凤诗诗灵逝前，将凤婉霞托付给他，并嘱咐他不要让凤婉霞重回魔国。因为帝王家最是无情，作为母亲凤诗诗只想让自己女儿一生快乐自由，不要掺和到灵界的斗争中去。可如今独领唯一即将离世，这人伦之情自己也不应该让凤婉霞错失，不然对凤婉霞不公平。

孔广信在一旁犹豫不决，风广仁却一脸疑惑问道："不被某国给吞并？赌神是指哪一国呢？妖国吗？"

赌神微微一笑，圆滑说道："这是魔国的担心。至于担心哪一国，小神可不敢胡乱猜测，还请剑神院长见谅。"

风广仁说道："赌神不必客气，军国大事是要谨慎。"

赌神向剑神揖礼，说道："谢剑神院长体恤小神。"他突然难得感叹一句："在神魔大战还没发生前，天庭最逍遥的日子应该就是听戏玩赌。可自戏魔被流放到地界幽暗疆土，这天庭的戏仿佛也跟着去了，再也没有绝唱了。"风广仁也是感慨万千："无论战争是正义还是非正义，都会给人们带来深重的灾难和难以愈合的心灵创伤。"赌神点头认同风广仁的见解，他望向魔国使团，说道："戏魔，一个快两千年没见的朋友，我过去跟他寒暄几句。"

风广仁此时也想到师弟刀魔西台感义，自神魔大战结束，就再也没见到他的踪影。刀魔在魔中属于另类，一向听调不听宣，独来独往，是个武痴，只想找高手决斗，以此追求顶级的武学。

风广仁突然想到一事，用"佳音入密"向孔广信询问道："刚才赌神说独领唯一这六百年来一直在寻找凤诗诗和他的女儿，而现如今女娲城都在传凤婉霞是凤凰女神的女儿，难不成传闻是真的？"

孔广信望向坐使团席地里的凤婉霞，他眼里写满了慈祥，点头说道："凤婉霞是凤诗诗的女儿！"

当年孔广信到天庭偶遇凤诗诗，只初见一眼便一往情深数千年，可他多情自作，虽然缘浅，但仍立誓非她不娶，结果落花流水终身误。

风广仁叹道："岁月无情催人老，一下子过去这么多年了。凤婉霞长得太像她母亲了。我想天帝必然会去查她的身世。凤婉霞难免会处在危境，你却仍然让她留在天庭，想必你早有对策吧！"

孔广信面带忧色说道："我这也是无奈之举。二十天前，凤婉霞非要来参加

273

天考会，我拗不过她，只好同意她来天庭，前提是不能显露凤凰女身份。可那日在祈天坛，她为救孙悟空吐出火凰珠，暴露了自己凤凰女身份。天帝多心想必早已派神调查过了。我思索再三，决定反其道而行之，让凤婉霞若无其事，继续在天庭自由出入。我做的院籍档案连天审司都查不出问题来，所以只要她不使用凤凰弩，外人只能知道她是凤凰女，凤凰族一员，却不能肯定她就是凤凰女神的女儿。若让凤婉霞离开天庭避祸，反而落下天帝及众神更多猜想。"

孔广信说完，松了一口气，如释重负接着说道："幸好现在魔向神称臣，神魔能修好，凤婉霞也不用再避忌天庭了。本届天考会之后，她要以凤凰女，还是以魔国公主身份展现在世人面前，我都支持她的决定。"

风广仁边听边点头，说道："不过若凤婉霞能继承魔国王位，那倒是一件幸事。她的善良会让神魔走向真正和平。"

这时，校场上空出现千里眼与顺风耳两位帝使，他们在云端高声宣道："天帝驾到！"

战神殿堂里数万名灵者如潮涌般纷纷起身行注目礼，恭敬地迎接天帝上穹的到来。

整个仪仗盛大且华丽，香烟缥缈，乐声悠扬，旌旗招展。

四位镇殿神将、八位黄巾力士领着一队天兵天将开路，三十六位飞天仙女紧随出现，其中左右各八位分提香炉与花篮，中间二十位奏玄歌妙曲、咏无量神章。

随后两座皇辇缓缓飞下，前面一座是天帝坐的九龙天尊辇，后面一座是天后与月神公主同坐的六马天贵辇。

皇辇之后是浩浩荡荡的龙甲军护卫，金盔金甲，威风凛凛。

夺冠考由神国皇家亲自主持，等天帝、天后站在点将台面向校场时，月神公主、镇殿神将、黄巾力士、天兵天将分别正色肃立在天帝天后身后及台下，其他灵者均躬身行晋谒大礼唱喏道："天帝、天后万福无极！万寿无疆！"

天帝上穹仪表瑰杰，给人一种空前绝后的英俊，双眸睥睨三界，自有一股帝者的尊贵与威严，不容别人靠近与侵犯。

他淡然一笑，说道："天地考是灵界人才涌现、英雄辈出的重要机制。取得正灵位不仅能彰显实力与荣誉，也是将来进入极乐世界的条件之一，更是一份守护苍生、保护和平的责任。特别是今日，将诞生新的天魁、题名天魁碑受万世景仰，实现其愿望受众生神往。"

天帝说话时，整个战神殿堂肃默无声，尽显天地间唯我独尊的气势。

天帝上穹停顿一下，双眼炯炯有神，继续说道："今日还有一个具有非常重

第十四章　家国恩怨

大历史意义的事件发生。魔国派专使戏魔来神都，请求朕缔结宗藩之盟，朕已点头应允。灵界将因此进入一个宁静与和平的美好境界，这是这个世界以前从未梦想到的，这是三界之幸，众生之福啊！六合一统，天地一心，时和岁丰，万世太平！"

数万名灵者一下子沸腾起来，莫不笑逐颜开，莫不举手相庆，欢呼喊道："天帝雄才伟略！三界之幸，众生之福！"

天帝上穹感受到现场数万灵者山呼海啸般的赞颂，他嘴角扬起满意的笑容。丰功伟绩，震古烁今，完成前几任天帝不敢有的梦想，万年后自己的元神不但会进入极乐世界，还将在极乐世界中占主导地位。

想到这，天帝上穹更是一副志得意满的样子，高声喊道："朕宣布夺冠考开始，让精彩的对决为这重大历史事件助兴！"

观众报以热烈的掌声及阵阵喝彩，又蓦地安静下来，凝眸注视这场整个灵界都期待的格斗开始。

本次夺冠考，天帝派镇殿神将王魔与杨森同为场上裁判。

擂台上，孙悟空与武居伟面对面，双方灵力都以气流形态迸出，烘烘燃起交织对抗。

武居伟讥笑道："没想到最后进入夺冠考，跟我对决的是你这块石头！"

孙悟空反驳道："你要不是靠着刑神之子的光环，能进入夺冠考吗？"

武居伟脸色一沉，说道："你跟朱天蓬那穷神一样会狡辩，但结果也会一样，都被我踩在脚下！"

对朱天蓬遭受重伤一事，孙悟空目光如电，怒视武居伟说道："不是因为出身好就是高贵，是高尚的灵魂造就了高贵的人格。像你这种血液流淌兽性的灵者，只能算野兽！"

数万灵者看到孙悟空斥责武居伟都颇感解气，同时也心中佩服孙悟空不惧怕武居伟背后的滔天权势。

武居伟气急败坏，猛地抡起"火刑烈鞭"瞬间抖出无数鞭影，如狂风卷着暴雨，凌厉抽向孙悟空。

孙悟空开启"战魂之热血"战斗模式，左右不断挥出如流星般的拳头，拳劲威猛无比，在半空中与"火刑烈鞭"相互击撞狂炸。

百招过后，武居伟打出"天火牢"，数条"火龙"飞空，狂张"火牙"，急舞"火爪"，火焰几乎覆盖孙悟空头顶整个上空，似要将孙悟空活活吞噬。

孙悟空凝聚灵力，高喊："战魂之荣耀！"

一股威猛且磅礴的力量澎湃涌出，拳风再次呼啸冲出，拳劲比之前更猛更快，几拳之下就打退"火龙"炽盛的气焰。

两人大战再过去百个回合，依是斗得正紧，双方不相上下。

原本大家以为武居伟实力要比孙悟空强上数倍，夺冠考上会呈现一边倒的趋势，没想到双方会打的如此难解难分、精彩纷呈。

武居伟见久战不胜，恶狠狠使出"天焚"招式。骤然间风云变色，"天焚"如一条巨大火龙翻腾出恐怖的力量，铺天盖地地向孙悟空袭来。

孙悟空见"天焚"凶暴猛戾，忙挥起一道强大无形的气流墙防御，但天焚迅猛至极，气流墙"砰"的被震破，"天焚"冲过气流墙直击孙悟空。

凤婉霞与月神嫦妍心脏突突直跳，紧张与担心的情绪禁不住地挂在脸上。

武居伟见孙悟空浑身是血，以为天魁已是唾手可得，便传音孙悟空，发狠道："冒犯我者，死！你，朱天蓬，还有那个精灵家奴，都得给我死。那个精灵以为靠你们可甩开奴役的羁轭，实则是引来杀身之祸。我武家岂可在外人、在奴仆面前失了威严！"

孙悟空悲愤填膺，怒道："你实在是可恶。就算你是神，但审判你的正义时刻终会到来。"

武居伟哈哈大笑说道："笑话，我将为王，坐在高高审判台上。只有我审别人的份！你们这些贱种等着我惩处！"

孙悟空怒视道："你自以为自己一生下来就可以为王，骂别人是贱种，可是王侯将相宁有种呼！纵使你坐在审判台上，天地也决不原谅，众生也决不屈服，势必拉你下台！"

武居伟目空一切，狞笑着说道："天地与众生臣服于力量。我会所向无敌，我把你摧毁后，马上就用这力量占有凤婉霞！"

孙悟空怒不可遏大吼说道："你妄想！你这种神，不配拥有任何美的东西！"说完，就轰出排山倒海般的战魂力量，迅猛无伦地攻向武居伟。武居伟再次祭起"天焚"，卷起千层火焰，横行霸道，一招一式都要将孙悟空置于死地。孙悟空战魂的力量在"天焚"面前渐渐有些不济，只守不攻了。

"天焚"瞧准时机突然化形成一个狰狞的巨魔，抡起一把大大的火斧头，气势汹汹地砍向孙悟空。

孙悟空见无从闪避，便挥出拳头与之硬抗。轰隆巨响，"天焚"击爆所有拳头，再带着恐怖的力量再次重重地击到孙悟空身上。

孙悟空痛楚难忍，顿时喷出一大口鲜血。

凤婉霞与月神嫦妍花容失色，撕心裂肺地齐声"啊！"了一声。

天帝上穹帝眼一闪，凌厉地瞥视下月神嫦妍，只见这公主目不转睛地望着

第十四章　家国恩怨

擂台上的孙悟空，一脸关心的表情，对旁人诧异的目光都置之不理。天帝上穹心里惊讶，这平常高冷无比的女儿为何会对孙悟空这块石头担上心呢？他又见武天后神情平静，好像已了解和明白自己女儿的异常。

天帝上穹更加好奇，双目再次端详孙悟空，这回越看越觉得孙悟空在气质上像极了嫣然冰神，都是独立在天地之间、权势之上，特别是那一双死不认输的眼神……像极了嫣然冰神。想到嫣然冰神，想到曾经兄妹情深却变成……天帝上穹一时百感交集。

数万灵者观众见孙悟空伤成这样，似乎胜负已分，不由得为孙悟空扼腕叹息。

擂台下镇殿神将王魔与杨森为了避免朱天蓬受伤事件重演，正要上台宣布结果，但孙悟空挥手阻止道："战斗还没结束呢！谁胜谁负，还不一定！"

他凛然着一种不可践踏的尊严与傲气，向武居伟高声说道："武居伟，不要以为渺小的就没有力量；不要以为卑微的就没有尊严。这些都会爆发，都会打倒像你这样的恶神！"

武居伟一声冷笑："孙悟空，既然你想继续找揍，我成全你，打到你满地找牙、心服口服！"本来自己是不想像上次一样下狠手重伤对手的，但这孙悟空竟自找没趣，武居伟一时兴起，早将什么朱天蓬、刑神父亲的嘱咐丢在脑后，听孙悟空讲完，立即席卷"天焚"力量再给孙悟空一击。

孙悟空毫不畏惧，他想起观世音菩萨的度化，仰望星空、俯瞰内心，正义永远存在天道、地理与人心之中！正义永远不会消失，就看要不要以正义为指导去战斗。但正义该如何存在呢？

孙悟空反思个人经历，感想这个世界所谓的"正义存在"这个词，给出自己的领悟答案："正义是法与信念，要求守法奉公，也是善良信念的体现，它的规则既用于强者，也用于弱者；既用于权贵，也用于贫穷；对所有人都是平等的，也平等对待每个人，没有例外，没有特殊，只有这样，才能促进与保障众生的正当权益，拥有一个真善美的世界。

"正义让身处逆境的人感受到法的力量和信念的希望；让三界享有和平，也让众生百花齐放，丰富多彩；让不管是强者还是弱者，不管是权贵还是贫穷都勇于担当，使命在心。

"为正义而战！灵魂将得到升华，曾经过往之错也将获得救赎的机会，如同自己矮人城之错可以被救赎。

"我是正义的支持者、捍卫者，也是正义的受益者！"

一股雄浑灵力从孙悟空体内迸发出，极其豪壮，从气场上一下子压制住

"天焚"。

武居伟瞪着一双喷火的眼睛,蓦地一声狂喝:"天焚之炼狱!"

这是在半决考上震碎天河剑、震断朱天蓬筋脉的招式,也是武居伟最强的招式。

天地凄凉,擂台上旋即鬼气森森,仿佛天火从天而降,打通鬼国无底深渊里的炼狱,落在恶鬼池中,响起阵阵悲惨的鬼哭狼嚎声。炼狱中探出无数双被火燃烧的鬼手,要将孙悟空拉到恶鬼池中吞噬。

全场观众心悸这种暴戾无比的恐怖力量。

孙悟空燃烧正义之火,激昂喊道:"战魂之功勋!"

他击出无数拳头打向"炼狱"里无数燃烧的鬼手,拳影如万点繁星,璀璨圣洁,发光闪烁。战魂拳头无数不在,每处都暴烈强力攻击,每处都风声呼啸气流翻滚,"天焚炼狱"再暴戾的火焰也畏缩这种正气无敌的气势,最终被打得支离破碎。

武居伟大惊失色,望着自己身上多处地方受伤流血,他不敢相信自己会被打败。他自出生就一路超群,甚至恣行无忌,处处享受着神国青年才俊领军人物的光辉与荣耀。今天竟然会败给一块他蔑视的石头!不可能的事情!暴躁、惊慌、忌恨、恼火,复杂的情绪煎熬着武居伟。他突然怒吼一声,面目骤变,一双眼睛猩红如血,杀戮的眼神如同饿狼要嗜血肉一般。这时数万灵者惊骇地发现武居伟的伤口正在愈合!

观武台上惊呼与议论声四起:"这是自愈力!武居伟怎么会有呢?这万年来只听说邪主、狼人及个别邪灵高手才有这能力!"

"传闻自愈力是通过修炼邪恶灵咒才有,难道武居伟是邪灵?还是跟邪教有关?刑神负责消灭邪灵及邪教,这是包庇,还是监守自盗呢?"

"小声点,被刑神或神秘卫听见,随便扣一个莫须有罪名,押到天审狱就是有去无回!"

"只以听说的内容,那是不能当成证据的。天地包罗万象,灵力高深奥秘,无形中灵界早有所共识,若没有份天理实证,不能草率判定武学对错。"

"战神独求我当初也是集百家之所长、融百家之所思、扬百家之所名,自创战魂九式,最后用战魂九式挽救了整个灵界。所以,我想天帝不会轻易去质疑武家。"

"怪不得坐在点将台上的刑神神情淡定。武居伟既然练成自愈力,刑神是不是早已练成?若是这样的话,那这对父子的武功太可怕了!"

"有自愈力可算是不死之身。这场夺冠考胜负已定,武居伟肯定是天魁。"

第十四章　家国恩怨

武居伟暴风骤雨般攻上来，而且他只攻不守，放任身体暴露出的空位被孙悟空快速出手的拳力击中，伤口即使出现也马上愈合，仿佛没伤没疼似的。

孙悟空心中叹道："我要败了吗？"随即他又长笑一声，内心言道："我何惧失败与死亡呢？痛痛快快地战一场，尽显生命奔放的意义！"

武居伟更加肆无忌惮，左右同时掌出"火刑烈鞭"，依仗自愈力，毫无顾忌挥洒自如。

孙悟空应接不暇，被鞭力一次一次狠狠地抽在身上，肉身开裂，心也似乎跟着裂开。

武居伟狞笑，得意地朝两位镇殿神将喊道："两位将军，他都这样子了，是不是可以判定结果了？"

孙悟空双手擦去嘴边的鲜血，目光笃定地说道："夺冠考还没结束，我可以被打伤，但还没被打倒！"

观武台上观众情不自禁地站起来，对着孙悟空鼓掌加油。掌声如雷，天帝上穹禁不住再次闪起惊讶的眼神。

听到掌声，武居伟再次不屑地喊道："孙悟空，你就是一块石头，就算插上羽毛，也是石头，变不成老鹰，你要如此顽固，那就不要怪我不客气了！"他准备要像对朱天蓬那样，把孙悟空筋脉震断从此一蹶不振。

孙悟空凝神迎战。他全力开启新生灵力，形成气流旋转守阵。

武居伟暴吼一声，迸发出黑色灵力，火刑烈鞭再次抽向孙悟空。

"如此恐怖的力量，我该如何抵挡？难道已经没法再战了吗？"

"不！菩提师尊曾说过，成功真正的秘诀是自己是否有颗永不言弃的英雄心！"

同时，孙悟空想到前晚在医神院朱天蓬嘱咐他的一句话"你一定要坚持到最后，挺过去，你将逆风翻盘，必胜此局！"

孙悟空的斗志在良师益友的呼唤与激励下，再次熊熊燃烧。

可以一次次地被打倒在地，但也要一次次地站起来。向着目的，接着战斗，直到赢为止！

他运气导力，内心召唤道："神灵，魔灵，请给新生的战魂力量鼎力相助吧！"

手腕上的如来佛珠熠熠生辉。佛的禅意开悟道："一个人在黑暗中不必慌张，要心存阳光去悟道，悟道突破自我，将开启两种力量，一种是思想的力量，一种是战斗的力量，它们将战胜黑暗。"如来佛珠与太极符印一起形成双重守护，过滤孙悟空体内恶灵，源源不断地释放善灵，善灵虎虎有生气地融入到战魂的力量中去。

数万名灵者惊奇看到孙悟空如同涅槃重生，又昂扬起他的斗志，身上燃起比之前更强大更壮观的灵气。

孙悟空轰出"战魂之功勋"，无数的拳头迎向武居伟的黑气灵力。两股强大的力量相互碰撞，响起炸雷般的巨声。冲击波呼啸，反作用于孙悟空和武居伟，两人多处受伤。

武居伟猛然低头，惊恐地看到自己身上不断涌出血液，裂开的伤口已不再自动愈合。

观众也均感疑惑，这武居伟为什么又突然没有了自愈力呢？

刑神武孤高更是震惊，想起九百年前与狼人一战，剑神曾说过"用至真至善灵者的血祭炉，以之筑成的兵器，会拥有真善灵性，只有这种兵器，方可伤到邪灵"，可那是用血炼锻的兵器，孙悟空手上没灵器，他是怎么破除武居伟的自愈力呢？

观众瞥到孙悟空拳头上的血散发着紫色与金黄色的光芒，一些神仙惊讶地喊道："难不成是孙悟空的血能破除武居伟的自愈力？"

剑神与学圣互望一眼，眼神里认同这个说法，孙悟空血液里流淌至真的灵力，再加上至善的如来佛珠加持，形成合力破除了武居伟用邪恶灵咒修炼成的自愈力。

武居伟发出令全场毛骨悚然的号叫。他怒不可遏地朝孙悟空狂冲过来，孙悟空正面迎敌，两人又缠斗在一起，打得不可开交。

夺冠考跌宕起伏，一波三折，武居伟情转之下已完全处在败势。

孙悟空冷静说道："武居伟，我们没有仇恨，只是正义的问题，我不想伤你，你已输了！"

武居伟恼怒回道："我怎么会输呢？！我是要作为这天地无比的强者存在的！"

武居伟眼中尽是野兽般怒火，愤怒地咆哮道："孙悟空，在我面前，注定你的命运就如同凡人跪拜在神灵面前！颤抖吧！"

武居伟不惜入邪，不断地催生出暴戾的邪恶灵力。他把自己整个身体都裹在邪恶灵力里，变成青面獠牙的九幽魔鬼，张开血红大口，想要一口吞掉孙悟空。

整个战神殿堂弥漫森森肃杀之气，令人不寒而栗。观众都惊呆了，武居伟入邪坠魔严重违背神道，按天条是要受到严厉惩处的。

天帝上穹神情凝重，脸色变得有些难看，他双目射出两道寒芒，看向刑神武孤高。

第十四章　家国恩怨

武孤高吓得面如土色，冷汗直流，心中不断琢磨要如何编造奏报，把这事搪塞过去。

面对邪恶力量的恐怖袭击，孙悟空无所畏惧，他自我宣言道："没有谁能靠懒惰、逃避、颓废与胆怯改变命运。我不去渴望战无不胜的力量，但我至少要带着美德和光荣而战！"

孙悟空涌出强大的正义灵力，与武居伟暴戾的邪恶灵力相抗衡。

武居伟见自己还是胜不了，便再硬生生地催出狂暴的邪恶灵力，完全不顾身体所能承受的极限。忽然，这股邪恶灵力变得极不稳定，左窜右跳，凌乱无章。接着这股邪恶灵力失控，邪恶灵力逆流到武居伟体内，撕裂着武居伟的身体。

武居伟剧痛惨叫一声，屈膝跪地，七窍流血，然后一动不动了。

孙悟空，急问道："武居伟，你怎么了？！"

武居伟寂然无声，身上没有任何灵力与气息流转，仿佛骤然间有关他的一切都停止了。

转眼之间，急遽生变，全场数万名灵者都惊愕得敛声屏气。

镇殿神将王魔与杨森急忙跳上擂台，细致察看武居伟状况，探其鼻息，摸其脉门。两位神将眼神交流一下，脸色沉重地都点了点头，齐向天帝上穹躬身施礼后，异口同声禀报："武正灵者，已灵逝！"

刑神武孤高听完，心痛得呼天抢地，但他咬紧牙关，绝不想让其他灵者看到他脆弱一面。

全场一片哗然，新晋正灵者在天考中当场死亡，是天考会从来没有的事。

大家齐刷刷将目光投向天帝上穹，等待天帝决断。

天帝上穹目光熠熠，扫视全场，然后说道："神道护佑三界，恩泽众生。神的光辉不朽，是因为神坚定维护与遵循神道，绝不能让邪魔外道玷污、破坏及攻击神道！"

他语气严厉接着说道："武居伟贪婪力量，走上暴虐的邪恶之路，严重违背神道，故遭苍天不容，降下天谴。现朕褫夺武居伟正灵位勋章，革除他在天考会及其他所有功名，以儆效尤。天下不公，雷霆万钧；天上不正，天理昭昭。众臣民，切记啊！"

在场所有灵者均肃然起立，正色躬身作揖回道："天帝英明，我等谨遵圣旨，不敢忘怀！"

天帝上穹回眼再看向武孤高，大声斥责道："刑神武孤高教子不严，失察失管，责罚停俸一年，留职察看！"

一不追查武居伟入邪成魔的真相，二对武孤高责罚不痛不痒，大家心中质疑天帝对刑神过于偏袒。但看刑神强忍丧子之痛，而且武天后受神道同盟上下爱戴，大家也只好隐忍不发。

武孤高忙装出一副诚惶诚恐的样子，跪下涕零谢恩道："臣愧对天帝。逆子武居伟咎由自取，罪有应得，臣谨遵圣旨，服从圣裁。臣誓死赤胆忠心，万死不辞，报答浩荡帝恩。"

天帝上穹没有理会武孤高的谢恩，转过身声音洪亮地宣布："第二十四届天考会的天魁，孙悟空！题名天魁碑，实现其愿望！"

鼓掌声与喝彩声如潮涌雷动，经久不息，大家都发自肺腑地欣赏孙悟空。

反观武居伟之死，神仙们早就对他很是反感，觉得种其因者须食其果，善恶临终总有报，多行不义必自毙，所以当黄巾力士将武居伟尸体移走后，就没有灵者再对他关注。

此时，观武台上数万的观众中一个显眼的体型庞大的灵者，在心中嘀咕一句："真被他算计到了！"

这灵者是巨力，曾经是武居伟的忠实跟班。他不禁回想起，前天深夜跟朱天蓬见面的那个情景……

前晚，巨力用月光神盒偷偷将自己传送到医神院。他目光盯住躺在病床的朱天蓬，轻问一句："我们这暗中联盟，还是解散了吧。"

朱天蓬双目一瞪，沉声问道："你还是想当武居伟身边的狗吗？喜欢被他随意辱骂，随意欺负？"

巨力语气透露着失望，轻轻说道："你都这副样子了，就算康复，灵力也是大半削减，我还能靠你什么？我也得要保命啊！天考会前，你把月光神盒当礼物送给我，我现还你。我们私底下盟约从没发生过，以后你我还是形同路人。"

朱天蓬声色俱厉问道："武居伟不死，你们巨灵族永远得不到刑神真正的倚重，你也别想获得崭露头角的机会！"

巨力恼火说道："可你已败了！武居伟有背景，你现在只剩下一个背影，拿什么跟人家拼？"

朱天蓬沉声说道："我的头脑还在，我的谋略还在。孙悟空体内隐藏着一股强大的力量，只要他能领悟出，以他的性格，他会越战越强，武居伟遇上他，很可能会战败！"

他眼神里充满怨恨，再说道："要让武居伟死，目前的夺冠考是最好的时机。你要送给他增灵丹，以武居伟的性情他必然会服用。增灵丹能瞬间增加灵力，但增长的灵力超过身体承载的极限时，就会发生走火入魔，倒行逆施，最

第十四章　家国恩怨

后身体被撕裂而亡。"

巨力不由得一阵寒战，不过还是点头同意道："那我就再信你一回。"

朱天蓬心中愤愤地想道："站在后天天考擂台上的本应该是我，让月神公主目睹我夺冠的英姿风采，可现在竟然变成这样。可恨！可恶！"他心中愤然，武居伟把他的力量与梦想打碎，他必须要让武居伟以命偿还！

巨力以为朱天蓬出神又在想月神公主，说道："神神都喜欢月神公主，可神神都明白那是不可企及的喜欢。我劝你还是看开些吧。"

朱天蓬淡淡地回一句："我不是喜欢，是爱。爱一旦陷进去，就很难再出来了。"

此时的医神院，朱天蓬得到武居伟战死的消息，冰冷的脸上露出狂喜，却又流下眼泪痛哭。他的心在号叫着："月神公主，我用另一种方式保护了你，你知道吗？喜欢你的人很多，可是我爱你，就只爱你一个。你，是我今生唯一的爱人！"

战神殿堂里，雷公扇动背身双翅，悬停在天魁碑前，左手执楔，右手拿槌，凿刻孙悟空姓名在天魁碑上。每凿刻一笔，电光熠熠，石火四溅。

在场灵者以钦佩的目光注视着这座象征勇武与荣誉的石碑。从孙悟空身上，大家感悟到：要改变命运，首先永远不要放弃自己，天行健，君子以自强不息！

题名仪式完，天帝上穹向孙悟空射出两道明亮的目光，微笑问道："孙天魁，你有什么愿望要实现呢？"

数万名灵者好奇地等待孙悟空开口。

孙悟空向天帝上穹恭敬行礼，然后掷地有声地说道："请求天帝下旨，降雨人间！"

这话一出，如晴天霹雳，震撼了全场。那些极端看重清高品行、骄傲名望的神仙，此时的心也都不得不颤动，没想到天考会过去万年，现在竟有个天魁者不为自己提愿望，而是为黎民百姓谋安生。

天帝上穹端坐在高椅，一言不发，但至尊气势，慑人之极。数万灵者大气不敢出，全场一时静默，气氛变得十分压抑。

但孙悟空不被帝威吓到，反而继续说道："干旱早已让人间百姓活在民不聊生的惨境当中，今天是龙王敖广布下的乌云停留在人间上空的最后一天。再不下雨，人间将彻底变成一个人吃人的世界。请天帝垂慈，降甘雨给人间。"

天帝上穹还是一言不发，高高在上地静默，帝王霸气，天威难测，在静默中尽显无遗。

武孤高眼中闪过森寒的杀机，他想要挑起天帝对孙悟空的怒火，为子报仇。于是，他假惺惺地卫护帝权，呵斥道："天帝禁雨乃是要捍卫神道。你小子蒙昧无知，不可在此胡言乱语！"

孙悟空一语双关地回道："神道如刚才天帝所言，护佑三界，恩泽众生。现今人间危难，正需要神道护佑；百姓苦难，正需要神道恩泽。只有这样神才能维护与遵循神道，神的光辉才能不朽！"

武孤高目光冷厉，现在是要在公论上分出对错与胜负，他武家绝不能再输，想想后回击道："那也是护佑的是信奉神道的国家，恩泽的是敬畏神道的生灵。像人间毁坏神庙，滥杀神职人员，兴邪教，灭神道，犯下这等滔天罪恶，天帝怎能再给他们什么护佑，什么恩泽？"

孙悟空恳切说道："太阳底下有好人，也有坏人。禁雨惩罚的是丧失信仰的邪徒，可也惩罚了绝大多数忠诚神道的信众。天帝，请听听人间百姓膜拜与祈求神灵的声音吧！"

武孤高板着脸说道："人间道德沦丧是真，灭神运动是真，扶持邪教也是真。所以必须要对人间禁雨，惩前毖后，以儆效尤，彰显神与神道的威严和神圣！"

孙悟空痛心喊道："神不该还在为人间的错误愤怒，让人间承受灾难不是神要做的事，给人间安定才是神的使命，神的伟大，并不是威慑，而是仁慈！"

武孤高无情道："人愚昧无知，直至今天，仍是礼崩乐坏，无视上天警示。只有禁雨彻底，才能彻底让人醒悟，反省罪责，重回信仰正道，不枉费天帝一番苦心。"

禁雨彻底？若那样的话，人间会被摧残到十室九空。想到这，孙悟空愤愤不平地说道："人和神同样都是活生生的生命！人杀神职人员上千人，可神禁雨却饿死人间上千万人，造成的死亡人数多了数万倍，神有何正义可言？有何道德可言？"

武孤高继续斥骂道："人行为卑贱，神宗旨高贵，你小子竟敢将神与人混为一谈，这是死罪！"

武孤高趁机祭出"天火牢"，数条"火龙"张牙舞爪狂吼而出，猛烈攻向孙悟空，意在一击重伤他。

孙悟空刚经历完一场恶战，灵力还没恢复，难以承受住武孤高这杀气腾腾的招式。

眼看着火龙杀到，剑神风广仁清亮的声音响彻战神殿堂，"万剑朝圣！"

当仁剑应声长啸，霎时分出上万把利剑，剑气如大浪澎湃，击灭"天火牢"。剑神再一次力挽狂澜，在危难之中救下孙悟空。他厉声责问武孤高："天

第十四章 家国恩怨

魁是神道同盟的栋梁之材,武大神,你这是借机公报私仇吗?"

武孤高脸上一阵青一阵白,想用声音来掩盖心机,大声说道:"孙悟空他公然诋毁神的宗旨,质疑天帝的苦心,当诛之!"

风广仁驳斥道:"他的诉求不为自己,本意也没反神,而是基于对人间灾难的悲哀与同情。如此大公无私、为民请命的天魁,试问当今还有谁能做到?"

他转身向天帝上穹揖礼道:"孙悟空今天能为人间呼喊,明日也定会为天帝与神道同盟效力,还请天帝谅解。"

天帝上穹这才缓缓开口,风姿隽爽地说道:"孙天魁碧血丹心,朕清楚。但人间还未能做到上天的要求,欲要得雨,还需时日。孙天魁,你可提另一个愿望。"

孙悟空躬身向天帝上穹再次深深施礼,斩钉截铁地说道:"天帝,现在百姓最急需的就是雨,渴求生存的希望,而不是死亡的威胁。百姓只有活下,才有机会向上天悔悟、赎罪,重回到信仰正道。我没有其他愿望,只恳求天帝给百姓生存的希望!"

天帝上穹眉头微微一皱,没想到孙悟空竟敢当场忤逆他的意思,但他神色自若地说道:"经过这重重考验才夺得魁首,孙天魁,你要把握住实现愿望的机会,不要执拗到适得其反。除请雨外,天庭高官厚禄、助增灵力的奇珍异宝、你仙国领土要求等等,我都可以帮你实现。"

孙悟空流浪人间百年,深知百姓疾苦。从凤婉霞在龙宫求雨,到龙王敖广布云,再到崔鑫八强赛的呐喊,为何要求雨,为什么必须要降雨,他们已说了太多,也已竭尽所能,不惜生命,奋不顾身。他叩击心灵,在心中大喊一声:"现在人间、百姓及那些义士最后的希望落在我身上,我不能退却!"

孙悟空勇敢的心是难以磨灭的,他悲壮说道:"难道因为百姓弱小,就没有权力向神与上天渴求他们想要的生存与公理吗?一切以苍生为重,雨不下,人间就充满饥饿与绝望,不需要什么理由,因为灾难就在眼前,它显示必须要降雨。而想要重新唤醒人间对神的敬畏,首先神必须对人间施爱!"

天帝上穹神色不悦,但帝王权术是要先收买人心,再威慑生命。他庄重说道:"人间何时降雨,朕早已有决断及安排。孙天魁,朕爱才惜才,不予责怪。此事你就不要再提了,朕可成全你一个魂牵梦萦的心愿!"

他停顿一下,索性接着说道:"凤婉霞是女魔,虽魔国现向神国称臣,但天考会还是不允许魔参加,朕可免她过去隐瞒身世及院籍档案造假之罪,还可给她一个从此光明正大参加天考会的资格,并助她回魔国继承王位,再赐婚你们万年好合。这等心愿恩典,孙天魁,你可满意?"

天帝上穹洞若观火，深谋远虑。孙悟空与凤婉霞秉性善良，若凤婉霞当魔国女王，孙悟空当魔国王公，这两位受正宗神道学院教育的灵者，会让魔国安分守己，到时便可永远置于天帝掌控之中。

女魔！继承王位！赐婚仙魔两位灵者万年好合！天帝的话好似晴天霹雳，引起全场观众身心剧荡。

剑神、学圣心中一惊，原来天帝掌握乾坤，早已查明凤婉霞的身世。

刑神心里悻悻然，断定天帝在天审司之外还有其他情报来源。

天后、戏魔、赌神出奇地安静与镇定，因为早已知道凤婉霞的身世。

月神嫦妍生出一丝苦涩萦绕在心头，挥之不去。少女的爱还没开始便戛然而止，情不自禁感到一种悲哀。

一些灵者怎么也不能相信，眼神清净、气质纯洁的凤婉霞竟会是嗜杀成性的魔。

一些灵者或羡慕或开始忌妒孙悟空，不仅娶上了倾城倾国的女王，又一步登上权力高峰，这是一个无法拒绝的心愿，何乐而不为呢？

还有一些老灵者却开始回想，当年天帝、魔皇及凤凰女神的恩恩怨怨。

而孙悟空陷入各种情感的交织中。他不在乎凤婉霞是谁，无论凤婉霞是谁，他都会一生守护。但是他也看重天帝提的这个条件，这也确实是自己的心愿，既能让凤婉霞受益匪浅，两人也白首不再分离。

正当他在徘徊，出现犹豫时，凤婉霞从使团席地站起来，奋力向孙悟空高声喊道："天下百姓！"

这一声喊震撼所有义士的心，或热心沸腾，或感动流泪，或精神抖擞，或正气浩然。

凤婉霞朝天帝上穹一拜，然后说道："天帝，我可以不参加天考会，也不想当魔国女王。我过去有隐瞒之罪，我愿受天庭责罚。请天帝降雨给人间，人间的苦难已到了极限！"

天地间竟然有魔存在高尚的思想，这凤婉霞究竟是什么样的一个魔啊？在场灵者一时觉得不可思议。

天帝凝神打量凤婉霞，恍惚之间仿佛又看到以前凤诗诗的影子，心里深处隐隐作痛。

面对这相貌像极了凤诗诗的凤婉霞，天帝上穹语气平和地说道："人间无雨，不是因为天灾，而是他们自己造成的人祸，是他们抛弃了当初与神的盟约，去侍奉邪教，开展灭神运动；是他们灵魂堕落，滋生各种罪恶，在上天面前失信与伪誓。"

第十四章　家国恩怨

凤婉霞婉转说道："在道义上讲，人像个病人，且病入膏肓，这我不否认。然而，现在不是审判病人的时候，而是怜悯的时候，更不是放弃病人的时候，而是给予治疗的时候。天帝，请宽恕人间吧，神受到众生的爱戴，是因为可以拯救苦难者，而不是惩戒苦难者！"

天帝渐渐有些不耐烦，语气变重地说道："只有让人深刻汲取惨痛教训，才能使人彻底改正。"

凤婉霞知道帝意很难转变，她把清澈的目光洒向观众席上的上万诸神，激动地说道："众神，请看看人间现在人吃人的惨境吧？你们能直视吗？你们是苍生寄托拯救、被天地赋予希望的神啊！人间正遭受苦难，在向你们求救！给人间光明与希望吧。这就是自上古以来，神一直传承的精神！"

天帝上穹双目射出锐利的神光，喝声道："够了！人干了多少令人失望的邪恶和欺诈之事，不牺牲小我，何以成就大义？不禁雨人间，何以人间才能朗朗乾坤呢？我仁慈，不予训斥你们，但你们别得寸进尺！"

天帝上穹凛然起威严可畏的强大气场，顿时充斥整个战神殿堂。数万灵者骤然间心胆俱紧，忙屏息敛气不敢生出一点动静来。

孙悟空见凤婉霞的请求被驳斥，他上前一步再次开口求道："灵界建立天地考机制，规定凡天考魁首可实现其一个愿望。这一规定受《灵界共同宪章》保护。《灵界共同宪章》是灵界秩序、治理与运行体系的基石，要求灵界各国及各帝王都必须遵守，我以第二十四届天考会天魁的身份，再次恳求天帝降雨人间！"

此时天帝上穹勃然大怒，感到孙悟空竟敢用共同宪章来要挟自己，他厉声说道："共同宪章也明确规定，若天魁提的愿望是叛国、非正义、离经背道、串通邪教、颠覆政权、危害灵界安全及和平等，可废除愿望资格。你们现在是在破坏灵界大计，朕完全可废除你孙悟空这个愿望资格！"

孙悟空剑眉入鬓，铁骨铮铮，大声喊道："终止禁雨吧，人间一日无雨，这天庭就一日没有正义！"

孙悟空不平的喊声响彻云霄，震击在场数万名灵者的心灵。

天帝上穹见众神仙们的意志开始动摇，这是他最不想看到的，帝权是不容挑战、不容破坏的。他刚准备大发雷霆，却见剑神风广仁站出来向他行鞠躬礼。

风广仁平和说道："天帝，神道同盟二十几个首领，一百多个正神、上千个官员联名上书，请求降雨人间！"

天帝上穹内心一惊，目光冷峻地盯住剑神，冷冷说道："剑神，你们一定要在此时掺和是非吗？"

风广仁答道:"臣等不敢,臣等只是同情苍生,并无不尊不忠之意。人间若再无雨,只会把百姓逼向绝望。为了生存,他们会越来越漠视道德和信仰,现在已经烧抢掠夺、血流成川,也让人间种下仇恨与罪恶,恳求一个有雨的人间吧!恳求一个不绝望的人间吧!"

天帝上穹冷冷一问:"朕要是不降雨呢?"

风广仁哀声跪道:"臣风广仁长跪不起!"

孔广信跟着跪拜,跟着说道:"人间轩辕学院孔广信长跪不起!"

参与联名上书的上千名神仙及真人们,豁地从点将台及观武台席上都站起来,齐声说道:"恳求一个有雨的人间吧!恳求一个不绝望的人间吧!"

接着,大家自报职务及姓名,扑通扑通全都跪下不起,场面悲壮慷慨,令人动容。

世道有时丑陋,现实有时黑暗,可历史洪流滚滚向前,总有正义之士,挺身而出,坚持正道,为苍生而战。就算此战,明知看不到胜利的到来,拼尽全力也改变不了什么,但依然选择应战,直到生命最后一刻,也从没放弃信仰。

今天孙悟空、凤婉霞、风广仁、孔广信及这些参与联名请愿的上千多名灵者就是历史当中正义之士群体的一个缩影!

天帝上穹一脸震惊,这是他第一次遇到群臣进谏事件,而且还发生在这大庭广众之下。他不得不慎重,重新温和地说道:"众卿、众臣、众灵,人间九州王朝被邪教操控,大肆招收恶徒与不法之徒,充当门徒,这朕知道。现邪教势力庞大,气焰猖狂。今日人间上空,邪灵及邪教大规模攻击神军,甚至采用自杀式恐怖袭击,已威胁到灵界安全,形势严峻。"

他环视全场,接着气壮山河说道:"禁雨人间一是要人间深刻反省,重回信仰正道;二是要遏制邪教扩散和蔓延势头,不想重蹈覆辙;三要推翻已腐败的九州王朝,建立一个虔诚神道的新王朝。三界自分成灵界与凡间之后,就泾渭分明,两个世界之间各遵循宿命法则,相互不能强加干涉,只能影响与引导,所以禁雨是朕的无奈之举,可又是三界大计,不能半途而废。"

天帝上穹讲明禁雨意图后,有些灵者频频点头赞同,有些灵者则陷入左右摇摆,有些灵者甚至直接高喊道:"天帝雄才大略!"

公论似乎又变向了!凤婉霞意识不对,马上高喊一句:"禁雨人间可以有一百个理由,却抵不上一颗良心!"她悲伤说道:"天帝啊,人间百姓也是你的子民啊!众神啊,人间百姓一直用香火供奉你们啊!他们无罪无辜!不该被迫遭受这般不幸,这是他们的罪孽呢,还是你们的罪恶呢?不管理由正当不正当,良心才是最公正的审判官,你们骗得了别人,却永远骗不了你们自己的良心!"

第十四章　家国恩怨

孙悟空也悲愤地说道:"人间被戴上苦难枷锁,你们却说这是为了重大利益?现在考验的不是人间,而是你们!你们要在人间灾难面前扮演什么身份?你们要在神道信仰面前树立什么形象?"

孔广信接着说道:"神还是那个曾与人并肩作战的神吗?还是那个给人间温暖、帮助和正义的神吗?还是那个在所有种族中最有美德、最有情谊、最有高尚风格的神吗?"

风广仁也跟着说道:"从现在看来,禁雨并没有起到当初预想的效果,不仅让人间在极苦的条件下长期生活,还使人开始怨恨神道,更靠近邪教。我们现在应该做出改变,给予人间善良,增强人对高尚品德的信心;宽恕人间不足,巩固人对正义信念的坚定;赋予人间希望,促使人对美好事物的珍惜。这才是现在神应该做的事情!"

四人的谏言再次坚定了联名上书的上千多名灵者的信念,他们再次高声喊道:"恳请天帝降雨!"

天帝上穹凌厉的眼神横扫全场,冷若冰霜问道:"你们这是要逼朕吗?"

大家被天帝一问惊出一身冷汗,忙齐声说道:"我等不敢有这种想法,请天帝明鉴!"

但孙悟空充满英雄气概地大声说道:"是正义,还是暴政?公理自在人心!神若不能保护与帮助百姓,也就不能称之为神!"

天帝上穹怒道:"孙悟空,你狂妄!我要褫夺你……"

天帝上穹没有说下去,因为他惊讶地看到观众席上灵者一个接一个站了起来,人数不断扩大。最后有上万灵者站出来,请求道:"恳请天帝降雨!"

他们被孙悟空与凤婉霞的精神所感染,明白了良知不应该被泯灭,神的精神不应该没落,要打破这种沉默,说:不!

天帝上穹被这种气势与场面震撼住,心中久久不能平静,这难道是人心所向、大势所趋?

他沉下心思考,现三界形势处在变局当中,风云不测,若天庭的稳定及统治因人间降雨问题而受到破坏,是否可取?

天帝上穹考虑再三之后,从灵介空间闪出九州施雨兽。一条矫健强壮的白龙,身躯蜿蜒多姿,须发长飘,瞪眼舞爪,威严的灵兽气势却被一条粗大的黄金链锁住。黄金链的链头挂了把锁头,锁梁下面放了一盏明灯,灯焰儿燎着那结实的锁梁。

天帝上穹两眼寒芒闪闪,说道:"我以三界最高统治者的名义曾下了一个天咒,要么人间重回信仰正道,要么灯焰燎断锁梁,方才降雨!"

众灵者闻言，大吃一惊，再见那黄金锁链竟然是天锁链。天锁链属上古十大神魔器之一，没有钥匙，用含有魔法咒力才能打开，只有做到咒者的要求，黄金锁才会开启。它自己不打开，休想用任何神兵利器砸开或砍断，这已是从古至今，几百次印证下来的事实！

大家面面相觑，都在想如何是好之时，突然风广仁大声说道："那就恳请天帝撤销天审司！"

天帝上穹一听，双眸立即射出凛冽的寒光，如利刃随时准备出鞘见血。

积压在武孤高心里的火气腾地被点燃爆发，他指着剑神风广仁的鼻子，怒喝道："剑神，天审司是维护帝权、威慑邪灵的重要工具。你要天帝撤销，就是要断天帝手臂，你这是谋逆大罪，按天条该问斩！"

风广仁目光如剑，直视道："刑神，谋逆不轨的是你，你权倾朝野，结党营私，蒙蔽圣听，压迫众神。天审司成立九百年，冤狱频起，大量神被神秘卫带走，便杳无音讯，造成众神思想创伤、斗志丧失，神国精英屡被摧残，神国发展停滞！有天审司存在的地方，就是滥用职权的地方，法与公理均苍白无力，所以恳请天帝撤销天审司！"

武孤高面红耳赤地说道："剑神，神国及灵界在天帝的领导与统治下，繁荣昌盛，国泰民安，何来你说的什么创伤、丧失、摧残、停滞？你诽谤天帝，诬罔大神，罪上加罪！"

风广仁忧国忧民，继续说道："金玉其外，败絮其中，看似太平盛世，实则危机四伏。一个神因无法忍受天审司专横而发出正义的呐喊，却被当成是诽谤及诬罔天庭罪受到拘捕及拷打。这导致现在的神谈论其他国家可以相当自由，可要谈论皇家、刑神、天审司及自己的国家却必须小心翼翼，这哪里还是那个曾经光辉照耀灵界前进的神国呢？"

这时，女娲学院的一些灵生们竟然打开一些横幅，高喊横幅上的标语，标语分别写道："撤销天审司，神则安，国则强！""必须撤销天审司，不然法与自由被抑制，神不再光辉！""请求清查天审司！请求平反冤假错案！请求查明失踪神灵的真相！""天审司扭曲神的精神，神无德不立，国无德不兴！""我们反对不公不平，我们要求神国改革，改革！改革！"……

正义之声，声势浩大；正义之气，气贯长虹！

天帝上穹大声打压道："够了，剑神！法治不是大逆不道，自由不是任意妄为！停止你们的闹剧！"

在天帝上穹耳里，风广仁的每句谏言都在颠覆他引以为傲的丰功伟绩，都在破坏他至高无上的帝权威信。他强压怒火，克制心中的不满，脸上尽是威严

第十四章 家国恩怨

之色,绝不允许威胁帝权的东西得到支持。

风广仁不顾帝怒,仍然慷慨向数万灵者说道:"我们不能再对天审司屈从与沉默,那些被迫害者与受难者正等着我们伸张正义,若我们继续纵容天审司滥用职权、为所欲为,那天审司的锁链早晚有一天也会拷在我们身上,每一个珍惜自由及信奉神道精神的灵者,都应该为灵界的正义与未来而奋斗!"

天帝上穹怒发冲冠,顺我者昌、逆我者亡,他喝声道:"四大镇殿神将听令!率龙甲军及黄巾力士全场戒严,胆敢擅动者,就地缉拿;胆敢反抗者,就地正法!"

四大镇殿神将遵令,号角声吹起。八位黄巾力士魁梧威猛地分别肃立在战神殿堂四角,军威浩荡的龙甲军迅速形成四面包围阵势,长剑长枪竖立,顿时一片肃杀之气笼罩整个校场。

实际上四大镇殿神将心中也不禁犯嘀咕,自己的兵器没去保家卫国,此时却要对准自己的同族同胞,但天帝令下,军令如山,自己又该怎么做呢?

武孤高嘴角冷笑,他依势作宠,火上加油地说道:"剑神,你这是在煽动叛乱,威胁天帝,其罪天地不容!我劝你速速自首认罪,争取天帝宽大处理!不然天罚无情!"

风广仁抬头看向天帝上穹,忧心忡忡说道:"天帝,刑神仗着你的信任而胡作非为,请睁开你的慧眼,好好看清他。手上的权力,若没有公正可言,就会沦为作威作福的工具。天审司不撤销,正义、法治与自由之光就黯然无明。现在神国因为天审司的专横,还是那个三界崇尚的灯塔之国吗?"

天帝上穹神色冰冷、寒意慑人,虽然他心里清楚刑神及天审司的罪状,但这与降雨更加不同,天审司是巩固帝权、威慑邪灵及震慑潜在敌人的最有效工具。只要刑神及天审司仍是忠心耿耿,那么一些罪状可看成是"瑕不掩瑜"。

后期他会对天审司滥用职权加以节制,但现在维护帝权高于一切。即使数万神、数十万神、数百万神联合起来要损害它,天帝也是要不惜代价维护的。就算血流成河,也要保住帝权至高无上的权威。

风广仁见天帝不予回答,他仰头长叹一声,突然双目射出凌厉神色,快速踮脚飞起,与当仁剑人剑合一,化作一道电芒,迸发出惊涛骇浪气流,闪电般刺向武孤高。

全场观众讶然剑神起了杀心,大家又望尘莫及地惊叹,三界竟有如此之剑法!

武孤高没想到剑神竟敢在天帝面前要杀作为天庭重臣的自己。他惊慌之下,忙祭出"天焚"阻挡,又起一面气流墙防御。

但剑神风广仁剑术登峰造极,无出其右。顷刻当仁剑爆发闪耀全场的光芒,分出百把剑，在空中咆哮奔腾，骤雨般地击打"天焚"。

刑神武孤高武功虽炉火纯青，但剑神出剑，谁与争锋！"万剑朝圣"击灭"天焚"火焰，又迅疾地"万剑归一"，席卷变天的力量以雷霆万钧之势贯穿刑神防御气流墙，直向刑神。

眼看武孤高就要死在当仁剑剑下，天帝上穹骤然出手。闪电交叉，雷声轰鸣，一掌"天之恨"让在场数万名灵者几乎面无血色。

天之恨，恨妖魔猖狂，恨神仙背叛，恨人鬼逆我！

数百道闪电破天而出。霹雳一声，拥有撕裂天空力量的"天之恨"击中风广仁，重伤他的五脏六腑。风广仁不住地大口大口吐出鲜血，全场观众的心都揪了起来。

天帝上穹神色诧异，忙朝风广仁说道："这招你完全可避开，你为何不避啊？"

风广仁苦涩说道："君要臣死，臣不得不死，臣岂会避开呢？"

天帝上穹眼里充满忧伤，说道："剑神，我知你赤胆忠心，可此时三界形势处在严峻时刻，风云变幻不定，天审司能起到不可或缺的作用，你为何就不能理解朕的苦衷与难处呢？"

风广仁目光悲凉，静静说道："人间有个'官逼民反'的词，天审司才是那个促使神不安、国不稳的首要原因啊，还请天帝明白；女娲学院的灵生们是基于对国家、神道、天帝及理想的一种责任才喊出响声的，他们是神国及灵界的未来，也请天帝明白；苍生以你为尊，以你为统治者，你有爱，苍天便有情，你是光明的，大地就不黑暗，最后请天帝明白！"

风广仁说完"三请明白"，双手撑剑立地，站着溘然离世。

一代剑神，女娲学院院长，天官府首领大臣，杀身成仁，为天地立心，为生民立命，为往圣继绝学，为万世开太平。风广仁深受众神、众灵生等爱戴与敬仰，他的死，令凤婉霞、月神嫦妍等在场数万灵者及将士哀痛，整个天空弥漫悲伤的气息。

孔广信心如刀割，悲声喊道："大师兄！"

几千年前，修真学院刚建立，仁、义、礼、智、信五师兄弟齐聚一堂，风雨同舟。而学圣作为小师弟，经常受到四位师兄的照顾与支持。

孙悟空眼中噙满着泪水，剑神大师兄在他危难关口，救过他三次性命，大恩大德，已无以为报，唯有化悲痛为力量，继承遗志，接力为正义奋斗！

孙悟空擦干眼泪，高喊一句："恳请天帝撤销天审司！"

他的喊声犹如一声霹雳，震醒了数万仍沉浸在悲伤中的灵者。逝者如斯，但生者要踏着逝者足迹继续前进。大家全体站起，高声喊道："恳请天帝撤销天审司！"

喊声如雷声震耳，是呐喊正义，也是呼唤法治，更是高唱自由。剑神以死

第十四章　家国恩怨

赋予牺牲的深重意义，震醒众神的灵魂。众神站起来不仅是在卫护国家的现在与未来，也是在卫护自己的自由与权益！

此时的天帝上穹因误杀剑神而有些眼神迷离、心力交瘁。四大镇殿神将紧张地注视着观众席上的一举一动，担心抗议变成暴动。若真变成那样，难不成要镇压这正义的声音吗？

点将台上有一神突然出列，是史神司马无间。他声如洪钟，朝两侧观众说道："众灵，你们不要犯忘恩与谋逆的罪过！这绝不是剑神院长想要看到的！天帝不管是禁雨人间，还是起用天审司，目的都是要遏制邪教。邪教胁迫三界，恐吓众生，前有末日噩梦战争、邪灵恐怖复燃事件，今有操控九州王朝开展灭神运动，疯狂袭击人间上空的神军。邪教是天地目前最大的威胁，没有河岸约束的河水，会成为洪水猛兽；没有敬畏约束的人间，会成为邪灵大本营。绝不能容忍这样的事情发生，必须清除邪教！"

"所以天帝的决定是正确的，我们要永远忠于天帝，服从天帝，赞美天帝。天帝是神国昌盛、灵界繁荣、三界和平的保障。他是赐予我们安稳的恩人，也是恩泽众生的伟人！"司马无间边说边缓缓走到天帝上穹近前。

他向天帝上穹躬身施礼，继而又喊道："天帝英明！天帝雄武！"

天帝上穹凝重的脸欣喜地舒展开，难得有大臣能在此时为他据理力争，一番话又深得帝心，他忙伸手扶起司马无间，满意地点头说道："史神爱卿，快平身！"

司马无间低头说道："谢天帝，天帝万福无极！万寿无疆！"

说完，司马无间抬头挺腰，在站直过程中，他的右手忽地多了一把长剑，迅若闪电，猛然刺向天帝上穹，只一剑竟掀起狂风暴雨般的灵力。

面对这突如其来的袭击，天帝上穹完全没有意识到。由之前的心力交瘁，再到刚才的得意忘形，最后是现在的大惊失色，心潮起伏波动太大，一下子难以平定心情对敌。

但他毕竟是三界至尊，其武功早已达到震古烁今的程度，转瞬间一念闪过，天帝上穹急速全身后退，双掌间迅疾运出气流挡住这一剑。

但这司马无间的武功竟也强到匪夷所思，紧跟着一个起落，长剑幻出漫天剑影再次直接挺进。

天帝上穹眼睛一花，毕竟距离太近，躲闪不及，长剑刺中他胸口下方，鲜血顿时四溅。不过此时雷电大作，天帝上穹也掌出"天之恨"，百道闪电逼退司马无间，避免长剑深入。

这一变故实在出乎在场所有灵者的意料。待见到天帝上穹受伤流血，武天后与月神嫦妍先惊呼一声，同时腾空跃前护卫天帝。

第十五章
魔谋变天

四大镇殿神将冲到天帝身边，围住司马无间。司马无间手上长剑透出层层寒气，剑身上嵌入"逆天"两字。

天帝上穹捂住伤口，双目射出鹰隼般的精光，厉声问道："你是谁？！"

司马无间仰天笑起，笑声中充满了悲愤。猛地在场灵者骇然看到司马无间脸上的皮肉开始腐烂掉地，露出一张几乎是骷髅的脸。这般瘆人的脸比阴间的罗刹还要丑陋，比鬼国的夜叉还要恐怖！

神仙们一时寒噤，又不禁在心里质疑："这人是什么时伪装成史神的？难不成平常遇到的史神都是他吗？"

赌神更是惊骇万分，浑身冒冷汗。他与史神来往频繁，相互交换情报，自己常把得到的神国军政秘闻透露给对方。

赌神脸色苍白，惴惴不安地继续想道："大前天史神把妖王发兵邪地的消息分享给我，他特意嘱咐我要把这消息告诉学圣。如今侠仙、义妖及来神都的大半仙妖灵师都不在这里了，这一切竟然都是他算计好的。"

他的心又再惊悚地颤了一下，前些天在棋神比棋的场地上，下棋者与观棋者都一时陷入魔障，该不会是这位史神在背后搞的阴谋，意图一举消灭神道同盟的新生代人才？

那骷髅脸的灵者甩掉头冠，披散头发，发色一半白一半黑。他慢慢戴起一张黑白对半的面具，面具后的眼睛射出两道寒芒回敬天帝上穹。

那人握着逆天剑，一字一板地说道："我是魔法师长恨，恨天无情，逆天报仇！"

戏魔东野无涯突然向天空抛出一把宝伞。随着戏魔口中念念有词魔咒，那

第十五章 魔谋变天

悬在半空的宝伞打开，伞上由多颗明珠串成"装载乾坤"四个字，各颗明珠砰然闪出光束像烟花绽开一般，光束把整个战神殿堂都覆盖住。

孔广信学识渊博，高喊道："这是混元魔伞，魔设下了防御结界。"

使团席地上另四位魔使迅速腾在半空，向战神殿堂内撒下花种。那花种一落地，立即发芽生花。火红的花蕾，一朵朵浓艳夺目，如同燃烧的火焰。战神殿堂立刻充满浓浓异香，香气使人忍不住多吸上几口。

孔广信猛然向那些红花看去，越看越触目惊心，越觉得那一团团红花无比残艳，色泽像血，红得可怖。他身体剧震一下，自语一句："彼岸花！？"

孔广信惊骇，忙朝大家喊道："这是鬼国地狱来的彼岸花，香气有毒，大家不能吸！快把花清除掉！"

红色曼珠沙华，俗名彼岸花。相传人死后，过了鬼门关便是黄泉路，黄泉路旁就是三途河，河边盛开着大片这种彼岸花。因花红似火而被喻为火照之路，当灵魂度过忘川，便忘却前生，把曾经的一切留在了彼岸，踏着这花的指引去鬼国地府，接受地府对前生的审判，根据审判结果，投胎对应的来世。因此彼岸花又叫地狱之花，意思是只能在地狱见到。可现在为何它可以长在天上？

孔广信顾不上心中一连串疑问，闪出天问扇，左右两扇，挥出的扇力雄浑无比，铲除了一片彼岸花。

四大镇殿神将令黄巾力士及龙甲军将士肃清这妖花，其他灵者赶紧捂住鼻口铲掉身边刚刚盛开的花朵。

但殊不知，此天上彼岸花已非地下彼岸花。这彼岸花经过魔法师长恨长期的研究、改造、培育，已进化成一种变异物种，其繁殖力、生命力、生长力等都非常强，不仅落地即可生根，花叶自身也会产生许多新种子，一叶就能蔓延一大片彼岸花，所以想全部清除满地的彼岸花，需一定的时间。

观武台上突然涌出一批灵者，人数多达二千多号。他们撕掉外衣，露出一身黑色夜行衣，夜行衣左衣袖上部佩戴臂章，臂章图案绣的是众多影子护着一团红火。

他们是影子武士，属于魔国亲卫军。这两千多影子武士统一持长刀，刀呈弧形状，刀宽度、厚度与长度跟剑差不多。

"扑哧"一声，一名武士展开黑羽毛翅膀，是影魔北沙水帘。他率领这群影子武士向黄巾力士及龙甲军将士冲杀过去。骤然一时，喊杀声四起。战神殿堂弥漫"不是你死，就是我亡"的残酷气氛，刀剑激烈交碰，琅琅声中，火光四溅。

孔广信要再扇除彼岸花时，戏魔东野无涯出掌阻止。掌力与扇力冲撞荡起的冲击波将两人分开。

学圣与戏魔相隔数丈对视，心中均是百感交集。两人曾是故交，在戏文创作、探讨与修改时经常是促膝长谈，但一场千年战争把两人变成了敌对关系，停战后两人又分道扬镳。一千八百年后再次相遇竟又是对立局面。

孔广信叹道："戏魔兄，现三界已太平一千几百年，你们魔国又何必非要再兴风作浪呢？"

东野无涯挖苦道："人间灾难、仙妖争端、邪灵作乱、刑神弄权、剑神死谏，这桩桩事，这种种现象，也叫太平？那些神灵害怕天帝，装哑作聋，学圣弟，你一直是我敬佩之圣人，你又何必自欺欺人呢？"

孔广信扫视一圈，转而问道："看来这些事件，都有你们魔国在背后搞鬼吧？"

东野无涯奸笑着回答："学圣弟，你不愧是三界第一聪慧之人，窥一般而知全貌。"他语气一转，又狠狠说道："只要魔还在地界幽暗疆土一天，这三界就一天不会安静。有不自由的魔，就永远没有和平！"

孔广信正色说道："魔原本是在这光明的天上，为什么会被下放到地界幽暗疆土呢？是当初你们一心想要实现魔业。但创世必先灭世，你们的魔业有违天理，有违正道，有违众心，所以神魔大战你们势必会败，终被苍天惩罚到地界幽暗疆土去！"

东野无涯双目不屑说道："不过是成王败寇的权力游戏，今日我魔国就来变天！"

孔广信淡淡说道："三界兴亡，众生有责，神道同盟会再一次粉碎魔业帝国的阴谋！"语气虽平淡，但他凛然生出强大的气势，挥起问天扇，扇力如秋风扫落叶般，扫平一大片彼岸花。

东野无涯说道："学圣弟，你毁掉没用。在这封闭空间内，只要彼岸花香气还在，彼岸花毒性也就在，没过多久，你们都会倒下来。"

孔广信说道："只要清除掉彼岸花，香气自然就会少一些。"他暗想众魔图谋不轨，必定已服过彼岸花解药，现在神仙们应趁彼岸花毒性还没完全展开，快刀斩乱麻，速战速决，不然时间一久，终将不敌众魔。

孔广信的想法，其他神仙也考虑到，他们边力战影子武士，边清理彼岸花。

东野无涯冷笑一声，说道："那我就逼你们打斗得更激烈些，香气吸得更多些！"

东野无涯闪出自己的灵器，是一把琵琶，名曰"神魔琵琶"。

神魔琵琶奏出的琴声，余音绕梁三日，悠扬美妙，荡漾在心中，是为动人神器；但它弹出的音波，能变换成狂涛恶浪的灵力，具有强悍无比的大面积攻

第十五章 魔谋变天

击能力，使对方血肉淋漓，是为杀人魔器。

神魔琵琶是神器，还是魔器？是动人，还是杀人？全在使用者的一念之间。

东野无涯竖抱神魔琵琶，四弦发声，弦弦凄楚，诉说国破家亡之悲；又声声击杀，宣泄国破家亡之恨！

孔广信舞起天问扇回击。扇舞两面，一面济世，道为德施而行之善；另一面惩恶，力为正义而出之勇！

若不是扇与琵琶所发的灵力在拼杀，换成在和平时期，这一扇一琵琶，一舞一音乐的优美组合，会让数万观众陶醉其中，难以忘怀。

四大镇殿神将见魔法师长恨还没妄动，便分出高友乾与李兴霸去助力龙甲军。高友乾、李兴霸刚要动身，观武台上又腾空跃出一魔，阻止他们的去路。

那魔头发蓬乱，穿着随意，但目光如炬，气势凶猛。他眼睛暴睁，怒视说道："魔法师，就这两个，不够我塞牙缝！"

魔法师长恨的目光一直没离开天帝上穹，他嘴角勾起一抹嘲笑，说道："你先热热身，等会儿天帝给你打！"

那魔喊道："好，一言为定！"

高友乾持双鞭，李兴霸持双铜，两神面色严峻，凝神迎战。但那魔迅速劈出一刀，响起凌厉啸声，带着滚滚刀浪向高友乾与李兴霸袭来。

两神将仓皇使双鞭双铜去接挡，但那魔的刀力震得他们虎口发麻。

魔国当中谁有如此狂猛的刀法？！一个名字立即浮现在两神将的脑海中，他们惊呼道："你是刀魔西台感义？！"

那魔说道："我是谁不重要，重要的是这把刀的价值！"

说完，他腾身跃上空，向下再重重冲击一刀，刀风呼呼作响怒吼，肆虐两神将。

两神将虽挺兵器顶住刀魔的攻击，但重压之下两神将的脚深陷在土里。他们惊叹刀魔太强了。

在三界刀魔与剑神齐名，在武功上势均力敌。刀魔是武痴，不断找三界的高手切磋武功来证明与提升自己。所以寻找一个能打败自己的对手是他的目标，就算败了，那也是为了武学而活！

西台感义手上的弯刀刻着"求败"两字。求败弯刀颜色深黑，但晃动一下，刀刃寒光耀眼。

高友乾与李兴霸飞身跃起，奋然反击，双鞭如两条狂龙出渊，双铜如两只猛虎下山，双鞭双铜相得益彰，龙腾虎跃，一时强悍无比。

但西台感义拆解两神将的攻势游刃有余，他提刀再飞跃起，使出一招："万刀开宗！"手上求败弯刀击出万把刀影，犹如暴雨倾盆而下，迅猛砍向两神将。

两神将赶忙把全部灵力投入进去，虽勉强抵挡住这鬼哭神嚎的刀法，但在场面上，已变成只有招架之功，没有还手之力了。

杨森与王魔互望一眼，用眼神商议如何去施援。魔法师长恨目光锐利，哼出一句"想也别想"。随后劈出一剑，杀意源源不绝而出。

杨森急使长戟，王魔忙弄长槊，虽然全力挡住了这一剑，但被剑气逼得踉跄后退，气血翻涌。两将惊愕对方武功深不可测，联手左右夹攻魔法师长恨。

魔法师长恨冷笑一声，挥舞逆天剑幻出万重剑影，亦幻亦真，杀得两位神将汗流浃背，疲于应付。

刑神武孤高刚才被众神弹劾，眼看快要失势，现在天庭突然出现乱局，他心中反而暗喜，觉得这是一个来得正是时候的立功机会。

想到这一层，武孤高马上装腔作势高喊道："天审司各神秘卫保卫天帝！"

众神秘卫此时也明白，刚才遭受众神指责，如同落水狗人人喊打，现在是非常时期正需要自己在天帝面前卖力表现，马上闪出兵器，聚齐到天帝上穹身前，一副同仇敌忾的架势，形成防卫圈。

众神秘卫们耳边倏地响起悠扬的铃声，一个风情万种的女子出现在他们面前，原来是九尾狐南宫千倩。

南宫千倩一笑千媚，晃动手链紫金铃，发出诱惑灵魂的幻音。众神秘卫被九尾狐美色、媚笑与幻音迷得神魂颠倒，两眼迷离，哪里还有半点儿的战斗力。

武孤高见势不妙，忙祭出"天焚"袭向南宫千倩。烈焰在南宫千倩周围猛烈升起，形成一座火海监狱困住她。

南宫千倩手里多了数柄飞刀，嗖嗖地全部抛掷出去。飞刀迅若电光，又来回飞旋翻转，疾过之地，刀气呼啸凌厉，跟天焚火焰殊死搏斗。

此时的战神殿堂杀声震天，杀气凛冽全场。

观武台与点将台上一些本心怀和平信念的神仙及其他灵者，但凡还有战斗力，现在都挺身而出，慷慨激昂跟众魔对抗。

孙悟空自出生就受病魔折磨，早炼就百毒不侵。有关神魔数万年的恩怨及千年大战，他在修真学院藏书阁阅读过，也听师尊菩提及各位仙师讲过，一直以来接受这样的熏陶：神道同盟，仁慈博爱为正道；魔业帝国，凶狠残忍为邪派；神魔千年大战，神道同盟战胜魔业帝国，是正义战胜邪恶，光明战胜黑暗。

孙悟空这时深深地凝望一眼凤婉霞。在这死生存亡之际，他想过去跟凤婉霞诉说一句心声话，突然又觉得自己前途未卜，何必让对方烦扰呢？他把美丽的誓言珍藏在心里，随即投身到保卫神道与和平的战斗中去。

第十五章 魔谋变天

凤婉霞体内拥有火凰珠，不惧怕任何毒物，意识一直清醒，但此时强烈且复杂的情绪让她不知所措，心的一边是爱好和平，不希望有任何战争；另一边是明白自己国家在地界幽暗疆土苦难，理解魔国子民想要脱离苦海、重回天庭的渴望。在忠孝与情义之间，该如何抉择？凤婉霞犹豫不定。

魔法师长恨见战事胶着，便打开主仆契印，灵语召唤出两个纸牌盒，速即横飞出所有魔牌，高喊道："天罡星三十六魔将、地煞星七十二魔将，显身！"

一百零八位魔将豹头环眼，强悍凶残，一上场便抡起武器，一顿猛砸与狂打。

戏魔东野无涯也从灵介空间中闪出大量各种各样的皮影、木偶。它们手上都拿着利器，在东野无涯琵琶声操纵下，杀向神仙们。

魔牌、皮影、木偶完全不怕伤亡，它们疯了般的攻势使神仙们应接不暇。

神道同盟与魔业帝国在离神魔千年大战结束的一千八百年后，再一次厮杀成一片。东戏魔东野无涯、西刀魔西台感义、北影魔北沙水帘、南梦魔南宫千倩、中护法魔长恨，这魔国五大战魔悉数到场。而他们的主人——魔皇独领唯一，在一群影子武士的贴身保护下，缓缓走到点将台对面。

魔皇独领唯一帝王威仪，凛然有势，岁月磨炼出一对深邃莫测的冰冷眸子。

认识他的神仙们都沉下心，愁眉紧锁，喃喃地说道："不该来的，却还是来了。"

独领魔皇霸气地站在场中，眼神先望向天魁碑，他的名字曾经刻在石碑上，受众生景仰，受天骄子向往，但后来被磨灭掉，这似在告诉他，这是失败者的下场。

随后，他睥睨众神，傲视天帝，突然哈哈大笑起，说道："战神殿堂我回来了，我魔皇的名字是永远不可磨灭的！"

天帝上穹神色冷峻，目光如电，也正打量独领唯一。

问苍天，命运浮沉，谁与命争？就算强如神魔，也会陷入恩怨情仇的漩涡之中，不能自拔。

独领魔皇与天帝上穹目光对峙，两人脑海中都浮现出自己当年风华正茂时，参加第十九届天地会的情景……

二千八百年前，魔与神并驾齐驱，同居住在天庭；魔国与神国分庭抗礼，同是三界的超级强国。

那时上穹还没继位天帝，似是神国皇家储君，而凤诗诗是凤凰女神的继承者，两人青梅竹马。大家公认，两人将是神国未来的帝王帝后。

可凤诗诗实在是太光彩夺目，引起灵界很多未婚的王孙俊才不顾禁忌前来提亲，但都被她拒绝。于是，凤诗诗会嫁给上穹，这事在大家眼里已经是很清晰很肯定的了。

上穹自己也这样认定，又值他应届参加那年天考会，他准备一举夺魁，然后当众向凤凰王请求许婚。

上穹很自负，他要让世人、要让所有爱慕凤诗诗的人心服口服，他上穹是靠真才实学赢得凤诗诗，而不是依赖皇家特权。对此，上穹自信十足，踌躇满志。

但上穹没想到那年的天考会会出现一位拦路者：魔国的王子独领唯一。

上穹与独领唯一经过七轮晋级考，淘汰众多天骄子，并进夺冠考。两人在夺冠考中，打得难解难分，遮天蔽日，仿佛两国开国神魔女娲与蚩尤分别降临在他们身上。

经过艰难的、不知多少回合的激烈较量，最终独领唯一以一招半式险胜。这还是因为独领唯一在战斗中故意说出一些要娶凤诗诗的风凉话，不断地刺激上穹，导致上穹分心才有的结果。

观众席上，灵界各国嘉宾还沉浸在刚才精彩绝伦的比赛中，突然大家被独领唯一获胜后说出的第一句话震醒了。

独领唯一两眼闪烁光芒，对着看台上凤凰王一家大声说道："我要娶凤诗诗！"

魔国与神国在天庭以银河为界比邻而居，由于两国在信念与价值观上有冲突，虽然自建国后不再因此开战，但却在各条线竞赛与对立，形成针尖对麦芒的局势。

凤凰族与神国皇族有着数万年联姻传统，魔国现在突然横插一脚，况且之前并没有听说任何独领唯一倾慕凤诗诗的传闻，因此这新天魁的诉求令在场所有灵者都感到十分突兀，隐隐觉得这背后或许多半是出于政治考量。

战神殿堂的气氛顿时紧张起来，数万灵者齐齐向凤凰王望去，看他如何处理。

凤凰王一时为难，双眉紧皱正思考如何给个说辞时，上穹早已火冒三丈，站出怒视喊道："痴人妄想！"

独领唯一讥笑道："手下败将，你有什么资格站出来说话啊！"

上穹不服说道："靠说垃圾话这种下三烂的手段赢得的比赛，有什么了不起的！"

独领唯一以胜利者自居道："不管你为自己的失败找什么样的理由，事实都不会改变。事实就是我是本届天考的魁首，我的名字将会刻在天魁碑上，受众

第十五章　魔谋变天

灵敬仰,而你是我的手下败将,会永远被世人耻笑!"

上穹拳头握得咯吱响,想立刻冲上去与独领唯一再次较量,他瞪着一双闪着怒火的眼睛,喊道:"你们魔本性狡诈,但休想得逞第二次,这次我要把你打趴下,在你身上永远烙印上我的脚印!"

独领唯一冷冷说道:"你想打,我随时奉陪,但不是现在。现在我没空。现在我要行使天魁的权力,提出愿望,娶凤诗诗!"

上穹怒喝道:"世人皆知凤凰王家与我神国皇家数代姻亲,凤诗诗是我皇家钦定皇储妃,我岂容你在这里撒野!"

独领唯一辩道:"凤凰王家里女儿多,你可以找她们啊,不影响你们神国皇家拉拢手段。但凤诗诗,你说已钦定,那我有意见了,你们三书六礼了吗?你们昭告三界了吗?"

上穹一怔,心中十分懊悔。他懊悔自己太过于自负了,结果眼看心上人就要被人抢走,心中愤恨得不得了。

独领唯一继续说道:"据我所知,据大家所知,凤诗诗目前还是待字闺中,那凭什么我不能提亲呢?凭你是神国皇子吗?我也是魔国皇子啊!"

上穹吼道:"我不听你废话,我们一决生死!"说完亮出神剑,凌空直接向独领唯一刺去。

独领唯一双目怒视,也挥起魔刀向独领唯一砍去。

突然,一股排山倒海的掌风呼啸而出,将二人隔开。

原来是老魔皇击出一掌。老魔皇武功盖世,掌风威慑三界,大家把目光转向老魔皇,看老魔皇要说些什么。

老魔皇向老天帝行拱手礼,然后说道:"八千年前,邪主发动末日噩梦战争,差点把灵力世界变成死亡世界,是我魔国独领皇族出了一个救世英雄独领求我,灵界才延续到今天。但救世英雄已死,而万恶之源却灭不掉,始终阴魂不散,恐怕有一天会复活再次残害灵界,所以当年灵界各国统一决议,建立天地考选才机制,每百年一次地考,每四百年一届天考,以此激发尚武精神,唤醒英雄血性,地考前百名为天骄子,是天骄子有三凡激励,这三凡激励写进了《灵界共同宪章》……"

老魔皇加重语气,继续说道:"共同宪章是维护灵界秩序之根本,各国已遵守快八千年。若现在有法不依、徇私枉法,强权无视宪章,这将是坏的开端,有违众灵者的心,势必会造成灵界混乱!"

大家齐望老天帝,静等老天帝如何答复。

老天帝不紧不慢地说道:"灵界素知救世英雄独求我是我神国战神,他父亲虽是魔国独领皇族一员，但独求我还是胎儿时就已被独领皇族唾弃。独求我生养在我神国，血液流淌的可是神灵，他自始至终只姓独，对独领一姓一族存厌恶之情。"

"至于共同宪章，"老天帝说道，"共同宪章是由神国倡议、起草并主导签订，致力实现灵界的和平、安定与繁荣。我们神国知道共同宪章的重要性，这数千年来神国以身作则、躬先表率，真正遵守共同宪章，不像某国表面说遵守，实际横行逆施。"

说到这，老天帝故意停下来。全场都明白老天帝说的某国是指魔国，魔国行霸权主义，我强便是法，我强便是尊，我强便是高高在上，为其他国不喜。

但老魔皇神色自若，心想这次自己占了理，独领唯一完全依照共同宪章提出的要求，现在要看看老天帝如何进退。但不管这次老天帝遵守共同宪章的言行一致与否，都会对神国造成很大伤害。

老天帝两眼精光环视全场一圈，铿锵有力说道："我们要严格服从共同宪章条例，严格执行天地考三凡。共同宪章确定灵者权力又规定灵者责任，对夺魁提的愿望有作明确规范说明，其中写道若愿望有违背第三章等情形，要责其另提愿望，不可妄为！第三章第明确写道禁止破坏婚姻、强迫成亲与霸占他人妻妾。"

老魔皇和独领唯一脸色凝重，上穹与凤凰王如释重负，场上数万灵者佩服老天帝睿智，使事情峰回路转。

凤凰王也开口说道："婚姻是人生大事，凤诗诗继承凤凰女神，她的婚姻须有她自己做主。"

凤凰王顺势将凤凰族拉出神魔两国利益冲突旋涡中，把这事化成个人的婚姻选择。在场灵者都知道凤诗诗只钟情上穹，现需她一个摇头，独领唯一就不能强迫成亲，只能另许别愿。

只见凤诗诗婀娜多姿走到校场，每走一步都让众灵者为之心动。凤诗诗犹如众星捧月，成了全场中心点。她外在的姿容，焕发绝世光彩；内在的精神，迸发出独立意识。

全场灵者心旷神怡地欣赏凤诗诗的美，同时也在静静等待她拒绝这门亲事。

凤诗诗走到独领唯一身边，盯着他看了好一会儿，突然问道："你要娶我，有什么目的？！"

此问一出，大出所有灵者意料，凤诗诗问这个的目的又是什么呢？难道她与上穹关系并不是大家所知道的情投意合吗？

独领唯一知道凤诗诗并非一个简单女子，她并不甘愿只待在阁楼里琴棋书

第十五章 魔谋变天

画,她有远大的志向与巾帼不让须眉的豪情。

独领唯一高声答道:"为了灵界的和平!"

此话一出,全场又是一阵意外,灵者们交头接耳,议论纷纷。

凤诗诗眼眸一亮,好奇说道:"你说说看,你这是如何为了灵界和平?"

独领唯一说道:"灵界虽有共同宪章在维持秩序,但却是脆弱的。神魔为了成为绝对的最强国而相互竞争,陷入残酷和危险的怪圈。双方互相猜疑,针锋相对,交流隔阂,这些都是公开、公认的。这种情况对和平大局而言是警示,是威胁。"

独领唯一高喊道:"魔国将尽最大的努力,尽最大的诚恳,与神国携手一起,共同强有力保障灵界的和平,一起走向未来!"

上穹厉声说道:"胡扯!你们魔怎么会突然对灵界存这么好的心呢?这明显又是狡诈之言,又是空话连篇!"

独领唯一双朝凤诗诗说道:"你看,这就是神魔间的关系怪圈。一有什么动静,第一反应是先怀疑对方。两国关系充斥阴谋论,又总用阴谋论思维定义对方,如同现在这位神国皇子对我就怀有深深的敌意。所以我们要寻找与建立真正和平的方式。"

凤诗诗问道:"你要如何寻找与建立呢?并保证这是真实的,而不是一时兴起呢?"

独领唯一决定,为了能娶到凤诗诗,要对国策做出改变。他向老魔皇望去,老魔皇心领神会。

老魔皇站起来当即向全场宣布:"不久之后,我将要退位,由我儿独领唯一接任魔皇,引领魔国未来,其实他早就开始代理朝政,处理魔国一切事务!"

全场又是一阵众口纷纭。这独领唯一原来已是魔国掌权人,若真能为和平出力,可是灵界之幸,大家对独领唯一娶凤诗诗一事出现了不同意见。

独领唯一看着凤诗诗,进一步说道:"凤诗诗,我向你表达爱慕,我会对你相敬如宾,呵护有加;我向众神表达善意,我会克服众多分歧和障碍,让神魔拥有友谊的桥梁;我向灵界表达担当,我会忠实维护共同宪章的尊严和权威,让灵界拥有安定的环境;在这里,我请你们不要怀疑,我向你们保证,在未来的岁月中,我永远信守今日承诺,若违背,苍天及天道必使我痛苦与失败一生。"

凤诗诗心怦然跳动一下,秀眸异彩明亮,说道:"如果神魔友好能够击退重重猜疑,那就让双方团结起来做新的努力。这不是为了新的力量平衡,而是为了一个新的灵界。在这个新的灵界里,众生安全,和平得到保障!"

凤诗诗目光柔和地落在独领唯一脸上，她轻轻说道："独领唯一，我同意嫁给你，希望你永远信守今日承诺。"

上穹焦躁，急向凤诗诗说道："诗诗，魔的话怎能听信呢？他们向来狡诈，为达到目的不择手段，事前空口说白话，事成后翻脸不认人。你不要上当啊！"

凤诗诗说道："和平可能很难，但必须要去做，这十几万年来灵界疾呼神魔携手，共同保障和平，人们已说了那么多，但做得却那么少，我决心尽自己最大的力量，朝这个目标努力与前进。"

上穹极力想要阻止，说道："神魔分歧十几万年，岂会一时调和呢？"

凤诗诗说道："这些并不会在很短时间内实现，友好需要时间来积淀，甚至在我们活着一生的时间里也不能实现，但是，让我们开始吧！"

凤诗诗用歉意的目光看了看上穹，沉默一会儿后长叹一声，说道："上穹，对不起，你如果真正关心我，就让我选择自己的未来，努力实现自己的梦想，好吗？"

上穹转身向那极乐世界方向，悲喊一声："苍天啊，为什么会变成这样啊！"既生上穹，何生唯一？世事难料，天意莫测，就算掌控众生万物的神国皇家，有时也必须要接受命运多变，服从时代形势。

事已至此，老天帝也没有恰当理由阻止这门婚姻。他知道和平是灵界全灵者共同的希望，不能违背大局利益。

后来，凤凰女神凤诗诗不管凤凰王族整个族的反对，也不顾所有认识她的神仙们反对，依然如期嫁给了独领唯一。凤诗诗想用这种神魔通婚的方式，打开两国人民交往与沟通的大门，但她万万没想到后来的事情往相反的方向发展。

第十九届天考会后，神国上下认定独领唯一是靠狡诈夺魁，更可恨的是他横刀夺爱，破坏了皇家与凤凰王族世代联姻的传统，这完全是对神国的恶意冒犯，决不能轻易了事。于是，神国开始在三界事务上挤压魔国空间，而魔国当然不是省油的灯，立即采取诸多更强硬的反制措施对抗，愈加激化了矛盾。

矛盾促生纷争，纷争累积仇恨，仇恨引起冲突，冲突导致打斗，打斗快要演变成战争。神魔表面上是因为天魁与凤诗诗一事争吵，实际上是为了争当这三界的领导者。灵界其他国家却忧虑重重，他们明白神魔若发生战争会波及所有地方。

魔国帝官内，独领唯一正皱眉思虑魔国的走向，是要战争一决雌雄呢？还是和平维持现状呢？

凤诗诗向独领唯一谆谆说道："我们拒绝战争和暴力，战争与暴力培育了仇恨、恐惧、残忍和贪婪，我不想我们的孩子出生后，生活在一个满是害怕、猜

第十五章 魔谋变天

疑和紧张的时代里。"

"孩子？！"独领唯一眼睛顿时射出光彩，惊喜地握住凤诗诗的手，说道："你是说我们有孩子了？"

凤诗诗笑道："是啊，你是要当父皇的人了。"

独领唯一大喜，说道："我要马上昭告天下，举国同庆！"

凤诗诗也笑道："这先不急，我们现在要做的事是尽快和神国达成永久和平协议。"

独领唯一说道："现在你有孕在身，一切以你为大，你说什么我就去做什么，我愿意去和神国谈判，期望达成永久和平，只怕上穹连谈都不想与我谈。"

凤诗诗眼中闪过一丝忧色，说道："我会请凤凰王帮忙。"

几个月后，在凤凰王的斡旋下，两国约定在凌霄殿进行和平谈判，凤诗诗放心不下，决意到场参加。

但那天在凌霄殿，神魔双方缺乏信任，各持己见，谈判陷入僵局。

独领唯一恼羞成怒地说道："我们是为了促进和平好心前来谈判的，而不是来乞讨和平的！"

上穹从一开始就持怀疑态度，所以他反击道："你们魔国权诈，没有契约精神，我跟你们谈什么废话啊？！"

凤诗诗见双方对立仍然严重，徐徐说道："请大家更有耐心些，大家都不愿被冲突拖进了战争，这是神魔两国的共识。神魔永久和平不仅是为了我们，也是为了三界所有生灵。"

上穹目光迷惘地望着凤诗诗，心中一阵苦闷，慢慢说道："诗诗，这魔国言而无信，不知其可也。你遇人不淑，识人不善，总会有一天，你会后悔终生的。"

独领唯一怒目而视，气冲冲说道："上穹，你别在这里搬弄是非，挑拨我和诗诗的夫妻感情。告诉你，诗诗腹中已有我独领唯一的骨肉，你别再痴心妄想！"

上穹一听，顿时五味杂陈涌上心头，心情很不好受。自天考会结束，心中所有的痛苦全拜眼前这个恶魔所赐，他嘶哑喊道："独领小魔，我今天要灭了你！"

上穹猛然凝起"天之恨"雷电。"天之恨"急聚他体内所有灵力，向独领唯一劈去，势要把他撕成四分五裂。

风云突变，全场惊愕。

独领唯一目光厉芒大盛，不守反攻，双手生出另一股惊天动地的灵力，与

"天之恨"硬拼到底，宁可同归于尽也不气馁认输。

在场其他人瞪眼，惊呼这双亡的打法，随即听到一声"嘣"的巨响，震耳欲聋。

两股强大力量在半空中对碰爆炸，蓦然产生可怕、凛冽、威力强大的冲击波，疾速向四周迸击，跌宕不羁般蛮横杀伤。

周边一片惨呼，其中一个痛苦声立即引起上穹与独领唯一共同的不安。

两人神经紧绷朝那痛苦声望去，只见凤诗诗卧倒在地，一手撑着地面，另一手抚着小腹，身体疼痛，忍不住地呻吟着。

独领唯一心猛的一咯噔，脑袋要炸开。他急忙跑过去，蹲下一把扶起凤诗诗，焦虑喊道："诗诗你还好吧？你别吓我！"

凤诗诗下身开始流血，随着腹痛越来越强，出血就越来越多。鲜红的血染红了她的衣裙，更浸红了地面。

她喘急地说道："我的孩子！快救我的孩子……"

上穹像被雷电击中一样，迷惘失神地愣在一旁，内心极度痛悔不已。待听到凤诗诗求救声，他才愣过神，心急如焚地大声喊道："医神！""医神！"

后面医神虽然赶到，但结果还是无法挽回，腹中的孩子没了，且还是个男胎。

凤诗诗流产成为神魔战争全面爆发的导火索。独领唯一冲冠大怒，率领全军魔士猛烈攻打神国。这战打了足足千年，血流成河，尸横遍野。中间老魔皇与老天帝相继战死，两国仇恨越结越深，达到水火不容、你死我活的地步。

往事不堪回首啊！天帝上穹与独领魔皇都嗟叹不已，岁月荏苒，青春风华不再，过去情怀不再，现在两人唯一想要的只有权力。

天帝上穹冷哼一声，说道："独领唯一，六百年前你诈病，弄出卧床不起的假象，昨日你要诈死，向朕进表乞讨称臣。你独领唯一确实是个奸诈小人，绝不可相信！"

独领魔皇嘴角泛起一丝嘲讽，说道："上穹，我与你为敌三千年，你劣迹斑斑，只有一点让我佩服，我佩服你有颗绝对的狠心，为了帝权，亲情、友爱、忠心等，你都可以拿来牺牲。"

天帝上穹锋利的目光似要刺穿独领魔皇，厉声问道："独领唯一，你今日带众魔来天庭作乱，你的动机是什么？"

独领魔皇眼中厉芒爆闪，说道："上穹，我来这儿，就只为一件事。你应该清楚，这一刻，我已等了太久了，快两千年了！"

天帝上穹沉声说道："这一刻，将是三界不幸，众生不幸！"

第十五章 魔谋变天

独领魔皇冷笑下，说道："上穹，你待在这天庭太久了，都没下界去看看，都不知道在你统治下，现在的三界有多悲惨啊！像你这样昏庸无能的帝王，早就该下台了！"

天帝上穹说道："你独领唯一若想要报当年战败之仇，但还是不痛改前非的话，魔永远就有危险，受苍天摈弃，受众生提防，受正道指责！"

独领魔皇双目一瞪，厉芒电射，恨恨说道："只要那耻辱之墙还在，魔的反抗永远都在！魔被困禁在幽暗疆土这个阳光永远照不进来的地方，已有整整一千八百年了。我们整日苦力挖矿，支付战争赔款，还要时常被你们欺压与盘查，我们被你们剥夺了本族血液里应有的尊严和高贵。因为过着这种日子，当然心里只有仇恨！"

他再宣泄情绪说道："魔绝不甘心战败，绝不甘心活在神的脚下，绝不甘心失去天庭的美好家园，绝不甘心一直活在那阴暗世界里。绝不甘心！所以我们要反抗，要战斗，要夺回原本属于我们的东西！谁胆敢阻止，我遇神杀神，遇鬼杀鬼，是苍天，我逆天；是众生，我杀生；是正道，我灭道！"

说完，他侧脸向魔法师与刀魔那边战场望去，四个镇殿神将本身武功就不及魔法师与刀魔，现又受彼岸花毒性侵扰，已是神劳形瘁，摇摇欲坠了。

独领魔皇高声令道："魔法师，那边交给刀魔，你全力开始破阵！"

魔法师长恨逆天剑一撩，爆出朵朵剑芒，逼退王魔与杨森，纵身一跃落在祥和塔前。

天帝上穹猛的一惊，已有些不淡定地问道："独领唯一，你想干吗？！"

独领魔皇冷脸如冰，说道："当然是要得到万恶之源，助我一雪前耻！"

众神仙们听到"万恶之源"四个字，大吃一惊，难不成万恶之源在这祥和塔里？

刑神武孤高无法相信耳边听到的话，这数百年来，他殚精竭虑，动用全部力量想要找到万恶之源封藏地，却劳而无功，枉费心机，没想到万恶之源竟然封藏在这人来人往的地方？！

想到此，武孤高既气恼又苦闷，这魔法师长恨假扮成史神司马无间，数百年一直在蛊惑与利用他，原来自己是为他人作嫁衣裳，白白忙活了一场。

天帝上穹惊疑不定，不禁好奇问道："这万恶之源封藏所处之地，是历代天帝口口相传的最高机密，绝不可能泄露。你怎么会知道？"

独领魔皇自命不凡，闪出魔镜，得意说道："让万恶之源告诉我。"

魔镜浮出影像，影像中某种凶暴无比的力量藏在祥和塔里，正源源不断吸收从人间释放出的一团团邪恶黑气。

天帝上穹恍然大悟，说道："万恶之源靠吸收三界邪恶之气，来滋养生命。你为了探出万恶之源封藏地，背后操纵邪灵，教唆九州王朝败坏道德，开展灭神运动，使人间滋生贪婪、怨憎、堕落、暴力、仇恨等邪恶之气，招致我禁雨的惩罚，原来这一切都是你的阴谋！"

独领魔皇哈哈大笑，说道："上穹，人间世道已乱，你禁雨人间更助推邪恶气焰高涨。如果没有这么多的邪灵之气，魔镜根本探不出黑气的流向。我不得不敬佩太一老天帝胆略超群，最能让人意想不到的地方，就是最安全藏东西的地方。"

天帝上穹斥责说道："你为了报仇，竟然不择手段。你所做的这些，完全是不顾天道，还背叛了你们魔业教义及信仰，你是三界罪人，不配当魔皇！"

独领魔皇辩驳说道："你有什么资格说我？你是制造人间饿殍满道灾难的主谋！你为了权力，更是不择手段。让邪教嚣张一时，不过是我权宜之计，等我取得三界统治权，必定完全铲除邪灵及邪教，而万恶之源只是武器，它要三界末日，还是要三界新生，完全是看握在谁的手上。"

天帝上穹眼里射出凌厉神色，说道："取得三界统治权？独领唯一，你痴人说梦，你虽然找到了万恶之源封藏地，可也没用。封藏的方式是启动奇门遁甲中的天遁。天遁一千七百四十六局，局局对立又统一，相克又相生，高深莫测。自上古以来，无神魔及任何灵者能破，就算有灵者穷其一生研究也很难看透其玄机。"

独领魔皇平静地反问一句："是吗？让我们拭目以待。"

魔法师长恨靠近祥和塔，祥和塔能感应出靠近者动机的善恶，檐角下七十二个铜铃立即响动，响声清亮急促。

魔法师长恨屏气凝神生出一股万马奔腾的气势，飞舞逆天剑，祭出最强的招式"逆天杀神"。

剑气漫天呼啸，在场神仙们，便是天帝上穹也不禁被这剑气所慑，它与剑神的"万剑朝圣"有得一拼。

"逆天杀神"由上劈下，竟把祥和塔撕开一半。地宫赫然露出，从地宫涌出令天地变色、日月无光的邪恶灵力。

众魔兴奋，众神黯然，万恶之源果然封藏在祥和塔里。

地宫入口处便已有天遁阵局，一直布设到地宫最深处。最深处放着一个盒子，万恶之源被保存在盒内，如同一个天大的秘密藏在心里深处上万年。

天遁在魔法师长恨眼前滔滔不绝流动。法阵迸发着无穷的威力，阴阳互化，生生不息；刚柔并济，行云流水；波澜壮阔，连绵起伏。

第十五章 魔谋变天

魔法师长恨料事如神，有先见之明。他知道若找到万恶之源封藏之地，还得要能打开万恶之源的封藏之地。

这三界最牢固封藏的方法就是启用天遁。奇门遁甲乃是数术，以数行方术。要破局靠任何法宝都无用，只能仅凭头脑不断计算、推算及演变来破。天遁便是奇门遁甲中最高级、最复杂、最无解的阵局，当年连创始人上古将神九天玄女都无法全部破解天遁，留下疑局于世。

魔法师长恨穷一千数百年心力钻研奇门遁甲。他明白学习奇门遁甲，上等可用在修真启智悟道，中等可用在战场排兵布阵，下等可用在格斗攻守兼备。

特别是在六百年前，他杀死司马无间，并易容成司马无间的模样。然后他借武孤高的势力当上新史神之后，查阅天书阁中所有奇门遁甲相关书籍，并不断实战练手，沉淀经验，终于摸索出奇门遁甲的真谛。

魔法师长恨心脏急促跳动，十指微颤，眼中却迸射出跃跃欲试的兴奋光芒。天遁是灵力世界公认的法阵最高山峰，有志者都渴望挑战这座最高峰，想要探索见真章。

他启开手印，展现出太极符印，接着太极生两仪，两仪生四象，四象生八卦，八卦推出奇门遁甲，奇门遁甲又分出天时、地利、神助、人和、鬼灵五种格局组合。

魔法师长恨利用这太极符印，把自己融入天遁中去。他贯通天遁"易有太极，是生两仪"的教义，遵循天遁"无为而无不为"的精髓，阴阳对立又互化，刚柔分明又并济，动静显然又有法，小心翼翼地一步一步推进，一步一步闯关。

天帝上穹及全场神仙们都十分震惊，又心潮澎湃，情绪不断翻卷。这魔法师并不是在破局，而是融入局中，循环渐进，逐步深入到祥和塔地宫去。这如同你想到山的后面去，不一定要移山，可以修一条山路通到山的后面；你想到海的另一边，不一定要填海，可以造一艘海船行到海的另一边。

武力并不是解决问题的唯一手段！大家惊叹魔法师长恨武功博大精深，学识满腹经纶又深谙兵法权谋之学。天地竟然出现他这等超群绝伦人物，可他却又站在神道同盟对立面，实在是神道同盟的不幸！

有这魔法师在，独领魔皇如虎添翼啊，天帝上穹心中焦躁，突然又再惊心一下，发现这魔法师长恨身影似曾相识，好像在哪里跟他打过交道，是在哪里呢？！

天帝上穹一时想不起来，也没空再想了。神国存亡，迫在眉睫，他喊道："独领唯一，我绝不让万恶之源为祸苍生，会让它好好待在里面沉睡。"

独领魔皇也大声喊道："我势在必行，不惜任何代价，不惜血流成河，拿不到万恶之源，魔就战斗不止！"

天帝上穹忍住伤痛，凌厉劈掌出"天之叹"，刹那间混元魔伞结界内的上空遍布雷电，咆哮攻向魔法师长恨。

天之叹，叹命运无情，叹世道残酷，叹众生沉重！

独领魔皇握住拳头，轰出万丈怒涛拳浪，拦住"天之叹"雷电。

两股力量对峙，满天滚腾的灵力宛如下一场强烈的雷暴雨，悲惨天地。

突然独领魔皇蓦地咳嗽起，咳嗽声越发急促且猛烈，拳浪气势因此也渐渐减弱很多。

天帝上穹冷笑说道："当年你受我一掌，应该早点去轮回才是你对三界最好的贡献！"

二千年前，神魔千年战争进入最后胜负阶段，独领魔皇与天帝上穹在银河之上进行了一场生死对决。

银河里繁星绚烂，但彼时却不及两位帝王光影闪烁。那场对战杀得天地变色，鬼神畏怯。

独领魔皇攻击凶狠，步步紧逼，天帝上穹逐渐处于下风，落败眼看是早晚的事。但天帝上穹趁独领魔皇自鸣得意之时，祭出天道七掌最后一掌"天之丧"，天地骤然肃静，一片肃杀，天之丧，丧万念俱灰，丧家国倾覆，丧日月无光。

闪电晃过，鲜血飞溅，独领魔皇虽仍傲立，但败势已定。那双睥睨天地的眼睛从光泽到黯淡只在一瞬间。那刻，他内心极度痛苦与不甘。

那场对战之后，独领魔皇遭受内伤，二千年来被病痛折磨，一直无法治愈，只要用力过猛，便招来咳嗽不止。

独领魔皇的思绪一闪回到现在，他想开口回怼天帝上穹过去，但伴着急咳，表情痛苦地吐出一大口鲜血。

凤婉霞本是反感自己父皇图谋万恶之源这种邪恶力量，但看到他吐血，血浓于水的亲情又让凤婉霞脸上写满了担心。

一群影子武士忙上前挥舞长刀抵抗"天之叹"力量，想要保护独领魔皇。但雷霆之所击，无不摧折者；万钧之所压，无不糜灭者，"天之叹"力量过于霸道无比，这群影子武士纷纷溅血倒地，痛苦呻吟。

刀魔西台感义见状，忙狂喝一声，求败弯刀卷出凌厉狠劲，撂倒四位镇殿神将后，大声猛喊道："天帝，看刀！"

他双手握住求败弯刀，腾身掀起一阵狂澜的刀浪，刀浪又化形成一条不可一世的恶龙，向天帝上穹咆哮奔去。

第十五章　魔谋变天

天帝上穹冷笑一声，一道耀眼的电光出现，掌出的闪电也化成一条唯我独尊的金龙，迎上恶龙。金龙与恶龙在半空中翻滚奔腾，撕咬在一起。几个回合下来，金龙被撕得四分五裂，恶龙被咬得支离破碎。

西台感义接着在半空中狂奔飞驰，只见漫天刀影从四面八方向天帝上穹逼去，要大杀一切。

刀魔是刀之魔，这招"万刀开宗"惊世骇俗，论刀之武功，纵观三界，没有几人能望其项背了。

天帝上穹急劈出"天之叹"，沉雷轰鸣，震得减天颤抖；闪电霹雳，照得减天惊骇。

刀与雷电交击，碰撞出无数火花，如火树银花飞满天。

一番对决后，西台感义被雷电撕裂出几道血痕，鲜血浸透衣衫。

天帝上穹连战魔国两位绝顶高手，灵力损耗过快，气血翻腾过猛，之前被魔法师长恨长剑刺伤的伤口，因承受不住而大大开裂，鲜血如泉水般涌出，剧痛的身体再也站立不稳。

武天后与月神嫦妍忙飞身上前扶住天帝上穹。西台感义战得兴起，哪里肯罢休，提起求败弯刀腾空而下，再次劈出狂涛刀浪向天帝上穹攻去。

月神嫦妍手持寒月剑，从容应战，虽然知道自己的武功远不及刀魔，但也要誓死保护自己帝父。寒月剑剑身寒气如霜，冷光如银，如幽静山谷上空的一弯孤月。

突然，一个人影闪跃到月神公主身前，向上挥出数拳，拳力大气磅礴，劈波斩浪，抵消掉狂猛刀力。

月神嫦妍凝眸，一眼念念不忘万年，一见情有独钟世界，这世间本没什么能触动到她的心，自此除了这副身躯。

西台感义眼睛一亮，兴奋说道："天考会的魁首！问武正灵位，寻悟万年道，今天我们就看看，谁才是第一！"

西台感义提起求败弯刀，凌空径直使出"万刀开宗"。无数刀影遍布在混元魔伞之下。

在如此惊天地、泣鬼神的招式面前，一般人都会选择避让，游荡在刀光间，躲开劲力。但孙悟空竟然不守反攻，狭路相逢，勇者胜，慷慨激昂喊道："战魂之功勋！"

无数拳头，如同流星雨划破天空。拳力刚正勇猛无与伦比，硬生生地在岌岌可危之地，杀出一条生路。

一时全场不管是神还是魔，是仙还是妖，是真人还是其他灵者，都看得如痴如醉，久久不能平静。

　　西台感义异常兴奋，不断喊道："妙啊，好啊，打得痛快！"

　　独领魔皇这时也在打量这个自己女儿奋不顾身都要保护的男子。虽说此刻孙悟空是魔国的敌人，但他也不禁被孙悟空这种无所畏惧的气魄所震撼，心中赞道："果然是新一届天魁，气宇轩昂！"

第十六章
金棒重生

神道同盟与魔业帝国两个阵营一场残酷厮杀后，整个战神殿堂被鲜血染红了，惨况令人目不忍睹。神魔十几万年来的对抗已成宿命，至今见不到停止的曙光。他们的仇恨如一把尖刀深深插在三界地心，只要一动，三界跟着动荡不安。

龙甲军及九天其他神仙们已发现这里的异常，接连赶过来支援，但被混元魔伞防御结界阻拦，龙甲军使用风云神箭去攻破结界。战神殿堂上空不断地响起神箭劲急的破空声，以及魔伞顶住撞击所发出的轰隆声。

观武台上大多数的灵者中了彼岸花毒性不省人事，其他灵者或修为较高，或体质特殊，或身上带着防毒法定等不同原因没受到彼岸花毒性侵袭。这部分灵者有些勇敢与魔搏斗，有些胆怯示弱躲藏。

经过刚才一番拼杀后，现在校场上只有孙悟空与西台感义还在惊心动魄地打斗，其他人都已停止战斗，分立两边。神仙们以天帝上穹为中心，集聚在点将台周围；众魔则簇拥在独领魔皇左右，又隐然对点将台形成包围之势。

两边阵营里成员十之八九身上都已鲜血淋漓，伤痕累累，但气势上仍是针锋相对，像蛟龙与猛虎凶狠对峙寸步不让。

此时双方都有各自的盘算。神仙们认为，在龙甲军还没攻破进来之前，落于下风的他们最好镇静，以不变应万变，方是解决问题的根本。

众魔们认为，此行的目的是夺取万恶之源，若龙甲军先在魔法师拿到万恶之源之前破除防御结界进来，他们要留有余力，跟龙甲军周旋。

双方现在都是屏气凝神，把目光聚集在孙悟空与西台感义身上。

西台感义攻势连绵不绝，求败弯刀似乎无处不在，每处都能如疾风骤雨般卷起滚滚暴烈杀气，但始终不能把孙悟空杀下。

孙悟空大开大阖，越战越勇，体内强大无比的灵力磅礴而出。同时手腕上的如来佛珠清光四溢，照拂孙悟空心境。

为何战？匡扶正义，捍卫自由。

何以战？勇者无惧，遵从自己内心深处对自由与美好的渴望。

战如何？孙悟空武功本不及刀魔，但视死如归的精神，使他与刀魔酣战上百回合，竟有些势均力敌之势。

正当两边都不禁暗暗赞叹孙悟空与西台感义精彩对决时，突然天象异常，一股极不寻常的黑暗笼罩上空。

孙悟空与西台感义均感到心神不安，忙停下战斗，和众神魔们一道朝祥和塔看去。

从祥和塔地宫里传出魔法师长恨缓缓的脚步声，像死神的脚步一样，让人感到压抑、沉闷与痛苦。

当魔法师长恨清瘦身影出现在大家视线里时，大家眼睛瞬间睁大了。魔法师长恨手里抱着一个黑色盒子。黑盒抑制不住里面东西不断扩散的邪恶气焰。

天帝上穹骇然失色，魔法师长恨居然真的在天遁环伺之下取到了万恶之源！他神色肃穆，大声说道："打开万恶之源盒子，便开启了三界末日倒计时！"

独领魔皇却嗤之以鼻说道："上穹，你别妄言惑众，今天不是三界末日的开始，而是三界重生希望的降临，今天将永远被三界及众生记住！"

他接过魔法师长恨双手供上的黑盒，徐徐打开，刹那盒子里跑出的邪恶气焰熏天赫地。

独领魔皇双目厉芒猛烈闪烁，如电闪雷劈，他看到盒子里有一个黑气环绕的黑洞。黑洞幽深无底，吞噬光明、希望、情感、精彩、阳光等，凡是有光有温度的东西及物质都会被它拖进并吞噬，留下无尽的悲伤及忧郁。

据魔法师长恨在古书上找到的记载，这黑洞就是万恶之源，里面有无数的邪恶灵魂。他们在世时陷入在邪念里不能自拔，为了满足欲望，他们把自己的灵魂卖给了邪主，结果死后灵魂就被囚禁在这黑洞深渊里，痛苦挣扎，不能重生。

独领魔皇把手伸到黑洞里。黑洞深处奔腾狂澜且炽盛的灵力，它吸收三界邪念，转变为邪恶灵力，所以只要三界还有邪念在，万恶之源就永不死。

乍然，天象再次变色，狂风大作，乌云压顶。

黑洞深处邪恶灵力如猛水洪兽灌入到独领魔皇体内。独领魔皇血脉偾张，骨骼突起，脸上忽涨得通红，忽发着铁青，身体似乎要被这种巨大的力量给

第十六章　金棒重生

胀破。

紧接着盒子里的黑洞也随着邪恶灵力遁入在独领魔皇体内,独领魔皇周身立即黑气翻滚,彰显出庞大的邪力。

此时,独领魔皇感到体内有无穷无尽的灵力在涌动,二千年前被天帝上穹掌击的内伤也倏地愈合了。

独领魔皇仰天狂喜,高声喊道:"今天是魔国历史性的一天,我要改天!"瞬间迸发出威慑三界、肃杀天地的气势。

独领魔皇眼里瞳孔血红色,周边布满血丝,仿佛变成嗜血杀戮恶魔。他右掌一击,恐怖煞气直击向点将台,灵力嘶吼怒嚎,万丈巨浪滔天。

点将台众神仙们惊恐失色,大家急忙一齐双掌推出,发出全部灵力抗御。但独领魔皇的力量翻天覆地,压得众神仙们气血翻腾,嘴边溢出鲜血,身体快要顶不住了。

孙悟空凝聚心神与念力,召唤出体内深处所有灵力,疾速站到众神仙同一侧,轰出一股波澜壮阔的拳力,助力神仙们与独领魔皇对抗。

"砰"的一声巨响,两股相抗的巨力轰隆爆炸,激荡出冲击波愤怒摧毁四周建筑物。

独领魔皇双目射出阴森寒芒,死死盯住孙悟空。他已拥有了万恶之源,识灵眼力超乎寻常。此刻他惊讶不已,内心一时思忖道:"这孙悟空竟然是半人半神躯体,不知何故,有魔灵侵入且一直占据,跟神灵排斥。孙悟空在修真学院修炼,受仙气熏陶。在挑战三道天雷时,吞入霞儿的火凤珠,凤凰之力本属妖力,他又沾染上妖性。如今他手腕戴着如来佛珠,心境沐浴在佛光之下。现在的孙悟空亦神亦魔,亦仙亦妖,亦佛亦人,实在是历史罕见,万年不遇。若他驾驭不了体内如此庞杂的力量,势必会走火入魔,而走火入魔后要变成什么样的人,实难判断。"

纵横半生的独领魔皇,平生第一次遇到孙悟空这样的人,萌生喜欢与招揽之意。他朝孙悟空说道:"真是英雄出少年,一代胜过一代啊。"

孙悟空现在知道独领魔皇是凤婉霞的父亲,出于礼貌,他向魔皇行晚辈见长辈之礼,然后说道:"魔皇,万恶之源实乃末日杀器,不该重见天日。"

独领魔皇嘴角牵出一丝不屑之意,说道:"三界混乱不堪,众心不齐,人间更是贪婪堕落,欺瞒狡诈。万恶之源在我手上,不会成为末日杀器,而是变成三界重生的工具。"

他接着简短有力一句:"孙悟空,加入我魔,我们一起创世,可平分三界!"

孙悟空从《灵界通史》及其他史书上了解到火是魔族的图腾，火图袍服寓意魔是把火，照亮三界前进，带领天选子民，建立起圣洁国度，是为魔业。

但孙悟空明白这是在变相宣扬与鼓吹纯正血统，是一种狭隘与保守的思想。它无视众生命运共同体，无视世界多姿才精彩，无视生命宝贵需要敬畏。

孙悟空摇头说道："创世必先灭世，如同末日。魔皇，你挑起战火，引起三界矛盾、分裂与仇恨，这是非正义、非道德、非天理的，我宁死，也要阻止你们！"

独领魔皇目光灼人，厉声说道："你好好看清这三界，到处都是弱肉强食、自私贪婪、道德堕落。如此混乱与肮脏的三界，再不去整治的话，三界将无法承受重负，一个自我毁灭的大爆炸，到时才是我们大家真正的末日！孙悟空，你难道忘了矮人城末日之难吗？那是苍天给众生的一个警告！"

矮人城末日之难至今仍历历在目，孙悟空怎会忘记？但也正是矮人城末日之难让孙悟空有了更多的思考，思想上得到了质的飞跃。

孙悟空剑眉入鬓，慷慨激昂说道："三界是要拯救，但绝不是用尸横遍野、血流成河来解决。我拒绝暴力与仇恨！"

独领魔皇脸寒如冰，骂道："愚蠢，思想僵化，朽木不可雕也！"

孙悟空又无奈又悲愤说道："是神？是魔？意识形态下，却是仇恨！是杀戮！其实你们争的只不过是自己的私心、自己的欲望！"

全场灵者身体不由地一震，深深地凝视孙悟空一眼，或许孙悟空一语道出关键所在。

独领魔皇长笑一声，说道："我也不强求你，但只要你入我魔，我便把我女儿嫁给你，我万年之后，你可以坐上魔皇之位！"

魔性格一向粗犷直爽，往往不拘小节。他朝站在观武台的凤婉霞望去，说道："霞儿，为父今日就成全你的心愿。"

凤婉霞没想到自己父皇会在大庭广众之下道出她的心事。她欲说还羞，脸颊蓦的绯红，蔓延到颈间，不胜娇羞地低下头，但眼睛却流露异样的神采。

众魔听后立即正容侧身，对着凤婉霞，齐刷刷地躬身一礼道："参拜公主殿下！公主万福金安！"

公主本是高贵尊显的身份，凤婉霞又是独领魔皇和凤诗诗的独生女，掌上明珠，因此备受魔民喜欢和爱戴。

天帝上穹及其他神仙们都大吃一惊，这比刚才"平分三界"的条件不知要优厚多少。独领魔皇现得到万恶之源，早晚征服三界，而凤婉霞美貌不比月神嫦妍差多少。以最高的权力及倾国倾城的美色作为诱惑，恐怕没人能抵得住。

第十六章　金棒重生

孙悟空迟疑一下，他想与凤婉霞在一起，这是他一生最想要的。可良知也告诉他，此时不能用三界的正义去换取个人的感情。

他深深地凝望凤婉霞一眼，然后对着独领魔皇，语气坚定说道："我会用自己的方式，追求自己的生命意义与情感归属。但正义存在，我用背弃正道得到任何情感、荣耀与利益，都抵偿不了我一生的心灵罪孽感，我是正义的支持者，三界必须有正义才美好！"

全场灵者再次被这个年轻人的满腔正义之热血、自由独立之精神所折服。月神嫦妍目光更是惊喜。

独领魔皇勃然大怒，喝道："你不想成魔，可今日我偏要你成魔。"

说完，他人影一晃，如惊雷闪电一般，来到孙悟空眼前，右掌劈头盖脸而下，掌力狂涛恶浪。

孙悟空心惊肉跳，忙腾起灵力气流拦住这凶猛的攻势，但独领魔皇左掌随即往孙悟空腹部拍去，又是惊涛拍岸，卷起千堆劲力。孙悟空双拳架住独领魔皇左掌，独领魔皇右掌迅疾再出招，孙悟空只好抡起右臂挡住，独领魔皇眼疾手快，顺势抢走如来佛珠。独领魔皇随即爆发猖狂的巨力，将如来佛珠捏碎。

孙悟空见如来佛珠被毁，悲愤地轰出无数气焰燃烧的拳头，咆哮向独领魔皇攻去。

但独领魔皇自得到万恶之源后，武功已臻化境。他挥击右掌，牵出风狂海啸，把孙悟空拳头包裹住；再探出左掌，风狂雨猛之势，强行将太极符印震碎。

没了如来佛珠护持，又没有太极符印隔离，孙悟空体内神灵与魔灵这两大不同道的灵力闯出，再加上仙气、妖性、佛意、新生的战魂力量错综复杂地交织在一起形成混战，相互之间惨烈地排击厮杀。

孙悟空身体快要被扯得四分五裂，他痛不可忍，悲啸一声后，眼前一黑，骤然倒地。

神仙们见孙悟空悲切长号，大家的心都不禁为之牵挂、哀怜，连不少魔都关切着。月神嫦妍花容失色，心急如焚，想要起身过去看看，但现是天帝安危过于重大，她只能克制着不过去。

凤婉霞见孙悟空受病痛残忍折磨而昏过去，她的心也跟着被撕碎了，马上飞身而下赶到孙悟空的身旁。她双手抱起孙悟空的头，眼泪扑簌簌地落在孙悟空脸颊上，流入了孙悟空的心田。

凤婉霞柔声轻轻说道："孙悟空，你是我的英雄。能打败你的，只有你自己。你心若强大，黑暗有何惧？！你意若坚定，邪恶耐你何？！我与你同在，以爱和凤凰女神的名义，我要你醒过来！"

另一边，独领魔皇神色冷若冰霜，两眼厉芒如电，他审视着点将台上众神仙，说道："今日你们若降魔，高官厚禄，不在话下；若不降，命丧当场，死后灵魂不仅进入极乐世界无望，还要受鬼界的小鬼欺凌。"

面对独领魔皇的死亡威胁，神仙们心中无不惊悸，但此时大家大节凛然，保持与天帝、神国、神道同盟共同进退之决心，不去答理独领魔皇。

一阵慑人心魂的沉寂之后，独领魔皇冷冷说道："神说禁雨人间是为了人间纯净，那首先神应该先纯净。若这样的话，那就都杀掉吧！"他手一挥，众魔迅速把点将台团团围住，战火再次一触再发！

学圣孔广信转过身，面对众神仙说道："曾经神道危难，有无数的英烈前辈挺身而出，以勇敢的精神成仁取义，使三界得以欣欣向荣，使众生得以安居乐业。如今神道再次危难，我们要誓死保卫它，胜利一定属于渴望正义和光明的我们！"

众神仙们热血沸腾，高喊道："誓死保卫！"战神殿堂充满悲壮气氛，风萧萧兮易水寒，壮士一去兮不复还！

这时，凤婉霞走到两军中间，对着独领魔皇说道："父皇，魔与神对抗十几万年，流太多的鲜血了，失去太多的生命了，背负太多的苦难了。就让过去的一切都烟消云散吧，不再有信仰冲突，不再有种族隔膜，坚守和平，开辟未来！"

独领魔皇冷哼道："戴锁铐的生命就那么宝贵吗？幽暗与冰冷的日子就那么安好吗？奴役代价换取的和平就那么甜美吗？这样的生命，这样的日子，这样的和平，霞儿你想要吗？我们魔国能要吗？"

凤婉霞说道："这虽不是我们想要的，可我们魔的苦难根源难道就只来自神的错吗？神魔本可以和平共处，可你们为何非要把一些思想和观念宣扬成仇恨与对抗，硬塞给每个神、每个魔呢？让神魔生活在猜忌与恐惧当中，最终演变成一场千年悲惨战争。以史为镜，我们一起终止神魔这种残酷的纷争吧。"

独领魔皇心里的怨恨如火山般爆发，愤怒道："魔本是高贵的一族，居住在天庭数十万年，一夕战败，就被流放到地界幽暗疆土，压制在幽暗与冰冷当中快两千年，受尽苦难与耻辱。如今三界事在我，我要为之，谁敢不从？！今日我不仅要夺回原本属于我的东西，还要血洗战神殿堂，让今天成为魔报仇雪恨的纪念日！"

凤婉霞突然弯腰拾起地上一把长剑，横在脖子上，坚定有力地说道："父皇，若你非要用战争来解决，那从我身体踏过吧，让我的血成为这场战争第一滴流的血，让我的生命成为这场战争第一个逝去的生命！"

第十六章　金棒重生

全场为之震撼，神魔两道均以敬佩的目光注视着凤婉霞。

一些灵者在心中想到："之前凤婉霞为拯救人间苍生，无惧权威而执着请雨，如今她又为神魔能停止战争，无惧牺牲而呼喊和平，都说魔的心是野兽之心，可见这女魔确有一颗世上最善美的心。看来天地间，凡事凡物都不能一概而论，以偏概全。"

独领魔皇沉声说道："我们憎恨神，发誓要把这仇恨与不公的血债都还给神，如今正是他们以命偿命的时候。霞儿，你是魔国的公主，身上流着可是魔国最高贵的血液，你有职责有义务承担这一切。"

凤婉霞感伤地说道："我体内流淌的血也有一半是母后的。神魔和平一直是母后的理想，她把这理想看得高于个人生死和得失。她仙逝得早，在她逝后，神魔仇恨没解除，反而积怨越来越深，虽然她的努力失败了，可我想继承母后的遗志，秉承母后的精神，继续母后的理想！"

独领魔皇与天帝上穹眼中都不由地划过一丝怅然，再也见不到伊人的失落感，令两位帝王神伤。

已渐渐被万恶之源控制的独领魔皇眼神又变得怨恨，说道："霞儿，你与你母后想要的世界永远都不会出现的，你要清醒头脑，正视这世界的现实与残酷。我今日可以饶他们不死，但我要天帝下台，众神流放到地界幽暗疆土，你问他们同意吗？"

天帝与众神脸色变得极其难看。

凤婉霞轻叹一声，说道："这悲伤的宿命又何必一圈又一圈的轮回呢？大家可以坐下来和平谈判，找到解决的方案。"

这时，混元魔伞布下的结界在风云神箭狂轰滥炸之下出现了裂缝，不用多久，龙甲军就会攻进战神殿堂。

独领魔皇已急不可耐了，大声说道："够了，霞儿，神魔战争号角已经吹响，谁也阻挡不了魔国翻身复仇的进攻，包括你！"

独领魔皇闪电一晃，迅雷不及掩耳地点了凤婉霞穴道，并夺走了她手中的长剑。随即他搂住凤婉霞，飞身落在观武台地，把凤婉霞安放在那后，又闪回到众魔前面。

独领魔皇杀戮的眼神，号令道："众魔们，为我们曾经蒙受的耻辱、失去的自由及遭到的压迫报仇！给神国一个最惨痛的打击！"

狂热的仇恨使众魔体内的兽血沸腾起，当他们正要冲向点将台时，忽地，一个人影凌空腾起，轰出无数咆哮着的拳头，攻向独领魔皇。

全场震撼，众灵者忙睁大眼睛望去，只见那身影英姿飒爽，神采焕然，似涅槃重生。神仙们惊喜天魁孙悟空再次挺身而出。

独领魔皇暗暗惊诧，识灵眼力发现孙悟空体内正贯通各不同道灵力，融会出属于自己的新生灵力，他说道："孙悟空，没想到你小小年纪，竟已能悟出战魂第四式道意！"

原来孙悟空被不同灵力撕裂而昏倒、濒临在走火入魔的边缘上时，是凤婉霞的眼泪洗涤他的心灵；是凤婉霞的呼唤，震醒他的灵魂。

孙悟空脱离走火入魔的危险，发现自己灵识坠入在黑暗与恐怖的无底深渊，要出去得使自己新生力量强大到魔灵不能蹂躏。而新生力量要提升，目前必须领悟出战魂第四式之问：信仰本质。

灵力世界，灵者信仰自由。其中七大灵国各有各信仰教义，分别是神道、魔业、仙家、妖途、佛门、鬼宗、真人学。可哪个才是自己的信仰呢？孙悟空思考，并叩问自己的内心世界，寻找这个问题的答案。

从修真学院，到人间，到花果岛，再到天庭，一路上他看到强者中有仁慈、担当，也有残暴、腐败；弱者中有善良、朴实，也有卑鄙、耍滑。

他看到百姓信奉禁雨者，敬畏他们惩罚苍生的强大力量；也信奉求雨者，崇拜他们拯救苍生的英雄行为。

他看到人性在生死面前，可以发挥出为爱牺牲的光辉，也可暴露出自私无情的黑暗。

他看到神魔一念之间，魔非魔，神非神，善恶在心；魔可神，神可魔，公道在行。

他看到邪教祸乱世道，教唆人败坏道德，蛊惑人犯罪、堕落、暴力、仇恨、邪恶等，并制造恐怖袭击，伤害了无数无辜者的生命与家庭，威胁了三界的安全。

生命的形式，是要人欲横流，堕落成如野兽般，还是精神高尚，朝上升华成天使呢？这中间，信仰会起到方向作用。信仰是每个人的自由，让自己的心有所寄托，好的信仰会是行动真理、精神准则与心灵方向。那什么样的信仰才是好呢？这需要独立思考。

不以品行好坏，只以家世贵贱或外表美丑，就直接判断一个人的好与坏；不以事实善恶，只以民族差异或国力强弱，就直接判断一个民族的善与恶；这都是基于仇恨、谎言和狭隘的判断，并没有真正独立思考。

天下百姓，国家人民，他们心中都有一杆秤，谁保护他们，谁就是英雄；谁迫害他们，不管是谁，都是盗贼！所以是非不在身份，不在门派，不在族别，而在立场，在言行，在心态。好坏遵从自己的内心深处，相信人性本善，天道

第十六章 金棒重生

正义，想要一个阳光普照的人生。

孙悟空想起师尊菩提、观世音菩萨、剑神、侠仙、义妖、学圣、凤婉霞等人，在自己黑暗时，他们会带来光明，指引自己前进，这就如同信仰般的力量。而自己找到的人生意义、情感归属与正义存在都是因为真善美的信念。龙宫一战、天雷挑战、天考晋级、求雨呐喊等等也是在遵循、坚持、守护并追求这些信念。

黑暗不再让自己害怕，恐怖不再让自己畏惧。一个人真正强大，不是力量，而是拥有一颗强大的心，与坚强无比的意志。这些都是真善美的信仰在支撑！

孙悟空豁然醒悟，原来信仰的本质是点燃正能量，照亮前进道路，让强者正义，让弱者坚强！

孙悟空悟出战魂第四式道意，他的意识从黑暗与恐怖的无底深渊，来到光明与自由的广阔天地，而体内新生力量之火被点燃，熊熊燃烧起。

此时孙悟空意味深长地对独领魔皇说道："魔皇，信仰本质是点燃正能量，照亮前进道路，让强者正义，弱者坚强！不管是魔业，还是神道，其中根本的出发点是希望信仰能给三界带来美好！但信仰绝不是给三界劫难，给众生苦难。神魔一起将分歧搁置一旁，寻找两者信仰的共同点。"

独领魔皇冷眼说道："孙悟空，历史没有正恶，只有成败；神魔没有共同东西，只有你死我活！"

孙悟空无奈说道："魔皇若执意今日一战，那这一战，我来当你的对手！"

独领魔皇冷笑道："你找死，万年前，战神独求我领悟到战魂第九式，也只能用死跟万恶之源打个平手。万年之后，这万恶之源更加强大无比！而你只是初出茅庐！"

孙悟空想要为龙甲军争取点时间，他二话不说，开启战魂战斗模式，灵力激起气流翻滚，犹如龙飞凤翔，摇撼九天。

一时间，交击声滔滔不绝，激起的气流也在烘烘交织对抗。孙悟空轰拳，拳，刚而猛烈，直撞横冲；独领魔皇劈掌，掌，凶而狠势，诡变无常。两人如两军冲杀，震天动地。

众神魔停止剑拔弩张，都敛声屏气观战。大家心弦全绷紧，紧张此战走向，这早已不是个人对决，关系到两国生死存亡。

孙悟空与独领魔皇分别捧出一堆堆灵力巨浪，交叉而过，猛烈扑杀对方。四周沉寂下来，众神魔见独领魔皇傲视群雄，而孙悟空神情痛苦，吐出大口鲜血，胸口被独领魔皇的掌力劈伤。

独领魔皇冷冷说道："孙悟空，你根本就不是我的对手，你要认命，还可以保住你的命！"

孙悟空忍住胸口疼痛，说道："生死绝不有命，胜负绝不在天，蝼蚁尚且击溃千里之堤！"强者与弱者都不是天生的，后天若随波逐流，命运就会往低处流；若发愤图强，命运就会往高处走，所以不是命运决定人，而是人决定命运！

孙悟空相信为人生意义与情感守护而奋斗，不仅能改变命运，也能成为真正的强者。他不屈之战魂，再次凝聚灵力，呼啸无数拳头。拳影流星赶月，划破天空，再次直击独领魔皇。

独领魔皇再次发出掌力，掌力化成无数掌影挥动，就像无数魔爪乱舞。掌力不仅劈破拳头，又趁势漫天掩地劈向孙悟空。

孙悟空难以为继，又被无数迅猛的掌影击掌，结果遍体鳞伤满身是血。

神魔们看着都心惊胆跳，身体禁不住冷战发抖，这掌力犹如怒涛把石头拍碎般，太过凶猛凌厉，没有谁能挨得了这般拍打。

独领魔皇再次说道："孙悟空，你比神真实，没必要为他们而死！"

孙悟空说道："我是为我信仰而战。我说了，你这一战对手是我，我还没倒下，胜负就未分！"无论现实有多绝望，有多残酷，自己必须保持希望与信心，还活着，就继续战斗下去！

独领魔皇眼里陡然起了浓浓杀机，爆发出恐怖灵力，灵力上升处邪恶火焰烘烘燃烧。随着他上前攻势，森森掌浪咆哮而出，跟着冲天的灵力火焰，袭向孙悟空。

孙悟空一身孤勇，全力迎战，但独领魔皇杀气狰狞，使战神殿堂充满了死亡之意。

神仙们恐惧独领魔皇武功已臻于巅峰之上，这世间已无任何人能阻止他。

孙悟空生出自己无法抵挡的感觉。顷刻间他被万丈狂澜的掌浪吞噬，全身到处被震裂，轰然倒下，锥心之痛迫使他悲喊。

神仙们一片凄凉叹息，连少数的魔也对此感到扼腕。死亡已降临在孙悟空身上，他的灵魂会坠入到鬼界，被一片黑暗吞没。

孙悟空的战斗已然结束了，而另外神魔的战斗即将打响。战云密布，战神殿堂此时极度压抑，神国处在一个极其严峻的时刻！

突然，月神嫦妍开口唱道："勇士们，高举战旗，奋勇前进，将邪恶军团赶出我们的领土，为了我们的国家，为了我们的人民，为了我们的自由，鲜血与肉体即使跌落在尘土下，也在所不惜。因为我们投身在一场神圣的战争当中，我们的灵魂将得到升华，得到仰望，得到崇高的敬意……"

第十六章 金棒重生

她的歌声动听且壮烈，悠扬且豪迈。

在月神公主的歌声下，孙悟空竟然再次站起，他一步一步从烈火堆中走出来，而且全身沸腾着热血！

大家因孙悟空带来的惊讶已经无以复加。明明这种打击带来的剧痛，是肉体上与精神上都无法承受的，可他却还能咬着牙重新站起来。这种坚强，无法想象。

所有的灵者现在完全明白天考会前那个灵力薄弱的孙悟空，为何能一路逆袭，从一直不被大家看好，到最终成为新天魁。

独领魔皇眼眸里隐藏了同样惊讶的眼神，但他恨恨说道："这一次，我绝不让你再爬起来，你做好死的准备。"

孙悟空浩然正气说道："死未必是死，活不一定是真正活。"

他朝凤婉霞处望去，这位美丽与善良的女子，此刻眼里闪烁晶莹泪光，也正与他静静相望。

孙悟空心里说道："婉霞，今天若我不死，往后余生，我都守护在你身边；若我死，九泉之下，我也要庇佑你一生。"

他再次凛然起一股强大的战斗意志，就战到最后一滴血吧。即使明知武功不及独领魔皇，但也要追求战斗的真谛：为正义而战，为光明而战，为自由而战！

大家觉得眼前这个人是真正勇士，顶天立地。其中神仙们都情不自禁站起来，包括天帝上穹，一齐为孙悟空高喊、助威、打气、鼓劲。

真正勇士，敢于直面惨淡的人生，敢于正视淋漓的鲜血，纵然一百次被打倒，但同样可以一百零一次站起来，把苦涩与挫折留给过去，用不屈的毅力和信念赢得未来。

突然这时战神殿堂摇晃，四周铮铮作响，一股势不可挡的强大力量在长啸、怒号。

天帝上穹、独领魔皇及在场神魔们均感到万分惊异，喃喃自语说道："这难道是？是那铁棒在呼叫？"

大家不约而同把目光投向那根插在校场的铁棒，铁棒上的锈迹正渐渐褪去。

铁棒的真名叫如意金箍棒，历代战神的兵器，上古十大神魔器之一，天地人三界至情至性之物。

独领魔皇凝聚体内灵力，探出手臂，飞身握住铁棒往上提。但铁棒只是稍微松动，独领魔皇不能奈何其分毫。

独领魔皇沉下脸，迸出巨大力量要毁掉铁棒，自己得不到也绝不让别人得到。

平地一声雷，巨响之下，铁棒不仅完好无损，而且迅猛反弹的力量使自负的独领魔皇猝不及防，逼迫他踉跄后退，气血一时紊乱。

独领魔皇忙在一旁调息，抚平下体内乱窜的灵力。

那铁棒仍在不停地响，仿佛是在等待新主人的召唤，它在等……

大家震惊地看到铁棒正吸吮一个年轻人身上伤口流出来的鲜血，这神器是在……呼唤他！孙悟空！

沉睡万年的战神兵器，从热血里苏醒。它要孙悟空的血，要孙悟空的血性，要孙悟空的精神，要孙悟空给它烈火般的生命！

一股热血涌上孙悟空心头，他拾起地上一把短刀，无所畏惧地在自己腕脉上横割一刀。鲜血如泉涌，让铁棒吸血更快更多些。

铁棒铮铮作响更厉害了。它快速层层褪去铁锈，终于露出万缕金光。

孙悟空气宇轩昂地走到铁棒前面，在众神魔们注目下，他握住铁棒，用力向上拔起。只见本是牢固在减天大地里的铁棒，一下就松动，露出大半截棒身。棒身上镌刻着"如意金箍棒"五个字。

影魔北沙水帘见状，忙带领影子武士，由四面八方向孙悟空猛扑过来。

金箍棒发出一道灵光直冲上天，光芒向四周散发着强大威力，透出一种"纵横天地，谁与争锋"的霸气，震慑住影魔与影子武士无法靠近。

孙悟空振奋昂扬，奋力最后一拔。金箍棒迅猛从大地中挣脱而出，周围地表跟着如蜘蛛网般裂开。他定眼一视，这金箍棒闪闪发光，两头是金箍，中间是段乌铁，棒身上造龙纹与凤篆。

金箍棒曾经因战神独求伟大与英勇的灵魂而生机勃勃，这万年来没有遇到能配得上它的人，它的生命力就渐渐消沉，棒身上布满铁锈。

现在金箍棒认定孙悟空，是因为孙悟空不为名利所动，不被死亡所惧，遍体鳞伤，却从未放弃为爱为信仰而战。

孙悟空挥舞金箍棒，顿时感觉到强大力量喷瀑而出，有万马奔腾之气势。他不禁提起金箍棒，振臂高呼道："做正义之事！"

神魔们仰望着因为金箍棒而神采焕发的孙悟空。

孙悟空向魔皇说道："魔皇，若你认为暴力可以凌驾在正义之上，那你注定会失败！"

独领魔皇双目射出阴鸷厉芒，冷冷说道："暴力或许不能解决一切，但今天可以解决你！"

天昏地暗，风起云涌。战神殿堂里再次灵力纵横，杀气奔腾。

第十六章　金棒重生

独领魔皇每一招都是致命的杀招，力量穷凶极恶，气焰暴戾滔天，极度令人惊心丧魄。

孙悟空有金箍棒助力，发挥出惊人威力，在险象环生中，稳守阵地，抵挡了独领魔皇一波又一波残暴攻势。

两雄巅峰对决，肃穆的气氛让神魔们望而生畏。战斗声势如同千军万马兵刃相接，迫使神魔两边搭建起奇门遁甲防线，防止被激来的气流与劲力伤到。

独领魔皇被仇恨吞噬了心灵，被嗜杀占据了习性，被邪恶蒙蔽了双眼，他怒吼喊道："今日，挡我者，都得死！"

喊声刚落，腥风血雨顿然席卷战神殿堂。神魔们毛骨悚然，眼里充满惊慌神色，呼吸变得急促，看到上空满满都是邪恶灵魂，飘游乱舞，鬼哭狼嚎。

阴风阵阵，鬼气森森。战神殿堂已变成九幽地狱，响彻独领魔皇凄厉的邪恶笑声。

万恶之源末日力量喷涌而出，天地为之战栗，神仙为之绝望。

眼前败局已定，没有生机，但孙悟空一腔热血，作最后的死战。道之所在，虽千万人，吾往矣！

孙悟空举起金箍棒，释放所有力量，以命博命，视死如归，冲向万恶之源。

英雄仰天长啸，壮怀激烈，一马当先，死而后已，此境可歌可泣。魔国公主凤婉霞与神国公主月神嫦妍早已泪流满面。

但万恶之源末日力量摧枯拉朽，所到之处皆为死地，所遇之人皆为亡灵。

当孙悟空快要被万恶之源粉身碎骨之时，点将台厅堂深处已存放万年的战神黄金战甲，倏然闪烁耀眼金光呼啸飞出。头盔、胸铠、披风、腰带、护肩、护臂、护膝、战靴等都自动穿戴在孙悟空身上。

同时，祥和塔七十二面墙壁，上万块石砖上烙印着的每个末日噩梦战争中英烈神灵名字，此时都发出金灿灿亮光。

身既死兮神以灵，魂魄毅兮为鬼雄；英雄浩气千秋在，勇士忠魂万古存！

上万个英烈神灵原本留存一丝意念在碑名。此时神国有难，冥冥之中，他们把意念化成最后一丝灵力。这些灵力闪烁光点，浩浩荡荡向孙悟空飞去，犹如万点繁星光芒都集聚在孙悟空身上。

就在刚才之前，光明被黑暗踩躏，仿佛不再来；正义被暴力奴役，看似已一蹶不振；但现在孙悟空如旭日，散发炽热而耀眼的光芒，带给神仙们生机，带给神道同盟光明。

孙悟空握着金箍棒，挽起万丈光芒的、凝聚上万多名英烈神灵灵力的力量，慷慨激昂喊道："为了正义与自由！战斗！"

漫天昂扬、豪情、不可屈服的力量，向万恶之源及邪恶灵魂射出雷霆万钧一击。

两股毁天灭地的力量对决，雷声隆隆，电光闪闪，混元魔伞布下的结界被撕得粉碎，整个九天都在颤抖。

所有邪恶灵魂惊慌地向四面八方逃窜，万恶之源的灵力也自然而然跟着散去。

英烈神灵完成最后的使命，他们的灵力随即烟消云散，他们的意念安心地离开了。

周围一切刹那停了下来，静到可以听到心跳声。神魔们屏气凝神，瞪大眼睛，向孙悟空与独领魔皇望去。

孙悟空伤痕累累，但英姿挺拔，自然生出一种霸临天下、傲然三界的英雄气质。

独领魔皇单膝跪地，左手捂胸，右手支地，胸口流出的鲜血一滴一滴落到地面上。

魔法师长恨见城外龙甲军已攻进来，他命令道："影子武士断后，四战魔及其他魔随我皇一起撤退！"

说完，他口中默念咒语，灵力倾注在双指之上，双指在空中划过一圈，打开空间传送门。打开空间传送门本是龙王敖广的独门绝技，但魔法师长恨曾操控过龙王敖广的思想，从中窃取了这门绝技。

魔法师长恨走到独领魔皇身旁，叹了口气，说道："魔皇，我们走吧，来日方长！"

独领魔皇伸手指向观武台的凤婉霞，想要说话，却不住地咳嗽。

魔法师长恨说道："以独领公主的脾性，现在肯定不想和我们走。她留在孙悟空身边会很安全的，你放心！"

独领魔皇缓缓颔首，魔法师长恨吹起一声口哨，众魔进入空间传送门，霎时遁走消失。

影子武士早已做好以身殉职的准备，拼命挡住龙甲军攻势。但一会儿后，影士武士被龙甲军聚而歼之，全军覆没，神仙们这才从惊惧中清醒过来。

神仙们经历了残酷厮杀，在承受巨大压力后，看到光明与自由重新回来，长久沉重的心情一下子变得难以形容的感动与欣喜。大家马上踊跃欢呼道："新战神！""新战神！"欢呼声一浪高过一浪。

突然，孙悟空腾空跃起，他在半空中喊道："必须降雨给人间，因为人间必须活着，这是三界正义的声音，是众生祈求的意愿！"

第十六章 金棒重生

　　他抡起金箍棒，掀出万丈灵力狂澜，打在天锁链上。随着砰的一声巨响，上古十大神魔器之一的天锁链竟然被崩裂。是孙悟空的精神令天地为之动容，天地给人间宽恕，要重新以仁爱和正义引导人间。

　　被禁锢十年的白龙，见天锁链断开，怒吼一声，仰首摆尾，迅猛凌空起飞，窜出九天，来到九州上空。它是龙王敖广缔结主仆契约的龙兽，与龙王心有灵犀，知龙王已灵逝，也知龙王遗愿。白龙眼里泪水盈眶，悲鸣数声后，强劲有力腾在云雾波涛之中，边吃云片，边吐雨水。

　　人间上空刹那"哗"的一声，雨水淋漓尽致席卷人间大地。

　　人间重获了希望，孙悟空在心中默默地念道："希望你们能从这次苦难当中，得到深刻反省，重回信仰正道，以敬畏之心，谨记天理昭昭。"

　　一边在人间，久旱逢甘雨，大地上演一场生命狂欢。百姓走出家门，敲锣打鼓，欢天喜地，用各自的方式欢庆与释放压在心里好久的苦闷之情。

　　白龙降完雨，完成龙王敖广交代的最后任务，缔结主仆契印的两缕灵力各自解开，属于龙王的灵力灰飞烟灭。

　　白龙向天长吼一声，落下龙泪，最后摇摆龙身，消失在茫茫云海间。

　　另一边在战神殿堂，天帝上穹忽然命令道："四大镇殿神将，将魔国公主凤婉霞拿下！"

　　孙悟空从空中迅即落到凤婉霞身前，横着金箍棒，冷傲地盯着四大镇殿神将。他会倾尽所有，包括生命，来守护身边这个女子。

　　谁拔得起金箍棒，谁便是这天地的新战神。四大镇殿神将对孙悟空油然而生出一种敬畏之心，四位大神站在原地不动。

　　孔广信深邃的眼眸里流淌着情义，说道："凤婉霞的母亲是凤诗诗，她是我见过最美丽的、最伟大的女性，难道不是吗？天帝！"他和凤婉霞有师徒情谊，又有父女般的关爱，不管发生任何情况，学圣都会誓死保护凤婉霞周全。

　　天帝上穹怔愣片刻，自己在《灵界通史》及其他书籍上把凤诗诗的所有事迹删除得干净。可越想忘却，却越会思念。他轻叹一声，说道："学圣，你放心，我会将她安置在太微玉清皇宫，保护起来。"

　　孔广信两眼掠过精芒，知道天帝的用意是要软禁凤婉霞，为了能在接下来即将发生的神魔战争中，对魔皇有个胁迫。

　　孔广信过去解开凤婉霞穴道，反对道："天帝，凤婉霞是自由之身，她要去哪里，应尊重她自己的意愿。"

　　天帝上穹说道："今天是魔国再次发动战争、残杀神道同盟灵者的日子，又是魔国夺取万恶之源，与邪灵、邪教勾结，导致三界面临末日危险的日子。但今天也是神道同盟团结起来，守护正义、光明与和平的日子！学圣，你应该要理解我的用意，与我并肩作战。"

学圣孔广信正色说道："天帝，神道同盟是选择生命的尊严，而不是死亡的威胁；选择信仰的指引，而不是邪恶的占据；选择精神的光明，而不是虚伪的隐藏。我们所有的战斗都是基于此，也因此而团结，得到众生尊崇。"

众神仙见天帝与学圣各持己见，想到刚才凤婉霞挺身而出，用生命阻止魔皇杀戮，虽后来失败，但也争取到宝贵时间。

大家纷纷站起来，揖礼谏言道："恳请仁慈的天帝，准予凤婉霞回去。"

天帝上穹眼中抹过一丝讶然之色，厉声呵责道："你们难道不知道她身上流着独领魔皇的血，最终会成为我们的劲敌？"

一些神仙说道："我们知道，但我们更知道，凤婉霞有颗纯洁、善良和正义的心，比我们更关心三界安危，更希望三界和平！"

凤婉霞激动，一股暖流流遍了她全身，她的正义与仁爱行为，早已洗去她身上魔血所带来的质疑与误会。

她向天帝上穹诚恳说道："天帝，我不为魔战斗，也不反对神的统治。我姓凤，你要看我做了什么，而不是我魔的身份。"

天帝上穹眼中看着孙悟空，说道："你可以走，但孙悟空要留下来。"

孙悟空目光炯炯，说道："天帝，你是拦不住我一颗自由之心的！"

天帝上穹说道："你是新战神，第二次神魔大战即将开始，你要尽一份职责，守一方平安！"

孙悟空坚定说道："我只想成为我自己，我想留的地方不是这里！"

天帝上穹双目寒芒一闪，说道："孙悟空，你若离开天庭，我便褫夺你正灵位勋章，革除你新战神神位，你从此就错过进入极乐世界永生的机会，你死后转世，将重新历练，受尽苦难。"

凤婉霞急道："悟空哥，你不要离开，你应该……"

孙悟空静静地凝视凤婉霞，说道："我不在乎这些！"

一句轻轻的话，放弃了永生。他的眼里写满了告白：凤婉霞，有你的地方，才是风景；有你的风景，才是天堂；有你的天堂，才是我孜孜不倦要努力的世界！

神仙们震撼，有些人是天命左右不了的，因为他们的热血里流淌着不灭的斗志、不死的信念与不屈的自由！

凤婉霞娇躯一震，泪水瞬间从眼眶涌出流下脸颊。

天帝上穹恼恨说道："孙悟空，你不做新战神，那就放下战神的东西。"

第十六章　金棒重生

孙悟空神情泰然自若，他迫出强大灵力，周身气流翻滚奔腾，把身上黄金战甲解开，手上金箍棒放下。

黄金战甲飞向点将台殿堂原处，继续等待新战神归位。

但金箍棒却自己跳到孙悟空手上，孙悟空把它投出去，金箍棒自己又飞回来，一连几回，孙悟空都无法把金箍棒送走。

孔广信说道："金箍棒是至情至性之物，是它在选择人，而不是人在选择它。它也是上古十大神魔器之一，比神国建国都要早，可不属于天庭。"

孙悟空喜上眉梢，就不再驱赶金箍棒。

孔广信顿了顿，再说道："金箍棒又称如意棒，伸长缩短自如，你喊它大，它会大到天，曾帮大禹作治水的定海神针用；你喊它小，它会小到一个绣花针儿大小，藏进耳朵里。"

孙悟空听了惊喜，忙把金箍棒起颠在手中，试喊道："短细些！"果然金箍棒如人意，短了几尺，细了一围。

他心花怒放，再喊道："小！小！小！"

金箍棒应声不断地变短，小到一个绣花针儿，孙悟空把它藏在耳朵里。

孔广信向天帝上穹施礼，说道："谢谢天帝仁慈，我想把剑神师哥及死去的仙人们，都带到修真学院安葬，那里曾是养育他们的地方，也算落叶归根吧。"

天帝上穹连番受挫，心情一度低落，挥挥手，让学圣孔广信自己看着办。

月神嫦妍见孙悟空要走了，心里既苦涩又忧伤，她呆然一语不发，眼前已是泪水模糊了一片。

彼岸花开彼岸，花开叶落永不见，因果注定一生无缘，独自哀叹爱可望而不可即。

仙国方丈岛，夜色下的修真学院，静穆庄严，这里正举行一场剑神及其他仙人的遗体告别会。

仙尊菩提语气苍凉，悼词道："今天，我们要在这里送走英烈们。他们是守护家国的英雄者，是信仰正道的殉道者，也是修真学院的光荣者，他们成为正义、光明和自由的纪念碑。我们会一直瞻仰这座纪念碑，他们的精神将永远引导我们前进。我们可以不是强者，但必须是正义、光明和自由的保卫者。如今邪恶已出来危害三界，黑暗正悄然摧残众生，我们要坚强信念，昂扬斗志，继续守护情义与家国，捍卫正义与和平，珍重自由与幸福！"

他拿起当仁剑，腾空而起，扬手挥剑，剑法奇幻奥妙，变化无穷，又蕴藏着山崩地裂的力量。

仙尊菩提边舞剑，边吟诵道：

"我剑，惩奸除恶，剑为正义而出！
我道，济世救民，道为德施而行！
我心，赤诚仁爱，心为善良而种！
我意，随缘自适，意为自由而生！
我誓，匡护公正，誓为责任而立！"

上千名穿着清一色仙服的新一代灵生跟着凌空挥洒长剑。但见漫天剑点，剑风啸啸中，百招连绵不绝，如行云流水一般，又倏地剑影一收。大家落地，静静地站着。

仙尊菩提把当仁剑放在剑神风广仁旁边。所有人怀着悲痛之情，为英烈者遗体献上一枝白菊花，并集体深切默哀，致敬英烈。

默哀完毕，大家发出悲情灵力，点燃火葬柴堆，并放祈天灯升空。

英烈们肉身火化，灵魂搭乘祈天灯。盏盏祈天灯，如那星星点灯，照亮英烈们去另一个世界的路。他们或去极乐世界，或去地界鬼国。

所有人久久站着，仰望夜空祈天灯的飘游，不想散去，心中尽是忧伤，想念逝者，也思考自己。三界即将动荡不安，等待自己的归宿将会是什么呢？

这时，仙尊菩提叫侠仙、学圣、孙悟空与凤婉霞来聚灵台议事。聚灵台是存放镇院仙宝聚灵盘的地方，用于观星象、占卜卦、算命运、预未来。聚灵台是修真学院重要场所，也是修真学院禁地，只有仙尊菩提或他允许的人才能踏入这里。

仙尊菩提心突被绞拧一下，意识到有事发生。他目光敏锐，抬头仰望夜空，一颗流星从东方坠落，转瞬间流逝在幽黑的夜空。同时西边有一颗闪耀异样的星宿发出血红色光芒。

仙尊菩提心中一片忧虑，说道："紫微星下坠，赤星却荧荧似火，荧惑守心，预示三界将大乱，看来神魔战争劫数难逃啊，天意啊！"

一丝忧虑袭上大家心头。侠仙木广礼叹道："苦的是苍生。"

仙尊菩提说道："和平已是绝望，开战在所难免！我们及神道同盟要全力捍卫正义、自由与和平。"

侠仙与学圣正色齐声说道："弟子明白，明日便组织学院仙人，做好迎战准备。"

学圣孔广信说道："若那些帝王心无苍生，不为三界谋福，那么发动战争就会失去道义，失去民心，注定被历史唾骂，被历史责备。"

仙尊菩提说道："经历过战争沉痛教训，帝王们都希望和平，以史为鉴，不让不幸重来。可没过几年，帝王们还是会叫嚣战争，他们都有自己的欲望、弱

第十六章 金棒重生

点，终究不能超越利益羁绊。可能超越这种境界的，世上又有几人呢？"

他慈祥的目光看向孙悟空，心中一片欣慰，想道："这孙悟空已成长为正道力量一面飘扬的精神旗帜，激励众人前进。真是宝剑锋从磨砺出，梅花香自苦寒来啊！"

仙尊菩提问道："孙悟空，你今后有什么打算？"

仙尊菩提还是隐藏了他与孙悟空的师生关系。既然现在三界都只知孙悟空是仙石孕育而生，就让孙悟空的身世秘密永远被埋藏。

孙悟空记得去天庭神都前，师尊菩提要求自己当初从天地来，自此回天地去。他遵从本心答道："学生想和凤婉霞回到花果岛，守卫桃源理想社会。若仙尊院长、侠仙院长及学圣院长有任何调遣，学生我定赴汤蹈火，在所不辞。"

仙尊菩提满意点头，又望向凤婉霞。他眼中射出赞赏之色，说道："凤姑娘，你有一颗三界最美之心，若世人都能像凤姑娘这样心系苍生，深明大义，就好了，那三界就能真正太平。可惜战争的决定权永远掌握在极少数统治者人手上，任凭他们喜怒决断。"

凤婉霞目光忧伤，说道："我魔国里爱好和平、不想战争的同胞也很多。只是魔受战争失败的影响，被禁在幽暗疆土，压抑非常，对神及外族的怨恨，这二千年来越积越深，才产生越来越偏激的战争主义，排外主义越来越严重，对明知残酷无比的创世魔业越来越执着。"

仙尊菩提说道："因果环扣，善恶有缘由。其实这个三界足够大，完全可以容纳神魔两国和平共存和尊重彼此，只是他们不去思考、理解和包容。"

大家感慨，三界的命运与神魔交织在一起。三界的和平及繁荣，被个别神魔独裁野心、利益至上思想及反复无常性格所拖累。

第二天清晨，在地界幽暗疆土一座城墙，神魔两军兵力在此集结。两军剑拔弩张，一触即发。这座城墙神称它是惩罪之墙，魔称它是耻辱之墙。

黑云压城城欲摧，甲光向日金鳞开。

神魔两国宣战及开战的消息传遍三界，第二次神魔大战已拉开帷幕，这次掺合了末日力量——万恶之源。

修真学院里仙尊、侠仙、学圣、孙悟空、凤婉霞及其他仙人在修真广场上互道珍重，各奔向自己战斗前线，保卫正义、光明与自由。

蓦然，仙尊菩提注视着孙悟空，意味深长地说道："孙悟空，是神？是魔？一念之间；是仙？是妖？一选之差。去做一个一直为信仰而战的英雄，无论这个世界有多现实，无论你面对何种生死荣辱，都要保持自己的善良，坚持自己的正义，这是良知，也是责任！"

孙悟空恭敬向师尊躬身行礼，说道："学生谨遵仙尊院长教诲，终生铭记于心。"

侠仙、学圣、凤婉霞及其他仙人都用赞叹、信任与期待的眼神望着孙悟空。他一路拼搏，纵是千难万险，也勇往直前；他一路奋战，纵然粉身碎骨，也誓不低头。

他是孙悟空，一位逆天也要改变自己命运，不愿放弃正义与自由的新战神。

战神，胜利不到，战斗不止！

图书在版编目（CIP）数据

誓不低头：悟空新传/古月我心著. -- 上海:上海文艺出版社, 2022
ISBN 978-7-5321-8190-2
Ⅰ.①誓… Ⅱ.①古… Ⅲ.①长篇小说－中国－当代
Ⅳ.①I247.5
中国版本图书馆CIP数据核字(2021)第263641号

发 行 人：毕　胜
责任编辑：毛静彦

书　　名：誓不低头：悟空新传
作　　者：古月我心
出　　版：上海世纪出版集团　　上海文艺出版社
地　　址：上海市闵行区号景路159弄A座2楼　201101
发　　行：上海文艺出版社发行中心
　　　　　上海市闵行区号景路159弄A座2楼206室　201101　www.ewen.co
印　　刷：上海天地海设计印刷有限公司
开　　本：710×1000　1/16
印　　张：21
插　　页：2
字　　数：377,000
印　　次：2022年1月第1版　2022年1月第1次印刷
ＩＳＢＮ：978-7-5321-8190-2/Ｉ·6472
定　　价：59.00元
告 读 者：如发现本书有质量问题请与印刷厂质量科联系　T:13817973165